【传世经典 文白对照】

太平广记

八

卷二九七至卷三四〇

〔宋〕李昉 等 编

高光 王小克 主编

中华书局

目录

第八册

太平广记

卷第二百九十七
神七

丹丘子　　瀚海神　　薛延陀　　睦仁蒨　　兖州人

丹丘子

隋开皇末，有老翁诣唐高祖神尧帝，状貌甚异。神尧钦迟之，从容置酒。饮酣，语及时事曰："隋氏将绝，李氏将兴，天之所命，其在君乎，愿君自爱。"神尧惕然自失，拒之。翁曰："既为神授，宁用尔耶？隋氏无闻前代，继周而兴，事逾晋魏。虽偷安天位，平定南土，盖为君驱除，天将有所启耳。"神尧阴喜其言，因访世故。翁曰："公积德入门，又负至贵之相，若应天受命，当不劳而定。但当在丹丘子之后。"帝曰："丹丘为谁？"翁曰："与公近籍，但公不知耳，神器所属，唯此二人。然丹丘先生凝情物外，恐不复以世网累心。倘或俯就，公若不相持于中原，当为其佐。"神尧曰："先生安在？"曰："隐居鄂、杜间。"

帝遂袖剑诣焉。帝之来，虽将不利于丹丘，然而道德玄远，貌若冰壶，睹其仪而心骇神耸。至则伏谒于苫宇之下，

丹丘子

隋朝开皇末年，有一位老翁拜见后来的唐高祖李渊，他的相貌很不一般。李渊非常敬重他，布置酒筵。喝到兴起时，老翁谈到时局说："隋朝将要灭亡，李氏宗族将要兴起，这是上天的旨意，不是你自身决定的，希望你能够自爱。"李渊感到忧虑不安，连忙推托。老翁说："既然是天神授命，怎么能由你决定？隋朝不接受前代教训，继北周而兴，做事比晋魏还过分，虽然一时得到天子之位，平定了南方国土，只不过为你扫清障碍。上天将对你有所开导。"听罢此言，李渊暗自高兴，于是询问世事变故。老翁说："你已经积了不少德了，又有大贵之相，如果应承天帝的旨意接受此命，一定会不费力就能取得成功。但是，你应该排在丹丘子的后面。"高祖问道："丹丘是谁呀？"老翁说："跟你同宗，但你却不知道他。将来帝位所属，只有你们二人。然而，丹丘先生把精力和情感都专注到世俗之外的事，恐怕不会再为名利权位费心。倘若他屈就于此，你如果不打算和他在中原相争，就应该去辅佐他。"高祖说："丹丘先生在什么地方？"老翁说："隐居在鄠、杜之间。"

高祖随即藏剑于袖前去拜见。高祖的到来，虽然将对丹丘不利，然而丹丘道德玄妙幽远，品相高洁，看到他的仪表心灵就会敬畏不已。高祖来到之后就俯身在草屋下拜见，

先生隐几持颐，块然自处。拜未及起，先生遽言曰："吾久厌浊世，汝膻于时者，显晦既殊，幸无见忌。"帝愕而谢之，因跪起曰："隋氏将亡，已有神告。当天禄者，其在我宗。仆夙叶冥征，谓钟末运。窃知先生之道，亦将契天人之兆。夫两不相下，必将决雄雌于锋刃，衒智力于权诈。苟修德不竞，仆惧中原久罹刘项之患。是来也，实有心焉，欲济斯人于涂炭耳。殊不知先生弃唐虞之揖让，蹑巢许之遐踪。仆所谓醯鸡夏虫，未足以窥大道也。"先生笑而颔之。帝复进曰："以天下之广，岂一心一虑所能周哉！余视前代之理乱，在辅佐得其人耳。苟非伊、周、皋、夔之徒，秦汉以还，皆璪璪庸材不足数。汉祖得萧、张而不尽其用，可为太息。今先生尚不屈尧舜之位，固蔑视伊、皋矣。一言可以至昌运，得无有以诲我乎？"先生曰："昔陶朱以会稽五千之余众，卒殄强吴。后去越相齐，于齐不足称者，岂智于越而愚于齐？盖功业随时，不可妄致。废兴既自有数，时之善否，岂人力所为？且非吾之知也。"讫不对。帝知其不可挹也，怅望而还。

武德初，密遣太宗鄂杜访焉，则其室已墟矣。出《陆用神告录》。

丹丘先生靠着几案，以手托腮，泰然自若。高祖拜谒完还没来得及起身，丹丘先生忽然说道："我厌恶凡世很久了，而你却一直热衷世事，你我二人对世事的态度，一显一隐相当悬殊，请不要猜忌我。"高祖愕然不已，向他道歉，便站起身说："隋朝将要灭亡，已有神人告诉我了。应当承受天命的人，就在我们李氏宗族之内。我在往日梦中所见的征兆，称为'钟末运'。我知道先生之道，也将与天人的征兆相符合。我们两个不相上下，必将用武力一决雌雄，凭借才智争权夺势。如果我专心修德不参与竞争，我担心中原大地会遭受像刘邦、项羽争雄那样的灾乱。我今天到这里来，其实是有很多想法的，想救百姓于水火之中。实在没想到先生放弃尧舜之揖让，而要步隐居不仕的巢父和许由的后尘。我所说的不过是夏虫一般的浅见，不足以参悟大道。"丹丘先生笑着点点头。高祖又进而说道："凭天下之广大，难道是我一个人所能考虑周全的！我看前朝治理乱世，在于得到适合的辅佐之人。如果不是伊尹、周公、皋陶和夔那样的良臣，秦汉以来，都是碌碌无为不算数的庸才。汉高祖刘邦得萧何、张良而未能充分发挥他们的才能，真令人叹息。现在先生尚且没有为尧舜之帝位而动心，当然蔑视伊尹、皋陶。一句话可使国运昌盛，您就没有什么可以教诲我的话吗？"丹丘先生说："从前陶朱公范蠡凭借会稽山残余的五千多人，最终战胜了强吴。后来他离开越国到齐国为相，在齐国没有什么可以称道的，难道这能说他在越国明智而到齐国之后就愚钝了吗？功业应该随着时机而兴，不可随便得到。废兴自有天数，时局好坏，难道是人力所能左右的吗？况且这些不是我能够知道的了。"说罢，丹丘不再应答什么了。高祖知道自己不能再引出他的话来，失望地回去了。

　　武德初年，高祖秘密派遣李世民到鄠、杜一带寻访，丹丘子的居室已经化成一片废墟了。出自《陆用神告录》。

瀚海神

并州北七十里有一古冢。贞观初，每至日夕，即有鬼兵万余，旗幡鲜洁，围绕此冢。须臾，冢中又出鬼兵数千，步骑相杂，于冢傍力战。夜即各退，如此近及一月。忽一夕，复有鬼兵万余，自北而至，去冢数里而阵。一耕夫见之惊走。有一鬼将，令十余人擒之至前，谓曰："尔勿惧，我瀚海神也。被一小将窃我爱妾，逃入此冢中。此冢张公，又借之兵士，与我力战。我离瀚海月余，未获此贼，深愤之。君当为我诣此冢告张公，言我自来收叛将，何乃藏之冢中？仍更借兵拒我，当速逐出。不然，即终杀尔！"仍使兵百人，监此耕夫往。耕夫至冢前，高声传言。良久，冢中引兵出阵。有二神人，并辔而立于大旗下，左右剑戟如林。遽召此耕夫前，亦令传言曰："我生为锐将三十年，死葬此，从我者步骑五千余，尽皆精强。今有尔小将投我，我已结交有誓，不可不借助也。若坚欲与我力争，我终败尔，不使尔得归瀚海。若要且保本职，当速回！"耕夫又传于瀚海神，神大怒，引兵前进，令其众曰："不破此冢，今夕须尽死于冢前！"遂又力战，三败三复。战及初夜，冢中兵败，生擒叛将。及入冢，获爱妾，拘之而回。张公及其众并斩于冢前，纵火焚冢，赐耕夫金带。耕夫明日往观，此冢之火犹未灭，冢傍有枯骨木人甚多。出《潇湘录》。

瀚海神

并州以北七十里处有一座古墓。唐代贞观初年，每当到了傍晚，就会出现一万多鬼兵，举着鲜艳的旗帜，把古墓包围起来。不一会儿，墓里又冲出几千鬼兵，步兵和骑兵相杂，双方在墓旁拼力厮杀。入夜时便各自退去，就这样闹了快一个月了。忽然一天晚上，又有一万多鬼兵，从北边冲杀过来，在离古墓几里远的地方摆下了阵势。一个农夫见状吓得拔腿就跑。有一位鬼将，派十几个兵把那农夫抓到跟前，对他说："你不要害怕，我是瀚海神。我的爱妾被手下一个小将带着私奔，逃进这座古墓里。这座古墓的主人张公，又借给他兵马，与我拼战。我离开瀚海一个多月了，尚未抓住这个贼，十分愤恨。你应为我到这古墓告诉主人张公，说我专门来捉拿叛将，他为何将此人藏在墓中？还借兵让他跟我对抗，应该马上把那叛将驱赶出来。否则，我就杀了你！"接着就派出一百多鬼兵，监视这农夫向古墓走去。农夫来到墓前，高声传达瀚海神说的话。过了好久，古墓里领兵列阵。只见有两个神人，骑马并辔站在大旗下，周围剑戟刀枪林立。神人急忙把农夫召到跟前，也让他传话说："我生前当过三十年勇将，死后埋葬在这里，跟随我的五千多步兵和骑兵，都是精兵强将。现在你的一员小将投奔我，我已经同他宣誓结交，不能不帮他的忙。如果你坚决想和我争下去，我最终将把你打败，使你无法再回到瀚海。如果想要暂且保住本来的职位，就应当立即返回。"农夫又把这番话传给了瀚海神，瀚海神大怒，带兵前进，对手下众兵卒发令说："不攻破这座古墓，今晚就都战死于墓前！"随即又拼杀起来，瀚海神三次失败又三次冲锋，一直打到天黑，古墓中的兵马败下阵去，瀚海神活捉了那名叛将。接着他们又杀进墓中，找到了瀚海神的爱妾，把她押送回去。张公及其手下兵士，都被斩杀于墓前，瀚海神命手下人放火烧了那座古墓，赐给那位农夫一条金带子。农夫第二天又到墓前观看，只见墓中火还没有灭，墓旁边有很多枯骨和木头人。出自《潇湘录》。

薛延陀

突厥沙多弥可汗，贞观年，驭下无恩，多有杀戮，国中震恐，皆不自安。常有客乞食于主人，引入帐，命妻具馔。其妻顾视，客乃狼头，主人不之觉。妻告邻人，共视之，狼头人已食其主人而去。相与逐之，至郁督军山，见二人，追者告其故。二人曰："我即神人，薛延陀当灭，我来取之。"追者惧而返。太宗命将击之，其众相惊扰，诸部大乱。寻为回纥所杀，族类殆尽。出《广古今五行记》。

睦仁蒨

唐睦仁蒨者，赵郡邯郸人也。少事经学，不信鬼神。常欲试其有无，就见鬼人学之，十余年不能得见。后徙家向县，于路见一人，如大官，衣冠甚伟，乘好马，从五十余骑。视仁蒨而不言。后数见之，经十年，凡数十相见。后忽驻马，呼仁蒨曰："比频见君，情相眷慕，愿与君交游。"仁蒨即拜之，问："公何人耶？"答曰："吾是鬼耳。姓成名景，本弘农人。西晋时为别驾，今任临湖国长史。"仁蒨问："其国何在？王何姓名？"答曰："黄河已北，总为临湖国。国都在楼烦西北沙碛是也。其王即故赵武灵王。今统此国，总受泰山控摄。每月各使上相朝于泰山，是以数来至此与君相遇也。吾乃能有相益，令君预知祸难而先避之，可免横苦。唯死生之命与大祸福之报，不能移动耳。"仁蒨从之。

薛延陀

突厥的沙多弥可汗，在唐代贞观年间，对部下及百姓不施恩德，且大开杀戒，举国上下惶恐不安，人人自危。曾经有位客人来向主人乞食，主人把他引进帐内，让妻子准备饭食。他的妻子回头看去，那客人长着一颗狼脑袋，主人却没有发觉。妻子去告诉邻居，一起来看，那个狼头人已经吃掉主人逃走了。人们聚到一起追赶它，来到郁督军山时，遇到两个人，追赶的人们告诉他们此行的原因。那二人道："我们是神人。薛延陀应当灭亡，我们就是来取他的脑袋的。"追赶的人吓得跑了回来。唐太宗派将领率兵攻打薛延陀部落，部落里的人们相互惊扰，这样一来部落全乱了。不久，沙多弥可汗被回纥人所杀，薛延陀部族几乎灭亡了。出自《广古今五行记》。

睦仁蒨

唐代的睦仁蒨，是赵郡邯郸人。从小就钻研经学，不相信鬼神。他常常想试探到底有无鬼神，接近看到过鬼的人并跟他学习，十多年还是不能见到鬼神。后来他把家迁往向县，在路上看到一个人，像个大官，衣帽十分威风而考究，骑着良马，随从五十多骑兵。他看着睦仁蒨却没有说话。后来几次看见他，过了十年，一共见过几十次。后来有一次那人忽然停下马来，喊睦仁蒨说："近来经常看见你，有些眷恋倾慕，很想和你交往。"睦仁蒨就朝他揖拜，问："你是什么人？"回答说："我是鬼。姓成名景，本来是弘农县人。西晋时当过别驾，现在任临湖国的长史。"睦仁蒨问："这个国家在什么地方？国君叫什么名字？"回答说："黄河以北，统称为临湖国。国都建在楼烦西北处的沙漠地带。我们的国君是已经死去的赵武灵王。他现在统治这个国家，总体上还要受泰山府君的控制和管理。每月各派一名上相去泰山朝觐，所以我多次路过此地与你相遇。我能给你提供帮助，让你事先知道祸难而提前避开它，可以免去横祸。只有生死之事和大祸大福是早就有定数的，不能变动了。"睦仁蒨听从了成景的话。

景因命其从骑常掌事以赠之,遣随蒨行。"有事则令先报之,即尔所不知,当来告我。"如是便别。掌事恒随,遂如侍从者。每有所问,无不先知。

时大业初,江陵岑之象为邯郸令。子文本,年未弱冠。之象请仁蒨于家教文本,仁蒨以此事告文本,仍谓曰:"成长史语我:'有一事羞君不得道,既与君交,亦不能不告。鬼神道亦有食,然不能得饱,常苦饥。若得人食,便得一年饱。众鬼多偷窃人食。我既贵重,不能偷之,从君请一食。'"仁蒨既告文本,文本既为具馔,备设珍羞。仁蒨曰:"鬼不欲入人屋,可于外水边张幕设席,陈酒食于上。"文本如其言。至时,仁蒨见景与两客来至,从百余骑。既坐,文本向席再拜,谢以食之不精,亦传景意辞谢。初,文本将设食,仁蒨请有金帛以赠之。文本问是何等物,仁蒨云:"鬼所用物,皆与人异。唯黄金及绢,为得通用,然亦不如假者。以黄金涂大锡作金,以纸为绢帛,最为贵上。"文本如言作之。及景食毕,令其从骑更代坐食。文本以所作金钱绢赠之。景深喜,谢曰:"因睦生烦郎君供给,郎君颇欲知寿命乎?"文本辞云:"不愿知也。"景笑而去。

数年后,仁蒨遇病,不因困笃而不起。月余,仁蒨问常掌事,掌事不知,便问长史。长史报云:"国内不知。后月因朝泰山,为问消息而相报。"至后月,长史来报云:"是君乡人赵某,为泰山主簿。主簿一员阙,荐君为此官,故为文案,

成景便命令把他的从骑常掌事送给睦仁蒨，派他跟随仁蒨前行。"有什么事情就让他先告诉我，凡是你不知道的，都可以来告诉我。"于是便告辞而去。常掌事一直跟随着睦仁蒨，就像个侍从似的。每次睦仁蒨提出问题，常掌事没有不事先知道的。

当时是隋代大业初年，江陵人岑之象为邯郸县令。岑之象的儿子叫文本，年纪不满二十。岑之象请睦仁蒨到家中教导文本，睦仁蒨把与鬼相遇的事告诉了文本，并对他说道："成景长史对我说：'有一事羞于启齿本不该告诉你，既然与你交往，也不能不告诉你。鬼神之道也是要吃饭的，但不能吃饱，常忍饥挨饿。如果能够得到人间的食物，一年之内都饱饱的。众鬼们都常常偷吃人间的饭食。我身份高贵，不能去偷，先生请我吃一顿吧！'"他告诉文本后，文本派人准备好饭食，备设珍馐。睦仁蒨说："鬼是不想进入人的房间的，可以在外面水边张幕设席，在上面摆上酒食。"文本照他说的去做了。时间到了，睦仁蒨看见成景与两位客人赶到，随从一百多骑兵。落座之后，文本起身向酒席拜了拜，并道歉说自己准备的食物不够精细，也表示对成景的景仰之意。起初，文本将要设宴时，睦仁蒨请他拿黄金玉帛赠给成景。文本问鬼的金帛是什么样的，睦仁蒨说："鬼所用的东西，全都和人用的不一样。只有黄金和绢帛，能够通用，但也不如假的好。把黄金粉涂在大锡锭上作金子，用纸作绢帛，才是最贵重的上品。"文本照他说的去做了。等到成景吃完了，又把他的从骑叫过来坐着吃。文本把所做的金钱绢帛送给成景。成景十分喜欢，感谢道："由于睦仁蒨而劳烦郎君供给酒食，郎君想知道自己的寿命吗？"文本推辞道："我不愿知道。"成景笑着离席而去。

几年后，仁蒨生病了，病情没有加重但就是好不了。一个多月后，睦仁蒨问常掌事，常掌事也不知道，便问长史。长史回答说："临湖国内不知道原因。下个月要去泰山朝觐，问清因由再告诉你。"到了下个月，长史来报说："是你的同乡赵某，为泰山主簿。主簿属下有一职空缺，推荐你当此官，所以正准备相关文案，

经纪召君耳。案成者当死。"仁蒨问:"计将安出?"景云:
"君寿应年六十余,今始四十。但以赵主簿横征召耳,当为
请之。"乃曰:"赵主簿相问,睦兄昔与同学,恩情深至。今
幸得为泰山主簿,适遇一员官阙,明府令择人,吾已启公,
公许相用。兄既不得长生,命当有死。死遇济会,未必当
官。何惜一二十年苟生耶?今文案已出,不可复止。愿决
作来意,无所疑也。"仁蒨忧惧,病愈笃。景谓仁蒨曰:"赵
主簿必欲致君,君可自往泰山,于府君陈诉,则可以免。"仁
蒨问:"何由见府君?"景曰:"往泰山庙东,度一小岭,平地
是其都所。君往,自当见之。"仁蒨以告文本,文本为具行
装。数日,又告仁蒨曰:"文书欲成,君诉惧不可免。急作
一佛像,彼文书自消。"告文本,以三千钱为画一座像于寺
西壁。讫而景来告曰:"免矣。"

仁蒨情不信佛,意尚疑之,因问景云:"佛法说有三世
因果,此为虚实?"答曰:"皆实。"仁蒨曰:"即如是,人死当
分入六道,那得尽为鬼?而赵武灵王及君,今尚为鬼耶?"景
曰:"君县内几户?"仁蒨曰:"万余户。"又曰:"狱囚几人?"
仁蒨曰:"常二十人已下。"又曰:"万户之内,有五品官几
人?"仁蒨曰:"无。"又曰:"九品已上官几人?"仁蒨曰:"数
十人。"景曰:"六道之义分,一如此耳。其得天道,万无一
人,如君县内无一五品官;得人道者,万有数人,如君县内

计划召你前去。一旦文案整理成,你也就该死了。"睦仁蒨问:"那现在有办法吗?"成景说:"你的寿命应该活到六十多岁,现在才四十岁。但因为赵主簿横竖都要把你征召去,我为你请求他一下。"回来才说:"赵主簿问候您,说睦兄与他昔日是同学,恩情深厚。现在他有幸被任为泰山主簿,正赶上属下一个官职空缺,明府下令选人,他已经把你的名字报到明府那里,明府默许用你。老兄既然不能够得到长生,命中注定必有一死。死时都集中到一起,你就未必能够当官了。何必吝惜一二十年的苟安生活呢?现在文案已经发出了,不可能再收回去。希望你坚定到此来的意志,不要迟疑。"睦仁蒨又担忧又害怕,病情更加严重了。成景对睦仁蒨说:"赵主簿一定想招你来,你可以自己前往泰山,向泰山府君陈诉,就能免去这个职务。"睦仁蒨问:"怎么才能见到府君?"成景说:"前往泰山庙的东面,再过一个小山岭,那片平地就是府君的都府。你到了那个地方,自然就可以见到他了。"睦仁蒨把这事告诉了文本,文本为他准备行装。几天后,成景又告诉仁蒨说:"文状快要写成了,你前去陈诉恐怕不会被免除的。赶快做一尊佛像,这样那文书自然就会消失了。"睦仁蒨嘱咐文本,花三千钱在寺院西壁画了一尊佛像。画完了,成景就来告诉他:"你的那件事终于免了!"

睦仁蒨本不信佛,内心尚且半信半疑,便问成景说:"佛法说人有三世因果轮回,这是真是假?"成景回答说:"全是真的。"睦仁蒨说:"即便如此,人死后应当分别进入六道,怎么会全变鬼呢?而赵武灵王和你这样的人,现在还是鬼吗?"成景说:"你们那个县共有多少户?"仁蒨说:"一万多户。"成景又问:"监狱中押着多少人?"仁蒨回答:"平时在二十人以下。"成景又问:"你们那万户之内,做五品官的有几个人?"仁蒨回答:"没有一个。"又问:"做九品官以上的有几个人?"仁蒨回答说:"几十个人。"成景说:"六道合乎通义的分别,跟这是一样的。能够进入天道的,一万人中没有一个,就像你们全县也没有一个做五品官的;能够进入人道的,一万人中有几个,这就像你们县里

九品数十人；入地狱者，万亦数十，如君狱内囚；唯鬼及畜生，最为多也，如君县内课役户。就此道中，又有等级。"因指其从者曰："彼人大不如我，其不及彼者尤多。"仁蒨曰："鬼有死乎？"曰："然。"仁蒨曰："死入何道？"答曰："不知，如人知生而不知死。"

仁蒨问曰："道家章醮，为有益否？"景曰："道者彼天帝总统六道，是为天曹。阎罗王者，如人间天子。泰山府君，如尚书令录。五道神如诸尚书。若我辈国，如大州郡。每人间事，道士上章请福，如求神之恩。天曹受之，下阎罗王云：'以某月日，得某申诉云。宜尽理，勿令枉滥。'阎罗敬受而奉行之，如人奉诏也。无理不可求免，有枉必当得申，何为无益也？"仁蒨又问："佛家修福何如？"景曰："佛是大圣，无文书行下。其修福者，天神敬奉，多得宽宥。若福厚者，虽有恶道，文簿不得追摄。此非吾所识，亦莫知其所以然。"言毕即去。仁蒨一二日能起，便愈。

文本父卒，还乡里。仁蒨寄书曰："鬼神定是贪谄，往日欲郎君饮食，乃尔殷勤。比知无复利，相见殊落漠。然常掌事犹见随。本县为贼所陷，死亡略尽。仆为掌事所导，故贼不见，竟以获全。"贞观十六年九月八日文官赐射于玄武门，文本时为中书侍郎，自语人云尔。出《冥报录》。

做九品官以上的有几十个人；下地狱的，一万人中也有几十个，就像你们县监狱里关押的囚犯；只有做鬼和畜生的，才是最多的，就像你们县里纳税服役的人家一样。这六道中，也有等级之分。"于是他指指自己的随从说道，"这人就远远赶不上我了，不如他们的人更多。"睦仁蒨问道："鬼也有一死吗？"成景回答说："是的。"睦仁蒨又问："鬼死之后进入什么道？"成景说："不知道，这就像人知道生而不知道死后的事一样。"

仁蒨问道："道家拜表设祭，到底有没有益处？"成景说："道是天帝委派总管六道的人，称为天曹。阎罗王，就像人间的皇帝一样。泰山府君，如同现在尚书令的职位。五道神如同各位尚书。像我们那样的国家，就跟现在的大州郡一样。每次处理人间的事情，都是由道士上表求福，如求神之恩等等。天曹受理之后，通告阎罗王说：'于某月某日，接到某人的申诉等。应当尽快公正地处理，不能冤枉，也不能放纵。'阎罗王恭敬接受，认真奉行，就像人世间的奉诏一样。无理的不能请求赦免，有冤屈也必然能得到申诉，怎么能说没有益处呢？"仁蒨又问："佛家所说的修福怎么样？"成景说："佛是大圣，没有文书执行。修福的人，天神都会敬奉的，大多时候都会得到宽恕和谅解。如果福厚之人，虽然生前有过恶道，阴司的文簿上也不得追记。这些都不是我所明白的，也不知道为什么会这样。"说完就离开了。睦仁蒨一两天就能起床行走，病也好了。

文本的父亲死了，文本回到老家。睦仁蒨给他写信说："那些鬼神准是些贪婪且善于谄媚之辈，当初想让郎君供给食物，就那么殷勤热情。等到知道再无利可图，与我相见便十分冷淡。但是常掌事还一直跟随着我。本县已被贼寇攻陷，人几乎死光了。我由常掌事领着，所以贼寇们看不见，竟然保全了性命。"唐贞观十六年九月八日，太宗皇帝赐文官们在玄武门前练习射箭，文本当时是中书侍郎，自己对别人讲出了上述之事。出自《冥报录》。

兖州人

唐兖州邹县人姓张，忘字，曾任县尉。贞观十六年，欲诣京赴选。途经泰山，谒庙祈福。庙中府君及夫人并诸子等，皆现形像。张遍拜讫，至第四子旁，见其仪容秀美。同行五人，张独祝曰："但得四郎交游，赋诗举酒，一生分毕，何用仕官？"及行数里，忽有数十骑马，挥鞭而至，从者云是四郎。曰："向见兄垂顾，故来仰谒。"又曰："承欲选，然今岁不合得官。复恐在途有灾，不复须去也。"张不从，执别而去。行百余里，张及同伴夜行，被贼劫掠，装具并尽。张遂祝曰："四郎岂不相助？"有顷，四郎车骑毕至，惊嗟良久。即令左右追捕。其贼颠仆迷惑，却来本所。四郎命决杖数十。其贼胜膊皆烂。已而别去。四郎指一大树，兄还之日，于此相呼也。

是年，张果不得官而归。至本期处，大呼四郎。俄而郎至。乃引张云："相随过宅。"即有飞楼绮观，架迥凌空，侍卫严峻，有同王者。张既入，四郎云："须参府君，始可安。"乃引入。经十余重门，趋而进，至大堂下谒拜。见府君绝伟，张战惧，不敢仰视。判事似用朱书，字皆极大。府君命使者宣曰："汝乃能与吾儿交游，深为善道。宜停一二日宴聚，随便好去。"即令引出，至一别馆。盛设珍羞，海陆毕备。奏乐盈耳。即与四郎同室而寝。已经三宿。

兖州人

唐代兖州邹县有个人姓张,忘记他的名字了,曾经做过县尉。贞观十六年,他想到京城参加选试。路过泰山时,他进庙祈福。庙中府君及夫人连同几个儿子等,都有塑像。张某向他们一一揖拜完毕,当走到府君第四个儿子身边,见他仪容俊美出众。同行的五个人当中,只有张某祈祷道:"我如果能同四郎交往,饮酒赋诗,一生的福分就完备了,何必要当官呢?"等他走出几里,忽然有几十个骑马的人,挥鞭而来,随从告诉他说这就是四郎。四郎对张某说:"刚才见你对我青眼相加,所以前来拜见。"又说:"知道你想参加选考,但今年是不会得到官职的,又可能在中途遇到灾祸,不要再去了。"张某不听,执意告别而去。走出一百多里,张某和同伴赶夜路时,被强盗劫掠一空,衣物用具全被抢走了。张某于是祈祷说:"四郎怎么不来帮助我呀?"一会儿,四郎的车马全来了,惊叹了很久。立即派手下人追捕强盗。那强盗跟跟跄跄,神魂颠倒,又转回原地。四郎命人打他几十棍杖。那强盗的屁股和胳膊全被打烂了。不久张某与四郎告别而去。四郎指着一棵大树,告诉他回来的时候,可在这里喊他。

这一年,张某果然落选而归。到了原来约定的地方,他大声呼喊四郎。不一会儿四郎就来了。他领着张某说:"请随我到家里看看吧。"走了不远,就有飞楼华丽瑰奇,屋檐直伸空中,侍卫严肃,如同王府一样。张某走了进去,四郎说:"咱们必须去参拜府君,才能够平安无事。"四郎就领着他往里走。经过十几道门,快步前进,来到大堂之下恭恭敬敬拜见。只见那府君十分魁伟威严,张某有些胆战心惊,不敢仰视。府君审理文书好像用红笔书写,字都很大。府君让使者宣告说:"你能够同我的儿子交游,实在是好事。你应当在此住一两天,我再设宴招待你,先随意转转吧。"就让四郎领着张某出去了,到了一座客馆。这里已经摆下了丰盛的酒菜,山珍海味应有尽有,演奏的乐曲充满耳内。当天,张某就与四郎同室而睡。就这样过了三宿。

　　张至明旦，游戏庭序，徘徊往来，遂窥一院，正见其妻。于众官人前荷枷而立。张还，甚不悦。四郎怪问其故，张具言之。四郎大惊云："不知嫂来此也。"即自往造诸司法所。其类乃有数十人，见四郎来，咸去下陛，重足而立。以手招一司法近前，具言此事。司法报曰："不敢违命，然须白录事知。"遂召录事，录事诺云："乃须夹此案于众案之中，方便同判，始可得耳。"司法乃断云："此妇女勘别案内。常有写经持斋功德，不合即死。"遂放令归家。与四郎涕泣而别，仍云："唯作功德，可以益寿。"

　　张乘本马，其妻从四郎借马，与妻同归。妻虽精魂，事同平素。行欲至家，可百步许，忽不见。张大怪惧。走至家中，即逢男女号哭，又知已殡。张即呼儿女，急往发之，开棺，妻忽起即坐，辗然笑曰："为忆男女，勿怪先行。"于是已死经六七日而苏也。兖州人说之云尔。出《冥报录》。

张某在第四天早晨，到庭院中游玩，到处闲逛时，看见一个院子，正好看见自己的妻子在里面。她戴着枷锁站在众官吏面前。张某回到房间，十分不高兴。四郎感到奇怪，便问他怎么回事，张某把刚才的事说了。四郎大吃一惊道："不知道嫂子来到这里呀！"就亲自前往各司法部门询问。就有几十个人，见四郎来了，全都走下台阶，惶恐不安地站着。四郎用手势把一个司法官唤到跟前，跟他说了这件事。司法官回答说："我们不敢违抗您的命令，但是也必须告诉录事知道。"于是把录事召了进来，录事答应说："必须把这个案子夹在众多案子当中，才便于一起宣判，方可达到目的。"司法官就判决说："这位妇女已经在别的案子里审问。她曾有抄写经书持斋多年的功德，不该立即处死。"于是释放了张某的妻子，让她回家。张某和四郎挥泪告别，四郎便说："只有大作功德，才能够延年益寿。"

　　张某骑着原来的马，他妻子向四郎借了一匹马，夫妻一起往家走。妻子虽然是精魂，但与平时没什么两样。快走到家了，大约还有一百步远时，妻子忽然不见了。张某十分惊异恐惧。跑到家中，就碰到男女号哭，才知道已经出殡了。张某立即呼唤儿女们，急忙前去开棺，棺材打开了，妻子忽然坐了起来，笑着说道："因为思念儿女，别怪我先到家一步。"于是，她已经死了六七天之后又苏醒过来了。这个故事是兖州人讲的。出自《冥报录》。

卷第二百九十八
神八

柳智感　李　播　狄仁杰　王万彻　太学郑生
赵州参军妻

柳智感

　　唐河东柳智感，以贞观初为长举县令。一夜暴死，明旦而苏。说云：始忽为冥官所追。大官府使者以智感见，谓感曰："今有一官阙，故枉君任之。"智感辞以亲老，且自陈福业，未应便死。王使勘籍，信然。因谓曰："君未当死，可权判录事。"智感许诺谢。吏引退至曹，有五判官，感为第六。其厅事是长屋，人坐三间，各有床案，务甚繁拥，西头一坐处无判官，吏引智感就空坐。群吏将文书簿帐来，取智感署，置案上，退立阶下。智感问之，对曰："气恶逼公，但遥以按中事答。"智感省读，如人间者，于是为判句文。有顷食来，诸判官同食。智感亦欲就之，诸判官曰："君既权判，不宜食此。"感从之。日暮，吏送智感归家，

柳智感

　　唐代河东地区有个叫柳智感的人,于贞观初年任长举县令。一天夜里他突然死去,第二天早晨又苏醒过来。他说:最初忽然被阴间的官吏追命。地府的使者传话智感进见,对智感说:"现在有一个官职空缺着,所以想请君屈就上任。"智感以双亲年迈推辞,并且自陈造福的功德,不应该现在就死。阎罗王派使者审查簿籍,果然这样。于是对他说:"你不该现在就死,可以暂时代理判案的录事。"柳智感答应下来并表示感谢。有位小吏领着他到官署上任,已经有五个判官了,柳智感为第六个人。办公厅堂是一个长形屋子,人坐其中三间,各有床铺和几案,公务繁忙,十分紧张。西头一个座位没有判官,小吏领着柳智感在空着的地方坐下。一群小吏拿来文书账簿,取了柳智感的署印,摆在他的几案上,然后都退到台阶下站好。柳智感问这是怎么回事,回答说:"因为怕身上气味冲犯您,所以站在远处来回答您的问话。"柳智感审读了一下,同人世间的一样,于是便处理起来。一会儿饭送来了,各位判官都一起吃。柳智感也想过去吃,判官们说:"你既然是暂时代理的,就不该吃这样的饭菜。"柳智感听从了他们的话。傍晚时,小吏送智感回家,

苏而方晓,自归家中。日暝,吏复来迎,至旦如故。知幽显昼夜相反矣。于是夜判冥事,昼临县职。

岁余,智感在冥曹,因起至厕,于堂西见一妇女。年三十许,姿容端正,衣服鲜明,立而掩涕。智感问何人,答曰:"兴州司仓参军之妇也。摄来此,方别夫子,是以悲伤。"智感以问吏,吏曰:"官摄来,有所案问,且以证其夫事。"智感因谓妇人曰:"感,长举县令也。夫人若被勘问,幸自分就。无为牵引司仓,俱死无益。"妇人曰:"诚不愿引之,恐官相逼耳。"感曰:"夫人幸勿相牵,可无逼迫之虑。"妇人许之。既而还州,先问司仓妇有疾。司仓曰:"吾妇年少无疾。"智感以所见告之,说其衣服形貌,且劝令作福。司仓走归家,见妇在机中织,无患也,不甚信之。后十余日,司仓妇暴死。司仓始惧而作福禳之。

又兴州官二人考满,当赴京选。谓智感曰:"君判冥道事,请问吾选得何官?"智感至冥,以某姓名问小录事。曰:"名簿并封左右函中,检之二日方可得。"后日,乃具告二人。二人至京选,吏部拟官,皆与报不同。州官闻之,以语智感。后问小录事,覆检簿,云:"定如所检,不错也。"既而选人过门下,门下审退之。吏部重送名,果是名簿检报者。于是众咸信服。

待他苏醒过来天才亮,自己回到家中。日落后,小吏又把他接去,到早晨像以前一样再送他回家。要知道,阴间和人世昼夜是相反的。于是,他晚上到阴间判案,白天去县衙办公。

一年多后,柳智感正在地府,要去厕所小解,于大堂西侧看见一个妇女。年龄在三十岁左右,姿容端庄,衣裳鲜艳明丽,正站在那里捂着脸哭泣。柳智感问她是什么人,那妇女回答说:"我是兴州司仓参军的夫人。被抓到这里,刚刚离开丈夫孩子,所以感到悲伤。"柳智感向小吏询问此事,小吏说:"地府把她抓来,是因为有案子要问,并且让她证明丈夫的一些事情。"柳智感便对那妇女说:"我是长举县令。你如果被带去审问,希望你自己分清事实,不要牵连司仓,都死了并没有好处。"那妇女说:"我诚然不想牵连他,可只怕官府相逼呀!"柳智感说:"夫人千万别牵连他,可以免去被逼迫的忧虑。"那妇女答应下来。不久柳智感回到兴州,先去问那位司仓他夫人有没有病,司仓说:"我的夫人正年轻,没有病。"柳智感便把自己在阴间看到的告诉了他,而且说出他夫人所穿的衣服及音容笑貌,并劝他赶紧为妻子祈福。司仓跑回家中,见妻子正在机前织布,什么病也没有,不太相信柳智感的话。十几天之后,司仓的妻子突然死亡。司仓这才感到害怕而作福德祈祷驱除灾祸。

还有一次,兴州有两位官员任期已满,应当进京参加选官。他们对柳智感说:"你判决阴间的事情,请问我们能得到什么官职呢?"柳智感到了地府,报出二位的姓名询问小录事。小录事说:"名簿一起封在左右匣中,搜检两天才能找到。"后天,柳智感把这些详细告诉了那两个人。那二人进京赴选,吏部拟出任职名单,都跟小录事报的不一样。那二位州官听说此事,对柳智感讲了。柳智感后来问小录事,小录事重新检查一遍名簿,说:"一定跟名簿记载的一样,不会错的。"不久,中选的任职名单报到门下省,门下省审查没有通过又退了回去。吏部重拟名单报上,果然与名簿上的任职一样。因此大家都信服了。

　　智感每于冥簿，见其亲识名状及死时日月，报之，使修福，多得免。智感权判三年，其吏部来告曰："已得隆州李司户，授正官以代。公不复判矣。"智感至州，因告刺史李德风，遣人往隆州审焉，其司户已卒。问其死日，即吏来告之时也。从此遂绝。

　　州司遣智感领囚，送至凤州界。囚四人皆逃。智感忧惧，捕捉不获。夜宿传舍，忽见其故部吏来告曰："囚尽得矣。一人死，三人在南山西谷中，并已擒缚。愿公勿忧。"言毕辞去。智感即请共入南山西谷，果得四囚。知走不免，因来拒抗。智感格之，杀一囚，三囚受缚，果如所告。

　　智感今存，任慈州司法。光禄卿柳亨说之。亨为邛州刺史，见智感，亲问之。然御史裴同节亦云，见数人说如此。出《冥报录》。

李　播

　　高宗将封东岳，而天久霖雨。帝疑之，使问华山道士李播，为奏玉京天帝。播，淳风之父也。因遣仆射刘仁轨至华山，问播封禅事。播云："待问泰山府君。"遂令呼之。良久，府君至，拜谒庭下，礼甚恭。播云："唐皇帝欲封禅，如何？"府君对曰："合封，后六十年，又合一封。"播揖之而去。时仁轨在播侧立，见府君屡顾之。播又呼回曰："此是唐宰相，不识府君，无宜见怪。"既出，谓仁轨曰："府君薄怪

柳智感每每在生死簿上看到自己亲友和相识者的名状及死亡日期，都回来告诉本人，让他修德祈福，大多数都能幸免一死。柳智感代理了判官录事三年，地府吏部来人对他说："我们已经找到了隆州的李司户，正式授官取代你了。你以后不用再来这里办案了。"柳智感到了州府，便向刺史李德凤报告了这件事，李德凤立即派人到隆州调查，那位李司户已经死了。问起死亡日期，就是吏部来人通知他的那天。从此，他去地府的路便断绝了。

一天，州司派柳智感押解囚徒，送到凤州地界。结果四个囚徒都逃跑了。智感又忧虑又害怕，追捕半天一个也没有捉到。晚上他住在旅舍里，忽然看见原来地府中那位小吏告诉他说："那四名囚犯全都找到了。一个死了，三个现在南山西谷中，并且已经被捕获。希望你不要忧愁。"说完，那小吏告辞而去。柳智感立即找人一同进了南山西谷，果然找到了四个囚徒。囚徒们知道逃不掉了，便顽强抗争。柳智感与他们格斗，杀了一个，其余三个被擒缚，果然跟那小吏说的一样。

柳智感现在还活着，任慈州司法。这是光禄卿柳亨说的。柳亨当邛州刺史时，见过柳智感，亲自问过他。御史裴同节也说，听到不少人都这样讲过。出自《冥报录》。

李　播

唐高宗李治要去泰山封禅祭祀天地，而天总下雨。高宗有些疑惑，派人询问华山道士李播，让他去奏报玉京天帝。李播，是李淳风的父亲。皇帝派仆射刘仁轨来到华山，向李播询问封禅之事。李播说："等我问问泰山府君。"随即，刘仁轨让他把泰山府君喊来。过了很久，泰山府君到了，李播在庭下拜见，行礼特别恭敬。李播说："唐朝皇帝想去封禅，怎么样？"府君回答说："应该封，六十年之后，还得封一次。"李播向他揖拜，府君离开。当时刘仁轨在李播身旁站着，只见府君连着回头看了他几眼。李播又把府君喊了回来，说："这位是唐朝的宰相，他不认识府君，不要见怪。"府君走出去之后，李播对刘仁轨说："府君有点责怪

相公不拜,令左右录此人名,恐累盛德,所以呼回处分耳。"仁轨惶汗久之。播曰:"处分了,当无苦也。"其后帝遂封禅。出《广异记》。

狄仁杰

高宗时,狄仁杰为监察御史。江岭神祠,焚烧略尽。至端州,有蛮神,仁杰欲烧之。使人入庙者立死。仁杰募能焚之者,赏钱百千。时有二人出应募,仁杰问往复何用,人云:"愿得敕牒。"仁杰以牒与之。其人持往,至庙,便云有敕,因开牒以入,宣之。神不复动,遂焚毁之。其后仁杰还至汴州,遇见鬼者曰:"侍御后有一蛮神,云被焚舍,常欲报复。"仁杰问:"事竟如何?"见鬼者云:"侍御方须台辅,还有鬼神二十余人随从。彼亦何所能为? 久之,其神还岭南矣。"出《广异记》。

王万彻

武太后暮年,宫人多死,一月之间,已数百人。太后乃召役鬼者王万彻,使视宫中。彻奏曰:"天皇以陛下久临万国,神灵不乐,以致是也。"太后曰:"可奈何?"彻曰:"臣能禳之。"乃施席于殿前,持刀噀水,四向而咒。有顷曰:"皇帝至。"彻乃延诘帝曰:"天道有去就,时运有废兴。昔皇帝佐陛下,母临四海,大弘姜嫄、文母之化,遂见推戴,万国归心。此天意,非人事也。陛下圣灵在天,幽明理隔,何至不识机会,

相公没有向他揖拜,让手下人记下了你的名字,我担心影响祭祀天地那样的大德之事,所以把他喊回来嘱咐了几句。"刘仁轨听罢惶恐不安了好长时间。李播说:"解释完了,应该没有什么担心的了。"之后皇帝顺利地登上泰山封禅。出自《广异记》。

狄仁杰

　　唐高宗时,狄仁杰任监察御史。江岭一带的庙宇,几乎被他烧光了。他来到端州,见这里有座蛮神庙,仁杰便想烧毁它。然而派去的人刚一进庙就死了。狄仁杰招募能烧毁此庙之人,悬赏一百千钱。当时有两个人前来应募。狄仁杰问他们去烧庙都需要什么,他们回答说:"想用一下皇帝给你的文牒。"狄仁杰把文牒交给他们。他们二人拿着它来到庙门口,便说有文牒,便将其打开走了进去,当即宣读起来。蛮神不再行动,整个庙随即被烧毁了。后来,狄仁杰回朝,到了汴州,遇到一个能相鬼的人对他说:"在你身后有一个蛮神,说他的房舍被烧了,常常想寻机报复。"狄仁杰问:"事情最终怎么样了?"那位相鬼的人说:"侍御正要当台辅这样的大官,还有二十多个鬼神跟随着你。蛮神能有什么危害?时间长了,蛮神就都回到岭南去了。"出自《广异记》。

王万彻

　　武则天太后晚年,宫人多莫名其妙地死去,一个月之内,死了好几百人。太后就把驱鬼的王万彻招来,让他在宫中仔细勘察。王万彻奏报说:"先帝认为陛下统治大唐的时间太长了,神灵们不高兴,所以才出现这种事情。"太后说:"这如何是好?"王万彻说:"我能设法消除灾祸。"于是在殿前铺好席子,举着刀喷上水,向四周念着咒语。一会儿说:"皇帝到了。"万彻就在殿前诘问皇帝道:"天道有去有来,时运有废有兴。从前皇后辅佐陛下,统治四海,大力弘扬姜嫄、文母之教化,渐渐被拥戴,万国归心于大唐。这是天意,不是人的意志所能左右的。陛下的圣灵已经升天,阴间和人世的事理不相通,怎么能不顾际遇时会,

损害生人,若此之酷哉?"帝乃空中谓之曰:"殆非我意,此王皇后诉冤得申耳。何止后宫,将不利于汝君。"太后及左右了了闻之。太后默然改容,乃命撤席。明年而五王援立中宗,迁太后于上阳宫,以幽崩。出《广异记》。

太学郑生

垂拱中,驾在上阳宫。太学进士郑生晨发铜驼里,乘晓月,度洛桥。下有哭声甚哀,生即下马察之。见一艳女,翳然蒙袂曰:"孤养于兄嫂,嫂恶,苦我。今欲赴水,故留哀须臾。"生曰:"能逐我归乎?"应曰:"婢御无悔。"遂载与之归所居。号曰汜人,能诵《楚辞》《九歌》《招魂》《九辩》之书,亦常拟词赋为怨歌。其词艳丽,世莫有属者。因撰《风光词》曰:"隆往秀兮昭盛时,播薰绿兮淑华归。故室荑与处萼兮,潜重房以饰姿。见耀态之韶华兮,蒙长霭以为帏。醉融光兮眇眇涟涟,远千里兮涵烟眉。晨陶陶兮暮熙熙,无蝘娜之秋条兮,娉盈盈以披迟。酬游颜兮倡蔓卉,縠流偍电兮发随旎。"生居贫,汜人尝出轻绡一端卖之,有胡人酬千金。居岁余,生将游长安。是夕,谓生曰:"我湖中蛟室之妹也,谪而从君。今岁满,无以久留君所。"乃与生诀。生留之不能,竟去。

后十余年,生兄为岳州刺史,会上巳日,与家徒登岳阳楼,望鄂渚,张宴乐酣。生愁思吟曰:"情无限兮荡洋洋,怀佳期兮属三湘。"声未终,有画舻浮漾而来,中为彩楼,高百余尺。其上帷帐栏笼,尽饰帷囊。有弹弦鼓吹者,皆神仙

伤害活人,且如此之残酷呢?"皇帝就在空中对王万彻说:"这不是我的本意,这是死去的王皇后在诉屈申冤。何止是后宫死几个人,还将大大不利于你的君主。"武太后和手下人听得清清楚楚。太后沉默无语,脸色变得十分难看,便令人把席子撤掉。第二年,五个王支持辅佐中宗登基,把太后迁到上阳宫,在这里被软禁而死。出自《广异记》。

太学郑生

唐代垂拱年间,皇帝住在上阳宫里。太学进士郑生早晨由铜驼里出发,乘着天边的晓月,过洛桥。桥下有十分悲伤的哭声,郑生就下马察看。只见一个艳丽的女子,用衣袖蒙住脸说:"我是个孤儿,被兄嫂养着,嫂子十分凶狠,把我折磨得好苦。我今天想投水自尽,因此先哀伤一会儿。"郑生说:"能跟我一起回家吗?"那女子回答说:"即使当婢女也不会后悔的。"郑生就把她用车带回家中,称她为"汜人",能背诵《楚辞》《九歌》《招魂》《九辩》等书,也常常模仿词赋写些幽怨之歌。她的词章艳丽,人世间没有比得上的。她便撰写《风光词》道:"隆往秀兮昭盛时,播薰绿兮淑华归。故室蓁与处荨兮,潜重房以饰姿。见耀态之韶华兮,蒙长霭以为帏。醉融光兮眇眇溁溁,远千里兮涵烟眉。晨陶陶兮暮熙熙,无蝼娜之秩条兮,娉盈盈以披迟。酬游颜兮倡蔓卉,縠流倩电兮发随旎!"郑生家中贫困,汜人曾经拿出一端丝绸卖了,有位胡人付给她一千斤黄金。住了一年多,郑生要去长安游历。这天晚上,汜人对郑生说:"我是湖中蛟龙的妹妹,因被贬谪才跟随了你。今年期限已满,不能长住你这里了。"于是跟郑生诀别。郑生怎么也留不住,她终究走了。

十多年之后,郑生的哥哥任岳州刺史,赶上上巳节那天,郑生同家人登上岳阳楼,远望鄂渚,设宴酣饮。郑生不由生出一丝愁绪,吟道:"情无限兮荡洋洋,怀佳期兮属三湘。"话音未落,有一个画舫顺水而来,中间扎着彩楼,一百多尺高。上面有帷帐栏杆,都装饰得十分讲究。有弹弦打鼓吹奏的,都是神仙

蛾眉,被服烟电,裾袖皆广尺。中一人起舞,含嚬怨慕,形类汜人。舞而歌曰:"溯青春兮江之隅,拖湖波兮裛绿裾。荷拳拳兮来舒,非同归兮何如?"舞毕,敛袖索然。须臾,风涛崩怒,遂不知所往。出《异闻集》。

赵州参军妻

赵州卢参军,新婚之任,其妻甚美。数年,罢官还都。五月五日,妻欲之市,求续命物,上于舅姑。车已临门,忽暴心痛,食顷而卒。卢生号哭毕,往见正谏大夫明崇俨,扣门甚急。崇俨惊曰:"此端午日,款关而厉,是必有急。"遂趋而出。卢氏再拜,具告其事。明云:"此泰山三郎所为。"遂书三符以授卢:"还家可速烧第一符,如人行十里;不活,更烧其次;若又不活,更烧第三符。横死必当复生,不来真死矣。"卢还如言,累烧三符,其妻遂活,顷之能言。

初云:被车载至泰山顶,别有宫室,见一年少,云是三郎。令侍婢十余人拥入别室,侍妆梳。三郎在堂前,与他少年双陆。候妆梳毕,方拟宴会。婢等令速妆,已缘眷恋故人,尚且悲泪。有顷,闻人款门云:"是上利功曹,适奉都使处分,令问三郎,何以取卢家妇? 宜即遣还。"三郎怒云:"自取他人之妻,预都使何事!"呵功曹令去。相与往复,其辞甚恶。

般的美人，身上披着云霞和电光一样的服饰，衣襟和袖子都很宽大。中间有个人翩然起舞，皱着眉头，眼里含着幽怨之情，样子像是氾人。她边舞边唱道："溯青春兮江之隔，拖湖波兮褰绿裾。荷拳拳兮来舒，非同归兮何如？"跳完了舞，她神情黯然地收起袖子。不一会儿，狂风大作，波涛汹涌，于是不知道船到哪里去了。

出自《异闻集》。

赵州参军妻

赵州有位卢参军，新婚之后上任，他的妻子非常漂亮。几年之后，他罢官回到家中。五月初五这天，妻子想到市场上去，买些有益长寿的食物，送给公婆。车已到了门口，妻子忽然心疼不止，一会儿就死了。卢某大哭一场之后，前去拜见正谏大夫明崇俨，敲门敲得很急。明崇俨吃惊地说："今天是端午佳节，门敲得这样响，必定有什么急事。"于是快步迎出门去。卢某向他拜了两拜，详细地说了事情的经过。明崇俨说："这是泰山府君的三公子干的。"于是画了三道符交给卢某，并告诉他："回家可以立即烧第一道符，如果她走出十里便活不过来；如果没有活，就再烧第二道符；如果还没有活过来，再烧第三道符。意外死亡之人就必定能够复活，如果再不复活，那就是真死了。"卢某回到家中，照他说的去做，连续烧了三道符，妻子于是活了过来，一会儿便能讲话了。

她开始叙述：我被车拉到泰山顶上，那里别有宫殿，我看见一个少年，说是叫三郎。他让十多个侍从婢女将我拥入另外一间屋子，为我梳妆打扮。三郎站在堂前，跟别的少年玩一种叫'双陆'的博戏。等着我梳妆完毕，外面也正在准备婚礼的筵席。婢女们让我快点打扮，我因为眷恋夫君，还在悲伤地流着眼泪。过了一会儿，听人敲门说："我是上利功曹，刚才奉都使的吩咐，让我问三郎，为什么要娶卢家的媳妇？应该立即送她回去。"三郎气冲冲地说："我娶他人的媳妇，与都使有什么关系？"斥责功曹让他离开。二人反复往来酬对，言辞十分激烈。

须臾，又闻款门云："是直符使者，都使令取卢家妇人。"对局劝之，不听。对局曰："非独累君，当祸及我。"又不听。寻有疾风，吹黑云从崖顶来，二使唱言："太一直符，今且至矣！"三郎有惧色。风忽卷宅，高百余丈放之，人物糜碎，唯卢氏获存。三使送还，至堂上，见身卧床上，意甚凄恨，被推入形，遂活。出《广异记》。

一会儿，又听到有人敲门说："我是直符使者，都使让我带卢家媳妇回去。"对局的少年劝说三郎，三郎不听。对局者说："这件事不单连累你，还祸及于我。"三郎还不听。接着有狂风吹来，从崖顶上吹过黑云，那二位使者拖长声音喊道："太一直符，现在要到了！"三郎害怕了。大风忽然把整个宅院卷到空中，一百多丈高再抛下来，人和东西全摔得稀烂，唯独我一个人活了下来。功曹等三位使者把我的魂魄送回家中，来到堂前，见身体躺在床上，神情很凄苦，我的魂魄被推入形体，于是活了过来。出自《广异记》。

卷第二百九十九
神九

韦安道

韦安道

京兆韦安道，起居舍人真之子。举进士，久不第。唐大定年中，于洛阳早出，至慈惠里西门，晨鼓初发，见中衢有兵仗，如帝者之卫。前有甲骑数十队，次有官者，持大杖，衣画裤袿，夹道前驱，亦数十辈。又见黄屋左纛，有月旗而无日旗。又有近侍才人宫监之属，亦数百人。中有飞伞，伞下见衣珠翠之服，乘大马，如后之饰，美丽光艳，其容动人。又有后骑，皆妇人才官，持钺，负弓矢，乘马从，亦千余人。时天后在洛，安道初谓天后之游幸。时天尚未明，问同行者，皆云不见。又怪衢中金吾街吏，不为静路。久之渐明，见其后骑一宫监，驰马而至。安道因留问之："前所过者，非人主乎？"宫监曰："非也。"安道请问其事，宫监但指慈惠里之西门曰："公但自此去，由里门，循墙而南，行百余步，有朱扉西向者，扣之问其由，当自知矣。"

韦安道

　　京兆郡有个人叫韦安道，是起居舍人韦真的儿子。他赶考进士，始终没有中第。唐代大定年间，他从洛阳大清早出门，到慈惠里西门时，晨鼓刚响，只见前面大路中间有士兵组成的仪仗队，像是帝王的卫士。前面有戴着甲胄的骑兵几十队，接着是官员，拿着大杖，衣衫又脏又破烂，夹道开路，也有几十个人。又看见帝王车盖左边的大旗，只有月旗而没有日旗。还有近侍才人宫女太监等，也有几百人。人群中间有一飞伞，伞下见一人身穿镶嵌着珠翠的衣服，骑着高头大马，好像是皇后的装饰，美丽光艳，容貌动人。她身后还有一些骑马的人，全是妇人才官，举着斧钺，背着弓箭，乘马紧随其后，也有一千多人。当时则天皇后住在洛阳，韦安道开始以为是天后出游。这时天还没有亮，韦安道问同行的人，都说没看见。他又奇怪路上的治安警卫和巡街官吏，为何没有清检道路。过了很久天渐渐亮了，只见车仗后有个太监骑着马赶上来。韦安道便喊住他问道："前面过去的，不是咱们的君主吗？"太监说："不是。"韦安道问他这是怎么回事，太监只是指指慈惠里西门说："你尽管从那往前走，经里门，再顺着墙向南行，走一百多步，有一道朝西的红门，你上前敲门问问缘由，应该就知道了。"

安道如其言扣之。久之，有朱衣宦者出应门曰："公非韦安道乎？"曰："然。"宦者曰："后土夫人相候已久矣。"遂延入。见一大门如戟门者，宦者入通，顷之，又延入。有紫衣宫监，与安道叙语于庭。延一宫中，置汤沐。顷之，以大箱奉美服一袭，其间有青袍牙笏绶及巾靴毕备，命安道服之。宫监曰："可去矣。"遂乘安道以大马，女骑道从者数人。宫监与安道联辔，出慈惠之西门，由正街西南，自通利街东行，出建春门。又东北行，约二十余里，渐见夹道戍守者，拜于马前而去。凡数处，乃至一大城，甲士守卫甚严，如王者之城。凡经数重，遂见飞楼连阁，下有大门，如天子之居，而多宫监。安道乘马，经翠楼朱殿而过，又十余处，遂入一门内。行百步许，复有大殿，上陈广筵重乐，罗列樽俎，九奏万舞，若钧天之乐。美妇人十数，如妃主之状，列于筵左右。前所与同行宫监，引安道自西阶而上。

顷之，见殿内宫监如赞者，命安道西间东向而立。顷之，自殿后门，见卫从者，先罗立殿中，乃微闻环珮之声。有美妇人，备首饰袆衣，如谒庙之服，至殿间西向，与安道对立，乃是昔于慈惠西街飞伞下所见者也。宫监乃赞曰："后土夫人，乃冥数合为匹偶。"命安道拜，夫人受之，夫人拜，安道受之，如人间宾主之礼。遂去礼服，与安道对坐于筵上。前所见十数美妇人，亦列坐于左右，奏乐饮馔，及昏而罢。则以其夕偶之，尚处子也。如此者盖十余日，所服御饮馔，

韦安道照他说的那样敲门。过了好长时间,有一个穿红衣服的官员出来开门道:"你就是韦安道吗?"韦安道说:"对。"那位官员说:"后土夫人等候你很长时间了。"便把他请了进去。韦安道看见一道大门,像一道立戟的宫门,那位官员走进去通报,一会儿,又把他请了进去。有位穿紫衣服的太监,同韦安道在庭前叙谈起来。随后,把他请到一座宫殿,备好热水让他沐浴。一会儿,有人用大箱子送来一套华美的衣服,其中还有青袍、牙笏、绶带以及头巾靴子等,十分齐全,让韦安道穿戴好。那位太监说:"这回可以去了。"便让韦安道骑上高头大马,还有几个骑马的女子随行。太监与安道并马而行,出了慈惠里西门,由正街西南,再从通利街往东走,出了建春门。再向东北走,大约走出二十多里,渐渐看见卫兵们夹道而立,他们在马前下拜后又走回原来的位置。这样的情况在好几处发生,他们才来到一座大城,甲士们守卫很严,仿佛皇宫一般。一共经过好几道关口,便看见飞楼连阁,下面有一道大门,像皇帝的住处,有不少太监。韦安道骑着马,经过翠楼朱殿,又走了十余处地方,便进入一道门内。走了一百来步,又有一座大殿,殿上盛宴已备,舞乐已设,杯盏罗列琳琅满目,九奏万舞,像钧天之乐。有十几个美女,像是妃子的样子,站立在筵席两侧。之前那位与韦安道同行的太监,领着他从西边的台阶走上去。

一会儿,只见殿内像主持赞礼的太监,让韦安道到殿堂西边朝东站好。随后,从大殿后门,走出不少侍卫和随从,先按顺序站在殿中,又隐隐听见环珮之声,走出一位美丽端庄的女子,戴首饰穿裪衣,如同到庙里拜谒的服饰。她来到殿堂朝西边站好,与韦安道迎面而立,就是方才在慈惠西街飞伞下见到的女人。太监就唱赞道:"后土夫人,按注定的气数应当婚配了!"他让韦安道揖拜,夫人接受了;夫人揖拜,韦安道也接受了,就像人世间的宾主之礼。接着,夫人脱去礼服,与安道对坐在席上。前面见到的那十几个美妇人,也列坐在他们左右。一边奏乐一边饮酒吃饭,到傍晚才结束。韦安道就在那天晚上与后土夫人结为夫妻,夫人竟还是个处女。像这样一共住了十多天,所穿所吃,

皆如帝王之家。

夫人因谓安道曰："某为子之妻,子有父母,不告而娶,不可谓礼。愿从子而归,庙见尊舅姑,得成妇之礼,幸也。"安道曰："诺。"因下令,命车驾即日告备。夫人乘黄犊之车,车有金翠瑶玉之饰,盖人间所谓库车也。上有飞伞覆之,车徒傧从,如慈惠之西街所见。安道乘马,从车而行,安道左右侍者十数人,皆材官宦者之流。行十余里,有朱幕城供帐,女吏列后,乃行宫供顿之所。夫人遂入供帐中,命安道与同处,所进饮馔华美。顷之,又去。下令命所从车骑,减去十七八,相次又行三数里,复下令去从者。乃至建春门,左右才有二十骑人马,如王者之游。

既入洛阳,欲至其家,安道先入,家人怪其车服之异。安道遂见其父母。二亲惊愕久之,谓曰："不见尔者,盖月余矣,尔安适耶?"安道拜而明言曰："偶为一家迫以婚姻。"言新妇即至,故先上告。父母惊问未竟,车骑已及门矣。遂有侍婢及阉奴数十辈,自外正门,传绣茵绮席,罗列于庭,及以翠屏画帷,饰于堂门,左右施细绳床一,请舅姑对坐。遂自门外,设二锦步障,夫人衣礼服,垂珮而入。修妇礼毕,奉翠玉金瑶罗纨,盖十数箱,为人间贺遗之礼,置于舅姑之前。爰及叔伯诸姑家人,皆蒙其礼。因曰："新妇请居东院。"遂又有侍婢阉奴持房帷供帐之饰,置于东院,修饰甚周,遂居之。

都像住在帝王家中一般。

一天，夫人便对韦安道说："我做了你的妻子，你有父母，没告诉他们就娶了我，不能称为符合礼仪。我愿意跟你一块回去，拜见尊敬的公婆，完成我做媳妇的礼数，这是一件荣幸之事。"韦安道说："好。"后土夫人于是命令手下人准备车马，当天就准备好了。后土夫人坐着黄牛犊拉的车，车上由金翠美玉作装饰，就是人间所说的库车。车上有飞伞遮盖，车马侍从，如同在慈惠西街见到的一样。韦安道骑着马，跟在车后面走，韦安道身旁的侍从也有十几人，都是武卒太监之流。走了十多里，只见路旁设有朱红色的帐篷，女官们排列着站在后面，这是用来休息的行宫。夫人进入帐中，让韦安道跟她一起，所进献的食品相当精美。一会儿，又向前走。夫人下令把跟随来的车骑，减十分之七八。接着又走了三五里地，夫人又下令减掉随从人员。等到了建春门时，身边还有二十骑人马，如君王出游。

进了洛阳城，快到家时，韦安道先进门，家里人奇怪他车马和服饰如此不寻常。韦安道便去拜见父母。二位老人惊愕了好久，对他说："一个多月没有见到你，你过得舒心吗？"韦安道跪拜并且直言相告："我无意之中被一家人强迫成婚。"并说新婚妻子马上要到了，因此先来禀告父母。父母吃了一惊，还没问完，车马已到门前。随即有几十个侍婢及太监，从外面入门，铺进来绣着花草的垫子丝席，摆放在庭院，并用翠屏画帷装饰好堂门，左右各安放一个用细绳编的坐榻，请公婆相对而坐。接着又在门外安置两个锦绣步障，后土夫人穿着礼服，垂着珮玉款款而入。按照新媳妇的礼仪拜完公婆，献上一大批金玉珠宝绫罗绸缎，共有十几箱，作为人间的见面礼，放在公婆面前。接着，韦安道的叔伯姑婶兄弟姐妹等家人，也都收到了她的礼物。公婆说："请新媳妇住在东院吧。"随即又有一些侍婢太监，拿着帷帐屏风等装饰物，安放在东院，装饰得十分周到讲究。于是便住了进去。

　　父母相与忧惧，莫知所来。是时天后朝，法令严峻，惧祸及之，乃具以事上奏请罪。天后曰："此必魅物也，卿不足忧。朕有善咒术者释门之师，九思、怀素二僧，可为卿去此妖也。"因诏九思、怀素往，僧曰："此不过妖魅狐狸之属，以术去之易耳。当先命于新妇院中设馔，置坐位，请期翌日而至。"真归，具以二僧之语命之。新妇承命，具馔设位，辄无所惧。明日，二僧至，既毕馔端坐，请与新妇相见，将施其术。新妇遽至，亦致礼于二僧。二僧忽若物击之，俯伏称罪，目眦鼻口流血。

　　又具以事上闻。天后问之，二僧对曰："某所以咒者，不过妖魅鬼物，此不知其所从来，想不能制。"天后曰："有正谏大夫明崇俨，以太一异术制录天地诸神祇，此必可使也。"遂召崇俨。崇俨谓真曰："君可以今夕，于所居堂中，洁诚坐，以候新妇所居室上，见异物至而观。其胜则已，或不胜，则当更以别法制之。"真如其言。至甲夜，见有物如飞云，赤光若惊电，自崇俨之居，飞跃而至。及新妇屋上，忽若为物所扑灭者，因而不见。使人候新妇，乃平安如故。乙夜，又见物如赤龙之状，挐攫喷毒，声如群鼓，乘黑云有光者，至新妇屋上，又若为物所扑，有呦然之声而灭。使人候新妇，又如故。又至子夜，见有物朱发锯牙，盘铁轮，乘飞雷，轮铓角呼奔而至，既及其屋，又如物所杀，称罪而灭。

韦安道的父母都感到忧虑恐惧,不知道这位儿媳妇是从哪里来的。当时武则天皇后临朝执政,法令严酷,他们担心发生祸事连累自己,就把这件事向天后禀报请求赐罪。天后说:"这一定是妖魅怪物。你不要害怕,我有懂咒语会法术的佛门法师,九思、怀素两位神僧,能够为你除掉此妖。"于是,她下诏九思、怀素前去。这两位和尚说:"这不过是深山中的妖魅狐狸精之类,用法术除掉它很容易。你应当先在新妇院中摆设筵席,放好座椅,定好时间第二天就去。"韦安道之父韦真回到家中,全按照那两个和尚说的让新媳妇置办,新妇答应下来,准备饭菜,布置座椅,一点也不害怕。第二天,两个和尚到了,在准备好的筵席前端坐,请求与新妇见面,准备施展法术。新妇很快就来了,也向这两位和尚致礼问候。这两位和尚忽然仿佛被什么东西击中了样,趴在地上自称有罪,眼角和鼻口都流出血来。

他们又把这件事上奏给天后听。天后再三询问,两位和尚回答说:"我们以为所要咒的,不过是妖魅鬼怪罢了。这妇人不知道究竟从哪里来的,想必是制服不了。"天后说:"有位正谏大夫叫明崇俨,能以太一异术制服天地间各位神仙,一定可以驱除她。"于是召见明崇俨。明崇俨对韦真说:"你可以在今天晚上,在你所住的房间里,洁身静心虔诚坐好,等新妇居住的房顶上出现什么异物时,留心观察。打胜了异物则已,倘若打不胜,就得再想别的办法制服她。"韦真照他所说的去等候。到了初更时分,他看见一物如同飞云,闪着雷电般的红光,从明崇俨家里飞跃而来。到了新媳妇屋子上方,又仿佛被什么东西扑灭,因而便看不见了。韦真派人去新妇房中打探,仍平安如故。二更时,他又看见一个怪物像赤龙的样子,张牙舞爪地喷着毒气,声音如同群鼓齐敲,驾着黑云闪着光亮,落到儿媳的屋顶,又仿佛被什么东西扑打,它叫了几声便消失不见了。韦真派人再去新妇屋中打探,又平安如常。到了半夜,韦真又看见有个怪物长着红头发和锯齿般的牙,踩着铁轮,乘着飞雷,抢着闪闪发光的东西呼叫而来,等落到新妇的屋顶,又仿佛被什么东西扑杀,连称自己"有罪"而销声匿迹。

既而质明,真怪惧,不知其所为计,又具以事告。崇俨曰:"前所为法,是太乙符箓法也,但可摄制狐魅耳,今既无效,请更礘之。"因致坛醮之箓,使征八纮厚地,山川河渎,丘墟水木,主职鬼魅之属,其数无阙,崇俨异之。翌日,又征人世上天界部八极之神,其数无阙。崇俨曰:"神祇所为魅者,则某能制之,若然,则不可得而知也!请试自见而礘之。"因命于新妇院设馔,请崇俨。崇俨至坐,请见新妇。新妇方肃答,将拜崇俨,崇俨又忽若为物所击,奄然斥倒,称罪请命,目眦鼻口流血于地。

真又益惊惧,不知所为。其妻因谓真曰:"此九思、怀素、明正谏所不能制也,为之奈何?闻昔安道初与偶之时,云是后土夫人,此虽人间百术,亦不能制之。今观其与安道夫妇之道,亦甚相得,试使安道致词,请去之,或可也。"真即命安道谢之曰:"某寒门,新妇灵贵之神,今幸与小子伉俪,不敢称敌;又天后法严,惧因是祸及,幸新妇且归,为舅姑之计。"语未终,新妇泣涕而言曰:"某幸得配偶君子,奉事舅姑。夫为妇之道,所宜奉舅姑之命。今舅姑既有命,敢不敬从。"因以即日命驾而去,遂具礼告辞于堂下。因请曰:"新妇,女子也,不敢独归,愿得与韦郎同去。"真悦而听之,遂与安道俱行,至建春门外,其前时车徒悉至,其所都城仆使兵卫悉如前。

至城之明日,夫人被法服,居大殿中,如天子朝见之像,遂见奇容异人之来朝,或有长丈余者,皆戴华冠长剑,

不久天就亮了，韦真又奇怪又害怕，不知道该怎么办，又把这件事对他讲了。明崇俨说："以前我所做的法术，是太乙符箓法，只可制服狐精精魅之类的鬼怪，现在既然不见效果，那只好另想更精妙的法术。"便设坛举行祷神的祭礼，查验八维之地、山川河流、荒丘水木主管鬼魅的神灵，数量上一个都不缺，明崇俨觉得奇怪。第二天，又征召人世与天界间八极之神，数量也是一个不缺。明崇俨说："神仙变鬼怪做坏事的，我能够制服它；可现在这种情况，我也不知道究竟是怎么回事了。请求面见这新妇试探试探。"韦真便令在新妇院中设筵，宴请明崇俨。明崇俨到后入座，请见新妇。新妇刚要恭敬应答，将拜见明崇俨时，崇俨也忽然像被什么东西击中，猛然倒在地上，连称有罪并请求饶命，眼角和鼻口的血流到地上。

　　韦真更加惊恐害怕，不知道该怎么办。他的妻子便对他说："这连九思、怀素和明崇俨都不能制服她，拿她有什么办法？听说从前安道刚跟她成婚时，说她是后土夫人。现在虽然人世间有各种法术，也不能制服她。现在看她与安道颇合夫妻之道，恩恩爱爱，能否试着让安道跟她说说，请她离去，也许可行。"韦真就命安道向妻子道歉说："我出身寒门，而你为尊贵的神女，很荣幸你与我结为夫妻，我却实在配不上你。再说，天后法令严酷，怕因此而祸及全家。为替公婆考虑，希望你能够暂且回去。"话没说完，妻子泪流满面地说："我有幸与你结为夫妻，侍奉公婆。为妇之道，应当服从公婆的意志。现在公婆既然有命，我怎敢不从命。"便于当日下令起驾离开，她于是准备好礼物来到堂前向公婆告辞。并请求说："我一个新婚女子，不敢独自回去，希望能与韦郎一块儿走。"韦真高兴地答应下来。后土夫人就和韦安道一起出发了，到了建春门外，以前离去的车马侍从全到了，夫人住的都城和仆使卫兵全跟从前一样。

　　回到所在都城后的第二天，后土夫人身披法服，坐在大殿之上，就像皇帝临朝的样子，接着就看见一些奇形怪状的异人前来朝拜，有身高的一丈多长，都戴着华丽的帽子，佩着长剑，

被朱紫之服,云是四海之内,岳渎河海之神。次有数千百人,云是诸山林树木之神而已。又乃天下诸国之王悉至。时安道于夫人坐侧置一小床,令观之。因最后通一人,云:"大罗天女。"安道视之,天后也。夫人乃笑谓安道曰:"此是子之地主,少避之。"令安道入殿内小室中。

既而天后拜于庭下,礼甚谨。夫人乃延天后上,天后数四辞,然后登殿,再拜而坐。夫人谓天后曰:"某以有冥数,当与天后部内一人韦安道者为匹偶。今冥数已尽,自当离异,然不能与之无情。此人苦无寿,某当在某家,本愿与延寿三百岁,使官至三品,为其尊父母厌迫,不得久居人间,因不果与成其事。今天女幸至,为与之钱五百万,与官至五品,无使过此,恐不胜之,安道命薄耳。"因而命安道出,使拜天后。夫人谓天后曰:"此天女之属部人也,当受其拜。"天后进退,色若不足而受之。于是诺而去。

夫人谓安道曰:"以郎常善画,某为郎更益此艺,可成千世之名耳。"因居安道于一小殿,使垂帘设幕,召自古帝王及功臣之有名者于前,令安道图写。凡经月余,悉得其状,集成二十卷,于是安道请辞去。夫人命车驾,于所都城西,设离帐祖席,与安道诀别。涕泣执手,情若不自胜,并遗以金玉珠宝,盈载而去。

安道既至东都,入建春门,闻金吾传令,于洛阳城中访韦安道,已将月余。既至,谒天后。坐小殿见之,且述前梦,与安道所叙同,遂以安道为魏王府长史,赐钱五百万。

穿着朱紫色的衣服,说是四海之内,岳渎河海之神。接着有成百上千人,说是各个山林中的树木之神。一会儿,天下各国的君王全到了。当时韦安道在夫人座椅旁边放了一张小坐榻,夫人让他观礼。最后通告一个人上来,自称:"大罗天女。"韦安道一看,原来是天后。夫人笑着对韦安道说:"这是你们国家的君主,你暂时回避一下。"她让韦安道走进殿内小屋中。

随即天后拜倒在殿下,大礼行得十分恭谨。夫人便请天后上前,天后推辞了好几次,然后登上大殿,又朝夫人拜谢而坐。夫人对天后说:"我因为命中定数,应当和天后国内一个叫韦安道的人结为夫妻。现在天数已尽,自然应当离异,但是我不能对他无情。这个人苦于寿命不长,我住在他家中,本想给他延长三百年的阳寿,并使他升至三品官。可我被他的父母逼迫,不能够久住在人世间,因此没办法把他的事情完成。今天天女幸好到了,为了我就请你给他五百万钱,再给他个五品官吧。官职不能超过五品,高了恐怕他难以胜任,韦安道命薄啊!"于是,后土夫人令韦安道出来,让他拜见天后。夫人对天后说:"这人是天女的属部的人,你应当受他一拜。"天后进退两难,神情惶恐地接受了韦安道的礼拜。于是答应下来后转身离去。

夫人对韦安道说:"因为你善于绘画,我想让你的技艺提高一步,可以成就千古之名。"接着,她把韦安道安置在一座小殿,派人垂帘设幕,将自古以来的帝王及有名的功臣召至面前,让韦安道画像。一共过了一个多月,这些人的容貌全被韦安道描画下来,集成了二十卷,于是韦安道请求离去。夫人派人准备车马,于都城西边,安排筵席饯行,与安道诀别。夫人拉着韦安道的手泪流满面,情意好像不能自已,并赠送他不少金玉珠宝,让他满载而归。

韦安道回到洛阳,刚进建春门,就听见卫军传令,在洛阳城里寻访韦安道,已经快一个月了。韦安道到后,进宫拜见天后。天后坐在小殿接见他,并且向他述说自己不久前做的梦,与安道所讲的完全相同,便任命韦安道为魏王府长史,赐赏五百万钱。

　　取安道所画帝王功臣图视之，与秘府之旧者皆验，至今行于代焉。天策中，安道竟卒于官。出《异闻录》。

她拿过韦安道所画的帝王功臣图仔细观赏一番,与秘阁中所珍藏的旧画完全一样。韦安道的那些画一直流传到现代。武周天策年间,韦安道最终死于长史任上。出自《异闻录》。

卷第三百
神十

杜鹏举

　　景龙末，韦庶人专制。故安州都督赠太师杜鹏举，时尉济源县，为府召至洛城修籍。一夕暴卒，亲宾将具小殓。夫人尉迟氏，敬德之孙也，性通明强毅。曰："公算术神妙，自言官至方伯，今岂长往耶？"安然不哭。洎二日三夕，乃心上稍温，翌日徐苏。数日方语云：初见两人持符来召，遂相引徽安门出。门隙容寸，过之尚宽。直北上邙山，可十余里，有大坑，视不见底。使者令入，鹏举大惧。使者曰："可闭目。"执手如飞，须臾足已履地。寻小径东行，凡数十里，天气昏惨，如冬凝阴。遂至一廨，墙宇宏壮。使者先入。有碧衣官出，趋拜颇恭，既退引入。碧衣者踞坐案后，命鹏举前。旁有一狗，人语云："误姓名同，非此官也。"

杜鹏举

　　唐中宗景龙末年,韦后专权。已故安州都督赠太师杜鹏举,当时做济源县尉,被州府召到洛阳城整理文字。一天夜里突然亡故,亲戚朋友准备为他更衣殓葬。他的夫人尉迟氏,是尉迟敬德的孙女,性格通达开明且坚强刚毅。她说:"我的丈夫神机妙算,自己说能够做到方伯那样的官,今天怎么会死呢?"她泰然自若甚至没有哭。过了两日三夜,杜鹏举的心窝有了热气,第二天慢慢苏醒过来。几天之后,他才对人们说出梦中情景:开始看见两个人拿着符节来召他,在他们的引导下从徽安门走了出去。那门缝只有一寸多,走过时却觉得很宽。他们一直向北上了邙山,大约走出十余里地,见到一个大坑,深不见底。那两位使者让杜鹏举进去,鹏举十分恐惧。使者们说:"你可以闭上眼睛。"他们拉着他的手如同飞翔一般,一会儿脚已着地。沿着小道向东走,一共行了几十里,天色变得昏昏惨惨,如冬季里凝固般的阴天。随即来到一座官府,城墙和屋宇宏伟壮观。使者先走了进去。有位穿绿衣的官员走了出来,十分恭敬地向杜鹏举迎拜,然后引他入府。碧衣人蹲坐在案后,让杜鹏举走上前去。身旁有一只狗,说人话道:"名同姓不同,不是这位官员!"

答使者，改符令去。有一马，半身两足，跳梁而前曰："往为杜鹏举杀，今请理冤。"鹏举亦醒然记之，诉云："曾知驿，敕使将马令杀，非某所愿。"碧衣命吏取按，审然之，马遂退。旁见一吏，挥手动目，教以事理，意相庇脱。所证既毕，遂揖之出。碧衣拜送门外，云："某是生人，安州编户。少府当为安州都督，故先施敬，愿自保持。"言讫，而向所教之吏趋出，云："姓韦名鼎，亦是生人。在上都务本坊。"自称向来有力，祈钱十万。鹏举辞不能致。鼎云："某虽生人，今于此用纸钱，易致耳。"遂许之。亦嘱云："焚时愿以物籍之，幸不著地，兼呼韦鼎，某即自使人受。"鼎又云："既至此，岂不要见当家簿书。"遂引入一院，题云"户部"。房廊四周，簿帐山积。当中三间，架阁特高，覆以赤黄帏帕，金字榜曰"皇籍"。余皆露架，往往有函，紫色盖之。韦鼎云："宰相也。"因引诣杜氏籍，书签云"濮阳房"。有紫函四，发开卷，鹏举三男，时未生者，籍名已具。遂求笔，书其名于臂。意愿踟蹰，更欲周览。韦鼎云："既不住，亦要早归。"遂引出，令一吏送还。吏云："某苦饥，不逢此便，无因得出。愿许别去，冀求一食。但寻此道，自至其所，留之不可。"鹏举遂西行。

绿衣官令人笞打使者,修改符令让杜鹏举回去。这时,有一匹马,只有半个身子两条腿,从梁上跳下到前面,说:"当年我被杜鹏举杀死,今天请大人为我申冤。"杜鹏举也清醒过来想起了那件事,申诉说:"我曾经管过驿站,遵敕命将马杀死,这并不是我自愿的呀!"绿衣官让小吏拿出案卷,审理后果然如此,那匹马随即退下。旁边走出一个小吏,朝杜鹏举挥手挤眼,教他应付此事的办法,意在庇护他得到解脱。取证完了,杜鹏举与之揖拜后走出来。绿衣官礼送到门外,说:"我是阳世之人,户籍在安州。将来你能做安州都督,因此我先向你施敬,愿您多多照顾。"说完,刚才那位教杜鹏举应付办法的小吏跑出来,说:"我姓韦名鼎,也是阳世之人,住在京都长安的务本坊。"自称刚才出了大力,祈告要十万钱。杜鹏举推辞说不能送到这里。韦鼎说:"我虽然是阳世之人,现在在这里用冥间的纸钱,容易送到这里。"杜鹏举便应允下来。韦鼎又嘱咐说:"烧纸的时候,希望能用东西装着,不要让它着地,同时喊韦鼎,我就派人去取。"韦鼎又说:"你既然来到此地,难道不想看看你们家的簿书吗?"便领杜鹏举来到一个院内,门口写着"户部"字样。房间和走廊四周,簿册账本等物堆积如山。当中的三间房子里,阁板搭得相当之高,覆盖着红黄色的帏幔和帕布,镶金的榜上写着"皇籍"二字。其余的架子全露在外面,有些书函用紫色封套盖着。韦鼎说:"宰相的簿籍。"接着,韦鼎便领他来到杜氏家族的籍册旁,只见册签上写着"濮阳房"三个字,上面有四个紫色的封套。打开卷册,只见上面写着杜鹏举有三个儿子,当时还有没出生的,籍册上却也有名字。杜鹏举立即要来一支笔,把名字写在了胳膊上。他本想再徘徊一会儿,将四周的籍册再看一看。韦鼎说:"你既然不想留在这里,也就早点回去吧。"便把杜鹏举领出来,让一名小吏送他回家。小吏说:"我为饥饿所苦,不赶上这个方便,还没机会出来。希望你准许我告辞而去,希望能找点吃的。只要沿着这条道,你自己就可以回到家,千万别留下来。"杜鹏举便向西而行。

　　道左忽见一新城，异香闻数里，环城皆甲士持兵。鹏举问之，甲士云："相王于此上天子，有四百天人来送。"鹏举曾为相王府官，忻闻此说。墙有大隙，窥见分明，天人数百，围绕相王。满地彩云，并衣仙服，皆如画者。相王前有女人，执香炉引。行近窥谛，衣裙带状似剪破，一如雁齿状。相王戴一日，光明辉赫，近可丈余。相王后凡有十九日，累累成行，大光明皆如所戴。须臾，有绨骑来迎。甲士令鹏举走，遂至故道，不觉已及徽安门。门闭闲过之，亦如去时容易。为群犬遮啮，行不可进。

　　至家，见身在床上，跃入身中，遂寤。臂上所记，如朽木书，字尚分明。遂焚纸钱十万，呼赠韦鼎。心知卜代之数，中兴之期，遂以假故，来谒睿宗。上握手曰："岂敢忘德？"寻求韦鼎，适卒矣。

　　及睿宗登极，拜右拾遗。词云："思入风雅，灵通鬼神。"敕宫人妃主数十，同其妆服，令视执炉者。鹏举遥识之，乃太平公主也。问裙带之由，其公主云："方熨龙衮，忽为火迸，惊忙之中，不觉爇带，仓惶不及更服。"公主歔欷陈贺曰："圣人之兴，固自天也。"鹏举所见，先睿宗龙飞前三年。故鹏举墓志云："及睿宗践祚，阴骘祥符。启圣期于化元，定成命于幽数。"后果为安州都督。出《处士萧时和作传》。

道旁忽然看见一座新城，异香之气，几里之外就能闻到。城四周全是拿着兵器、穿着盔甲的兵士。杜鹏举上前询问，兵士说："相王李旦在这里当上了天子，现有四百个神仙来送他。"杜鹏举曾经做过相王府官员，听他这样一说十分欣喜。城墙有道大缝，杜鹏举看得非常清楚。天上的神仙有好几百个，紧紧围绕在相王周围，他们穿着仙衣，脚下一片彩霞，全跟画上画的一样。相王的前面有个女子，端着香炉在前引路。走到近前仔细一看，那女子的衣服和裙带像被剪开了似的，都如同雁齿的形状。相王头顶一轮太阳，光芒万丈，明亮辉煌，可达一丈多高。相王身后一共还有十九轮太阳，重叠成行，赫赫耀眼，全跟他头顶的那轮太阳一样。一会儿，有穿厚绸袍的骑兵来迎接相王。甲士让杜鹏举赶紧走，他于是回到原来那条路上，不知不觉已到了徽安门。大门关着，只好从门缝里钻过去，也跟出去时一样容易。被一群狗拦住去路不停地咬，使他行进不得。

好不容易回到家，只见自己的身子还躺在床上，他的灵魂刚扑到身体上，随即醒来。看看胳膊上记的儿子的名字，好像写在朽木上的字，字迹还看得清楚。他就烧了十万纸钱，说是送给韦鼎的。他心中清楚地知道王朝的气数，中兴的期限到了，于是借一个理由，来拜见睿宗。睿宗握着他的手说："怎么敢忘记你的恩德呢？"于是寻访韦鼎，不巧他刚刚死去。

到睿宗登基之后，拜杜鹏举为右拾遗。任命的制书写道："思入风雅，灵通鬼神。"睿宗下令让几十个宫女妃子，穿着同样的衣服，让杜鹏举找那位手拿炉的那个人。杜鹏举远远就认出来了，她就是太平公主。问她裙带是怎么回事，太平公主说："正在熨烫龙袍，忽然火花迸出，惊慌匆忙之中，不知不觉裙带也点着了，仓惶中没来得及换衣服。"太平公主感叹不已，祝贺道："圣人的兴达，一般都是天命所定！"杜鹏举看见的情景，是在睿宗皇帝登基前三年。因此，鹏举的墓志铭上写道："等到睿宗即位，是冥冥之中已注定的祥符。启圣期于造化之初，定天命于幽冥之间。"后来，他果然成为安州都督。出自《处士萧时和作传》。

又

一说，鹏举得释，复入一院，问帘下者为谁，曰："魏元忠也。"有顷，敬挥至，下马，众接拜之。云是大理卿对推事。见武三思著枷，韦温、宗楚客、赵履温等著镣，李峤露头散腰立。闻元忠等云："今年大计会。"果至六月，诛逆韦，宗、赵、韦等并斩，峤解官归第，皆如其言。出《朝野佥载》。

河东县尉妻

景云中，河东南县尉李某，妻王氏，有美色，著称三辅。李朝趋府未归，王妆梳向毕，焚香闲坐，忽见黄门数人，御犊车，自云中下至堂所。王氏惊问所以，答曰："华山府君使来奉迎。"辞不获放，仓卒欲去，谓家人曰："恨不得见李少府别。"挥泪而行，死于阶侧。俄而彩云捧车浮空，冉冉遂灭。李自州还，既不见妻，抚尸号恸，绝而复苏者数四。少顷，有人诣门，自言能活夫人。李馨折拜谒，求见卫护。其人坐床上，觅朱书符。朱未至，因书墨符飞之。须臾未至，又飞一符。笑谓李曰："无苦，寻常得活。"有顷而王氏苏。李拜谢数十，竭力赠遗。人大笑曰："救灾恤患，焉用物乎？"遂出门不见。王氏既悟，云："初至华山，见王，王甚悦。列供帐于山椒，与其徒数人欢饮。宴乐毕，方申缱绻，适尔杯酌。忽见一人，乘黑云至，云：'太一令唤王夫人。'神犹从容，请俟毕会。寻又一人乘赤云，大怒

又

　　有一种说法,杜鹏举被释放后,又进了一个院子,他问帘下坐着的人是谁,回答说:"魏元忠。"过了一会儿,敬挥到了,跳下马来,众人上前迎拜。说是掌管审判的大理卿对推事。他看见武三思戴着刑枷,韦温、宗楚客、赵履温等人戴着锁链,还看见李峤光着脑袋,连腰带也没有扎站在那儿。只听魏元忠等人说:"今年算总账!"果然到了六月,诛杀韦后,宗楚客、赵履温、韦温等一并被斩,李峤被罢官归家,全都跟他说的一样。出自《朝野金载》。

河东县尉妻

　　唐睿宗景云年间,河东南县县尉李某,娶妻王氏,王氏容貌美丽,在三辅地区出了名。李某早晨去州府办公事尚未回来,王氏梳妆完毕,正焚香闲坐时,忽然看见好几个黄门侍郎,赶着牛犊车,从云里下到堂前站定。王氏惊恐地询问他们要干什么,回答说:"华山府君派我们来迎接你。"王氏连忙推辞但没有被允许,急忙就要把她带走。王氏对家人说:"遗憾的是不能见到李少府和他告别了!"她挥泪而行,转身死在台阶旁边。一会儿,彩云驾起小牛车,缓缓升起腾空而去。李某从州府回来,看不见妻子,便伏在尸体上号啕恸哭,一连哭死过去好几次。过了一会儿,有人进门来,自称能够把夫人救活。李某把腰弯到最大限度向他拜跪,求他救护。那人坐到榻上,找红颜料画符。没有找到,便用墨汁画了一道符,抛了出去。一会儿,未见效果,他又画了一道符抛了出去,笑着对李某说:"不要担心,一会儿她就能活过来。"一会儿,王氏终于苏醒过来。李某向那人连拜几十下,并尽其所能赠送礼品。那人大笑一声说:"救灾除患,哪里用得着这些东西?"便出门不见了踪影。王氏清醒后说:"我刚到华山,见到府君,他很高兴,把帷帐置于山顶,和他手下一些人畅饮起来。酒宴舞乐结束之后,他正要与我缠绵,执杯劝酒时,忽然只见一个人,乘着黑云而来,说道:'太一让我来找王夫人。'府君还很从容镇定,让他等婚礼完毕之后再说。旋即又有一个人乘着红云到了,大怒

曰:'太一问华山何以辄取生人妇?不速送还,当有深谴。'神大惶惧,便令送至家。"出《广异记》。

三 卫

开元初,有三卫自京还青州,至华岳庙前,见青衣婢,衣服故恶,来白云:"娘子欲见。"因引前行。遇见一妇人,年十六七,容色惨悴。曰:"己非人,华岳第三新妇,夫婿极恶,家在北海,三年无书信,以此尤为岳子所薄。闻君远还,欲以尺书仰累,若能为达,家君当有厚报。"遂以书付之。其人亦信士也,问北海于何所送之,妇人云:"海池上第二树,但扣之,当有应者。"言讫诀去。

及至北海,如言送书。扣树毕,忽见朱门在树下,有人从门中受事,人以书付之。入顷之,出云:"大王请客入。"随行百余步,后入一门,有朱衣人,长丈余,左右侍女数千百人。坐毕,乃曰:"三年不得女书。"读书大怒,曰:"奴辈敢尔!"乃传教,召左右虞候。须臾而至,悉长丈余,巨头大鼻,状貌可恶。令调兵五万,至十五日,乃西伐华山,无令不胜。二人受教走出。乃谓三卫曰:"无以上报。"命左右取绢二匹赠使者。三卫不说,心怨二匹之少也。持别,朱衣人曰:"两绢得二万贯,方可卖,慎无贱与人也。"

三卫既出,欲验其事,复往华阴。至十五日,既暮,

道：'太一质问华山府君为什么要娶活人的妻子呢？不快点送回去，必受严惩。'府君十分惶恐害怕，便派人把我送回了家。"出自《广异记》。

三　卫

　　唐玄宗开元初年，有个叫三卫的人从长安回青州，走到华岳庙前，看见一个青衣婢女，衣衫破旧不堪，上前说道："我们娘子想见你一面。"便引他前行。来到一位妇人面前，年龄大概十六七岁，脸色憔悴。她说："我不是凡人，我是华山府君第三个儿子的新妇人，丈夫十分凶恶。我娘家住在北海，三年没有通音讯了，因此尤其被华山府君的儿子轻视。听说你自远处还家，想捎封书信回去，如果能把书信送到，家父必有重谢。"于是把书信交给了他。三卫也是位讲诚信的人，就问在北海的什么地方才能把信送到，妇人说："你找到海边的第二棵树，只要敲打树木，应该就会有人应答的。"说罢告别而去。

　　三卫来到北海，照那妇人所说的去送信。敲完了树，忽然看见树下有一道红门，有人从门中接待事务。他把书信交给了守门人。守门人进去片刻，便出来说："大王请客人进去。"三卫跟着他走了一百多步，后来又进了一道门。迎面看见一个穿红衣服的人，一丈多高，周围的侍女成百上千。请三卫坐下后，穿红衣的人说："三年没有得到女儿的书信了！"他看完书信，大怒说："这奴才的胆子也太大了！"于是传令召左右虞候上殿。不一会儿，二位虞候奉命赶到，他们都一丈多高，巨头大鼻子，相貌十分丑陋可怕。大王命令他们调集五万兵马，到十五日那天，向西进军讨伐华山，一定要取胜。二位虞候领命走出来。大王又对三卫说："没有什么报答你的。"让左右侍从拿二匹绢布赠给使者。三卫不大高兴，心里埋怨二匹绢布太少了。握手告别时，大王说："两匹绢布给两万贯，你才能卖，千万不要贱卖给人家。"

　　三卫出来后，想验证这件事，又往华阴走。到了十五日，天已晚，

遥见东方黑气如盖。稍稍西行,雷震电掣,声闻百里。须臾,华山大风折树,自西吹云,云势益壮,直至华山。雷火喧薄,遍山洞赤,久之方罢。及明,山色焦黑。三卫乃入京卖绢。买者闻求二万,莫不嗤骇,以为狂人。后数日,有白马丈夫来买,直还二万,不复踌躇,其钱先已镵在西市。三卫因问买所用。丈夫曰:"今以渭川神嫁女,用此赠遗。天下唯北海绢最佳,方欲令人往市,闻君卖北海绢,故来尔。"

三卫得钱,数月货易毕,东还青土,行至华阴,复见前时青衣云:"娘子故来谢恩。"便见青盖犊车,自山而下,左右从者十余辈。既至下车,亦是前时女郎,容服炳焕,流目清眄,迨不可识。见三卫,拜乃言曰:"蒙君厚恩,远报父母。自阋战之后,恩情颇深,但愧无可仰报尔。然三郎以君达书故,移怒于君,今将五百兵,于潼关相候。君若往,必为所害,可且还京,不久大驾东幸,鬼神惧鼓车,君若坐于鼓车,则无虑也。"言讫不见。三卫大惧,即时还京。后数十日,会玄宗幸洛,乃以钱与鼓者,随鼓车出关,因得无忧。出《广异记》。

李 湜

赵郡李湜,以开元中谒华岳庙,过三夫人院,忽见神女悉是生人,邀入宝帐中,备极欢洽。三夫人迭与结欢,言终

他远远看见东边黑云如车篷一般。再往西行，电闪雷鸣，百里之内都可以听到。一会儿，华山上刮起狂风把大树都折断了，从西边吹来云彩，云层越来越厚，直到华山。雷火喷射不已，遍山一片通红，连山泉都烤干了，闹了很长时间才罢休。到第二天天亮时，山色变成了焦黑。三卫进京城去卖绢布。买主们一听说要二万贯钱，没有不吃惊嘲笑的，认为他是个疯子。几天之后，有位骑白马的男子来买，一下子就给了他二万贯钱，毫不犹豫。这笔钱早就在西市里锁着呢。三卫便问他买这绢布干什么用。男子说："今天渭川之神嫁女儿，我想用它送礼。天下只有北海的绢布最好，正想派人去买。听说你在卖北海的绢布，所以就来这里了。"

三卫得到了钱，几月之内他又用这钱置办了货物，东归回青州时，走到华阴，又看见当初那个青衣婢女说道："我们娘子向你谢恩来了！"便见一辆青盖牛犊车，自山而下，左右跟着十几个随从。来到跟前下车，走出一个人，又是当初那位女郎，她服饰一新，容光焕发，目光顾盼，清澈有神，都有点认不出来了。她见到三卫，便拜谢说道："蒙你的厚恩，把我的书信送给了远方的父母。自开战之后，我们夫妻间的感情有了好转，且日见深厚，但惭愧的是没有什么报答你的。然而三郎由于你送信的原因，迁怒于你，今天派出五百兵马，正在潼关等着你。你如果再往前走，必然遇害，可以暂且回到长安，不久，皇帝将去东方巡幸，鬼神都害怕鼓车，你如果坐在鼓车上，就不用担心了。"说完，她便不见了。三卫十分害怕，立即回到长安。几十天之后，正赶上玄宗皇帝去洛阳巡幸，三卫就用钱买通了推鼓车的人，随鼓车出了潼关，果然没有什么忧虑的事。出自《广异记》。

李 湜

赵郡有个人叫李湜，在唐玄宗开元年间拜谒华岳庙。经过三夫人院时，忽然看见那几位神女都是活着的人，邀请他进到宝帐里，尽情欢乐，十分和睦融洽。三位夫人轮流与他交欢，情话说完

而出。临诀谓湜曰："每年七月七日至十二日，岳神当上计于天。至时相迎，无宜辞让。今者相见，亦是其时，故得尽欢尔。"自尔七年，每悟其日，奄然气尽。家人守之，三日方悟。说云："灵帐玳筵，绮席罗荐。摇月扇以轻暑，曳罗衣以纵香。玉珮清冷，香风斐亹。候湜之至，莫不笑开星厣，花媚玉颜。叙离异则涕零，论新欢则情洽。三夫人皆其有也。湜才伟于器，尤为所重，各尽其欢情。及还家，莫不惆怅呜咽，延景惜别。"

湜既悟，形貌流浃，辄病十来日而后可。有术者见湜云："君有邪气。"为书一符。后虽相见，不得相近。二夫人一姓王，一姓杜，骂云："酷无行，何以带符为？"小夫人姓萧，恩义特深，涕泣相顾，诫湜三年勿言。"言之非独损君，亦当损我。"湜问以官，云："合进士及第，终小县令。"皆如其言。 出《广异记》。

叶净能

开元初，玄宗以皇后无子，乃令叶净能道士奏章上玉京天帝，问："皇后有子否？"久之章下，批云："无子。"迹甚分明。 出《广异记》。

王昌龄

开元中，琅邪王昌龄自吴抵京国。舟行至马当山，属风便，而舟人云："贵识至此，皆令谒庙。"昌龄不能驻，亦先有祷神之

才走出。临别时，三位夫人对他说："每年七月七日到十二日，庙神都上天去筹划事情。到时候我们在此迎候你，千万不要推辞。今天咱们相会，正巧也是庙神上天的日子，因此才能尽情欢乐。"从此一连七年，每逢庙神上天之日，李湜就会忽然气绝。家人守在身边，三天之后才能醒来。醒来之后他说："宝帐内备好了盛筵，摆设着华丽的席具。三位夫人摇动着月扇以消暑气，拖曳着罗衣任香味四处飘散。玉珮清凉，香风浓烈。等我到了之后，她们莫不喜笑颜开，玉颜如花一般娇媚。谈起离别之情都涕泣泪下，说到重逢喜悦则情意融洽。三位夫人都有这样的情谊。我才伟于器，这一点尤其被她们看重。我与她们各尽欢情。等我要回家，她们无不惆怅呜咽，依依惜别。"

　　李湜醒来之后，汗流浃背，总是病个十来天才能好。有位会法术的人见到李湜后说："你身上有邪气。"便为他画了一道符，带在身上。后来，他虽然还能够看到那三位夫人，却不能相前亲近。两位夫人一位姓王，一位姓杜，骂道："冷酷而又缺德，为什么要带符前来？！"那位最小的夫人姓萧，特重恩义，望着他哭泣不止，告诫李湜三年之内不要把此事说出去。"如果说了不仅会损害你自己，也会伤害我们。"李湜问自己能不能当官，她说："你应该能中进士及第，最后是个小县令。"后来，都跟她说的一样。出自《广异记》。

叶净能

　　开元初年，玄宗皇帝因为皇后没生儿子，便让叶净能道士写一奏章，呈送玉京天帝，问："皇后会有儿子吗？"过了好长时间，奏章下来，批复说："无子。"那字迹十分清楚。出自《广异记》。

王昌龄

　　开元年间，琅琊王昌龄从吴郡去京城。乘船走到马当山，恰好遇到风浪很大。而船主说："有学问的贵人来到这里，都要去庙里拜谒。"王昌龄不能下船，但先前也有祈祷神灵的

备。见舟人言，乃命使赍酒脯纸马，献于庙，及草履致于夫人。题诗云："青骢一匹昆仑牵，奏上大王不取钱。直为猛风波滚骤，莫怪昌龄不下船。"读毕而过。当市草履时，兼市金错刀一副，贮在履内。至祷神时，忘取之，误并将往。昌龄至前程，求错刀子，方知其误。又行数里，忽有赤鲤鱼，可长三尺，跃入昌龄舟中。呼使者烹之。既剖腹，得金错刀，宛是误送庙中者。出《广博异志》。

张嘉祐

开元中，张嘉祐为相州刺史。使宅旧凶，嘉祐初至，便有鬼祟回祐家，备极扰乱。祐不之惧。其西院小厅铺设，及他食物，又被翻倒。嘉祐往观之，见一女子。嘉祐问女郎何神，女云："己是周故大将军相州刺史尉迟府君女。家有至屈，欲见使君陈论。"嘉祐曰："敬当以领。"有顷而至，容服魁岸，视瞻高远。先致敬于嘉祐，祐延坐，问之曰："生为贤人，死为明神。胡为宵宰幽暝，恐动儿女，遂令此州，前后号为凶阙，何为正直而至是耶？"云："往者周室作殚，杨坚篡夺，我忝周之臣子，宁忍社稷崩殒？所以欲全臣节，首倡大义，冀乎匡复宇宙，以存太祖之业。韦孝宽周室旧臣，不能闻义而举，反受杨坚衔勒，为其所用。以一州之众，当天下累益之师。精诚虽欲贯天，四海竟无救助。寻而失守，一门遇害，合家六十余口骸骨，在此厅下。日月既多，

准备。见船主这么说，便派人带着酒肉纸马，献到庙上，送给庙神，再送一双草鞋给庙神的夫人。题了一首诗："青骢一匹昆仑牵，奏上大王不取钱。直为猛风波滚骤，莫怪昌龄不下船。"读罢这首诗，船便顺利而过。当初王昌龄买草鞋时，同时还买了一把金错刀，放在了鞋内。到了向神祝祷时，忘了把错刀拿出来，误将它随草鞋一并献了上去。王昌龄向前走了一段，想用错刀，这才知道出了差错。又向前行了几里路，忽然有一条大约三尺长的红鲤鱼，跳入王昌龄的船上。王昌龄喊使者烹了它。剖开鱼腹一看，得到一把金错刀，仿佛是误送到庙上的那把。出自《广博异志》。

张嘉祐

开元年间，张嘉祐任相州刺史。刺史的住宅以前一直闹鬼，张嘉祐刚搬进去不久，便有鬼魂回他家，各种惊扰捣乱。张嘉祐并不害怕。一天，他家西院小厅的陈设及其他食物，又被鬼弄翻弄倒。嘉祐赶过去查看，见到一位女子。张嘉祐问女子是什么神仙，女子说："我是南北朝时北周已故大将军相州刺史尉迟府君的女儿。家父有莫大的冤屈，想向大人陈述。"张嘉祐说："我应当恭敬地聆听。"过了一会儿，那个人到了，他仪表堂堂，身材伟岸，目光高远有神。那人先上前向嘉祐致敬，嘉祐请他入座后，问他道："你生前为贤德之人，死后应作贤明之鬼。为什么总在昏暗的夜晚胡闹，吓得孩子不敢动弹，结果使全州前后好多年称为"凶城"？为什么号称正直却做这样的事？"那人说："从前北周将尽，杨坚篡夺政权。我身为周室旧臣，怎么能忍受社稷如此崩溃？所以想保全为臣的气节，首先倡导举兵征讨，希望挽救将亡之国，以延续宇文太祖开创的大业。韦孝宽也是北周的旧臣，不能听闻大义而行动，反被杨坚用官禄收买控制，为他所用。我们以一州军民，抵挡天下不断增加的兵马。尽管精诚日月可鉴，浩气贯天，四海之内竟无一人援助。很快相州城就陷落了，我们被满门杀害，全家六十多口人的遗骨，就埋在这厅下面。时间越长，

幽怨愈甚，欲化别不可。欲白于人，悉皆惧死。无所控告
至此，明公幸垂顾盼。若沉骸傥得不弃，幽魅有所招立，则
虽死之日，犹生之年。"嘉祐许诺。他日，出其积骸，以礼葬
于厅后。便以厅为庙，岁时祷祠焉。祐有女年八九岁，家
人欲有所问，则令启白，神必有应。神欲白嘉祐，亦令小女
出见，以为常也。其后嘉祐家人有所适，神必使阴兵送出
境。兵还，具白送至某处。其西不过河阳桥。出《广异记》。

幽怨越重，想要转世也不可能。想向人诉说，然而那些人都被我们吓死了。有冤无处诉，就这样一直等到现在。现在幸遇大人垂怜顾视。如果我们这些沉年遗骨不被抛弃荒野，幽魂能得到栖身之处，我们就会虽死犹生。"张嘉祐应允下来。另有一天，他令人掘出骸骨，按照礼仪葬于厅后，并将那厅堂改成了庙，一年四季常去祭祀祈祷。张嘉祐有个八九岁的女儿，家里人有什么事要问，就让她进庙诉说，每次一定能得到鬼神的答复。鬼神想告诉张嘉祐事情，也让她的小女儿出面，都习以为常了。从此以后，张嘉祐家中有人出门办事，那神灵必定派阴兵护送出门。阴兵回来后，都要报告送到什么地方。最西面最远也不越过河阳桥。出自《广异记》。

卷第三百一
神十一

汝阴人　　崔敏殻　　张　安　　仇嘉福　　食羊人
王　睃

汝阴人

汝阴男子姓许，少孤。为人白晳，有姿调，好鲜衣良马，游骋无度。常牵黄犬，逐兽荒涧中，倦息大树下。树高百余尺，大数十围，高柯旁挺，垂阴连数亩。仰视枝间，悬一五色彩囊，以为误有遗者，乃取归，而结不可解。甚爱异之，置巾箱中。

向暮，化成一女子，手把名纸直前，云："王女郎令相闻。"致名讫，遂去。有顷，异香满室，渐闻车马之声。许出户，望见列烛成行。有一少年，乘白马，从十余骑在前，直来诣许曰："小妹粗家，窃慕盛德，欲托良缘于君子，如何？"许以其神，不敢苦辞。少年即命左右，洒扫别室。须臾，女车至，光香满路。侍女乘马数十人，皆有美色。持步障，拥女郎下车，

汝阴人

汝阴有个男子姓许,年少时失去父母。他生得皮肤白皙,风流潇洒。爱鲜衣良马,经常四处游玩无节制。有一次他牵着黄狗,在荒野追逐野兽,疲累了就在一棵大树下歇息。这大树高百余尺,粗数十围,高高的树枝向四旁张开,树荫好几亩大。他仰头看见树枝间挂着一个五色彩囊,以为是谁丢失的,就取下来带回家,但囊上的结怎么解也解不开。他很奇怪,也非常喜欢它,把它放在箱子里。

到黄昏时,那彩囊竟变成了一个女子,手里拿着写名字的纸笺径直上前,说:"我家府君的女儿让我来通报。"说罢将名帖留下,就离开了。不大一会儿,许某就闻到满屋异香,渐渐听到远处有车马声传来。许某走出门外,远远看见烛灯罗列排成行。有一位少年,骑着白马,十多个侍卫在前面,径直来见许某说:"我妹妹是个粗陋的人,暗暗仰慕您的高尚品德,想和您结为良缘,不知您意下如何?"许某暗想这一定是神仙,不敢过分推辞,就应了下来。那少年立刻命左右清扫出另外一间屋子。过了一会儿,女郎的车子到了,满路是珠光香气。有几十个侍女骑着马,都很美貌。侍女们手持步障,簇拥着女郎下车,

延入别室，帏帐茵席毕具。家人大惊，视之皆见。少年促许沐浴，进新衣，侍女扶入女室。女郎年十六七，艳丽无双，著青袿襦，珠翠璀错，下阶答拜。共升堂讫，少年乃去。房中施云母屏风，芙蓉翠帐，以鹿瑞锦障映四壁。大设珍馐，多诸异果，甘美鲜香，非人间者。食器有七子螺、九枝盘、红螺杯、藁叶碗，皆黄金隐起，错以瑰碧。有玉罍，贮车师葡萄酒，芬馨酷烈。座上置连心蜡烛，悉以紫玉为盘，光明如昼。

许素轻薄无检，又为物色夸眩，意甚悦之。坐定，许问曰："鄙夫固陋，蓬室湫隘，不意乃能见顾之深，欢忭交并，未知所措。"答曰："大人为中乐南部将军，不以儿之幽贱，欲使托身君子，躬奉砥砺。幸过良会，欣愿诚深。"又问："南部将军今何官也？"曰："是嵩君别部所治，若古之四镇将军也。"酒酣叹曰："今夕何夕？见此良人。"词韵清媚，非所闻见。又援筝作飞鸿别鹤之曲，宛颈而歌，为许送酒。清声哀畅，容态荡越，殆不自持。许不胜其情，遽前拥之。乃微眄而笑曰："既为诗人感帨之讥，又玷上客挂缨之笑，如何？"因顾令彻筵，去烛就帐，恣其欢狎。丰肌弱骨，柔滑如饴。明日，遍召家人，大申妇礼，赐与甚厚。

积三日，前少年又来曰："大人感愧良甚，愿得相见，使某奉迎。"乃与俱去，至前猎处，无复大树矣。但见朱门素壁，

请进了别室,帷帐茵席都准备好了。许家的人大为惊讶,看看又都是亲眼所见。那少年催促许某洗澡,给他送上新衣,便由侍女扶着进了女郎的屋子。那女郎年纪有十六七岁,艳丽无双,穿着一身青色衣服,戴着珠翠首饰,降阶答拜。然后二人一起进入屋后,那位少年就回避而去。屋内陈列着云母屏风,床上是芙蓉翠帐,用鹿瑞锦缎掩映着四壁。桌上已备好丰盛的酒席,诸多奇异果品,甘美鲜香,不是人间所能有的。食具也十分华贵,有七子螺、九枝盘、红螺杯、菓叶碗,都是镶金嵌碧,光耀夺目。还有一个玉罍,里面装的是西域车师国的葡萄酒,芬芳醇美。座上放置着连心蜡烛,都是用紫玉制成的盘子,照得室内亮如白昼。

许某平日就轻薄不太拘检,又被器物美色吸引,心中十分高兴。坐定之后,许某问:"我是个鄙陋的俗人,居室又很低下狭窄,没想到竟得到您这样的眷顾,使我又喜又惊,不知所措。"女郎回答说:"我的父亲是中乐南部将军,不因为女儿卑贱,想把我托付给您,亲自侍奉。庆幸已促成这次相会,欣慰之情实在很深。"许某又问:"南部将军是现在的什么官呢?"少女说:"是嵩君别部管辖的,好像古代镇守四方的将军。"酒饮到畅快时,那女郎感叹地说:"今天是什么好日子啊,使我结识了这样出色的郎君。"她说话的声音清朗婉丽,闻所未闻。接着女郎又取过古筝,弹奏出飞鸿别鹤的曲调,边弹边歪着头唱歌,向许某敬酒,女郎歌声清丽哀婉,神态大胆奔放,几乎把持不住自己了。许某情不自胜,突然上前紧紧把女郎拥在怀中。女郎睚着眼睛嗔道:"让诗人嘲笑一下我们的轻浮,我们承担一下动作不雅的恶名,可以吗?"然后就让人撤了筵席,灭了灯火。二人进了罗帐,尽情欢爱,直到天亮。女子玉体娇美,皮肤柔滑如同软糖一般。第二天,那女子又把许家所有人都招来,履行妇人该尽的礼数,赏给许家人不少贵重的礼品。

过了三天,之前那少年又来说:"我家大人十分感激您,想与您相见,特派我来迎接。"许某就随他一起离开,来到以前许某打猎的地方,大树已经不见了。只见一幢白墙红门的府第,

若今大官府中，左右列兵卫，皆迎拜，少年引入，见府君，冠平天帻，绛纱衣，坐高殿上，庭中排戟设羉。许拜谒，府君为起，揖之升阶，劳问曰："少女幼失所恃，幸得托奉高明，感庆无量。然此亦冥期神契，非至精相感，何能及此。"许谢，乃与入内。门宇严邃，环廊曲阁，连亘相通。中堂高会，酣燕正欢，因命设乐。丝竹繁错，曲度新奇。歌妓数十人，皆妍冶上色。既罢，乃以金帛厚遗之，并资仆马，家遂赡给。仍为起宅于里中，皆极丰丽。女郎雅善玄素养生之术，许体力精爽，倍于常矣。以此知其审神人也。后时一归，皆女郎相随，府君辄馈送甚厚。数十年，有子五人，而姿色无损。后许卒，乃携子俱去，不知所在也。出《广异记》。

崔敏壳

博陵崔敏壳，性耿直，不惧神鬼。年十岁时，常暴死，死十八年而后活。自说被枉追，敏壳苦自申理，岁余获放。王谓敏壳曰："汝合却还，然屋舍已坏，如何？"敏壳祈固求还，王曰："宜更托生，倍与官禄。"敏壳不肯，王难以理屈，徘徊久之。敏壳陈诉称冤，王不得已，使人至西国，求重生药，数载方还。药至布骨，悉皆生肉，唯脚心不生，骨遂露焉。其后家频梦敏壳云："吾已活。"遂开棺，初有气，养之月余方愈。敏壳在冥中，检身当得十政刺史，

像是现在大官的府邸。大门左右排列着侍卫兵卒，见他们到来，都行礼拜迎。少年领许某进了大门，见到府君，他头戴平天巾，身着红纱袍，坐在大殿上，堂上排列着各种画戟和蘽旗。许某赶忙下拜，府君起身迎下殿来，携许某走上台阶，慰问说："我女儿从小失去母亲，如今有幸能托付给你，使我感激庆幸不已。然而这也是天意所定，如果不是精诚动天，怎么能有今天。"许某再次拜谢，府君就请他到内院去。但见房屋严整深邃，环廊曲阁，勾连相通。在中堂里举行了宴会，酒酣正欢，又命奏乐。各种乐器交错演奏，曲调清新奇妙。几十个歌妓献舞助兴，都姿色绝美。宴会结束后，府君赠给许某许多金银丝帛，还有一些仆人和良马。许生家就富裕起来。府君还为许某盖了一座宅院，都高大华丽，女郎精通养生益寿之术，许某体力精神越来越好，超过以前，由此更相信女子是神人。后来每隔一段时间，许某就到府君那里，女郎都每次都跟随同去，府君都有很丰厚的馈赠。他们在一起生活了好几十年，女郎生了五个孩子，但仍像原来一样姿色娇美。后来许某去世，女郎也就带着孩子们一起离开了，谁也不知道去了哪里。出自《广异记》。

崔敏殻

博陵崔敏殻，性情耿直，不怕鬼神。十岁那年，曾突然死去，过了十八年又复活了。自称是被阴曹误夺了性命，敏殻死后向阎罗王苦苦申诉，过了一年多才获得释放。阎王对敏殻说："你应该返回阳世，但是你的遗体已腐烂了，怎么办呢？"崔某坚持要求还阳。阎王说："那你就重新托生吧，托生后给你加倍的俸禄。"崔某不愿意，阎王跟他讲不通道理，又停留了很长一段时间。敏殻继续陈述冤情，阎王不得已，只好派人到西天，去求重生药，好几年才把药求来了。把药撒在崔某的白骨上，很快都长出了新肉，只有脚心不生肉，骨头还露着。之后敏殻的家人多次梦见敏殻说："我已经复活了。"家人于是打开棺材，刚开始有微弱的气息，养了一个多月才活过来。敏殻在阴曹时，查得自己还阳后可做十任刺史，

遂累求凶阙,轻侮鬼神,卒获无恙。其后为徐州刺史。皆不敢居正厅,相传云,项羽故殿也。敏壳到州,即敕洒扫。视事数日,空中忽闻大叫曰:"我西楚霸王也。崔敏壳何人,敢夺吾所居!"敏壳徐云:"鄙哉项羽!生不能与汉高祖西向争天下,死乃与崔敏壳竞一败屋乎!且王死乌江,头行万里,纵有余灵,何足畏也。"乃帖然无声,其厅遂安。后为华州刺史。华岳祠傍,有人初夜,闻庙中喧呼。及视庭燎甚盛。兵数百人陈列,受敕云:"当与三郎迎妇。"又曰:"崔使君在州,勿妄飘风暴雨。"皆云:"不敢。"既出,遂无所见。出《广异记》。

张 安

玄宗时,诏所在功臣、烈士、贞女、孝妇,令立祠祀之。江州有张安者,性落拓不羁。有时独醉,高歌市中,人或笑之,则益甚,以至于手舞足蹈,终不愧耻。时或冠带洁净,怀刺谒官吏,自称浮生子。后忽无疾而终,家人既葬之。每至夜,其魂即谒州牧,求立祠庙。言词慷慨,不异生存。时李玄为牧,气直不信妖妄。及累闻左右启白,遂朝服而坐,召问之,其魂随召而至。玄问曰:"尔已死,何能复化如人?言词朗然,求见于余,得何道致此?必须先言,余即与尔议祠宇之事。"其魂曰:"大凡人之灵,无以尚之。物之妖怪,虽窃有灵,则云与泥矣。夫人禀天地和会之气,

于是多次寻求凶险的地方任职，轻视侮辱鬼神，始终没有出过什么灾祸。后来出任徐州刺史。过去的刺史们都不敢住进刺史官邸的正厅，传说那是项羽原来的宫殿。敏殼到徐州后，就命令打扫正厅，他办公数日，一天忽然听见空中有人大喊："我是西楚霸王，崔敏殼是什么人，敢来强占我的住处？"敏殼缓缓地说："项羽呀，你可真卑劣极了。你活着时跟刘邦争不了天下，死了却跟我争一所破屋子吗？何况你自刎乌江而死，头却行到万里以外。纵然有点余魂儿，有什么威力能吓住我？"空中果然再没有声音，这个正厅从此也安宁了。后来，崔某又当了华州刺史。在华岳祠旁，有人在入夜时分，听到庙中传来喧哗的人声。等向里一看，祠中灯火通明。有几百名士兵正在列队，听命说："去给三郎迎娶新娘。"又说："崔使君在州中，你们千万不可乱施风雨惊动了他。"士兵们都说："不敢。"那些人一出庙门，就什么也看不见了。出自《广异记》。

张　安

　　唐玄宗时，皇帝下诏书，命全国各地为功臣、烈士、贞女、孝妇立祠祭祀。江州有个叫张安的人，性情放荡不羁。有时喝醉了酒，就在街上放声高歌，有人嘲笑他，张安更加变本加厉，甚至手舞足蹈起来，毫不羞耻。有时又衣冠楚楚，带着自己的名帖去见官吏，自称"浮生子"。后来张安忽然无病而终，家人们只好将他安葬了。每到夜晚，张安的魂就去拜见州牧，要求也为自己立祠庙供奉。他讲起话来慷慨激昂，和活着时一模一样。当时李玄做江州牧，为人正直，从不相信妖怪神灵。后来他屡次听人们说起张安显灵要求立祠的事，就穿着官服坐在州衙大堂上，把张安的魂传来相问，张安的魂听召来到堂上。李玄就问道："你已经死了，怎么能又化为人形呢？而且言辞洪亮，要拜见我，你是得了什么道才到达这地步的？必须先讲清楚这些事，我就和你谈立祠的事。"张安的魂说："凡属人类的灵魂，无法超越。而物之为妖为怪，虽然也可以有灵性，但与人比是云泥之别。人秉承了天地会合的钟灵之气，

方能成形。故人面负五岳四渎之相,头象天之圆,足象地之方。自有智可以料万事,自有勇可以敌百恶,又那无死后之灵耶?况浮生子生之日,不以生为生;死之日,不以死为死。其生也既异于众,其死也亦异于众生。于今日闻使君之明,遇天子之恩,若不求一祠,则后人笑浮生子不及前代死者妇人女子也。幸详而念之。设若庙食自使君也,使浮生子死且贵于生,又足以见人间贪生恶死之非也。"州牧曰:"天子立前代之功臣、烈士、孝女、贞妇之祠者,示劝戒,欲后人仿效之。苟立祠于尔,不知以何使后人仿效耶?"魂曰:"浮生子无功无孝无贞可纪也。使君殊不知达人之道,高尚于功烈孝贞也。"州牧无以屈,命私立祠焉。出《潇湘录》。

仇嘉福

唐仇嘉福者,京兆富平人,家在簿台村。应举入洛,出京,遇一少年,状若王者,裘马仆从甚盛。见嘉福有喜状,因问何适。嘉福云:"应举之都。"人云:"吾亦东行,喜君相逐。"嘉福问其姓,云:"姓白。"嘉福窃思朝廷无白氏贵人,心颇疑之。经一日,人谓嘉福:"君驴弱,不能偕行,乃以后乘见载。"

数日,至华岳庙,谓嘉福曰:"吾非常人。天帝使我案天下鬼神,今须入庙鞫问。君命相与我有旧,业已如此,能入庙否?事毕,当俱入都。"嘉福不获已,随入庙门。便见翠幕云黮,陈设甚备。当前有床,贵人当案而坐,以竹倚床坐嘉福。

他们的魂才能成形。所以人的脸上就带着江河山岳的形象，头象征着天的圆，脚象征着地的方。人有可以处理万事的智慧，有可以战胜万恶的勇气。人死后怎么能没有灵魂呢？况且我'浮生子'活着的时候，并不认为我是活人；死了时，也不认为就是真死了。我活着时就与众人不同，死了也和别人不同。现在我听说使君您贤明通达，又逢皇上的恩德，我如果不请求立个祠庙，那岂不让后代笑话我不如那些死了的死者，妇人、女子吗？希望您能理解我的心愿。如果能给我立祠供食，使我死了比生时还显贵，就足以显示人间贪生怕死的错误了。"李玄说："皇上为前代的功臣、烈士、孝女、贞妇立祠，是为了劝诫，想让后代人学习效仿。如果我为你立祠，不知让后代人学习你的什么呢？"张安的灵魂说："我浮生子固然没有什么功德和忠孝贞烈之事可以纪念。可使君难道不知道高洁放达的人，在道德情操上比那些功烈孝贞的人还要高尚得多吗！"州牧李玄说不过张安，只好偷偷下令为他立了一座祠堂。出自《潇湘录》。

仇嘉福

唐代有个叫仇嘉福的，是京兆富平人，家住簿台村。他到洛阳去赶考，出了京城，遇见一个少年，状貌颇像宫廷里的王公贵族，车马仆从很多。少年看到嘉福很高兴，便问他到哪儿去。嘉福说："到洛阳赶考。"少年说："我恰好也要往东去，很乐意和你一起走。"嘉福问他姓什么，回答说："姓白。"嘉福暗想朝廷里没有姓白的王公贵人，心里颇感疑惑。走了一天，少年对嘉福说："你的驴子太瘦弱了，不能一起前行，你就坐在我的后车上吧。"

几天后，二人来到华岳庙，少年对嘉福说："我不是凡间的人。天帝派我巡察天下鬼神，现在我必须要进华岳庙审问案子。你命中注定和我是朋友，已经走到这里了，能不能陪我进庙呢？事情结束后，我们再一同去洛阳。"嘉福不得已，随少年进了庙门。只见庙堂翠色帐幔低垂，各种陈设都很齐全。面前有床，那少年当案而坐，让嘉福坐在旁边竹倚床上。

寻有教呼岳神，神至俯伏。贵人呼责数四，因命左右曳出。遍召关中诸神，点名阅视。末至昆明池神，呼上阶语。请嘉福宜小远，无预此议。嘉福出堂后幕中，闻幕外有痛楚声，抉幕，见己妇悬头在庭树上。审其必死，心色俱坏。须臾，贵人召还，见嘉福色恶，问其故，具以实对。再命审视，还答不谬，贵人惊云："君妇若我妇也，宁得不料理之！"遂传教召岳神，神至，问："何以取簿台村仇嘉福妇，致楚毒？"神初不之知，有碧衣人，云是判官，自后代对曰："此事天曹所召，今见书状送。"贵人令持案来，敕左右封印之，至天帝所，当持出，已自白帝。顾谓岳神："可即放还。"亦谓嘉福："本欲至都，今不可矣，宜速还富平。"因屈指料行程，云："四日方至，恐不及事，当以骏马相借。君后见思，可于净室焚香，我当必至。"言讫辞去。既出门，神仆策马亦至，嘉福上马，便至其家。家人仓卒悲泣，嘉福直入，去妇面衣候气。顷之遂活，举家欢庆。村里长老，壶酒相贺，数日不已。其后四五日，本身骑驴，与奴同还，家人不之辨也。内出外入，相遇便合，方知先还即其魂也。

后岁余，嘉福又应举之都。至华岳祠下，遇邓州崔司法妻暴亡，哭声哀甚。恻然悯之，躬往诣崔，令其辍哭，许为料理，崔甚忻悦。嘉福焚香净室，心念贵人，有顷遂至。

接着少年让人传呼华岳神，华岳神来到，跪伏在下。少年对他斥责再三，便命侍从将他拖了出去。少年又传唤关中所有的神都来，点名查看。最后点到昆明池神时，叫该神上台阶问话，并让嘉福暂时回避一下，不要参与他们的谈话。嘉福走出正堂，到堂后的帐幕下，听到帐幕外有痛叫呻吟声，掀幕一看，看见自己的妻子被吊在庭院的树上。嘉福审度妻子一定死了，心情和脸色都十分糟糕。过了一会儿，少年召他回去，见他脸色很坏，问他原因，嘉福实话实说。少年让他再好好看看那吊着的女人，嘉福又看了看说不会有错。少年吃惊地说："你的妻子就如同我的妻子，我岂能不处理一下！"于是立刻又把华岳神传来，华岳神到后，少年问："为什么把簿台村仇嘉福的妻子抓来，导致她被毒打？"华岳神开始说不知道。有个穿绿衣的人，自称是判官，从华岳神身后代答："这个女子的案子是天曹下令办的。现在天曹有书信来，让呈送案状。"少年命令把案卷拿来，附信一封让左右把案卷封起来，到天帝那里，把信取出，已向天帝做了说明。回头对华岳神说："立刻把这女子放掉吧！"转身又对嘉福说："本想到洛阳去，现在不可能了，赶快回富平吧。"边说边屈指算回程所需的日子，说："你四天才能到家，怕来不及了，我借你一匹快马。以后你若想念我，可以在一个洁净的房间焚香，我一定能来。"说罢辞别嘉福而去。嘉福出门后，见神仆已备好骏马，嘉福上马，片刻就到了家门口。只见家里人正忙碌悲泣，嘉福直奔屋内，揭开蒙在妻子脸上的尸布等她喘气，不一会她就活过来了。全家欢喜庆祝。村里长老，也提酒前来祝贺，一连好几天尚未结束。过了四五天，嘉福的躯体骑着驴，和仆人一起回来了，家里人惊奇难以分辨。从屋里出来的和从外进去的两个嘉福遇在了一起，立刻就合成了一个。这才知道先回来的原来是嘉福的魂灵。

一年多后，仇嘉福又到洛阳赶考。走到华岳祠下时，遇到邓州崔司法的妻子突然死了，哭声十分哀伤。嘉福心生悲悯，亲自去见崔司法，让他们停止哭泣，答应帮着想办法，崔司法喜出望外。嘉福在一间净室焚香，心念少年贵人，果然很快就到面前。

欢叙毕,问其故,"此是岳神所为,诚可留也。为君致二百千,先求钱,然后下手。"因书九符,云:"先烧三符,若不愈,更烧六符,当还矣。"言讫飞去。嘉福以神言告崔,崔不敢违。始烧三符,日晚未愈。又烧其余,须臾遂活。崔问其妻:"初入店时,忽见云母车在阶下,健卒数百人,各持兵器,罗列左右。传言王使相迎,仓卒随去。王见喜,方欲结欢,忽有三人来云:'太乙神问何以夺生人妻?'神惶惧,持簿书云:'天配为己妻,非横取之。'然不肯遣。须臾,有大神五六人,持金杵,至王庭。徒众骇散,独神立树下,乞宥其命。王遂引己还。"嘉福自尔方知贵人是太乙神也。尔后累思必至,为嘉福回换五六政官,大获其力也。出《广异记》。

食羊人

开元末,有人好食羊头者。常晨出,有怪在门焉,羊头人身,衣冠甚伟。告其人曰:"吾末之神也,其属在羊。吾以汝好食羊头,故来求汝。辍食则已,若不尔,吾将杀之。"其人大惧,遂不复食。出《纪闻》。

二人欢聚,叙罢别情,嘉福问崔妻是怎么回事。少年说:"这事是华岳神干的,他的确想留住她。崔司法应先给二百千钱。你先要钱,然后再想别的办法。"说着少年便画了九张符交给嘉福,说:"先烧三张,如果不能复活,就再烧六张,那时一定能复活了。"说罢少年就腾空而去。嘉福就把符交给崔司法把神的话告诉了他。崔司法不敢违抗,就先烧了三张符,但到天黑也没见效。接着又烧了其余六张,一会儿果然妻子复活了。崔司法问她怎么回事,她说:"我刚入店时,忽然看见空中有云母车降在阶前,还有几百名强健的兵士,各持兵器,站在车的周围。有人传话说大王让他来迎接我,我匆忙跟随而去。大王看见我非常高兴,刚要和我交欢,忽然云中来了三个人,质问天王说:'太乙神问你为什么夺世间人的妻子?'天王很害怕,拿出一张文书说:'这个女人是上天配给我的,不是我夺来的。'看样子是不打算让我回人间。过了一会儿,又来了五六个大神,手里拿着金棒,来到大王庭院中,大王的侍从吓得纷纷逃散,只剩天王站在树下,恳求饶命。天王才让我又回到人间。"这时仇嘉福才知道那位少年贵人原来就是太乙神。后来,嘉福只要一思念他,他一定会到来,他为嘉福调换了五六任政官,嘉福得到少年很大的帮助。出自《广异记》。

食羊人

开元末年,有一个人喜好吃羊头。有一次他刚早晨一出门,有个怪物站在门口,羊头人身,穿戴着衣帽,显得十分高大。怪物对这个人说:"我是分管未时的神,未时属羊。我因为你好吃羊头,所以专门来求你。今后你别再吃羊头也就罢了,如果不改,我就宰了你。"这人吓坏了,从此以后再也不敢吃羊了。出自《纪闻》。

王　晙

王晙气充雄壮，有龙虎之状，募义激励，有古人之风。驭下整肃，人吏畏而义之。晙卒后，信安王祎，于幽州讨奚告捷，奏称，军士咸见晙领兵为前军讨贼。户部郎中杨伯成上疏，请为晙坟增封域，降使享祭，优其子孙。玄宗从之。出《谭宾录》。

王　晙

王晙精神饱满，雄伟强壮，生得气度如龙似虎，招募义士加以激励，颇有古代大将风度。他对待部下也严格有条理，部下对他十分敬畏，也钦佩他的仗义。王晙死后，信安王祎在幽州讨伐奚人，取得胜利，在给朝廷的奏章上说，军士们都看见已去世的王晙领兵在前锋攻击叛贼。户部郎中杨伯成上疏，请求为王晙扩充坟地的范围，派官员祭祀，并优抚他的后代。唐玄宗接受了这些奏请并一一照办。出自《谭宾录》。

卷第三百二
神十二

皇甫恂　　卫庭训　　韦秀庄　　华岳神女　　王俒

皇甫恂

皇甫恂,字君和。开元中,授华州参军。暴亡,其魂神若在长衢路中,夹道多槐树。见数吏拥篲,恂问之,答曰:"五道将军常于此息马。"恂方悟死耳,嗟叹而行。忽有黄衣吏数人,执符,言天曹追,遂驱迫至一处。门阙甚崇,似上东门,又有一门,似尚书省门。门卫极众,方引入。一吏曰:"公有官,须别通,且伺务隙耳。"恂拱立候之。须臾,见街中人惊矍辟易。俄见东来数百骑,戈矛前驱。恂匿身墙门以窥。渐近,见一老姥,拥大盖,策四马,从骑甚众。恂细视之,乃其亲叔母薛氏也。恂遂趋出拜伏,自言姓名。姥驻马问恂:"是何人?都不省记。"恂即称小名,姥乃喜曰:"汝安得来此?"恂以实对。姥曰:"子侄中惟尔福最隆,来当误尔。且吾近充职务,苦驱驰,汝就府相见也。"

皇甫恂

皇甫恂,字君和。开元年间,授官为华州参军。突然死去,死后觉得自己的魂魄仿佛走在一条漫长的街道上,路两旁多是槐树。看见几个卒吏手持扫帚扫门迎客,皇甫恂上前询问,回答说:"五道将军常在这里下马歇息。"皇甫恂才明白自己死了,感叹着走开了。忽然有几个穿黄衣的卒吏,手执符牌,说天曹在追他,就驱赶他赶到了一个地方,这里门阙非常雄伟,好像是世间皇城的上东门。又有一个门,好像是尚书省的门。门卫众多,刚要带他进去,一个卒吏说:"大人正在办紧要公事,必须另外的时间再通报,你暂且等候大人办公的空隙吧。"皇甫恂拱手而立等着。一会儿,只见街上的人突然惊慌地到处躲避。很快又看见从东来了几百个骑马的人,手执戈矛在前开路,皇甫恂躲在门旁偷看。渐渐走近,只见一个老妇人坐在有伞盖的四马车上,随从骑兵很多。他仔细一看,那老妇人竟是已经去世的婶娘薛氏。皇甫恂赶快跑出去跪伏在地,并报出自己的姓名。老妇人停下马来问:"你是什么人?我一点也想不起来了。"皇甫恂就说出自己的小名,老妇人一听笑问:"你怎么到这里来了?"皇甫恂照实说了。老妇人说:"我的子侄中你的福气是最大的,你来肯定是他们弄错了。可是我最近当了官,苦于为公务奔走效劳,现在还有急事,你到我府上来相见吧。"

言毕遂过。逡巡，判官务隙命入。见一衣冠，昂然与之承迎，恂哀祈之。谓恂曰："足下阳中有功德否？"恂对曰："有之。"俯而笑曰："此非妄语之所。"顾左右曰："唤阄，古瓦反。割家来。"恂甚惶惧。忽闻疾报声，王有使者来，判官遽趋出，拜受命。恂窥之，见一阄人传命毕，方去。判官拜送门外，却入，谓恂："向来大使有命，言足下未合来，所司误耳。足下自见大使，便可归也。"

数吏引去，西行三四里，至一府郡，旌旗拥门，恂被命入。仰视，乃见叔母据大殿，命上令坐，恂俯伏而坐，羽卫森然。旁有一僧跌宝座，二童子侍侧，恂亦理揖。叔母方叙平生委曲亲族，诲恂以仁义之道，陈报应之事。乃曰："儿岂不闻地狱乎？此则其所也，须一观之。"叔母顾白僧："愿导引此儿。"僧遂整衣，而命恂："从我。"恂随后行。比一二里，遥望黑风，自上属下，烟涨不见其际。中有黑城，飞焰赫然。渐近其城，其黑气即自去和尚丈余而开。至城，门即自启。其始入也，见左右罪人，初剥皮吮血，砍刺糜碎，其叫呼怨痛。宛转其间，莫究其数，楚毒之声动地。恂震怖不安，求还。又北望一门，炽然炎火，和尚指曰："此无间门也。"言讫欲归，忽闻火中一人呼恂。恂视之，见一僧坐铁床，头上有铁钉钉其脑，流血至地。细视之，是恂门徒僧胡辨也。惊问之，僧曰："生平与人及公饮酒食肉，今日之事，

说完就走过去了。过了一会儿,判官办公务有了时间,就命皇甫恂上殿。皇甫恂看见殿上一个穿官服的人,扬着头迎过来,皇甫恂苦苦向他祈求。判官对皇甫恂说:"你在阳世积有什么功德吗?"皇甫恂说:"有功德。"判官俯首笑道:"这可不是容你胡说八道的地方。"说着就命令左右:"叫阉割家来。"皇甫恂非常恐惧。忽然听见外面有人报告,大王有使者来了,判官赶快下殿去,跪拜听命。皇甫恂偷眼看,见一个太监模样的人向判官传达了命令,就走了。判官把使者恭送到门外,回来对皇甫恂说:"刚才使者传来大王的命令,说你不该到这里来,是主管官弄错了。你自己去见见大王,就可以还阳了。"

　　几个卒吏领着皇甫恂离开,向西走了三四里,来到一个府邸前,门外旌旗飘扬,皇甫恂被传令进去。抬头一看,只见婶母正端坐在大殿上。婶母命他上殿坐下,皇甫恂俯伏而坐,羽林卫士森然而立。婶母的旁边还有一个和尚盘坐在宝座上,两个童子站在两旁,皇甫恂也向和尚拜了一下。婶母才对皇甫恂说起远近亲戚们,教导他行仁义之道,陈说报应之事,并说:"孩子难道没听说过地狱吗? 这里就是地狱啊。你来了就看一下吧。"说着看了看那个和尚说:"你就带他去吧。"和尚整了整衣裳,对皇甫恂说:"跟我走。"皇甫恂跟随和尚走出大殿,走了近一二里地时,远远看见一股黑风,自上而下,烟气弥漫不见边际。烟气中有一座黑城,城里烈火冲天。渐渐走近那城,那黑烟就在离和尚一丈多远处分开了。走到城前,城门也自动打开。进城后,只见两旁都是受刑的罪犯,刚刚被剥皮吸血,断肢碎肉,罪犯号叫喊冤之声,充斥其间,无法知道到底有多少人,拷打之声惊天动地。皇甫恂恐惧万分,请求快点回去。他们又向北望见一座门,只见门内烈焰万丈。和尚说:"这里叫无间门。"说罢正打算回去,忽然听见烈火中有一人喊皇甫恂的名字。一看,见一个和尚坐在铁床上,脑袋上钉着大铁钉,血流如注。皇甫恂仔细辨认,原来是自己的一个门徒僧胡辨。皇甫恂惊讶地问他怎么到了这个地步,胡辨说:"因为我平时爱和你们喝酒吃肉,才有今天的事,

自悔何阶。君今随和尚，必当多福，幸垂救。"曰："何以奉救？"僧曰："写《金光明经》一部，及于都市为造石幢，某方得作畜生耳。"恂悲而诺之。遂回至殿，具言悉见。叔母曰："努力为善，自不至是。"又曰："儿要知官爵否？"恂曰："愿知之。"俄有黄衣抱案来，敕于庑下发视之。见京官至多。又一节，言太府卿贬绵州刺史，其后掩之。吏曰："不合知矣。"遂令二人送恂归，再拜而出。出门后，问二吏姓氏，一姓焦，一姓王。

相与西行十余里，有一羊三足，截路吼喊，骂恂曰："我待尔久矣！何为割我一脚？"恂实不省，且问之，羊曰："君某年日，向某县县尉厅上，夸能割羊脚。其时无羊，少府打屠伯，屠伯活割我一脚将去，我自此而毙。吾由尔而夭。"恂方省之，乃卑词以谢，托以屠者自明。焦王二吏，亦同解纷。羊当路立，恂不得去。乃谢曰："与尔造功德可乎？"羊曰："速为我写《金刚经》。"许之，羊遂喜而去。二吏又曰："幸得奉送，亦须得同幸惠，各乞一卷。"并许之。更行里余，二吏曰："某只合送至此，郎君自寻此径。更一二里，有一卖浆店，店旁斜路，百步已下，则到家矣。"遂别去。

恂独行，苦困渴。果至一店，店有水瓮，不见人。恂窃取浆饮，忽有一老翁大叫怒，持刀以趁，骂云："盗饮我浆。"恂大惧却走，翁甚疾来。恂反顾，忽陷坑中，恍然遂活。而殡

自己后悔也没有办法了。你现在跟随和尚，一定会多福，希望能救我。"皇甫恂问："我怎么能救得了你呢？"胡辨说："你为我抄一部《金光明经》，再为我在城里造一个石幢，我才可以投胎做一个畜生。"皇甫恂难过地答应下来。于是回到大殿，皇甫恂把刚才的所见所闻都说了。婶母说："只要你努力做好事，是不会到这个地步的。"又说："侄儿想知道自己的阳间官运吗？"皇甫恂说："想知道。"不一会儿就有一个穿黄衣的卒吏抱着一堆案簿走来，婶母命他在廊庑下翻看。皇甫恂见簿册里京官非常多，又一页，上面写着"府卿贬绵州刺史。"后面的字遮盖起来了。卒吏说："以后的事你不该知道。"就派了两个小吏送皇甫恂回阳世，皇甫恂再拜后出门。出门后，问二位卒吏的姓氏，一个姓焦，一个姓王。

三人往西走了十多里，有一只三条腿的羊，堵住去路狂叫，骂皇甫恂道："我等你多时了！为什么割了我一只蹄子？"皇甫恂实在记不起来了，就问羊是怎么回事，羊说："你某年某日，在某县县尉大厅上，夸口说你能割羊蹄。当时没有杀好的羊，县尉就打屠户，屠户只好割了我一只蹄子送给你，我因此就死掉了。我因为你才死的。"皇甫恂才想起来，赶紧好言向羊赔罪，推脱说都是屠户做的。焦、王两个小吏也上来劝解纠纷，可是那只羊仍然挡着路站着，皇甫恂不能通过。就道歉说："我为你造些功德行不行？"羊说："快为我写一部《金刚经》吧。"皇甫恂答应后，羊才高兴地走开了。两个小吏又说，"我俩有幸送你一路，也应得到同样的好处，我们也各求一卷。"皇甫恂一并答应了。又走了一里多路，两个小吏说："我们只能送到这里，你自己沿着这路继续走吧。再走一二里地，有一个卖浆的小店，店旁有条斜路，走百步就是你家了。"两个小吏便告辞而去。

皇甫恂自己往前走，又累又渴。果然到了一个小店，店里有一个水瓮，看不见人，皇甫恂就偷偷取水浆来喝。忽然有一个老头愤怒大喊，拿着刀向皇甫恂逼过来，骂道："竟然敢偷喝我的浆。"皇甫恂特别恐惧转身就逃，老头在后面紧追而来。皇甫恂回头看，忽然陷进一个坑里，一惊之下就复活了。而那时他已收殓

棺中,死已五六日。既而妻觉有变,发视之,绵绵有气。久而能言,令急写三卷《金刚经》。其夜忽闻敲门声,时有风欻欻然。空中朗言曰:"焦某王某,蒙君功德,今得生天矣。"举家闻之。更月余,胡辨师自京来,恂异之,而不复与饮。其僧甚恨,恂于静处,略为说冥中见师如此,师辄不为之信。既而去至信州,忽患顶疮,宿昔溃烂,困笃。僧曰:"恂言其神乎?"数日而卒。恂因为市中造石幢。幢工始毕,其日市中豕生六子,一白色。自诣幢,环绕数日,疲困而卒。今幢见存焉。恂后果为太府卿,贬绵州刺史而卒。出《通幽记》。

卫庭训

卫庭训,河南人,累举不第。天宝初,乃以琴酒为事,凡饮皆敬酬之。恒游东市,遇友人饮于酒肆。一日,偶值一举人,相得甚欢,乃邀与之饮。庭训复酬,此人昏然而醉。庭训曰:"君未饮,何醉也?"曰:"吾非人,乃华原梓桐神也。昨日从酒肆过,已醉君之酒。故今日访君,适醉者亦感君之志。今当归庙,他日有所不及,宜相访也。"言讫而去。

后旬日,乃访之。至庙,神已令二使迎庭训入庙。庭训欲拜,神曰:"某年少,请为弟。"神遂拜庭训为兄,为设酒食歌舞,既夕而归。来日复诣,告之以贫。神顾谓左右:"看华原县下有富人命衰者,可收生魂来。"鬼遍索之,

在棺材里,死了已经五六天了。不久他的妻子发觉有些异常,揭开棺材看,发现皇甫恂有微弱的气息。过了好久终于会说话了,急忙令人快写三卷《金刚经》。这天夜里忽然听到有敲门声,当时有阵阵风吹进屋来。空中有人大声说:"焦某王某,蒙受你的功德,今天要升天了!"全家都听到了这话。一个多月后,胡辨和尚从京城来了,皇甫恂很奇怪,但不再同他喝酒。和尚很生气,皇甫恂就把他拉到僻静之地,简单对他说了在阴间看见他受刑的事,和尚根本不信。不久和尚去了信州,突然头顶生了疮,一夜之间就烂透了,痛苦不堪。胡僧说:"皇甫恂说的真就这么神吗?"过了几天就死了。皇甫恂便为他在城里造了一座石幢。石幢刚完工,那天城里有个猪生了六只猪崽,其中一只是白色的。这个白猪竟独自跑到那根石幢前,围着石幢转了好几天,疲惫而累死了。这个石幢现在还立在城中。皇甫恂后来果然做了太府卿,贬为绵州刺史,死在了任上。出自《通幽记》。

卫庭训

卫庭训,河南人,多次科举都没考中。天宝初年,就日日弹琴饮酒,凡饮酒都和朋友们互相敬酬。他经常到东市游逛,遇见朋友就到酒肆共饮。有一天,他偶然遇到一位举人,谈得很投机,就约他一同喝酒。庭训要回敬举人时,举人却已经昏沉沉地醉了。庭训说:"你还没喝,怎么就醉了?"举人说:"我不是凡人,是华原县的梓桐神。昨天从酒肆经过,已被你的酒灌醉了。所以今天拜访你,正表明醉的人也感念你的志趣。现在我该回庙去了。以后你有什么办不了的事,尽管找我。"说完就离开了。

过了十几天,庭训就到庙里去看他。到庙前,梓桐神已派了两个人迎接。进庙后,庭训想行礼,梓桐神说:"我比你小,做你的弟弟吧。"神于是拜庭训为兄,摆下酒食歌舞,庭训到天黑才回去。后来有一天,庭训又去见梓铜神,告诉自己很穷。神回头对左右说:"看看华原县里有没有命衰的富人,可以把他的魂拘来。"鬼到处搜索,

其县令妻韦氏衰,乃收其魂,掩其心。韦氏忽心痛殆绝。神谓庭训曰:"可往,得二百千与疗。"庭训乃归主人,自署云:"觧医心痛。"令召之。庭训入神教,求二百千,令许之。庭训投药,即愈如故。儿女忻忭,令亦喜,奉钱留宴饮。自尔无日不醉,主人谕之曰:"君当隐贫窭,何苦使用不节乎?"庭训曰:"但有梓桐神在,何苦贫也!"主人以告令,令召问之,具以实告。令怒,逐庭训而焚梓桐神庙。

庭训夜宿村店,忽见梓桐神来曰:"非兄之过,乃弟合衰。弟今往濯锦江立庙,极盛于此,可诣彼也。"言讫不见。庭训又往濯锦江,果见新庙。神见梦于乡人,可请卫秀才为庙祝。明日,乡人请留之。岁暮,神谓庭训曰:"吾将至天曹,为兄问禄寿。"去数日归,谓庭训曰:"兄来岁合成名,官至泾阳主簿。秩不满,有人迎充判官。"于是神置酒饯之。至京,明年果成名,释褐授泾阳县主簿。在任二载,分务闲暇,独立厅事,有一黄衫吏,持书而入,拜曰:"天曹奉命为判官。"遂卒于是夕。 出《集异记》。

韦秀庄

开元中,滑州刺史韦秀庄,暇日来城楼望黄河。楼中忽见一人,长三尺许,紫衣朱冠。通名参谒,秀庄知非人类,问是何神。答曰:"即城隍之主。"又问何来,答云:"黄河之神,欲毁我城,以端河路,我固不许。克后五日,大战于河湄,

发现县令的妻子韦氏，命运已衰，就把她的魂收了来，并把她的心堵住。韦氏忽然感到心痛得要死。神对庭训说："你可以去那里，得到二百千钱才治她的病。"庭训就回到房主人那里，自己题字道："我能治心痛病。"县令就将庭训召去。庭训听从神的教导，要二百千钱，县令同意了。庭训给了她药，韦氏果然立刻就好了。儿女们很欢喜，县令也十分高兴，送了钱后又留下庭训宴饮。从此以后天天狂饮无度。房主人告诫他说："你应该还伪装穷困，何苦这样不节制呢？"庭训说："有梓桐神在，我怕什么穷啊！"房主人把这话告诉了县令，县令把庭训叫来问，庭训把实情全说了。县令大怒，赶走了庭训，放火烧了梓桐神庙。

　　庭训夜里投宿在一个乡村小店，忽然看见梓桐神来了，对他说："这事不是兄长的错，是我命中该遭此祸。现在我要去濯锦江立庙，在这里极盛一时，可以到那里了。"说完就不见了。庭训又赶到濯锦江，果然看见了一座新庙。梓桐神又给人们托梦，说可以请卫秀才来当庙祝。第二天，人们都来请庭训留下当了庙祝。年末时，神对庭训说："我要到天庭去，查看一下你的官运和寿数。"几天后神就回来了，说："你明年能考中成名，官能做到泾阳主簿。此任不到期时，会有人迎你做判官。"于是梓桐神备酒为庭训饯行。庭训到京，第二年果然考中，脱去平民衣服被授予泾阳县主簿。在任上干了两年，有一天公务不忙，他独自站在官署厅里，突然有一个黄衣吏卒，拿着书信进来，叩拜说："天曹派你去当判官。"卫庭训就在这天晚上去世了。出自《集异记》。

韦秀庄

　　唐朝开元年间，滑州刺史韦秀庄，闲暇时来到城楼上远望黄河。在楼中忽然看见一个人，只有三尺多高，身穿紫衣头戴红帽。这个人自报姓名向他参拜，韦秀庄知道他不是人类，就问他是什么神。他回答说："是城隍之主。"又问他为何而来，他回答说："黄河之神，打算摧毁这座城，为了端正黄河的河道，我坚决不允许。五天之后，我与他将在黄河边有一场大战，

恐力不禁，故来求救于使君尔。若得二千人，持弓弩，物色相助，必当克捷。君之城也，惟君图之。"秀庄许诺，神乃不见。至其日，秀庄帅劲卒二千人登城。河中忽尔晦冥，须臾，有白气直上十余丈，楼上有青气出，相萦绕。秀庄命弓弩乱射白气。气形渐小，至灭，唯青气独存，逶迤如云峰之状，还入楼中。初时，黄河俯近城之下，此后渐退，至今五六里也。出《广异记》。

华岳神女

近代有士人应举之京，途次关西，宿于逆旅舍小房中。俄有贵人奴仆数人，云："公主来宿。"以幕围店及他店四五所。人初惶遽，未得移徙。须臾，公主车声大至，悉下。店中人便拒户寝，不敢出。公主于户前澡浴，令索房内。婢云："不宜有人。"既而见某，群婢大骂。公主令呼出，熟视之曰："此书生颇开人意，不宜挫辱。"第令入房，浴毕召之，言甚会意。使侍婢洗濯，舒以丽服。乃施绛帐，铺锦茵，及他寝玩之具，极世奢侈，为礼之好。

明日相与还京。公主宅在怀远里，内外奴婢数百人，荣华盛贵，当时莫比。家人呼某为驸马，出入器服车马，不殊王公。某有父母，在其故宅。公主令婢诣宅起居，送钱亿贯，他物称是。某家因资，郁为荣贵。如是七岁，生二子一女，公主忽言，欲为之娶妇，某甚愕，怪有此语。主云："我本非人，

我担心打不过，所以特来向你求援。如果能支援我两千人，手持弓箭，观察时机适时相助，我就一定能打胜。这个城是你所管，请你考虑。"韦秀庄答应了，神就不见了。到了那天，秀庄率领两千名精壮士兵登上城楼。河面上忽然变得一团昏暗，一会儿，冒出一股十多丈高的白气，同时城楼上也射出一股青气，和河上的白气互相缠绕。秀庄命令弓箭手们向白气射出，白气渐渐变小，最后终于消失，只有青气独存。弯曲回旋有如云峰之状，又回到城楼里。起初，黄河的流水已逼近城下，后来才逐渐退回去。一直退到现在离城五六里的地方。出自《广异记》。

华岳神女

　　近来有位书生赴京赶考，走到关西，住进一个旅店小房里。不久有贵人的仆从数人，进店说："公主要来这里住。"并用帷幕把旅店和周围几家店房都围了起来。人们开始很惊慌，但无法离开。很快，公主的车声隆隆而至，车上的人都下来了。店中客人只好关上房门休息，不敢出来。公主在书生住的小房门前沐浴，叫婢女搜索房内。婢女说："不会有人。"不久看见书生，婢女们大骂起来。公主把书生叫出来，仔细看了看说："这个书生很懂得人意，不应难为他。"公主就让书生到屋里呆着，洗浴后又招来书生，谈话很投机。公主就让婢女领书生去洗浴，并给他换上华贵的衣服。然后在屋里挂上华丽的红帐子，床上铺了锦缎被褥，以及其他睡眠用具，极尽世上奢华之物，为他们的结合之礼准备妥当。

　　第二天，公主和书生一起回到京城。公主的宅院在怀远里，内外有好几百名仆从婢女，荣华富贵，当时谁也比不上。公主家的人都叫书生为驸马，书生的出入用度、服饰车马，和王公贵族没什么不一样。书生有父母，在以前的老宅。公主派婢女到书生家里去侍候日常起居，并送钱亿贯，其他物品大抵与钱差不多。书生家里因此富裕起来，过起了豪华的生活。这样过了七年，公主生了两男一女。有一天公主忽然说，要为书生另外娶个妻子，书生非常惊讶，很奇怪公主说这样的话。公主说："我不是凡人，

不合久为君妇,君亦当业有婚媾,知非恩爱之替也。"其后亦更别婚,而往来不绝。婚家以其一往辄数日不还,使人候之。见某恒入废宅,恐为鬼神所魅。他日,饮之致醉,乃命术士书符,施衣服中,及其形体皆遍。某后复适公主家,令家人出止之,不令人。某初不了其故,倚门惆怅。公主寻出门下,大相责让云:"君素贫士,我相抬举,今为贵人,此亦于君不薄,何故使妇家书符相间,以我不能为杀君也?"某视其身,方知有符,求谢甚至。公主云:"吾亦谅君此情,然符命已行,势不得住。"悉呼儿女,令与父诀,某涕泣哽咽。公主命左右促装,即日出城。某问其居,兼求名氏,公主云:"我华岳第三女也。"言毕诀去,出门不见。出《广异记》。

王 侹

王侹者,少应通事舍人举。开元末,入京。至阙西,息槐树下,闻传诏声。忽见数骑,状如中使,谓侹曰:"为所宣传,真通事舍人矣。"因以后骑载侹。侹亦不知何人,仓卒随去。久之,至华岳神庙中。使置侹别院,诫云:"慎无私视。便尔入内。"侹独坐,闻棒杖楚痛之声,因前行窃窥。见其妇为所由系颈于树,以棒拷击。侹悲愁伫立,中使出,见惨怛而问其故。侹涕泗,具言其事。使云:"本欲留君,妻既死,理不可住。若更迟延,待归之后,即不能救。

不能长久做你的妻子，你也应该有自己的妻室，要知道并不是我对你没有恩爱了。"后来书生又结婚了，但仍和公主来往不断。妻子家因为书生常常一出去就好几天不回家，就派人跟着，只见书生常去一个破败的宅子，担心书生是被鬼神所迷。有一天，家里人把书生灌醉，叫道士写了符咒，放进他的衣服里，还有身体各处。后来书生到公主那里去，公主让家人挡住，不让进去。书生开始不知原因，靠在门上惆怅叹息。公主不久出门来，狠狠责备书生说："你不过是一个贫困的书生，由于我的抬举，你现在才过上贵人的日子。我待你也不薄，你为什么让妻子家画符咒来间隔，你以为我不敢杀你吗？"书生翻检自己的衣服，才知道身上藏着符，急忙向公主道歉赔罪。公主说："我也理解你的这番情意，但是符咒已起了作用，我不能再住这里了。"说罢就把儿女们叫来，让他们和父亲诀别，书生痛哭哽咽。公主叫仆人赶快收拾行李，当天就要出城。书生忙问公主家住哪里，求公主把姓名告知。公主说："我是华岳神的三女儿。"说完告别而去，一出门就不见了。出自《广异记》。

王 倜

王倜，年轻时参加过通事舍人的考试。唐朝开元末年，王倜进京城后，来到阙门西边，在一棵槐树下歇息。听见传达诏书的声音，忽然看到几个骑马的人，样子像是宫中的使者，对王倜说："奉命传你，你果真做了通事舍人了。"便让王倜骑在后面的马上。王倜也不知他们是什么人，仓促地随他们去了。跑了半天，进了华岳神庙中。使者让王倜呆在另一个院里，告诫他说："千万不许偷看。方便时再让你进来。"王倜正独自坐着，忽然听到阵阵拷打和哭叫声，便走向前偷看。竟然看见自己的妻子脖子吊在树上，被棍棒拷打。王倜痛苦地站在那里，那使者出来，见王倜惨痛的样子问是什么原因。王倜涕泪俱下，详细说出刚才看见的事。使者说："本来打算把你留在这里，现在你的妻子已死，按理就不能留你了。若再延误时间，等你回去之后，你的妻子就没救了。

君宜速还开棺，此即放妻活。"乃命左右取驿马，送王舍人。俄见一狐来，倜不得已，骑狐而骋。其疾如风，两日至舍。骑狐乃其魂也，倜本身自魂出之后，失音不言。魂既至家，家人悲泣。倜命开棺，其妻已活，谓倜曰："何以至耶？"举家欢悦。后旬日，本身方至。外传云："王郎归！"失音已十余日。魂云："王郎到矣。"出门迎往，遂与其魂相合焉。出《广异记》。

你应快回去打开棺材,这里马上放你的妻子回去。"说罢让左右赶快牵马,送王侗回去。转眼看见一只狐狸来到。王侗没办法,只好骑上狐狸奔驰。那狐狸跑起来竟像风一样快,两天就到家了。骑狐狸回家的原来是王侗的魂,而王侗的肉身自魂离开之后,就不能说话了。王侗的魂到家后,家人正在悲哭。王侗立刻令人打开棺材,他的妻子已经活了。妻子对王侗说:"你怎么回来了?"全家分外高兴。过了十天,王侗的肉身才回到家。门外有人说:"王郎回来了!"已经十多天不能说话了。王侗的魂说:"王郎到了。"出门相迎,肉身于是和他的魂合到了一起。出自《广异记》。

卷第三百三
神十三

韩光祚

　　桃林令韩光祚，携家之官，途经华山庙，下车谒之。入庙门，而爱妾暴死。令巫请之，巫言："三郎好汝妾，既请且免，至县当取。"光祚至县，乃召金工，为妾铸金为观世音菩萨像，然不之告。五日，妾暴卒，半日方活，云："适华山府君，备车骑见迎。出门，有一僧，金色，遮其前，车骑不敢过。神曰：'且留，更三日迎之。'"光祚知其故，又以钱一千，图菩萨像。如期又死，有顷乃苏曰："适又见迎，乃有二僧在，未及登车。神曰：'未可取，更三日取之。'"光祚又以千钱召金工，令更造像。工以钱出县，遇人执猪，将烹之。工愍焉，尽以其钱赎之，像未之造也。而妾又死，俄既苏曰："已免矣。适又见迎，车骑转盛，二僧守其门，不得入。有豪猪大如马，冲其骑，所向颠仆，车骑却走。神传言曰：

韩光祚

桃林县令韩光祚，带着家眷去上任，经过华山庙时，下车拜谒。进入寺庙，他的爱妾突然死去。韩光祚让巫师祈请，巫师说："华山神三郎看上了你的爱妾，我已请求可暂时免她一死。等你们到了县里，三郎还会来娶她。"光祚到了县里，就召集金匠，为爱妾铸了一尊观世音菩萨金像，没有告诉爱妾。五天后，爱妾又突然死去，半日后才活过来，对他说："刚才华山府君，派车马来迎我。一出门，就遇见一个金色的僧人挡在路上，车马不敢过去。三郎说：'暂且留下，三天后再来娶我。'"光祚明白是怎么回事，就又用一千钱画一幅菩萨像。三天后，爱妾果然又死了，过了一会儿醒过来说："刚才又来迎我，这次是两个僧人在。我还没上车，三郎说：'不可带走，过三天再来接我。'"光祚又给了金匠一千钱，叫他再造一尊像。金匠带着钱出了县府，遇见有人抓了一只猪，将要烹杀它。金匠怜悯那头猪，把造金像的钱赎了那头猪，金像就没造成。县令的妾又死了，很快苏醒，说："这回我才彻底免死了。刚才又来接我，这次派的车马更多。但是两个僧人守着门，他们进不来。接着有一头像马那么大的豪猪，扑向车马，横冲直撞，车马转头逃走。神传话说：

'更勿取之。'于是散去。"光祚怪何得有猪拒之，金工乃言其故。由是盖信内教。出《纪闻》。

宣州司户

吴俗畏鬼，每州县必有城隍神。开元末，宣州司户卒，引见城隍神。神所居重深，殿宇崇峻，侍卫甲仗严肃。司户既入，府君问其生平行事，司户自陈无罪，枉见录。府君曰："然，当令君去。君颇相识否？"司户曰："鄙人贱陋，实未识。"府君曰："吾即晋宣城内史桓彝也，为是神管郡耳。"司户既苏言之。出《纪闻》。

崔　圆

天宝末，崔圆在益州。暮春上巳，与宾客将校数十百人，具舟楫游于江，都人纵观如堵。是日，风色恬和，波流静谧，初宴作乐，宾从肃如。忽闻下流十数里，丝竹竞奏，笑语喧然，风水薄送，如咫尺。须臾渐近，楼船百艘，塞江而至。皆以锦绣为帆，金玉饰舟，旄纛盖伞，旌旗戈戟，缤纷照耀。中有朱紫十数人，绮罗妓女凡百许，饮酒奏乐方酣。他舟则列从官武士五六千人，持兵戒严，泝沿中流，良久而过。圆即令访问，随行数里，近舟，舟中方言曰："天子将幸巴剑，蜀中诸望神祇，迁移避驾，幸无深怪。"圆骇愕，因罢会。时朝廷无事，自此先为其备。明岁南狩，圆应卒无阙矣。出《集异记》。

'再也不来迎我了。'于是车马散去。"韩光祚奇怪怎么会有猪抵抗那些人，金匠向他说明了真相。从此以后，韩光祚更加相信佛教。出自《纪闻》。

宣州司户

吴地风俗怕鬼，每个州县都一定供奉城隍神。开元末年，宣州司户死了，被引领着见城隍神。城隍神住在重门深院之内，宏伟殿堂之中，侍卫仪仗威严整肃。司户进去后，城隍神问他平生做了哪些事，司户自己陈述无罪，很冤枉被收录。城隍神说："你说得对，应该放你离开。你认识我吗？"司户说："我浅薄愚陋，实在不认识您。"城隍神说："我就是晋朝宣城内史桓彝，成为主管全郡的城隍神了。"这些都是司户苏醒以后说的。出自《纪闻》。

崔　圆

唐代天宝末年，崔圆在益州任职。暮春上巳节，他与宾客将校数十百人，乘舟船游江，城中百姓看热闹的人很多。这天，风和日丽，江上波平浪静。宴乐初奏时，宾客和仆从都很恭敬整饬。忽然听到江下游十几里处，丝竹齐鸣，笑语欢声，随着水风传来，仿佛近在咫尺。过了不久渐渐靠近，楼船有百余艘，几乎堵塞了江面，浩荡而至。船帆都是锦绣绸缎做的，船体镶金嵌玉。旍旄、伞盖五彩缤纷，旌旗戈戟光彩耀眼。其中一条船上有几十个穿红紫袍的人，还有近百个歌女舞伎，饮酒奏乐欢乐正浓。其他船上则排列着仆从官员武士五六千人，手持兵器，戒备森严，沿江巡察，浩浩荡荡的船队沿江过了很久。崔圆立即下令访问船队，跟随着走了几里，才靠近船队，船上的人说："皇帝要巡幸四川剑阁，我们这些四川的各路小神仙，必须搬迁回避，希望你们不要责怪。"崔圆听说后大吃一惊，便中止了聚会。此时朝廷平安无事，崔圆从此就预先有所准备了。第二年，皇帝南行幸蜀，崔圆应付突发事变，无所欠缺。出自《集异记》。

郑仁钧

郑仁钧，钦说之子也，博学多闻，有父风。洛阳上东门外有别墅，与弟某及姑子表弟某同居。弟有妹，嫁杨国忠之子。时表弟因时疾丧明，眉睫覆目甃甃然。又自发际，当鼻准中分，至于额下，其左冷如冰而色白，其右热如火而色赤。姑与弟皆哀怜之，不知其何疾也。

时洛中有郑生者，号为卜祝之士。先是御史大夫崔琳，奉使河朔，路经洛阳，知郑生有术，乃召与俱行。及使回，入洛阳。郑生在后，至上东门道，素知仁钧庄居在路傍，乃诣之。未入里门，而郑生遽称死罪，或言合死，词色慑惧。仁钧问之，郑生无他言，唯云合死。仁钧固诘之，郑生曰：“某才过此，不幸饥渴，知吾宗在此，遂为不速之客。岂知殊不合来，此是合死于今日也。”仁钧曰：“吾与姑及弟在，更无异人，何畏惮如此？”郑生股栗愈惧。仁钧初以无目表弟，不之比数，忽念疾状冷热之异，安知郑生不属意于此乎？乃具语表弟之状。郑生曰：“彼天曹判官，某冥中胥吏。今日偶至此，非固有所犯。然谒之亦死，不谒亦死，礼须谒也。”遂书刺曰：“地府法曹吏郑某再拜谒。”时仁钧弟与表弟，堂上掷钱为戏。仁钧即于门屏呼引郑生，读其刺通之。郑生趋入，再拜谢罪而出。表弟再顾，长睫飒然，如有怒者。仁钧为谢曰：“彼不知弟在此，故来。愿贳其罪可乎？”良久朗言曰：“为兄恕之。”复诘之再三，终不复言。

郑仁钧

郑仁钧是郑钦说的儿子，博学多闻，有父亲的风采。他在洛阳上东门外有座别墅，和弟弟以及姑姑的儿子表弟住在一起。表弟还有个妹妹，嫁给了杨国忠的儿子。当时表弟因患季节性流行病失明，长得很长很密的眉毛睫毛盖住了双眼。并且从额头发际，一直到鼻梁中分，到下巴颏，他的左半面脸冷得像冰而面色惨白，右半面脸却热得像火而颜色通红。姑姑和弟弟都十分同情他，不知他得的什么病。

当时洛阳有个郑生，号称是占卜祝祷的人。此前御史大夫崔琳，奉命到河朔出使，经过洛阳，知道郑生有占卜之术，让郑生和他一起前行。等出使返回，崔琳先进了洛阳。郑生在他的后面，走到上东门道，早知道仁钧的别墅在路旁，就去拜访他。还没进里门，郑生就连说自己犯了死罪，今天非死不可，言词和神态十分恐惧的样子。郑仁钧问他怎么了，郑生不说别的，只不断地说自己该死。仁钧坚持追问他，郑生才说："我刚才经过这里，不幸又渴又饿，知道您在这里，未经邀请就来了。哪里知道我不该来，这是我应该死在今天啊。"仁钧说："这里只有我和姑姑及弟弟在，再没有其他人，你怎么怕成这样？"郑生吓得两腿不住地抖。仁钧起初没有把失明的表弟算在数内，忽然想起表弟冷热不均的奇怪病状，怎么知道郑生不是在意这个呢？于是就把表弟奇怪的症状告诉了郑生。郑生听后说："他是天曹判官，而我是阴曹地府的一名小吏。今天我是偶然来到这里，并不是我有意冒犯。然而现在我见他也是死，不见他也是死，按礼数我还是拜见他吧。"于是写了个求见的名帖说："地府法曹吏郑某再拜谒。"当时仁钧的弟弟和表弟正在屋里玩扔钱的游戏。仁钧就在门口屏风处招呼引见郑生，念着郑生的名帖通报给表弟。郑生快步进屋，不断叩拜告罪后退出。表弟再次回头，长睫毛随风飘动，好像很生气的样子。仁钧为郑生求情说："郑生不知道表弟在这里，所以才来，希望你能宽恕他，可以吗？"过了很久表弟大声说："为了表哥就原谅他吧。"仁钧又再三追问，表弟始终不再说什么。

姑闻之，召于屏内，诱之以母子之情，感激使言，终不肯述其由。

后数年，忽谓母曰："促理行装，此地当有兵至，两京皆乱离。且挈我入城，投杨氏姊，丐三二百千，旬日便谋东归江淮避乱也。此时杨氏百口，皆当诛灭，唯姊与甥，可以免矣。"母居常已异之，乃入京，馆于杨氏。其母具以表弟之言告于女。其姊素知弟有郑生之言，及见其状貌，益异之，密白其夫，以启其父。国忠怒曰："姻亲须钱，何不以直告，乃妖言相恐耶？"终无一钱与之。其女告母曰："尽箱箧所有，庶可得办，何以强吾舅？"时母子止杨氏，已四五日矣。表弟促之曰："无过旬日也。"其女得二三十万，与母去。临别，表弟谓其姊曰："别与我一短褐之袍。"其姊以紫绫加絮为短褐，与之而别。

明年，禄山叛。驾至马嵬，军士尽灭杨氏，无少长皆死。其姊闻乱，窜于旅舍后，潜匿草中得脱。及兵去之后，出于路隅，见杨氏一家，枕籍而死。于乱尸中，得乳儿青衣，已失一臂，犹能言。姊问："我儿在否？"曰："在主人榻上，先以比者紫褐覆之。其姊遽往视之，则其儿尚寐，于是乃抱之东走。姊初走之次，忽顾见一老妪继踵而来，曰："杨新妇缓行，我欲汝偕隐。"姊问为谁，曰："昔日门下卖履妪也。"兵散后能出及得儿者，皆此老妪导引保护，全于草莽。是无目表弟，使物保持也，不然者，何以灭族之家，独漏此二人哉！出《戎幕闲谈》。

仁钧的姑姑听说了这事,把表弟召到屏风内,以母子之情劝说开导他,希望感动他能说出真情,但表弟仍是不肯说明原因。

过了几年,表弟忽然对他母亲说:"赶快收拾行装,这个地方很快要打仗,两京都要大乱。你带着我进城,去投奔杨氏姐姐,向她家要二三百千钱,十天后咱们再谋划东走江淮去避乱。到那时杨国忠全家一百多口人,都应被杀死,只有姐姐和外甥幸免于难。"母亲平常已知道表弟不同凡人,就带他进了京,客居在杨国忠家。母亲把表弟的话告诉了女儿,这位姐姐早就听说弟弟被郑生称为判官的话,等到看见弟弟的状貌,更加把他看成异人,偷偷把这些事告诉丈夫,让丈夫跟他父亲杨国忠汇报。杨国忠一听大怒,说:"亲戚要钱,为什么不直言相告,拿这些妖言能吓住我吗?"结果一个钱也没给他。女儿对母亲说:"我把箱子里的钱物全都拿出来,差不多可以凑齐,何必勉强我公公呢?"这时他们在杨家已住了四五天,表弟催促道:"不能超过十天。"姐姐凑了二三十万钱,表弟和母亲离开了杨家。临别,表弟对他姐姐说:"给我做一件短袍子。"他姐姐就用紫缎加絮做了件短袍,交给了他就告别了。

第二年,安禄山反叛。圣驾行至马嵬坡,军士杀了杨国忠全家,老的少的都死了。表弟的姐姐听见混乱,急忙逃到旅舍后面,藏在草丛中得以逃脱。叛军退走后,姐姐从路边出来,看到杨国忠一家,纵横而死。在乱尸里,发现了杨家的一个小奴仆,已被砍掉了一只胳膊,还能说话,姐姐问:"我的儿子还活着吗?"那奴仆说:"在主人的榻上,事先用紫缎短袍子盖上了。"姐姐急忙跑去看,见儿子还在睡觉,忙抱起向东走。刚走一个地方停下来,忽然回头看见一位老妇人跟着她走来,喊道:"杨夫人慢走,我想跟你一起隐居起来。"姐姐问他是谁,老妇人说:"我是过去在你家门前卖鞋子的。"兵士散去后姐姐能出来并找到儿子,都是靠这个老妇人引导保护,才保全于草莽之间。这是失明的表弟,使物保护的结果,不然的话,为何杨国忠全家都被杀害,单单遗漏了这二人呢? 出自《戎幕闲谈》。

季广琛

河西有女郎神。季广琛少时，曾游河西，憩于旅舍。昼寝，梦见云车，从者数十人，从空而下，称是女郎，姊妹二人来诣。广琛初甚忻悦，及觉开目，窃见仿佛犹在。琛疑是妖，于腰下取剑刃之。神乃骂曰："久好相就，能忍恶心！"遂去。广琛说向主人，主人曰："此是女郎神也。"琛乃自往市酒脯作祭，将谢前日之过，神终不悦也。于是琛乃题诗于其壁上，墨不成字。后夕，又梦女郎神来，尤怒曰："终身遣君不得封邑也。"出《广异记》。

刘可大

刘可大，以天宝中举进士，入京。出东都，途遇少年，状如贵公子，服色华侈，持弹弓而行，宾从甚伟。初与可大相狎，数日同行。至华阴，云："有庄在县东。"相邀往，随至庄所。室宇宏壮，下客于厅。入室良久，可大窃于中门窥觑，见一贵人，在内厅理事。庭中囚徒甚众，多受拷掠，其声酸楚。可大疑非人境，惶惧欲去。初少年将入，谓可大慎无私视，恐有相累。及出曰："适以咨白，何尔负约？然以此不能复讳，家君是华山神，相与故人，终令有益，可无惧也。"须臾下食，顾从者，别取人间食与刘秀才。食至相对，各饱，兼致酒叙欢，无所不至。可大求检己簿，当何进达，今年身事复何如，

季广琛

河西有女郎神。季广琛年轻时，曾到河西一带游历，在旅店里休息。有一次白天睡觉，梦见有云车从空中落下，有几十个随从跟着，说是叫女郎，姊妹二人来看望他。广琛起初很高兴，等醒后睁开眼睛，看见那姊妹俩好像还在屋里。广琛疑心是妖怪，从腰下抽出宝剑想杀她们。姊妹俩骂他道："一直喜欢你这个人才接近你，怎能容忍这样的坏心肠。"就离开了。广琛把这事告诉店主，店主说："这是女郎神啊！"广琛便亲自去买了酒和肉作祭品，请求女郎神原谅自己前日的过失，然而女郎神始终不高兴。于是广琛就在墙上写诗以表明心迹，可是墨硬是写不出字来。后一天的夜里，广琛又梦见女郎神来了，女郎神仍然愤怒地说："叫你这辈子也不能得到封邑！"出自《广异记》。

刘可大

刘可大，在唐朝天宝年间进京考进士。出了东都洛阳，途中遇见一位少年，状貌如贵家子弟，衣冠华丽，手里拿着弹弓，向前赶路，随从很多。少年一开始就与刘可大很友好，在一起走了好几天。到华阴县时，少年说："有自家的庄园在县城东面。"邀可大前往，可大就跟他到了庄园。房屋非常宏伟，少年安排可大在前厅。就进入室内，很久未出。可大从中门向里偷偷一看，见一个大官模样的人，正在内厅问案。庭院有很多囚犯，大多正被拷打用刑，哭叫声一片悲惨。可大怀疑这里大概不是人间，心里恐惧想赶快离去。当时少年要进入内院时，就告诉可大千万别偷看，恐怕会有所牵累。等到那少年出来了，就说："刚才已告诉你不许偷看，你怎么辜负了约定？但既然你已经看见，我也不能瞒你了。我父亲是华山神，对于相交的朋友，总会给他益处的，你不必害怕。"不一会儿要开饭了，少年回头对左右吩咐，另外去拿些人间食物给刘秀才吃。食物拿来二人相对而食，各自吃饱，又边饮酒边欢叙，招待得无微不至。可大请少年查一查自己的命簿，今生官运如何，今年能不能考中。

回视黄衫吏为检。有顷吏云:"刘君明年当进士及第,历官七政。"可大苦求当年,吏云:"当年只得一政县尉。"相为惜此,可大固求之,少年再为改。吏去,屡回央央,惜其减禄。可大恐鬼神不信,固再求之,后竟以此失职。明年辞去,至京及第,数年拜荥阳县尉而终。出《广异记》。

奴苍璧

相国李林甫家一奴,号苍璧,性敏慧,林甫怜之。忽一日暴死,经宿复苏。林甫问之,奴曰:"死时固不觉其死,但忽于门前见仪仗,拥一贵人经过,有似君上。方潜窥之,遽有数人走来擒之。随去,至一峭拔奇秀之山,俄及大楼下。须臾,有三四人黄衣小儿至,急唤苍璧入。经七重门宇,至一大殿下。黄衣小儿曰:'且立于此,候君命。'见殿上卷一珍珠帘,一贵人临阶坐,似刬割事。殿前东西立仗侍卫,约千余人。有一朱衣人,携一文簿奏言:'是新奉命乱国革位者安禄山,及相次三朝乱主。兼同时悖乱贵人先定案。'殿上人问朱衣曰:'大唐君隆基,君人之数,虽将足矣,寿命之数何如耶?'朱衣曰:'大唐之君,奢侈不节俭,本合折数。但缘不好杀,有仁心,固寿命之数在焉。'又问曰:'安禄山之后,数人僭伪为主,杀害黎元。当须速止之,无令杀人过多,以伤上帝心,虑罪及我府。事行之时,当速止之。'朱衣奏曰:'唐君绍位临御以来,天下之人,安堵乐业,

少年回头看看一个穿黄衣的小吏让他去查。过了一会儿，黄衣小吏说："刘君明年可以考中进士，今生可以做七任官。"可大心急，苦苦请求今年就考中做官，黄衣小吏说："如果今年考取，只能当一任县尉小官。"少年对此惋惜，可大仍然苦苦央求，少年只好为他把本子改了。黄衣小吏离开后，少年还数次陈述利害，为他削减官禄感到惋惜。刘可大怕鬼神不讲信用，坚决又一次求那少年改动，后来竟因此失去很多官职。第二年可大辞别那少年，到京城中了进士，几年后只当了个荥阳县尉，在任上去世。出自《广异记》。

奴苍璧

宰相李林甫家有个奴仆，名叫苍璧，十分聪明能干，李林甫很喜欢他。忽然有一天苍璧死了，过了一夜又复活了。李林甫问他，苍璧说："死时并没有以为自己死了，只记得忽然在门前看见仪仗队，簇拥着一个贵人经过，像是天子的模样。我正藏在一旁偷看，突然有几个人跑来抓住我。我跟着他们离开，来到一个险峻挺拔的山上，随即走到一个大楼下面。过了片刻，有三四个黄衣小儿到了，急声叫苍璧快进去。经过七重门，来到一座大殿下。黄衣小儿说：'先在这里站着，等君王的旨意。'只见殿上卷着珍珠帘，有一个大官坐在大殿上，像是个主管决断的人。殿前东西站着大约一千多名仪仗侍卫。有个穿红衣的人，拿着一个文薄奏报说：'这是新奉命祸乱国家革除君位者安禄山，以及相继三朝乱主之臣。和同时悖乱的贵人的预定名册。'殿上人问红衣人：'大唐皇帝李隆基，做皇帝的气数是尽了，他做人还有没有阳寿？'红衣人说：'大唐皇帝，奢侈不知节俭，本该扣减他的阳寿，但因为他不好杀生，心地仁慈，所以阳寿之数还和以前一样。'又问道：'安禄山反叛以后，有好几个人超越本分自称为王，杀害百姓。应该尽快制止他们，不要让他们杀人太多，以免伤了天帝的心，连我们也会吃罪不起。你只要发现他们要闹事，就马上制止。'红衣人回奏道：'唐朝皇帝即位以来，天下之人，安居乐业，

亦已久矣。据期运推迁之数，天下之人，自合罹乱惶惶。至于广害黎元，必不至伤上帝心也。'殿上人曰：'宜便先追取李林甫、杨国忠也。'朱衣受命而退。俄又有一朱衣，捧一文簿至。奉言：'是大唐第六朝天子复位，及佐命大臣文簿。'殿上人曰：'可惜大唐世民，效力甚苦，方得天下治，到今日复乱也。虽嗣主复位，乃至于末，终不治也。'谓朱衣曰：'但速行之。'朱衣又退。及将日夕，有一小儿下，急唤苍璧令对见。苍璧方子细，见殿上一人，坐碧玉床，衣道服，戴白玉冠，谓苍璧曰：'当却回，寄语林甫，速来我紫府，应知人间之苦。'苍璧寻得放回。"林甫知世不久将乱矣，遂潜恣酒色焉。出《潇湘录》。

南 缵

唐广汉守南缵，常为人言：至德中，有调选同州督邮者，姓崔，忘其名字。轻骑赴任，出春明门，见一青袍人，乘马出，亦不知其姓字，因相揖偕行，徐问何官。青袍云："新受同州督邮。"崔云："某新授此官，君岂不误乎？"青袍笑而不答。又相与行，悉云赴任。去同州数十里，至斜路中，有官吏拜迎。青袍谓崔生曰："君为阳道录事，我为阴道录事。路从此别，岂不相送耶？"崔生异之，即与联辔入斜路。遂至一城郭，街衢局署，亦甚壮丽。青袍至厅，与崔生同坐。伍伯通胥徒僧道等讫，次通词讼狱囚，崔之妻与焉。崔生大惊，谓青袍曰："不知吾妻何得至此？"青袍即避案后，令崔生自与妻言。妻云："被追至此，已是数日，君宜哀请录事耳！"

也已经很长时间了。按照世事机运的变化规律，天下之人，自当遭受惶惶灾乱。至于有些杀害百姓，这是劫数难逃，一定不会伤天帝的心。殿上人说：'应该先把李林甫、杨国忠抓来。'红衣人接受命令退下了。这时又有一个红衣人，捧着文簿到了，上奏说："这是唐朝第六个皇帝复位和辅佐大臣的名册。'殿上人说：'可惜唐太宗李世民，煞费苦力，才得天下太平，如今天乱成这样。虽然第六位皇帝复了位，毕竟到了末世，终究是再无法治理好了。'他对红衣人说："你快想法子处理一下吧。'红衣人又退下去了。等到天色将晚，一个小儿从殿上下来，急声呼唤苍璧让他觐见。苍璧这才仔细慢慢看，见殿上一人，坐碧玉床，穿道服、戴白玉帽，对苍璧说："你应该回到人间，告诉李林甫，快到我紫府来报到，他应该知道人间之苦。'这样，苍璧才很快又回到人世。"李林甫知道天下不久将要大乱，便日日沉浸在酒色中了。出自《潇湘录》。

南 缵

唐代广汉太守南缵，曾对人讲：至德年间，有个被调派到同州去当督邮的人，姓崔，忘记他的名字了。崔某轻骑上任，出了春明门，遇见一个穿青袍的人，骑马出城，也不知道他的姓名，二人相识后便一起走，慢慢地崔生问青袍人做什么官。青袍人说："刚刚被任命为同州督邮。"崔生说："我刚刚被授予此官，你难道没搞错吗？"青袍人笑了笑没回答。两人又继续同行，都说去上任。离同州几十里，到了一个岔路口，有官吏在路口迎接。青袍人对崔生说："你是阳间的官，我是阴间的官，从这里咱俩就分开了，你不送我一程吗？"崔生心里十分惊异，就和青袍人并马走上一条斜路。他们随后来到一座城市，街道布局，也十分壮丽。青袍人到了衙门的厅堂，和崔生一同坐下。衙门里的官属们通报官吏僧道完毕，又通告司法刑狱方面的情况，崔生的妻子也在狱囚中，崔生大吃一惊，对青袍人说："不知道我妻子怎么会到了这里？"青袍人就回避到桌案后，让崔生自己和妻子说话。崔妻说："我被抓来已好几天了，你快去求录事放了我吧。"

崔生即祈求青袍,青袍因令吏促放崔生妻回。崔妻问犯何罪至此,青袍曰:"寄家同州,应同州亡人,皆在此厅勘过。盖君管阳道,某管阴道。"崔生淹留半日,请回,青袍命胥吏拜送曰:"虽阴阳有殊,然俱是同州也,可不拜送督邮哉?"青袍亦饯送,再三勤款挥袂,又令斜路口而去。崔生至同州,问妻,云病七八日,冥然无所知,神识生人才得一日,崔生计之,恰放回日也。妻都不记阴道,见崔生言之,妻始悟如梦,亦不审记忆也。出《玄怪录》。

王 常

王常者,洛阳人。负气而义,见人不平,必手刃之;见人饥寒,至于解衣推食,略无难色。唐至德二年,常入终南山,遇风雨,宿于山中。夜将半,雨霁,月朗风恬,慨然四望而叹曰:"我欲平天下祸乱,无一人之柄以佐我,无尺土之封以资我;我欲救天下饥寒,而衣食自亦不充。天地神祇福善,顾不足信。"言讫,有神人自空中而下,谓常曰:"尔何为此言?"常按剑良久曰:"我言者,平生志也。"神人曰:"我有术,黄金可成,水银可化,虽不足平祸乱,亦可济人之饥寒。尔能授此术乎?"常曰:"我闻此乃是神仙之术,空有名,未之睹也。徒闻秦始、汉武好此道,而终无成,只为千载讥诮耳!"神人曰:"昔秦皇、汉武,帝王也。处救人之位,自有救人之术而不行,反求神仙之术,则非也。尔无救人之位,而欲救天下之人,固可行此术。"常曰:"黄金成,水银化,真有之乎?"神人曰:"尔勿疑。夫黄金生于山石,其始乃山石之精液,

崔生就向青袍人祈求,青袍人便让小吏快点放崔生的妻子回去。崔妻问自己犯了什么罪被逮到这里,青袍人说:"你家住在同州,若死了都是同州亡人,同州亡人都到此厅核对。你家夫君管阳世,我管阴间。"崔生停留了半日,要求回去。青袍人让小吏拜送说:"尽管阴阳有别,但都是同州人,怎么能不送送督邮大人呢?"青袍人也设酒送行,再三依依惜别,又命令送到斜路口才离开。崔生到了同州后,询问妻子情况,说已经病了七八天了,一直不省人事,神志清醒能辨识人才一天,崔生一算,正好是妻子被放回的那日。妻子完全不记得阴间的事,见崔生一说,妻子才觉得恍然如梦,也记不太清楚了。出自《玄怪录》。

王　常

　　王常,洛阳人。胸怀豪气而且为人仗义,见人做不平之事,一定亲手杀死他;见人饥饿寒冷,就解衣送食,从不感到为难。唐代至德二年,王常进入终南山,遇到风雨,就在山里过夜,将近半夜时,雨停了,月白风清,王常望着四面的月色感叹说:"我想平定天下祸乱,却没有管辖一个人的权力辅佐我,也没有一尺土的封赏资助我;我想救天下饥寒的人,自己却缺衣少食。天地神灵能够降福行善的话,看来不可信啊!"刚刚说完,就有一位神人从天而降,对王常说:"你为何这样说?"王常手按佩剑很久才说:"我是在感叹平生的志向不能实现。"神人说:"我有法术,可以炼石成黄金,也能化成水银。虽然不能平乱安邦,也能救人饥寒。你愿意接受这样的法术吗?"王常说:"我听说这是神仙之术,空有其名,没有亲眼见过。仅仅听说秦始皇、汉武帝喜欢这种法术,但终无所成,成为千百年的笑话。"神人说:"从前秦始皇、汉武帝是帝王。他们处在可以救人的位置上,自有救人的办法却不施行,反而寻求神仙法术,真是大错特错了。你没有能救人的权力地位,却有救天下人的志向,就可以学会和使用这种法术。"王常问:"黄金成,水银化,真有这种法术吗?"神人说,"你不必怀疑。黄金生于山石之中,最初形态是山石的精液,

千年为水银。水银受太阴之气,固流荡而不凝定,微偶纯阳之气合,则化黄金于倏忽也。金若以水银欲化黄金,不必须在山即化,不在山即不化。但偶纯阳之气合,即化矣。君当受勿疑。"常乃再拜。神人于袖中取一卷书,授常,常跪受之。神人戒曰:"异日当却付一人。勿轻授,勿终秘;勿授之以贵人,彼自有救人之术;勿授之以不义,彼不以饥寒为念。济人之外,无奢逸。如不然,天夺尔算。"常又再拜曰:"愿知何神也。"神人曰:"我山神也。昔有道人藏此书于我山,今遇尔义烈之人,是付尔。"言讫而灭。常得此书读之,成其术。尔后多游历天下,以黄金赈济乏绝。出《潇湘录》。

千年之后化成水银。水银因为受太阴之气,才流荡而不凝固,水银稍微与纯阳之气交合,则立刻能变成黄金。金属如果用水银化成黄金,不一定只有在山中才能化,不在山中就不能化。只要和纯阳之气交合,就化成了。你应当接受我的传授,不必怀疑。"王常就再次拜谢。神人从袖中拿出一卷书,交给王常,王常跪下来接过书。神人告诫王常说:"他日应交给一个人,但不要轻易传授,不要泄露秘密;不要教给达官贵人,他们自会有救人的办法;不要教给不仁不义的人,他们根本不关心他人的饥寒。你除了济世救人之外,绝不可用此法术让自己奢侈富贵。如果不这样,上天会使你的计划落空。"王常再次跪拜说:"我想知道您是什么神仙?"神说:"我是山神。从前有个道士把这卷书藏在我的山里,现在我遇见了你这位刚烈侠义的人,所以才把书托付给你。"说罢山神就不见了。王常得到这卷书阅读后,学会了法术。后来他经常游历天下,用他点化的黄金赈济那些饥寒穷困的人们。出《潇湘录》。

卷第三百四
神十四

开业寺

至德二年，十月二十三日，丰乐里开业寺，有神人足迹甚长，自寺外门至佛殿。先是阍人宿门下，梦一人长二丈余，被金甲执槊，立于寺门外。俄而以手曳其门，扃镝尽解，神人即俯而入寺。行至佛殿，顾望久而没。阍人惊寤，及晓视其门，已开矣。即具以梦白于寺僧，寺僧共视，见神人之迹。遂告于京兆，京兆以闻。肃宗命中使验之，如其言。出《异室记》。

女娲神

肃宗将至灵武一驿。黄昏，有妇人长大，携双鲤，咤于营门曰："皇帝何在？"众以为狂。上令潜视举止。妇止大树下，军人有逼视，见其臂上有鳞，俄天黑失所在。及上即位，归京阙。虢州刺史王奇光，奏女娲坟云："天宝十三载，

开业寺

唐代至德二年,十月二十三日那天,丰乐里的开业寺,发现了一串很长的神人大脚印,从寺门外一直延伸到佛殿。先前看门人宿于门下,梦见一个两丈多高的人,穿着金铠甲拿着长矛,站在寺门外。过了一会儿,神人用手拉门,门上的锁就开了,神人俯身进寺,一直走到佛殿,四下张望了很久就消失了。守门人惊醒后,等到天亮去看寺门,门果然已经开了。他立即把梦中情形告诉寺里的和尚,和尚们一同来看,发现了神人的大脚印。于是把这事报告给京兆府,京兆尹又上奏朝廷。肃宗派宦官到开业寺查看,果然是这么回事。出自《异室记》。

女娲神

唐肃宗将要到灵武境内的一个驿站。黄昏时,有一个又高又大的女人,手里拿着两条鲤鱼,在军营门前大喊:"皇帝在哪儿?"大家认为她是个疯子。肃宗命人偷偷观察她的行动。那女人停在一棵大树下,兵士有人靠近一看,看到她的胳膊上生有鱼鳞。不一会儿天黑了,女人也不见了。等到肃宗即位,返回京城。虢州刺史王奇光,在给皇帝的奏报里谈到女娲坟说:"天宝十三载,

大雨晦冥忽沉。今月一日夜,河上有人觉风雷声,晓见其坟涌出。上生双柳树,高丈余,下有巨石。"上初克复,使祝史就其所祭之,至是而见。众疑妇人是其神也。出《酉阳杂俎》。

王　籍

王籍者,太常璹之族子也。乾元中,客居会稽。其奴病死,数日复活,云,地下见吏,吏曰:"汝谁家奴?"奴具言之。吏云:"今见召汝郎作五道将军。"因为著力,得免回。路中多见旌旗队仗,奴问为何所,答曰:"迎王将军尔。"既还数日,籍遂死。死之日,人见车骑缤纷,队仗无数。问其故,皆是迎籍之人也。出《广异记》。

畅　璀

畅璀自负才气,年六十余,始为河北相卫间一宰。居常慷慨,在县唯寻术士日者,问将来穷达,而竟不遇。或窃言于畅曰:"何必远寻,公部下伍伯,判冥者也。"畅默喜。其日入,便具簪笏,召伍伯,升阶答拜,命坐设食。伍伯恐耸,不知所为。良久谓之曰:"某自揣才业不后于人,年已六十,官为县宰。不辞碌碌守职,但恐终不出下流。要知此后如何,苟能晚达,即且守之,若其终无,即当解绶入山,服饵寻道。未能一决,知公是幽冥主者,为一言也。"伍伯避席色沮曰:"小人蒙公异礼如此,是今日有隐于公,即负

大雨如注，天昏地暗，女娲的坟突然陷入地下。今月一日夜里，河上有人听到有风雷之声，到天亮时看见女娲坟又涌出地面，坟上生了两棵柳树，一丈多高，树下有块大石。"皇上在平定叛乱之初，就派主持祭典的人到女娲坟前祭祀，至此女娲坟出现。人们都怀疑那个高大女人就是女娲神。出自《酉阳杂俎》。

王　籍

　　王籍，是太常王璿的同族兄弟的儿子。乾元年间，王籍旅居在会稽县。他的仆人病死了，过了几天又复活了，说在阴间看见一个小吏，小吏问："是谁家的仆人？"奴仆如实告诉了他。小吏说："现在要召你家主人任五道将军。"便为这个仆人施了点力，仆人得以免罪放回。路上看见一大队旌旗仪仗，仆人问他们要去哪里？回答说："去迎接王将军。"仆人回来几天，王籍就死了。死的那天，人们看见车马不断，仪仗无数，问是怎么回事，都是来迎接王籍的人。出自《广异记》。

畅　璀

　　畅璀总认为自己很有才学，六十多岁时，才当了河北相卫间的一个小县官。平常很慷慨，在县上只寻找术士卜者，想问问将来的仕途穷达，但一直没遇到。有人私下对畅璀说："何必到远处找，您部下当伍长的那个人，就是阴间的判官。"畅璀暗暗高兴，那日入衙，他穿上官服拿着朝笏，召请伍长，请伍长升到台阶恭恭敬敬地叩拜，然后让他坐下摆上酒食。伍长受宠若惊，不知道畅璀要做什么。过了很久畅璀才说："我自感才能不比别人差，可年过六十才当了个县令。我倒不怕忙碌劳苦谨守职责，只是恐怕最终不能超出这低微的地位。我想知道将来怎么样，如果晚年还能高升一步，我就继续干。如果到老也做不成高官，我就干脆辞官进山，服仙药求仙道。现在我不能决断，知道你是冥府的主管，请为我说一说前程。"伍长听后，急忙惶恐地离席说："小人受到大人如此大的礼遇，如果今日有所隐瞒，就辜负了

深恩；不隐即受祸，然势不得已而言也。某非幽明主者，所掌亦冥中伍伯耳。但于杖数量人之死生。凡人将有厄，皆先受数杖，二十已上皆死，二十已下，但重病耳。以此斟酌，往往误言于里中，未尝差也。"畅即诘之曰："当今主者为谁？"曰："公慎不可泄露，邻县令某是也。闻即当来此，公自求之，必不可言得之于某。"

　　旬日，邻宰果来，与畅俱诣州季集。畅凌晨远迎，馆于县宅，燕劳加等。既至，乃一老翁，七十余矣。当时天下承平，河北簿尉，皆豪贵子弟。令长甚选名士，老宰谢畅曰："公名望高，某寒贱。以明法出身，幸因邻地，岂敢当此优礼？"词色感愧，乃与之俱诣郡。又与同归，馆于县宅，益为欢洽。明日将别，其夜，延于深室，具簪笏再拜，如问伍伯之词，而加恳切。老宰厉声曰："是谁言耶？"词色甚怒，曰："不白所言人，终不为公言也。"如是久之，畅不得已，乃告伍伯之名，既而俯首拗怒。顷刻，吏白曰："伍伯于酒垆间暴卒。"畅闻益敬惧，而乞曰转恳。乃徐谓畅曰："愧君意深礼重，固不可隐，宜洒扫一院，凡有孔隙，悉涂塞之。严戒家人，切不得窥，违者祸及其身。堂上设一榻，置案笔砚纸七八幅。"其夕宰入之，令畅躬自扃镳。天明，持篇相迓于此。畅拂旦秉简，启户见之，喜色被面而出。遥贺畅曰："官禄甚高，不足忧也。"乃遗一书曰："慎不可先览，但经一

您的大恩。可是如果不隐瞒就要遭到大祸,然而势不得已我还是实说了吧。我不是阴间的主管判官,只不过也是阴间的一个伍长。我的职责是以受杖责的数目来衡量人的死生。大凡人如果将有灾祸,在阴间都先受一些杖责,打二十杖以上的都必死无疑,二十杖以下的,只不过是大病一场而已。我以此判断,往往能预测人的生死,不曾有过差错。"畅璀忙问:"现在主管冥府的是谁?"伍长说:"您千万不可泄漏,现在冥府的主管就是咱们邻县县令。听说他最近要来,你可直接求他,千万不能说是从我这里得知的。"

过了十天,邻县县令果然来了,和畅璀一同到州里去参加季度集会。畅璀凌晨出城迎接,在县宅为他安排了房间,打算好好款待。等到了一看,竟是个老翁,七十多岁了。当时天下太平,河北各县主簿县尉,都是豪富子弟。各县县令很注重选有名气的长者担任,老县令对畅璀道谢说:"你的名望很高,而我出身寒微。由于懂得法律才侥幸当了邻县县令,怎么敢当得起这样优厚的礼遇?"言辞和神色有惭愧之意,畅璀于是与县令一同到州郡。又一同回来,把他安顿在县宅,相谈更为融洽。第二天将要分别,当天夜里,畅璀把县宰请到密室,穿戴整齐向他隆重跪拜,并把对伍长说的话也对他讲了,态度更为恳切。老县令厉声怒问:"是谁对你说的?"言辞神态非常愤怒,说:"不告诉我说这话的人,我是不会对你说什么的。"这样僵持了很久,畅璀不得已,只好说出伍长的名字,接着俯首劝老县令息怒。顷刻间,一个小吏跑来报告说:"伍长在酒馆里突然死去。"畅璀听后更加敬畏,更诚恳地请求他。老县令才缓缓对他说:"你对我如此敬重款待,我就不再瞒你了,应该清扫一个院子,凡是有洞隙的地方,都要堵上。告诫你的家人,千万不能偷看,否则会引祸上身。堂上放一张榻,再摆上桌案笔砚和七八张纸。"这天晚上,老县令进了院子,让畅璀亲自把院门锁上,等天亮后再带钥匙在门前迎接。畅璀拂晓秉简,开门来见他,老县令满面喜色走出来,远远地向他祝贺说:"官运很好,不用担心了!"交给他一信封说:"千万不能先看,以后每遇一件

事,初改一官,即闻之。"后自此县辟从事,拜殿中侍御史,入为省郎谏议大夫。发其书,则除授时日皆不差。及贬辰州司马,取视之曰:"为某事贬也。"征为左丞,终工部尚书,所记事无有异词。出《戎幕闲谈》。

乔龟年

乔龟年者,善篆书。养母甚孝。大历中,每为人书大篆字,得钱即供甘旨。或见母稍失所,必仰天号泣,自恨贫乏。夏月,因自就井,汲新水奉母。忽有一青衣人,自井跃出,立于井傍,谓龟年曰:"君之贫乏,自前定也。何每因母稍失所,必号泣诉天也?"龟年疑是神灵,遂拜而对曰:"余常恨自不能取富贵,以丰侍养。且母年老,而旨甘每阙,虽不惮勤苦于佣笔,其如所得资助,不足以济。是以不觉仰天号泣耳。"神人曰:"君之孝已极,上天知之矣。君当于此井中,收取钱百万,天之赐也。"言讫而灭。龟年乃取之,得钱一百万。每建珍馔以奉母,仍多不出游贵达门。后三年,母亡,龟年号慕几灭性,仍尽以余钱厚葬其母,复又贫乏。累年,因闲步,至先得钱之井,怅然而言曰:"我往日贫,天赐我钱。今日贫,天不赐之。若天以我为孝子以赐我,岂今日我非孝子耶?"俄尔神人复自井跃出,谓龟年曰:"往日天知尔孝养老母,故赐尔钱,以为甘旨,非济尔贫乏。今日无旨甘之用,那得恨也。若尔,则昔日之意不为亲,乃为己也。"龟年惊愕惭惧,复遂再拜。神人又曰:"尔昔者之孝,闻于上天。今日之不孝,亦闻上天也。当自驱驰,

大事,或刚调动一次职务,就可以读了。"后来,畅璀就从这个县被征召为从事,后来又升为殿中侍御史,又当了门下省郎谏议大夫。打开信查看,上面写的升官时日一点都不错。等到他被贬为辰州司马,打开信一看,上面写道:"因为某件事被贬了。"后来,他又被征召为左丞,最后,官至工部尚书,所记的事与实际没有差别。出自《戎幕闲谈》。

乔龟年

乔龟年,善写篆书,很孝敬地奉养母亲。大历年间,常给别人写大篆字,换到钱后就买各种美食供养母亲。有时一见母亲稍微有所欠缺,就悲伤得仰天大哭,恨自己太穷。夏日,龟年到井边打水给母亲喝。忽然有个穿青衣的人,从井里跳出来,站在井旁,对龟年说:"你受穷是前世已定,何必总因为你母亲稍无美味,就一定要向天哭诉呢?"龟年怀疑这是位神灵,便施礼答道:"我常遗憾自己不能取得富贵,用丰富的食物奉养母亲。而且母亲年纪大了,常没有美味的食物,尽管我不辞辛苦为人写字,但所得费用,根本不够用。因此不知不觉就向天哭泣了。"神人说:"你的孝心已到极致,上天知道了。你可以从这个井里,取钱百万,这是上天的恩赐。"说完就不见了。龟年于是取钱,拿到了一百万。从此就常常买来珍肴美味给母亲吃,也不出去给有钱人写字换钱了。三年后,母亲死了,龟年悲痛得几乎丧命,把剩下的钱都用来办了丧事,结果又穷困起来。数年后的一天,他闲走又来到先前得过钱的井边,怅然若失地说:"我过去穷,上天赐给我钱。如今我又穷了,上天不给我钱了。若是上天因为我是孝子才给我钱,难道现在我就不是孝子了吗?"不一会儿,那位神人又从井里跳出来,对龟年说:"过去上天知道你孝敬老母,才给你钱,让你买好东西,并不是救你的穷。今天你不用再置办美味了,你有什么可遗憾的。如果遗憾,就表明你过去对母亲的孝心是不真诚的,是为了自己的私心。"龟年听后十分惊愕惭愧,忙行礼告罪。神人又说:"你过去的孝心,上天知道。现在你不孝的私心,上天也知道了。你应自谋生路,

不然，则冻馁而死。今日一言，罪已深矣，不可追也。"言讫复灭。龟年果贫困而卒。出《潇湘录》。

张光晟

　　贼臣张光晟，其本甚微，而有才用，性落拓嗜酒。壮年为潼关卒，屡被主将鞭笞。因奉役至华州，盛暑驱驰，心不平。过岳祠，遂脱衣买酒，致奠金天王，朗言曰："张光晟身负才器，未遇知己。富贵贫贱，不能自料，惟神聪鉴，当赐诚告。"祀讫，因极饮大醉，昼寝于碑堂。忽梦传声云："唤张光晟。"迫蹙甚急，即入一府署，严邃异常。导者云："张光晟到。"拜跪讫，遥见当厅贵人，有如王者，谓之曰："欲知官禄，但光晟拜相，则天下太平。"言讫，惊寤洽汗，独怪之。后频立战功，积劳官至司农卿。及建中，德宗西狩，光晟奔从。已至开远门，忽谓同行朝官曰："今日乱兵，乃泾卒回戈耳！无所统，正应大掠而过。如令有主，祸未可知。朱泚久在泾源，素得人心。今者在城，傥收泾卒扶持，则难制矣。计其仓遑，未暇此谋。诸公能相逐径往至泚宅，召之俱西乎？"诸公持疑，光晟即奔马诣泚曰："人主出京，公为大臣，岂是宴居之日？"泚曰："愿从公去。"命驾将行，而泾卒已集其门矣。光晟自将逃去，因为泚所縻。然而奉泚甚力，每有战，常在其间。及神麚之阵，泚拜光晟仆射平章事，

否则,就会冻饿而死。今天你在这里怨怪上天的一句话,罪过已经很大了,无法挽回了。"说罢又不见了。后来,龟年果然贫困交加,冻饿而死。出自《潇湘录》。

张光晟

叛臣张光晟,出身微贱,但颇有才干,生性放浪嗜酒。壮年时在陕西潼关当兵,多次被主将鞭打。有一次,他因奉差遣到华州,酷暑季节奔走赶路,心里很不平。路过华岳祠,便脱了衣服买酒,祭祀金天王,大声说:"我张光晟一身能耐,没遇到能赏识我的人。富贵贫贱,自己不能预料,只有大神您看得清楚,恳求您真诚地告诉我吧。"祭祀完之后,便喝了个大醉,大白天就睡在祠庙的碑堂里。忽然梦中听到有人传语说:"唤张光晟。"催促得很急,随即进入一座府衙,府第十分森严。引导者说:"张光晟到!"张光晟赶快跪拜,远远看见大厅上坐着一个贵人,看样子像是一位大王,对他说:"你不是想知道前程吗?只要张光晟当了丞相,天下就太平了。"那人说完,他就惊醒了,身上出了不少冷汗,暗自奇怪。后来,张光晟屡立战功,积累功劳升任了司农卿。到建中年间,德宗西行巡狩,张光晟追随跟着皇帝。已走到开远门,张光晟忽然对同行的官员们说:"今天的乱兵,是泾源的兵卒倒戈造反。他们现在还没有统率,这些乱兵只能到处抢掠而已。如果有了统率,大祸就不可预知了。朱泚长期驻官在泾源,一直很得民心。现在他就在城中,如果朱泚统率了乱兵扶持他,那就难以制服他了。现在我估计由于事发突然,时间仓促,朱泚还没有来得及图谋此事。各位能否一起赶到朱泚府上,召他和我们一起随皇帝西巡吗?"官员们正在迟疑不决,张光晟立即策马直奔朱府,对他说:"皇上出京,你是朝中大臣,怎么能在家里安居呢?"朱泚说:"愿意跟你去。"命人驾车刚要走,泾原倒戈的乱兵就聚到门外。张光晟本来想逃走,因被朱泚束缚住了,反而很卖力地支持朱泚,每有战事,张光晟都参加。到了神麝之战,朱泚拜张光晟为相当于丞相的"仆射平章事",

统兵出战，大败而还。方寤神告为征矣。出《集异记》。

淮南军卒

陈少游镇淮南时，尝遣军卒赵某使京师，遗公卿书。将行，诫之曰："吾有急事，候汝还报。以汝骁健，故使西去。不可少留，计日不至，当死。"赵日驰数百里，不敢怠。

至华阴县，舍逆旅中，寝未熟，忽见一人绿衣，谓赵曰："我吏于金天王，王命召君，宜疾去。"赵不测，即与使者偕行。至岳庙前，使者入白："赵某至。"既而呼赵，趋拜阶下。其堂上列烛，见一人据案而坐，侍卫甚严，徐谓赵曰："吾有子婿，在蜀数年，欲驰使省视，无可为使者。闻汝善行，日数百里，将命汝使蜀，可乎？"赵辞以"相国命西使长安，且有日期，不然当死。今为大王往蜀，是弃相国命也，实不敢还广陵。且某父母妻子俱在，忍生不归乡里。非敢以他辞不奉教，唯大王察之"。王曰："径为我去，当不至是。自蜀还由长安，未晚也。"即留赵宿庙后空舍中，具食饮。忧惑不敢寐。遂往蜀，且惧得罪；固辞不往，又虑祸及，计未决。

俄而渐晓，闻庙中喧阗有声，因出视，见庭中虎豹麋鹿，狐兔禽鸟，近数万。又有奇状鬼神千数，罗列曲躬，如朝谒礼。顷有诉讼者数人偕入，金天断理甚明，

让他统兵出战,结果大败而返,朱泚之乱终于被平定。这时张光晟才明白当年神说的那些话都应验了。<small>出自《集异记》。</small>

淮南军卒

陈少游镇守淮南的时候,曾派一个军卒赵某到京城出差,给公卿送一封信。赵某临上路时,陈少游告诫他说:"我有急事,等你回来报告。因为你健壮敏捷,所以才派你去。你路上绝不可停留,到期如果你不赶回来,我就处死你。"赵某一天奔驰几百里,丝毫不敢懈怠。

到了华阴县,赵某住在一个旅店里。还未睡熟,忽然看见一个穿绿衣的人,对赵某说:"我是金天王的属下,天王命我来召你,要快去!"赵某还没弄清怎么回事,就跟使者一起走了。到了岳庙前,使者先进去喊道:"赵某到了!"接着呼唤赵某,赵某快步走到阶下拜见金天王。大堂上罗列着蜡烛,只见一个人坐在桌案后面,侍卫十分森严。这时金天王慢慢地对赵某说,"我有个女婿,在蜀中好几年了。我想派人去看望,可派不着合适的使者。听说你善于走路,一天走好几百里,我打算派你到蜀地,可以吗?"赵某推辞说:"相国陈少游派我去长安,规定了日期,如果误了期就要处死我。现在如果为大王您到蜀地,这不是丢掉相国的使命吗?我还怎么敢回广陵交差?况且我父母妻儿都在,我怎么忍心不回乡里呢?不敢找其他借口不听大王的派遣,希望大王明察。"金天王说:"你尽管为我去,应当不至于这样。从蜀地回来你再去长安,也不会晚的。"就留赵某住在庙后的空屋子里,备了饭菜款待。赵某忧虑疑惑不敢睡觉。如果去蜀地,必然会被陈少游问罪;如果坚决推辞不去,又担心得罪了金天王也是大祸临头,想来想去拿不定主意,

一会儿天渐渐亮了,听见庙里有喧哗声,便出屋去看,只见庭院里有好几万只虎豹麋鹿和狐兔禽鸟,还有上千个奇形怪状的鬼神,他们都排着队向金天王鞠躬,好像文武百官朝见皇帝的礼仪。不一会儿又有几个诉讼者一起进入,金天王断案十分严明,

良久退去。既而谓左右呼赵,应声而去。王命上阶,于袖中出书一通,付赵曰:"持此为我至蜀郡,访成都萧敬之者与之。吾此吏辈甚多,但以事机密,虑有所泄,非生人传之不可。汝一二日当疾还,无久留。"因以钱一万遗之,赵拜谢而行。至门,告吏曰:"王赐以万钱,我徒行者,安所赍乎?"吏曰:"置怀中耳。"赵即以钱贮怀中,辄无所碍,亦不觉其重也。行未数里,探衣中,皆纸钱耳,即弃道傍。俄有追者至,以数千钱遗之,曰:"向吾误以阴道所用钱赐君,固无所用,今别赐此矣!"赵受之,昼夜兼行,逾旬至成都。访萧敬之,以书付之。敬之启视,喜甚,因命席,谓赵曰:"我人也,家汝郑间。昔岁赴调京师,途至华阴,遂为金天王所迫为亲。今我妻在,与生人不殊。向者力求一官,今则遂矣。故命君驰报。"即留赵一日,赠缣数段,以还书遣焉。

过长安,遂达少游书。得还报,日夜驰行。至华阴,金天见之大喜,且慰劳:"非汝莫可使者。今遣汝还,设相国讯汝,但言为我使,遣汝为裨将,无惧。"即以数十缣与之,曰:"此人间缣帛,可用之。"赵拜谢而径归淮南,而少游讯其稽留,赵具以事对。少游怒不信,系狱中。是夕,少游梦一人,介金甲仗剑曰:"金天王告相国,向者实遣赵某使蜀。今闻得罪,愿释之。"少游悸寤,奇叹之且久。明日晨起,话于宾僚,即命释赵,署为裨将。元和中犹在。出《宣室志》。

很久都退出去了。接着金天王就叫左右传赵某，赵某应声而到。金天王叫赵某上台阶来，从袖子里取出一封信，交给赵某说："带着这封信帮我送到蜀郡，找到成都一个叫萧敬之的人，把信交给他。我的下属很多，但因为我这件事很机密，担心会泄露秘密，必须找一个活人去才妥当。你一两天就快回来，别停留太久。"便叫人给了赵某一万钱，赵某拜谢金天王后离开了。到了门口，问一个小吏道："大王赏给我一万钱，我空手上路，这些钱怎么带呀？"那小吏说："你就把钱揣在怀里不就完了。"赵某就把一万钱揣在怀里，一点也不碍事，也不觉得重。走了没几里，伸手往怀里掏出来看，原来全是冥府纸钱，就扔在路旁。一会儿有个人追上来，又给了赵某几千钱，说："刚才我错把阴间用的钱给了你，你确实用不了，现在重新给你这些能用的钱。"赵某接了钱，日夜兼程地赶路，十天后就到了成都，找到了萧敬之，把信交给他。萧敬之拆开信一看，十分高兴，便命人设下宴席，对赵某说："我是人世的人，家在汝州、郑州一带。前几年调到京师时，路过华阴县，便被金天王强迫和他女儿成亲。现在我妻子还在这里，她与世人没有任何不同。前些天我向金天王求个官职，现在他办成了。所以才劳你飞驰通报。"萧敬之就留赵某住了一天，送给赵某数段绸绢，并写了回信交给他。

　　赵某路过长安，就将陈少游的信送到公卿处。拿了回信，日夜往回赶。到了华阴县，金天王看见他十分高兴，慰劳说："这趟差事真是非你不可。现在让你回去，如果相国问你，你就说为我出了一趟差，并且让他任命你做裨将，不用害怕。"就拿细绢数十段赠给赵某，说："这是人间的绢帛，可以用。"赵某拜谢后径直赶回淮南。陈少游问为什么耽误了时间，赵某就实话实说了。陈少游很愤怒而且不相信他的话，下令把赵某关进了监狱。这天夜里，陈少游梦见一个人，身穿金盔甲手执宝剑说："金天王通知相国，先前确实派赵某到蜀地去了一趟。现在听说赵某因此获罪，希望你放了他！"陈少游惊醒后，惊奇感叹了很久。第二天早晨起来，把这事告诉了僚属，并下令放了赵某，任命他做裨将。赵某元和年间还活着。出自《宣室志》。

元载　张谓

元载布衣时,常与故礼部侍郎张谓友善。贫无仆马,弊衣徒行于陈蔡。一日天暮,忽大风雷,原野曛黑,二人相与诣道左神庙中以避焉。时有盗数辈,皆仗剑佩弧矢,匿于庙宇下。元张二人忽见之,惶惧益甚,且虑为其所害。二人即负壁而立,不敢动。俄闻庙中有呼者曰:"元相国、张侍郎且至,群盗当疾去,无有害于贵人。"群盗相目而惊,遂驰去。二人因偕贺:"吾向者以殍死为忧,今日真神人之语也。"且喜且叹。其后载果相代宗,谓终礼部侍郎。出《宣室志》。

颍阳里正

颍阳里正说某不得名,曾乘醉还村,至少妇祠醉,因系马卧祠门下。久之欲醒,头向转,未能起。闻有人击庙门,其声甚厉。俄闻中问是何人,答云所由,令觅一人行雨。庙中云:"举家往岳庙作客,今更无人。"其人云:"只将门下卧者亦得。"庙中人云:"此过客,那得使他。"苦争不免,遂呼某令起。随至一处,濛濛悉是云气,有物如骆驼。其人抱某上驼背,以一瓶授之,诫云:"但正抱瓶,无令倾侧。"其物遂行。瓶中水纷纷然作点而下。时天久旱,下视见其居处,恐雨不足,因尔倾瓶。行雨既毕,所由放还。至庙门,见己尸在水中,乃前入便活,乘马还家。以倾瓶之故,

元载 张谓

元载为平民百姓时,曾和以前的礼部侍郎张谓关系很好。那时他们都很穷,没有仆人车马,穿着破旧的衣服步行到陈蔡。一天天色已晚,忽然狂风大作雷鸣电闪,田野上一片漆黑,两人一起到道边神庙里躲避。当时有一群强盗,都带着刀剑弓箭,也躲在庙宇下。元、张二人忽然发现他们,十分害怕,并且担心被他们害了。二人就紧紧靠着墙站着,不敢乱动。一会儿听见庙里有个声音大喊:"元相国、张侍郎快到了,盗匪们赶快离开,不要加害贵人!"强盗们吓得你看我我看你,很快就逃走了。两个人便一起祝贺说:"我们原先担心穷得饿死了,今天却听到真正的神人说的话了!"两个人又高兴又感叹。后来元载果然做了代宗的宰相,张谓最后也做了礼部侍郎。<small>出自《宣室志》。</small>

颍阳里正

颍阳里正有个说某不知叫什么名,曾经喝醉了往家走,走到少妇祠,醉得走不动了,就把马拴好,在祠门下倒头便睡。睡了好久要醒,脑袋转了转,身子没起来。听见有人敲庙门,声音很大。一会儿又听到庙里有人问是什么人,敲门人回答原因,是要找一个人去行雨。庙里的人回答说:"全家都到岳庙作客去了,现在没有人去行雨了。"外面的人说:"那就让门下躺着的那个人去干吧。"庙里人说:"人家是过路的,怎么能让人家干?"庙里庙外争论了好半天不能免除,就把醉卧门下的说某叫起来。说某跟着到了一个地方,那里云雾蒸腾,还有一个像骆驼的动物。那人把说某抱上驼背,又交给他一个瓶子,告诫说:"必须把瓶子正抱着,别让瓶子歪了。"这时那动物就开始跑起来。瓶里的水化作水点一路洒了出来,变成了雨。当时天气大旱很久了,某人向下看到自己的住所,怕雨下得不足,就把瓶子倾斜了一下好让雨下大点。行雨结束后,主管官将他放回。到了庙门,见自己的尸体在水上飘着,往前一走魂灵进入了尸体,就又活了。于是骑马回家。由于他行雨时倾斜了瓶子的缘故,

其宅为水所漂，人家尽死。某自此发狂，数月亦卒。出《广异记》。

家里的宅子被大水淹没,全家人都淹死了。说某从此就疯了,几个月后也死了。出自《广异记》。

卷第三百五
神十五

王法智　　李佐时　　韦　皋　　窦　参　　李伯禽
萧复弟　　李　纳　　崔　汾　　辛　秘

王法智

桐庐女子王法智者，幼事郎子神。大历中，忽闻神作大人语声，法智之父问："此言非圣贤乎？"曰："然。我姓滕，名传胤。本京兆万年人，宅在崇贤坊。本与法智有因缘。"与酬对，深得物理，前后州县甚重之。桐庐县令郑锋，好奇之士，常呼法智至舍。令屈滕十二郎，久之方至。其辩对言语，深有士风，锋听之不倦。每见词人，谈经诵诗，欢言终日。常有客僧诣法智乞丐者，神与交言，赠诗云："卓立不求名出家，长怀片志在青霞。今日英雄气冲盖，谁能久坐宝莲花。"又曾为诗赠人云："平生才不足，立身信有余。自叹无大故，君子莫相疏。"六年二月二十五日夜，戴孚与左卫兵曹徐晃，龙泉令崔向，丹阳县丞李从训，邑人韩谓、苏修，集于锋宅。会法智至，令召滕传胤，久之方至，与晃等酬献数百言。因谓诸贤："请人各诵一章。"诵毕，众求其诗，率然便诵二首云："浦口潮来初淼漫，莲舟摇飏采花难。

王法智

　　桐庐县女子王法智，幼年时就供奉郎子神。大历年间，忽然听见神像发出大人的说话声，法智的父亲问："这话不是圣贤说的吗？"神像说："是的。我姓滕，名传胤。本是京兆万年人，家住崇贤坊。我原本和法智姑娘前世有因缘。"法智的父亲与他对答，神的话很有哲理，附近州县的人都很敬重他。桐庐县县令叫郑锋，是个好奇之人，曾经请法智到府宅。让她请滕十二郎，很久才到。郑锋与他辩论交谈，此神才华横溢像饱学之士一样，郑锋都听得入迷了。此神只要遇到会作诗词的人，就和他谈经诵诗，终日欢谈。曾经有个游方和尚到法智处化缘，神和那和尚交谈，并赠诗说："卓立不求名出家，长怀片志在青霞。今日英雄气冲盖，谁能久坐宝莲花。"又曾经写诗赠人："平生才不足，立身信有余。自叹无大故，君子莫相疏。"大历六年二月二十五日夜晚，戴孚与左卫兵曹徐晃、龙泉县令崔向、丹阳县丞李从训，还有县里士人韩谓、苏修等人，聚集在郑锋府上。正好法智也到了，令她召请滕传胤，很久才到，神与徐晃等唱和数百言，便对诸贤说："请每人各诵一篇作品。"大家诵读完了，就要神作诗，神张口就诵了两首："浦口潮来初淼漫，莲舟摇飏采花难。

春心不惬空归去，会待潮平更折看。"云："众人莫哂笑。"又诵云："忽然湖上片云飞，不觉舟中雨湿衣。折得莲花浑忘却，空将荷叶盖头归。"自云："此作亦颇蹀躞。"又嘱法智弟与锋献酬数百言，乃去。出《广异记》。

李佐时

　　山阴县尉李佐时者，以大历二年遇劳，病数十日中愈，自会稽至龙丘。会宗人述为令，佐时止令厅数日。夕复与客李举，明灯而坐。忽见衣绯紫等二十人，悉秉戎器，趋谒庭下。佐时问何人，答曰："鬼兵也。大王用君为判官，特奉命迎候，以充驱使。"佐时曰："己在哀制，如是非礼。且王何以得知有我？"答云："是武义县令窦堪举君。"佐时云："堪不相知，何故见举？"答云："恩命已行，难以辞绝。"须臾堪至，礼谒，蕴籍如平人，坐谓佐时曰："王求一子婿，兼令取甲族，所以奉举，亦由缘业使然。"佐时固辞不果。须臾王女亦至，芬香芳馥，车骑云合。佐时下阶迎拜，见女容姿服御，心颇悦之。堪谓佐时曰："人谁不死，如君盖稀。无宜数辞，以致王怒。"佐时知终不免。久之，王女与堪去，留将从二百余人，祗承判官。翌日，述并弟造，同诣佐时。佐时且说始末，云："的以不活，为求一顿食。"述为致盛馔。佐时食雉臛，忽云："不见碗。"呵左右："何以收羹？"仆于食案，便卒。其妻郑氏在会稽，丧船至之夕，婢忽作佐时灵语云：

春心不惬空归去，会待潮平更折看。"诵完说："大家别笑。"又吟诵道："忽然湖上片云飞，不觉身中雨湿衣。折得莲花浑忘却，空将荷叶盖头归。"自语道："这诗也写得很浅陋。"又让法智接着和县令郑锋酬对了数百言，才离开。出自《广异记》。

李佐时

　　山阴县尉李佐时，在大历二年劳累过度，病了几十天稍见好转，从会稽到了龙丘。正好是同宗李述当县令，佐时就在县令的衙署住了几天。一天晚上，李佐时在灯下和客人李举闲坐，忽然看见二十个穿红衣紫袍的人，都手执兵器，快步来到廊下拜见。佐时问他们是什么人，回答说："是鬼兵。大王任命你做判官，特派我们迎接，我们听候你的差遣。"佐时说："我正在丧期，接受这样的职务不合礼仪。况且你们大王怎么会知道我这个人呢？"回答说："是武义县令窦堪举荐了你。"佐时说："窦堪不认识我，怎么会举荐我？"回答说："大王已经下了命令，难以推辞拒绝。"一会儿，窦堪也到了，行礼谒见，温文尔雅像平常人一样，坐下对佐时说："大王想招一个女婿，并让在名门望族中选取，所以我举荐了你。也是因为原来就有这个缘分。"李佐时坚决推辞没有结果。不一会儿大王的女儿也来了，身上散发着芬芳的气息，车骑如云。李佐时走下台阶迎接拜见，见大王的女儿姿态美好服饰华贵，心里产生了爱慕之意。窦堪对佐时说："人谁能不死，但像你有如此福分的太少了。不应再三推辞了，不然会让大王生气的。"李佐时知道终不能逃脱了。过了半天，大王的女儿和窦堪离开了，留下二百多随从，恭敬地护持着李佐时去上任当判官。第二天，李述和他弟弟李造，一起来看李佐时，佐时说了这些事的始末，然后说："反正我已活不成了，给我弄些好吃的吧。"李述就为他备了一桌盛宴。佐时正在吃野鸡肉羹，忽然说："碗不见了。"呵斥左右："为什么把肉羹给撤了？"说完一头倒在桌上就死了。李佐时的妻子郑氏当时在会稽，运佐时尸体的丧船到家乡的那天晚上，一个奴婢忽然被佐时的魂灵附体说：

"王女已别嫁，但遣我送妻还。"言甚凄怆也。出《广异记》。

韦 皋

韦皋初薄游剑外，西川节度使兵部尚书平章事张延赏以女妻之，既而恶焉，厌薄之情日露。公郁郁不得志，时入幕府，与宾朋从游，且摅其忿。延赏愈恶之，谓皋曰："幕僚无非时奇，延赏尚敬惮之，韦郎无事，不必数到。"其轻之如此。他日，其妻尤悯之曰："男儿固有四方志，今厌贱如此不知，欢然度日，奇哉！妾辞家事君子，荒隅一间茅屋，亦君之居；炊菽羹藜，箪食瓢饮，亦君之食。何必忍愧强安，为有血气者所笑。"于是入告张行意，延赏遗帛五十匹。夫人薄之，不敢言。时有女巫在焉，见皋入西院，问夫人曰："向之绿衣入西院者为谁？"曰："韦郎。"曰："此人极贵，位过宰相远矣。其禄将发，不久亦镇此，宜殊待之。"问其所以，曰："贵人之所行，必有阴吏。相国之侍一二十人耳，如韦郎者，乃百余人。"夫人闻之大喜，遽言于延赏，延赏怒曰："赠薄请益可矣，奈何假托巫妖，以相调乎？"韦行月余日到岐，岐帅以西川之贵婿，延置幕中，奏大理评事。寻以鞫狱平允，加监察，以陇州刺史卒出知州事。俄而朱泚乱，驾幸奉天。陇州有泚旧卒五百人，兵马使牛云光主之。云光谋作乱，不克，率其众奔朱泚。

"大王的女儿已嫁给了别人,现在是派我把妻子送回家乡。"说话的声音十分悲伤。出自《广异记》。

韦皋

　　韦皋当初为了微薄的俸禄到剑外做事,西川节度使、兵部尚书平章事张延赏把女儿嫁给他做妻子,但没过多久就看不上他了,厌恶之情日益显露。韦皋郁郁不得志,经常进入幕府,和宾客朋友一起出游,并表明自己的不满。延赏更加厌恶他了,对韦皋说:"幕僚无不是当今的奇才,连我都有些敬而畏之,你没事时不用天天到幕府里去。"可见岳父多么轻视他。后来有一天,他妻子尤为同情地对他说:"男儿志在四方,现在受到如此歧视竟感觉不到,还高高兴兴地过日子,真是太奇怪了。我愿离开相府随你而去,哪怕在荒野里住一间破草房,也是自己的住所,砍柴烧饭,箪食瓢饮,也是您自己的食物。何必像现在这样忍气吞声故作镇定,被有血性的男儿耻笑呢!"于是韦皋告诉延赏出走之意,延赏就给了他们五十匹绸缎。延赏的夫人觉得给得太少,也不敢说什么。当时有个女巫在相府,看见韦皋进了西院,就问相国夫人:"刚才到西院去的那位穿绿衣的人是谁?"老夫人说:"是我女婿韦郎。"巫婆说:"这个人极尊贵,官位比宰相还高,他的官运马上就要来了,不久就会掌管此地,你们应该好好对待他。"老夫人问何以见得,女巫说:"凡是贵人行走时,必然有阴间的吏卒护从。相国随从的阴间吏卒不过一二十人,像韦郎这样的,随从有一百多人!"夫人听后大喜,赶快跑去告诉延赏。延赏大怒说:"要是嫌我送他们的东西太少可以再增加,何必假借巫婆的胡说来戏弄我!"韦皋走了一个月到了岐山。岐山的长官因为韦皋是节度使的贵婿,先请他到幕府任职,又奏请任命他为大理评事,专管刑狱。不久由于他对狱政管理得出色,审案公正,又加任为监察,后来因为陇州刺史死了,他又出任知州管理事务。不久朱泚造反,皇上离京到奉天。陇州有朱泚的旧部五百人,头儿是兵马使牛云光。牛云光想作乱,没有成功,就率领众人投奔了朱泚。

道遇泚使,以伪诏除皋御史中丞,因与之俱还。皋受其命,谓云光曰:"受命必无疑矣,可悉纳器械,以明不相诈。"云光从之。翌日大飨,伏甲尽杀之,立坛盟诸将。泚复许皋凤翔节度,皋斩其使。行在闻之,人心皆奋,乃除陇州刺史、奉义军节度使。及驾还宫,乃授兵部尚书、西川节度使。延赏闻之,将自抉其目,以惩不知人。出《续玄怪录》。

窦 参

窦参常为蒲圻县令,县有神祠,前后令宰皆祀之,窦至即欲除毁,有日矣。梦神谓己曰:"欲毁吾所居,吾害公未得者,盖以公当为相。然幸且相存,自知与君往来,可以预知休咎。"既惊觉,乃自入祠祭酹,以兄事之。后凡有迁命,皆先报之,颇与神交焉。其神欲相见,必具盛馔于空室之内,围以帷幕。窦入之后,左右闻二人笑语声。窦为柳州别驾,官舍有空院,窦因闭之。俄闻有呼声三四,寻之则无人。窦心动,乃具服仰问之曰:"得非几兄乎?"曰:"是也。君宜促理家事,三两日内有北使到,君不免矣。"窦依言处置讫,坐待使。不数日,王人遽至,果有后命。出《戎幕闲谈》。

在路上遇见朱泚派的使者,使者拿着朱泚的伪诏,任命韦皋为御史中丞,便和使者一起回到陇州。韦皋假装接受了任命,对牛云光说:"我接受了任命,你们就该信任我,请你把兵械都交上来,以表明不相互欺诈。"牛云光就照办了。第二天韦皋摆酒宴犒赏军队,事先埋伏好了甲兵,把反叛的士兵都杀光了,又设祭坛和诸将盟誓归顺朝廷。朱泚又派使者来给韦皋加官升任凤翔节度使,韦皋就把使者杀掉。皇上在行宫中听说了此事,人心都很振奋,就任韦皋为陇州刺史、奉义军节度使。等到圣驾还宫,就授命韦皋为兵部尚书、西川节度使。他的岳父张延赏听说这些后,真想把自己的眼珠子抠出来,以惩罚自己不识人。出自《续玄怪录》。

窦 参

　　窦参曾做过蒲圻县令,县里有座神庙,每任县令都去祭祀。窦参到任后就打算拆毁它,已有一段时间了。有一天,窦参梦见神对他说:"你要毁我的住所,我就断送你未得到的官,因为你将来能当相国。幸好你把我的房子保存着。我们以后经常来往,我可以预知你将来的吉凶。"窦参惊醒以后,就亲自进庙祭祀,把庙神看做自己的兄长。以后凡是有升迁调动,神都先向他报告,窦参和神交情很深。窦参如果想和神相见,一定在一个空屋里准备好盛宴,周围用帘幕围上。窦参进去之后,侍从能听到里面传出两人的笑语声。窦参为柳州别驾时,官舍里有一个空院子,就把它关闭了。一会儿听到有人喊了三四声,找了半天也没有人。窦参心中一动,就整好衣冠仰头拜问:"是我的兄长来了吗?"空中回答说:"正是我。你应该赶快料理一下家务,三两天内会有朝廷的北使到达,这次你不可避免了。"窦参就赶快按照神的话处理完家事,坐等使臣到来。不到几天,北使王臣忽然到了,果然有神告诉窦参的命令。出自《戎幕闲谈》。

李伯禽

贞元五年，李伯子伯禽，充嘉兴监徐浦下场籴盐官。场界有蔡侍郎庙，伯禽因谒庙。顾见庙中神女数人，中有美丽者，因戏言曰："娶妇得如此，足矣。"遂沥酒祝语之。后数日，正昼视事，忽闻门外有车骑声。伯禽惊起，良久，具服迎于门，乃折旋而入。人吏惊愕，莫知其由。乃命酒殽，久之，祗叙而去。后乃语蔡侍郎来。明日又来，傍人并不之见。伯禽迎于门庭，言叙云："幸蒙见录，得事高门。"再拜而坐，竟夕饮食而去。伯禽乃告其家曰："吾已许蔡侍郎论亲。"治家事，别亲党，数日而卒。出《通幽记》。

萧复弟

萧复亲弟，少慕道不仕。服食芝桂，能琴，尤善《南风》。因游衡湘，维舟江岸。见一老人，负书携琴。萧生揖坐曰："父善琴，得《南风》耶？"曰："素善此。"因请抚之，尤妙绝，遂尽传其法。饮酒数杯，问其所居，笑而不答。及北归，至沅江口，上岸理《南风》。有女子双鬟，挈一小竹笼曰："娘子在近好琴，欲走报也。"萧问何来此，曰："采果耳。"去顷却回，曰："娘子召君。"萧久在船，颇思闲行，遂许之。俄有苍头棹画舸至。萧登之，行一里余，有门馆甚华。召生升堂，见二美人于上，前拜。美人曰："无怪相迎，

李伯禽

　　贞元五年,李伯的儿子伯禽,充任嘉兴监徐浦下场籴盐官。场界内有个蔡侍郎庙,伯禽便到庙里拜谒。回头看见庙中有神女数人,其中有一个很美丽,伯禽便开玩笑说:"我要能娶上这样的老婆,就心满意足了。"说罢还朝地下洒酒祝告。后来过了几天,伯禽中午正在办公,忽然听到门外传来车马声。伯禽惊讶地起身,很久之后,穿好衣服出门迎接,然后很快又回到屋里。吏员惊讶不已,不知道是怎么回事,伯禽又传命准备酒宴,过了很久,来客谈完话就走了。后来才说是庙神蔡侍郎来过。第二天,蔡侍郎又来了,旁人看不见他,伯禽在门庭迎接,对蔡侍郎说:"有幸承蒙收纳我,我才能进入你高贵的门第。"拜了几拜才坐下,蔡侍郎喝了一夜的酒才走。伯禽于是告诉家里人说:"我已答应和蔡侍郎家结亲了。"接着料理好家事,告别亲戚朋友们,几天后就死了。出自《通幽记》。

萧复弟

　　萧复的弟弟,年少时爱好道家修炼之术,不求仕途。吃灵芝丹桂,能弹琴,尤其善弹《南风》。有一次他游衡山湘水,把船靠在江边,见一个老翁,背着书抱着琴。萧生拜了一拜老翁坐下问:"老伯会弹琴,会不会弹《南风》呢?"老翁说:"我一向善弹《南风》。"萧生便求老翁抚琴,老翁弹得精妙绝伦,于是老翁把弹这个曲子的诀窍都传给了萧生。喝了几杯酒,萧生问他家在哪儿,老翁笑笑不回答。等到萧生北上回家,到了沅江口,停船上岸,弹起了《南风》曲。这时有个梳着双鬟的女子,拿个小竹篮说:"我家娘子就在附近也喜欢琴,我现在跑去告诉她。"萧生问她来这儿做什么,她说:"采果子。"女子走了不一会儿又回来了,说:"我家娘子请您去。"萧生坐了很久的船,正想闲逛一逛,就答应了。不一会儿,就有个老仆摇着一只画船来了。萧生上了船,走了一里多地,进了一座华贵的馆舍。有人请萧生到厅堂去,看见有两个美人在堂上,就上前拜见。美人说:"请不要怪罪我们接你来,

知君善《南风》，某亦素爱，久不习理，忘其半，愿得传受。"
生遂为奏，美人亦命取琴。萧弹毕，二美人及左右皆掩泣。
问生授于何人，乃言老父，具言其状。美人流涕曰："舜也。
此亦上帝遣君子受之，传与某，某即舜二妃。舜九天为司
徒，已千年别，受此曲年多，忘之。"遂留生啜茶数碗。生辞
去，曰："珍重厚惠。然亦不欲言之于人。"遂出门，复乘画
舸，至弹琴之所。明日寻之，都不见矣。出《逸史》。

李　纳

　　贞元初，平卢帅李纳病笃，遣押衙王祐，祷于岱岳。斋
戒而往，及岳之西南，遥见山上有四五人，衣碧汗衫半臂。
其余三四人，杂色服饰，乃从者也。碧衣持弹弓，弹古树上
山鸟。一发而中，鸟堕树，从者争掩捉。王祐见前到山下
人，尽下车却盖，向山齐拜。比祐欲到，路人皆止祐下车：
"此三郎子、七郎子也。"遂拜碧衣人。从者挥路人，令上车，
路人踌躇，碧衣人自挥手，又令人上。持弹弓，于殿西南，
以弹弓斫地俯视，如有所伺。见王祐，乃召之前曰："何为
来？"祐具以对。碧衣曰："君本使已来矣，何必更为此行，要
见使者乎？"遂命一人曰："引王祐见本使。"遂开西院门引
入，见李纳荷校灭耳，踞席坐于庭。王祐惊泣前伏，抱纳左
脚，噬其肤。引者曰："王祐可退。"却引出。碧衣犹在殿阶，

知道你善弹《南风》，我们也喜欢弹这个曲子，只是很久没复习了，忘了一半，希望得到您的传授。"萧生就弹了起来，美人也令人取来琴。萧生弹过后，两位美人和侍从都感动得流泪了。问是谁传授的琴艺，萧生说是一位老翁，并详细描述了老者的相貌。美人又哭了起来说："那老翁就是舜啊！这也是上帝安排你接受这绝技，再让你传给我们。我们就是舜的两个妃子。舜在九天之上当司徒，已分别一千年了。我们学习这个曲子的时间太长了，也忘掉了。"她们便留萧生喝了几碗茶。萧生告辞离开了，说："我会珍重这深厚的恩惠，然而也不想对任何人说这件事。"萧生于是走出门，又乘上这画船，回到了他弹琴的原地。第二天再去找，什么都没有了。出自《逸史》。

李　纳

　　贞元初年，平卢帅李纳病重，派押衙王祐，替他到泰山庙里祈祷。王祐斋戒后就起身了，到了泰山西南，远远看见山上有四五个人，穿绿色的半臂汗衫。其余三四个人，服色很杂，看来是侍从。穿绿衣的人手持弹弓，射古树上的山鸟。一下就打中，鸟从树上掉下来，随从们抢上去捉鸟。王祐看见先到山下的人，都下车并除下伞盖，向着大山叩头齐拜。等王祐到了山前时，朝拜的人都让王祐止步下车，说："这就是泰山神的三公子和七公子。"王祐于是向绿衣人叩拜。绿衣人的随从向路上的人挥手，叫他们上车，路人犹豫不肯，绿衣人亲自挥手，又让人们快上车。绿衣人手持弹弓，在大殿西南，用弹弓敲打地面并低头看，好像寻找什么。看见王祐后，就召他向前来问："你做什么来了？"王祐实话实说。绿衣人说："你的长官已经来了，你何必还来？你想见你长官吗？"说着就命令一个人说："领王祐去见长官。"于是打开西院门领王祐进去，只见李纳脖子上戴着刑具，将耳朵遮盖住了，正蹲坐在庭院席子上。王祐惊讶地哭着趴到他面前，抱起李纳的左脚，咬了一口。领他来的人说："王祐可以退下了。"就把他领出了西院。那绿衣人还在殿前阶上，

谓祐曰："要见新使邪？"又命一人从东来，形状短阔，神彩可爱。碧衣曰："此君新使也。"祐拜讫无言。祐似欠嚏而迟者久之，忽无所见，惟苍苔松柏，悄然严静。乃荐奠而回。见纳，纳呼入卧内。问王祐，祐但以荐奠毕，掷樗蒲投，具得吉兆，告纳。纳曰："祐何不实言？何故噬吾足？"于是举足，乃祐所噬足迹也。祐顿首，具以实告。纳曰："适见新使为谁也？"祐曰："见则识，不知其名也。"纳乃召三人出，至师古，曰："此是也。"纳遂授以后事，言毕而卒。王祐初见纳荷校，问曰："仆射何故如此？"纳曰："平生为臣之辜也，盖不得已如何，今日复奚言也？"出《集异记》。

崔　汾

澧泉尉崔汾，仲兄居长安崇贤里。夏夜，乘凉于庭际。月色方午，风过，觉有异香。俄闻南垣土动簌簌，崔生意其蛇鼠也。忽见一道士，大言曰："大好月色。"崔惊惧避之。道士缓步庭中，年可四十，风仪清古。良久，妓女十余，排大门而入，轻绡翠翘，艳色绝世。有从者具香茵，列坐月下。崔生疑其妖魅，以枕击门惊之。道士小顾，怒曰："我以此差静，复贪月色。初无延伫之意，敢此粗率！"乃厉声曰："此处有地界耶？"欻有二人，长才三尺，巨首儋耳，唯伏其前。道士颐指崔生所止曰："此人合有亲属入阴籍，可领来。"

对王祐说:"想不想见见你的新长官?"说着就从东面叫过来一个人,短小粗壮,神态可爱。绿衣人说:"这位就是你的新长官。"王祐拜完没有说话。王祐感觉像是要打喷嚏但很久没有打出来,忽然什么都看不见了,只见庙里苍松翠柏,悄无声息十分肃静。王祐赶快上供祭奠了一番,赶路回来。见了李纳后,李纳把他叫到内室,问王祐情况怎样。王祐只告诉李纳已经祭奠过了,也投樗蒲占卜了,都很吉利。李纳说:"为什么不把实情告诉我?你为什么咬我的脚?"于是抬起脚来,上面有王祐咬的牙印。王祐赶快叩头告罪,把实情都说了出来。李纳说:"你刚才看见的新长官是谁?"王祐说:"看见本人我能认出来,我不知道他的名字。"李纳就叫出三个人来,到师古时,王祐说:"这个就是。"李纳就向师古交待后事,说完就死了。当时在庙里王祐看见李纳戴着刑具时,问他说:"老爷为什么这样惨?"李纳说:"这是因为我平日做官犯下的罪过,不这样又如何?现在我又有什么可说的呢?"出自《集异记》。

崔　汾

　　澧泉县尉崔汾,二哥住在长安崇贤里。夏天夜里,在院子边上乘凉。月上中天时,一阵风飘过,感觉有一股奇特的香气。一会儿又听见南墙上的土簌簌响动,崔生心想大概是蛇鼠之类。忽然看见一个道士,大声说:"多好的月色啊!"崔生吓得赶快躲起来。道士漫步院中,年龄大概有四十岁,风度仪态清雅很像古代人。过了很久,又有十几个能歌善舞的女子,推开大门进了院,个个穿着轻薄丝绸,戴着珠翠首饰,娇艳绝伦。有仆从准备了座席,大家都坐在月下。崔生怀疑他们是妖怪,就用枕头敲打门吓他们。道士稍稍往四周看了一下,生气地说:"我因为这里安静,想在这里赏赏月色。开始并没有久留在这里的意思,为什么这么粗鲁无礼!"又怒喝一声:"这里有没有管事的地界神?"立刻就有两个人,三尺多长,大头小耳,伏在道士面前。道士用下巴指着崔生所在之处说:"这人应该有在阴间的亲属,给我带来!"

二人趋出。俄见其父母及兄悉至，卫者数人，捽拽批拔之。道士叱曰："我在此，敢纵子无礼乎？"父母叩头曰："幽明隔绝，诲责不及。"道人叱遣之。复顾二鬼曰："捉此疑人来。"二鬼跳及门，以赤物如弹丸，遥投崔生口中，乃细赤绠也。遂钓出于庭，又叱辱。崔惊失音，不得自理，崔仆妾悉号泣。其妓罗拜曰："彼凡人，因讶仙官无状而至，似非大过。"怒解，乃拂衣由大门而去。崔生病如中恶，五六日方差。因迎祭酒醮谢，亦无他。崔生初隔隙见亡兄，以帛抹唇，如损状。仆使共讶之，一婢泣曰："几郎就木之时，面衣忘开口，其时匆匆就剪，误伤下吻。然旁人无见者，不知幽冥中二十余年，尤负此苦。"出《酉阳杂俎》。

辛　秘

辛秘五经擢第后，常州赴婚。行至陕，因息于树阴。旁有乞儿箕坐，痂面虮衣。访辛行止，辛不对即去，乞儿亦随之。辛马劣，不能相远，乞儿强言不已。前及一衣绿者，辛揖而与之俱行里余。绿衣者忽前马骤去，辛怪之，独言："此人何忽如是？"乞儿曰："彼时至，岂自由乎？"辛觉语异，始问之曰："君言时至何也？"乞儿曰："少顷当自知之。"将及店，见数十人拥店门，问之，乃绿衣者卒矣。辛惊异，遽卑下之，因解衣衣之，脱乘乘之。乞儿初无谢意，语言往往

两个人快步跑出去。不一会儿就看到崔生的父母和兄长都到了，押送的有好几个人，对他们又推又拽拳打脚踢。道士叱责说："我在这里，你们竟敢纵容儿子放肆无礼吗？"崔生的父母叩头说："阴阳隔绝，我们想教导责备都是不可能的呀。"道士让把他们押下去，又对两个鬼说："把这个可疑的家伙带来！"二鬼跳到门前，用一个像弹丸般的红色物体，远远地投进崔生的嘴里，原来是红色的细绳子。便把崔生像鱼似的钓出到庭院，又对崔生辱骂斥责。崔生吓得说不出话来，没法为自己辩护，崔家的僮仆妻妾也都哭号起来。这时，道士周围的舞女求情说："他是个凡人，仙官您突然到这里，怎能不害怕，好像不算什么大错。"道士的怒气消除，一甩衣袖出门而去。崔生像中邪一样病倒了，五六天才稍稍好转，于是立刻设道场摆酒祭祀谢罪，后来没再发生什么事。当初，崔生隔着门缝看到亡兄时，亡兄用帛遮着嘴唇，嘴唇好像破了的样子。仆人们都感到惊讶，一个婢女哭着说："当时他装入棺材时，盖脸的面衣忘了开口，我匆忙给剪开，误伤了他的下唇，旁人并没看见。没想到他在阴间二十多年了，还在承受这个痛苦。"出自《酉阳杂俎》。

辛 秘

辛秘参加五经科考试中进士后，到常州去成亲。走到陕地时，在树荫下歇息。旁边有一个小乞丐叉腿坐着，满脸疮疤，衣服上净是虱子。乞丐问辛秘要到哪里去，辛秘没回答他就离开了，乞丐也跟着他走。辛秘的马不好，走不快，那乞丐一直跟着要和他说话。再往前赶上一个穿绿衣的人，辛秘与他施礼后就一同走了一里多地。那绿衣人忽然打马急驰而去，辛秘感到奇怪，自言自语说："这人怎么忽然这样？"那小乞丐搭话说："他按时到达，难道能自由吗？"辛秘觉得这话不寻常，就问乞丐："你说的按时到是什么意思？"乞丐说："等一会儿你自然会知道。"将到一个旅店，见几十个人拥在店门前，一问，说是那个绿衣人死了。辛秘十分惊讶，顿时对乞丐十分谦卑，便脱下自己的衣服给乞丐穿，又把自己的马让给乞丐骑。乞丐开始没有感谢之意，但说的话往往

有精义。至汴，谓辛曰："某止是矣，公所适何事也？"辛以娶约语之。乞儿笑曰："公士人，业不可止此行。然非君妻，公婚期甚远。"隔一日，乃扛一器酒与辛别，指相国寺刹曰："及午而焚，可迟此而别。"如期，刹无故火发，坏其相轮。临去，以绫帊复赠辛，带有一结，语辛："异时有疑，当发视也。"积二十余年，辛为渭南尉，始婚裴氏。洎裴生日，会亲宾客，忽忆乞儿之言。解帊复结，得幅纸，大如手板，署曰："辛秘妻河东裴氏，某月日生。"乃其日也。辛计别乞儿之日，妻尚未生。出《酉阳杂俎》。

意味深长。到了汴州，乞丐对辛秘说："我就到此停下了。你去那里要干什么呀？"辛秘就说自己要去成亲。乞丐笑了笑说："你是读书人，当然不会中止这次行动。但那个女人并不是你的妻子，你的婚期还远着呢。"隔了一天，乞丐扛了一坛子酒来为辛秘饯别，并指着相国寺的塔说："今天中午它就会着火，你可以比着火时晚一些再走。"像乞丐预期的一样，塔无缘无故着了火，火把塔顶的相轮都烧坏了。临分别时，乞丐送给辛秘一个绸手帕，带有一个结。乞丐对辛秘说："以后你如果有什么不明白的事，就打开看吧。"过了二十多年，辛秘任渭南尉时，才与一个姓裴的女子结婚。到了裴氏过生日时，辛秘请来宾客亲友，忽然想起当年乞丐的话，就把那绸手帕的结打开，得到一幅纸，大小如手板，上面写着："辛秘妻河东裴氏，某月某日生。"正好就是这个日子。辛秘推算当年告别乞丐时，妻子还没出生呢。出自《酉阳杂俎》。

卷第三百六
神十六

陈袁生　　冉　遂　　魏　耽　　卢　佩

陈袁生

贞元初,陈郡袁生者,尝任参军于唐安。罢秩游巴川,舍于逆旅氏。忽有一夫,白衣来谒。既坐,谓生曰:"某高氏子也,家于此郡新明县。往者常职军伍间,今则免矣。故旅游至此。"生与语,其聪辩敏博,迥出于人,袁生奇之。又曰:"某善算者,能析君平生事。"生即讯之,遂述既往事,一一如笔写,生大惊。是夕,夜既深,密谓袁生曰:"我非人也,幸一陈于君子,可乎?"袁生闻之惧,即起曰:"君非人,果鬼乎?是将祸我耶?"高生曰:"吾非鬼,亦非祸君。所以来者,将有托于君耳。我赤水神,有祠在新明之南。去岁淫雨数月,居舍尽圮,郡人无有治者,使我为风日所侵铄。且日为樵牧者欺侮,里中人视我如一坏土耳。今我诉于子,子以为可则言,不则去。无恨也。"袁生曰:"神既有愿,又何不可哉!"神曰:"子来岁当调补新明令,傥为我重建祠宇,以时奠祀,则真幸之甚者。愿无忘。"袁生诺之。既而又曰:

陈袁生

贞元初年,陈郡人袁生,曾在唐安任参军。卸任后到巴蜀之地游历,住在一个旅店里。忽然有个穿白衣的人来求见。坐下后,白衣人对袁生说:"我姓高,家在本郡新明县。以前曾在军队中任职,现在已经卸职,所以到这里旅游。"袁生与他谈话,觉得他聪慧善辩、精明博学,远高出常人,袁生把他当作奇人。白衣人又说:"我善于卜算,能分析出你平生的事。"袁生就问他,白衣人便历数袁生过去发生的事,一件一件好像专门用笔记过,袁生大为惊讶。这天夜里,夜已深,高生悄悄对袁生说:"我不是人,有一件事要对你说,可以吗?"袁生一听害怕了,就站起来问:"你不是人,是鬼吗?要加害于我吗?"高生人说:"我不是鬼,也不会害你。我来的目的,是想托你办一件事。我是赤水神,有祠庙在新明县南边。去年连下了几个月的雨,我住的庙都坍塌了,郡里没有人管这事,使我遭受风吹日晒,并且每天被砍柴人放牛娃欺侮,乡里人都把我看作一堆废土了。今天我向你诉说求告,你觉得能办到就办,办不到我就走。就没有遗憾了。"袁生说:"神既然有愿望,有什么不可以的呢!"神说:"你明年会调补到新明去当县令,上任后如能为我重修祠庙,按时祭奠,那可真是我的大幸。希望你不要忘了。"袁生答应了。接着高生又说:

“君初至邑时，当一见诣。然而人神理隔，虑君仆吏有黩于我，君当屏去其吏，独入庙中。冀尽一言耳。”袁生曰：“谨奉教。”

是岁冬，袁生果补新明令。及至任，讯之，果有赤水神庙，在县南数里。旬余，遂诣之。未至百余步，下马屏车吏，独入庙中。见其檐宇摧毁，蓬荒如积。伫望久之，有一白衣丈夫自庙后来，高生也。色甚喜，既拜。谓袁生曰：“君不忘前约，今日乃诣我，幸何甚哉！”于是偕行庙中。见阶垣下有一老僧，具桎梏，数人立其旁。袁生问曰：“此何为者？”神曰：“此僧乃县东兰若道成师也。有殃，故吾系之一岁矣。每旦夕则鞭捶之。从此旬余，当解之。”袁生又曰：“此僧既存，安得系于此乎？”神曰：“以生魄系之，则其人自沉疾，亦安能知吾之为哉！”神告袁生曰：“君幸诺我建庙，可疾图之。”袁生曰：“不敢忘。”

既归，将计其工。然贫甚，无以为资。因自念曰：“神人所言，系道成师之魄，当沉疾。又云，从此去旬余，当解之。吾今假以他语，俾建其庙宇，又安有疑乎？”于是径往县东兰若问之，果有成师者，卧疾一岁矣。道成曰：“某病且死，旦夕则一身尽痛。”袁生曰：“师疾如是，且近于死矣，然我能愈之。师能以缗货建赤水神庙乎？”道成曰：“疾果愈，又安能以缗货为事哉！”袁生即绐曰：“吾善视鬼，近谒赤水神庙，见师魂，具桎梏絷于垣下。因召赤水神问其事，曰：‘此僧有宿殃，故絷于此。’吾怜师之苦，因告其神：‘何为絷生人，可疾解之。吾当命此僧以修建庙宇，慎无违也。’神喜而诺我曰：‘从此去旬余，当舍其罪。’

"你刚到新明县上任时,应该到祠庙见我一面。然而人神相隔,我担心你的仆从下属会侮慢我,到时你应该让他们退下,单独进到庙里。我们才能谈得尽兴。"袁生说:"记住您的教诲了。"

这年冬天,袁生果然补任新明县令。等到上任,一打听,果然有座赤水神庙,在县南数里。过了十多天,袁生就到庙上去。离庙不到百余步时,他下马屏退了车马仆从,单独进了庙。只见屋檐庙宇被摧毁,到处都是荒草堆积。袁生伫立着看了很久,有一个白衣男子从庙后走出来,果然是高生。袁生神情十分高兴,赶紧揖拜。神对袁生说:"你不忘以前的许诺,今天来看我,我太幸运了。"于是两人一起在庙里巡看,只见墙边有一个老和尚,披枷戴锁,几个人站在他身旁。袁生问:"这是怎么回事?"高生说:"他是县东寺庙里的道成和尚,有害于我,所以我已经把他押在这里一年了。每天早晚都要鞭打他。从现在再过十几天,我会放掉他的。"袁生又说:"这和尚既然活着,怎么能把他押在这里呢?"神说:"我拘押的是他的魂,他本人就会得上大病。他怎么能知道是我干的呢?"神又告诉袁生说:"你既然答应为我修庙,希望你快点办吧。"袁生说:"不会忘的。"

回到县里,袁生就张罗修庙的事。然而由于太穷,没有经费。便自言自语说:"赤水神,拘押了道成僧的魂,使他生病。又说,从现在再过十天,就放他的魂。我不如现在就借别的话,让道成和尚修庙,和尚哪里会怀疑呢?"于是他径直到县东寺庙里去问,果然有位道成和尚,已经重病一年了。道成说:"我快要病死了,早晚就全身都痛。"袁生说:"您病成这样,怕快要死了,但我能使您痊愈。您能够出钱物修建赤水神庙吗?"道成说:"如果病真能好,又怎么能在乎修庙的钱物呢?"袁生就欺骗他说:"我善于与鬼神交往,最近拜谒赤水神庙,看到师傅的魂,正披着枷锁被捆绑在墙下。我就招来赤水神问怎么回事,他说:'这个僧人过去犯了罪,所以才被拘押在这里。'我同情你的痛苦,就对赤水神说:'为何拘押世上的活人,快放了他。我会让这僧人为你修庙,决不会违背。'神高兴地答应我说:'从现在再过十多天,就会免罪放了他。'

吾故告师疾将愈,宜修赤水神庙也。无以疾愈,遂怠其心。如此则祸且及矣。"道成伪语曰:"敬受教。"

后旬余,果愈。因召门弟子告曰:"吾少年弃家,学浮屠氏法,迨今年五十,不幸沉疾。向者袁君谓我曰:'师之病,赤水神所为也,疾锸可修补其庙。'夫置神庙者,所以祐兆人,祈福应。今既有害于我,安得不除之乎?"即与其徒,持锸诣庙,尽去神像及祠宇,无一遗者。又明日,道成谒袁生。袁生喜曰:"师病果愈乎?吾之语岂妄耶?"道成曰:"然,幸君救我,何敢忘君之恩乎!"袁生曰:"可疾计修赤水神庙也,不然,且惧为祸。"道成曰:"夫神所以赖于人者,以其福可延,庆可弭,旱亢则雩之以泽,潦淫则禜之以霁。故天子诏天下郡国,虽一邑一里,必建其祠,盖用为民之福也。若赤水神者,无以福人,而为害于人焉,可不去之。已尽毁其庙矣。"袁生且惊且惧,遂谢之。道成气益丰,而袁生惧甚。

后月余,吏有罪,袁生朴之。无何吏死,其家诉于郡,坐徙端溪。行至三峡,忽遇一白衣,立于路左。视之,乃赤水神也。曰:"向托君修我祠宇,奈何致道成毁我之舍,弃我之像?使一旦无所归,君之罪也。今君弃逐穷荒,亦我报仇耳!"袁生既谢曰:"毁君者道成也,何为罪我?"神曰:"道成师福盛甚,吾不能动。今君禄与命衰,故我得以报。"言已不见。生恶之,后数日,竟以疾卒。出《宣室志》。

我所以前来告诉师傅病快好了,希望你快修赤水神庙。不要因为病好了,就懒怠了修庙的心。这样灾祸还会到来的。"道成假装答应说:"我受教了。"

过了十多天,病果然好了。道成便招来庙里的弟子们说:"我少时就离家入庙,学习佛法,到现在已经五十年了,不幸大病一场。之前县令袁君对我说:'师傅的病,是赤水神作的怪,病好后可修缮赤水庙。'设置神庙,本是为能护祐百姓,为黎民祈福。现在赤水庙神既然加害于我,怎么能不除掉它?"就与他的徒众,带着镐锹到赤水神庙,把神像和庙宇都拆毁扔掉了,什么也没有留。过了两天,道成去见袁生。袁生高兴地说:"师傅的病果然好了,我没说错吧?"道成说:"对,幸亏你救了我,我怎么敢忘你的恩德呢!"袁生说:"那就赶快修赤水神庙吧,不然,怕会招来祸的。"道成说:"神所以被人依赖,是因为神能为我们施福消灾,天旱时给人间降雨,地涝了能够放晴晒干。所以皇帝才会让天下郡国,即使一邑一里,也一定要修寺建祠庙,以便为民造福。然而像赤水神这样的,不仅不造福于人,反而害人,怎么能不除掉呢?我已经把赤水神庙彻底拆毁了。"袁生一听又惊又怕,连忙谢罪。道成心气更胜,袁生却更加恐惧了。

一个多月后,有位小吏犯罪,袁生杖打了他。不久那小吏死了,他的家人告到郡里说是袁生害的,袁生因此获罪被贬到端溪。袁生走到三峡,忽然遇见一个白衣人,站在道边。仔细一看,是赤水神。赤水神说:"先前我曾托你为我修庙,为何让道成毁了我的住所,扔了我的像?使我一时间无家可归,这都是你的罪过。现在你被贬到穷乡僻壤,也是我在向你报仇!"袁生谢罪说:"是道成毁了你的庙,为什么怪罪我?"赤水神说:"道成和尚福德正盛,我动不了他。现在你官运和气数都不行了,所以我能够报复你。"说完就不见了。袁生非常痛恨这件事,没几天,竟然病死了。出自《宣室志》。

冉 遂

冉遂者,齐人也,父邑宰。遂婚长山赵玉女。遂既丧父,又幼性不惠,略不知书,无以进达,因耕于长山。其妻赵氏,美姿质,性复轻荡。一日独游于林薮间,见一人衣锦衣,乘白马,侍从百余人,皆携剑戟过之。赵氏曰:"我若得此夫,死亦无恨。"锦衣人回顾笑之。左右问赵氏曰:"暂为夫可否?"赵氏应声曰:"君若暂为我夫,我亦怀君恩也。"锦衣遽下马,入林内。既别,谓赵氏曰:"当生一子,为明神,善保爱之。"赵氏果有孕,及期生一儿,发赤面青,遍身赤毛,仅长五寸,眼有光耀。遂甚怪之,曰:"此必妖也,可杀之。"赵氏曰:"此儿托体于君,又何妖?或是异人,何杀之耶?必杀反为害,若何?"遂惧而止,赵氏藏之密室。

及七岁,其儿忽长一丈。俄又自空有一大鸟飞下,儿走出,跃上鸟背飞去,其母朝夕哭之。经数月,儿自外来,擐金甲,佩剑弯弓,引兵士可千余人。至门直入,拜母曰:"我是游察使者子,幸托身于母。受生育之恩,未能一报,我今日后,时一来拜觐,待我微答母恩,即不来矣。"赵氏曰:"儿自为何神也?"儿曰:"母慎勿言,我已补东方擒恶将军。东方之地,不遵明祇,擅为恶者,我皆得以诛之。"赵氏取酒炙以饲之,乃谓儿:"我无多酒炙,不可以及将士。"儿笑曰:"母但以一杯酒洒空中,即兵士皆饮酒也。"母从之。见空中酒下如雨,兵士尽仰面而饮之。儿乃遽止曰:"少饮。"临别,谓母曰:"若有急,但焚香遥告,我当立至。"言讫,上马如风雨而去。

冉遂

冉遂,齐地人,父亲是县令。冉遂娶了长山赵玉的女儿。后来父亲死了,冉遂又生来愚笨,又没念什么书,没有升官发财的本领,便只好在长山耕种。妻子赵氏,天生丽质,但性情轻浮。一天她独自在林中游玩,看见一个穿锦衣的人,骑着白马,带着一百多名持兵器的侍从走过。赵氏说:"我要是能得到他做丈夫,死而无憾。"身穿锦衣的人回头看着她笑了笑。侍卫们问赵氏:"让他给你做个暂时的丈夫你愿意不?"赵氏应声道:"如果他暂时做我的丈夫,我也不忘他的恩德。"锦衣人立刻下马,和赵氏一齐钻进树林里。分别时,他对赵氏说:"你会生下一个儿子,这儿子是明神。你要好好爱护他。"后来赵氏果然怀了孕,到了产期生下一个儿子,红发青脸,遍身红毛,只有五寸长,眼睛熠熠闪光。冉遂非常惊讶,说:"这一定是个妖精,可以杀掉他。"赵氏说:"这孩子是你的,怎么能是妖精呢?也许是个非常之人,为什么要杀他?如果一定要杀反而会招来祸事。你看怎么办好?"冉遂怕招祸就没有杀,赵氏把婴儿藏在密室。

到了七岁,这孩子忽然长成一丈高。一会儿有一个大鸟从天上飞下来,那孩子跑出去,跳上鸟背就飞走了。赵氏天天痛哭。过了几个月,那孩子又从外面回来了,身披金甲,佩剑弯弓,带着大约一千多士兵,来到门前径直进入,向母亲跪拜说:"我是游察使者的儿子,有幸托生于母亲。受你生育之恩,没有报答你。从今以后,我会常来看望你,等我多少能报答一点母恩,就不再来了。"赵氏说:"儿子是什么神?"儿子说:"母亲可千万别对别人说,我现在已补任东方擒恶将军。东方之地,凡是不敬神明和擅自作恶的人,我都能杀掉。"赵氏备了酒肉让儿子吃,并对儿子说:"我没有那么多酒肉,不能供你的将士们吃了。"儿子笑着说:"母亲只要拿一杯酒洒在空中,将士们就都有酒喝了。"赵氏按他的话做了,果然看见空中像下雨似的落下了酒,将士们都仰着脸喝起来。儿子急忙制止说:"别喝多了。"临别时,儿子对母亲说:"如果有急事,只要焚香远远祷告,我立刻就会来。"说罢,骑上马像风雨一样离开了。

　　后一年，赵氏父亡，赵氏往葬之。其父家，每有鬼兵可千余，围其宅。有神扣门言曰："我要为祠宇，尔家翁见来投我，尔当速去，不然，皆杀之。"赵氏忽思儿留言，乃焚香以告。其夕，儿引兵士千余至，令一使诘之，神人茫然收兵为队，自缚于儿前。儿呵责，尽杀其众。谓母曰："此非神也，是强鬼耳。生为史朝义将，战亡之后无所归，自收战亡兵，引之来此，欲擅立祠宇耳。"母曰："适闻言，家翁已在我左右，尔试问之。"其儿令擒神人问之曰："尔所谋事，我尽知之，不须言也。但何以无故追赵玉耶？今在何处？"其人泣告曰："望将军哀念。生为一将，不能自立功，而死于阵前。死后欲求一神，又不能良图。今日有犯斧钺，若或将军不以此罪告上天，容在麾下，必效死节。"又问曰："赵玉何在？"神曰："寄在郑大夫冢内。"儿乃立命于冢内取赵玉至，赵玉寻苏。赵氏切劝儿恕神之罪，儿乃释缚，命于部内为小将。乃辞其母，泣而言曰："我在神道，不当频出迹于人间，不复来矣，母善自爱。"又如风雨而去，迄后绝然不至矣。出《奇事记》。

魏 耽

　　贞元中，吉州刺史魏耽，罢任居洛。有女子，年甫十六，颜色甚美丽。夏中，俱纳凉于庭。急仰视天裂，有长人于裂处下，直至耽前。衣紫佩金，黑而髯，曰："我姓朱，天遣与君为女婿。"耽不敢阻，请俟排比，再三乃许。约期

过了一年，赵氏的父亲赵玉死了，赵氏前去为父亲料理丧事。她父亲家里，每天夜里被一千多鬼兵包围。还有个神敲门说："我要把这里当作庙宇，你父亲现在到我那儿去了，你们也应该赶快离开，不然，把你们都杀掉。"赵氏忽然想起儿子留下的话，就焚香祷告。这天晚上，儿子带领一千多兵士到了，让一个使者上前质问那个神，神人立刻着急地收兵集合，自己把自己绑上跪在赵氏儿子面前。儿子把那神训斥了一顿，把他的兵全杀了。然后对母亲说："这不是神，是个很厉害倔强的鬼。他活着时是叛贼史朝义的将官，战死之后无处可归，才收集那些战死的士兵，把他们带到这里来，想擅自立个祠庙而已。"母亲说："听他刚才说，我的父亲在他左右，你试着问问他。"儿子又把那个神带来问道："你的阴谋我已经都知道了，你就不用说了，但你为什么无缘无故要害赵玉呢？现在人在哪里？"那神人哭着哀告说："求将军体念我的苦衷吧。我生前是个大将，没立什么大功，战死在阵中。死后想成为一个神，又不能正当谋求。今天我冒犯了将军，如果将军不把我的罪向上天报告，而把我留在你帐下，我一定拼死为你效力。"儿子又问他："赵玉在哪里？"那神说："关在郑大夫的坟墓里。"儿子立刻派他到郑大夫的坟中把赵玉带来，赵玉很快苏醒了。赵氏恳切地劝儿子饶恕神人的罪，儿子才给他松绑，让他在自己帐下当一名小将。然后就向赵氏告别，哭着说："我在神界，不应经常到人世来，今后我不能再来了，望母亲多多保重！"说罢又如风雨一般很快离去，以后再也没有来过。出自《奇事记》。

魏 耽

贞元年间，吉州刺史魏耽，卸任后住在洛阳。他有个女儿，年龄刚十六岁，容貌非常美丽。夏天，家人都在庭院里乘凉。忽然仰头看见天空裂了个大口子，有个长得很高的人从裂口处落到地下，径直落到魏耽跟前。此人穿着紫衣佩着金饰物，面色很黑，胡子很长，说："我姓朱，天帝派我来给你做女婿。"魏耽不敢拒绝，请求等等安排准备一下。再三请求那人才同意。约定期限

后月，乃腾空而去。耽与其妻，虽甚忧迫，亦具酒食而俟之。有圉人突入拜耽，耽曰："何不秣马而突入，太无礼也。"圉人曰："窃见使君有忧色，故请言其事。"耽曰："尔何要知之？"圉人固请，耽因告之。圉人曰："使君不足忧，小事耳。"言讫而出。佩金者及期而至，圉人复突入，佩金者见之，趋下再拜。圉人作色而叱之曰："天恕尔，罚汝在人间，奈何又复扰人如是？"对曰："死罪。"复拜。圉人辄升堂而坐，召佩金者坐，命酒。圉人于大沙锣，取饮数器，器可三斗余。饮讫，又取一铁杵，折而嚼之。乃以沙锣饮佩金者，佩金者甚有惧色，乃饮之。唯言死罪，更无他词。圉人曰："送天狱禁百日。"乃腾空而去。圉人曰："吾乃使君北斗本命星也，魏使君昼夜焚修，今乃报之。适无礼者，即贼星也，今已禁之，请去他虑。"言讫而去。出《闻奇录》。

卢　佩

贞元末，渭南县丞卢佩，性笃孝。其母先病腰脚，至是病甚，不能下床榻者累年，晓夜不堪痛楚。佩即弃官，奉母归长安，寓于长乐里之别第，将欲竭产而求国医王彦伯治之。彦伯声势重，造次不可一见，佩日往祈请焉。半年余，乃许一到。佩期某日平旦，是日亭午不来，佩候望于门，心摇目断。日既渐晚，佩益怅然。忽见一白衣妇人，姿容绝丽，乘一骏马，从一女僮，自曲之西，疾驰东过。有顷，复自东来，至佩处驻马，谓佩曰："观君颜色忧沮，又似有所候待来，

为下个月，那人才腾空而去。魏耽和妻子，虽然忧心忡忡，也准备了酒食等着他。这天，有个马夫突然进屋向魏耽跪拜。魏耽说："你不喂马，突然来这里做什么，太无礼了。"马夫说："我见大人面带愁容，所以想请您说说是为什么事。"魏耽说："你为什么要知道？"马夫坚持请求，魏耽就把实情告诉了他。马夫说："大人根本不用愁，小事一桩。"说完就出去了。佩金者如期而至，马夫又突然闯进来。佩金者见了马夫，快步走下跪拜。马夫脸上变色，大怒责骂道："上天宽恕了你，罚你到人间，为什么又这样骚扰他人？"佩金者回答说："我有罪，我该死。"又拜了拜。马夫就进屋坐下，招呼佩金者坐下，命令拿酒来，马夫用大沙锣取酒饮了好几下，器皿大概可盛酒三斗多。喝完，又取来一个铁棍子，折断吃了起来。然后又把沙锣递给佩金者让他喝酒，佩金者很害怕的样子，就喝了。只是不断说死罪，再也没有别的话。马夫说："送你到天牢里关押一百天！"佩金者腾空而去。马夫说："我就是你的北斗本命星，你平时日夜烧香自修，现在我来报答你。刚才那个无礼的家伙，是一颗贼星，现在已经把他关起来了，你就不用再犯愁了。"说完也离开了。出自《闻奇录》。

卢 佩

贞元末年，渭南县丞卢佩，非常孝顺。他的母亲先是腰和脚有毛病，到了现在病得越来越重，连续多年连床榻也下不来了，日日夜夜痛得难以忍受。卢佩就辞去官职，护送母亲回了长安，住在长乐里的别墅中，打算竭尽家产以求国医王彦伯给母亲治病。王彦伯当时声名权势非常大，轻易不能见一面，卢佩天天去求告。半年后，王彦伯才答应去给看一次。卢佩和王彦伯约好在某天清早见面，到了这一天中午还没来，卢佩在家门前翘首以待，焦急得望穿双眼。天色渐晚，卢佩越来越失落。忽然看见一个白衣妇人，容貌端庄秀丽，骑着一匹骏马，带着一个使女，从巷子西边跑来，快速向东驰去。不一会儿，又从东面奔回来，来到卢佩家门前停下马，对卢佩说："看您愁容满面，又好像是在等待什么人来，

请问之。"佩志于王彦伯,初不觉妇人之来,既被顾问再三,乃具以情告焉。妇人曰:"彦伯国医,无容至此。妾有薄技,不减王彦伯所能,请一见太夫人,必取平差。"佩惊喜,拜于马首曰:"诚得如此,请以身为仆隶相酬。"

佩即先入白母,母方呻吟酸楚之次,闻佩言,忽觉小瘳。遂引妇人至母前,妇人才举手候之,其母已能自动矣。于是一家欢跃,竞持所有金帛,以遗妇人。妇人曰:"此犹未也,当要进一服药,非止尽除痼疾,抑亦永享眉寿。"母曰:"老妇将死之骨,为天师再生,未知何阶上答全德。"妇人曰:"但不弃细微,许奉九郎巾栉,常得在太夫人左右则可,安敢论功乎?"母曰:"佩犹愿以身为天师奴,今反得为丈夫,有何不可?"妇人再拜称谢,遂于女僮手,取所持小妆奁中,取药一刀圭,以和进母。母入口,积年诸苦,释然顿平。

即具六礼,纳为妻。妇入朝夕供养,妻道严谨。然每十日,即请一归本家。佩欲以车舆送迎,即终固辞拒,唯乘旧马,从女僮,倏忽往来,略无踪迹。初且欲顺适其意,不能究寻,后既多时,颇以为异。一旦,伺其将出,佩即潜往窥之。见乘马出延兴门,马行空中。佩惊问行者,皆不见。佩又随至城东墓田中,巫者陈设酒殽,沥酒祭地,即见妇人下马,就接而饮之。其女僮随后收拾纸钱,载于马上,即变为铜钱。又见妇人以策画地,巫者随指其处曰:"此可以为穴。"事毕,即乘马而回。佩心甚恶之,归具告母,

我想问问您怎么回事。"卢佩一直在守望王彦伯，全神贯注，开始没有觉察到女子的到来，已经被问了好几次，他才把实情都告诉她。妇人说："王彦伯是国医，没有时间到这里。我也略通医术，不一定就比王彦伯技术差，请带我去见你们太夫人，一定能治好她的病。"卢佩又惊又喜，在马前叩拜说："如果真能如此，我愿给你当奴仆来报答。"

卢佩就先进家告诉母亲，母亲正在床上痛苦地呻吟，一听卢佩的话，忽然觉得好了点。卢佩领着那妇人到母亲床前，妇人刚一抬手准备医治，他母亲就能自己动了。于是全家欢呼雀跃，争相拿来所有的金钱丝帛，送给那妇人。妇人说："这还没完呢。还要吃一副药，不但能除去病根，还能延年益寿。"母亲说："我一个垂死的老人，被天师你起死回生，不知怎样才能报答你的恩德。"妇人说："如果您不嫌我卑微，允许我侍奉您儿子卢九郎的生活起居，能经常在太夫人身边就满足了，怎么敢论功呢？"母亲说："卢佩本来只求给天师做奴仆，现在反而要做丈夫，有什么不可以的呢？"妇人一再行礼感谢，从女仆手里拿的梳妆匣里，取了一小包药调和好给卢母喝。卢母送药入口，多年来的各种病痛，一扫而光。

于是家里备好了聘礼，娶了妇人为妻。婚后妇人严守妇道，侍奉婆母无微不至。只是每过十天，妇人就请求回一次娘家。卢佩每次想用车马接送，女子都坚决拒绝，只骑着原来那匹马，带着使女，很快去很快回来，没有一点踪迹。起初卢佩尚且顺着妇人的意愿，不去追究。后来时间长了，觉得有点奇怪。一天早上，等女子又要回娘家出门，卢佩就偷偷跟在后面看。见妇人骑马出了延兴门，马突然腾空而起。卢佩惊讶地问路上的人，谁都看不见。卢佩又跟到城东墓地里，一个巫师在地上陈设酒菜，洒酒祭祀，看见妇人下了马，就迎接过去让妇人喝酒。那个使女跟在后面收拾起地上的纸钱，装在马上，纸钱立刻变成了铜钱。又见妇人用马鞭在地上一画，巫师就指着那里说："这里可以做坟地。"事情结束，就乘马而去。看到这些后，卢佩心里对妇人十分厌恶，回来详细告诉了母亲。

母曰：“吾固知是妖异，为之奈何？”自是妇人绝不复归佩家，佩亦幸焉。

后数十日，佩因出南街中，忽逢妇人行李，佩呼曰：“夫人何久不归？”妇人不顾，促辔而去。明日，使女僮传语佩曰：“妾诚非匹敌，但以君有孝行相感，故为君治太夫人疾，得平和，君自请相约为夫妇。今既见疑，便当决矣。”佩问女僮：“娘子今安在？”女僮曰：“娘子前日已改嫁靖恭李谘议矣。”佩曰：“虽欲相弃，何其速欤？”女僮曰：“娘子是地祇，管京兆府三百里内人家丧葬所在。长须在京城中作生人妻，无自居也。”女僮又曰：“娘子终不失所，但嗟九郎福祐太薄，向使娘子长为妻，九郎一家，皆为地仙矣。”卢佩第九也。出《河东记》。

母亲说:"我早就知道她是妖怪,可是能有什么办法呢?"从此,妇人再也没有回卢佩家来,卢佩也暗自高兴。

　　几十天后,卢佩到南街中去,忽然遇见妇人带着行装。卢佩招呼她说:"夫人怎么这么久不回家?"女子不理睬,催马速行离开了。第二天,她让使女转告卢佩说:"我实在不配做你的妻室,只是由于为你的孝心所感动,所以才给你治太夫人的病。太夫人病好以后,是你自己请求我们结为夫妻。现在既然怀疑我了,就应当分手了。"卢佩问使女:"娘子现在什么地方?"使女说:"娘子前几天已经改嫁靖恭李谠议了。"卢佩说:"虽然打算和我分手,但这也太快了吧?"使女说:"娘子是冥府地神,主管京兆府三百里以内人家的丧葬墓地,必须长久在京城给阳世人做妻子,没有自己的家。"使女又说:"娘子永远不会没有去处,只可惜九郎福气太薄,假使娘子长久做你的妻子,九郎你们一家,就都成地仙了。"卢佩排行第九。出自《河东记》。

卷第三百七
神十七

沈 聿

贞元中,庶子沈华致仕永崇里。其子聿尉三原。素有别业,在邑之西,聿因官遂修葺焉。于庄之北,平原十余里,垣古埏以建牛坊。秩满,因归农焉。

一日昼寝堂之东轩。忽惊窹,见二黄衣吏谓聿曰:"府司召郎。"聿自谓官罢,无事诣府,拒之未行。二吏坚呼,聿不觉随出。经历亲爱洎家人,挥霍告语,曾无应者。二吏呵驱甚迫,遂北行可二十里。至一城署,人民稀少,道路芜荟,正衙之东街,南北二巨门对启。吏导入北门,止聿屏外。入云:"追沈聿到。"良久,厅上读状,付司责问。聿惶惧而逃,莫知所诣,遂突入南门。门内有厅,重施帘幕,聿危急,径入帘下。则见紫衣贵人,寝书案后,聿欣有所投,

沈 聿

　　贞元年间,庶子沈华辞官归于永崇里。他儿子沈聿在三原当县尉。沈家原有座庄园,在三原城西边,沈聿因为在那里做官就把庄园整修了一番。在庄园的北面,有十多里的平原,沈聿以古墓道做围墙建了养牛场。沈聿任期满了以后,就回到庄园务农了。

　　一天,他白天在东屋窗下睡觉。忽然惊醒,看见两个黄衣小吏对沈聿说:"府司召见你。"沈聿说自己已经不做官了,没有什么公事须去见府司,就拒绝不去。两个小吏坚持叫他去,沈聿也就不知不觉地跟着走了。遇见家里的亲人们,沈聿迅速与他们打招呼,但没有人回应。两个小吏催促得很急迫,便向北走了大概二十多里。来到一个城里。城中人很稀少,路上长满荒草。正衙的东街,南北两扇大门对开着。卒吏引导沈聿进了北面的衙门,让沈聿停在屏墙外面,进去报告说:"沈聿已经捉到。"过了很久,里面大厅上有人念状子,吩咐下属衙门责问。沈聿惊恐地逃跑,不知该向哪里去,就急速逃进了南门。门内有个大厅,有好几重帘子挡着。沈聿危急之下,径直躲进帘子下面,见有个穿紫衣的贵人,在书桌后面睡觉。沈聿为找到躲藏的地方而高兴,

又惧二吏之至，因声气撼动，紫衣遂寤。熟视聿曰：“子为何者？”聿即称官及姓名。紫衣曰：“吾与子亲且故，子其知乎？”聿惊惑未对。又曰：“子非张氏之弥甥乎？吾而祖舅也。子在人间，亦知张谓侍郎乎？”聿曰：“幼稚时则闻之。家有文集，尚能记念。”紫衣喜曰：“试为我言。”聿念：“樱桃解结垂檐子，杨柳能低入户枝。”紫衣大悦。二吏走至前庭曰：“秋局召沈聿。”因遥拜，呼紫衣曰“生曹”，礼谒甚恭。紫衣谓曰：“沈聿吾之外孙也，尔可致吾意于秋局，希缓其期。”二吏承命而出。俄返曰：“敬依教。”紫衣曰：“尔死矣，宜速归。”聿谢辞而出，吏伺聿于门，笑谓聿曰：“生曹之德，其可忘哉！”因引聿而南。聿大以酒食钱帛许之。忽若梦觉，日已夕矣。亦不以告人，即令致奠二吏于野外。聿亦无恙。

又五日，聿晚于庄门复见二吏曰：“冤诉不已，须得郎为证。”聿即询其事犯，二吏曰：“郎建牛坊，平夷十古冢，大被论理，候郎对辩。”聿谓曰：“此主役之家人银钥擅意也。”二吏相顾曰：“置郎召奴，或可矣。”因忽不见。其夜，银钥气蹶而卒。数日，忽复遇二吏，谓聿曰：“银钥称郎指教，屈辞甚切，郎宜自往。”聿又勤求，特希一为告于生曹，二吏许诺。有顷复至，曰：“生曹遣郎今夕潜遁，慎不得泄。藏伏三日，事则济矣。”言讫不见。聿乃密择捷马，乘夜独游。

又担心两个小吏追到这里，便喘气声音很大，紫衣人惊醒了。他仔细看了看沈聿说："你是什么人?"沈聿就报了官职和姓名。紫衣人说："我和你是亲戚，你知道吗?"沈聿十分惊讶，一时答不上话来。紫衣人说："你不是张氏的外甥的儿子吗? 我是你的舅爷爷。你在人间，也知道张谓张侍郎吧?"沈聿说："小时听说过您。我家有张谓的诗文集，我还能记得一些。"紫衣人高兴地说："那你能不能给我背几首呢?"沈聿背道："樱桃解结垂檐子，杨柳能低入户枝。"紫衣人大为高兴。这时那两个卒吏走到前面的庭院："秋局召见沈聿。"遥相迎拜，称呼紫衣人为"生曹"，行礼拜谒十分恭敬。紫衣人说："沈聿是我的外孙，你们可向秋局转达我的意思，请他们对沈聿缓期执行。"两个卒吏奉命出去了。不一会儿就回来说："秋局遵从您的吩咐。"紫衣人说："你来这里就是死了，现在放了你，赶快回家吧。"沈聿拜谢后退出来，那两个卒吏等在门外，笑着对沈聿说："生曹的恩情，难道是可以忘的吗!"说完就领他向南走。沈聿以酒食钱帛对他们大加许诺。这时沈聿就突然醒了过来，一看太阳已经落了。这件事他谁也没告诉，立刻派人带着酒饭纸钱到野外祭奠那两个卒吏，沈聿也没有灾祸。

到了第五天，沈聿晚上在庄园门外又看见那两个卒吏，对沈聿说："冤诉还没停止，你必须去对案作证。"沈聿就问自己到底犯了什么案，两个卒吏说："你家建牛场，平了十个古墓，你被人家告了，等你去对证。"沈聿说："平坟的事是我的管家银钥擅自干的。"两个卒吏互相看了看说："把他留下去抓管家，也许能行。"于是忽然不见了。这天夜里，银钥突然气绝死去。几天后，忽然又遇到两位吏卒，对沈聿说："银钥说平坟的事是你指使他干的，叫屈的言辞十分真切，你应该自己去一趟。"沈聿又再三请求，只希望他们把这情形告诉那个当生曹的舅爷爷，两个吏卒答应了。过了一会儿又回来了，说："生曹让你今晚悄悄逃出去躲一躲，这话千万不可泄露。你躲出去藏三天，事情就过去了。"说完就不见了。沈聿就偷偷选了快马，乘天黑独自逃出。

聿曾于同州法轮寺寓居习业,因往诣之。及至,遇所友之僧出,因投其房。留宿累日,惧贻严君之忧,则径归京,不敢以实启。庄夫至云:"前夜火发,北原之牛坊,已为煨烬矣。"聿终免焉。出《集异记》。

党国清

晋阳东南二十里,有台骀庙,在汾水旁。元和中,王锷镇河东时,有里民党国清者,善建屋。一夕,梦黑衣人至门,谓国清曰:"台骀神召汝。"随之而去。出都门,行二十里,至台骀神庙。庙门外有吏卒数十,被甲执兵,罗列左右,国清恐悸不敢进。使者曰:"子无惧。"已而入谒。见有兵士百余人,传导甚严,既再拜。台骀神召国清升阶曰:"吾庙宇隳漏,风日飘损,每天雨,即吾之衣裾几席沾湿。且尔为吾塞其罅隙,无使有风雨之苦。"国清曰:"谨受命。"于是拚涂登庙舍,尽补其漏。既毕,神召黑衣者,送国清还。出庙门,西北而去,未行十里,忽闻传呼之声,使者与国清俱匿于道左。俄见百余骑,自北而南,执兵设辟者数十。有一人具冠冕,紫衣金佩,御白马,仪壮魁伟,殿后者最众。使者曰:"磨笄山神也,以明日会食于李氏之门,今夕故先谒吾君于庙耳。"国清与使者俱入城门,忽觉目眦微惨,以手搔之,悸然而瘰。明日,往台骀庙中,见几上有屋坏泄雨之迹。视其屋,果有补葺之处。及归,行未六七里,闻道西村堡中有箫鼓声,因往谒焉。见设筵,有巫者呼舞,乃醮神也。国清讯之,曰:"此李氏之居也。李存古尝为衙将,

沈聿曾在同州的法轮寺寄居读书,便打算到那里去。到了法轮寺,遇到与他交好的一位和尚出门了,沈聿就住在他房里。住了几天,怕自己的父亲挂念,就径直赶回京城,这些事都没敢实说。后来庄园的仆人来报告说:"前天晚上突然失火,北原上的牛场,已化为灰烬了。"沈聿终于免除了这场灾难。出自《集异记》。

党国清

晋阳东南二十里,有座台骀神庙,在汾水边上。元和年间,王锷镇守河东时,有一个叫党国清的老百姓,善于盖房子。一天晚上,国清梦见一个黑衣人来到门前,对他说:"台骀神要召见你。"他就跟着黑衣人离开了。出了城门,走了二十里,来到台骀神庙。庙门外有吏卒几十个,穿铠甲持兵器,列在两旁,国清吓得不敢进去。使者说:"你别怕。"随后带他进庙拜见。只见庙内有兵士一百多人,传导的礼仪十分威严。国清赶快又下拜。台骀神召国清上殿,对他说:"我的庙宇漏了,风吹日晒,一到下雨天,我的衣服桌几就被淋湿。请你为我把房间漏缝的地方修补一下,使我免受风雨之苦。"国清说:"我一定照办。"于是就和好了泥登上庙舍,把漏的地方全都补上了。干完以后,神就让那黑衣人送国清回家。出了庙门,往西北方向走,没走十里地,忽然听见喝道声,使者和国清一起藏在道旁。一会儿只见一百多骑兵,由北向南来,其中有几十个拿着兵器开路的人,有一个人头戴官帽、身穿紫色官服、佩带金饰,骑着白马,形貌魁伟,殿后的人数最多。使者说:"这是磨笄山神,因为明天要去参加姓李的人家的宴会,今晚先来我们这里拜见台骀神。"国清和使者一起进了城门后,国清忽然觉得眼角有点痛,用手一揉,就惊醒过来了。第二天,他前往台骀庙中,看见案上有屋坏漏雨的水渍痕迹。看屋顶,果然有修补堵漏的痕迹。等回来时,走了不到六七里路,听见路西村堡里有箫鼓声,就跑去看。看见一家人在准备酒筵,巫师在那里呼叫舞蹈,原来是在祭神。国清向人打听,人们说:"这是李家住宅。李存古曾当过衙将,

往年范司徒罪其慢法，以有军功，故宥其死，摈于雁门郡。雁门有磨笄山神，存古常祷其庙，愿得生还，近者以赦获归。存古谓磨笄山神所祐，于是醮之。"果与国清梦同也。出《河东记》。

太原小吏

王锷镇太原，尝一日亭午之际，有小吏，见一神人，长丈余，介金仗剑，自衙门缓步而来。既而伫立久之，若有所伺。小吏见之惧甚，白于衙将靳坦、张和。偕视之，如小吏言。俄有暴风起，因忽不见。后月余而锷薨，时元和中也。出《宣室志》。

村人陈翁

云朔之间尝大旱，时暑亦甚，里人病热者以千数。有甿陈翁者，因独行田间，忽逢一人，仪状甚异，擐金甲，左右佩弧矢，执长剑，御良马，朱缨金佩，光采华焕，鞭马疾驰。适遇陈翁，因驻马而语曰："汝非里中人乎？"翁曰："某农人，家于此已有年矣。"神人曰："我天使，上帝以汝里中人俱病热，岂独骄阳之所为乎？且有厉鬼在君邑中，故邑人多病，上命我逐之。"已而不见。陈翁即以其事白于里人。自是云朔之间，病热皆愈。出《宣室记》。

乐坤

乐坤，旧名冲，累举不第。元和十二年，乃罢举东归，至华阴，夜祷岳庙，以卜进退之计。中夜，忽梦一青绶人，

从前范司徒因他怠慢法规要判他的罪,因为他曾有军功,所以免去死罪,把他流放到偏远的雁门郡。雁门有磨笄山神庙,李存古常常到庙里去上供祷告,祈求得够活着回到故乡,最近被赦免放回来了。李存古认为这是磨笄山神保佑的结果,所以才摆设祭坛祭神。"果然和国清做的梦完全符合。出自《河东记》。

太原小吏

王锷镇守太原时,曾经在一天中午之际,他手下一个小吏看见一个神人,有一丈多高,穿着金甲执着宝剑,从衙门慢慢走来。然后站立了很长时间,好像在等什么人。小吏看见他十分害怕,跑去告诉衙将靳坦、张和。两个人一同来看,果然和小吏说的一样。不一会儿突然狂风大作,那大神也忽然消失了。过了一个多月,王锷就去世了。这是元和年间的事。出自《宣室志》。

村人陈翁

云朔一带曾经大旱,当时天气十分炎热,乡里得了热病的人数以千计。有位种地的老人姓陈,一个人在田里耕作。忽然遇见一个人,形貌很特别,披着金铠甲,左右带着弓箭,手执长剑,骑着高头大马,盔上戴着红缨,衣上佩着金饰,光彩四射,正骑马飞奔。正好遇到陈翁,便停下马来说道:"你不是这个村的人吗?"陈翁说:"我是种田人,在这里已住多年了。"神人说:"我是上天派来的使者。天帝认为你们村里人都得了热病,并不是太阳太毒,而是你们村里有恶鬼作怪,所以村里人大多病了。上帝命令我来撵鬼。"说完就不见了。陈翁把这事告诉了村里人。从此云朔一带,得热病的人都好了。出自《宣室记》。

乐　坤

乐坤,原名叫乐冲,多次参加科举考试都没考中。元和十二年,落第后东归,走到华阴县,夜里到华岳神庙进香祈祷,并卜算自己今后该怎么办。半夜,忽然梦见一个佩带着青色绶带的人,

检簿书来报云:"来年有乐坤名已到,冥簿不见乐坤也。"冲遂改为坤。来年如其说。春闱后,经岳祈谢,又祝官位所至。梦中称官历四资,郡守而已,乃终于郢州。出《云溪友议》。

永清县庙

房州永清县,去郡东百二十里,山邑残毁,城郭萧条。穆宗时,有县令至任逾年,其弟宁省,乍睹牢落,不胜其忧。暇日,周览四隅,无非榛棘,见荒庙岿然,土偶罗列,无门榜牌记,莫知谁氏。访之邑吏,但云永清大王而已。令弟徙倚久之,昏然成寐,与神相接。神曰:"我名迹不显久矣。郁然欲自述其由,恐为妖怪。今吾子致问,得伸积年之愤。我毗陵人也,大父子隐,《吴书》有传。诛南山之虎,斩长桥之蛟,与民除害,阴功昭著。余素有壮志,以功佐时。余名廓,为上帝所命,于金商均房四郡之间,捕鸷兽。余数年之内,剿戮猛虎,不可胜数,生聚顿安。虎之首帅在西城郡,其形伟博,便捷异常,身如白锦,额有圆光如镜,害人最多,余亦诛之。居人怀恩,为余立庙。自襄汉之北,蓝关之南,凡三十余处,皆余憩息之所也。岁祀绵远,俗传多误,以余为白虎神。幸君子访问,愿为显示,以正其非。"他日,令弟言于襄阳从事,乃书版置于庙中。尘侵雨渍,文字将灭,大中壬申岁,襄州观察判官王澄,刻石于庙。出《集异记》。

翻检簿书来报告说："明年有乐坤这个名已中举,但是阴司的簿册上没有乐坤这个名字。"乐冲于是改名叫乐坤。第二年正如梦中人说的一样。春天的京试结束后,乐坤经过岳庙,又进去祷告拜谢,并向神求问今后官位能到哪里。夜里梦见神对他说能做四任官,最高能做到郡守。果然,乐坤就终于郢州郡守。出自《云溪友议》。

永清县庙

　　房州永清县,离郡城以东一百二十里,山村残破,城郭萧条。穆宗时期,有个县令到永清县上任一年后,他的弟弟来看他,乍一看永清的破败景象,心里很忧虑。闲暇时,县令的弟弟周游四境,无非是荆棘丛生而已,只见一个荒庙岿然而立,里面排列着些土偶神像,庙门上没有匾额标识,不知庙主是谁。向地方上的小吏打听,只说是永清大王而已。县令的弟弟倚在庙门上好久,竟昏昏睡去,与神相遇。神说："我的名字和事迹已经默默无闻很久了。很郁闷想倾诉一下我的处境,又怕人们把我当成妖怪。今天你问起我,使我得以发泄多年的忧愤。我是毗陵人,祖父是子隐,《吴书》上有他的传记。他曾杀过南山猛虎,斩过长桥蛟龙,为民除害,阴功很昭著。我向来有壮志,想立功业济世。我叫廓,受天帝的指派,在金、商、均、房四郡之间,捕杀恶禽猛兽。我几年之内,杀掉的猛虎不计其数,人民才得以安居乐业。虎群的首帅在西城郡,形体庞大,敏捷异常,身上的毛像白色锦缎,额头有像镜子般的圆光,这个虎害人最多,我也把它杀掉了。当地百姓感怀我的恩德,为我建了庙。从襄汉以北到蓝关以南,一共三十多个祠庙,都是我休息的地方。年代久远,民间传说多有错误,误把我当做白虎神。幸亏你来探访我,希望能让我的庙门显示名字,以纠正传说之误。"后来有一天,县令的弟弟把此事告诉了襄阳从事,就写了块木版放在庙里。后来天长日久雨打风吹,文字快看不见了,大中壬申年,襄州观察判官王澄,刻了石碑放在庙里。出自《集异记》。

崔　泽

王锷镇太原,有清河崔泽者,长庆中刺坊州。常避暑于庭,时风月清朗。忽见一丈夫身甚长,峨冠广袖,自堂之前轩而降,立于阶所,厉声而呼,凡三呼而止。崔氏一家皆见,泽惧而且恶,命家僮逼之,已亡见矣。是夕,泽被疾。至明日,发使献书,愿解官归老,相府不许。后月余,卒于郡。出《宣室志》。

韩　愈

吏部侍郎韩愈,长庆四年夏,以疾不治务。至秋九月免,疾益甚。冬十一月,于靖安里昼卧,见一神人,长丈余,被甲仗剑,佩弧矢,仪状甚峻,至寝室,立于榻前,久而谓愈曰:"帝命与卿计事。"愈遽起,整冠而坐曰:"臣不幸有疾,敢以踞见王。"神人曰:"威粹骨菆国,世与韩氏为仇,今欲讨之而力不足。卿以为何如?"对曰:"臣愿从大王讨之。"神人颔而去。于是书其词,置于座侧,数日不能解。至十二月而卒。出《宣室志》。

李逢吉

故相李逢吉,尝为司空范希朝从事于单于府。时金城寺有老僧无为者,年七十余。尝一日独处禅斋,负壁而坐,瞬目数息。忽有一介甲持殳者,由寺而至。食顷,闻报李从事来。自是逢吉将游金城寺,无为辄见向者神人先至,率以为常。衙将简郢,与无为弟子法真善,常为郢语之。出《宣室志》。

崔泽

王锷镇守太原时,有个清河人崔泽,长庆年间在坊州当刺史。有一次,崔泽在院里避暑乘凉,当时月朗风清。忽然看见一个男子身材高大,戴着高帽子穿着宽袖衣服,从堂屋的前轩降落,站在台阶上,厉声呼叫,一共大叫了三声才停止。崔泽全家都看见了,崔泽又怕又讨厌,命令家仆威胁那人,这时那人已经不见了。这天夜里,崔泽病了。到了第二天,崔泽就派人送信,请求辞官还乡,相府不同意。一个多月后,崔泽就死在郡里了。出自《宣室志》。

韩愈

吏部侍郎韩愈,在长庆四年夏天,因为患病不能处理公务。到秋天九月被免官,病更重了。冬季十一月的一天,韩愈在靖安里的家中白天躺卧着,看见一个神人,个子有一丈多高,身披盔甲手持宝剑,佩带着弓箭,仪态状貌十分威严,进入室内,站在床榻前,很久才对韩愈说:"天帝命我和你商量一件事。"韩愈赶快起来,整好衣冠坐着说:"我不幸得病,只能叉脚坐着见大王。"神人说:"有一个威粹骨菌国,世代和韩氏为敌,现在想讨伐它但力量不足。你认为怎么办?"韩愈回答说:"臣愿意跟随大王去讨伐。"神人点点头离开了。韩愈于是把神人说的话写下来,放在座位旁边,好几天也弄不懂是什么意思。到十二月,韩愈就死了。出自《宣室志》。

李逢吉

原相国李逢吉,曾在单于府做司空范希朝的从事。当时金城寺有个叫无为的老和尚,七十多岁了。曾有一天他一个人在禅房里,背靠着墙打坐,瞬目数息。忽然有一个穿甲胄持长枪的人,从寺里走来。过了一顿饭工夫,听到有人报告说李从事来了。从此每当李逢吉要游金城寺,无为和尚总是看见之前那个神人先到,渐渐习以为常了。李逢吉有个衙将叫简郢,和无为的弟子法真关系好,法真曾对简郢说了这件事。出自《宣室志》。

樊宗训

硖石县西有圣女神祠,县令韦谋,与前县令樊宗训游焉。宗训性疏复,不以神鬼为意,以鞭划其墙壁,抉剔其衣袪,言笑慢亵。归数日,邑中有狂僧,忽突入县门大呼曰:"县令当持法,奈何放纵恶人,遣凌轹恣横?"谋遣人逐出,亦不察其意也。旬余,谋小女病,召巫者视之曰:"圣女传语长官,土地神灵,尽望长官庇护,岂有教人侵夺?前者遣阿师白于长官,又不见喻。"韦君曰:"恶人是谁?即与捕捉。"曰:"前县令樊宗训,又已发,无可奈何。以后幸长官留意,勿令如此。小娘子疾苦即应愈。"韦君谢之,令人焚香洒扫,邑中皆加敬畏,其女数日即愈。出《述异记》。

裴 度

裴度少时,有术士云:"命属北斗廉贞星神,宜每存敬,祭以果酒。"度从之,奉事甚谨。及为相,机务繁冗,乃致遗忘。心恒不足,然未尝言之于人,诸子亦不知。京师有道者来谒,留之与语。曰:"公昔年尊奉天神,何故中道而止?崇护不已,亦有感于相公。"度笑而已。后为太原节度,家人病,迎女巫视之。弹胡琴,颠倒良久,蹶然而起曰:"请裴相公,廉贞将军遣传语:'大无情,都不相知耶?'将军甚怒,相公何不谢之。"度甚惊。巫曰:"当择良日洁斋,于净院焚香,具酒果,廉贞将军亦欲见形于相公。"其日,

樊宗训

硖石县城西有座圣女神祠。县令韦谋,与前县令樊宗训到圣女祠游玩。樊宗训为人粗疏轻浮,不把鬼神当回事。进圣女祠后,他用马鞭划坏墙壁,挑起神像的衣袖,言笑中充满亵渎轻慢。他们回来几天后,街上有一个疯和尚,忽然闯进县衙大门大声叫道:"县令应该秉持法令,为什么放纵坏人,送走欺凌专横的人?"韦谋让手下人把他赶了出去,也不明白他说的是什么意思。十多天后,韦谋的小女儿病了,请巫师为女儿看病,巫师说:"圣女神给长官传话,土地神灵,都指望长官的保护,哪里有让人侵害的道理? 前些天圣女神曾派阿师向长官告状,你没有明白。"韦谋说:"坏人是谁呢? 我立即去抓他。"巫师说:"就是前县令樊宗训,他已经走了,没有办法了。以后希望长官留意,不要再出这样的事。你家小女儿的病就应该会好了。"韦谋向巫师表示感谢,命人到庙里焚香清扫,城中老百姓都更加敬畏圣女神。他女儿的病过了几天就好了。出自《述异记》。

裴　度

裴度年少时,有个术士说:"你的命数属北斗廉贞星神,应该时常心存敬畏,备好果酒供奉祭祀。"裴度听从了他的话,很认真地供奉星神。到后来拜了相,公务繁忙,裴度就渐渐忘了。裴度心里觉得若有所失,不过这想法他没跟人讲过,他的儿子也不知道。有一次京城有个道士拜见,裴度留他谈话。道士说:"您过去尊奉天神,为什么中途停止了呢? 虽然神对你守护不止,也对你有些想法了。"裴度笑笑罢了。后来裴度任太原节度使时,家里人生病,请来女巫看治。女巫弹着胡琴,颠倒了好半天,突然跳起来说:"有请裴相公,廉贞将军传话说:'你太不讲情义,都把他忘了吧?'将军很生气,相公为什么不请罪呢?"裴度很吃惊。女巫说:"应该选个好日子净身斋戒,在干净的院子焚香,摆上酒果,廉贞将军也想现形和你相见的。"这天,

度沐浴,具公服,立于阶下,东向奠酒再拜。见一人金甲持戈,长三丈余,北向而立。裴公汗洽,俯伏不敢动,少顷即不见。问左右,皆云无之。度尊奉不敢怠忽也。出《逸史》。

张仲殷

户部郎中张滂之子,曰仲殷,于南山内读书,遂结时流子弟三四人。仲殷性亦聪利,但不攻文学,好习弓马。时与同侣挟弹,游步林薮。去所止数里,见一老人持弓,逐一鹿绕林,一矢中之,洞胸而倒。仲殷惊赏。老人曰:"君能此乎?"仲殷曰:"固所好也。"老人曰:"获此一鹿,吾无所用,奉赠君,以充一饭之费。"仲殷等敬谢之。老人曰:"明日能来看射否?"明日至,亦见老人逐鹿。复射之,与前无异,复又与仲殷,仲殷益异之。如是三度,仲殷乃拜乞射法。老人曰:"观子似可教也。明日复期于此,不用令他人知也。"

仲殷乃明日复至其所。老人还至,遂引仲殷西行四五里,入一谷口。路渐低下,如入洞中,草树有异人间,仲殷弥敬之。约行三十余里,至一大庄,如卿相之别业焉。止仲殷于中门外厅中,老人整服而入,有修谒之状。出曰:"姨知君来此,明日往相见。"仲殷敬诺而宿于厅。至明日,敕奴仆与仲殷备汤沐,更易新衣。老人具馔于中堂,延仲殷入拜母。仲殷拜堂下,母不为起,亦无辞让。老人又延升堂就坐,视其状貌,不多类人,或似过老变易,又如猿貜之状。其所食品物甚多,仲殷食次,亦不见其母动匕箸,

裴度沐浴净身，穿上官服，站在阶下，面向东方洒酒祭拜。只见一个人穿金甲持长戈，三丈多高，面朝北站着。裴度吓得出了一身汗，跪伏在地上不敢动。不一会儿，那大神就不见了。裴度问左右的人，都说没有看到。从此后他就更加尊奉大神，再也不敢有丝毫怠慢。出自《逸史》。

张仲殷

户部郎中张滂的儿子，叫仲殷，在南山内读书时，就结交了三四个当时的名流子弟。仲殷本性也聪明机灵，但不爱读书，喜欢骑马射箭。当时和同伴们带着弹弓，到树林里去游玩。在离他们住处几里远的地方，遇见一个老人拿着弓箭，正绕着林子追赶一只鹿。老人一箭就把鹿射中，鹿的胸被箭穿透倒在地上。仲殷惊叹赞赏。老人说："你能达到这个程度吗？"仲殷说："我倒是希望射得这么好。"老人说："我得了这个鹿，也没什么用，送给你，充当一顿饭吧。"仲殷等十分感谢。老人说："明天你们能来看我射箭吗？"第二天他们到了，又看见老人在追一头鹿。又是一箭射中，和之前一样，射中后又把鹿送给了仲殷，仲殷更加惊异佩服。像这样反复了三次，仲殷就拜求老人教给他箭法。老人说："我看你好像可以教导。明天你再到这儿来，别告诉别人。"

仲殷第二天又来到这个地方，老人也来了，就领着仲殷往西走了四五里，走进一个山谷口。路渐渐低下去，好像走进一个洞里，里面的树木花草也和人间不一样，仲殷更加敬服老人。大约走了三十多里地，来到一个大庄园，像王公大臣的别墅。老人让仲殷在中门外厅等着，自己整好衣冠走进去，好像要对谁行大礼参见。出来后说："姨知道你来这里了，明天再去见她。"仲殷恭敬允诺，并住在前厅。到了第二天，老人让仆人准备了热水给仲殷洗浴，换上新衣。老人在中堂摆好酒席，请仲殷参拜母亲。仲殷赶忙跪拜，老太太没起身，也没有辞让。老人又请仲殷升堂就座，仲殷看这位老太太的相貌，不太像人，或者好像是太老以后变了形，又像猿猴的形状。桌上的食物品种丰富，仲殷吃完了，也不见老太太动勺子和筷子。

倏忽而毕。久视之,敛坐如故,既而食物皆尽。老人复引仲殷出,于厅前树下,施床而坐。老人即命弓矢,仰首指一树枝曰:"十箭取此一尺。"遂发矢十只,射落碎枝十段,接成一尺,谓仲殷曰:"此定如何?"仲殷拜于床下曰:"敬服。"又命墙头上立十针焉,去三十步,举其第一也。乃按次射之,发无不中者也。遂教仲殷屈伸距跗之势。但约臂腕骨,臂腕骨相拄,而弓已满。故无强弱,皆不费力也。

数日,仲殷已得其妙。老人抚之,谓仲殷曰:"止于此矣。勉驰此名,左右各教取五千人,以救乱世也。"遂却引归至故处。而仲殷艺日新,果有善射之名。受其教者,虽童子妇人,即可与谈武矣。后父卒除服,偶游于东平军,乃教得数千人而卒。其老人盖山神也。善射者必趏度通臂,故母类于猿焉。出《原化记》。

凌 华

杭州富阳狱吏曰凌华,骨状不凡。常遇施翁相曰:"能舍吏,当为上将军。"华为吏酷暴,每有缧绁者,必扼喉撞心,以取贿赂。元和初,病一夕而死。将死,见黄衫吏赍诏而前,宣云:"牒奉处分,以华昔日曾宰剧县,甚著能绩。后有缺行,败其成功。谪官圜扉,伺其修省。既迷所履,

但是转眼间桌上的酒菜全都没有了。仲殷仔细看老太太,她还像原来那样端坐着,接着食物都吃完了。老人又领着仲殷出去走到院里,在厅前的树下,放了一张床榻坐下。接着老人令人拿来弓箭,抬头指着一根树枝说,"我发十箭射下一尺树枝来。"说着就连发十箭,射下来十段碎枝,拼接起来正好一尺。老人对仲殷说:"这个技术怎么样?"仲殷跪拜在床榻前说:"佩服之极!"老人又命人在墙头上扎上十根针,距离三十步外,距离第一根起,挨着顺序射箭,根根全都射中。老人接着教仲殷各种射箭时屈伸距跗的姿势,指点仲殷臂在拉弓时要尽力向内弯,臂腕骨互相支撑,也能把弓拉满。到了这个程度,那就不论拉强弓还是弱弓,都会毫不费力了。

过了几天,仲殷就已经掌握了射箭的诀窍。老人抚摸着他,对仲殷说:"只教这些就够你用了。努力传扬扬你的名声,可以在亲信中再教五六千个善射的人,以平定乱世。"然后老人就把仲殷领到原来的山口。仲殷的箭法技艺越来越精,果然得了善射的美名。经过他指点的,即使是妇女儿童,都可与他谈论武艺兵法。后来仲殷的父亲死了,他料理完丧事,偶然到东平军游历,于是教了好几千将士后去世。原来那位老人就是山神。善于射箭的人都必然双臂特别健壮,所以老人的母亲就像猿猴了。出自《原化记》。

凌　华

杭州富阳典狱官名叫凌华,骨相很不一般。曾经遇到一个姓施的老翁给他相面后说:"如果你能舍弃这个小典狱官,将来能做上将军。"凌华为典狱官非常残暴。每每有新送来的犯人,一定要插人喉咙撞人家心口,以索取犯人对他的贿赂。元和初年,凌华病了一夜就死了。要死时,看见一个穿黄衣的小吏,带着诏书来到床前宣读说:"现在奉命进行处理,因为凌华过去曾在剧县为官,有不少功劳。可是后来有不少罪错,使你没能成大事。你现在被贬官,闭门思过,进行反省。既然你鬼迷心窍,

太乖乃心。玉枕嶷然，委于庸贱。念兹贵骨，须有所归。今镇海军讨逆诸臣，合为上将。骨未圆实，难壮威棱。宜易之以得人，免块然而妄处。付司追凌华，凿玉枕骨送上。仍令所司，量事优恤。"于是黄衫吏引入。有绿冠裳者隔帘语曰："今日之来，德之不修也。见小吏而失禄，窃为吾子惜焉。"命左右取钳槌。俄顷，有缁衣豹袖执斤斧者三人。绿裳赐华酒五杯，昏然而醉。唯闻琢其脑，声绝而华醉醒。复止华于西阶以听命。移时，有宣言曰："亡贵之人，理宜裨补。量延半纪，仍赏十千。"宣讫，绿裳延华升阶语曰："吾汉朝隐屠钓之人也。盖求全身，微规小利。既殁之后，责受此官。位卑职猥，殊不快志。足下莫叹失其贵骨，此事稍大，非独一人。"命酒与华对酌别。饮数杯，冥然无所知。既醒，宛然在废床之上。扪其脑而骨已亡，其侪流赙助，凡十千焉。后十五年而卒。出《集异记》。

辜负上天之心。玉枕骨端庄卓异，却为庸贱之人所有。考虑到你高贵的骨相，应该有所归属。现在镇海将军是讨伐逆贼的有功之臣，应该晋升为上将。然而他的骨相不够圆实，作为上将军很不威壮。所以应该把你高贵的骨头换给他们，以免贵骨还附在你卑劣的肉体中。现在派人追拿凌华，把他的玉枕骨凿下来上交。并命令办这事的官员，对凌华给予适当的体恤照顾。"于是黄衣小吏领着凌华进来。只听得有个穿戴着绿衣帽的人隔着帘子说："你今天到这里来受处理，是因为你不修品德。为了一个小官而失去上将军的前程，真私下为你感到可惜啊！"然后叫左右快取来钳子木槌。不一会儿，有三个穿黑衣挽着豹皮袖口拿着刀斧的人进来。绿衣人赐给凌华五杯酒，凌华喝下去立刻就醉得不省人事。只听到有斧子在凿自己的脑袋，凿声停下后凌华也酒醒过来了。又让他站在西阶下听候吩咐。过了一段时间，又宣布说："已失去了富贵的人，应该有所照顾补偿。考量增加十五年寿命，并发给十千钱。"宣布完后，那绿衣人请凌华上台阶对他说："我是汉朝想做官而故意隐居在民间的人，以求保全自身，追求微薄的名利。我死之后，罚我当这个官。官位卑小职责琐细，特别不得志。你不要叹息失去了贵人的骨相，这事虽然有点大，但受这样处置的不只你一个人啊。"说罢叫人拿酒来，与凌华对饮告别。凌华喝了几杯，就昏沉沉不省人事。等醒来时，发现自己躺在一张破旧的床上。摸摸自己的脑袋，脑后骨隆起的部分已经没有了。他的朋友们为给他办丧事资助的钱，加在一起正好是十千。凌华又活了十五年后才死。出自《集异记》。

卷第三百八
神十八

李　回

　　唐故相李回，少时常久疾。兄铧，召巫觋，于庭中设酒食，以乐神。方面壁而卧，忽闻庭中喧然。回视，见堂下有数十人，或衣黄衣绿，竞接酒食而啖之。良久将散，巫欲彻其席，忽有一人自空而下，左右两翅。诸鬼皆辟易而退，且曰："陆大夫神至矣。"巫者亦惊曰："陆大夫神来。"即命致酒食于庭。其首俯于筵上，食之且尽，乃就饮其酒。俄顷，其貌颓然，若有醉色。遂飞去，群鬼亦随而失。后数日，回疾愈。出《宣室志》。

李　序

　　元和四年，寿州霍丘县有李六郎，自称神人御史大夫李序。与人言，不见其形。有王筠者，为之役。至霍丘月余，赁宅住，更无余物，惟几案绳床而已。有人请事者，皆投状。王筠铺于案侧，文字温润，须臾满纸。能书，

李　回

　　唐代原来的宰相李回，年少时曾得病很久不好。哥哥李辖，为李回请来了巫师，在院中摆上酒食，以使神高兴。李回正面壁躺着，忽然听见院中人声嘈杂。回头一看，见堂下有好几十个鬼，有的穿黄衣有的穿绿衣，争抢着靠近酒食吃喝。过了好久快散去时，巫师想去撤掉桌子，忽然有一个人从空中飞下来，左右长着两只翅膀。那些鬼怪都吓得四下退避，并且说："陆大夫神来了！"巫师也惊呼："陆大夫神到了！"就命令赶快在院中重新摆上酒菜。那神就低头屈身伏在酒席上，将食物几乎吃光了，又喝了酒。不一会儿，好像喝得满脸通红，好像有点醉了。才飞走了，那群鬼也随着都消失了。过了几天，李回的病就好了。出自《宣室志》。

李　序

　　元和四年，寿州霍丘县有个李六郎，自称神人御史大夫李序。他和人说话时，人们看不见他的形体。有个叫王筠的，是他的仆人。李序主仆到霍丘县一个多月了，租了一间房子住，没多余的东西，只有桌案和绳床罢了。有人来请求事情，都要先投递状子。王筠把纸铺在桌上，文字温润，一会儿就写满字。李序善于书法，

字体分明，休咎皆应。时河南长孙郢为镇遏使，初不之信，及见实，时与来往。先是官宅后院空宽，夜后或枭鸣狐叫，小大为畏。乃命李六郎与疏理，遂云诺。每行，似风雨霎霎之声，须臾闻答捶之声。遣之云："更不得来。"自是后院遂安。时御史大夫李湘为州牧，侍御史张宗本为副史。岁余，宗本行县。先知有李序之异而不信，乃长孙郢召之，须臾而至。宗本求一札，欲以呈于牧守，取纸笔而请。序曰："接对诸公，便书可乎？"张曰："可也。"初，案上三管笔，俄而忽失一管，旋见文字满纸。后云："御史大夫李序顿首。"宗本心服，归而告湘，湘乃令使邀之。遂往来数日，云："是五狱之神之弟也。第七舍弟在蕲州，某于阴道管此郡。"亦饮酒，语声如女人，言词切要，宛畅笑咏。常作笑巫诗曰："魑魅何曾见，头旋即下神。图他衫子段，诈道大王嗔。"如此极多，亦不全记。后云："暂往蕲州看舍弟。"到蕲乃七月中，仍令王筠送新粳米二斗，札一封，与长孙。邻近数州人，皆请休咎于李序。其批判处犹存。出《博异志》。

蔡荣

中牟县三异乡木工蔡荣者，自幼信神祇。每食必分置于地，潜祝土地，至长未常暂忘也。元和二年春，卧疾六七日。方暮，有武吏走来，谓母曰："蔡荣衣服器用，速藏之，勿使人见，乃速为妇人服饰。有来问者，必绐之曰：'出矣。'求其处，则亦意对，勿令知所在也。"言讫走去。

字体分明，吉凶事都能应验。当时河南人长孙郢做镇遏使，起初不相信这件事，等看见是真的，就常和李序来往了。起初长孙郢的府第后院很空旷，半夜后有时有枭鸟狐狸号叫，一家大小都很害怕。长孙郢就请李六郎来整治，李六郎答应了。他每次行走时，像风雨飒飒之声，片刻就听见拷打捶敲声，听见李序大声斥责道："都不许再来！"从此长孙郢的后院就安宁了。当时御史大夫李湘做寿州州牧，侍御史张宗本为副史。年末时，张宗本到各县巡视。先是听说了李序的奇异之处但不相信。长孙郢就把李序召了来，李序片刻就到了。张宗本就请李序写封书信，想呈给州牧。取来纸笔请他写，李序问："接待应对诸公，用便信可以吗？"张宗本说："可以。"起初，桌上有三管笔，一会儿就少了一管，接着就见纸上写满了字。后面还写着："御史大夫李序顿首。"张宗本从心里信服了，他回去告诉李湘，李湘就派人把李序请来。两个人交往了好几天，李序说："我是五狱神的弟弟，我的七弟在蕲州。我在冥间管理本郡。"李序也喝酒，说话的声音像女人，言词切中要害，谈笑风生。他曾做了一首嘲笑巫师的诗说："魍魉何曾见，头旋即下神。图他衫子段，诈道大王嗔。"像这样的诗特别多，也没有全都记下来。后来，李序说："他要暂时到蕲州去看弟弟。"他到蕲州是七月中旬，到后让王筠给长孙郢送去新粳米二斗和一封书信。邻近几州的人，都请李序预卜吉凶。他批写判词的地方现在还留存着。出自《博异志》。

蔡荣

中牟县三异乡，有个叫蔡荣的木匠，从小就信神。每次吃饭总往地下放些饭食，暗暗祭祀土地神，到长大也未曾忘记过。元和二年春天，蔡荣卧床病了六七天。有天傍晚，有个武官跑到家里，对蔡荣的母亲说："蔡荣的衣服用具快收起来，别让人看见，赶快给蔡荣穿上女人的服饰。有人来问，一定骗他说：'蔡荣出去了。'问到哪里去了，你说个大概就行，别说出准地方。"说完就跑开了。

妻母从其言。才毕，有将军乘马，从十余人，执弓矢，直入堂中，呼蔡荣。其母惊惶曰："不在。"曰："何往？"对曰："荣醉归，怠于其业，老妇怒而笞之，荣或潜去，不知何在也，十余日矣。"将军遣吏入搜，搜者出曰："房中无丈夫，亦无器物。"将军连呼地界，教藏者出曰："诺。"责曰："蔡荣出行，岂不知处。"对曰："怒而私出，不告所由。"将军曰："王后殿倾，须此巧匠，期限向尽，何人堪替？"对曰："梁城乡叶幹者，巧于蔡荣。计其年限，正当追役。"将军者走马而去。有顷，教藏者复来曰："某地界所由也，以蔡荣每食必相召，故报恩耳。"遂去。母视荣，即汗洽矣。自此疾愈。俄闻梁城乡叶幹者暴卒。幹妻乃荣母之犹子也。审其死者，正当荣服雌服之时。有李复者，从母夫杨曙，为中弇团户于三异乡，遍闻其事。就召荣母问之，回以相告。其泛祭之见德者，岂其然乎？出《续玄怪录》。

刘元迥

刘元迥者，狡妄人也。自言能炼水银作黄金，又巧以鬼道惑众，众多迷之，以是致富。李师古镇平卢，招延四方之士，一艺者至，则厚给之。元迥遂以此术干师古，师古异之，面试其能，或十铢五铢，皆立成焉。盖先以金屑置于汞中也。师古曰："此诚至宝，宜何用？"元迥贵成其奸，

蔡荣的妻子和母亲听从了武官的话。他们刚给蔡荣穿好衣服，就来了个骑马的将军，带着十多个随从，手拿弓箭，径直闯进屋里，呼喊蔡荣的名字。蔡母惊慌地说："不在家。"将军问："到哪儿去了？"母亲说："蔡荣喝醉了酒回来，不好好干活，我生气用鞭子抽了他一顿，他赌气跑了，不知道跑到哪里去了，已经十几天了。"将军叫卒吏到屋里搜查，搜查的人说："屋里没有男人，也没有男人用的东西。"将军连声呼喊地界神出来，那个教蔡荣藏身的武官就出来说："到。"将军斥责说："蔡荣出走，你这个土地神难道不知道吗？"土地神回答说："他是一怒之下独自出去的，没说上哪儿去。"将军说："大王的后殿倾斜了，必须要找蔡荣这样的巧匠，期限快到了，有谁能替他去？"地界神回答说："梁城乡有个叫叶幹的木匠，手艺比蔡荣还好。我算了算他的阳寿也到了，正应该让他去。"将军一听就上马去了。过了一会儿，那武官又来了，对蔡母说："我就是这里的地界神。因为蔡荣每顿饭都请我来同吃，所以我要报答他。"说完就走了。母亲去看蔡荣，见他出了一身大汗。从此病就好了。不久就听说梁城乡的叶幹突然死亡。叶幹的妻子，是蔡荣母亲的侄女。推算叶幹死的时候，正是蔡荣穿上女人衣服的那个时辰。有个叫李复的，他的姨夫杨曙，当时在三异乡为中弁团户，到处都能听到这件事，就招来蔡荣的母亲询问，回来都告诉了李复。那些广泛祭祀神明获得德报的人，难道不是一种回应吗？出自《续玄怪录》。

刘元迥

刘元迥，是个狡猾狂妄的人。他自己说能把水银炼成黄金，又花言巧语讲神论鬼迷惑众人，很多人迷信他，他也由此发家致富。李师古镇守平卢，招请四方有才能的居士，凡是有一技之长的人，都受到优厚的待遇。元迥就跑去投奔李师古，说他会炼金术。师古感到惊异，当面考查他的才能，或十铢或五铢，都能马上炼成。原来这是事先把金末放在水银里了。师古说："这真是个了不起的技术，但应该干什么用呢？"刘元迥想促成他的奸计，

不虞后害，乃曰："杂之他药，徐烧三年，可以飞仙；为食器，可以避毒；以为玩用，可以辟邪。"师古大神之，因曰："再烧其期稍缓，子且为我化十斤，将备吾所急之器也。"元迥本炫此术，规师古钱帛，逡巡则谋遁去。为师古縻之，专令烧金。其数极广，元迥无从而致，因以鬼道说师古曰："公绍续一方，三十余载，虽戎马仓廪，天下莫与之俦，然欲遣四方仰归威德，所图必遂者，须假神祇之力。"师古甚悦，因而询之，元迥则曰："泰岳天齐王，玄宗东封，因以沉香刻制其像，所以玄宗享国永年。公能以他宝易其像，则受福与开元等矣。"师古狂悖，甚然之。元迥乃曰："全驱而至，或恐卒不能办。且以黄金十五斤，铸换其首，因当获祐矣。"师古曰："君便先为烧之，速成其事。"元迥大笑曰："天齐虽曰贵神，乃鬼类耳。若以吾金为其首，岂冥鬼敢依至灵之物哉！是则斥逐天齐，何希其福哉！但以山泽纯金而易之，则可矣。"师古尤异之，则以藏金二十斤，恣元迥所为，仍命元迥就岳庙而易焉。元迥乃以铅锡杂类，镕其外而易之。怀其真金以归，为师古作饮食器皿，靡不办集矣。师古尤加礼重，事之如兄。玉帛姬妾居第，资奉甚厚。

明年，师古方宴僚属将吏，忽有庖人，自厨径诣师古。于众会之中，因举身丈余，蹑空而立，大诟曰："我五岳之神，是何贼盗，残我仪质？我上诉于帝，涉岁方归。及归，

也不考虑后果，就说："如果在黄金里掺杂一些药物，慢慢炼上三年，吃了就可以成仙。用来做食器，可以防毒；用来做玩物，可以避邪。"师古把他当成大神一样，便说："可以慢慢烧炼，你暂且给我炼出十斤，以备我制造急需的武器。"刘元迥本来就是炫耀炼金术骗人的。这时就打算骗了师古的钱，得空就想办法逃掉。但被师古束缚着，让他专门炼金。他要的数量相当多，元迥没法弄到这些黄金，便使用鬼神之道骗师古说："大人您镇守一方，三十多年，虽然你的兵马粮食，天下没有可与你匹敌的，然而要想四方的人都感恩于你的威德，你谋划的事都能成功，那就必须借助于神仙的力量。"师古十分兴奋，便问怎么借助神力，元迥就说："泰山有天齐王，当年唐玄宗东巡到泰山，便用沉香木刻制了天齐王像供奉，所以玄宗当了一辈子皇上。如果您能以别的宝物换下那尊天齐王神像，那你所享的富贵就会和唐玄宗一样了。"师古狂妄放诞，就听信了。元迥就说："如果把那尊天齐王像整个换下来，恐怕一时办不到。只要用十五斤黄金，铸成头像换下来，你便可以得到祐护。"师古说："你可以先为我烧炼所需黄金，快快办成这事。"元迥大笑说："别看天齐神虽说是个大神，其实他不过是个鬼怪而已。如果用我所炼出的金给他铸头，难道鬼怪还敢依附于天齐神吗？因此他们会把天齐神赶走，那您还怎么求得他的福祐呢！你只要用山泽纯金给天齐神铸个头换上，就可以了。"师古更觉得他神异，就把家里藏的二十斤黄金给了元迥，放纵他为所欲为，并令元迥去泰岳庙换天齐神的头。元迥就用铅、锡之类的金属铸了个头，表面镀了点金子给天齐神换上了。怀揣着真金回家了，为师古做了些饮食器具，没有办不成的了。师古更加器重他，把他敬为兄长。赠给他财物、美女和宅院，奉资特别丰厚。

第二年，李师古正要设宴招待属下官员和将士时，忽然有个厨师，从厨房径直跑到李师古面前。在众人宴会之中，身体向上变成一丈多高，跳到了空中站立，大骂说："我是五岳之神，是哪个盗贼残害我的躯体？我向天帝去告状，过了一年多才回来。等回来后，

我之甲兵军马，帑藏财物，皆为黄石公所掠去。"则又极骂，复笞身数丈，良久履地。师古令曳去。庖人无复知觉，但若沉醉者数日。师古则令画作戎车战士，戈甲旌旗，及纸钱绫帛数十车，就泰山而焚之。尚未悟元迥之奸。方将理之，而师古暴疡。不数日，脑溃而卒。其弟师道领事，即令判官李文会、虞早等按之。元迥辞穷，戮之于市。出《集异记》。

郑朅

穆宗有事于南郊，将谒太清宫。长安县主簿郑朅主役，于御院之西序，见白衣老人云："此下有井，正值黄帝过路，汝速实之。不然，罪在不测。"朅惶遽，使修之。其处已陷数尺，发之则古井也。惊顾之际，已失老人所在。功德使护军中尉刘弘规奏之。帝至宫朝献毕，赴南郊，于宫门驻马。宰臣及供奉官称贺，遂命翰林学士韦处厚撰记，令起居郎柳公权，书于实井之上，名曰《圣瑞感应纪》。仍赐郑朅绯衣。出《唐统纪》。

柳澥

柳澥少贫，游岭表。广州节度使孔戣，遇之甚厚，赠百余金，谕令西上。遂与秀才严烛、曾黯数人，同舟北归。至阳朔县南六十里，方博于舟中，忽推去博局，起离席，以手接一物。初视之，若有人投刺者。即急命衫带，泊舟而下。立于沙岸，拱揖而言曰："澥幸得与诸君同事。符命虽至，当须到

我的甲兵车马,仓库里所藏财物,都被黄石公抢掠一空。"又极力
咒骂,又纵身数丈高。过了很久才落到地上。师古叫人把厨师
拖走。厨师一直不省人事,但昏昏沉沉像喝醉的人一样好几天
也不醒来。师古就叫人画了兵车战士、戈甲旌旗,还有几十车纸
钱绫帛,到泰山前烧化。这时师古还没有完全看穿刘元迥的奸
计。刚想弄个明白,李师古就得了暴病。不几天,因脑袋溃烂而
死。他的弟弟李师道接管事务,就叫判官李文会、虞早等一起审
理这件事。刘元迥理屈词穷,在市上被斩首。出自《集异记》。

郑覃

唐穆宗要驾幸南郊,打算去太清宫祭祀。长安县主簿郑覃
负责皇帝的护卫和起居,在行宫的西厢房,见一位白衣老人说:
"这下面有口井,正是皇帝要路过的地方,你快把他填上。不然,
大罪不可预测。"郑覃十分害怕,赶快找人来修。这个地方已陷
下去好几尺,挖开原来是一口古井。惊慌地回头张望之际,已找
不到白衣老人了。当时功德使护军中尉刘弘规把这事奏报给皇
上。皇上到太清宫祭祀完毕,赶往南郊,在宫门下马。文武大臣
和供奉官都为此事祝贺皇上,穆宗就命翰林学士韦处厚撰写文
章记录,命起居郎柳公权,书写下来刻成碑,竖在那口填实后的
古井上,名叫《圣瑞感应纪》。皇上为此特别赏赐郑覃穿红袍。
出自《唐统纪》。

柳澥

柳澥年少时家里很穷,他到广州游历。广州节度使孔戣,
待他很好,给了他一百多金,让他到西边求前程。于是柳澥和秀
才严烛、曾黯几人,一同乘船北归。走到阳朔县南边六十里处,
他们正在船里玩博棋,柳澥突然推开博局,离开座位,用手接了
一件东西。最初看,好像有人投了一张名帖,就急忙命人拿来衣
衫穿戴整齐,停船下岸,站在沙岸上,向空中作揖而拜说:"我柳
澥有幸和各位一同共事。现在符命虽然已经到了,但我应当到

桂州。然议行李，君宜前路相候。"曾严见瀋之所为，不觉
懔然，亦皆趺坐如有所睹。瀋即却入舟中，偃卧吁嗟，良久
谓二友曰："仆已受泰山主簿，向者车乘吏从毕至，已与约
至桂州矣。"自是无复笑言，亦无疾。但每至夜泊之处，则
必箕踞而坐。指挥处分，皆非生者所为。阳朔去州尚三日
程，其五十滩，常须舟人尽力乃过，至是一宿而至。瀋常
见二紫衣，具军容，执锤，驱百余卒，在水中推挽其舟。瀋
至桂州，修家书才毕而卒。时唐元和十四年八月也。出
《河东记》。

马 总

马总为天平节度使。暇日方修远书，时术人程居在
傍。总凭几，忽若假寐，而神色惨蹙，不类于常。程不敢
惊，乃徐起，诣其佐相元封告之。俄而总召元封，屏人谓
曰："异事异事，某适有所诣，严邃崇闳，王者之居不若也。
为人导前，见故杜十丈司徒，笑而下阶相迎曰：'久延望。
甚喜相见。'因留连曰：'祐之此官，亦人世之中书令耳。六
合之内，靡不关由。然久处会剧，心力殆倦，将求贤自代。
公之识度，诚克大用，况亲且故，所以奉邀，敬以相授。'总
因辞退，至于泣下。良久，杜乃曰：'既未为愿，则且归矣。
然二十年，当复相见？'"总既寤，大喜其寿之遐远。自是后
二年而死，岂马公误听，将祐增其年，以悦其意也？出《集异
记》。

桂州。然而还要讨论一下行程，你们应该在前面等我。"同船的曾黯和严烛见到柳澥的所作所为，不觉都又惊又怕，也都隐约好像看到了什么。柳澥又退回到船里，仰卧着叹息了半天，很久才对两位朋友说："我已被任命为阴间的泰山主簿，刚才接我的车马仆从已经到了，我已和他们约定等我到桂州后再去上任。"从此就再也不说不笑，也没有生病。只是每到夜晚船停泊后，他就一定要叉开腿坐着。指挥处理事情，都不是活人的所作所为。阳朔离桂州尚且需要走三天的路程，其中五十个险滩，常常需要船夫尽最大力气才能过去，然而这船一夜就到了桂州。柳澥曾经看见有两个穿紫衣的人，具有军士的仪容，手拿锤子，指挥着一百多个兵，在水里推引他们的船。柳澥到了桂州，刚写完一封家书就死了。这时是在唐代元和十四年八月间。出自《河东记》。

马　总

　　马总为天平节度使。有一天闲暇时正写信给远方的友人，当时有位术士程居在他身边。马总靠着几案写着，忽然好像睡着了，但神色惨戚，不像平时。程居不敢惊动，就慢慢起来，找到马总的佐相元封告诉他。不一会儿，马总把元封叫来，让人退下，然后说："怪事怪事！我刚才去了一个地方，府第高大森严，帝王的宫殿也比不上。有人领我走进去，看见了已死的司徒杜十丈。杜司徒笑着迎下台阶对我说：'已经盼望你很久了，见到你很高兴。'便依依不舍地说：'我在阴间这个官，也相当于人间的中书令了。天地间的事，都由我管。然而长久地处理公务，我心力交瘁，希望找个贤能的人换我的班。你有才有识，定能担此大任，况且我们又是亲朋好友，所以请你来，准备把我的官职授给你。'我苦苦推辞，最后都哭了。过了很久，杜司徒才说：'既然你不愿意，那你就回去吧。不过二十年后，我们还会再见的。'"马总醒来后，很高兴他的寿命还很长。但从此过了两年就死了，难道是马公听错了？或者是杜司徒把两年增加到二十年，好让马总心里高兴罢了。出自《集异记》。

崔龟从

崔龟从，长庆三年，以大理评事从事河中府。一夕，梦与人入官署，及其庭，望见室内有人当阳，仪卫甚盛。又一人侧坐，容饰略同。皆隆准盱目，搦管视状，若决事者。因疾趋及阶，拜唯而退。行及西庑，视庑下牖间，文簿堆积于大格，若今之吏舍。有吏抱案而出，因迎问之："此当是阴府，某愿知禄寿几何。"吏应曰："二人后且皆为此州刺史，无劳阅簿也。"及出门，又见同时从事，席地而搘蒱。归寤，大异之，仿佛在目。唯所与同行者，梦中问之，其姓名是常所交游，及觉，遂妄其人。明日入公府，话于同舍，皆以为吉。解曰："君梦得君，而又见搘蒱者，蒲也，君后当如主公，节临蒲州矣。"尔后每入祠庙，辄思所梦，尝屡谒河渎。及为华州，拜西岳庙宇神像，皆非梦中所见。

开成中，自户部侍郎，出为宣州，去前梦二十年矣。五月至郡，吏告曰："敬亭神实州人所严奉，每岁无贵贱，必一祠焉。其他祈祷报谢无虚日。以故廉使辄备礼祠谒。"龟从时病，至秋乃愈，因谒庙。及门恍然，屏上有画人，抱案而鞠躬，乃梦中之吏也。入庙所经历，无非昔梦，唯无同行者。归以告妻子。

明年七月，龟从又病，苦下泄，尤不喜食，暮夜辄大剧。因自诊前梦，以为："吏所告者，吾其终于此乎？"因心祷之。

崔龟从

长庆三年，崔龟从以大理评事的职衔在河中府当从事。一天晚上，他梦见和一个人走进一座官署，等进了庭院，望见室内有个人面朝南正面坐着，仪仗侍卫很多。还有一个人侧面坐着，容貌服饰和中间坐的人大致相同，都是高鼻大眼。拿着笔看状子，像是在决断大事。崔龟从赶快跑到台阶下，拜见后退出来。走到西庙，看见廊庑下的窗子里，一排一排架格堆放着文册簿籍，好像今天官府的办公处所。有个小吏抱着文册走出来，龟从便迎上去问道："这里应是冥府吧，我想知道我的官运和寿命如何。"那小吏回答说："你们两个以后都会当上这个州的刺史，不用费力查文簿了。"崔龟从走出大门，又看见自己的一个同事，正坐在地上玩㩵蒲的游戏。梦醒后，龟从感到特别奇怪，梦里的事好像就在眼前。只有那个和他同行的人，在梦里问他时，姓名是自己经常交往的熟人，醒后却想不起来了。第二天崔龟从到衙里去，把梦中的事说给同僚，大家都说这梦很吉利。并解说："你梦见君王，又梦见玩㩵蒲，蒲就是蒲州，预示着你以后像主公，将到蒲州当节度使。"从此以后，崔龟从每入祠庙，都想起梦见的事，曾屡次拜见河神庙。等到了华州做官时，拜西岳庙宇神像，都不是梦中所见到的。

开成年间，他从户部侍郎，调到宣州任刺史，离以前做的梦已经二十年了。五月到了宣州郡，郡吏告诉他："这个州的人虔诚信奉敬亭神，每年无论贵贱穷富，一定要祭祀一次。平日庙里也香火不断，以往每一任州官都会备上祭礼祭祀。"当时崔龟从正在生病，到秋天病才好，便到神庙拜谒。到了庙门就恍然有所醒悟，看见墙上画有一个人，抱着文簿在鞠躬行礼，正是二十年前梦里遇到的那个小吏。进庙后看到的一切，都和以前的梦境相符，只是没有那个同行者。回家后把这事告诉了妻子。

第二年七月，崔龟从又病了，苦于腹泻不止，尤其不想吃饭，到了夜里就更严重了。便自己分析以前的梦，心想："那个小吏说的意思，是不是我就要死在这里了？"便在心里不停地祷告。

既寐,又梦晨起视事如常时。将就便室,及侧门,有家吏姚
珪者,附耳言曰:"左府君使人传语。"闻之心悸而毛竖,意
其非常人。就室未及坐,有一人,戎服提刀,奔趋而入。视
其状魁岸,面黝而加赤,不类人色。紫衣黝剥,乃敬亭庙中
阶下土偶人也。未及语,龟从厉声言曰:"我年得几许?"遽
应曰:"得六十几。"梦中记其言,及觉,遂忘其奇载,意者神
不欲人逆知其终欤?迟明,自为文以祝神,具道所以。命
儿侄将酒牢庙中以祷。

先是疾作,医言疾由寒而发,服热药辄剧。遂求医于
浙西,医沈中遂乘驿而至。既切脉,直言公之疾,热过而气
壅,当以阳治之,药剂以甘草犀角为主。如其言,涉旬而稍
间,经月而良已。自以为必神之助,又自为文以祝神。因
出私俸,修庙之坏隳,加置土偶人,写垣墉之画绘皆新之。
大设乐以享神,自举襟袖以舞。始长庆感梦之时,绝不为
五木之戏。及至江南,方与从事复为之。龟从后入相,罢
为少保归洛。大中七年卒。出《龟从自叙》。

睡着后，又梦见自己早起像平时一样进衙办公。刚到休息室时，到了侧门，家中有个叫姚珪的仆吏，附在他耳上说："左府君派使者来给你传话。"崔龟从听后吓得头发都竖了起来，心想他一定不是普通人。进屋还没坐定，就有一个人，身穿戎装提着刀奔跑着闯了进来。只见这人身材高大，面孔黑红，不像人的肤色。紫衣服旧得露出黄黑色，才想起他就是敬亭神庙中阶下的土偶人。还没等那人说话，崔龟从就厉声问道："我的阳寿到底是多少？"那人很快答道："六十多年。"梦中记住了这句话，等醒来以后，就忘了那神人说的是六十几年了，暗想大概是神人不想让人知道究竟能活到那一年。天明以后，就自己写了一篇文章向神灵祈祷，把这些事都详细写上了。然后让儿子侄儿带上酒肉到敬亭庙中祭神祈祷。

当初他生病后，医生说疾病是因为受寒而发，服热性药后病情就加重了。于是就向浙西求医，医生沈中于是骑马赶来。号完脉，直率地说你的病是过热引起的气壅，应当按阳症治疗，服以甘草犀角为主的清热药。按照这个医生的话，十天后就见好转，一月后痊愈。龟从自认为这一定是神的佑护，又写了一篇祭神的文章。便拿出个人俸禄，修补庙里破败的地方，重塑了大殿前的土偶人，把墙上的壁画也重新画了。大设鼓乐以祭神，他自己也舞动衣袖跳起舞来。当初长庆年间梦见去阴间之后，再也不玩五个木头的摴蒱游戏了。等到了江南，才和同僚们又玩这种游戏。崔龟从后来当了相国，在任太子少保时退休回洛阳，大中七年去世。出自《龟从自叙》。

卷第三百九
神十九

蒋　琛　　张遵言

蒋　琛

吴人蒋琛，精熟二经，常教授于乡里。每秋冬，于吴溪太湖中流，设网罟以给食，常获巨龟，以其质状殊异，乃顾而言曰：“虽入余且之网，俾免刳肠之患。既在四灵之列，得无愧于鄙叟乎？”乃释之。龟及中流，凡返顾六七。后岁余，一夕风雨晦冥。闻波间汹汹声，则前之龟扣舷人立而言曰：“今夕太湖吴溪松江神境会，川渎诸长，亦闻应召。开筵解榻，密迩渔舟。以足下淹滞此地，持网且久，纤鳞细介，苦于数网。脱祸之辈，常怀怨心。恐水族乘便，得肆胸臆。昔日恩遇，常贮悫诚，由斯而来，冀答万一。能退咫尺以远害乎？”琛曰：“诺。”遂于安流中，缆舟以伺焉。

未顷，有龟鼋鱼鳖，不可胜计，周匝二里余，蹙波为城，遏浪为地。辟三门，垣通衢，异怪千余。皆人质螭首，

蒋 琛

　　湖南霅县人蒋琛，精通诗经书经，曾经在乡里教书。每到秋冬之际，就在霅溪太湖中流，张网打鱼用来糊口。有一次，他曾捕到一只大龟，因为这大龟长得很特殊，就回头看着它说："虽然你进了我的渔网，但我免了你被烹煮开膛之苦。既然你是四灵之一，能对我这个穷老头有点什么报答吗？"就释放了它。大龟游向湖中，一共回头看了六七次。一年多后，有一天晚上湖面上风雨大作。只听见湖中波涛汹涌，是之前那只大龟扣着蒋琛的船舷，像人似的站着说："今晚太湖神、霅溪神和松江神聚会，很多江河的首领，也闻讯前来参加。到时他们开筵席摆床榻，怕会贴近你的渔船。因为您长年在这里打渔，捕了不少鱼鳖虾蟹。就是那些从你网中逃脱的，也对你心怀怨恨。恐怕水族们会乘机报复你以发泄对你的仇怨。过去你对我的恩德，我常怀着诚恳报恩之心，所以特来通知你，希望报恩于万一。你能退得不离这么近以远离伤害吗？"蒋琛说："我知道了。"就把船停在一个僻静的湾子里，把船系好等着。

　　不一会儿，就见到不可胜数的龟鼍鱼鳖，在水面二里宽的范围内围成一个圈，聚拢波涛变成了城，遏止水浪露出平地。开辟三个门，城里有四通八达的街道，有成千的水族怪物。都长着人的身子龙的头，

执戈戟,列行伍,守卫如有所待。续有蛟蜃数十,东西驰来,乃嘘气为楼台,为琼宫珠殿,为歌筵舞席,为座榻裀褥,顷刻毕备。其尊罍器皿玩用之物,皆非人世所有。又有神鱼数百,吐火珠,引甲士百余辈,拥青衣黑冠者,由雪溪南津而出。复见水兽亦数百,衔耀,引铁骑二百余,拥朱衣赤冠者,自太湖中流而来。至城门,下马交拜,溪神曰:"一不展觌,五纪于兹,虽鱼雁不绝,而笑言久旷。勤企盛德,衷肠怒然。"湖神曰:"我心亦如之。"揖让次,有老蛟前唱曰:"安流王上马。"于是二神立候焉。则有衣虎豹之衣,朱其额,青其足,执蜡炬,引旌旗戈甲之卒,凡千余,拥紫衣朱冠者,自松江西泒而至。二神迎于门,设礼甚谨。

叙暄凉竟,江神曰:"此去有将为宰执者北渡,而神貌未扬,行李甚艰。恐神不识不知,事须帖屏翳收风,冯夷息浪。斯亦上帝素命,礼宜躬亲。候吾子清尘,得免举罚否。然窃于水滨拉得范相国来,足以补其尤矣。"乃有披褐者,仗剑而前,溪湖神曰:"钦奉实久。"范君曰:"凉德未泯,吴人怀恩,立祠于江濆,春秋设薄祀。为村醪所困,遂为江公驱来。唐突盛筵,益增惭栗。"于是揖让入门。

既即席,则有老蛟前唱曰:"湘王去城二里。"俄闻轷闹车马声,则有绿衣玄冠者,气貌甚伟,驱殿亦百余。既升阶,与三神相见。曰:"适轺与汨罗屈副使俱来。"乃有服饰

手持戈戟，整整齐齐地列着队，守卫着像在等待什么。接着又有几十个蛟龙和大蛤蜊，从东西两方游来。它们吐出的气变为楼台，变为琼宫珠殿，变为歌舞宴席，变为座榻褥垫，这些都只在片刻间就准备好了。宫殿里陈设的尊罍器皿玩用之物，都是人间所没有的。又有几百个神鱼，吐着火珠，引领一百多士兵，簇拥着一个穿青衣戴黑帽的大王，从雪溪南河口涌了过来。又见几百个水兽，嘴里叼着闪耀的灯，引导着二百多铁骑，簇拥着一位穿红衣戴红帽的大王，从太湖中流赶来。到了城门，两个大王下马互拜，溪神说："咱们互相不见面转眼一百五十年了，虽然书信不断，却不能聊天说笑。我希望领略您的盛德，心里常感空旷寂寞。"湖神说："我的心意也和你一样啊！"两个人正作揖谦让，只听一个老蛟在远处喊道："安流王已经上马了！"于是溪、湖二神恭敬地站着等候。这时就有一个神人穿着虎豹皮衣，额头赤红，双脚青黑，手里举着蜡烛，引导持旌旗带戈甲的士兵，共一千多名，拥着一位紫衣红帽的大王，从松江西面来到城前。溪神和湖神在城门口十分恭敬地迎接，礼仪十分周到。

寒暄过后，松江神说："这里也有一位将要当宰相的人要渡江北去。他神貌不扬，行旅不顺。恐怕各位神仙不认识他，还须写帖让风神屏翳收风，河神冯夷息浪。其实这也是奉上天之命，我应该亲自办，但我想各位都是德高望重的，不会因没有我护送而难为他吧？但我私自在水边把范蠡相国拉来参加咱们的聚会，就算是补偿我的失礼吧。"这时就有一个身穿短褐的人，接剑走上前来，溪湖神说："对范相国我是钦佩很久了。"范蠡说："我由于生前有微德，江南人感恩，为我在江边立了祠，经常以酒肉供奉我，我被村酒所困，就被松江神拉来了。唐突参加这样的盛筵，更增加了我的羞愧惶恐。"于是互相揖让一番进了门。

入席后，就听见老蛟在前面喊道："湘王离城还有二里远的路程。"很快就听见隆隆车马声，有一位穿绿衣戴黑帽的人，气宇轩昂，带着几百个随从走进来了。上了台阶后，和三位神相见，说："刚才是和汨罗江屈副使一同来的。"就见有衣服

与容貌惨悴者,伛偻而进。方即席,范相笑谓屈原曰:"被放逐之臣,负波涛之困,谗痕谤迹,骨销未灭,何惨面目?"更猎其杯盘。屈原曰:"湘江之孤魂,鱼腹之余肉,焉敢将喉舌酬对相国乎?然无闻穿七札之箭,不射笼中之鸟;刜洪钟之剑,不刬几上之肉。且足下亡吴霸越,功成身退,逍遥于五湖之上,辉焕于万古之后。故鄙夫窃仰重德盛名,不敢以常意奉待。何今日戏谑于绮席,恃意气于放臣?则何异射病鸟于笼中,刬腐肉于几上?窃于君子惜金镞与利刃也。"于是湘神动色,命酒罚范君。

君将饮,有女乐数十辈,皆执所习于舞筵。有俳优扬言曰:"蟠蟠美女,唱《公无渡河歌》。"其词曰:"浊波扬扬兮凝晓雾,公无渡河兮公竟渡。风号水激兮呼不闻,提衣看入兮中流去。浪排衣兮随步没,沉尸深入兮蛟螭窟。蛟螭尽醉兮君血干,推出黄沙兮泛君骨。当时君死兮妾何适,遂就波澜兮合魂魄。愿持精卫衔石心,穷取河源塞泉脉。"歌竟,俳优复扬言:"谢秋娘舞《采桑曲》。"凡十余叠,曲韵哀怨。

舞未竟,外有宣言:"申徒先生从河上来,徐处士与鸱夷君自海滨至。"乃随导而入。江溪湘湖,礼接甚厚。屈大夫曰:"子非蹈瓮抱石抉眼之徒与?"对曰:"然。"屈曰:"余得朋矣。"于是朱弦雅张,清管徐奏。酌瑶觞,飞玉筯。陆海珍味,靡不臻极。舞竟,俳优又扬言:"曹娥唱《怨江波》。"凡五叠,琛所记者唯三。其词云:"悲风淅淅兮波绵绵,芦花万里兮凝苍烟。虹螮窟宅兮渊且玄,排波叠浪兮沉我天。所覆不全兮身宁全,溢眸恨血兮徒涟涟。誓将柔

破旧与面容憔悴的人，伛偻着身子走进来。刚入席，范相国就笑对屈原说："你这个被朝廷放逐的臣子，受波涛吞没的困境，是不是那些谗言诽谤的痕迹，深入骨髓还没洗净，才这么悲愁吗？"说着还把屈原面前的杯盘抢了过来。屈原说："我一个湘江的孤魂，被鱼虾吃剩下的身子，怎敢和你这高贵的相国争辩呢？然而你难道没听过能穿透七层锴甲的箭，不射笼中的小鸟；能劈开大钟的剑，不会用来切桌上的肉。范相国你生前灭了吴国使越国成了霸主，功成身退，活着时逍遥在江湖上，死后为万世传颂。所以我素来敬仰你范蠡的功德和盛名，不敢用平常的心意对待。为何今天你却在这样隆重的宴会上当众嘲笑我这个被诬陷放逐的人，这和用利箭射笼中的病鸟，用宝剑切桌上的烂肉，有什么不同？我真替你可惜你那利箭和快刀啊！"一番话说得湘神也动容了，就命罚范蠡喝酒。

范相国刚要喝酒，有几十个舞女，都拿着擅长的乐器来到舞筵。有一位演滑稽杂戏的艺人高声说："蟠蟠美女，唱《公无渡河歌》。"歌词说："浊波扬扬兮凝晓雾，公无渡河兮公竟渡。风号水激兮呼不闻，提衣看入兮中流去。浪排衣兮随步没，沉尸深入兮蛟螭窟。蛟螭尽醉兮君血干，推出黄沙兮泛君骨。当时君死兮妾何适，遂就波澜兮合魂魄。愿持精卫衔石心，穿取河源塞泉脉。"歌毕，俳优又报说："现在请谢秋娘舞《采桑曲》。"《采桑曲》共十余叠，曲韵十分哀怨。

舞还没结束，外面又有人报告说："申徒狄先生从河上来，徐处士与鸱夷君从海上来了。"他们被引进宫殿，江、溪、湘、湖四神，对这三位礼遇十分优厚。屈原说："你就是进到瓮里抱着石头挖掉眼睛的人吧？"申徒狄回答说："是。"屈原说："我终于今天有知音朋友了。"于是朱弦雅张，清管徐奏。酌瑶觥，飞玉筯。山珍海味，无不丰盛异常。谢秋娘舞完后，俳优又高声说："现在由曹娥唱《怨江波》。"共五叠，蒋琛只记下三叠。歌词是："悲风渐渐兮波绵绵，芦花万里兮凝苍烟。虬蠛窟宅兮渊且玄，排波叠浪兮沉我天。所覆不全兮身宁全，溢眸恨血兮徒涟涟。誓将柔

蕻抉锯牙之啄,空水府而藏其腥涎。青娥翠黛兮沉江壖,碧云斜月兮空婵娟。吞声饮恨兮语无力,徒扬哀怨兮登歌筵。"歌竟,四座为之惨容。

江神把酒,太湖神起舞作歌曰:"白露泞兮西风高,碧波万里兮翻洪涛。莫言天下至柔者,载舟复舟皆我曹。"江神倾杯,起舞作歌曰:"君不见,夜来渡口拥千艘,中载万姓之脂膏。当楼船泛泛于叠浪,恨珠贝又轻于鸿毛。又不见,潮来津亭维一舠,中有一士青其袍。赴宰邑之良日,任波吼而风号。是知溺名溺利者,不免为水府之腥臊。"湘王持杯,雪溪神歌曰:"山势萦回水脉分,水光山色翠连云。四时尽入诗人咏,役杀吴兴柳使君。"酒至溪神,湘王歌曰:"渺渺烟波接九嶷,几人经此泣江篱。年年绿水青山色,不改重华南狩时。"

于是范相国献《境会夜宴诗》曰:"浪阔波澄秋气凉,沉沉水殿夜初长。自怜休退五湖客,何幸追陪百谷王。香袅碧云飘几席,觥飞白玉泫椒浆。酒酣独泛扁舟去,笑入琴高不死乡。"徐衍处士献《境会夜宴并简范诗》曰:"珠光龙耀火燻燻,夜接朝云宴渚宫。风管清吹凄极浦,朱弦闲奏冷秋空。论心幸遇同归友,揣分惭无辅佐功。云雨各飞真境后,不堪波上起悲风。"

屈大夫左持杯,右击盘。朗朗作歌曰:"凤骞骞以降瑞兮,患山鸡之杂飞。玉温温以呈器兮,因碔砆之争辉。当侯门之四辟兮,堇嘉谟之重扉。既瑞器而无庸兮,宜昏暗之相微。徒刳石以为舟兮,顾沿流而志违。将刻木而作羽兮,与超腾之理非。矜子子于空阔兮,靡群援之可依。血淋淋而滂流兮,顾江鱼之腹而将归。西风萧萧兮湘水悠悠,白芷芳歇兮江篱秋。日晼晼兮川云收,棹四起兮悲风幽。羁魂汨没兮,我名永浮。碧波虽涸兮,厥誉长流。向使甘言顺行于曩昔,岂今日居君王之座头?是知贪名徇禄而随世磨灭者,虽正寝而死兮,无得与吾俦。当鼎足

莫抉锯牙之啄,空水府而藏其腥涎。青娥翠黛兮沉江壖,碧云斜月兮空婵娟。吞声饮恨兮语无力,徒扬哀怨兮登歌筵。"曹娥唱完,座上的人们都为之哀伤难过。

这时江神举酒,太湖神起舞作歌道:"白露泫兮西风高,碧波万里兮翻洪涛。莫言天下至柔者,载舟复舟皆我曹。"这时江神干了一杯,起舞作歌道:"君不见,夜来渡口拥千艘,中载万姓之脂膏。当楼船泛泛于叠浪,恨珠贝又轻于鸿毛。又不见,潮来津亭维一舠,中有一士青其袍。赴宰邑之良日,任波吼而风号。是知溺名溺利者,不免为水府之腥臊。"接着湘王持杯,雪溪神歌唱道:"山势萦回水脉分,水光山色翠连云。四时尽入诗人咏,役杀吴兴柳使君。"酒传到溪神,湘王歌唱道:"渺渺烟波接九嶷,几人经此泣江蓠。年年绿水青山色,不改重华南狩时。"

接着范相国献《境会夜宴诗》说:"浪阔波澄秋气凉,沉沉水殿夜初长。自怜休退五湖客,何幸追陪百谷王。香袅碧云飘几席,觥飞白玉滟椒浆。酒酣独泛扁舟去,笑入琴高不死乡。"徐衍处士献《境会夜宴并简范诗》说:"珠光龙耀火煇煇,夜接朝云宴渚宫。凤管清吹凄极浦,朱弦闲奏冷秋空。论心幸遇同归友,揣分惭无辅佐功。云雨各飞真境后,不堪波上起悲风。"

这时屈原大夫左手举杯,右手击盘,声音朗朗作歌道:"凤骞骞以降瑞兮,患山鸡之杂飞。玉温温以呈器兮,因碔砆之争辉。当侯门之四辟兮,谨嘉谟之重扉。既瑞器而无庸兮,宜昏暗之相微。徒剜石以为舟兮,顾沿流而志违。将刻木而作羽兮,与超腾之理非。矜孑孑于空阔兮,靡群援之可依。血淋淋而滂流兮,顾江鱼之腹而将归。西风萧萧兮湘水悠悠,白芷芳歇兮江蓠秋。日晼晼兮川云收,棹四起兮悲风幽。羁魂汨没兮,我名永浮。碧波虽涸兮,厥誉长流。向使甘言顺行于曩昔,岂今日居君王之座头?是知贪名徇禄而随世磨灭者,虽正寝而死兮,无得与吾俦。当鼎足

之嘉会兮，获周旋于君侯。雕盘玉豆兮罗珍羞，金厄琼斝兮方献酬。敢写心兮歌一曲，无诮余持杯以淹留。"

申屠先生献《境会夜宴诗》曰："行殿秋未晚，水宫风初凉。谁言此中夜，得接朝宗行。灵鼍振冬冬，神龙耀煌煌。红楼压波起，翠幄连云张。玉箫冷吟秋，瑶瑟清含商。贤臻江湖叟，贵列川渎王。谅予衰俗人，无能振颓纲。分辞皆乱世，乐寐蛟螭乡。栖迟幽岛间，几见波成桑。尔来尽流俗，难与倾壶觞。今日登华筵，稍觉神扬扬。方欢沧浪侣，遽恐白日光。海人瑞锦前，岂敢言文章？聊歌灵境会，此会诚难忘。"

鸱夷君衔杯作歌曰："云集大野兮血波汹汹，玄黄交战兮吴无全垄。既霸业之将坠，宜嘉谟之不从。国步颠蹶兮吾道遘凶。处鸱夷之大困，入渊泉之九重。上帝愍余之非辜兮，俾大江鼓怒其冤踪。所以鞭浪山而疾驱波岳，亦粗足展余拂郁之心胸。当灵境之良宴兮，谬尊俎之相容。击箫鼓兮撞歌钟，吴讴赵舞兮欢未极。遽军城晓鼓之冬冬，愿保上善之柔德，何行乐之地兮难相逢。"

歌终，雪郡城楼早鼓绝，洞庭山寺晨钟鸣，而飘风勃兴，玄云四起，波间车马音犹合沓。顷之，无所见。曙色既分，巨龟复延首于中流。顾眄睬而去。出《集异记》。

张遵言

南阳张遵言，求名下第，涂次商山山馆。中夜晦黑，因起厅堂督乌秣，见东墙下一物，凝白耀人。使仆者视之，乃一白犬，大如猫，须睫爪牙皆如玉，毛彩清润，悦怿可爱。遵言怜爱之，目为捷飞，言骏奔之甚于飞也。常与之俱，初令仆人张志诚袖之，每饮饲，则未尝不持目前。时或饮食不快，

之嘉会兮,获周旋于君侯。雕盘玉豆兮罗珍羞,金卮琼斝兮方献酬。敢写心兮歌一曲,无消余持杯以淹留。"

这时中屠先生献《境会夜宴诗》说:"行殿秋未晚,水宫风初凉。谁言此中夜,得接朝宗行。灵鼍振冬冬,神龙耀煌煌。红楼压波起,翠幄连云张。玉箫冷吟秋,瑶瑟清含商。贤臻江湖叟,贵列川渎王。谅予衰俗人,无能振颓纲。分辞皆乱世,乐寐蛟螭乡。栖迟幽岛间,几见波成桑。尔来尽流俗,难与倾壶觞。今日登华筵,稍觉神扬扬。方欢沧浪侣,遽恐白日光。海人瑞锦前,岂敢言文章?聊歌灵境会,此会诚难忘。"

鸱夷君这时也喝了一杯作歌道:"云集大野兮血波汹汹,玄黄交战兮吴无全垒。既霸业之将坠,宜嘉谋之不从。国步颠蹶兮吾道遭凶。处鸱夷之大困,入渊泉之九重。上帝愍余之非辜兮,俾大江鼓怒其冤踪。所以鞭浪山而疾驱波岳,亦粗足展余拂郁之心胸。当灵境之良宴兮,谬尊俎之相容。击箫鼓兮撞歌钟,吴讴赵舞兮欢未极。遽军城晓鼓之冬冬,愿保上善之柔德,何行乐之地兮难相逢。"

唱完这首歌,雩郡城楼的早鼓已敲完,洞庭山寺庙里的晨钟响了。这时风声阵阵,黑云四起,水波间还能隐约听到车马声杂合在一起。片刻后,就什么都看不见了。天将明时,那只大龟又从中流伸出头来,看了看蒋琛就离开了。出自《集异记》。

张遵言

南阳张遵言,赶考没有考中,回乡途中住在商山山馆。半夜时天很黑,张遵言便起来到厅堂检查马的草料。看见东墙下有个东西,白亮得耀眼。叫仆人去看,是一只白色的狗,像猫那样大,胡须睫毛和爪子牙齿都像白玉,色彩光洁,十分可爱。遵言十分喜欢它,给它起名叫"捷飞",是说这狗跑起来比飞还快。他常常和这白狗在一起,起初让仆人张志诚装在袖子里带着。每次喂它吃喝,都要把那白狗放到面前。如果狗不爱吃东西,

则必伺其嗜而啖之。苟或不足，宁遵言辍味，不令捷飞之不足也。一年余，志诚袖行，意以懈怠，由是遵言每行，自袖之。饮食转加精爱，夜则同寝，昼则同处，首尾四年。

后遵言因行于梁山路，日将夕，天且阴，未至所诣，而风雨骤来。遵言与仆等隐大树下，于时昏晦，默无所睹。忽失捷飞所在，遵言惊叹，命志诚等分头搜讨，未获次。忽见一人，衣白衣，长八尺余，形状可爱。遵言豁然如月中立，各得辨色。问白衣人何许来，何姓氏，白衣人曰："我姓苏，第四。"谓遵言曰："我已知子姓字矣。君知捷飞去处否？则我是也。君今灾厄合死，我缘爱君恩深，四年已来，能活我至于尽力辍味，曾无毫厘悔恨，我今誓脱子厄。然须损十余人命耳。"言讫，遂乘遵言马而行，遵言步以从之。

可十里许，遥见一冢上有三四人，衣白衣冠，人长丈余，手持弓箭，形状瑰伟。见苏四郎，俯偻迎趋而拜，拜讫，莫敢仰视。四郎问何故相见，白衣人曰："奉大王帖，追张遵言秀才。"言讫，偷目盗视遵言。遵言恐，欲踣地。四郎曰："不得无礼，我与遵言往还，君等须与我且去。"四人忧恚啼泣，而四郎谓遵言曰："勿忧惧，此辈亦不能庾吾。"更行十里，又见夜叉辈六七人，皆持兵器，铜头铁额，状貌可憎恶，跳梁企踽，进退狞暴。遥见四郎，戢毒栗立，惕伏战栗而拜。四郎喝问曰："作何来？"夜叉等霁狞毒为戚施之颜，肘行而前曰："奉大王帖，专取张遵言秀才。"

就一定等它想吃的时候再来喂它。如果饭食不够了,宁肯自己不吃,也不让捷飞的食物不够吃。一年多了,志诚一直放袖子里带着出行,好像有点懈怠了,因此张遵言每次出行,就自己放在袖子里。在饮食上变得更加精心,夜里和狗同睡,白天和狗同处,整整四年过去了。

后来张遵言因事走在去梁山的路上,天色将晚,而且越来越阴,仍然没到目的地,又忽然刮风下雨。张遵言和仆人等躲在大树下避雨。当时天昏地暗,什么也看不见。忽然发现捷飞不见了。遵言惊叹,就让志诚等分头去找,没有找到。忽然看见一个人,穿着白衣,有八尺多高,长得英俊可爱。遵言当时就觉得好像在月亮下站着,什么都看得很清楚。就问白衣人从哪儿来,姓什么,白衣人说:"我姓苏,排行第四。"又对遵言说:"我已经知道你的姓名了。你知道捷飞去哪里了吗?我就是啊。你现在有必死的灾难,我因爱你恩情深厚,四年以来,你能够养着我,甚至都舍出自己的饭食来喂我,而且没有一丝一毫后悔,所以我今天一定要救你逃脱大难,然而须损害十多人的生命。"说完,就骑上遵言的马走了,遵言步行跟在后面。

走了大约十里地,远远看见一个坟上有三四个人,穿白衣戴帽子,个个都有一丈多高,手持弓箭,形貌魁伟。见到苏四郎后,低头曲背快步迎拜。拜完,没有人敢仰视他。四郎问他们有什么事相见,白衣人说:"奉大王的帖子,捉拿秀才张遵言。"说完,还不住地偷看张遵言。遵言非常害怕,差点跌倒在地上。苏四郎说:"不许无礼!我与遵言有交情,你们快给我走开!"四个白衣人忧虑啼哭起来,四郎对遵言说:"不要担心,这些人也不敢把我怎么样。"又走了十里,又看见六七个像夜叉的家伙,都拿着兵器,个个铜头铁额,样貌十分令人憎恶,他们蹬踢跳跃,动作凶暴。远远看见苏四郎后,他们立刻收敛起恶毒规规矩矩地站住,然后战战就就地向四郎叩拜。四郎喝问道:"你们干什么来了?"夜叉们立刻收起狰狞的面孔,换上一副老实可怜的表情,以肘前行爬到四郎跟前说:"我们奉大王的命令,专门来抓张遵言秀才。"

偷目盗视之状如初。四郎曰："遵言我之故人,取固不可也。"夜叉等一时叩地流血而言曰："在前白衣者四人,为取遵言不到,大王已各使决铁杖五百,死者活者尚未分。四郎今不与去,某等尽死。伏乞哀其性命,暂遣遵言往。"四郎大怒,叱夜叉,夜叉等辟易,崩倒者数十步外,流血跳迸,涕泪又言。四郎曰:"小鬼等敢尔,不然,且急死。"夜叉等啼泣喑呜而去。四郎又谓遵言曰:"此数辈甚难与语,今既去,则奉为之事成矣。"行七八里,见兵仗等五十余人,形神则常人耳,又列拜于四郎前。四郎曰:"何故来?"对答如夜叉等。又言曰:"前者夜叉牛叔良等七人,为追张遵言不到,尽以付法。某等惶惧,不知四郎有何术,救得某等全生。"四郎曰:"第随我来,或希冀耳。"凡五十人,言可者半。

须臾,至大乌头门。又行数里,见城堞甚严。有一人具军容,走马而前。传王言曰:"四郎远到,某为所主有限,法不得迎拜于路。请且于南馆小休,即当邀迓。"入馆未安,信使相继而召,兼屈张秀才。俄而从行,宫室栏署,皆真王者也。入门,见王披衮垂旒,迎四郎而拜,四郎酬拜,礼甚轻易,言词唯唯而已。大王尽礼,前揖四郎升阶,四郎亦微揖而上。回谓遵言曰:"地主之分,不可不迓。"王曰:"前殿浅陋,非四郎所宴处。"又揖四郎。凡过殿者三,每殿中皆有陈设盘榻食具供帐之备。至四重殿中方坐,所食之物及器皿,非人间所有。

然后都贼眉鼠眼地偷看张遵言，像之前的情景一样。四郎说：
"张遵言是我的朋友，抓他当然不行！"夜叉等立刻用头撞地，叩
得头破血流说："刚才那四个白衣人，因为没有抓到张遵言，大王
已下令每人挨五百铁棍，现在不知他们是死是活。现在四郎不
让我们把张遵言带走，我们是非死不可了。请您救救我们的性
命，暂时让我们把张遵言带走吧。"四郎大怒，把夜叉们痛斥了一
顿，夜叉们吓得退避，崩倒在几十步外，但仍然淌着血流着泪跳
着蹦着不断请求。四郎说："小鬼竟敢如此大胆，再不滚开，我叫
你们立刻都死！"夜叉们又哭又号地离开了。四郎又对遵言说：
"这些家伙们很难说通，现在他们既然离开，我要做的事情就算
成了。"又走了七八里，见手执兵器的五十多个人，形貌神色和平
常人长得一样，又列队拜在四郎面前，四郎问："你们来做什么？"
他们的回答和夜叉一样。又说："前面的夜叉牛叔良等七个人，因
为没有抓到张遵言，都被法办了。我们非常害怕，不知四郎你有什
么法术，能救我们活命。"四郎说："你们跟着我，也许有希望。"那五
十个人，有一半觉得可以跟着走。

　　过了一会儿，到了一个大乌头门。又走了几里，见城楼上戒
备森严。有一个兵卒打扮的人，跑马来到四郎面前。传达大王
的话说："四郎远到，我应该出城去迎接四郎，但因为我的权力有
限，按规定不能到路上迎拜。先请四郎在南馆休息片刻，我会立
刻去迎接您。"四郎刚到南馆还没安顿好，大王派的信使就跟着
来请，并且请张遵言也一同去。一会儿他们就一同前往，见宫殿
楼阁，和人间真正的王一样华贵。进了宫门，见大王披着衮衣、
帽子上垂着流苏，迎接四郎拜见，四郎答拜，行礼很随便，言词间
只是唯唯而已。大王行完礼，向前揖请四郎升阶，四郎也稍微拜
了下就随着走上去。回头小声对遵言说："主人的情分，不能不
接受。"大王说："前殿太简陋，不是宴请四郎的地方。"又揖请四
郎，一共走过了三个大殿，每个殿都陈设盘榻食具供帐等物。到
了第四个大殿里，才坐下，所吃的东西和用的器具，都不是人间
所有的。

食讫，王揖四郎上夜明楼。楼上四角柱，尽饰明珠，其光如昼。命酒具乐，饮数巡，王谓四郎曰："有佐酒者，欲命之。"四郎曰："有何不可。"女乐七八人，饮酒者十余人，皆神仙间容貌妆饰耳。王与四郎各衣便服，谈笑亦邻于人间少年。有顷，四郎戏一美人，美人正色不接。四郎又戏之，美人怒曰："我是刘根妻，不为奉上元夫人处分，焉涉于此，君子何容易乎？中间许长史，于云林王夫人会上轻言，某已赠语杜兰香姊妹。至多微言，犹不敢掉谑，君何容易钦？"四郎怒，以酒卮击牙盘一声，其柱上明珠，毂毂而落，瞑然无所睹。

遵言良久懵而复醒，元在树下，与四郎及鞍马同处。四郎曰："君已过厄矣，与君便别。"遵言曰："某受生成之恩已极矣。都不知四郎之由，以归感戴之所。又某之一生，更有何所赖耶？"四郎曰："吾不能言。汝但于商州龙兴寺东廊缝衲老僧处问之，可知也。"言毕，腾空而去。天已向曙，遵言遂整辔适商州，果有龙兴寺。见缝衲老僧，遂礼拜。初甚拒遵言，遵言求之不已，老僧夜深乃言曰："君子苦求，吾焉可不应？苏四郎者，乃是太白星精也；大王者，仙府之谪官也，今居于此。"遵言以他事问老僧，老僧竟不对，曰："吾今已离此矣。"即命遵言归，明辰寻之，已不知其处所矣。出《博异记》。

吃完了饭，大王又请四郎登上夜明楼。楼上四角柱子上，都装饰着明珠，光亮如同白天。大王安排了酒宴音乐，酒过几巡后，大王对四郎说："有助酒的人，想命他们上来不知可以吗？"四郎说："有什么不可以呢。"这时来了女乐七八人，饮酒者十多人，都像是神仙的容貌和妆饰。大王和四郎各自换上了便服，在一起说话谈笑，好像是在人间的两个少年。过了一会儿，四郎和一个美女调笑，那美女态度很严肃，不理四郎。四郎又进一步调戏她，那美人发怒说："我是刘根的妻子，如果不是受上元夫人的处置，怎么会到这里？你为什么这么轻浮呢？宴会上曾经有位许长史，在云林王夫人的宴会上口出轻薄之言。我已经对杜兰香讲了这事。他至多不过是口出薄言，而不敢过于无礼，四郎怎么可以这样轻狂无礼呢？"四郎大怒，用酒杯使劲敲了一下盘子，震得柱子上的明珠，扑扑地落了下来，顿时黑黑的什么也看不见了。

　　过了很久，张遵言好像大梦初醒，原来自己还在那棵避雨的树下，四郎和那匹马也都在跟前。四郎说："你已经逃出了大难，咱俩该分别了。"遵言说："我接受你这样大的恩惠，也不知道你在哪里，以便今后对你有一点报答。我这一生，又有谁可以依靠呢？"四郎说："我不能说出我所在的地方。你到商州龙兴寺东廊下缝补僧衣的和尚一问，就知道了。"说完，腾空而去。这时天色微明，遵言就驾车到了商州，果真有个龙兴寺。找到那位补僧衣的和尚，就上前拜见。起初和尚坚决拒绝对遵言说，后来遵言哀求不已，老和尚才在夜深人静时对遵言说，"既然你这样苦苦求我，我怎么能不告诉你呢？苏四郎，就是太白星精；大王，是仙界贬下来的官，现在住在我们这一方。"遵言再问老和尚别的事，老和尚终究不再回应，说："我现在已经离开这里了。"老和尚就让遵言快回去，第二天遵言再去找他，老和尚已不知去向。出自《博异记》。

卷第三百一十
神二十

张无颇

　　长庆中,进士张无颇,居南康,将赴举,游丐番禺。值府师改移,投诣无所。愁疾卧于逆旅,仆从皆逃。忽遇善易者袁大娘,来主人舍,瞪视无颇曰:"子岂久穷悴耶?"遂脱衣买酒而饮之,曰:"君窘厄如是,能取某一计,不旬朔,自当富赡,兼获延龄。"无颇曰:"某困饿如是,敢不受教。"大娘曰:"某有玉龙膏一合子。不惟还魂起死,因此亦遇名姝。但立一表白,曰,能治业疾。若常人求医,但言不可治;若遇异人请之,必须持此药而一往,自能富贵耳。"无颇拜谢受药,以暖金合盛之。曰:"寒时但出此合,则一室暄热,不假炉炭矣。"

　　无颇依其言,立表数日,果有黄衣若宦者,扣门甚急,曰:"广利王知君有膏,故使召见。"无颇志大娘之言,遂从

张无颇

　　长庆年间，有个进士张无颇，住在南康，在准备赶考之前，到广东番禺县去找一位认识的府帅求助。正好遇到府帅已调换到别处，他投靠无门。忧愁得病倒在一个旅店里，仆人都逃走了。这时忽然遇到一个会算命的袁大娘，来到旅店，瞪着眼看了看无颇说："您怎么可能永远这样穷困下去呢?"就脱衣换酒请无颇喝。袁大娘说："你现在穷困如此，如果能用我说的办法，不出十天半月，自然会富贵起来，而且还能延长你的寿命。"无颇说："我如今又穷又饿，怎么敢不接受您的教诲。"大娘说："我有一盒玉龙膏。不仅能起死回生，还可以因此遇到一个名贵女子。你只需立一个木牌，说你能治因恶业而生的病。如果是普通人来求医，你就说病不能治了;如果遇到特殊人来求医，你就必须拿着这药去给他治，自然能得富贵。"无颇拜谢后接受了药，药用暖金盒盛着。袁大娘又说："天冷时只要拿出这个暖金盒，整个屋里就立刻会暖和起来，连炉子都不用生了。"

　　无颇依照她的话，立了一个木牌，过了几天，果然有一个穿黄衣的人，像是宫中的太监，急急地敲门，对无颇说："广利王知道你有仙丹灵药，所以派我来召见你。"无颇想起袁大娘的话，就随

使者而往。江畔有画舸,登之甚轻疾。食顷,忽睹城宇极峻,守卫甚严。宦者引无颇入十数重门,至殿庭。多列美女,服饰甚鲜,卓然侍立。宦者趋而言曰:"召张无颇至。"遂闻殿上使轴帘,见一丈夫。衣王者之衣,戴远游冠,二紫衣侍女,扶立而临砌,招无颇曰:"请不拜。"王曰:"知秀才非南越人,不相统摄,幸勿展礼。"无颇强拜,王磬折而谢曰:"寡人薄德,远邀大贤,盖缘爱女有疾,一心钟念,知君有神膏。傥获痊平,实所愧戴。"遂令阿监二人,引入贵主院。无颇又经数重户,至一小殿。廊宇皆缀明玑,翠珰楹楣,焕耀若布金钿,异香氲郁,满其庭户。俄有二女褰帘,召无颇入。睹真珠绣帐中,有一女子,才及笄年,衣翠罗缕金之襦。无颇切其脉,良久曰:"贵主所疾,是心之所苦。"遂出龙膏,以酒吞之,立愈。贵主遂抽翠玉双鸾篦而遗无颇,目成者久之。无颇不敢受,贵主曰:"此不足酬君子,但表其情耳。然王当有献遗。"无颇愧谢。阿监遂引之见王。王出骇鸡犀翡翠碗丽玉明瑰,而赠无颇,无颇拜谢。宦者复引送于画舸,归番禺。主人莫能觉,才货其犀,已巨万矣。

　　无颇睹贵主华艳动人,颇思之。月余,忽有青衣,扣门而送红笺。有诗二首,莫题姓字。无颇捧之,青衣倏忽不见。无颇曰:"此必仙女所制也。"词曰:"羞解明珰寻汉渚,但凭春梦访天涯。红楼日暮莺飞去,愁杀深宫落砌花。"又曰:"燕语春泥堕锦筵,情愁无意整花钿。寒闺欹

使者去了。江边停着一只画船，登上后船走得又轻又快。一顿饭工夫，忽然看到城宇高峻，守卫森严。太监领无颇走过十几道大门，来到大殿。殿前排列着很多美女，服饰鲜丽，卓然侍立。太监快步上殿报告说："大王召的张无颇已经到了。"便听到殿上有人打开帘子，见到一个男子，穿着皇帝的衣服，头戴远游冠，两个穿紫衣的侍女，搀扶着他走下殿阶，招呼无颇说："不必跪拜了。"大王说："我知道你不是南越人，不在我的统辖范围，不用行礼了。"无颇一定要拜，大王弯下腰来答谢说，"我实在德行浅薄，把你这位贤人从远方请来，因为爱女得了病，一心挂念，听说你有神膏。如果能给我的爱女治好病，我真是感激不尽。"说罢叫两个太监把无颇领到公主住的院子去。无颇又过了好几道大门，来到一个小殿。廊宇都装饰着明珠，门楣上镶着翠玉宝石，整个宫殿都镶金挂银，异香浓郁，充满庭院。不一会儿，有两个宫女打开珠帘，召无颇进了公主的寝宫。无颇见珍珠绣帐里有一个少女，看样子刚刚到十五岁，穿着绿色绸缎镶金边的衣裙。无颇就给这位公主把脉，过了半天说："公主您的病，是心中有苦事。"然后拿出玉龙膏，请公主就着酒吃下去，公主立刻就好了。公主就从头上拔下一个翠玉作的双鸾篦送给无颇，声称已经做好很久了。无颇不敢接受，公主说："这不足以酬报君子，只是表达我的心意罢了。我父王应该会酬谢你的。"无颇惭愧地拜谢收下了。太监就领无颇去见大王。大王拿出"骇鸡犀""翡翠碗"等极贵重的金玉宝物，赠送无颇，无颇拜谢接受了。太监又领无颇出宫送他上了那只画船，回到番禺。主人不能察觉，无颇只卖那只"骇鸡犀"，已经得了银钱巨万了。

　　无颇见那位公主美丽动人，很想念她。一个多月后，忽然有个婢女，敲门送来一个红信笺。上面题着两首诗，没写姓名。无颇接过诗笺后，婢女忽然就不见了。无颇说："这一定是仙女所写的诗。"词说："羞解明珰寻汉渚，但凭春梦访天涯。红楼日暮莺飞去，愁杀深宫落砌花。"又说："燕语春泥堕锦筵，情愁无意整花钿。寒闺歓

枕不成梦，香炷金炉自袅烟。"顷之，前时宦者又至，谓曰：
"王令复召，贵主有疾如初。"无颇忻然复往。见贵主，复切
脉次。左右云："王后至。"无颇降阶，闻环珮之响，宫人侍
卫罗列。见一女子，可三十许，服饰如后妃。无颇拜之，后
曰："再劳贤哲，实所怀惭。然女子所疾，又是何苦？"无颇
曰："前所疾耳，心有击触而复作焉。若再饵药，当去根干
耳。"后曰："药何在？"无颇进药合，后睹之默然，色不乐，慰
喻贵主而去。后遂白王曰："爱女非疾，私其无颇矣。不然
者，何以宫中暖金合，得在斯人处耶？"王愀然良久曰："复
为贾充女耶？吾亦当继其事而成之，无使久苦也。"

　　无颇出，王命延之别馆，丰厚宴犒。后王召之曰："寡
人窃慕君子之为人，辄欲以爱女奉托，如何？"无颇再拜辞
谢，心喜不自胜。遂命有司，择吉日，具礼待之。王与后敬
仰愈于诸婿，遂止月余，欢宴俱极。王曰："张郎不同诸婿，
须归人间。昨夜检于幽府云，当是冥数，即寡人之女，不至
苦矣。番禺地近，恐为时人所怪。南康又远，况别封疆，不
如归韶阳甚便。"无颇曰："某意亦欲如此。"遂具舟楫，服饰
异珍，金珠宝玉。无颇曰："唯侍卫辈即须自置，无使阴人，
此减算耳。"遂与王别，曰："三年即一到彼，无言于人。"

枕不成梦，香炷金炉自袅烟。"过了一会儿，先前那个太监又来了，对无颇说："大王又召你去，我们公主又像开始一样病了。"无颇高兴地又随太监去了。见到公主，又给她切了脉。这时侍女们说："王后到。"无颇赶快下阶相迎，只听到女人环珮的声音传来，宫女侍卫们排列开来。见一个女人，大概三十多岁，服饰像王后。无颇拜见她，王后说："又辛苦你到这儿来，实在惭愧。可是我女儿不知道到底是什么病？"无颇说："还是以前的病根，公主有心事触动所以又犯了。如果我再给她服一次药，定能除去病根。"王后说："药在哪里呢？"无颇就把那个暖金盒的药呈给皇后，皇后一见药盒半天没说话，显出很不高兴的样子，安慰了几句公主就走了。王后回去对大王说："咱们的女儿不是病了，而是和无颇有情了。不然的话，为什么咱们宫里的暖金盒，会在无颇手里呢？"大王感叹良久说："难道我们的女儿像汉代贾充的女儿吗？我们也只好尽快成全他们，别使女儿再吃苦了。"

无颇出来后，大王命人请他到别馆住下，设了丰厚的宴席犒赏。后来大王召见无颇说："寡人敬慕你的为人，想把我的爱女许配给你，你意下如何？"无颇两次拜谢大王，心中喜不自胜。大王就命有关部司，选定良辰吉日，为无颇和公主举行了隆重的婚礼。大王和王后对无颇的尊重，超过了对其他的女婿，无颇在这里住了一个多月，每日欢宴游乐。大王说："张郎不同于别的女婿，必须回到人间。昨夜我到冥府去查了生死簿，应当是冥冥之中的定数，这样，我的女儿不至于再生病了。你若回番禺去，离我们太近，恐怕会让人们感到奇怪。如果让你到南康去，又离我们太远，况且南康是别人的管辖范围，不如回韶阳去，这样双方都很方便。"无颇说："我也正是这个意思。"于是准备舟船，服饰奇珍，金珠宝玉。无颇说："侍卫和仆从就由我自己安排吧，不要用阴间的人了，那样会减少年寿。"之后无颇与公主告别了大王，大王说："以后我每隔三年就去看你们一次，千万不要对别人说。"

无颇挈家居于韶阳,人罕知者。住月余,忽袁大娘扣门见无颇。无颇大惊,大娘曰:"张郎今日赛口,及小娘子酬媒人可矣。"二人各具珍宝赏之,然后告去。无颇诘妻,妻曰:"此袁天纲女,程先生妻也,暖金合即某宫中宝也。"后每三岁,广利王必夜至张室。后无颇为人疑讶,于是去之,不知所适。出《传奇》。

王 锜

天兴丞王锜,宝历中,尝游陇州。道憩于大树下,解鞍籍地而寝。忽闻道骑传呼自西来,见紫衣乘车,从数骑,敕左右曰:"屈王丞来。"引锜至,则帐幄陈设已具。与锜坐语良久,锜不知所呼,每承言,即徘徊卤莽。紫衣觉之,乃曰:"某潦倒一任二十年,足下要相呼,亦可谓为王耳。"锜曰:"未谕大王何所自?"曰:"恬昔为秦筑长城,以此微功,屡蒙重任。泊始皇帝晏驾,某为群小所构,横被诛夷。上帝仍以长城之役,劳功害民,配守吴岳。当时吴山有岳号,众咸谓某为王。其后岳职却归于华山,某罚配年月未满,官曹移便,无所主管,但守空山。人迹所稀,寂寞颇甚。又缘已被虚名,不能下就小职,遂至今空窃假王之号。偶此相遇,思少从容。"锜曰:"某名迹幽沉,质性孱懦,幸蒙一顾之惠,不知何以奉教?"恬曰:"本缘奉慕,顾展风仪,何幸遽垂厚意,诚有事则又如何?"锜曰:"幸甚。"恬曰:

无颇带着公主住在韶阳，很少有人知道他们的来历。住了一个多月，一天袁大娘忽然敲门来见无颇。无颇大吃一惊，袁大娘说："张郎今天该报答说合姻缘的功劳了吧，你和小娘子酬谢我这个媒人就可以了!"二人各自准备珍宝答谢袁大娘，然后就告别走了。无颇问妻子，妻子说："袁大娘就是袁天纲的女儿，程先生的夫人。暖金盒就是我们宫中的宝物。"后来每隔三年，广利王一定夜里到张无颇家来。后来无颇被别人怀疑，就搬走了，不知道搬到哪里去了。出自《传奇》。

王　锜

　　天兴县丞王锜，宝历年间，曾到陇州游历。半路上在一棵大树下休息，解下马鞍来放在地上靠着睡觉。忽然听见路上一个骑兵呼喊着从西边来，只见一个紫衣人乘着车，后面跟着几个骑马的随从，命令左右说："委屈王锜县丞到我这里来。"随从领王锜来见紫衣人，帐幄陈设已准备好了。紫衣人和王锜坐着谈了很久，王锜不知该怎么称呼他，每每答话，就吞吞吐吐觉得很鲁莽。紫衣人发觉了，就说："我已经潦倒二十年了，不过您要称呼我，也可以叫我大王的。"王锜说："不知大王从何处来?"紫衣人说："我蒙恬当年为秦始皇修建长城，以这个微薄的功劳，多次蒙受重任。后来秦始皇归天了，我被一群小人陷害诬告，终于被杀了。天帝也认为修长城是劳民伤财害了百姓，发配我镇守吴岳。当时吴山有'岳'的称号，人们都管我叫大王。可是后来岳的职位划归华山，而我罚配的年限还没满。官曹迁移后，我什么可管的都没有，只整日守着一座空山。山里人烟稀少，十分寂寞。又因为我已虚有了大王的称号，不能再放下架子当更小的官，于是到现在只是个名义上的大王而已。这次偶然和您相遇，想稍作停留。"王锜说："我只不过是个无名小县丞，既无能又懦弱，见到大王十分荣幸，不知道能为大王做些什么呢?"蒙恬说："我是由于敬慕您，看您风采仪容十分出众。何其幸运突然得到您的垂青厚爱，如果真有事相求会怎样?"王锜说："我一定遵命。"蒙恬就说:

"久闲散,思有以效用。如今士马处处有主,不可夺他权柄。此后三年,兴元当有八百人无主健儿。若早图谋,必可将领。所必奉托者,可致纸钱万张,某以此藉手,方谐矣。"锜许诺而寤,流汗霡霂,乃市纸万张以焚之。乃太和四年,兴元节度使李绛遇害,后节度使温造,诛其凶党八百人。出《河东记》。

马　朝

马朝者,天平军步卒也。太和初,沧州李同捷叛,诏郓师讨之,朝在是行。至平原南,与贼相持累旬。朝之子士俊,自郓馈食,适至军中。会战有期,朝年老,启其将曰:"长男士俊,年少有力,又善弓矢。来日之行,乞请自代。"主将许之。及战,郓师小北,而士俊连中重疮,仆于斗场,夜久得苏。忽有传呼,语言颇类将吏十数人者。且无烛,士俊窥之不见。但闻按据簿书,称点名姓。俄次士俊,则呼马朝。傍有人曰:"不是本身。速令追召。"言讫遂过,及远,犹闻其检阅未已。士俊惶惑,力起徐归。四更方至营门,营吏纳之,因扶持送至朝所。朝谓其已死,及见惊喜,即洗疮傅药。乃曰:"汝可饮少酒粥,以求寝也。"即出汲水。时营中士马极众,每三二百人,则同一井。井乃周圆百步,皆为隧道,渐以及泉,盖使众人得以环汲也。时朝以罂缶汲水,引重之际,泥滑,颠仆于地。地中素有折刀,

"我闲散这么久了，很想再能有点作为。现在兵马到处都有主管，我不能去硬夺别人的权柄。此后三年，兴元应该会有八百名无人统领的士兵。我如果早点做好准备，一定可以做这八百人的统领。我一定要托的事，是请你给我一万张纸钱，我用这些钱做军饷，就可以办成了。"王锜答应后就惊醒了，吓得出了一身汗，于是买了一万张纸烧了。到了太和四年，兴元节度使李绛被害，后任的节度使温造，把李绛手下的八百名士兵全杀了。出自《河东记》。

马　朝

　　马朝，是天平军中的一个步兵。太和初年，沧州李同捷叛乱，上面命令驻守郓城的军队前去讨伐，马朝也在平叛的队里。部队到了平原南面，和叛军对峙了十多天。马朝的儿子马士俊，从郓城送粮食，恰好到了军中。和叛军会战的日子已经定了，马朝年纪大了，就向主将报告说："我的大儿子士俊，年轻有力，又善于射箭。过几天的会战，请允许他替代我参加。"主将同意了。等到战斗开始，郓城部队小受挫败，马士俊连续身受重伤，昏倒在战场上，深夜才苏醒过来。忽然听到传呼声，声音好像有十几个大小将吏就在附近。当时没有烛光，士俊看不清是些什么人，只听见有人按照本子上的记录一个个点名。一会儿点到马士俊时，喊的却是父亲马朝。旁边有人说："这不是马朝本人。赶快去把马朝捉回来。"说完这些人就走过去了，一直走了很远，还能听到他们检阅点名的声音。士俊很害怕也很疑惑，挣扎着爬起来慢慢往回走。四更才到了营门，营里的军官收留了他，便搀扶着他送到马朝所在的地方。马朝原以为士俊已经阵亡，等见到他又惊又喜，就赶快给他洗伤上药。然后说："你可以喝一点兑了酒的粥，就能睡着了。"就出去打水。当时军营里兵马很多，每二三百人，才有一个井。井周围方圆一百多步，都是隧道，疏通到井泉，以便让众人能够围绕着打水。当时马朝用水罐打水，刚要提起来时，脚下泥滑，跌倒在地上。地上原来有一段折断了的刀，

朝心正贯其刃。久而士俊惧其未回，告于同幕者。及到则已绝矣。士俊旬日乃愈。出《河东记》。

郄元位

河东衙将郄元位者，太和初，常奉使京辇。行至沙苑，会日暮。见一人，长丈余，衣紫佩金，容状丰伟。御白马，其马亦高丈余。导从近十辈，形状非常，执弧矢，自南来。元位甚惊异，立马避之。神人忽举鞭西指，若有所见，其导从辈俱随指而望。元位亦西望，寂然无睹。及回视之，皆不见矣。元位瘁然汗发，髀战心栗，不觉堕马。因病热，肩舆以归，旬余方愈。时河东连帅司空李愿卒。出《宣室志》。

夏阳赵尉

冯翊之属县夏阳，据大河。县东有池馆，当太华中条，烟霭岚霏，昏旦在望。又有瀵泉穴其南，泉水清澈，毫缕无隐。太和中，有赵生者，尉于夏阳。尝一夕雨霁，赵生与友数辈，联步望月于瀵泉上。忽见一人，貌甚黑，被绿袍，自水中流，沿泳久之。吟曰："夜月明皎皎，绿波空悠悠。"赵生方惊，其人忽回望水滨，若有所惧，遂入水，惟露其首，有顷亦没。赵生明日又至泉所。是岸傍数十步，有神祠，表其门曰瀵水神。赵生因入庙，见神坐之左右，抟埴为偶人，被绿袍者，视其貌，若前时所见水中人也。赵生曰："此瀵壤也，尚能惑众，非怪而何？"将用划其庙。有县吏曰："此神庙，

马朝的心正好被刀穿透。过了很久,马士俊担心怎么不见父亲回来,告诉了同僚。等到井边一看,马朝已经死了。士俊十多天后才痊愈了。出自《河东记》。

郗元位

　　河东衙将郗元位,太和初年,曾经奉命去京城。走到沙苑,正好天色将晚。看见一个人,身长有一丈多,穿着紫袍佩着金饰,仪表魁伟。骑着白马,马也有一丈多高。前面开路的侍卫近十名,形貌也非同寻常,都带着弓箭,从南面驰来。郗元位很惊讶,停下马来躲避。只见那神人忽然举起鞭子指着西方,好像看到了什么,那些导从都随着指的方向往西面张望。郗元位也往西面看,静悄悄的什么也没看见。等他回头一看,那群人都看不见了。元位吓出了一身汗,腿哆嗦得发颤,不觉跌下马来。因为生了热病,只好用轿子抬了回来,过了十多天才痊愈。后来才知道,当时河东连帅司空李愿死了。出自《宣室志》。

夏阳赵尉

　　冯翊管辖下有个夏阳县,靠着黄河。县东有个池塘,在太华山的中部,山间云雾缭绕,早晚都历历在目。城南又有个瀵泉穴,泉水清澈见底,丝毫东西都无法隐藏。太和年间,有位赵生,在夏阳当县尉。曾经有一晚雨过天晴,赵生和几个朋友,一起到瀵泉上赏月。忽然看见一个人,脸长得很黑,穿着绿袍子,在水流中间,游了很久。边游边吟道:"夜月明皎皎,绿波空悠悠。"赵生正吃惊,那个人也忽然回头向岸上望,好像很恐惧,就沉入水里,只露个脑袋,过了一会儿也就不见了。赵生第二天又到了瀵泉所在地。这里离岸边几十步,有一个神庙,门上标志写的是"瀵水神"。赵生便进了庙,见神座的左右两旁,排列着几个泥作的偶人,其中有一个穿着绿袍的士人,看他的长相,很像昨天看见的水里的人。赵生说:"这个瀵水神庙旁的泥土,还能迷惑人,不是怪又是什么呢?"就打算把庙拆毁。有个县吏说:"这是神庙,

且能以风雨助生植。苟若毁其屋,适足为邑人之患。"于是
不果隳。 出《宣室志》。

卢嗣宗

蒲津有舜祠,又有娥皇、女英祠,在舜祠之侧。土偶之
容,颇尽巧丽。开成中,范阳卢嗣宗,假职于蒲津。一日,
与其友数辈,同游舜庙。至娥皇女英祠,嗣宗戏曰:"吾愿
为帝子之隶,可乎?"再拜而祝者久之。众皆谓曰:"何侮
易之言,黩于神乎?"嗣宗笑益酣。自是往往独游娥皇祠,
酒酣,多为亵黩语。俄被疾,肩舁以归。色悸而战,身汗如
沥,其夕遂卒。家僮辈见十余人,捽拽嗣宗出门,望舜祠而
去。及视嗣宗尸,其背有赤文甚多,若为所扑。蒲之人咸
异其事。 出《宣室志》。

三史王生

有王生者,不记其名,业三史,博览甚精。性好夸炫,
语甚容易。每辩古昔,多以臆断。旁有议者,必大言折之。
尝游沛,因醉入高祖庙,顾其神座,笑而言曰:"提三尺剑,
灭暴秦,翦强楚,而不能免其母'乌老'之称。徒歌'大风起
兮云飞扬',曷能威加四海哉!"徘徊庭庑间,肆目久之,乃
还所止。

是夕才寐而卒。见十数骑,擒至庙庭。汉祖按剑大怒
曰:"史籍未览数纸,而敢亵黩尊神。'乌老'之言,出自何典?
若无所据,尔罪难逃。"王生顿首曰:"臣常览大王《本纪》,

而且能够兴起风雨帮助庄稼生长,如果毁了庙,恐怕会给本地人民带来灾害。"于是就作罢了。出自《宣室志》。

卢嗣宗

　　蒲津县有舜的祠庙,又有舜的二妃娥皇、女英祠,在舜祠的旁边。所塑土偶的容貌,极尽灵巧美丽。开成年间,范阳人卢嗣宗,到蒲津当代理地方官。一天,他和几位朋友,一同游览舜庙。到了娥皇、女英祠,卢嗣宗开玩笑说:"我想做舜帝妻子的奴仆,可以吗?"拜了几拜并且祝祷了很久。朋友们都说:"你怎么能用这样不敬的言辞,来侮辱女神呢?"卢嗣宗笑得更加放肆。从此他常常独自游娥皇祠,酒醉后,多言亵渎之语调笑侮辱女神。一会儿嗣宗突然得了病,被人用轿子抬了回来。只见他满脸恐惧,浑身颤栗,汗如雨下,当天夜里就死了。家里的仆人们看见闯进来十几个人,连打带拖把卢嗣宗拉出家门,直奔舜祠而去。等到观察嗣宗的尸体,发现他后背上有很多红道子,像是被鞭子抽打的。蒲县人都觉得这事太奇怪了。出自《宣室志》。

三史王生

　　有个王生,不记得他的名字了,专门攻读三史,读得很精。王生喜好夸耀学问,说话很随便。每当谈论古代的事,太多凭主观判断。旁边如果有人不同意,他就大肆攻击。王生曾到沛县游玩,喝醉酒进了汉高祖的庙,看着高祖的神像,笑着说:"你能提着三尺宝剑,灭了残暴的秦国,除了强大的楚国,却不能免去你母亲叫'乌老'的称呼。白唱'大风起兮云飞扬'了,怎么能威加四海呢?"王生在庙堂廊庑间徘徊,放肆盯着高祖神像很长时间,才回到自己的住所。

　　这天夜里王生刚睡下就死了。他看见十几个骑兵,把他抓到庙庭里。高祖手按宝剑大怒说:"没看过几页史书,就敢亵渎尊严的神灵。'乌老'的话,出自什么书? 要是你找不出依据,你就有罪难逃。"王生磕头说:"我曾读过关于大王的《本纪》,

见司马迁及班固云：'母刘媪。'而注云乌老反。释云：'老母之称也。'见之于史，闻之于师，载之于籍，炳然明如白日。非臣下敢出于胸襟尔。"汉祖益怒曰："朕中外泗水亭长碑，昭然具载矣。曷以外族温氏，而妄称乌老乎？读错本书，且不见义，敢恃酒喧于殿庭，付所司劾犯上之罪！"

语未终，而西南有清道者，扬言太公来。方及阶，顾王生曰："斯何人而见辱之甚也？"汉祖降阶对曰："此虚妄侮慢之人也，罪当斩之。"王生逞目太公，遂厉声而言曰："臣览史籍，见侮慢其君亲者，尚无所贬。而贱臣戏语于神庙，岂期肆于市朝哉！"汉祖又怒曰："在典册，岂载侮慢君亲者？当试征之。"王生曰："臣敢征大王可乎？"汉祖曰："然。"王生曰："王即位，会群臣，置酒前殿，献太上皇寿。有之乎？"汉祖曰："有之。""既献寿，乃曰：'大人常以臣无赖，不事产业，不如仲力。今某之业，孰与仲多？'有之乎？"汉祖曰："有之。""殿上群臣皆呼万岁，大笑为乐，有之乎？"曰："有之。"王生曰："是侮慢其君亲矣。"太公曰："此人理不可屈，宜速逐之。不尔，必遭杯羹之让也。"汉祖默然良久曰："斩此物，污我三尺刃。"令掷发者掴之。一掴惘然而苏，东方明矣，以镜视腮，有若指踪，数日方灭。出《纂异记》。

张　生

进士张生，善鼓琴，好读孟轲书。下第游蒲关，入舜城。日将暮，乃排阆耸辔争进，因而马蹶。顷之马毙，生无所

看见司马迁和班固说:'您母亲是刘媪。'在注释中说'媪,乌老反'。又解释说:'老母的称谓。'这事见于史书,闻于老师,记于典籍,像白日一样光耀明亮。不是臣下敢凭空编造的呀!"汉高祖更加愤怒地说:"朕中表兄弟的《泗水亭长碑》,明明白白记着我母亲的姓名。你怎敢以外族的'温氏',随意称我的母亲为'乌老'呢?读错了本书,而且又不懂书中的真义,还敢借醉酒到我的大殿上胡言乱语,应该交给主管部门以犯上之罪处置你!"

高祖话还没说完,而西南方就有清道的人,大声说是高祖的父亲太公来了。太公刚走上大殿,回头看见王生说:"这是什么人,为何受到这样大的辱骂?"高祖下阶回答说:"这是一个狂妄无礼的人,犯了该斩的大罪!"王生睁大眼睛盯着太公,便厉声说:"我阅览史籍,见历史上侮慢君亲的人,都没有因而获罪。而我只不过在神庙说了几句笑话,难道要在街市上斩首吗?"汉高祖又愤怒地说道:"在史书上,难道还记载有侮辱怠慢君亲的事吗?你试着举例给我看看。"王生说:"我就征引大王你的例子可以吗?"高祖说:"行。"王生说:"大王登了帝位后,大宴群臣,在前殿置酒,给太上皇献寿,有这事吗?"高祖说:"有啊。"王生说:"献寿时,你说:'父亲您过去常说我是无赖,不置产业,不如我弟弟好。现在你看我的家业,和我弟弟谁的多?'这事有没有?"高祖说:"有。"王生问:"殿上群臣听了你的话都高呼万岁,大笑起来,这事有没有?"高祖说:"有。"王生说:"你这是侮慢君亲。"太史公说:"这人有理不可辩解,应该快快赶走他。不然,你就要遭受'分一杯羹'的责备了。"汉高祖沉默良久说:"杀了这家伙,怕弄脏了我的三尺宝剑。"命人扯着王生的头发打耳光。一耳光把王生打醒了,一看,东方已经亮了。用镜子照脸,见脸上有红红的指印,好几天才消失。出自《纂异记》

张 生

进士张生,善于弹琴,爱读孟子的书。科举结束后游历蒲关,进了舜帝城。天快黑了,张生于是推开城门打马飞驰争抢着往城里涌,因此马跌倒了。过了一会儿马就死了,张生无处

投足。遂诣庙吏,求止一夕。吏止檐庑下曰:"舍此无所诣矣。"遂止。

初夜方寝,见绛衣者二人,前言曰:"帝召书生。"生遽往,帝问曰:"业何道艺之人?"生对曰:"臣儒家子,常习孔孟书。"帝曰:"孔圣人也,朕知久矣。孟是何人?得与孔同科而语?"生曰:"孟亦传圣人意也。祖尚仁义,设礼乐而施教化。"帝曰:"著书乎?"生曰:"著书七千二百章,盖与孔门之徒难疑答问,及《鲁论》《齐论》,俱善言也。"帝曰:"记其文乎?"曰:"非独晓其文,抑亦深其义。"帝乃令生朗念,倾耳听之。念:万章问:"舜往于田,号泣于旻天。何为其号泣也?"孟子曰:"怨慕也。"万章问曰:"父母爱之,喜而不忘;父母恶之,劳而不怨。然则舜怨乎?"答曰:"长息问于公明高曰:'舜往于田,则吾得闻命矣。号泣于旻天,怨于父母,则吾不知也。'"

帝止生之词,怃然叹曰:"盖有不知而作之者,亦此之谓矣。朕舍天下千八百二十载,暴秦窃位,毒痛四海,焚我典籍,泯我帝图,蒙蔽群言,逞恣私欲。百代之后,经史差谬。辞意相及,邻于诙谐。常闻赞唐尧之美曰:'垂衣裳而天下理。'盖明无事也。然则平章百姓,协和万邦,至于滔天怀山襄陵。下民其咨,夫如是则与垂衣之义乖矣。亦闻赞朕之美曰:'无为而治。'乃载于典则云:'宾四门,齐七政,类上帝,禋六宗,望山川,遍群神,流共工,放驩兜,殛鲧,

投宿，于是找到一个庙吏，请求留他住一宿。小庙吏指一指檐庑下说："除了这里再也没地方了。"张生只好住下来。

　　夜里刚刚睡下，张生就看见两个穿红衣服的人，走上前来说："舜帝要召见你。"张生急忙跟着走。见到舜帝后，舜帝问道："你有什么技艺？"张生回答说："臣是儒家子弟，常读孔、孟的著作。"舜帝说："孔子是位圣人，朕早就知道。孟子是什么人？你怎么能把他和孔子相提并论？"张生说："孟子也是能传达圣人意志的人。他向来崇尚仁义，设礼乐对人民进行教化。"舜帝说："孟子也写书吗？"张生说："孟子著书有七千二百章，都是和孔子的弟子们探讨疑难问题的。他的《鲁论》《齐论》，都讲述了很好的道理。"舜帝又问："你能记得孟子的文章吗？"张生说："我不但能背诵孟子的文章，而且懂得文章中深刻的含义。"舜帝就让张生大声朗读，仔细倾听。张生念道："万章问：'舜往于田，号泣于旻天。何为其号泣也？'孟子曰：'怨慕也。'万章问曰：'父母爱之，喜而不忘，父母恶之，劳而不怨。然则舜怨乎？'答曰：'长息问于公明高曰："舜往于田，则吾得闻命矣。号泣于旻天，怨于父母，则吾不知也。"'"

　　舜帝让张生停止背诵，怅然叹息说："原来也有并不真懂道理就写文章的人，这就是个例子啊。朕离开天下一千八百二十年了，秦始皇窃取了天下，毒害黎民，烧毁我的文献典籍，毁灭了我的谋划，蒙蔽百姓的言论，放纵他的私欲。百代之后，经史的记载也是错误百出。这些记载和事实出入太大，简直是笑话一样。比如我曾听说赞颂唐尧之美说：'尧坐在皇帝的宝座上连衣服都不动就把天下治理好了。'意思说唐尧时天下太平无事。然而尧帝平抚百姓的骚乱，协调万国之间的矛盾，至于后来和天地山川搏斗，向下征询百姓的意见，像这些事实和'垂衣而治'的说法不就差得更远了吗？我也听说史书上赞扬我的功绩说：'无为而治。'可史书上又偏偏记载：'接待四方来的宾朋，把七种政事都理顺管好，像天帝一样尊贵，祭祀祖先，视察高山大河，为民祭告所有的神灵。流放了驩兜和共工，杀死治水不利的鲧，

窜三苗。'夫如是与无为之道远矣。今又闻号泣于旻天,怨慕也,非朕之所行。夫莫之为而为之者,天也;莫之致而致之者,命也。朕泣者,怨己之命,不合于父母,而诉于旻天也。何万章之问,孟轲不知其对?传圣人之意,岂宜如是乎?"嗟不能已。

久之谓生曰:"学琴乎?"曰:"嗜之而不善。"帝乃顾左右取琴,曰:"不闻鼓五弦,歌《南风》,奚足以光其归路?"乃抚琴以歌之曰:"南风薰薰兮草芊芊,妙有之音兮归清弦。荡荡之教兮由自然,熙熙之化兮吾道全,薰薰兮思何传。"

歌讫,鼓琴为《南风弄》。音韵清畅,爽朗心骨,生因发言曰:"妙哉!"乃遂惊悟。出《纂异记》。

赶跑了三苗。'像这些和'无为而治'相去太远了吧。现在又听说我"号泣于旻天",是因为心中积怨太多,这更不是我干的事了。不能做成的事做成了,这是靠天的祐护;不能达到的目的达到了,这是靠命运。我之所以哭,是怨我的命运,跟父母不合,只能向苍天哭诉了。为何万章之问,孟子回答不出万章的问题呢?传达圣人的意志,难道能这样吗?"说罢又感叹不已。

过了很久舜帝又问张生:"学弹琴吗?"张生说:"喜欢弹,但弹得不好。"舜帝就让侍从取来琴,对张生说:"你不听一听我弹五弦琴,唱《南风》曲,怎么能明白自己的归路呢?"就抚琴唱了起来:"南风薰薰兮草芊芊,妙有之音兮归清弦。荡荡之教兮由自然,熙熙之化兮吾道全,薰薰兮思何传。"

歌唱完了,又弹了一曲《南风弄》。音韵清新流畅,令人心情舒爽,张生忍不住大声赞叹说:"太美妙了!"然后就突然惊醒过来。出自《纂异记》。

卷第三百一十一
神二十一

萧　旷

太和处士萧旷，自洛东游。至孝义馆，夜憩于双美亭，时月朗风清。旷善琴，遂取琴弹之。夜半，调甚苦。俄闻洛水之上，有长叹者。渐相逼，乃一美人。旷因舍琴而揖之曰："彼何人斯？"女曰："洛浦神女也。昔陈思王有赋，子不忆耶？"旷曰："然。"旷又问曰："或闻洛神即甄皇后，谢世，陈思王遇其魄于洛滨，遂为《感甄赋》。后觉事之不正，改为《洛神赋》，托意于宓妃。有之乎？"女曰："妾即甄后也。为慕陈思王之才调，文帝怒而幽死。后精魄遇王洛水之上，叙其冤抑，因感而赋之。觉事不典，易其题，乃不缪矣。"

俄有双鬟，持茵席，具酒殽而至。谓旷曰："妾为袁家新妇时，性好鼓琴。每弹至《悲风》及《三峡流泉》，未尝不尽夕而止。适闻君琴韵清雅，愿一听之。"旷乃弹《别鹤操》

萧 旷

太和年间有位处士叫萧旷,从洛水向东游历。到了孝义后住下来,晚上他到双美亭上游玩小歇,当时月朗风清。萧旷善于弹琴,就取琴弹了起来。半夜时,曲调十分凄苦。忽然听见洛水之上,有人发出长叹声,渐渐地越来越近,竟是一个美貌女子。萧旷便放下琴起来作揖说:"您是什么人?"女子说:"我就是洛神。从前陈思王曾作《洛神赋》,你不记得了吗?"萧旷说:"记得。"萧旷又问道:"有人听说洛神就是甄皇后,她去世后,陈思王在洛水边遇到了她的魂魄,才写了《感甄赋》。后来觉得这事不正当,才改名为《洛神赋》,托意于宓妃。是不是这样呢?"女子说:"我就是甄后。当初因为我倾慕陈思王的才华,魏文帝大怒,把我幽禁而死。后来我的魂灵在洛水边遇见了陈思王,我向他倾诉了我的哀怨,他才写了《感甄赋》。后来觉得这事不正当,就改名叫《洛神赋》了。这才是事情的真相。"

一会儿有一个梳着双髻的少女,拿着坐垫,准备了酒菜到了。对萧旷说:"我刚嫁到袁家为新妇时,很喜欢弹琴。每当弹到《悲风》和《三峡流泉》,常常会弹上一夜。刚才我听到您的琴声清新典雅,想再听一遍。"萧旷就弹了《别鹤操》

及《悲风》。神女长叹曰："真蔡中郎之俦也。"问旷曰："陈思王《洛神赋》如何?"旷曰："真体物浏漓,为梁昭明之精选尔。"女微笑曰："状妾之举止云'翩若惊鸿,婉若游龙',得无疏矣。"旷曰："陈思王之精魄今何在?"女曰："见为遮须国王。"旷曰："何为遮须国?"女曰："刘聪子死而复生,语其父曰:'有人告某云,遮须国久无主,待汝父来作主。'即此国是也。"

俄有一青衣,引一女曰："织绡娘子至矣。"神女曰："洛浦龙王之处女,善织绡于水府。适令召之尔。"旷因语织绡曰："近日人世或传柳毅灵姻之事,有之乎?"女曰："十得其四五尔,余皆饰词,不可惑也。"旷曰："或闻龙畏铁,有之乎?"女曰："龙之神化,虽铁石金玉,尽可透达,何独畏铁乎? 畏者蛟螭辈也。"旷又曰："雷氏子佩丰城剑,至延平津,跃入水,化为龙。有之乎?"女曰："妄也。龙,木类,剑乃金。金既克木,而不相生,焉能变化? 岂同雀入水为蛤,野鸡入水为蜃哉! 但宝剑灵物,金水相生,而入水雷生,自不能沉于泉。信其下搜剑不获,乃妄言为龙。且雷焕只言化去,张司空但言终合,俱不说为龙。任剑之灵异,且人之鼓铸锻炼,非自然之物。是知终不能为龙,明矣。"旷又曰："梭化为龙如何?"女曰："梭,木也,龙本属木,变化归木,又何怪也?"旷又曰："龙之变化如神,又何病而求马师皇疗之?"女曰："师皇是上界高真,哀马之负重引远,故为马医,愈其疾者万有匹。上天降鉴,化其疾于龙唇吻间,欲验师皇之能。龙后负而登天,天假之。非龙真有病也。"

和《悲风》。神女听罢长叹道："您的琴艺真能和蔡邕相媲美了。"又问萧旷说："您觉得陈思王的《洛神赋》写得怎么样?"萧旷说："描摹事物清朗明亮,堪称是梁代昭明选出的精品了。"洛神微笑着说："赋中形容我的举止说'翩若惊鸿,婉若游龙,'也不是很恰当的啊。"萧旷问："陈思王的灵魂现在哪里?"洛神说："他现在是遮须国国王。"萧旷说："什么叫遮须国?"洛神说："刘聪的儿子死而复生,对他父亲说:'有人对我说,遮须国一直没有国王,等你父亲来当国王。'说的就是这个遮须国。"

　　不一会儿有一个使女,引导着一个女子走来说:"织绡娘子到了。"洛神说:"这是洛浦龙王的女儿,她在水府善于织绡。是我刚刚把她请来的。"萧旷就问织绡娘子说:"近来人世有传说柳毅与龙女联姻的事,是真有此事吗?"织绡娘子说:"十成有四五成是对的,其他都是编造的了,不要被骗了。"萧旷说:"我听说龙最怕铁器,是真的吗?"织绡女说:"龙有神力,即使金玉铁石,都能穿透,怎么会只怕铁呢? 真正怕铁的是蛟、螭之类。"萧旷又问:"传说雷氏子佩带丰城宝剑,到了延平津,剑跳入水里,变成了龙。有这样的事吗?"织绡女说:"错了。龙属木,剑属金。金与木相克,而不相生,剑怎么能变成龙呢? 怎么能与鸟雀入水变成蛤,野鸡入水变成蜃一样呢? 宝剑是有灵性的东西,金水相生,入水生出雷来,所以不能在泉中沉没。一定是他的下属捞不到剑,就胡说宝剑已变成龙了。其实雷焕只不过说'宝剑化去',张司空则说'终合',都没说变龙的事。宝剑虽然灵异,但毕竟是由人类煅烧锤炼而成的,并不是自然中的东西。由此可知最终不可能变成龙,你明白了吗?"萧旷又说:"织布的梭子能变成龙吗?"织绡女说:"梭子,是木头做的,龙本来就属木,梭变龙后仍归为木,这有什么奇怪的呢?"萧旷又说:"龙变化如神,为什么龙病了还要请马医师皇来治呢?"织绡女说:"师皇是天界高真,他同情马一生受尽了负重奔波之苦,所以才当了马医,经他治好了的马成千上万。天帝俯察,就把马的病情转化到龙的唇齿间,想试试师皇的医术。后来龙背着师皇上了天,是上天故意安排的。并不是龙真的有了病。"

旷又曰:"龙之嗜燕血,有之乎?"女曰:"龙之清虚,食饮沉
瀣。若食燕血,岂能行藏?盖嗜者乃蛟蜃辈。无信造作,
皆梁朝四公诞妄之词尔。"旷又曰:"龙何好?"曰:"好睡,
大即千年,小不下数百岁。偃仰于洞穴,鳞甲间聚其沙尘。
或有鸟衔木实,遗弃其上。乃甲拆生树,至于合抱,龙方觉
悟。遂振迅修行,脱其体而入虚无,澄其神而归寂灭。自
然形之与气,随其化用。散入真空,若未胚晖,若未凝
结。如物有恍惚,精奇杳冥。当此之时,虽百骸五体,尽可入于
芥子之内。随举止,无所不之。自得还元返本之术,与造
化争功矣。"旷又曰:"龙之修行,向何门而得?"女曰:"高
真所修之术何异?上士修之,形神俱达;中士修之,神超形
沉;下士修之,形神俱堕。且当修之时,气爽而神凝,有物
出焉。即老子云'恍恍惚惚,其中有物也'。其于幽微,不
敢泄露,恐为上天谴谪尔。"

　　神女遂命左右,传觞叙语。情况昵洽,兰艳动人,若
左琼枝而右玉树,缱绻永夕,感畅冥怀。旷曰:"遇二仙娥
于此,真所谓双美亭也。"忽闻鸡鸣,神女乃留诗曰:"玉箸
凝腮忆魏宫,朱丝一弄洗清风。明晨追赏应愁寂,沙渚烟
销翠羽空。"织绡诗曰:"织绡泉底少欢娱,更劝萧郎尽酒
壶。愁见玉琴弹别鹤,又将清泪滴真珠。"旷答二女诗曰:
"红兰吐艳间夭桃,自喜寻芳数已遭。珠佩鹊桥从此断,遥
天空恨碧云高。"神女遂出明珠、翠羽二物赠旷曰:"此乃陈
思王赋云'或采明珠,或拾翠羽',故有斯赠,以成《洛神赋》

萧旷又说:"龙爱喝燕子的血,有这事吗?"织绡女说:"龙是清虚之物,吃的是露水云雾。如果真吃燕血,还能在云间藏身游弋吗?喜欢喝燕血的是蛟蜃之辈。你别信那些胡编的话,都是梁朝四公们胡说八道的话。"萧旷又说:"龙有什么特别的爱好?"织绡女说:"龙很爱睡觉。大睡能睡千年,小睡也能睡几百年。它在洞穴里仰卧着,鳞甲间聚集了很多泥土灰尘。有时有鸟衔着树木的种子,丢落在龙身上。就会长出树来,甚至能长得又高又大直到一个人合抱那么粗,龙才知道。于是奋起修行,挣脱形体进入虚空,澄清精神归于寂灭。自然界中的形与气,任凭龙变化使用。龙散入真空,如没有形成的胚胎,没有凝结的形体。又像物有恍惚,精奇渺茫。当此之时,即使整个形体,都可进入极微小的芥子之内。随便行动,没有不能达到的,这就是得到了返本还原的本领,可与天地争功了。"萧旷又问:"龙的修行,是向哪里求得的呢?"织绡女说:"与高真的修行又有什么不同呢?上等人修行,形和神都能达到仙人的境界;中等人修行,精神能成仙肉体却不行;下等人修行,形和神都会毁灭。况且修行的时候,心气清爽而全神贯注,这时就会感到自身的超脱,正像老子说的'恍恍惚惚,其中有物也'。至于修行中更奥妙的方法,我不敢泄露,担心会受到上天的谴责和贬谪。"

这时洛神就让侍从倒酒,举杯叙谈,场面融洽。两位神女娇艳动人,如同左边是琼枝而右边是玉树。他们缠绵了整个晚上,畅聊心中情怀。萧旷说:"今天在这里有幸遇见二位仙女,怪不得这个亭子叫做'双美亭'啊!"忽然听见雄鸡啼鸣,洛神就写了首诗留赠:"玉箸凝腮忆魏宫,朱丝一弄洗清风。明晨追赏应愁寂,沙渚烟销翠羽空。"织绡娘子也作诗说:"织绡泉底少欢娱,更劝萧郎尽酒壶。愁见玉琴弹别鹤,又将清泪滴真珠。"萧旷酬答二位神女的诗说:"红兰吐艳间天桃,自喜寻芳数已遭。珠佩鹊桥从此断,遥天空恨碧云高。"洛神就拿出了明珠和翠羽两件物品赠给萧旷说:"这就是陈思王的赋里说的'或采明珠,或拾翠羽',所以我就把这两件东西送给你,以符合《洛神赋》

之咏也。"龙女出轻绡一匹赠旷曰:"若有胡人购之,非万金不可。"神女曰:"君有奇骨异相,当出世。但淡味薄俗,清襟养真,妾当为阴助。"言讫,超然蹑虚而去,无所睹矣。后旷保其珠绡,多游嵩岳。友人尝遇之,备写其事。今遁世不复见焉。出《传记》。

史 遂

会昌中,小黄门史遂,因疾退于家。一日,忽召所亲,自言初得疾时,见一黄衣人,执文牒曰:"阴司录君二魂对事。量留一魂主身。"不觉随去。出通化门,东南入荒径,渡灞浐,陟蓝田山。山上约行数十里,忽见一骑执黑幡,云:"太一登殿已久,罪人毕录。尔何迟也。"督之而去。至一城,甲士翼门。直北至一宫,宫门守卫甚严。有赤衣吏,引使者同入。萧屏间,有一吏自内出曰:"受教受教。"使者鞠躬受命。宣曰:"史遂前世括苍山主录大夫侍者,始则恭恪,中间废堕,谪官黄门,冀其省悟。今大夫复位,侍者宜迁,付所司准法。"遂领就一院,见一人,白须鬓,紫衣,左右十数列侍。拜讫仰视,乃少傅白居易也。遂元和初为翰林小吏,因问曰:"少傅何为至此?"白怡然曰:"侍者忆前事耶?"俄如睡觉,神气顿如旧。诸黄门闻其疾愈,竞访之。是夕,居易薨于洛中。临终,谓所亲曰:"昔自蓬莱,与帝有

所咏叹的境界。"龙女拿出一匹轻绡送给萧旷说："如果有胡人买它，必须一万金才能卖。"洛神又说："您有奇骨异相，应该会淡泊名利，超出尘俗。只要粗茶淡饭，远离世俗，豁达胸襟修真养性，我会暗暗帮助你的。"说罢，轻轻地腾空而去，什么也看不见了。后来萧旷保存着明珠和轻绡，常常游嵩山。有朋友曾经遇到过他，详细地写出了这些事。现在萧旷已经从世间消失，再也没见过他。出自《传记》。

史　遂

　　会昌年间，有个小黄门史遂，因病在家休养。一天，他忽然把家里人都找来，自称刚得病时，看见一个黄衣人，手拿文牒对他说："阴司召你的二魂应对公事，考虑给你留下一魂管你的身子。"史遂不知不觉地就跟着走。出了通化门，向东南走上一条很荒僻的路，又渡过灞水浐河，登上蓝田山。在山上大概走了几十里，忽然看见一个骑马的人拿着黑幡，说："太一神登殿很久了，要审的罪人都点过了名。你怎么这么晚才来。"督促他们快走。来到一座城池，城门两边排列着很多兵士。进城一直向北到了一个宫殿，宫门守卫也很森严。有个穿红衣的小吏，引着使者一同走进去。在影壁墙间，有一个小吏从里面出来，说："快听旨意。"使者鞠躬受命。那官员宣读公文说："史遂前世曾任括苍山主录大夫的侍者，起初还恪尽职责，中间就有些懈怠了，所以才贬到黄门当小官，希望他能够反省自己的错误。现在括苍山主录大夫官复原位，史遂这个侍者也应该升转了。交付主管部门批准。"就把史遂带到另一院子，见到一个人，须鬓皆白，身穿紫袍，左右有十几个侍从站着。史遂拜完抬头一看，竟是少傅白居易。史遂元和初年在翰林院当小官，便问道："白少傅到这儿来做什么呢？"白居易高兴地说："侍从不记得以前的事了吗？"这时史遂突然像睡醒了一样，神色顿时和没生病时完全一样了。众黄门听说史遂病好了，争相来看望他。这天晚上，白居易病死在洛中。临终时，对家人说："从前在蓬莱仙宫时，我曾和武宗皇帝有

阎浮之因。帝于阎浮为麟德之别。"言毕而逝,人莫晓也。较其日月,当捐馆之时,乃上宴麟德殿也。出《唐年补录》。

田 布

唐相崔铉镇淮南。卢耽罢浙西,张择罢常州,俱经维扬,谒铉。铉因暇日,与二客方奕,吏报女巫与故魏博节度使田布偕至,泊逆旅某亭者。铉甚异之,复曰:"显验与他巫异,请改舍于都候之廨。"铉趣召巫者至,乃与神迭拜曰:"谢相公。"铉曰:"何谢?"神答曰:"布有不萧子,黩货无厌,郡事不治。当犯大辟,赖公阴德免焉。使布之家庙血食不绝者,公之恩也。"铉矍然曰:"异哉。"铉为相日,夏州节度奏银州刺史田锣,犯赃罪,私造铠甲,以易市边马布帛。帝赫怒曰:"赃自别议。且委以边州,所宜防盗。以甲资敌,非反而何?命中书以法论,将赤其族。"翌日,铉从容言于上曰:"锣赃罪自有宪章。然是弘正之孙,田布之子。弘正首以河朔入觐,奉吏员。布亦成父之命,继以忠孝,伏剑而死。今若行法以固边圉,未若因事弘贷,激劝忠烈。"上意乃解,止黜授远郡司马。而铉未尝一出口于亲戚私昵,已将忘之。今神之言,正是其事。乃命廊下素服而见焉。谓之曰:"君以义烈而死,奈何区区为愚妇人所使乎?"神曰:"布尝负此姬八十万钱,今方忍耻偿之。"铉与二客及监军

'人间'的因缘。皇帝在人世间为麟德之别。"说完就死了，人们不懂他说的是什么意思。后来一推算日子，才知道他死的那天，正是皇上在麟德殿赐宴的日子。出自《唐年补录》。

田 布

唐代相国崔铉镇守淮南时，卢耽在浙西罢官，张择在常州罢官，一起经过扬州，拜访崔铉。崔铉便在一个闲暇日，与两位客人正在下棋时，有小吏报告女巫和已经去世的魏博节度使田布一块来了，正停在旅店的某个亭子间。崔铉很奇怪，小吏又说："这个女巫的话很灵验，和其他女巫不一样，请他们到都衙官舍来住吧。"崔铉赶快让人把女巫招来，女巫和田布的神魂相继拜崔铉说："谢崔相国。"崔铉说："为什么要谢我呢？"田布的神魂回答说："我有不肖的儿子，做官时贪得无厌，不理政事，理当被处以死刑，全仗着您的阴德佑助才使他免了一死，使我田布家祖庙香火不至断绝，是您的大恩大德啊！"崔铉惊奇地说，"这事可太怪了！"原来，崔铉当相国时，夏州节度使曾奏报说银州刺史田钑犯了贪赃罪，用私自打造的铠甲，在边境上换马匹和布帛。皇上一听大怒说："贪赃自当别论。况且派在边境州府的官员，本身的职责就是防盗寇的。现在田钑竟拿军用品资助敌人，这和造反有什么不同？立刻交付中书按法严办，诛灭九族！"第二天，崔铉从容地对皇上说："田钑的贪赃罪的确应该依法严办。然而他是田弘正的孙子，是田布的儿子。田弘正首先把河朔交给皇上，奉献出了吏员。田布也完成他父亲的遗命，继以忠孝，最后也伏剑而死。现在如果皇上想严办田钑以巩固边防，还不如宽恕了他，以他父亲、爷爷的忠义事迹激励他。"皇上的情绪消解了，只把田钑降调到边远州郡当司马。然而崔铉从来没跟任何人说过这件事，连自己现在都忘了。现在神说的正是这件事。于是崔铉就请神到廊下，素服相见。对田布的魂说："你因忠义刚烈而死，怎么能被一个愚昧无知的妇人所驱使呢？"田布的神灵说："我曾欠这个巫婆八十万钱，现在我正忍辱还她呢。"崔铉和两位客人以及监军

使幕下，共偿其钱。神乃辞去，因言事不验。<small>梁楫李琪作传。</small>

进士崔生

进士崔生，自关东赴举，早行潼关外十余里。夜方五鼓，路无人行，惟一仆一担一驴而已。忽遇列炬呵殿，旗帜戈甲，二百许人，若方镇者。生映树自匿，既过，行不三二里，前之导从复回，乃徐行随之。有健步押茶器，行甚迟，生因问为谁。曰："岳神迎天官崔侍御也。秀才方应举，何不一谒，以卜身事？"生谢以无由自达，健步许侦之。

既及庙门，天犹未曙，健步约生伺之于门侧。入良久出曰："白侍御矣。"遽引相见，甚喜。逡巡岳神至，立语，便邀崔侍御入庙中。陈设帐幄，筵席鼓乐极盛。顷之，张乐饮酒。崔临赴宴，约敕侍者，祗待于生，供以汤茶所须，情旨敦厚。

饮且移时，生倦，徐行周览，不觉出门。忽见其表丈人，握手话旧。颜色憔悴，衣服褴缕。生曰："丈人久辞人间，何得至此？"答曰："仆离人世，十五年矣，未有所诣。近作敷水桥神，倦于送迎，而窘于衣食。穷困之状，迨不可济。知侄与天官侍御相善，又宗姓之分，必可相荐，故来投诚。若得南山靬神祗，即粗免饥穷。此后迁转，得居天秩矣。"生辞以"乍相识，不知果可相荐否，然试为道之"。

使幕下，一起为田布还了钱。田布的神灵才离去，从此巫婆说出的事都不应验了。梁楷李琪作传。

进士崔生

进士崔生，从关东进京赶考，早晨走出潼关外十几里时，才打过五更鼓。路上没有行人，只有一个仆人一个担子一头驴而已。忽然遇见前面排列着火把并有人喝道，旗帜戈甲，有二百多人，好像是那一方的镇守使。崔生躲在一棵树后，等队列过后，刚走了不到二三里，前面的那个导从又回来了，崔生就跟在队伍后头慢慢走。有一个健壮的士兵押运着茶器，走得很慢，崔生便问他是谁。那士兵说："这是岳神去迎接天官崔侍御。您这位秀才要去赶考，何不去见一见，卜问自己的前程呢？"崔生道谢说没办法去面见，那士兵答应帮他看情况。

已到了庙门，天还没亮，士兵让崔生躲在庙门旁，自己进去了很久才出来说："已经跟崔侍御说了。"然后引崔生见了崔侍御，崔生很高兴。不一会岳神来了，站着说了两句话，就请崔侍御进了庙。庙里陈设了帐幕，摆下了酒宴。不一会儿，奏乐喝酒。崔侍御临开宴时，特别命令手下人，好好招待崔生，提供所需要的汤茶，显得很热情。

饮酒饮了很长时间，崔生觉得有些疲倦，慢慢走着四处溜达，不觉走到庙门外。忽然看到他的表丈人在门外，忙上前握手叙话。表丈人面容憔悴，衣衫破烂。崔生说："表丈人已经去世很久了，怎么到了这里？"表丈人回答说："我离开人世，已经十五年了，没处可去。近来做敷水桥神，每天送往迎来十分疲惫，而且连衣食都很窘迫。穷困的情形，一点也得不到帮助。我知道侄儿你和天官崔侍御关系好，你们又都姓崔，一定能替我推荐一下，所以来找你。如果我能被任命为南山脊神，就能免于冻饿之苦。以后升迁调转，还有可能调到天界去做官。"崔生推辞说："和侍御刚刚认识，不知道是否可以推荐。然而我可以试着跟他说一说。"

　　侍御寻亦罢宴而归,谓曰:"后年方及第,今年不就试亦可。余少顷公事亦毕,即当归去,程期甚迫,不可久留。"生因以表丈人所求告之。侍御曰:"觜神似人间选补,极是清资,敷水桥神卑杂,岂可便得?然试为言之,岳神必不相阻。"即复诣岳神迎奉。生潜近伺之,历闻所托,岳神果许之。即命出牒补署。俄尔受牒入谢,迎官将吏一二百人,侍从甚整。生因出贺,觜神泣曰:"非吾侄之力,不可得此位也。后一转,便入天司矣。今年渭水泛溢,侄庄当飘坏。一道所损三五百家,已令为侄护之,五六月必免此祸。更有五百缣相酬。"须臾,觜神驱殿而去,侍御亦发,岳神出送。

　　生独在庙中,欻如梦觉。出访仆使,只在店中,一无所睹。于是不复入关,回止别墅。其夏,渭水泛溢,漂损甚多,惟崔生庄独免。庄前泊一空船,水涸之后,船有绢五百匹。明年果擢第矣。出《录异记》。

张俨

　　进士张俨者赴举,行及金天王庙前,遇大雨,于庙门避雨,至暮不止。不及诣店,遂入庙中门宿。至四更,闻金天视事之声,喝喝甚厉。须臾,闻唤张俨,来日午时,行至某村,为赤狸虎所食。俨闻之甚惧,候庭下静,遂于门下匍匐

过了一会儿，崔侍御也吃完了饭要回去，对崔生说："你后年才能考中，今年不去参加会试也没关系。我等一会儿公事也办完了，也要立即赶回去，日程很紧，不能在这里久留了。"崔生就把表丈人的请求对他说了。崔侍御说："南山觜神好像人间的选补官，要求有较高的资历。敷水桥神官职卑微，哪里是容易得到的？不过我可以试着说一说，我想岳神是不会拒绝我的。"说罢就又把岳神请来，两个人在一起商量。崔生偷偷靠近等着，听清崔侍御在和岳神讲情，岳神果然答应了。当时就命令发出文牒让崔生的表丈人补上了南山觜神。不大一会儿，崔生的表丈人就接受任命进庙拜谢，迎接他上任的官员仆从有一二百人，很是严整。崔生就走上前向表丈人祝贺，表丈人哭着说："没有侄儿出力，我绝不可能得到这个官位。下一次调动，我就可以进入天司了。今年渭河会发大水，侄儿的村庄本应受洪水侵害，一起受害的有三五百家。但我已下令保护你的田庄，五六月间一定能免除这场灾祸。我还会给你五百匹绸缎来酬谢你。"过了一会儿，觜神就带着仆从侍卫奔驰而去。这里崔侍御也要上路，岳神出来送行。

只有崔生独自留在庙里，恍然如一场梦刚醒。他出去寻找仆人，仆人说他一直在店里，什么也没看见。于是崔生就不再进关赶考了，直接回到家乡。这年夏天，渭水果然泛滥，很多村庄都被淹没，唯独崔生的田庄没有受到水害。庄子前停着一只空船，水退之后，见船里放着五百尺绸缎。第二年崔生果然考中了进士。出自《录异记》。

张偓

进士张偓参加科举考试，走到金天王庙前，遇到大雨，就在庙门下避雨，雨一直到傍晚也不停。来不及投宿客店，就到庙中门睡下。到四更时分，听到金天王问案的声音，吵喊得很厉害。过了一会儿，听见有人喊张偓，在明天午时，走到某村，将被一只赤狸虎吃掉。张偓听后十分恐惧，等庙堂上静下来，就从庙门下匍匐

而入。自通名而拜,金天曰:"汝生人,何事而来?"遂具以前事告金天。金天曰:"召虎来。"须臾虎至。金天曰:"与二大兽食而代偃。"虎曰:"冤家合食,他物代之不可。"金天曰:"检虎何日死?"有一吏来曰:"未时为某村王存射死。"金天曰:"命张偃过所食时即行。"及行至前路,果见人喧闹,问之,乃曰:"某村王存,射杀赤狸虎。"果金天所言。偃遂自市酒,求鹿脯,亲往庙谢之。出《闻奇录》。

裴氏子

天水彭郡裴氏子,咸通中,于东阆学孤林法。淫其亲表妇女,事发系狱。每日供其饮食,悉是孤林法神为致之。狱吏怪而谓其神曰:"神既灵异,何不为免此刑?"神曰:"受吾法者,只可全身远害,方便济人。既违戒誓,岂但王法,神亦不容也。今之殷勤,以酬香火之功。"竟笞杀之。出《录异记》。

韦驺

韦驺者,明五音,善长啸,自称逸群公子。举进士,一不第便已。曰:"男子四方之志,岂屈节于风尘哉!"游岳阳,岳阳太守以亲知见辟,数月谢病去。驺亲弟骢,舟行,溺于洞庭湖。驺乃水滨恸哭。移舟湖神庙下,欲焚其庙,曰:"千里估胡,安稳获济。吾弟穷悴,乃罹此殃。焉用尔庙为?"忽于舟中假寐,梦神人盛服来谒,谓驺曰:"幽冥

着爬到庙堂前，自报姓名跪拜，金天王说："你是活人，到这儿来有什么事？"张偓就把刚才听到的话告诉了金天王。金天王说："把那只虎给我招来。"片刻虎就到了。金天王说："给你两只大兽吃，把张偓换下来，行不行？"虎说："我和他是冤家就该吃他，什么东西都不能替代。"金天王说："给我查一查，这只虎什么时候死？"有一个小吏查完来报告说："老虎在未时为某村的王存射死。"金天王说："叫张偓过了老虎吃他的时间再走。"后来，等到张偓走到前路，果然看见前面路上人声喧闹，一打听，人们告诉说："某村的王存，射死了一只赤狸虎。"果然应验了金天王所说的话。张偓就自己买了酒和鹿脯，亲自到庙里去祭谢。出自《闻奇录》。

裴氏子

天水彭郡裴氏子，咸通年间，在东阆学孤林法术。此人竟奸淫了亲戚中的妇女，事情被揭发后下了大狱。每天的饮食供应，都是孤林法神给裴某送来。管监狱的官感到奇怪，就对孤林法神说："您既然这么灵通，为何不让他免去这个刑罚呢？"法神说："学我的法术的人，只能用法术来防身避害，救助他人。现在裴某既然犯了训诫和誓言，别说是人间王法不容，神也不能容他。我现在给他殷勤地送饭，仅仅是回报他给神烧香上供的功德而已。"后来裴某竟被鞭子抽死了。出自《录异记》。

韦驺

韦驺，懂音律，善长啸，自称"逸群公子"。参加进士考试，一次没考中就再也不考了。他说："男子汉志在四方，岂能为世俗所折节呢。"后来韦驺游历到岳阳，岳阳太守因为是亲友就征召他，几月后他称病离去。韦驺的弟弟叫韦骒，船出发时，淹死在洞庭湖中。韦驺就在水滨痛哭，他把船停泊在湖神庙下，想把庙烧掉，说："十里之外做生意的胡人，尚且能够安稳地度过去。我弟弟穷困憔悴，却遭此大难，要你这湖神庙有什么用？"忽然在船上睡着了，梦见一个神人穿着官服来拜见他，对他说："阴间

之途，无枉杀者。明公先君，昔为城守，方闻谠正，鬼神避之。撤淫祠甚多，不当废者有二。二神上诉，帝初不许，固请十余年，乃许与后嗣一人，谢二废庙之主。然亦须退不能知其道，进无以补于时者，故贤弟当之耳。傥求丧不获，即我之过，当令水工送尸湖上。"骀惊悟，其事遽止。遂命渔舟施钩缗，果获弟之尸于岸。是夕，又梦神谢曰："鬼神不畏忿怒，而畏果敢，以其诚也。君今为人果敢。昔洞庭张乐，是吾所司。愿以至音酬君厚惠，所冀观咸池之节奏，释浮世之忧烦也。"忽睹金石羽籥，铿锵振作。骀甚叹异，以为非据，曲终乃寤。出《甘泽谣》。

之道,从来没有冤枉过一个人。你的先父,过去做过这里的地方官,他为人刚正不阿,鬼神都怕他的正气。他撤掉了很多不该建立的淫祠,其中有两座庙是不该废的。这两座庙里的神就向上告状,天帝最初不管,二神一直告了十多年。后来天帝答应让你们韦家的后代中死一个人,来向二位庙神谢罪。然而亦需要找一个退不能懂道,进无补于时的人去死,你弟弟正好是这样的人。如果你找不到你弟弟的尸体,那就是我的失职,我应立刻让水工把你弟弟的尸体给你送来。"韦驸惊醒后,停止了烧湖神庙的事,便令渔船放下绳和钩,果然在岸上找到了弟弟的尸体。当天夜晚,韦驸又梦见湖神来向他道谢说:"鬼神不怕人忿怒,但怕那些果敢的人,因为他们心地至诚。你现在就是一个果敢的人。过去洞庭湖里奏乐,都是我负责。我愿用最美的音乐酬答您的恩惠,希望你也可以听一听神界的节奏,来减轻浮世的烦恼。"韦驸突然看见金石羽篱等乐器,奏起了动听的乐曲。韦驸十分惊叹,认为音乐奏的都是没有谱子作依据的。音乐奏完了韦驸才醒了。出自《甘泽谣》。

卷第三百一十二
神二十二

楚州人

近楚泗之间，有人寄妻及奴婢数人于村落。客游数年，一日归至。村中长少，相率携酒访之，延入共饮，酒酣甚乐。村人唯吹笛为《乐神曲》。殆欲彻曙，忽前舞者为著神下语云："大王欲与主人相见，合与主人论亲情。"此子大惊，呵责曰："神道无欺，我且无儿女，与汝何亲情？"神曰："我合聘得君妻，可速妆梳，少顷即来迎娶。"此子大怒，村人各散，以为舞者村人，醉言无识。少顷即天明，忽闻门外马嘶鸣，此子大怪，欲出自叱之。乃见一胡神，紫衣多髯，身长丈余，首出墙头。唤曰："娘子可发去也。"此子不知所以，其妻于室中仆倒而卒。出《原化记》。

楚州人

邻近楚州泗州交界处,有个人让妻子和几个奴仆寄住在一个村庄里。自己在外地游历了几年,一天回到村庄。村里的老少乡亲,都招呼着带着酒去拜访他。他把人们请到家里一同饮酒,大家喝得十分酣畅。村里人只吹笛奏《乐神曲》。快要天亮时,忽然前面一个跳舞者被大神附体说:"大王想和主人相见,并要与主人共议亲事。"主人大惊,生气地大声说:"大神不应该欺侮人。我并没有儿女,怎么和你论亲事?"神说:"我应该娶你的老婆为妻,让她快快梳妆,稍等片刻我就会来迎娶她。"此人大怒,客人们也都各自散去,认为是那个跳舞的村人,喝醉了胡言乱语。不一会儿天就亮了,忽然听见门外有马的嘶叫声,此人感到非常奇怪,想出去把马赶跑。一出屋就看见一个胡人模样的神,穿着紫衣胡子很长,身高一丈多,头伸出墙头。呼喊道:"娘子,可以出发上路了。"这个人还不知道怎么回事,他的妻子在屋里一头倒在地上就死了。出自《原化记》。

陷河神

陷河神者，嶲州嶲县有张翁夫妇，老而无子。翁日往溪谷采薪以自给。无何，一日，于岩窦间刃伤其指。其血滂注，滴在一石穴中，以木叶窒之而归。他日复至其所，因抽木叶视之，乃化为一小蛇。翁取于掌中，戏玩移时。此物眷眷然，似有所恋，因截竹贮而怀之。至家则唉以杂肉，如是甚驯扰。经时渐长。一年后，夜盗鸡犬而食。二年后，盗羊豕。邻家颇怪失其所畜，翁姬不言。其后县令失一蜀马，寻其迹，入翁之居，迫而访之，已吞在蛇腹矣。令惊异，因责翁蓄此毒物。翁伏罪，欲杀之。忽一夕，雷电大震，一县并陷为巨湫，渺弥无际，唯张翁夫妇独存。其后人蛇俱失，因改为陷河县，曰蛇为张恶子。

尔后姚苌游蜀，至梓潼岭上，憩于路傍。有布衣来，谓苌曰："君宜早还秦，秦人将无主。其康济者在君乎！"请其氏，曰："吾张恶子也，他日勿相忘。"苌还后，果称帝于长安。因命使至蜀，求之弗获，遂立庙于所见之处，今张相公庙是也。僖宗幸蜀日，其神自庙出十余里，列伏迎驾。白雾之中，仿佛见其形，因解佩剑赐之，祝令效顺。指期贼平，驾回，广赠珍玩，人莫敢窥。王铎有诗刊石曰："夜雨龙抛三尺匣，春云凤入九重城。"出《王氏见闻》。

陷河神

陷河神的事是说，巂州巂县有姓张的老夫妇，年龄大了没有孩子。老头每天到溪谷里砍柴来自给自足。没过多久，有一天，老头砍柴时在岩缝间被划破了手指，流了不少血，血滴落在一个小石坑里，老头就用树叶把小坑盖上回家了。又有一天老头又到了这个地方，便拿开树叶看，竟变成一条小蛇。老头把小蛇放在手掌上，戏玩了半天。那小蛇也好像依依不舍，似乎有所眷恋，老头就砍了一截竹筒，把小蛇装进去，揣在怀里回家了。到家后老头就用一些碎肉喂这蛇，像这样蛇十分驯顺。蛇随着时间越长越大。一年后，常在夜里出来把鸡、狗偷吃掉。两年后，就偷吃羊和猪。邻居们很奇怪丢了家畜，老头和老太太也不吱声。后来，县令丢了一匹蜀马，沿着踪迹，进了老头家里，催促着追查，才知道马已被蛇吞在肚里了。县令大惊，便责骂老头怎么养了这么个恶毒的东西。老头只好认罚，想杀掉这条大蛇。忽然一天晚上，雷电大作，整个县城突然都变成了一个大湖，湖水无边无际，只有张氏夫妇活着。后来老头老太太和大蛇都不知哪里去了。从此这个县就改名叫"陷河县"，人们把那蛇叫做"张恶子"。

后来姚苌到蜀地去，走到梓潼岭上，在路旁休息。见有一个平民走过来，对姚苌说："先生最好快点回秦地去吧，秦地的人将没有主帅了。他们的安康幸福就在你了。"姚苌问他的姓名，那人说："我就是张恶子，将来你别忘了我就行。"姚苌回到秦地后，果然在长安称了帝。便命人到蜀地寻访张恶子，没有找到，就在遇见张恶子的地方建了一座庙，这就是现在的张相公庙。后来僖宗巡幸蜀地，张相公庙神从庙中出来到十几里外，列队迎接。白雾之中，好像看见张恶子本人现形了，僖宗就解下自己的佩剑赐给他，并希望他为自己效力。不久叛乱被平息，圣驾回京，僖宗送给张恶子很多珍宝，人们都不敢偷看。王铎有首刻在石碑上的诗说："夜雨龙抛三尺匣，春云凤入九重城。"出自《王氏见闻》。

謇宗儒

黔南军校姓謇者,不记其初名。性鲠直,贫而乐。所居邻宣父庙,家每食,必先荐之,如是累年。咸通二年,蛮寇侵境,廉使阅兵,择将未获。謇忽梦一人,冠服若王者,谓曰:"吾则仲尼也。愧君每倾心于吾,吾当助若。仍更名宗儒,自此富贵矣。"既觉,喜而请行,兼请易名。是时人尽难之,忽闻宗儒请行,遂遣之。一战而大破蛮寇,余孽皆遁。黔帅表上其功,授朗州刺史。秩满诣京师,累迁司农卿,赐赉复多。数年卒官。出《南楚新闻》。

滑能

唐咸通中,翰林待诏滑能,棋品最高。有张生者,年可四十,来请对局。初饶一路,滑生精思久之。方下一子,张随手应之,或起行庭际。候滑生更下,又随应之。及黄寇犯阙,僖宗幸蜀,滑将赴行在,欲取金州路入,张曰:"不必前适,某非棋客,天帝命我取公棋耳。"滑惊愕,妻子啜泣,奄然而逝。出《北梦琐言》。

柳晦

柳晦,河东人,少有文学,始以荫补。咸通末,官至拾遗,因上疏不纳,乃去官,庐于终南山。一日入城,访故友于宣阳里。忽遇一人求食,晦与之。此人但三饙而已,

骞宗儒

黔南有个姓骞的军校，不知道他原名叫什么。性格正直，虽然贫穷但生活得很快乐。他的家紧挨着孔子庙，家中每顿饭，一定要先分出一些给孔子上供，很多年都这样做。咸通二年，异寇入侵。廉使检阅军队，要找一个带兵剿寇的将领，没有找到合适的人。姓骞的军校夜里忽然梦见一个人，看穿戴像是一位王，对他说："我就是孔仲尼。很惭愧你一直对我竭尽诚心，我要帮助你。你以后改名叫宗儒，就会富贵了。"他梦醒后很高兴，就向主帅请求率兵平寇，并请求改名为宗儒。这时人们都把出征看成难事，忽然听说宗儒主动请战，就派他带兵平寇。宗儒一战就击溃了贼寇，剩下的坏人都纷纷逃窜。主帅上奏为宗儒请功，朝廷就任命宗儒为朗州刺史。任期满后又调入京城，连续升任司农卿，皇帝的赏赐和俸银也更多了。几年后，骞宗儒死在任上。出自《南楚新闻》。

滑　能

唐代咸通年间，翰林院有个待诏叫滑能，棋下得非常好。有个张生，年纪大约四十岁，请求和滑能对局。一开始张生让滑能一路，滑能苦苦思考很久，才下一个棋子，张生随手就对上一个，有时张生起来到院里散步，等滑能往棋盘上落子，又随即可以应对。后来等黄巢造反，攻入长安，僖宗驾幸蜀中，滑能将赶去皇帝的行宫护驾，想走金州这条路入蜀。张生说："你不必去了，我并不是棋手，天帝令我来取回你的棋艺。"滑能大惊，妻子儿女都哭了起来，滑能忽然就死了。出自《北梦琐言》。

柳　晦

柳晦，河东人，少年时就有学之才，开始是继承祖上的袭职做官。咸通末年，做到朝廷的拾遗官。因为给皇帝上疏没被采纳，就罢了官，隐居在终南山。一天柳晦进城，到宣阳里拜访朋友。忽然遇见一个人向他讨吃的，柳晦就给了他食物。那人只是闻了三次而已，

晦怪而问之,答曰:"吾阴府掌事者,蒙君设食,深愧于心。君自此三年,当为相。"言讫不见。晦未之信也。及黄巢犯阙,求能檄者,或荐晦。巢乃驰骑迎之,逼使为檄。檄达行在,僖宗知晦所作,乃曰:"晦自求退,非朕弃遗。何讪谤之甚耶?"贼平,议不赦。巢命晦为中书舍人,寻授伪相。出《补录记传》。

刘山甫

唐彭城刘山甫,中朝士族也。其父官于岭外,侍从北归,舟于青草湖。登岸,见有北方天王祠,因诣之。见庙宇摧颓,香火不续。山甫少有才思,因题诗曰:"坏墙风雨几经春,草色盈庭一座尘。自是神明无感应,盛衰何得却由人。"是夜梦为天王所责。自云:"我非天王,南岳神也,主张此地,何为见侮?"俄而惊觉。风浪暴起,殆欲沉溺,遽起悔过,令撤诗板,然后方定。出《山甫自序》。

尔朱氏

咸通中,有姓尔朱者,家于巫峡,每岁贾于荆益瞿塘之墟。有白马神祠,尔朱尝祷焉。一日,自蜀回,复祀之,忽闻神语曰:"愧子频年相知,吾将舍兹境,故明言与君别耳。"客惊问:"神安适耶?"曰:"吾当为湖南城隍神,上帝以吾有薄德于三峡民,遂此升擢耳。然天下将乱,今天子亦不久驭世也。"

柳晦很奇怪，问是怎么回事，那人回答说："我是阴间管事的。蒙你赏给我食物，心里十分感激。从现在开始三年后，你会当宰相的。"说完就不见了。柳晦听后并不相信。等到黄巢攻入京城长安，要找一个能写讨伐唐僖宗的檄文的人，有人推荐了柳晦。黄巢就派人飞驰把柳晦接了来，逼着柳晦写了檄文。檄文传到僖宗的行宫，僖宗知道是柳晦写的，就说："柳晦当初是自己不愿当官，并不是朕不用他，为什么对朕如此恶毒地诽谤呢？"黄巢之乱平息后，柳晦被判不赦的大罪。黄巢曾任命柳晦为中书舍人，不久又拜他当了伪宰相。出自《补录记传》。

刘山甫

唐朝彭城人刘山甫，乃是当朝士族。他的父亲在岭外做官，刘山甫服侍着父亲回北方，有一天把船停在青草湖中。上岸后，看见有个北方天王祠，便走进祠里。看到庙宇破败不堪，香火不续。刘山甫年轻时就颇有才气，就在一块木板上题诗说："坏墙风雨几经春，草色盈庭一座尘。自是神明无感应，盛衰何得却由人。"这天夜里他梦见被天王责怪。天王说："我不是天王，是南岳神。这里是我主管的地盘，你为什么侮辱我？"刘山甫顿时惊醒。湖上突然掀起狂风大浪，船马上就要沉下去了，山甫急忙起来忏悔自己的过错，叫人撤掉那块题诗的木板，湖上立刻风平浪静。出自《山甫自序》。

尔朱氏

咸通年间，有个姓尔朱的人，家住巫峡。每年于荆州、益州、瞿塘之间经商。有个白马神庙，尔朱每次经过都进庙祭祀。有一天，从蜀地回来，又到庙里烧香，忽然听见神说："很惭愧蒙你多年相知，我要离开这里了，所以直言相告和你作别。"尔朱氏惊讶地问："大神要到哪里去？"神说："我要到湖南去当城隍神。上帝因为我在这里为三峡百姓积了一些功德，所以才提升了我。然而天下就要大乱，当今的皇帝也管不了多久的朝政了。"

尔朱复惊曰："嗣君谁也?"曰："唐德尚盛。"客请其讳,神曰："固不可泄。"客恳求之,乃云："昨见天符,但有双日也。"语竟,不复言。是岁懿皇升遐,僖宗以晋王即位。出《南楚新闻》。

李仲吕

姑臧李仲吕,咸通末,调授汝之鲁山令。为政明练,吏不敢欺。遇旱,请祷群望,皆不应。仲吕乃洁斋,自祷于县二十里鲁山尧祠,以所乘乌马及驺人张翰为献。祭毕,将下山,云雾暴起,及平泽而大雨,仆马皆暴殒。于是仲吕复设祭,图仆马于东壁。出《三水小牍》。

新昌坊民

青龙寺西廊近北,有绘释氏部族曰毗沙门天王者,精彩如动,祈请辐凑。有居新昌里者,因时疫,百骸绵弱,不能胜衣,医巫莫能疗。一日,自言欲从释氏,因肩置绘壁之下。厚施主僧,服食于寺庑。逾旬,梦有人如天王之状,持筋类绠,以食病者。复促迫之。咀嚼坚韧,力食衮丈,遽觉绵骨木强。又明日能步,又明日能驰,逾月以力闻。先是禁军悬六钧弓于门,曰:"能引其半者,倍粮以赐,至满者又倍之。"民应募,随引而满,于是服厚禄以终身。出《唐阙史》。

尔朱氏又惊讶地问："接下来的皇上是谁呢？"神说："唐朝的气数还很盛。"尔朱氏请神说出新皇帝的名字，神说："这个绝对不能泄漏。"尔朱氏再三恳求，神才说："昨天我看见天符，说将会有两个太阳了。"说罢，就再也不说话了。这年懿宗皇帝驾崩，僖宗以晋王的身份即位当了皇帝。出自《南楚新闻》。

李仲吕

姑臧李仲吕，在咸通末年，调任汝州鲁山县当县令。他为政精明练达，手下的人都不敢欺骗他。这年遇到大旱，他望天企盼祈祷求雨，都不灵验。于是李仲吕就沐浴斋戒，亲自到离县城二十里的鲁山尧祠去祈祷求雨，愿拿自己乘的黑马和驾车马的侍从张翰作祭礼。祭祀结束后，刚要下山，云雾突然兴起，到了平地上天下起了大雨，李仲吕的侍从和马都突然死亡。于是李仲吕又到庙里进行祭祀，并在祠庙的东墙上画了仆人和马的像。出自《三水小牍》。

新昌坊民

青龙寺西廊近北端，有佛门弟子毗沙门天王的画像，画得十分传神，像要活了似的，所以到这个画像前祈祷的人特别多。有个住在新昌里的坊民，因为得了流行病，体弱无力，连衣服都撑不起来，不论医生还是巫师都没能治好他。一天，这人自称要皈依佛门，家人就把他抬到那个毗沙门天王的画像下，又给了庙里主管僧很丰厚的布施，吃住都在寺院西廊下。过了十天，梦见有个像天王模样的人，拿着一根像绳子似的筋，让这个有病的人吃。又催促他快点吃。这东西咀嚼起来特别有韧劲，努力吃下去一丈，立刻觉得软绵绵的骨头像木棍似的强硬了。第二天就能走了，第三天就能跑了，过了一个月他成了远近闻名的大力士。在他病好前，禁军在营门上挂了一张六钧的弓，说："凡能把弓拉开一半的，赐给多于他人一倍的粮，能拉满弓的，赏赐再加一倍。"这人就应募去拉弓，一拉就把弓拉满了。于是赏他终身享受厚禄。出自《唐阙史》。

裴氏女

唐黄巢之乱，有朝士裴某，挈妻子，南趋汉中。才发京都，其室女暴亡，兵难挥霍，不暇藏瘗。行及洛谷，夜闻其女有言，不见其形。父母诘之，女云：“我为浐水神之子强暴，诱我归其家。其父责怒，以妄杀生人，遽笞之。兼逊谢抚慰，令人送来。而旦夕未有所托，且欲随大人南行，俾拔茅为抱致于箱笥之中，庶以魂识依止。”饮食语言，不异于常。尔后又言已有生处，悲咽告辞而去。出《北梦琐言》。

夏侯祯

汝州鲁山县西六十里，小山间有祠，曰女灵观。其像独一女子焉，低鬟嚬蛾，艳冶而有怨慕之色。祠堂后平地，左右围数亩，上擢三峰，皆十余丈，森如太华。父老云，大中初，斯地忽暴风疾雨，一夕而止，遂有此山。其神见形于樵苏者曰：“吾商於之女也，帝命有此百里之境。可告乡里，立祠于前山，山名女灵，吾持来者也。”咸通末，县主簿皇甫枚，因时祭，与友人夏侯祯偕行。祭毕，与祯纵观。祯独眷眷不能去，乃索卮酒酹曰：“夏侯祯少年无有匹偶，今者仰觌灵姿，愿为庙中扫除之隶。”既舍爵乃归。其夕，夏侯生惝恍不寐，若为阴物所中。其仆来告，枚走视之，则目瞪口噤，不能言矣。谓曰：“得非女灵乎？”祯颔之。枚命吏祷之曰：“夏侯祯

裴氏女

唐代黄巢之乱时,有一个姓裴的京官,带着妻子和女儿,向南往汉中逃跑。刚从京城出发,他的女儿突然死去,当时兵荒马乱,顾不上埋葬。走到洛谷,夜里听见女儿说话,但看不见女儿的身形。父母问她,女儿说:"我被浐水神的儿子施暴非礼,把我骗到他家。他父亲愤怒地责骂儿子,因为他随便杀害无辜的活人,就用竹板打他。并向我赔罪安慰,派人送我再托生人间。可是一时半会儿我还投不了胎,并且我想跟着父母往南走。请你们拔一抱茅草放在箱子里,我的魂就可以有所依附跟着你们走了。"女儿饮食说话,和平常没有差别。后来女儿又说已经找到投胎的地方了,哭着和父母告别离开了。出自《北梦琐言》。

夏侯祯

汝州鲁山县城西六十里,小山间有座祠堂,叫女灵观。里面只供奉着一尊女神像,双鬟低垂双眉微皱,娇艳美丽但有一种愁怨的神色。祠堂后是平地,左右围着几亩地,上面有三座山峰拔地而起,都十多丈高,像太华山一样壮观。当地父老说,大中初年,此地忽然来了一阵狂风暴雨,下了一夜才停,地上便耸起了这三座山。女神显形对打柴的人说:"我是商於的女儿,天帝命我到这里管辖周围百里之境。你可以告诉乡里百姓,让他们在前山为我立一个祠庙,山名就叫'女灵山',这山就是我带来的。"成通末年,鲁山县主簿皇甫枚,按照时节去祭祀,与朋友夏侯祯同行。祭祀完毕,与夏侯祯在庙里游览。夏侯祯看着女灵神像,恋恋不舍不愿离开,并要了一杯酒,洒在地上祝祷说:"我夏侯祯年少没有配偶,今天瞻仰了女神的风姿,甘愿在庙里当一个洒扫庙堂的奴仆。"祝告完毕扔了酒杯就走了。这天夜里,夏侯祯恍恍惚惚不能入睡,好像中了什么阴邪。他的仆人跑去告诉皇甫枚,皇甫枚急忙跑去看,只见夏侯祯已经目瞪口呆,不能说话了。皇甫枚就问:"难道是女灵神的缘故吗?"夏侯祯点点头。皇甫枚就命一个小吏到女灵神像前祷告说:"夏侯祯

不胜盉斝之余,至有慢言,黩于神听,今疾作矣。岂降之罚
耶?抑果其请耶?若降之罚,是以一言而毙一国士乎?违
好生之德,当专戮之辜,帝岂不降鉴,而使神滋虐于下乎?
若果其请,是以一言舍贞静之道,播淫佚之风:念张硕而动
云轸,顾交甫而解明珮。若九阍一叫,必贻帏箔不修之责
言。况天下多美丈夫,何必是也?神其听之。"奠讫,夏侯
生康豫如故。出《三水小牍》。

徐　焕

弋阳郡东南,有黑水河,河漘有黑水将军祠。太和中,
薛用弱自仪曹郎出守此郡,为政严而不残。一夕,梦赞者
云:"黑水将军至。"延之,乃魁岸丈夫,颔目雄杰,介金附
鞬。既坐,曰:"某顷溺于兹水,自以秉仁义之心,得展上诉
于帝。帝曰:'尔阴位方崇,遂授此任。'郎中可为立祠河
上,当保祐斯民。"言许而寤。遂命建祠设祭,水旱灾沴,
祷之皆应。用弱有葛溪宝剑,复梦求之,遂以为赠。仍刓
神前柱,并匣置之,外设小扉,加扃镮焉。乾符戊戌岁,大
理少卿徐焕,以决狱平允,授弋阳郡。秋七月出京,时方
霖霪,东道泥泞。历崤函,度东周,由许蔡,略无霁日。既
渡长淮,宿于嘉鹿馆,则弋阳之西境也。时方苦雨凄风,

多喝了几杯，不胜酒力，以致说了些对神轻慢的话，玷污了英明的听察力。现在他已经病倒了。这是神降罪惩罚他呢？还是接受了他的请求呢？如果是降罪惩罚他，这是因为一句话而害了一个对国家有用的人。这样做就违背了神灵的好生之德，应当承担擅杀的罪名。这件事上帝难道不会明察，而允许女神这样残害生灵吗？如果是神接受了夏侯祯的请求准备把他接到身边，这样是因为夏侯祯的一句话就舍弃了自己的贞静之道，更会助长淫邪之风；就像传说中的仙女为张硕而乘云车下凡与之幽会，神女为交甫所诱惑而解下衣上的佩玉与之结交。如果身居深宫的天帝一城，一定会责备您不修私德的。何况天下的美丈夫多的是，何必一定要夏侯祯呢？请女灵神还是听从我的劝告吧。"祭奠完毕，夏侯祯果然康复，和以前一样了。出自《三水小牍》。

徐 焕

弋阳郡东南，有条黑水河，河岸上有座黑水将军祠。太和年间，薛用弱自仪曹郎调任弋阳郡守，政令严格但不残酷。一天晚上，他梦见黑水庙的执事说："黑水将军到了。"就赶快请了进来。黑水将军是一个身材魁伟的大丈夫，满面胡须目光炯炯，穿着铠甲腰挎弓箭。请他坐下后，黑水将军说："我生前是在黑水河里淹死的，自认为一生秉持仁义之心，就向上帝请求放还。上帝说：'你在阴界的官运正盛，就授命你这个官职吧。'请郡守大人在河岸给我立个祠庙，我可以保佑这一带的百姓。"薛用弱答应后就醒了。于是就下令建庙设祭，从此不论水旱灾害，到庙里祈祷都能应验。薛用弱有一把葛溪宝剑，又梦到黑水神来索求，薛用弱就把剑赠给了他。他让人把神像前的柱子挖了个槽，把宝剑装在匣子里放进柱子，外面设个小门，用锁锁上。乾符戊戌年，大理少卿徐焕，由于执法公正办案有功，被任为弋阳刺史。秋天七月出京赴弋阳上任，这时正赶上连绵的秋雨，往东去的道路十分泥泞。徐焕经崤山函谷关，过东周，经由许蔡，天仍不放晴。后来渡过淮河，徐焕住在嘉鹿的旅店，这里是弋阳的西境了。当时正是凄风苦雨，

徒御多寒色。焕具酒祈之,其夕乃雾。焕由是加敬,每春秋常祀,必躬亲之。明年冬十月,贼党数千人,来攻郡城。焕坚守,城不可拔,乃引兵西入义阳。时有无赖者,以庙剑言于贼神将。将乃率徒,破柱取去。既而晓出纵掠,气雾四合,莫知所如。忽遇一樵童,遂执之,令前导。既越山雾开,乃义营张周寨也。卒与贼遇,尽杀之,张周亲擒其首,解其剑,复归诸庙,至今时享不废。出《三水小牍》。

罗弘信

中和年,魏博帅罗弘信,初为本军步射小校,掌牧圉之事,曾宿于魏州观音院门外,其地有神祠,俗号白须翁。巫有宗千者,忽诣弘信谓曰:"夜来神忽有语,君不久为此地主。"弘信怒曰:"欲危我耶?"他日,复以此言来告,弘信因令密之。不期岁,果有军变,推弘信为帅。弘信状貌丰伟,多力善射,虽声名未振,众已服之。累加至太尉临淮王。出《北梦琐言》。

李 峤

唐乾宁中,刘昌美为夔州刺史。属夏潦,峡涨湍险。里俗云:"滟滪大如马,瞿塘不可下。"于是行旅辍棹以候之。学士李峤,挈家,自蜀沿流,将之江陵。昌美以水势正恶,止之。峤忽遽而行,俄尔舟覆,一家溺死焉。唯乳妪一人,

仆从和侍卫们都冻得受不了。徐焕准备了酒到黑水神庙去祭祀，当晚就雨过天晴了。徐焕由此对黑水神更加敬服了，每到春秋两次大的祭典，徐焕一定亲自参加。第二年冬天十月，有几千名叛军来，攻打弋阳郡城。徐焕坚守阵地，叛军始终攻不下城，只好引兵转向西面去攻义阳。当时有个无赖，把庙里有宝剑的事告诉了叛军的副将。副将就带人进了庙，劈开柱子把宝剑拿走了。不久到了拂晓时分，叛军四处烧杀抢掠，雾气迷漫四野，不知道该往哪里走。忽然遇见一个砍柴的少年，叛军就抓住少年，让他为前导带路。少年带着叛军翻过山后，浓雾顿时消散，竟来到平叛的义军将领张周的军营前。义军与叛军相遇，把叛军全部消灭，张周亲自活捉了叛军的那个副将，解下那把宝剑，又送回庙里，到现在黑水将军庙的香火仍然终年不断。出自《三水小牍》。

罗弘信

中和年间，魏博统帅罗弘信，最初只是本军的步射小校，掌管放牧养马的差事，曾住在魏州观音院门外，当地有个神庙，俗名"白须翁"。有一天，一个叫宗千的巫师，忽然来找罗弘信说："夜里神忽然对我说，你不久会当本地的主管官。"弘信生气地说："你想害我吗？"另有一天，巫师又来说那话，弘信就让他千万保密。不到一年，果然发生了兵变，推举弘信当统帅。弘信状貌魁伟，力大无比，又善射箭，虽然名声不太大，大家却很敬服他。后来，屡次加官直到太尉临淮王。出自《北梦琐言》。

李 峣

唐代乾宁年间，刘昌美任夔州刺史。当时正值夏季久雨水大，三峡里的水涨得又急又险。当地有句俗语说："滟滪大如马，瞿塘不可下。"于是行人旅客只好停了船等候水退。有个学士名叫李峣，带着家眷，从蜀中沿江行船，将要到江陵去。刘昌美因水势正猛，又急又大，劝阻他等等再走。李峣却忽然急急忙忙地走了，不一会儿船就翻了，全家都被淹死了。只有一个奶妈，

隔夜为骇浪推送江岸而苏。先是永安盐灶户陈小奴，棹空船下瞿塘。见崖下有一人，裹四缝帽，著窄白衫，青裤，执铁蒺藜。问峣行程，自云迎候。及乳妪既苏，亦言于刺史云，李学士至一官署上事，朱门白壁，寮吏参贺。又闻云，此行无乳妪名，遂送出水。出《北梦琐言》。

隔了一夜被大浪推送到岸上苏醒过来。在此以前,永安盐灶户陈小奴,划着一只空船下瞿塘,看见江边山崖下有一个人,戴着四缝帽,穿着很窄的白衫,青色裤子,手里拿着铁蒺藜。向他问学士李峤的行程,自称正在迎接他。等那奶妈苏醒后,也对刺史说,李学士被领到一个官署去上任,那官署红门白墙,很多官员都向他参拜祝贺。后来奶妈又听到有人说,这一行人的名单里没有奶妈的名字,于是奶妈就被送出了水面。出自《北梦琐言》。

卷第三百一十三
神二十三

杨　镳

　　唐杨镳，相国收之子，少年为江西从事。秋祭大孤神，镳悦神像之容，偶以言戏之。祭毕回舟，而见空中云雾，有一女子，容质甚丽，诣镳，呼为杨郎，云："家姊多幸，蒙杨郎采顾，便希回桡，以成礼也，故来奉迎。"镳惊怪，乃曰："前言戏之耳。"神女曰："家姊本无意辄慕君子，而杨郎先自发言。苟或中辍，立恐不利于君。"镳不得已，遂诺之。希从容一月，处理家事。归家理命讫，仓卒而卒，似有鬼神迎也。补阙薛泽，与镳有姻，尝言此事甚详。近者故邓州节度判官史在德郎中，子光泽，甚聪俊，方修举业。自别墅归，乘醉入泰山庙，谓神曰："与神作第三儿可乎？"自是归家精神恍惚，似有召之者，逾月而卒。出《北梦琐言》。

杨镳

唐代杨镳,是相国杨收的儿子,年轻时当过江西从事。秋天祭祀大孤神时,杨镳喜欢神像的容貌,偶然对神像说了玩笑话。祭祀完毕回到船里,忽然看见空中云雾弥漫,有一个女子,容貌很美,来见杨镳,称他为"杨郎",并说:"我的姐姐能被杨郎眷顾,感到十分荣幸。希望你把船摇回去,好举行婚礼,所以我来迎接你。"杨镳又惊又怪,就说:"我刚才只不过开了个玩笑。"神女说:"我姐姐原本没有倾慕你的意思,是你先说那样的话。如果你中途打退堂鼓,恐怕马上就会对你不利!"杨镳不得已,便答应了婚事。请求给一个月的时间,回去处理家事。杨镳回到家刚把事情料理完,很快就死了,好似有鬼神迎接他。补阙薛泽,是杨镳的姻亲,曾经很详细地说了这件事。近来已故邓州节度判官史在德郎中,有个儿子叫史光泽,非常聪明英俊,正在准备科举考试。有一天从学馆回家,乘着喝酒醉进了泰山庙,对神像说:"我给泰山神作第三个儿子,可以吗?"从这回到家后,光泽就变得精神恍惚,好像有人招他的魂,过了一个月就死了。出自《北梦琐言》。

张 璟

庐山书生张璟，乾宁中，以所业之桂州。至衡州犬噑滩，损船上岸，寝于江庙，为神所责。璟以素业对之，神为改容。延坐从容，云："有巫立仁者，罪合族，庙神为理之于岳神，无人作奏。"璟为草之，既奏，岳神许之，庙神喜，以白金十饼为赠。刘山甫与校书郎廖鹗，亲见璟，说其事甚详。出《北梦琐言》。

崔从事

福建崔从事，忘其名，正直检身，幕府所重。奉使湖湘，复命，在道遇贼。同行皆死，唯崔仓皇中，忽有人引路获免。中途复患痁疾，求药无所。途次延平津庙，梦为庙神赐药三丸，服之，惊觉顿愈。彭城刘山甫自云，外祖李敬彝为郎中，宅在东都毓财坊，土地最灵。家人张行周，事之有应。未大水前，预梦告张，求饮食。至其日，率其类遏水头，并不冲圮李宅。出《北梦琐言》。

王审知

福州海口黄碕岸，横石巉峭，常为舟楫之患。王审知为福建观察使，思欲制置，惮于役力。乾宁中，因梦金甲神，自称吴安王，许助开凿。及觉，言于宾寮。因命判官刘山甫往设祭，祭未终，海内灵怪俱见。山甫憩于僧院，凭高观之。

张 璟

庐山书生张璟,乾宁年间,凭着自己的学业到桂州谋职。到衡州犬噬滩,他离船上岸,睡在江边一个庙里,被神责备不该贸然闯进庙里住宿。张璟就以所学课业回答他,神因此改变态度,请他坐下闲谈,并说:"有个叫巫立仁的,犯了该灭族的罪,庙神想替他到岳神那儿据理申诉,但没人写状子。"张璟就为庙神写了状子。状子递上去后,岳神准了庙神的请求,庙神非常高兴,拿出十块饼状的白金赠给张璟。刘山甫和校书郎廖鸑,亲眼见过张璟,他们很详细地说过这个事。出自《北梦琐言》。

崔从事

福建有位姓崔的从事,忘了他叫什么名了,为人正直做事检点,幕府很器重他。有一次他奉命到湖湘去公干,办完公事回去复命,路上遇到了强盗,一起同行的人都被强盗杀了,只有崔从事在仓皇奔逃中,忽然发现有人给他指路,才幸免于难。后来在途中又得了疟疾病,无处求医,住在延平津神庙里,梦见被庙神赐了三个药丸,吃下以后,惊醒了,病也好了。彭城刘山甫自称,他的外祖父李敬彝为郎中时,家住东都毓财坊,那里的土地神最灵验。他的家人张行周,供养土地神有回应。有一次未发大水之前,土地神预先托梦告诉了张行周,并向他要吃的东西。洪水到来的那天,土地神率众遏止住水头,洪水就没有冲毁李家的宅院。出自《北梦琐言》。

王审知

福州海口黄碕岸一带,怪石嶙峋,一向是行船的一大祸患。王审知在福建为观察使时,打算好好解决一下这个问题,但苦于人力不足。乾宁年间,他梦见一个穿铠甲的大神,自称是吴安王,答应帮助开凿这个工程。等梦醒后,他把这事说给幕僚,并派判官刘山甫前去祭祀金甲神。祭祀还没结束,海上灵怪都出现了。当时刘山甫在寺院休息,就登高观望远方。

风雷暴兴，见一物，非鱼非龙，鳞黄鬣赤。凡三日，风雷乃霁。已别开一港，甚便行旅。驿表以闻，赐号甘棠港。闽从事刘山甫，乃中朝旧族也，著《金溪闲谈》十二卷，具载其事。出《北梦琐言》。

张怀武

南平王锺傅，镇江西。遣道士沈太虚，祷庐山九天使者庙。太虚醮罢，夜坐廊庑间。恍然若梦，见壁画一人，前揖太虚曰："身张怀武也，常为军将。上帝以微有阴功及物，今配此庙为灵官。"既寤，起视壁画，署曰"五百灵官"。太虚归，以语进士沈彬。彬后二十年，游醴陵，县令陆生客之。方食，有军吏许生后至，语及张怀武，彬因问之。许曰："怀武者，蔡之裨将，某之长史也。顷甲辰年大饥，闻预章独稔。即与一他将，各率其属奔豫章。既即路，两军稍不相能。比至五昌，一隙大构。克日将决战，禁之不可。怀武乃携剑上戍楼，去其梯，谓其徒曰：'吾与汝今日之行，非有他图，直救性命耳。奈何不忍小忿，而相攻战。夫战，必强者伤而弱者亡。如是则何为去父母之国，而死于道路耶？凡两军所以致争者，以有怀武故也。今为汝等死，两军为一。无构难矣。'遂自刎，于是两军之士，皆伏楼下恸哭。遂相与和亲，比及豫章，无一人逃亡者。"许但怀其旧恩，亦不知灵官之事，彬因述记，以申明之。

只见风雷突然兴起，只见有一个怪物，既不是鱼也不是龙，黄鳞红鬣。这样过了三天，风雷才停。一看已经另外开出一个港湾，行船非常方便。王审知通过驿站上表奏闻皇上，赐号甘棠港。在福建当从事的刘山甫，是本朝的旧族，他写的《金溪闲读》十二卷，其中详细记载着这件事。出自《北梦琐言》。

张怀武

南平王锺傅，镇守江西时，派道士沈太虚，到庐山九天使者庙祭祀祝祷。沈太虚祭祀完了，夜里坐在廊庑下。恍然像在做梦，看见壁画中有一个人，向前朝他施礼说："我是张怀武，曾经在军伍中做过将官。上帝因为我曾积过些阴功救助了他人，现在让我在这个庙里当灵官。"太虚道士醒后，起来细看壁画，题写着"五百灵官"。太虚道士回来后，把这事说给进士沈彬。二十年后，沈彬到醴陵去游玩，县令陆生请他做客宴饮。刚要开宴，有位军官许生后到了。在席间，许生提到了张怀武，沈彬就问张怀武到底是什么人。许生说："张怀武，原来是蔡某的一名副将，也曾是我的长史。先前甲辰那年闹饥荒，听说只有预章那边庄稼收成好。张怀武就和另外一个将官，各自率领着部属奔预章去求食。上路以后，两支部队各不相让。等走到五昌，两支部队的矛盾更激烈了。眼看就要火拼决战，带兵的统帅也禁止不了。张怀武就带着宝剑登上城楼，撤去了梯子，对他的部下说：'我和你们今天走到这里，并没有别的图谋，是为了让大家不要饿死。为何不能克制忍受一些小的矛盾，却和另一支部队互相攻杀。如果真打起来，必然是强者伤弱者亡。这样何必离开家乡，死在路上呢？现在两支部队相争，是因为有我张怀武。现在我决定为你们而死。我死后，两支军队必然会合二为一，就不会制造灾难了。'说罢就自杀了。于是两支部队的兵士，都趴在城楼下痛哭失声，从此合成一支部队，亲近友好，等到了豫章，没有一个人逃亡。"许生对张怀武怀着深深的感恩之情，也不知道张怀武死后当了庙中灵官的事。沈彬便把这件事记述下来，希望能让人们明白真相。

岂天意将感发死义之士，故以胕蚤告人乎？ 出《稽神录》。

李　玟

天祐初，舒州有仓官李玟，自言少时因病，遂见鬼，为人言祸福，多中。淮南大将张颢，专废立之权，威振中外。玟时宿于灊山司命真君庙。翌日，与道士崔绰然数人，将入城。去庙数里，忽止同行于道侧，自映大树以窥之。良久乃行，绰然曰："复见鬼耶？"曰："向见一人，桎梏甚严，吏卒数十人卫之，向庙而去，是必为真君考召也。虽意气尚在，已不自免矣。"或问为谁，久之乃肯言曰："张颢也。"闻者皆惧，共秘之，不旬日而闻颢诛。李宗造开元寺成，大会文武僧道于寺中。既罢，玟复谓绰然曰："向坐中有客，为二吏固揖之而去，是不久矣。"言其衣服容貌，则团练巡官陈绛也。不数日，绛暴疾卒。道士邵修默，崔之弟子，亲见之。 出《稽神录》。

赵　瑜

明经赵瑜，鲁人，累举不第，困厄甚。因游太山，祈死于岳庙。将出门，忽有小吏自后至曰："判官召。"随之而去。奄至一厅事，帘中有人云："人所重者生，君何为祈死？"对曰："瑜应乡荐，累举不第。退无躬耕之资，湮厄贫病。无复生意，故祈死耳。"良久，闻帘中检阅簿书，既而言

难道天意要激发那些为义气而死的人,所以才用神灵感应的方式告诉人们吗? 出自《稽神录》。

李 玫

天祐初年,舒州有个管仓库的官叫李玫,自称年轻时因为得病,于是见到过鬼。为别人预言祸福,大都说得很准。当时淮南大将张颢,把持皇帝废立的大权,威震宫廷内外。李玫有一次住在灊山的司命真君庙里。第二天,和道士崔绰然等几人,将要进城去。离开司命真君庙数里,李玫忽然让同行的人赶快停在道旁,他自己躲在一棵树后偷看。过了很久才让大家继续走。绰然道士说:"又看见鬼了吗?"李玫说:"我刚才看见一个人,披枷戴锁,被几十个人押着直奔真君庙而去,大概是被真君考察召去的。虽然意气还在,但已经难免一死。"有人问他是谁,他半天之后才愿意说:"就是张颢。"听到的人都非常害怕,一起保守这个秘密,不到十天就听到张颢被杀的消息。还有一次,李宗建造开元寺,竣工以后,在寺里召集了很多文武僧道聚会。聚会结束后,李玫又对绰然道士说:"我刚才看见座中有一个客人,被两个阴间的小吏给请走了,看样子那位客人是活不了多久了。"说起那位客人的相貌服饰,是团练巡官陈绛。没过几天,陈绛得了急病死了。道士邵修默,是崔绰然道士的弟子,亲眼看见过这件事。 出自《稽神录》。

赵 瑜

明经赵瑜,山东人,多次参加科举都没考中,特别穷困。便去太山游历,向岳庙中的神求死。刚走出庙门,忽然有一个小吏从身后喊他说:"阴间的判官召你去一趟。"赵瑜就跟着他走。忽然来到一个大厅上,门帘后面有人说:"人们都十分看重生,你怎么偏要求死呢?"赵瑜回答说:"我参加乡试,几次都考不中。连回家种田的钱都没有,又贫病交加。实在活不下去了,所以才求死。"过了很久,听见帘子里检阅簿书的声音,不久帘里的人说

曰："君命至薄,名第禄仕皆无分。既此见告,当有以奉济。今以一药方授君,君以此足给衣食。然不可置家,置家则贫矣。"瑜拜谢而出。至门外,空中飘大桐叶至瑜前,视之,乃书巴豆丸方于其上,亦与人间之方正同。瑜遂自称前长水令,卖药于夷门市。饵其药者,病无不愈,获利甚多。道士李德阳,亲见其桐叶,已十余年,尚如新。出《稽神录》。

关承湍妻

青城县岷江暴涨,漂垫民居。县民关承湍妻计氏,有孩提子在怀抱,乃上木柜,为骇浪推漾大江。唯见赤帻佩刀者,泊朱衣秉简者,安存之,令泊县溉植。乃随流泛泛,至县溉,为舟子迎拯而出,子母无恙。出《北梦琐言》。

李冰祠

天祐七年夏,成都大雨,岷江涨,将坏京口江灌堰上。夜闻呼噪之声,若千百人,列炬无数,大风暴雨而火影不灭。及明,大堰移数百丈,堰水入新津江。李冰祠中所立旗帜皆湿。是时,新津嘉眉水害尤多,而京江不加溢焉。出《录异记》。

郑君雄

郑君雄为遂州刺史,一日晚,忽见兵士数千人,在水东瀼内,旗帜戈甲,人物喧闹,与军行无异。不敢诘问,警备而已。未晓,密侦之,大军已去,只三五人在后。侦者问

道："你福分很薄，命中注定既不能中榜也不能做官。但是你既然把这告诉了我，我应该帮你一把。现在送给你一个药方，你可以靠这个药方丰衣足食，但你不能广置家产，否则，你就还得受穷。"赵瑜拜谢后走出来。到了门外，空中飘下来一个大桐树叶子，落到赵瑜跟前，捡起来一看，上面写着"巴豆丸"的药方，也和人间的药方正好相同。赵瑜就自称过去当过长水县令，在夷门集市上摆摊卖药。吃了他药的人，病都能治好，他因此获利很多。道士李德阳，曾亲眼看见过那片桐叶，虽然已经十多年了，桐叶还像新的一样。出自《稽神录》。

关承湍妻

青城县岷江发大水，淹没了不少房屋。县民关承湍的妻子计氏，抱着个孩子，就伏在一个木柜上，被大浪推到洪水中。只见一个戴红头巾佩腰刀的人，把她带到一个穿红衣手拿竹板的人面前，安全地保护她，命令送她到县内江堰上登陆。于是木柜随水流漂行，漂到江堰，被划船的船夫救出来，母子都很平安。出自《北梦琐言》。

李冰祠

天祐七年夏天，成都下大雨，岷江猛涨，即将冲坏京口江灌都江堰上游。这天夜里，人们听见江上传来一片呐喊呼叫的声音，好像江中有成百上千人，排列着无数火把，虽然大风暴雨火把却仍不熄灭。等到天明一看，大堰已移动了几百丈，堰水流入了新津江。李冰祠庙中立的旗帜都是湿的。此时，新津嘉眉一带常常闹水灾，但京江却没有泛滥。出自《录异记》。

郑君雄

郑君雄在遂州当刺史时，一天晚上，忽然看见好几千兵士，在水东面大灞里，旗帜戈甲齐备，人声喧哗，和行军一模一样。郑君雄不敢去问，只是加强警备罢了。天没亮时，派人偷偷侦察，大军已撤走，只有三五个人落在后面。侦察的人问

之,曰:"江□神也。数年川府不安,移在峡内。今远近安矣,却归川中。"复视之,有下营及火幕踪迹,一一可验焉。出《录异记》。

锺离王祠

遂州东岸唐村,云:昔有一人,衣大袖,戴古冠帻,立于道左。语村人曰:"我锺离王也。旧有庙在下流十余里,因水摧损。今像溯流而止,将至矣。汝可于此为我立庙。"村人诣江视之,得一木人,长数尺,遂于所见处立庙,号唐村神。至今祷祈皆验。或云:初见时如道士状。出《录异记》。

盘古祠

广都县有盘古三郎庙,颇有灵应。民之过门,稍不致敬,多为殴击,或道途颠蹶。县民杨知遇者,尝受正一明威箓。一夕醉甚,将还其家。路远月黑,无伴还家,愿得神力,示以归路。俄有一炬火,自庙门出,前引至其家。二十余里,虽狭桥编路,无蹉跌,火炬亦无见矣。乡里之人尤惊。原缺出处,今见《录异记》卷四。

狄仁杰祠

魏州南郭狄仁杰庙,即生祠堂也。天后朝,仁杰为魏州刺史,有善政,吏民为之立生祠。及入朝,魏之士女,每至月首,皆诣祠奠酾。仁杰方朝,是日亦有醉色。天后

他们是什么人，他们说："我们是江□神。几年来川府动荡，我们转移到峡内。现在远近都安定了，我们就回四川去了。"再仔细看，地上有安营扎寨和生火的踪迹，都看得十分清楚。_{出自《录异记》。}

锺离王祠

遂州东岸有个唐村，村里传说：当年有一个人，穿着宽袖袍子，戴着古代人的头巾，站在道旁。对村里人说："我是锺离王。过去我在河的下游十几里有庙宇，因为大水把庙冲毁了。现在我的神像逆流而上，马上就要到了。你们可以在这里给我建个庙。"村里人跑到江上去看，果然看到一个木头神像，有几尺长，于是就在看见锺离王的地方建了庙，叫做唐村神庙。到现在祈祷仍十分灵验。有的人说：刚见到锺离王时，他打扮得像个道士。_{出自《录异记》。}

盘古祠

广都县有座盘古三郎庙，很有灵验。百姓走过庙门，稍不恭敬，大多会被殴打，或者在路上摔个大跟头。有个叫杨知遇的县民，曾学过正一明威箓。有一天晚上喝得大醉，将要返回家去。路远天黑，又没有同伴陪他，路过神庙时，祈求得到神力相助，找到回家的路。一会儿就有一个火炬，把从庙门里出来，在前面引领他到了家。一共二十多里路，即使经过很窄的桥，走过很偏僻的小道，也没摔倒，到家了火炬也没了。乡里的人们都特别惊奇。_{原缺出处，今见《录异记》卷四。}

狄仁杰祠

魏州南城有座狄仁杰庙，是他的"生祠堂"。武则天皇后执政时，狄仁杰任魏州刺史，政绩很好，当地官员和百姓就为他立了生祠。等到狄仁杰入朝为官，魏州的百姓每到月首，都到祠里去用酒供奉。狄仁杰每月初一去上朝，这天也带着醉意。则天皇后

素知仁杰初不饮酒，诘之，具以事对。天后使验问，乃信。

庄宗观霸河朔，尝有人醉宿庙廊之下。夜分即醒。见有人于堂陛下，罄折咨事，堂中有人问之，对曰："奉符于魏州索万人。"堂中语曰："此州虚耗，灾祸频仍，移于他处。"此人曰："诺。请往白之。"遂去。少顷复至，则曰："已移命于镇州矣。"语竟不见。是岁，庄宗分兵讨镇州，至于攻下，两军所杀甚众焉。出《玉堂闲话》。

葛氏妇

兖之东钞里泗水上有亭，亭下有天齐王祠，中有三郎君祠神者。巫云，天齐王之爱子，其神甚灵异。相传岱宗之下，樵童牧竖，或有逢羽猎者，骑从华丽，有如侯王，即此神也。鲁人畏敬，过于天齐。朱梁时，葛周镇兖部署，尝举家妇女游于泗亭，遂至神祠。周有子十二郎者，其妇美容止，拜于三郎君前，熟视而退。俄而病心痛，踣地闷绝久之。举族大悸，即祷神，有顷乃瘳。自是神情失常，梦寐恍惚，尝与神遇。其家惧，送妇往东京以避之。未几，其神亦至，谓妇曰："吾寻汝久矣，今复相遇。"其后信宿辄来，每神将至，妇则先伸欠呵嚏，谓侍者曰："彼已至矣。"即起入帷中，侍者属耳伺之，则闻私窃语笑，逡巡方去。率以为常。其夫畏神，竟不敢与妇同宿，久之妇卒。出《玉堂闲话》。

一向知道狄仁杰不喝酒，就问是怎么回事，狄仁杰就说了百姓用酒祈祷的事。天后派人调查，才相信了。后唐庄宗巡察霸河朔时，曾有个人醉酒后住在狄仁杰祠的庙廊下。半夜酒醒，看见有人站在庙堂的台阶下，毕恭毕敬请示公事，堂中有人问是什么事，那人回答说："奉上天之命，要在魏州索取一万人的性命。"堂中人说："魏州这地方很穷困，灾祸连年不断，还是到别的地方找吧。"奏事的人说："好。我这就去向上面报告。"就离开了。不一会儿他又回来了，就说："已经命令改到镇州了。"说完就消失了。这一年，庄宗分兵讨伐镇州，直到攻下为止，两军在战场上死了很多人。<small>出自《玉堂闲话》。</small>

葛氏妇

　　兖州东钞里泗水上有个亭子，亭子下有座天齐王祠，祠中供有三郎神的神像。巫师说，三郎神是天齐王的爱子，非常灵验。相传在泰山下面，曾有打柴少年或放牧孩子，有人遇见过一个打猎的人，侍从和仆人打扮得华丽盛大，就像人间的王侯，就是三郎神。鲁人对三郎神很敬畏，超过了天齐王。后梁年间，葛周镇守兖州部署，曾经带着全家男女老少游泗水亭，就进了神庙。葛周有个儿子十二郎，他的妻子美艳绝伦。进庙后在三郎神前叩拜，仔细看了半天才退下。一会儿她就犯了心痛病，一头栽到地上休克了很久。全家人极为恐惧，赶快向神祷告，少妇人过了一会儿才稍好了些。但从此就神情失常了，睡梦中也恍恍惚惚地遇见三郎神。家里人十分恐慌，就把妇人送到东京去躲了起来。没过多久，三郎神也追到东京，并对妇人说："我找你很久了，现在我们又重逢了。"从这以后，三郎神每夜都来，每次三郎神要来时，少夫人就又伸懒腰又打喷嚏，并对侍者说："他已经来了。"说完就起身进入帷帐中去了。侍者竖耳偷听，就听见帐内男女窃窃私语的说笑声，过了很久三郎神才离开。这样的事已习以为常了。妇人的丈夫十二郎怕神，一直不敢和妇人同宿。过了很长的时间，妻子死了。<small>出自《玉堂闲话》。</small>

马希声

湖南马希声，嗣父位。连年亢旱，祈祷不应。乃封闭南岳司天王庙，及境内神祠，竟亦不雨。其兄希振，入谏之，饮酒至中夜而退。闻堂前喧噪，连召希振复入，见希声倒立于阶下，衣裳不披，其首已碎。令亲信舆上，以帛蒙首。翌日发丧，以弟希范嗣位。先是，大将周达自南岳回，见江上云雾中，拥执希声而去，秘不敢言。夕有物如黑幕，突入空堂，即时而卒。出《北梦琐言》。

庞　式

唐长兴三年，进士庞式，肄业于嵩阳观之侧，临水结庵以居。一日，晨往前村未返。庵内唯薛生，东郡人也，少年纯悫，师事于式。晨兴，就涧水盥漱毕，见庵之东南林内，有五人，皆星冠霞帔，或缝掖之衣，衣各一色，神彩俊拔，语音清响，目光射人，香闻十余步。薛生惊异，遍拜之。问薛曰："尔何人？"生具以对。又问："尔能随吾去否？"薛辞以父母年老，期之异日。又曰："尔既不去，吾当书尔之背志之。"遂令肉袒。唯觉其背上如风之吹，书毕，却入林中，并失其处。斯须庞式至，具述，且示之背，见朱书字一行，字体杂以篆籀，唯两字稍若官体贵人字，余皆不别。

马希声

　　湖南马希声，继承了父亲的官职。当时连年大旱，祈祷求雨也不灵应，马希声就下令封闭南岳司天王庙以及境内所有的神庙，然而仍然不下雨。马希声的哥哥希振，来劝他别这样做，两个人喝酒到半夜，希振才回去。刚走出弟弟的院门，就听到大堂前声音喧哗，有人连声招呼希振再进院看看。希振一回院子，只见希声倒立在台阶下，衣服也没披，脑袋已经碎了。于是赶快让亲信把尸体抬到车上，用白绸子蒙上他的头。第二天为马希声办完丧事，希振让他的弟弟马希范继承了官职。在这事发生之前，有个大将周达从南岳回来时，看见江上的云雾中，鬼卒们拥着马希声离开，回来后周达当成秘密没敢说。这天晚上，空中飘下一大块像黑幕一样的大物，突然闯入了空荡的大堂，马希声立刻就死了。出自《北梦琐言》。

庞　式

　　后唐长兴三年，进士庞式，在嵩阳观旁边读书，临水盖了一座庵住着。一天早上，庞式到前村去没有回来。庵内只有一个薛生，薛生是东郡人，年少诚实，跟着庞式学习。一天清早，他到涧水边洗漱完毕，看见庵东南的树林里，有五个人，都头戴星冠身披霞帔，有的穿着儒生的衣着，各人的服色也不一样，神采超然，语声朗朗，目光炯炯有神，身上发散的香气十几步外都能闻到。薛生十分惊奇，就走过去一一拜见。他们问薛生说："你是什么人？"薛生就把自己的情况如实说了。他们又问："你能跟我们走吗？"薛生推辞说父母年纪大了，等着他有一天回去。其中一个人说："既然你不去，我给你背上写几个字作为标记。"就让薛生脱下上衣把后背露出来。薛生只觉得背上好像有风吹过。写完了，那五个人就转入林中，一起消失不见了。过了一阵子庞式回来，薛生详细说了刚才的事，并把后背给庞式看。只见后背上写着一行红色的字，字体杂以篆书籀文，只有两个字有点像当时通用字体"贵人"二字，其余的字都认不出来。

薛生又以手扪之，数字挈破，色鲜如血，数日，香尚不销。后庞式登第，除乐乡县令，为叛帅安从进所杀，薛氏子寻归滑台，殂于家。出《玉堂闲话》。

薛生又用手摸后背，好几个字被碰破了，颜色像血一样鲜红，过了好几天，字的香气还不消失。后来庞式中了进士，被任命为乐乡县令，结果被叛将安从进杀了。薛生不久回到滑台，死在家中。出自《玉堂闲话》。

卷第三百一十四
神二十四

清泰主

　　唐清泰主,乃晋高祖之妇兄也。明宗始为太原将帅,二主军职未高。因击鞠,入赵襄子庙,俱见土偶避位而立,甚讶之,潜亦自负。及明宗功高,常危惧。二主曰:"赵襄子终能致福邪?"尔后二主迭享大位。出《北梦琐言》。

仆射陂

　　乙未岁,契丹据河朔,晋师拒于澶渊。天下骚然,疲于战伐。翰林学士王仁裕,奉使冯翊,路由于郑,过仆射陂。见州民及军营妇女,填咽于道路,皆执错彩小旗子,插于陂中,不知其数。询其居人,皆曰:"郑人比家梦李卫公云:'请多造旗幡,置于陂中。我见集得无数兵,为中原剪除戎寇,

清泰主

后唐清泰主李从珂，是晋高祖妻子的哥哥。其父明宗起初是太原将帅，当时李从珂和兄弟李从厚军职不高。有一次因为玩击鞠游戏，他进了赵襄子庙，看见庙里的土偶都离了座位站起来，十分惊讶，也感到很自负。后来看到明宗军功很高，常害怕继承不了皇位。二人说："赵襄子最终能保佑我得到福禄吗？"后来，二人轮流当了皇帝。出自《北梦琐言》。

仆射陂

乙未年间，契丹占据河朔一带，晋朝军队在澶渊一带与契丹对峙。当时天下混乱，疲于兵荒马乱之苦。翰林学士王仁裕，奉命出使到冯翊去，经过郑州的仆射陂时，见老百姓和军营的妇女们，涌在大道上，都拿着各种颜色的小旗子，插在仆射陂中，不可计数。王仁裕就问当地居民是怎么回事，都说："郑州每家人都梦见李卫公说：'请多制造军营里用的旗幡，放置在仆射陂中。我现在已经集合起无数兵士，为中原消灭敌寇，

所乏者旌旗耳。'是以家别献此幡帜。"初未之信,以为妖言,果旬月之间,击败胡虏。及使回,过其陂,使仆者下路,访于草际,存者尚多。出《玉堂闲话》。

李泳子

蜀大理少卿李泳,尝归郫城别墅。过桥,见一婴儿,以蕉叶荐之,泳怜其形相貌异,收归,哺养为子。六七年,能书,善谭笑,父母钟爱之,过于亲子。至十二岁,经史未见者,皆览之如夙习,人皆谓之神智。尝独居一室中阅书,父母偶潜窥之,见一人持簿书,复有二童子接引呈过,其子便大书数行,却授之去。父母异之,来日,因侍立,泳款曲谓之曰:"吾夜来窃有所睹,汝得非判阴府事乎?"曰:"然。"重问则唯拜不对。泳曰:"阴府人间,事意不同,吾不欲苦问,汝宜善保。"子又拜。却后六年,一旦白父母:"儿只合与少卿夫人为儿一十八年,今则事毕。来日申时,却归冥司。"因泣下久之,父母亦为之出涕。泳问曰:"吾官至何?"答曰:"只在大理少卿。"果来日申时,其子卒,故泳有退闲之志。未久,坐事遂罢。出《野人闲话》。

谯义俊

罗江县道士谯义俊,壮年,忽梦太山府君追之,赐以黄敕,补为杖直。昼归阳间,夜赴冥府,如此二十余年。常说

缺少的就是旌旗了。'因此家家都为李卫公献旗帜。"王仁裕起初不相信，认为是妖言惑众。可是不到一个月，传来捷报，契丹已被击败。等王仁裕完成使命后回去，经过仆射陂，让仆人下到陂里草丛中去察看，存留的小彩旗还有很多。出自《玉堂闲话》。

李泳子

西蜀大理少卿李泳，有一次曾回到郫城别墅。过桥时，看见一个婴儿，用芭蕉叶子包着。李泳怜爱这孩子貌相不凡，就收留了抱回家去，当成儿子哺养。六七岁时，这孩子擅长写字，善于说笑，父母十分疼爱他，待他比亲生儿子还要好。到了十二岁，不论是什么没见过的经书史籍，这孩子阅读时都像是从前就熟悉一样，人们都称这孩子是神童。曾有一次儿子独自在屋里读书，父母偶然偷偷从窗外看。只见有一个人拿着文书簿册，又有两个童子接过簿册呈递给儿子，儿子就挥动大笔在簿册上写上几行字，然后交给童子拿走。父母觉得他不寻常，第二天，趁着待立一旁，李泳就委婉地对儿子说："昨夜我偷偷看见了你的事了。你莫非是在处理阴曹地府的公事吗？"儿子说："是的。"李泳再问，儿子就只是叩拜不回答了。李泳说："阴府和人间是不同的，我不想过多追问，希望你多多保重。"儿子又拜。又过了六年，一天早晨儿子忽然对父母说："我只该给你们做十八年儿子，现在时间已经到了。明天申时，我就要回冥府去了。"说完就哭了半天，李泳和妻子也哭了一场。李泳问儿子说："我的官能做到多大？"儿子回答说："你只能做到现在的大理少卿。"果然第二天申时，儿子就死了，李泳也想辞去官职。没过多久，因事被罢了官。出自《野人闲话》。

谯义俊

罗江县有个道士叫谯义俊，正值壮年，有一次他忽然梦见太山府君把他召去，赐给他黄色敕命，增补他为阴府的杖直官。他白天回到阳间，夜晚赶到阴府，这样过了二十多年。他曾说

人间有命未终为恶者,追生魂笞之,其人在阳间之病或贫乞是也。往见亲戚及里人被笞者,明旦往视之,皆验,然恒愿得免。忽于冥间遇道士,不言姓名,谓曰:"尔何不致名香?昼于阳间上告南辰北极,必得免。"又俊依此虔告。忽尔太山府君却追黄敕,自是遂免。因入道攻《易》,年八十余。出《野人闲话》。

刘峭

辛西岁,金水主簿刘峭,因游云顶山,睹山庙盛饰一堂,有土偶,朱衣据鞍。峭讶之,诘于山主昭讷,昭讷曰:"余三夕连梦见王,语近辟一判官,宜设堂宇,塑朱衣一官而祀之。故有此作。"峭不之信。明年秩满,还成都,遇都官员外孙逢吉。言其事,逢吉曰:"顷为安仲古弥留之际,语长幼:'云顶山王已具书马聘礼,辟吾作判官。'言绝,俨然端坐长逝。"出《撖诚录》。

袁州父老

袁州村中有老父,性谨厚,为乡里所推,家亦甚富。一日有紫衣少年,车仆甚盛,诣其家求食。老父即延入,设食甚至,遍及从者。老父侍食于前,因思长吏朝使行县,当有顿地,此何人哉?意色甚疑。少年觉之,谓曰:"君疑我,我不能复为君隐。仰山神也。"父悚然再拜,曰:"仰山日

如果一个人的阳寿未尽没有一直作恶,被阴间抓去生魂拷打,这个人在阳间就会生病或受穷乞讨。他每每在阴间看见被拷打的是亲戚或邻居,第二天过去看,果然应验,但他一直希望能摆脱这个官。有一次他忽然在阴间遇见一个道士,不说自己的姓名,对他说:"你为什么不给神烧有名的香? 明天你回阳间去,赶快烧上好香,向南辰北极神求告,你一定能免这个官。"谯义俊就按那道士的话做了。不久太山府君追回了任命他的黄敕,他从此免了在阴间的官。后来他专门攻读《易经》,活到八十多岁。出自《野人闲话》。

刘峭

辛酉这年,金水县主簿刘峭,到云顶山游玩,看见山庙中隆重装饰了一个庙堂,其中供奉了一个泥神像,穿着红衣服骑在马鞍上。刘峭很奇怪,就问山主昭讷,昭讷说:"我连着三个夜晚梦见云顶山王,说最近将招一个新的判官到云顶山来上任,应该新设一个大堂,并塑一个穿红衣的神像供祀。所以才有这个做法。"刘峭不信。第二年刘峭任满,回成都,遇见都官员外郎孙逢吉。说起这件事,孙逢吉说:"昭讷做梦时正是安仲古弥留之际,安仲古对家里人说:'云顶山王已准备好文书车马聘礼,征召我当判官。'说完后,端端正正地坐着死去了。"出自《撒诚录》。

袁州父老

袁州村中有位老父,为人谨慎厚道,为乡里人所尊敬,家境也很富裕。一天有个穿紫袍的少年,带着很多车马仆从,来到老父家要吃的。老父立刻把少年请进屋,周到地安排了饭食,遍及仆从们。老父向前奉食,便想如果是州里长官或朝廷使者到县里来,都会有安顿的地方,他是什么人呢? 神情很疑惑。少年察觉到了,对老父说:"您怀疑我,我也就不隐瞒您了。我就是仰山山神。"老父吃惊地叩拜,说:"仰山神庙里每天

厌于祭祀,奈何求食乎?"神曰:"凡人之祀我,皆从我求福。我有力不能致者,或非其人不当受福者,我皆不敢享之。以君长者,故从君求食尔。"食讫,辞让而去,遂不见。出《稽神录》。

朱廷禹

　　江南内臣朱廷禹,言其所亲泛海遇风,舟将覆者数矣。海师云:"此海神有所求。可即取舟中所载,弃之水中。"物将尽,有一黄衣妇人,容色绝世,乘舟而来,四青衣卒刺船,皆朱发豕牙,貌甚可畏。妇人竟上船,问有好发髢,可以见与。其人忙怖,不复记,但云:"物已尽矣。"妇人云:"在船后挂壁箧中。"如言而得之。船屋上有脯腊,妇人取以食四卒。视其手,乌爪也。持髢而去,舟乃达。廷禹又言,其诸亲自江西如广陵,携十一岁儿,行至马当泊,登岸晚望。及还船,失其儿。遍寻之,得于茂林中,已如痴矣。翌日,乃能言,云:"为人召去,有所教我。"乃吹指长啸,有山禽数十百只,应声而至,毛彩怪异,人莫能识。自尔东下,时时吹啸,众禽必至。至白沙,不敢复入。博访医巫治之,久乃愈。出《稽神录》。

祭祀供奉酒食的人那么多,为什么出来求食呢?"仰山山神说:"人们祭祀我,都是向我求福的。凡是我能力所限办不到的,或者那些命中不该受福的人供奉的食物,我都不敢享用。因为您是一位可敬的老人,没有什么求我的事,所以才向你求食。"吃完后,少年再三拜谢,辞别了老人,然后就不见了。出自《稽神录》。

朱廷禹

　　江南内臣朱廷禹,说他的亲戚一次在海上航行遇见了风暴,船被大浪颠簸得好几次都要翻了。掌舵的海师说:"这是海神在要东西。可把船里的东西往海里扔一些。"船上的物品快扔完时,有一个穿黄衣的妇人,容貌绝美,乘着小船赶来,有四个穿青衣的小吏为她划船,都是红头发猪牙齿,面目十分可怕。那妇人居然上了大船,问船上有没有好的假发可以给她。当时船上的人又慌乱又害怕,不记得她说的什么假发有没有,只是说:"东西已扔完了。"然而那妇人却说:"就在你们船后舱挂在墙上的箱子里。"船上的人按她的话果然找到了假发。船舱上放着些干鱼腊肉,那妇人就拿了给那四个划船的兵吃。看那女人的手,竟是鸟的爪子。那女人拿了假发走了,船才平安到达了目的地。朱廷禹又说,有一次他的亲戚从江西坐船到广陵,带着个十一岁的孩子。船到了马当停下,大家上岸游玩。等回到船上时,发现那孩子丢了。四下分头去找,才在密林中找到,孩子已经像痴傻一样了。第二天,孩子才能说话,说:"被人召走以后,有人教我东西。"于是吹起长啸,有几百只山鸟应声而至。这些鸟的毛色十分奇异,人们认不出来是什么鸟。从这向东顺流而下,小孩常常吹啸,众多山鸟听到声音一定会飞到船头。后来船到了白沙,不敢再走。到处请医生和巫师给那孩子看病,过了很长时间才把病治好。出自《稽神录》。

僧德林

浙西僧德林,少时游舒州,路左见一夫,荷锄治方丈之地。左右数十里,不见居人,问之,对云:"顷时自舒之桐城。至此暴得痁疾,不能去,因卧草中。及稍醒,已昏矣。四望无人烟,唯虎豹吼叫,自分必死。俄有一人,部从如大将,至此下马,据胡床坐。良久,召二卒曰:'善守此人,明日送至桐城县下。'遂上马去,倏忽不见,唯二卒在焉。某即强起问之,答:'此茅将军也,常夜出猎虎,忧汝被伤,故使护汝。'欲更问之,困而复卧。及觉,已日出,不复见二卒,即起而行,意甚轻健,若无疾者。至桐城,顷之疾愈。故以所见之处,立祠祀之。"德林上舒州十年,及回,则村落皆立茅将军祠矣。出《稽神录》。

司马正彝

司马正彝者,始为小吏。行溧水道中,去前店尚远,而饥渴甚,意颇忧之。俄而遇一新草店数间,独一妇人迎客,为设饮食,甚丰洁。正彝谢之,妇人云:"至都,有好粉胭脂,宜以为惠。"正彝许诺。至建业,遇其所知往溧水,因市粉脂遗之。具告其处,既至,不复见店,但一神女庙,因置所遗而去。正彝后为溧水令,相传云,往往有遇之者,未知其审。出《稽神录》。

僧德林

浙西有个和尚叫德林，年轻时游舒州，在路边看见一个男子，正拿着锄头治理一丈见方的土地。周围几十里，不见人家，和尚就问那男子怎么在这里。男子回答说："不久前我从舒州往桐城去，走到这里突然发起了疟疾，走不动了，便躺在草丛里。等稍微清醒过来时，天已黑了。四下望去没有人烟，只听得虎豹吼叫，自己寻思一定会死在这里了。一会儿有一个人，像个大将带着部下随从。到这里下马，坐在胡床上。过了很久，他叫来两个兵，对他们说：'好好保护这个人，明天把他送到桐城县下。'说完就上马走了，转眼已不见踪影，只剩下两个兵守着我。我就勉强坐起来问他们，他们说：'这是茅将军，经常夜里出来猎虎，担心你被虎伤，所以特派我们保护你。'我想再仔细问问，因为太困乏又躺下了。等我醒来，太阳已出来了，两个兵也不见了，我就爬起来赶路，只觉得两腿特别轻快，跟没病时一样。到了桐城，一下子病完全好了。所以我就在遇见茅将军的地方，给他修个祠庙祭祀他。"德林和尚到舒州呆了十年，等回来时一看，村子里到处都建有茅将军的祠庙。 出自《稽神录》。

司马正彝

司马正彝，开始时是个小官。有一次他走到溧水道中，离前面投宿的地方还很远，又饿又渴，十分忧虑。不久遇见家新草店有好几间房子，只有一个女子出来迎客，为他安排了很丰盛的饭菜。正彝十分感谢她，女子说："到了京城，有好粉胭脂，给我捎点来就行。"司马正彝答应了她。到了建业，正好遇到一个朋友要回溧水，就买了些脂粉托朋友捎给那个开店的女子，并详细地说了那客店的位置。朋友到了那个地方，根本没看见旅店，只有一个神女庙，就把脂粉放在庙里离开了。司马正彝后来当了溧水县令，人们传说，常常有人遇见神女，但不知道是不是真的。

出自《稽神录》。

刘 宣

戊寅岁,吴师征越,败于临安。裨将刘宣伤重,卧于死人中。至夜,有官吏数人,持簿书至,遍阅死者。至宣,乃扶起视之曰:"此汉非是。"引出十余步,置路左而去。明日贼退,宣乃得归。宣肥白如瓠,初伏于地,越人割其尻肉,宣不敢动。后疮愈,肉不复生,臀竟小偏。十余年乃卒。出《稽神录》。

黄 鲁

徐三海为抚州录事参军,其下干力黄鲁者,郡之俚人。年少,颇白皙,有父母在乡中,数月一告归,归旬日复来。一旦,归月余不至,三海遣吏至其家召之。家人云:"久不归矣。"于是散寻之。又月余,乃见在深山中,黄衣屣履,挟弹而游。与他少年数人,皆衣服相类。捕之不获。鲁家富,乃多募人,伏草间以伺之。数日,果擒之,而诸少年皆走。既归,问其故,曰:"山中有石氏者,其家如王公,纳我为婿。"他无所言。留数日,复失去,又于山中求得之,如是者三。后一日竟去,遂不复见。寻石氏之居,亦不能得。此山乃临川人采石之所,盖石之神也。出《稽神录》。

张 铤

张铤者,累任邑宰,以廉直称。后为彭泽令,使至县宅。堂后有神祠,祠前巨木成林,乌鸢野禽,群巢其上,粪秽积于堂中。人畏其神,故莫敢犯。铤大恶之,使巫祈于神曰:

刘 宣

戊寅那年，吴国的军队征讨越国，在临安大败。副将刘宣受了重伤，卧在乱尸堆里。这天夜里，有几个官员，拿着簿书到了，一一对照查看死者。查到刘宣时，就把他扶起来看着说："这家伙不在本子上。"把他拖出去十几步，扔在道旁走了。第二天贼兵退后，刘宣才得以归营。刘宣长得又白又胖像个大葫芦，他当初卧在地上时，越兵割下了他屁股上的肉，他也没敢动。后来伤好了，肉不再生了，屁股竟然是歪的。十几年后刘宣才死。出自《稽神录》。

黄 鲁

徐三诲任抚州录事参军时，手下有个很能干的人叫黄鲁，是本郡百姓。黄鲁很年轻，皮肤白净，他的父母都在乡下。黄鲁每过几个月就请假回去探亲，回家十几天后再回来。一天，他请假回家，一个多月也没回来。三诲派人到黄鲁家召见他。他家人说："黄鲁已经很久没回来过了。"于是派人四下寻找。又过了一个多月，才在深山中见到他，黄鲁这时穿着黄衣服和草鞋，挟着个弹弓正在游逛。和他一起的还有几个少年，衣服打扮都一样。人们想抓住黄鲁，没有抓到。黄鲁家很富有，就雇了很多人，上山藏在草丛里等着。几天后，才把他抓住了，其他少年都逃跑了。回家后，问他怎么回事，他说："山里有个石氏，家里像王公一样富，招我做了女婿。"其他的就不说了。在家里呆了几天，又找不见了。再到山里去抓，像这样反复了好几次。后来有一天离开，就再也找不到了。找姓石的人家，也找不到。这山是临川人采石的地方，那"石氏"其实就石神。出自《稽神录》。

张 铤

张铤，曾当过几任邑宰，以廉洁正直著称。后来升为彭泽令，迁到县宅内。县衙宅堂后面有个神庙，庙前巨木成林，乌鸦老鹰等野鸟，一起在树上搭窝，弄得宅堂到处是鸟粪。人们害怕鸟是神庙的，所以不敢管它们。张铤十分厌恶，让女巫向神祝祷说：

"所为土地之神,当洁清县署,以奉居人,奈何使腥秽如是邪?尔三日中,当尽逐众禽。不然,吾将焚庙而伐树矣!"居二日,有数大鹗,奋击而至,尽坏群巢。又一日大雨,粪秽皆净。自此宅居清洁矣。出《稽神录》。

郭　厚

李宗为舒州刺史,重造开元寺。工徒始集,将浚一废井。井□□□□□□□□□□□□□□□□□□□"土寇犯阙,天下乱。僧辈利吾行资,杀我投此井中,今骸骨在是。为我白李公,幸葬我,无见弃也。"主者以告宗,翌日亲至井上,使发之,果得骸骨。即为具衣衾棺椁,设祭而葬之。葬日,伍伯复仆地。鬼告曰:"为我谢李公,幽魂处此,已三十年,籍公之惠,今九州社令,已补我为土地之神,配食于此矣。"寺中至今祀之。出《稽神录》。

浔阳县吏

庚寅岁,江西节度使徐知谏,以钱百万施庐山使者庙。浔阳令遣一吏典其事。此吏尝入城,召一画工俱往,画工负荷丹彩杂物从之。始出城,吏昏然若醉,自解腰带投地。画工以为醉,而随之。须臾,复脱衣弃帽,比至山中,殆至裸身。近庙涧水中,有一卒,青衣,白韦蔽膝。吏至,乃执之。画工救之曰:"此醉人也。"卒怒曰:"交交加加,谁能得会。"竟擒之,坐于水中。工知其非人也,走往庙中告人。

"你是这一方的土地神,应该保证县衙的清洁,以满足住在这里的人,怎么弄得像这样又腥又臭呢？请你在三天之内,把鸟都赶走。不然,我就要烧庙砍树了。"过了两天,突然来了几只大鸦,向鸟群猛攻,把鸟窝也都毁了。又一天来了一场大雨,把鸟粪都冲净了。从此宅堂就干净了。<small>出自《稽神录》。</small>

郭　厚

李宗任舒州刺史时,重新修造开元寺。工匠们集结后,要清理寺里的一口废井。井□□□□□□□□□□□□□□□□□□□□□□□□"贼寇进犯京城,天下大乱。和尚们抢去我的行资,把我杀死后扔到这井里,现在这副骨头还在井里。请替我告诉李宗刺史,希望能把我埋葬,千万别再抛掉我。"管事的人报告给李宗,第二天李宗亲自来到井边,命人下去挖,果然得到一副骸骨。就为他准备了衣服棺材,祭奠之后把骸骨埋葬了。埋葬的那天,前导役卒又仆倒在地。鬼魂说:"请为我向李刺史致谢。我的幽魂在井中已呆了三十年,由于李刺史的恩惠,现在九州社令,已经补任我为土地神,就在这寺里上任了。"开元寺中至今还供奉着这个土地神。<small>出自《稽神录》。</small>

浔阳县吏

庚寅年间,江西节度使徐知谏,给庐山使者庙布施了百万钱。浔阳县令派了一个小县吏到庐山庙去主管这件事。这个县吏曾经进城去,找了一个画工一同前往,画工背着颜料画具等杂物跟着走。刚出城,那县吏就像喝醉了酒似的昏昏沉沉,把腰带解下来扔到地上。画工以为他醉了,就拾起腰带跟着走。不一会儿,县吏又脱了衣服扔了帽子,等走到庐山时,县吏几乎已脱得裸身了。走到庙前的河边,看见有一个鬼卒,穿青衣,白皮子护膝。县吏一到,鬼卒就抓住了他。画工救县吏说:"这是个醉人。"鬼卒生气地说:"啰嗦吵闹些什么,谁理会那一套!"直接抓住县吏,拖到河水里坐着。画工知道他不是人,就跑到庙里告诉其他人。

竞往视之,卒已不见,其吏犹坐水中,已死矣。乃阅其出给之籍,则已干没过半。进士谢岳亲见之。出《稽神录》。

朱元吉

乌江县令朱元吉,言其所知泛舟至采石。遇风,同行者数舟皆没,某既溺,不复见水,道路如人间。其人驱之东行,可在东岸山下,有大府署,门外堆坏船板木如丘陵,复有人运诸溺者财物入库中,甚众。入门,堂上有官人,遍召溺者,阅籍审之。至某独曰:"此人不合来,可令送出。"吏即引去,复至舟所。舟中财物,亦皆还之。恍然不自知,出水,已在西岸沙上矣。举船俨然,亦无沾湿。出《稽神录》。

沽酒王氏

建康江宁县廨之后,有沽酒王氏,以平直称。癸卯岁,二月既望夜,店人将闭外户,忽有朱衣数人,仆马甚盛,奄至户前,叱曰:"开门,吾将暂憩于此。"店人奔走告其主。其主曰出迎,则已入坐矣。主人因设酒食甚备,又犒诸从者,客甚谢焉。顷之,有仆夫执捆绳百千丈,又一人执橛杙数百枚,前白:"请布围。"紫衣可之。即出,以杙钉地,系绳其上,围坊曲人家使遍。良久白事讫,紫衣起至户外。从者曰:"此店亦在围中矣。"紫衣相谓曰:"主人相待甚厚,免此一店可乎?"皆曰:"一家尔,何为不可?"即命移杙,

人们赶快跑出来看,鬼卒已经不见了,县吏还坐在水里,已经死了。人们就查看他身上带的账本,才发现他已经把给庙里的钱贪污了一多半。这件事是进士谢岳亲眼见到的。出自《稽神录》。

朱元吉

乌江县令朱元吉,说他的朋友有一次乘船到采石矶。遇上大风,同行的好几条船都沉没了,他的朋友溺水后,就不见了水,道路像人间的一样。这个人就沿着路往东走,大约到了东岸山下,有一个很大的府衙,门外堆着破船烂板像丘陵一样,又有人把淹死者的财物往仓库里运,特别多。他进了门,见大堂上有个官人,把淹死的都召了来,按着卷宗一个个审查。审到这个人时单单说:"这个人不该来,可以把他送回去。"小吏就把他领出来,他又来到船边。船上的财物,也都还给了他。他忧忧惚惚的也不自知,从水中出来,发现自己已经在西岸沙滩上了。整条船也完好无损,一点也没沾湿。出自《稽神录》。

沽酒王氏

建康江宁县衙的后面,有个卖酒的王氏,以公平正直闻名。癸卯年,二月十六日夜里,店里人刚要关外门,忽然有几个穿红衣服的人,带着不少车马仆从,突然来到店前,大喊说:"开门,我们要暂时在这里歇一会儿。"伙计赶快跑去告诉主人王氏。主人说出门迎接,那些人都已经进来坐下了。主人赶快准备了好多酒菜殷勤招待,又犒劳随从们,客人们都很感激。不一会儿,有个仆从拿着几百千丈的一捆绳,又有一个人拿着几百个木橛子,向前请示道:"现在就用布围起来吗?"紫衣人说可以。那两个人就出去,把木橛钉在地上,把绳子拴在橛上,把整个一条街的住户都围在绳圈里了。过了很久有人报告说都弄好了,紫衣人就出去到门外了。一个仆从说:"这家店也围在里面了。"紫衣人对他说:"店主人待我们很好,免了这家店怎样?"大家都说:"就免这一家,有什么不行呢?"于是就让人把木橛子挪开,

出店于围外。顾主人曰："以此相报。"遂去，倏忽不见。顾视绳杙，已亡矣。俄而巡使欧阳进逻巡夜，至店前，问何故深夜开门，又不灭灯烛何也。主人具告所见，进不信。执之下狱，将以妖言罪之。居二日，建康大火，自朱雀桥西至凤台山，居人焚之殆尽。此店四邻皆为煨烬，而王氏独免。出《稽神录》。

鲍　回

鲍回者，尝入深山捕猎，见一少年，裸卧大树下，毛发委地。回欲射之，少年曰："我山神也，避君不及。勿杀我，富贵可致。"回以刀刺其口，血皆逆流，遂杀之。无何回卒。出《稽神录》。

刘　暐

汉宗正卿刘暐，忽梦一人，手执文簿，殆似冥吏，意其知人命禄，乃诘之，仍希阅己将来穷达。吏曰："作齐王判官，后为司徒宗正卿。"暐自以朝籍已高，不乐却为王府官职。梦觉，历历记之，亦言于亲友。后衔命使吴越，路由郓州，忽于公馆染疾。恍惚意其曾梦为齐王判官，恐是太山神天齐王也。乃令亲侍就庙，陈所梦，炷香掷筊以质之。一掷果应，宗卿以家事未了，更将明恳神祈，俟过海回，得以从命。频掷不允，俄卒于邮亭。原缺出处，明抄本作出《玉堂闲话》。

把酒店让出绳子外。回头对店主王氏说："就用这报答你吧。"说完离开了，转眼就消失了。再回头看地上的绳子木橛，也都没了。一会儿，巡使欧阳进带人巡夜，来到酒店前，问王氏为什么深夜开着门，又还点着灯烛？王氏把见到的就都告诉他了，欧阳进不相信。把王氏抓走关进监狱，准备判她妖言惑众罪。过了两天，建康发生大火灾，从朱雀桥往西直到凤台山，居民烧了个片瓦无存。这个店的四周都被烧成一片灰烬，只有王氏安然无恙。出自《稽神录》。

鲍　回

鲍回，有一次曾进深山打猎，看见一个少年，光着身子躺在大树下，很长的毛发拖在地上。鲍回想射死他，少年说："我是山神，没来得及躲开你。请别杀我，我可以使你富贵。"鲍回用刀刺进少年的嘴里，血却都倒着流回嘴里，鲍回就把少年杀了。不一会儿鲍回也死了。出自《稽神录》。

刘　皞

后汉宗正卿刘皞，有一次忽然梦见一个人，手拿文簿，大概像是冥府的小吏，推测他大概知道人的命运仕途，就向他盘问，请求查查自己未来的官运穷达。小吏说："先做齐王判官，后来为司徒宗正卿。"刘皞自认为朝官职位很高，不高兴却当了王府的官职。梦醒后，记得很清楚，也告诉了亲友。后来他被委命出使吴越，经过郓州，忽然在公馆里生了病。恍惚间想到过去做梦说自己当齐王判官，恐怕是指的到阴间给太山神天齐王判官吧。就让侍从到庙里，陈述了自己的梦，并烧上香后用菰米掷卦请神说明。一掷卦果然应验了，宗卿因家里有事没办完，就又向神恳求，等过海回来后，再归阴上任命。连掷好几卦神都不答应，不久他就死在官驿的旅舍里了。原缺出处，明抄本作出自《玉堂闲话》。

崔练师

晋州女道士崔练师，忘其名，莫知所造何道。置辎车一乘，佣而自给。或立小小阴功，人亦不觉。一旦，车于路辗杀一小儿，其父母诉官，追摄驾车之夫，械之。欲以其牛车偿死儿之家，其人曰："此物是崔练师处租来。"官司召练师，并絷之。太守栾元福，夜梦冥司崔判官谓曰："崔练师我之侄女，何罪而絷之？"梦觉，召练师，以梦中之言告之。练师对曰："某虽姓崔，莫知是何长行。"俄而死儿复活。周高祖闻而异之，召崔练师入京，仍择道士，往晋州紫极宫修斋焉。出《玉堂闲话》。

崔练师

晋州女道士崔练师,忘了叫什么名,也不知道她修行的是什么道术。崔练师购置了一辆有帷盖的车子,靠租车的佣金维持生活。有时做点小小的功德,人们也不能觉察到。有一天,她的车在路上轧死了一个小孩,小孩父母告了官,官府把车夫抓来押起来,并打算把牛车给小孩家做赔偿。车夫说:"这车是从崔练师处租来的。"官府就把崔练师也抓了起来。太守栾元福,夜里梦见冥府一位崔判官对他说:"崔练师是我侄女,有什么罪要把她抓起来?"太守梦醒后,把崔练师招来,并把梦中的话告诉了她。崔练师回答说:"我虽然姓崔,却不知道冥府的崔判官是我什么时候的长辈亲戚。"一会儿那个被辗死的孩子又复活了。后周高祖听说这事,感到很惊奇,召崔练师进京,又选派道士,到晋州紫极宫持斋修行。出自《玉堂闲话》。

卷第三百一十五
神二十五淫祠附

梨山庙

　　建州梨山庙，土人云，故相李回之庙。回贬为建州刺史，后卒于临川。卒之夕，建安人咸梦回乘白马，入梨山。及凶问至，因立祠焉，世传灵应。王延政在建安，与福州构隙，使其将吴某，帅兵向晋安。吴新铸一剑，甚利。将行，携剑祷于梨山庙，且曰："某愿以此剑，手杀千人。"其夕，梦人谓己曰："人不当发恶愿，吾祐汝，使汝不死于人之手。"既战败绩，左右皆溃散。追兵将及，某自度不免，即以此剑自刎而死。出《稽神录》。

吴延瑶

　　广陵豆仓官吴延瑶者，其弟既冠，将为求妇。邻有媒

梨山庙

建州梨山庙，当地人说，是已故相国李回的庙。李回被贬到建州做刺史，后来死在临川。死的那天晚上，建安人都梦见李回乘着白马，进了梨山。等到李回的死讯传来，当地人才在梨山给李回建了祠庙，世人都说很灵应。后来王延政在建安时，和福州发生了冲突，派手下一个姓吴的将领，带兵去攻打晋安。吴某新铸了一把剑，十分锋利。将出发时，他带着剑到梨山庙里祈祷，并发愿说："我愿用这宝剑，杀死一千人！"这天夜里，吴某梦见李回对他说："人祈祷时不应该发恶愿，我将保佑你，使你不死于他人之手。"吴某一战大败，手下士兵都四散溃逃。追兵眼看就到了，吴某自己估量免不了一死，就用那把宝剑自刎而死。出自《稽神录》。

吴延瑫

广陵豆仓官吴延瑫，弟弟已成年，将为他提亲。邻居有个媒

姬,素受吴氏之命。一日,有人诣门云:"张司空家使召。"随之而去。在政胜寺之东南,宅甚雄壮。姬云:"初不闻有张公在是。"其人云:"公没于临安之战。故少人知者。"久之,其家陈设炳焕,如王公家。见一老姥,云是县君,之坐。顷之,其女亦出,姥谓姬曰:"闻君谓吴家求婚,吾欲以此女事之。"姬曰:"吴氏小吏贫家,岂当与贵人为婚邪?"女因自言曰:"儿以母老,无兄弟,家业既大,事托善人。闻吴氏子孝谨可事,岂求高门邪!"姬曰:"诺,将问之。"归以告延瑶,异之,未敢言。

数日,忽有车舆数乘,诣邻姬之室,乃张氏女与二老婢俱至。使召延瑶之妻即席,具酒食甚丰,皆张氏所备也。其女自议婚事,瑶妻内思之,此女虽极端丽,然可年三十余。其小郎年节少,未必欢也。其女即言曰:"夫妻皆系前定,义如有合,岂老少邪?"瑶妻耸然,不敢复言。女即出红白罗二匹曰:"以此为礼,其他赠遗甚多。"至暮,邀邻姬俱归其家,留数宿,谓姬曰:"吾家至富,人不知耳,他日皆吴郎所有也。"室中三大厨,其高至屋,因开示之。一厨实以金,二厨实以银。又指地曰:"此中皆钱也。"即命掘之,深尺余,即见钱充积。又至外厅,庭中系朱鬣白马,傍有一豕。曰:"此皆礼物也。"厅之西复有广厦,百工制作毕备。曰:"此亦造礼物也。"至夜就寝,闻豕有如惊,呼诸婢曰:"此豕不宜在外,是必为蛇所啮也。"姬曰:

婆，一直受吴延瑫的托付寻找合适的女子。一天，有人敲媒婆家门说："张司空家有请。"媒婆就跟着他去了。在政胜寺东南，张家宅院很是雄伟壮观。媒婆说："我怎么从来没听说有张司空住在这里？"接她的人说："张司空在临安之战中去世了，所以很少有人知道。"过了很久才到，看见院内的陈设光彩华丽，像是王公家。见一个老太太，说是县君，请媒婆坐下。过了一会儿，这家的女儿也出来了。老太太对媒婆说："听说你帮吴家求婚，我打算把这个女儿许配给吴家公子。"媒婆说："吴家官小家贫，怎么敢和你们这样的贵人结亲呢？"张氏女便自称："我因为母亲已经走了，又没兄弟，家业这么大，想托付给一个好人。听说吴家公子孝顺恭谨，可以托付，我们哪里还敢求什么高门贵第呢？"媒婆说："好，我回去问问。"媒婆回去把情况告诉了吴延瑫，吴延瑫心里觉得有些异样，没敢说什么。

过了几天，忽然有几辆车来到媒婆家，是张氏女和两个老女仆一起来了。她们请吴延瑫的妻子到媒婆家赴宴，置办了丰盛的酒菜，都是张氏女准备的。张氏女又自己提婚事，吴延瑫的妻心中暗想，这个女子长得虽然十分端庄美丽，但是看样子大概有三十多岁了。我家兄弟岁数太小，不一定喜欢。那张氏女立刻就说："夫妻姻缘都是前世所定，如果命该结合在一起，难道在乎年长年少吗！"吴延瑫妻心里一惊，不敢再说什么。张氏女就拿出红白两匹绸子说："用这做定礼吧，别的礼品还有很多。"到天黑时，张氏女请媒婆和她一块回家，并留住了几天，对媒婆说："我家非常富，别人不知道，将来这一切都归吴郎所有。"屋里有三个大橱柜，和屋顶一样高，张氏女便打开让媒婆看。一个橱柜装金，一个橱柜装银，又指指地下说："这里面都是钱。"说完就叫人来挖，才挖了一尺多，就见里面全是钱。又来到外厅，庭院中拴着一匹红鬃白马，旁边有一只大猪，说："这些都是结婚礼物。"外厅西面又有一个高大的房屋，各种家具用品已制作完毕，张氏女说："这都是造的结婚礼物。"到晚上准备睡觉时，就听院里的猪像受了惊，张氏女就招呼使女们说："那猪不应该在外面，一定是被蛇咬了。"媒婆说：

"蛇岂食猪者邪?"女曰:"此中常有之。"即相与秉烛视之,果见大赤蛇,自地出,萦绕其豕,复入地去,救之得免。

明日,方与妪别,忽召二青衣,夹侍左右,谓妪曰:"吾有故近出,少选当还。"即与青衣凌虚而去,妪大惊。其母曰:"吾女暂之天上会计,但坐,无苦也。"食顷,乃见自外而入,微有酒气,曰:"诸仙留饮,吾以媒妪在此,固辞得还。"妇归,益骇异而不敢言。

又月余,复召妪去。县君疾亟,及往,其母已卒。因妪至葬,葬于杨子县北徐氏村中,尽室往会。徐氏有女,可十余岁。张女抚之曰:"此女有相,当为淮北一武将之妻,善视之。"既葬,复后赠妪,举家南去,莫知所之,婚事亦竟不成。妪归,访其故居,但里舍数间。问其里中,云:"住此已久,相传云张司空之居,竟不得其是。"后十年,广陵乱,吴氏之弟归于建业,亦竟无恙。出《稽神录》。

淫祠

余光祠

汉灵帝初平三年,起裸游馆。盛夏避暑,长夜饮宴醉,迷于天晓。内官以巨烛投于殿下,帝乃惊悟。及董卓破京师,焚其馆宇。至魏咸熙中,其投烛之所,冥夜有光如星。时人以为神光,于此立室,名曰"余光祠",以祈福。至明帝末,稍除焉。出《拾遗记》。

"蛇还能吃猪吗?"张氏女说:"这是常有的事。"就一起拿着蜡烛到院里看,果然看见有条大红蛇,从地下钻出来,缠绕住猪,又往地下拖,张氏女把猪救了下来。

第二天,张氏正和媒婆告别时,忽然叫来两个婢女,侍奉在她左右,对媒婆说:"我有事出去一趟,马上就回来。"说罢就和两个婢女腾空而去。媒婆大惊失色。张老太太说:"我女儿暂时到天上办事,快坐,你别担心。"有一顿饭的工夫,就看到张氏女从外面进来,微有酒气,说:"几位神仙留我喝酒,我因为说媒婆在家,坚决推辞才得以脱身。"张氏女回来后,媒婆更加吓得不敢说话了。

又过了一个多月,张氏女又召媒婆过去。老太太病重,等媒婆赶到,老太太已死。就让媒婆帮忙料理丧事,葬在杨子县北徐氏村里,张氏全家都参加了葬礼。徐氏有个女儿,大概十多岁了。张氏女爱抚她说:"这女孩命相好,将来应是淮北一名武将的妻子,你们要好好待他。"葬礼之后,张氏女又送给媒婆很多礼物,然后全家都往南迁走了,不知迁到了什么地方,婚事竟也没有办成。媒婆回来后,去寻访张家的故居,只有几间很普通的房子。问村里的人,都说:"张氏女住在这里很久了,传说那是已故张司空的房子,但究竟是怎么回事到底也没弄清。"十年后,广陵战乱,吴延瑫的弟弟回到建业,倒也没出什么事。出自《稽神录》。

淫祠

余光祠

汉灵帝初平三年,盖了个"裸游馆"。盛夏在此避暑,灵帝整夜饮酒作乐,天亮了还不知道。宫廷的内侍把一个大蜡烛扔在殿下,灵帝才惊醒明白。等到董卓攻破京都,烧了灵帝的馆舍。到魏咸熙年间,当年扔蜡烛的地方,深夜有光如星星般闪闪发亮。当时的人们认为是神光,就在那里立了个祠,名叫"余光祠",以祈祷降福。到明帝末年,才渐渐不供这座祠庙了。出自《拾遗记》。

鮓父庙

会稽石亭埭,有大枫树,其中朽空。每雨,水辄满。有估客携生鮓至此,辄放一头于朽树中。村民见之,以鱼鮓非树中之物,咸神之。乃依树起室,宰牲祭祀,未尝虚日,目为鮓父庙。有祷请及秽慢,则祸福立至。后估客复至,大笑,乃求鮓臛食之,其神遂绝。出刘敬叔《异苑》。

鲍 君

昔汝南有人,于田中设绳罝,以捕獐而得者。其主未觉,有行人见之,因窃取獐去,犹念取之不俟其主。有鲍鱼,乃以一头置罝中而去。本主来,于罝中得鲍鱼,怪之以为神,不敢持归。于是村里因共而置屋立庙,号为鲍君。后转多奉之者,丹楹藻棁,钟鼓不绝。病或有偶愈者,则谓有神。行道经过,莫不至祠焉。积七八年,鲍鱼主后行过庙下,问其故,人具为说。乃曰:"此是我鲍鱼耳,何神之有?"于是乃息。出《抱朴子》。

张 助

南顿人张助者,耕于田中。种禾,见一李核,意欲持归,乃掘取之,以湿土封其根,置空桑中,遂忘取之。助后作远职,不在。其后里中人见桑中忽生李,谓之神。有病目痛者,荫息此桑下,因祝之,言"李君能令我目愈者,

鲩父庙

会稽县石亭埭,有棵大枫树,树身中间已经朽空了。每次下雨,树身中就灌满了水。有一个商人带着一些活鲩鱼到了这里,就把一只活鲩鱼放进树身中。村民们发现了鱼,认为鲩鱼不是在树里生长的东西,都把它当作神。就挨着树修了座庙,并宰杀牲畜祭祀,天天不断,把这庙叫"鲩父庙"。对鲩父神恭敬祈祷或污蔑怠慢,祸福马上就到。后来,那个当初放鱼的商人又路过这里,见此情景哈哈大笑,就把树洞里的鲩鱼取出来作成鱼羹吃了,那神于是绝迹了。出自刘敬叔《异苑》。

鲍 君

从前汝南有个人,在田野里设下绳网,用来捕获獐子,果然捕到了一头。这位主人还没发现,有一个过路的人看见了,便偷偷取走了獐子,又考虑到没有等到主人就取走了太不够意思,他带着鲍鱼,就放一头在网里离开了。主人到来后,在网里得到了鲍鱼,惊怪地认为这是神,不敢拿回去。于是村里的人们便一起在得鱼的地方建屋立祠庙,叫"鲍君"。后来传说开来,祭祀的人很多。庙的楹柱漆成红色,屋梁上的短柱也画了花纹,日日钟鼓不断。有的病人求鲍神后偶然好了,就更说这神特别灵。走路的人经过庙门,没有不进去祭祀的。过了七八年,那个当初放鲍鱼的主人经过祠庙,问是怎么回事,村人就详细告诉了他。这人说:"这是我放在网里的鲍鱼,哪里有什么神呀!"从此人们才不再敬奉"鲍君"了。出自《抱朴子》。

张 助

南顿人张助,在田间耕种。有一次种禾苗时,发现了一棵李子核,想带回家去,就把它挖了出来,用湿土培上根,顺手放在一棵桑树洞里,回家时却忘取了。张助后来到外地当差,走了很久。后来,村里人突然发现桑树上忽然长出了李树,认为是神。有一个闹眼病的人,来到桑树下休息,便祈祷,说"李君如果能治愈我的眼睛,

谢一豚"。其目偶愈,便杀豚祭之。传者过差,便言此树能令盲者得视。远近翕然,互来请福。其下常车马填溢,酒肉滂沱。如此数年,张助罢职来还,见之,乃曰:"此是我昔所置李核耳,何有神乎?"乃斫去。出《风俗通》。

著饵石人

又汝阳有彭氏墓,近大道,墓口有一石人。田家老母到市,买数片饵以归。天热,过荫彭氏墓口树下,以所买饵,暂著石人头上。及去,忘取之。后来者见石人头上有饵,求而问之,或人调云:"此石人有神,能治病,病愈者以饵来谢之。"如此转以相语,云:"头痛者,摩石人头。腹痛者,摩石人腹,亦还以自摩,无不愈者。"遂千里来就石人治病。初具鸡豚,后用牛羊,为立帷帐,管弦不绝。如此数年,前忘饵母闻之,乃为人说,无复往者。出《抱朴子》。

洛西古墓

洛西有古墓,穿坏多时,水满墓中,多石灰汁,主治疮。夏日行人,有病疮烦热,见此墓中水清好,因自洗浴,疮偶便愈。于是诸病者闻之,悉往自洗。转有饮之以治腹内者。近墓居人,便于墓所立庙舍,而卖此水。而往买者,又当祭庙中。酒肉不绝,而来者转多。此水行尽,于是卖者常夜窃运他水以益之。其远道人不能往者,皆因行使,或持器遗信买。于是卖水者大富。或言其无神,官家

我就祭祀一头猪道谢"。这人的眼病碰巧好了,便杀了一头猪来祭祀。这件事一传开就走了样,便说这树能让盲人得以复明。远近的人一致称颂,络绎不绝来求福。树下总是车马堵满了道路,祭神的酒肉成堆。这样过了几年,张助罢职回到家乡,看见了这情形,就说:"这李树是我当年放在桑树洞里的李核罢了,哪里有什么神呢?"于是把树砍了。出自《风俗通》。

著饵石人

汝阳县有座彭氏墓,靠近大路,墓口立着一个石人。有个农家老太太到集市,买了几块饵饼回来。天气炎热,经过彭氏墓前的树下乘凉,就把买的饵饼,暂时放在石人头上。等离开的时候忘了拿走。后来的人看见石头上有饵饼,就寻问是怎么回事。有人就开玩笑说:"大概是这石人有灵,能治病,病好了的拿饵饼来谢神的吧。"就像这样传来传去,说:"头痛的人,摸石人头。肚子痛的人,摸石人肚子,然后回家后再抚摸自己的头或肚子,没有不能好的。"后来竟有人千里迢迢来求石人治病。起初只用鸡和猪祭祀,后来都用牛羊了,还给石人搭了帷帐,管弦不断。这样过了好几年,当初那个忘了饵饼的老太太听说后,就给人把事说破了,人们才不再来了。出自《抱朴子》。

洛西古墓

洛西有座古墓,已经坍塌很久了,里面灌满了水,水里多含石灰汁,能主治疮疖。夏天的行人,有的生了疮受不了天热,看见这墓里的水清凉,就用来洗浴,疮偶然也有好了的。于是,得各种病的人听说之后,都前往清洗。还有喝水来治腹内病的。古墓附近的居民,就在墓所在之地立了个庙舍,专门卖这水。去买水的人,又到庙里祭祀。酒肉祭礼不断,后来到这里的人变多了。这墓里的水快干了,于是卖水的常常在夜里偷偷运别处的水往里加。远道的人来不了,都依靠出门的人,或者托人带着器具来买。于是卖水的发了大财。后来有人说那水根本没有那么神灵,官府

禁止,遂填塞之,乃绝。出《抱朴子》。

豫章树

唐洪州有豫章树,从秦至今,千年以上,远近崇敬。或索女妇,或索猪羊。有胡超师,云,隐于白鹤山中,时游洪府。见猪羊妇女遮列,诉称此神枉见杀害,超乃积薪将焚之,犹惊惧。其树上有鹳雀窠数十,欲烧前三日,鹳翔空中,徘徊不下。及四边居宅栉比,皆是竹木,恐火延烧。于时大风起,吹焰直上,旁无损害,遂奏其地置观焉。出《抱朴子》。

狄仁杰檄

唐垂拱四年,安抚大使狄仁杰,檄告西楚霸王项君将校等,其略曰:"鸿名不可以谬假,神器不可以力争。应天者膺乐推之名,背时者非见几之主。自祖龙御宇,横噬诸侯。任赵高以当轴,弃蒙恬而齿剑。沙丘作祸于前,望夷覆灭于后。七庙隳圮,万姓屠原。鸟思静于飞尘,鱼岂安于沸水?赫矣皇汉,受命玄穹。膺赤帝之贞符,当四灵之钦运。俯张地纽,彰风纪之祥;仰缉天纲,郁龙兴之兆。而君潜游泽国,啸聚水乡。矜扛鼎之雄,逞拔山之力。莫测大符之所会,不知历数之有归。遂奋关中之翼,竟垂垓下之翅。盖实由于人事,焉有属于天亡。虽驱百万之兵,终弃八千之子。以为殷监,岂不惜哉!

也禁止再卖,把古墓给填了,这事才算结束了。出自《抱朴子》。

豫章树

唐代洪州有棵豫章树,从秦朝到现在,已活了千年以上,远近的人都崇敬这树。树神有时索要妇女,有时索要猪羊祭祀。有个叫胡超的大师,说他在白鹤山中隐居,这时来到洪州游历。看见很多猪羊妇女挡在面前,诉称他们被这个树神冤杀,胡超就堆起柴要把树烧掉,他还很害怕。这树上有好几十个鹳雀窝,打算烧树的前三天,鹳鸟就在空中飞翔,徘徊着不往树上落。树四周的房宅鳞次栉比,都是竹木构造,有人担心火会蔓延。烧树那天刮起了大风,把火焰直吹上天去,周围没有一点损害,于是就在烧树的地方盖了一座道观。出自《抱朴子》。

狄仁杰檄

唐武则天垂拱四年,安抚大师狄仁杰,写了一篇檄文,声讨西楚霸王项羽和他手下的军官等神灵,并下令拆除烧毁项羽的祠庙。文章大意说:"盛名不可以冒充,帝位不可以力争。顺应天时的人才会受到拥戴,违背时势的人不能成为见微知著的王侯。自从秦始皇当政之后,乱杀诸侯。秦二世时任凭奸臣赵高独揽大权,导致忠臣大将蒙恬惨遭杀害。赵高发动沙丘政变立秦二世为帝作祸于前,望夷宫谋杀秦二世导致秦朝灭亡在后。宗庙被毁塌,百姓被屠杀。鸟儿希望在天空安静地飞翔,鱼儿岂能在开水里生存?汉高祖刘邦功德昭著,受命于上天。接受了赤帝之子的祥符,承担了四灵的祝福佑护。他俯问地维,彰显出岁历的祥瑞;仰观天纲星,沉淀出王者兴起的征兆。而你项羽只不过是江南泽国的一个莽汉,在水乡聚集起一些乌合之众。自恃有扛鼎的雄壮,卖弄拔山的蛮力,蔑视天意和命运的安排。在关中举事,最终兵败垓下。其实是由于你的所作所为导致的悲剧,哪里能归于上天使你灭亡呢?虽然驱使百万之兵,最后白白葬送了八千子弟。以此作为借鉴,难道不可惜吗!

固当匿魄东峰,收魂北极。岂合虚承庙食,广费牲牢?仁杰受命方隅,循革攸寄。今遣焚燎祠宇,削平台室,使蕙帷销尽,羽帐随烟。君宜速迁,勿为人患。檄到如律令。"出《吴兴掌故集》。

飞布山庙

正文原缺,共六行,行二十二字。

画琵琶

原缺首二行,行二十二字。泊船。书生因上山闲步。入林数十步,上有一坡。见僧房院开,中有床。床塌,门外小廊数间,傍有笔砚。书生攻画,遂把笔,于房门素壁上,画一琵琶,大小与真不异。画毕,风静船发。僧归,见画处,不知何人,乃告村人曰:"恐是五台山圣琵琶。"当亦戏言,而遂为村人传说,礼施求福甚效。书生便到杨家,入吴经年,乃闻人说江西路僧室,有圣琵琶,灵应非一。书生心疑之,因还江西时,令船人泊船此处。上访之,僧亦不在。所画琵琶依旧,前幡花香炉。书生取水洗之尽,僧亦未归。书生夜宿于船中,至明日又上。僧夜已归,觉失琵琶。以告,邻人大集,相与悲叹。书生故问,具言前验,今应有人背着,琵琶所以潜隐。书生大笑,为说画之因由,及拭却之由。僧及村人信之,灵圣亦绝耳。出《原化记》。

你应该把魂魄藏在东方山峰和北方边远之处。有什么资格在庙里白白享受人间的供奉祭祀，浪费牲畜来祭祀呢？我狄仁杰受命治理这一方，需要有很多革新和建树。现在我派人烧毁祠庙，削平庙中的台舍，使帷幔帐幕烟消云散。你要快快迁走，不要成为人们的祸患。这篇檄文到了就如同我的命令。"出自《吴兴掌故集》。

飞布山庙

正文原缺。共六行，每行二十二字。

画琵琶

原书缺开头两行，每行二十二字。……停了船，书生便上山闲游。进入树林几十步，上面有一个坡。书生看见僧房的院门开着，中间有一张床。床已经塌了，门外有小廊数间，旁边放着笔砚。书生擅长画画，就拿起笔来，在房门白墙上画了一只琵琶，大小和真琵琶没什么不同。画完后，风停了，书生就上船走了。和尚回来后，看见墙上的琵琶，不知是谁画的，就对村里人说："恐怕是五台山圣琵琶。"这本来是一句戏语，被村人传开后，人们竟信以为真，还说向圣琵琶祈祷求福很灵。书生就到了杨家，到吴地去了几年，就听人说江西路有个僧房，有只圣琵琶，十分灵应。书生心里怀疑，便在回江西时，让船又停在此处。上岸访庙，和尚又不在。他画的琵琶还在，前面供着旗幡香炉。书生取水把墙上的琵琶洗掉了，和尚仍没回来。书生当晚睡在船上，第二天又上岸到庙里来。和尚夜里已经回来了，睡醒后发现琵琶没了，告诉了村里人，村里人聚在一起，不断悲叹。书生故意问他们，他们说那琵琶十分灵验，现在一定是有人做了不敬的事，琵琶才悄悄藏起来了。书生大笑起来，向大家说了画它的缘由和洗掉它的原因。和尚和村人这才恍然大悟，"琵琶圣"也从此不再灵验了。出自《原化记》。

壁山神

合州有壁山神，乡人祭，必以太牢，不尔致祸，州里惧之。每岁烹宰，不知纪极。蜀僧善晓，早为州县官，苦于调选，乃剃削为沙门，坚持戒律，云水参礼。行经此庙，乃曰："天地郊社，荐享有仪，斯鬼何得僭于天地？牛者稼穑之资，尔淫其祀，无乃过乎！"乃命斧凿碎土偶数躯，残一偶，而僧亦力困。稍苏其气，方次击之。庙祝祈僧曰："此一神从来蔬食。"由是存之。军州惊愕，申闻本道，而僧端然无恙。斯以正理责之，神亦不敢加祸也。出《北梦琐言》。

壁山神

　　合州有个壁山神，乡人祭祀时，一定要宰杀牛羊上供，否则就会招来灾祸，州里人都非常害怕这神。每年宰杀牲畜，不计其数。有一个蜀僧法名善晓，早年做州县的官，苦于官场的升降调动，就辞官剃度当了和尚，他坚守佛门戒律，云游各地参拜名寺。他经过这个庙，就说："祭祀天地社稷，才配享有这样的礼仪。你这个鬼怎么能超过天地呢？牛是人们种地的依靠，让人们这样宰杀无度，不是太过分了吗！"说罢要来一把斧子，砸毁了好几个神像，最后只剩下一个神像了，而善晓和尚也没有力气了。就稍微休息一会儿，过一会儿再打这个神像。这时，庙祝向僧恳求说："这个神一直是吃素的。"由此这个神像才留下了。军州大惊，上报到本地道府那里，然而善晓和尚一直安然无事。这说明用正理责备错误，神也是不敢降祸害人的。出自《北梦琐言》。

卷第三百一十六
鬼一

韩　重

吴王夫差，小女曰玉，年十八。童子韩重，年十九。玉悦之，私交信问，许为之妻。重学于齐鲁之间，属其父母使求婚。王怒不与，玉结气死，葬阊门外。

三年重归，问其父母，父母曰："王大怒，玉结气死，已葬矣。"重哭泣哀恸，具牲币往吊。玉从墓侧形见，谓重曰："昔尔行之后，令二亲从王相求，谓必克从大愿。不图别后，遭命奈何。"玉左顾宛颈而歌曰："南山有鸟，北山张罗。志欲从君，谗言孔多。悲结生疾，没命黄垆。命之不造，冤如之何？羽族之长，名为凤凰。一日失雄，三年感伤。虽有众鸟，不为匹双。故见鄙姿，逢君辉光。身远心近，何尝暂忘。"歌毕，歔欷涕流，不能自胜。要重还家，重曰："死生异道，惧有尤愆，不敢承命。"玉曰："死生异路，吾亦知之。然一别永无后期，子将畏我为鬼而祸子乎？欲诚所奉，

韩　重

吴王夫差,有个小女儿叫吴玉,十八岁。童生韩重,十九岁。吴玉很喜欢韩重,偷偷与他互通书信,答应做他的妻子。韩重求学于齐鲁之间,嘱咐他的父母到吴王那里去求婚。吴王一听大怒,不同意这婚事,吴玉生气郁结而死,埋在了皇宫阊门外。

三年后韩重回来,问他的父母,父母说:"吴王大怒不同意,吴玉生气郁结而死,已经埋葬了。"韩重痛哭失声,准备了纸钱祭品前往祭吊。吴玉从墓旁现形,对韩重说:"当初你走之后,让你的父母来和父王求婚,我原以为一定会实现咱们美好的心愿。没想到一别之后,却遭到如此悲惨的命运。"吴玉向左转头唱道:"南山有乌,北山张罗。志欲从君,谗言孔多。悲结生疾,没命黄垆。命之不造,冤如之何?羽族之长,名为凤凰。一日失雄,三年感伤。虽有众鸟,不为匹双。故见鄙姿,逢君辉光。身远心近,何尝暂忘。"唱完后,涕泪交加,哭得不能自己。要求韩重和她一起回到墓中去,韩重说:"阴阳两界不能相通,怕有更惨的后果,不敢从命。"吴玉说:"死生异路,我也知道。可是今天分别就再也见不到了,你是怕我为鬼而伤害你吗?想诚心待你,

宁不相信？"重感其言，送之还冢。玉与之饮宴，三日三夜，尽夫妇之礼。临出，取径寸明珠以送重曰："既毁其名，又绝其愿，复何言哉！愿郎自爱，若至吾家，致敬大王。"

重既出，遂诣王自说其事，王大怒曰："吾女既死，而重造讹言，以玷秽亡灵。此不过发冢取物，托以鬼神。"趣收重，重脱走，至玉墓所诉玉。玉曰："无忧，今归白王。"玉妆梳忽见，王惊愕悲喜，问曰："尔何缘生？"玉跪而言曰："昔诸生韩重来求玉，大王不许。今名毁义绝，自致身亡。重从远还，闻玉已死，故赍牲币，诣冢吊唁。感其笃终，辄与相见。因以珠遗之，不为发冢，愿勿推治。"夫人闻之，出而抱之，正如烟然。出《录异传》。

公孙达

任城公孙达，甘露中，陈郡卒官，将敛，儿及郡吏数十人临丧。达五岁儿，忽作灵语，音声如父，呵众人哭止。因呼诸子，以次教诫。儿等悲哀不能自胜，及慰勉之曰："四时之运，犹有始终。人修短殊，谁不致此？"语千余言，皆合文章。儿又问曰："人亡皆无所知，惟大人聪明殊特，有神灵耶？"答曰："鬼神之事，非尔所知也。"因索纸笔作书，辞义满纸，投地遂绝。出《列异传》。

你难道不相信我吗?"韩重被她的言语感动,就送她回到墓中。吴玉和韩重宴饮,欢聚了三天三夜,尽夫妇之礼。韩重临走时,吴玉拿出一个直径一寸大的明珠送给韩重说:"我现在的名声已经被毁了,也没有和你生聚的可能,又有什么可说的呢!唯愿你多多珍重,如果能到我家去,就把这个明珠给我父王看看。"

　　韩重回来后,便去见吴王,自述他和吴玉相见的事。吴王大怒说:"我女儿已经死了,你却编这套谎话来骗我,玷污了我女儿的亡灵。这明珠只不过是你盗墓得来的,竟然假托鬼神。"催促着就要把韩重抓起来,韩重赶快逃掉了,到吴玉的墓前诉说这事。吴玉说:"你别愁,我现在就直接去告诉父王。"吴玉梳妆得整整齐齐,忽然出现在吴王面前,吴王十分惊异,悲喜交加,问道:"女儿是怎么死而复活的?"吴玉跪下说:"从前书生韩重来求婚,父王不允许。如今我名义俱毁,已经死了。韩重从远方归来,听说女儿已死,所以带着祭品到我的坟上祭吊。女儿感激他的真情,就和他相见。便把明珠赠给他,不是他盗墓所得,请父王不要惩治他。"这时吴王的夫人听见了,跑出来一把抱住女儿,然而吴玉却像一股青烟般消失了。出自《录异传》。

公孙达

　　任城的公孙达,在甘露年间,死在陈郡的任上。将要入殓时,他的儿子和郡吏等几十人临丧。公孙达有个五岁的儿子,忽然作灵语,声音像父亲,呵斥众人停止哭泣。然后呼唤儿子们,一个个进行教导嘱咐。儿子们都悲伤得不能自已,公孙达就安慰勉励说:"一年四季的运行,还有始有终。人不论是寿长寿短,谁能不死呢?"说了一千多字的话,记下来的都成了文章。儿子们又问说:"人死后都什么也不知道,只有父亲您特别聪明,才有神灵吗?"回答说:"鬼神的事,不是你们该知道的。"说罢就要了纸笔写信,写了满满一张纸,然后才倒在地上断了气。出自《列异传》。

鲜于冀

后汉建武二年,西河鲜于冀为清河太守,作公廨,未就而亡。后守赵高,计功用二百万,五官黄秉、功曹刘适言四百万钱。冀乃鬼见,白日导从入府。与高及秉等,对共计校,定为适、秉所割匿。冀乃书表自理,其略言:"高贵尚小节,亩垄之人,而踞遗类,研密失机,婢妾其性,媚世求显,偷窃狠鄙,有辱天官,《易》讥负乘,诚高之谓,臣不胜鬼言,谨因千里驿闻,付高上之。"便西北去三十里。车马皆灭,不复见。秉等皆伏地物故,高以状闻。诏下,还冀西河田宅妻子焉,兼为差代,以弭幽中之讼。出《水经》。

卢　充

卢充,范阳人,家西三十里,有崔少府墓。充年二十,充冬至一日,出宅西猎,射獐中之,獐倒而起,充逐之。不觉忽见道北一里许,高门瓦屋,四周有如府舍。不复见獐,门中一铃下,唱客前,有一人投一襆新衣,曰:"府君以遗郎。"充着讫进见,少府语充曰:"尊府君不以仆门鄙陋,近得书,为君索小女为婚,故相迎耳。"便以书示充。父亡时,充虽小,然已识父手迹。即歔欷无复辞免。便敕内,卢郎已来,便可使女妆严,既就东廊。

鲜于冀

后汉建武二年，西河鲜于冀任清河太守，上任后修造办公场所，没盖完就死了。继任的太守赵高，向上面呈报说鲜于冀办这工程费用是二百万，五官黄秉、功曹刘適则说花了四百万。鲜于冀的鬼魂就突然现形，大白天带着人进了太守府，和赵高、黄秉等人，一笔笔地对账查工程费用，断定是刘適、黄秉虚报贪污了工程费。鲜于冀就写了奏章向朝廷申诉，大意说："赵高居高贵之位不重节操，他本是个乡野之人，却傲慢自大，未能及时审察下属的阴谋，那些小人本来就是一副奴颜婢膝的样子，献媚求荣，偷窃的手段恶劣卑鄙，赵高失职，有辱朝廷命官的身份。《易经》讥刺那种居于君子之位的小人，说的就是赵高这种人啊。如果真如赵高等人所说我花了那么多钱，那么我做了鬼也要申辩，现在我把奏章通过千里驿使呈交皇上，请赵高替我上奏。"写完奏章，就坐上车奔西北方三十多里而去。车马都消失不见了。黄秉等人都伏在地上死去，赵高把鲜于冀的奏章呈给皇帝。皇帝下诏，发还了被没收的鲜于冀在西河的田宅和充为官婢的妻子，并委官去接任工作，以安抚阴间的申诉。出自《水经》。

卢 充

卢充，是范阳人。家西边三十里，有座崔少府墓。卢充二十岁那年，冬至的一天，去家的西边打猎，射中了一头獐子，獐子倒下又爬起来跑，卢充就追它。不知不觉间忽然看见道北一里多的地方，有一排高门瓦房，周围有如府舍。看不见獐子，只见大门的门铃下，有个人大声说请贵客前往，有个人给了卢充一套新衣，说："府君让我给你的。"卢充穿好衣服进见，少府对卢充说："令尊不因我家鄙陋，最近收到他的信，为你聘我的女儿为婚，所以特地把你接来了。"说罢就拿出卢充父亲的书信给他看。父亲去世时，卢充尽管还小，但已能认得父亲的手迹。卢充抽泣叹息不再推辞了。崔少府就向里面说，卢郎已到，快让女儿梳妆打扮，然后到东廊去。

　　至黄昏，内白女郎妆严毕，崔语充："君可至东廊。"既至，女已下车，立席头，却共拜，时为三日。给食三日毕，崔谓充曰："君可归。女生男，当以相还，无相疑；生女当留养。"敕内严车送客。充便辞出，崔送至中门，执手涕零。

　　出门见一犊车，驾青衣。又见本所着衣及弓箭，故在门外。寻遣传教将一人捉襆衣与充。相问曰："姻缘始尔，别甚怅恨。今故致衣一袭，被褥自副。"充上车，去如电逝，须臾至家。母见，问其故，充悉以状对。

　　别后四年三月，充临水戏，忽见傍有犊车，乍沉乍浮，既而上岸，同坐皆见。而充往开其车后户，见崔氏女与三岁男共载。女抱儿以还充，又与金碗，并赠诗曰："煌煌灵芝质，光丽何猗猗。华艳当时显，嘉异表神奇。含英未及秀，中夏罹霜萎。荣耀长幽灭，世路永无施。不悟阴阳运，哲人忽来仪。今时一别后，何得重会时？"充取儿碗及诗，忽然不见。充后乘车入市卖碗，冀有识者。有一婢识此，还白大家曰："市中见一人乘车，卖崔氏女郎棺中碗。"大家即崔氏亲姨母也。遣儿视之，果如婢言。乃上车叙姓名，语充曰："昔我姨嫁少府，女未出而亡，家亲痛之，赠一金碗著棺中。可说得碗本末。"充以事对，此儿亦为悲咽，赍还白母。母即令诣充家迎儿还。诸亲悉集，儿有崔氏之状，又复似充貌。儿碗俱验，姨母曰："我外甥也，即字温休。"温休者，是幽婚也。

到了黄昏，里面说女郎已梳妆好了，崔少府对卢充说："你可到东廊去。"卢充到时，崔女已经下车，站在筵席前面，两人拜堂成婚，历时三天。卢充在崔府吃住三天后，少府对卢充说："你可以回去了。我女儿如果生男孩，会把孩子送去，不要怀疑；如果生女孩，就留在我这里养着。"命里面派车送客。卢充便告辞离去，崔女送到中门，握住卢充的手流下眼泪。

出门看见一个仆人驾着一辆牛车，又见自己原来穿的衣服和弓箭还在门外。崔女也叫人拿来一套衣服送给卢充，安慰说："我俩姻缘刚开始，今日分别心里很难过。现在赠你这件衣服和一套被褥做纪念吧。"卢充上了车，车快如闪电，一会儿就到家了。卢充母亲看见了衣服被褥，问他怎么回事，他就说了全部的详情。

和崔氏女分别四年三个月后，有一天卢充在河里戏水，忽然看见旁边有一辆牛车，一会儿沉没一会儿又浮起，不久牛车上了岸，和卢充一起玩的人都看见了。卢充过去打开牛车的后门，见崔氏女和一个三岁的男孩一起坐着。崔氏女把儿子交还给卢充，又给他一个金碗，赠诗说："煌煌灵芝质，光丽何猗猗。华艳当时显，嘉异表神奇。含英未及秀，中夏罹霜萎。荣耀长幽灭，世路永无施。不悟阴阳运，哲人忽来仪。今时一别后，何得重会时？"卢充接过儿子、金碗和诗后，崔氏女突然不见了。卢充随后就坐着车到街上去卖碗，希望能有认识这碗的人。有一个女仆认出了这碗，跑回去对女主人说："在街上看见一个人坐着车，卖崔氏女棺材中的金碗。"女主人正是崔氏女的亲姨，她立刻派儿子到街上去看，果然和女仆说的一样。儿子到车上自报姓名，对卢充说："当年我姨嫁给崔少府，女儿没出生就死了，家里人都很悲痛，赠了一个金碗放到棺材中葬。你说一下得到这金碗的经过吧。"卢充就如实说了。这个儿子也十分悲痛，回家对母亲说了。母亲就让到卢充家迎接孩子回来。许多亲戚都来看望，见那孩子长得既像崔氏又像卢充。孩子和金碗都验明了，姨妈说："这就是我的外甥了，就叫温休。"温休，意思是阴阳通婚。

遂成令器，历郡守。子孙冠盖相承至今，其后植字幹，有名天下。出《搜神记》。

谈　生

谈生者，年四十，无妇，常感激读书。忽夜半有女子，可年十五六，姿颜服饰，天下无双，来就生为夫妇，乃言："我与人不同，勿以火照我也。三年之后，方可照。"为夫妻，生一儿，已二岁。不能忍，夜伺其寝后，盗照视之，其腰上已生肉如人，腰下但有枯骨。妇觉，遂言曰："君负我，我垂生矣，何不能忍一岁而竟相照也？"生辞谢。涕泣不可复止，云："与君虽大义永离，然顾念我儿，若贫不能自偕活者，暂随我去，方遗君物。"生随之去，入华堂，室宇器物不凡。以一珠袍与之曰："可以自给。"裂取生衣裾，留之而去。后生持袍诣市，睢阳王家买之，得钱千万。王识之曰："是我女袍，此必发墓。"乃取拷之。生具以实对，王犹不信。乃视女冢，冢完如故。发视之，果棺盖下得衣裾。呼其儿，正类王女，王乃信之。即召谈生，复赐遗衣，以为主婿。表其儿以为侍中。出《列异传》。

陈　蕃

陈蕃微时，尝行宿主人黄申家。申妇夜产，蕃不知。夜三更，有扣门者，久许，闻里有人应云："门里有人，不可前。"相告云："从后门往。"俄闻往者还，门内者问之："见

后来卢温休果然成了大器，当上了郡守。他的子孙辈辈做官，一直传承到现在，卢充有一个后代叫卢植，字叫幹，是个名扬天下的人。出自《搜神记》。

谈 生

谈生，四十岁了，还没有娶妻，常奋激读书。忽然半夜有个女子，年龄大约十五六岁，容貌服饰很美，称得上绝代佳人，前来主动要求和谈生结为夫妻，女子说："我和人不一样，请不要用灯火照我。三年之后，才可以照。"他们结为夫妻后，生了一个儿子，儿子已经两岁了。谈生忍不住好奇心，夜里等女子睡着后，偷偷点灯看她，只见她腰以上已经长出和人一样的肉了，但腰以下还有白骨。女子惊醒后，便对谈生说："你辜负了我，我就要复活了，你怎么就不能再忍一年却终究用灯光照我呢？"谈生急忙赔罪。女子哭个不停说："我和你只能永别了，只是惦念我们的儿子，你以后如果穷得养活不了他，就暂时交给我。我也准备送你些东西。"谈生随女子离开，进入一座华贵的房屋，屋中陈设器物不同凡响。女子拿了一件缀着珍珠的袍子赠给谈生说："卖了这袍子就可维持生活。"女子撕下谈生的一块衣襟，留作纪念就离开了。后来谈生抱着珠袍到市场上卖，被睢阳王家的人买去，得钱千万。睢阳王一看袍子就说："这是我女儿的袍子，一定是盗墓所得。"就带走谈生拷问。谈生实话实说，睢阳王仍不信。就到女儿坟上去看，见坟墓完好如初。打开墓穴看，果然在棺盖下发现了谈生的一块衣襟。后来又看谈生的儿子，果然长得像自己的女儿，睢阳王才相信了，就把谈生请来，又把珠袍还给了他，认他为公主的女婿。后来又上表给朝廷，赐给谈生的儿子侍中的官衔。出自《列异传》。

陈 蕃

陈蕃寒微时，曾经出门投宿在主人黄申家。黄申的妻子夜里生孩子，陈蕃并不知道。睡到半夜，有敲门声，过了很久，听到里面有人回应道："门里有人，不可前进。"又告诉他说："从后门走。"不一会儿听到叫门的人回来了，门里的人问他："看见

何儿？名何？当几岁？"还者云："是男，名阿奴，当十五岁。"又问曰："后当若为死？"答曰："为人作屋，落地死。"蕃闻而不信。后十五年，为豫章太守，遣吏征问昔儿阿奴所在。家云，助东家作屋，堕栋亡没。出《幽明录》。

刘　照

刘照，建安中，为河间太守。妇亡，埋棺于府园中。遭黄巾贼，照委郡走。后太守至，夜梦见一妇人往就之。后又遗一双锁，太守不能名。妇曰："此萎蕤锁也，以金缕相连，屈申在人，实珍物。吾方当去，故以相别，慎无告人。"后二十日，照遣儿迎丧。守乃悟云云，儿见锁感恸，不能自胜。出《录异传》。

张汉直

陈国张汉直，至南阳，从京兆尹延叔坚，学《左氏传》。行后数月，鬼物持其妹，为之扬言曰："我病死，丧在陌上。常苦饥寒，操一三量不借，挂屋后楮上。傅子方送我五百钱，在北牖下。皆忘取之。又买李幼牛一头，本券在书箧中。"往索，悉如其言，妇尚不知有此。妹新归宁，非其所及。家人哀伤，益以为审。父母兄弟，椎结迎丧。去精舍数里，遇汉直与诸生相随。汉直顾见家人，怪其如此。家见汉直，良以为鬼也。惝恍有间，汉直乃前，为父说其本末如此，得知妖物之为。出《风俗通》。

什么样的孩子了？叫什么名？能活到多大？"回来的人说："是个男孩，叫阿奴，能活到十五岁。"又问说："将来是怎么死的？"回答说："帮助人盖房子，掉到地上摔死的。"陈蕃听见了但不相信。十五年后，陈蕃当了豫章太守，派小吏去查问从前叫阿奴的孩子现在何处。他家人说，帮着东家盖房子，从房梁上掉下来摔死了。出自《幽明录》。

刘　照

刘照，建安年间，任河间太守。他的妻子死了，棺材埋在府园里。后来遭遇黄巾军造反，刘照扔下一个郡就逃跑了。继任的太守到任后，夜里梦见一个女人来和他同房。后来又送给他一个双锁，太守不知这锁叫什么名。女人说："这个叫姜蕤锁，中间用金线相连，可屈可伸，实在是一件宝物。我要走了，所以用它作为离别纪念，千万不要对人说。"过了二十天，刘照派儿子迎运他妻子的棺材。新任太守才恍然大悟，并把锁给刘照的儿子看，儿子看见母亲的随葬锁十分悲痛，不能自己。出自《录异传》。

张汉直

陈国张汉直，到了南阳，跟京兆尹延叔坚，学习《左传》。他走了几个月以后，一个鬼怪附在了他妹妹的身上，以张汉直的口气大声说："我病死在大道上，经常饥寒交加。咱家的秤不外借，挂在那屋后楮树上。傅子方送我五百钱，在北窗下。都忘了拿了。又买了李家一头小牛，买卖契约在书箱里。"按照他说的去找，果然都像他说的一样，张汉直的妻子都不知道这些事。妹妹刚回娘家来，也不可能知道这些事。家人得知张汉直的死讯十分悲痛，更加信以为真。父母兄弟，都穿着丧服挂着哭丧棒出门去迎张汉直的尸体。在离僧舍几里的地方，遇见张汉直和诸生在一起。汉直回头看见家里人，十分惊奇这样的穿戴。家里人看见汉直，真的以为是见了鬼了。双方愣了半天，汉直才上前，为父亲说清事情的始末，大家才知道是鬼怪搞的鬼。出自《风俗通》。

范 丹

陈留外黄范丹，字史云，少为尉从佐，使檄谒督邮。丹有志节，自恚为厮役小吏。及于陈留大泽中，杀所乘马，捐弃官帻，诈逢劫者。有神下其家曰："我史云也，为劫人所杀，疾取我衣于陈留大泽中。"家取得一帻，丹遂之南郡，转入三辅。从英贤游学，十三年乃归，家人不复识焉。陈留人高其志行，及殁，号曰"贞节先生"。出《搜神记》。

费 季

吴人费季，客贾数年。时道多劫，妻常忧之。季与同辈旅宿庐山下，各相问去家几时，季曰："吾去家已数年。临来，与妻别，就求金钗以行，欲观其志，当与吾否耳。得钗，仍以著户楣上。临发忘道，此钗故当在户上也。"尔夕，妻梦季曰："吾行遇盗，死已二年。若不信吾言，吾取汝钗，遂不以行。留在户楣上，可往取之。"妻觉，揣钗得之。家遂发丧。后一年余，季行来归还。出《搜神记》。

周 式

汉下邳周式，尝至东海，道逢一吏，持一卷书，求寄载。行十余里，谓式曰："吾暂有所过，留书寄君船中，慎勿发之。"去后，式盗发视书，皆诸死人录，下条有式名。须臾吏还，式犹视书，吏怒曰："故以相告，何忽视之？"式扣头流血，

范　丹

陈留郡外黄范丹，字史云，年轻时任县尉的随从官。有一次，派他去给督邮送公文。范丹有气节，自己怨恨当个为人驱使的小吏。等走到陈留大泽时，杀掉所骑的马，扔掉官家的头巾，假称是被强盗打劫了。有个神怪向他家里人说："我就是史云，被强盗杀死，快到陈留大泽来取我的衣物。"家人赶到只找到一块头巾，后来范丹去了南郡，又转到三辅。跟从一些大学问家游历学习，过了十三年才回家，家里人都不认识他了。陈留人赞赏他的志行，等他死后，称他为"贞节先生"。出自《搜神记》。

费　季

吴地人费季，在外经商好几年。当时路上强盗很多，他的妻子十分担心。有一次费季和几个同伴住在庐山下的旅店中，大家互相询问离家多久了，费季说："我离开家已好几年了。出发时，和妻子告别，我向她要她头上的金钗，想看看她的想法，是不是真的给我。我拿到了金钗，就偷偷把钗放在门的横梁上面。临走时忘了告诉她了，这只钗应该还在门梁上。"这天夜晚，费季的妻子梦见费季说："我在路上遇见强盗，已死了两年了。你如果不信我的话，我向你要了金钗，没有拿走，就放在门框上，你可以去取来。"妻子惊醒后，果然在门梁上找到了钗。家里就办了丧事。后来过了一年多，费季却回来了。出自《搜神记》。

周　式

汉代下邳人周式，一次曾到东海去，在半路上遇到了一个小吏，拿着一卷书，请周式带他一起走。走了十几里后，小吏对周式说："我暂时有点事，先把书寄放在你船里，但你千万不要打开那书。"小吏离开后，周式偷偷打开书看，都是死人的名录，后面也有周式的名字。不大一会儿小吏回来了，周式还在看书，小吏大怒说："特意告诉你不要看，为什么不听？"周式叩头流血，

良久曰："感卿远相载，此书不可除。卿今日已去，还家，三年勿出门，可得度也。勿道见吾书。"式还不出，已二年余，家皆怪之。邻人卒亡，父怒，使往吊之，式不得止。适出门，便见此吏，吏曰："吾令汝三年勿出，而今出门，知复奈何？吾求不见，连相为得鞭杖。今已见汝，无可奈何，后三日日中，当相取也。"式还涕泣，具道如此。父故不信，母昼夜与相守涕泣，至三日日中时，见来取，便死。出《法苑珠林》。

陈阿登

汉会稽句章人，至东野还。暮不及门，见路傍小屋然火，因投宿。至，有一少女，不欲与丈夫共宿，呼邻家女自伴。夜共弹箜篌，歌曰："连绵葛上藤，一缓复一纽。汝欲知我姓，姓陈名阿登。"明至东郭外，有卖食母在肆中。此人寄坐，因说昨所见。母惊曰："此是我女，近亡，葬于郭外尔。"出《灵怪集》。

过了很久小吏说:"感谢你替我远道带着这本书,这书上的名字是抹不掉的。你今天回家后,三年之内不要出门,你就可以躲过去不死了。不要说看过我的书。"周式回到家后坚持不出门,已经过了两年多了,家里人都感到十分奇怪。有个邻居忽然去世,周式的父亲很生气,让他去吊唁,周式不能阻止。刚一出门,周式就碰见了那个小吏,小吏说:"我叫你三年别出门,你今天却出门了,这就没办法了。因为我找你找不到,我受了好几次鞭打。现在我既然看见你,没办法只能把你带走了。三天后中午,我会来接你。"周式回到家涕泪交加,详细说了这件事。他的父亲不信,母亲昼夜守在周式身边哭泣。到了三天后的中午,小吏来带走他,周式果然死了。出自《法苑珠林》。

陈阿登

汉代会稽句章有个人,到东野外回来。晚上没到家时,看见路旁小屋里生着火,就进去投宿。进屋后,有一个少女,因为不愿和男子同住,找来了邻居的女孩一起做伴。夜里她们一起弹箜篌,边弹边唱:"连绵葛上藤,一缓复一絙。汝欲知我姓,姓陈名阿登。"第二天这人到东城外,有个卖饭的女人在店铺中。这个人暂时借坐,便对卖饭的女人说了昨晚看见的事。那女人大吃一惊说:"这是我的女儿,最近死了,已埋在城外了。"出自《灵怪集》。

卷第三百一十七
鬼二

吴 祥

汉诸暨县吏吴祥者,惮役委顿,将投窜深山。行至一溪,日欲暮,见年少女子,彩衣甚美,云:"我一身独居,又无乡里,唯有一孤妪,相去十余步耳。"祥闻甚悦,便即随去。行一里余,即至女家,家甚贫陋,为祥设食。至一更竟,闻一妪唤云:"张姑子。"女应曰:"诺。"祥问是谁,答云:"向所道孤妪也。"二人共寝至晓,鸡鸣,祥去。二情相恋,女以紫巾赠祥,祥以布手巾报。行至昨所遇处,过溪,其夜水暴溢,深不可涉。乃回向女家,都不见昨处,但有一冢耳。出《法苑珠林》。

周翁仲

汝南周翁仲,初为太尉掾。妇产男。及为北海相,吏周光能见鬼,署为主簿。使还致敬于本郡县,因告之曰:"事

吴　祥

汉代诸暨县有个县吏叫吴祥，害怕差役劳累，想逃到深山里。走到一条溪边，天快黑了，遇见一个衣着华丽的少女，说："我一个人住，也没有邻居，只有一个孤老太太，离我家十几步。"吴祥听了挺高兴，就随女子去了。走了一里多，就到了女子家。女子家中很穷，给吴祥做了饭。到了一更天末，听见一个老妇喊："张姑子。"女子答："诺。"吴祥问是谁，女子说："之前说的那个孤老太太。"二人同寝到天亮，鸡叫时吴祥离去。二人恋恋不舍，女子送吴祥一条紫巾，吴祥也回赠一条布手巾。吴祥走到昨天二人相遇处，由于溪水夜里暴涨，没法过去，只好回转去找那女子家，然而没有找到，那里只有一座坟墓。出自《法苑珠林》。

周翁仲

汝南人周翁仲，最初当太尉掾。妻子生了个男孩。后来周翁仲当上北海相时，府里有个小吏叫周光，能看见鬼，被任为主簿。周翁仲派他回汝南向本郡县的官员致意，并告诉他说："事

讫,腊日可与小儿俱侍祠。"主簿事讫还,翁仲问之,对曰:
"但见屠人,弊衣蠡髻而踞神坐,持刀割肉。有衣冠青墨绶
数人,彷徨堂东西厢,不进,不知何故。"翁仲因持剑上堂,
谓妪曰:"汝何故养此子?"妪大怒曰:"君常言,儿体貌声气
喜学似我。老翁欲死,作为狂语。"翁仲具告之,祠祭如此,
不具服,子母立截。妪泣涕言:"昔以年长无男,不自安,
实以女易屠者之男,畀钱一万。"此子年已十八,遣归其家。
迎其女,已嫁卖饼者妻。后适西平李文思,文思官至南阳
太守。见《风俗通》。

田　畴

　　田畴,北平人也。刘虞为公孙瓒所害,畴追慕无已,往
虞墓,设鸡酒之礼哭之。音动林野,翔鸟为之凄鸣,走兽为
之悲吟。畴卧于草间,忽有人通云:"刘幽州来,欲与田子
泰言生平之事。"畴神悟远识,知是刘虞之魂,既进而拜,畴
泣不自止,因相与进鸡进酒。畴醉,虞曰:"公孙瓒购求子
甚急,宜窜伏避害。"畴对曰:"君臣之道,生则尽其义。今
见君之灵,愿得同归九泉。骨且不朽,安可逃乎?"虞曰:
"子万古之高士也,深慎尔仪。"奄然不见,而畴醉亦醒。出
《王子年拾遗记》。

情办完后,腊月可与小儿一起祭祀我家祖先。"周光办完差事回来后,周翁仲问他,他说:"在祭祀的时候,我看见一个屠夫,穿着破衣头上挽蠡髻坐在神位上,拿着刀在割肉。还有几个带青墨绶的士人在大堂东西厢房里徘徊不进去,不知是为什么。"周翁仲就手持宝剑来到堂上,对自己的老夫人说:"你为什么生了这么个儿子?"老夫人大怒说:"你不是常说,你儿子的长相性格都像你吗?你这个老家伙要死了,说这种疯话。"周翁仲就把儿子的事说了,并说祭祀时就是如此,要是不说实话,就立刻把他们母子都斩了。这时老夫人才哭着说:"当年因为我们年纪大了没有男孩儿心里不安,我就偷偷把新生的女孩儿和一个屠夫换了个男孩儿,并给了那屠夫一万钱。"现在这孩子已经十八了,周翁仲就把他又送还给屠户家,把自己女儿重新接了回来,她已嫁给了一个卖饼的做老婆。后来她改嫁给西平人李文思,李文思官至南阳太守。见《风俗通》。

田　畴

　　田畴是北平人。当时刘虞被公孙瓒杀害,田畴知道后,由于对刘虞特别敬慕,就备了酒和鸡肉到刘虞的墓上去祭奠痛哭。哭声震动了山林和山野,飞鸟都被感动得哀鸣,走兽也被感动得悲号。田畴躺在草丛里,忽然有人通报说:"刘幽州来了,想和田子泰说说生平的事。"田畴本来就是个十分聪明有见识的人,知道这是刘虞的鬼魂现形,就参见礼拜,仍然痛哭不止,刘虞就和田畴一起喝酒吃鸡肉。田畴喝醉了,刘虞说:"现在公孙瓒悬赏捉拿您,很是急迫,您应该赶快躲起来以免被害。"田畴说:"自古君臣的大义就是为臣的在活着时对君王尽忠尽义。现在见到您的魂灵,我也愿意一同魂归九泉。尸骨尚且不朽,我怎么可以逃走呢?"刘虞说:"您真是千古少有的仁人志士,愿您能永远保持自己的气节。"说完消失不见了,田畴也醒过来了。出自《王子年拾遗记》。

文　颖

汉南阳文颖，字叔长，建安中，为甘陵府丞。过界止宿，夜三鼓时，梦见一人跪前曰："昔我先人，葬我于此。水来湍墓，棺木溺，渍水处半，然无以自温。闻君在此，故来相依。欲屈明日，暂住须臾。幸为相迁高燥处。"鬼披衣示颖，而皆沾湿。颖心怆然，即寤。访诸左右，曰："梦为虚耳，何足怪？"颖乃还眠。向晨，复梦见，谓颖曰："我以穷苦告君，奈何不相愍悼乎？"颖梦中问曰："子为谁？"对曰："吾本赵人。今属汪芒氏之神。"颖曰："子棺今何所在？"对曰："近在君帐北十数步，水侧枯杨树下，即是吾也。天将明，不复得见，君必念之。"颖答曰："诺。"忽然便寤。天明可发，颖曰："虽云梦不足怪，此何太过。"左右曰："亦何惜须臾，不验之耶？"颖即起，率十数人将导，顺水上，果得一枯杨。曰："是矣。"掘其下，未几，果得棺，棺甚朽坏，没半水中。颖谓左右曰："向闻于人，谓之虚矣。世俗所传，不可无验。"为移其棺，葬之而去。出《搜神记》。

王　樊

《燉煌实录》云，王樊卒，有盗开其冢。见樊与人樗蒱，以酒赐盗者。盗者惶怖，饮之。见有人牵铜马出冢者。夜有神人至城门，自云："我王樊之使，今有发冢者，以酒墨其唇讫。旦至，可以验而擒之。"盗既入城，城门者乃缚诘之，如神所言。出《独异志》。

文　颖

汉朝南阳人文颖，字叔长，建安年间任甘陵府丞。有一次到外地去，晚上住下后，夜里三鼓时，梦见一个人跪在他面前说："过去我祖上把我埋在这里。现在我的墓被水淹了，棺木一半浸在水里，我自己没有办法取暖。听说您在这里，所以来求您。希望您明天不要走，再停留一阵儿，将我迁移到高处干燥的地方吧。"鬼让文颖看自己的衣服，果然都湿了。文颖心里很难过，就醒了。醒后问随从，都说："梦都是假的，有什么奇怪的？"文颖就接着睡。睡到拂晓，又梦见那鬼来说："我把我的困苦告诉了您，您怎么不可怜我呢？"文颖在梦中问："您是谁？"鬼说："我本来是赵地的人，现在归汪芒神管。"文颖问："您的棺木现在何处？"鬼说："只离您住地北面十几步远，水边的一根枯杨树下，我就在那里。天快亮了，不能再见到您了，请您别忘了。"文颖回答说："诺。"忽然就醒了。天亮后可以出发了，文颖说："虽然说梦不足怪，我这梦做得也太真实了。"随从们说："也用不了多少时间，何不去验一验呢？"文颖就领着十几个人去了，他在前面带路，顺河上行，果然看见一棵枯杨树。说："就是这儿。"往下挖，没一会儿就看见一个棺木，已经朽坏，被水淹了一半。文颖就对随从们说："都说梦是虚的，人们的传说，得检验后才能证明啊。"于是把棺材挪了，埋葬以后才离去。出自《搜神记》。

王　樊

《燉煌实录》上说：王樊死后，有盗墓人挖开他的坟，看见王樊在墓中和人玩樗蒲。看见盗贼，王樊请他喝酒。盗贼惊慌害怕，就喝了酒。然后就看见一个人牵着一匹铜马出了坟墓。当天夜里有位神人来到城门前说："我是王樊派来的。有一个人盗墓，王樊用酒染黑了他的嘴唇。天亮后请查验抓住他。"盗墓贼进城时，被守城门的人认出来，绑起来一审，果然像那神说的一样。出自《独异志》。

秦巨伯

琅邪秦巨伯，年六十。尝夜行饮酒，道经蓬山庙。忽见其两孙迎之，扶持百余步，便捽伯颈着地，骂：“老奴，汝某日捶我，我今当杀汝。”伯思惟，某时信捶此孙。伯乃佯死，乃置伯去。伯归家，欲治两孙。孙惊愧，叩头言：“为子孙，宁可有此，恐是鬼魅。乞更试之。”伯意悟。数日，乃诈醉，行此庙间，复见两孙来扶持伯。伯乃急持，动作不得。达家，乃是两人也。伯著火灸之，腹背俱焦坼，出著庭中，夜皆亡去，伯恨不得之。后月，又佯酒醉夜行，怀刀以去，家不知也。极夜不还，其孙又恐为此鬼所困，仍俱往迎之，伯乃刺杀之。出《搜神记》。

宗岱

宗岱为青州刺史，禁淫祀，著《无鬼论》，甚精，无能屈者。邻州咸化之。后有一书生，葛巾，修刺诣岱。与之谈甚久，岱理未屈，辞或未畅，书生辄为申之。次及《无鬼论》，便苦难岱，岱理欲屈。书生乃振衣而起曰：“君绝我辈血食二十余年。君有青牛髯奴，未得相困耳。今奴已叛，牛已死，今日得相制矣。”言绝，遂失书生，明日而岱亡。出《杂语》。

郑奇

后汉时，汝南汝阳西门亭有鬼魅，宾客宿止多死亡，或亡发失精。郡侍奉掾宜禄郑奇来，去亭六七里，有美妇人

秦巨伯

琅邪人秦巨伯,六十岁。有一次夜里出去喝酒,路经蓬山庙。忽然看见他的两个孙子迎上前来,扶他走了一百多步,便把他的脖子揪住往地上按,还骂道:"老东西,你那天打我,我今天就该杀了你。"秦巨伯一想,前几天真是揍过这个孙子。他就装死,两个孙子就扔下他走了。回到家后,秦巨伯就要收拾两个孙子。孙子又奇怪又害怕,磕头说:"我们做孙子的怎么敢做出这种事,恐怕是鬼怪作祟。您再试试看。"秦巨伯心里就明白了。几天后,他又装醉来到庙前,果然又见两个孙子迎上来搀扶。秦巨伯迅速抓住他们,让他们动弹不了。拖到家里一看,还是那两个人。秦巨伯用火烤他们,直烧得肚子后背全都胡焦了,把他们扔到院子里,他们乘着天黑逃掉了,秦巨伯只恨抓不到他们。一个月后,他又假装喝醉了,怀揣着刀夜晚出去,家里人都不知道。夜深还没回来,他的两个孙子担心他再被鬼怪所困,就一块儿出去迎接,结果全被他杀了。出自《搜神记》。

宗岱

宗岱当青州刺史时,禁止淫祀,还写了《无鬼论》,道理讲得很精辟,没人能驳倒他,连邻州的人们也被他说服了。后来有个戴葛巾的书生递了名帖来见宗岱。两个人谈了很久,遇到宗岱理不屈而言辞不通畅时,书生就替他申明。后来谈到《无鬼论》,书生就一再地驳斥,宗岱有点说不过了。书生就整整衣服站起来说:"您断了我们的祭祀供奉二十多年。因为您有青牛和长须仆人,我们拿您没办法。如今奴仆叛逃,青牛已死,我们可以制服您了。"说完书生就不见了。第二天,宗岱就死了。出自《杂语》。

郑奇

后汉时,汝南汝阳的西门亭闹鬼。住在这里的宾客很多都死了,或者头发突然被鬼剃光,或者精神失常。有个当郡侍奉掾的宜禄人郑奇到西门亭去,在离亭六七里处遇见了一个美丽的女子

乞寄载,奇初难之,然后上车。入亭,趋至楼下,吏卒白楼不可上。奇曰:"我不恶也。"时亦昏冥,遂上楼。与妇人接宿,未明发去。亭卒上楼扫除,见死妇,大惊,走白亭长。击鼓会诸庐吏,共集诊之,乃享西北八里吴氏妇,新亡,夜临殡火灭,及火至失之。其家即持去。奇发,行数里,腹痛。到南顿利阳亭,加剧物故。楼遂无敢复上。出《风俗通》。

锺繇

锺繇忽不复朝会,意性有异于常。寮友问其故,云:"常有妇人来,美丽非凡间者。"曰:"必是鬼物,可杀之。"后来止户外,曰:"何以有相杀意?"元常曰:"无此。"殷勤呼入。意亦有不忍,乃微伤之,便出去,以新绵拭血,竟路。明日,使人寻迹,至一大冢,棺中一妇人,形体如生,白练衫,丹绣裲裆,伤一髀,以裲裆中绵拭血。自此便绝。出《幽明录》。

夏侯玄

夏侯玄被司马景王所诛,宗人为设祭。见玄来灵座,脱头于边,悉敛果鱼酒肉之属,以内颈中毕,还自安其头。既而言曰:"吾得请于帝矣,子元无嗣也。"寻有永嘉之役,军还,世宗殂而无子。出《异苑》。

要求搭他的车，郑奇起初不答应，后来就让她上了车。到了西门亭，直趋楼下，吏卒劝郑奇别上楼。郑奇说："我不在乎。"当时天已经黑了，就上了楼。郑奇当晚和那女子同宿，天没亮就走了。亭卒上楼打扫，看见那女子已死去，大吃一惊，赶快去报告亭长。敲鼓召集各屋的吏卒一起来看死者，才认出是亭西北八里的吴家女子，刚刚死去，夜里临到入殓时灯火突然灭了，等再点上灯才发现女尸不见了。于是女子家把她的尸体领回去了。郑奇上路后，走了几里地突然肚子痛。走到南顿的利阳亭，肚子痛得更厉害了，很快就死了。后来那楼就再也没人敢上去了。_出_{自《风俗通》。}

锺繇

锺繇有一阵忽然不去上朝了，性情也和过去不一样。同僚朋友问他怎么回事，锺繇说："常有一个女子来，美丽非凡间所有。"朋友说："一定是个鬼怪，应该杀了她。"后来那女人又来了，停在门外说："为什么有了杀我的心思？"锺繇说："没有的事。"非常亲切地把那女人叫进屋来。锺繇不忍心，就用刀轻轻砍伤了她。女人逃出屋，用新绵边跑边擦身上的血，血滴了一路。第二天，叫人顺着血迹找到一个大坟墓，棺里躺着个女人，像活人似的，穿着白绸衫和绣花红坎肩，一条大腿受了伤，用坎肩里的绵擦的血。从此那女人不再来了。_{出自《幽明录》。}

夏侯玄

夏侯玄被司马师杀了以后，族人为他陈设祭品。看见他来到灵座上，把自己的头摘下来放在一边，把供桌上的鱼果酒肉往脖腔里塞，塞完自己又把头安上。接着说："我已经上请于天帝了，司马师将没有后人。"不久就发生了永嘉之战。军队回来后司马师就死了，没有儿子。_{出自《异苑》。}

嵇 康

嵇康灯下弹琴，忽有一人，长丈余，著黑单衣，革带。康熟视之，乃吹火灭之曰："耻与魑魅争光。"尝行，去洛数十里，有亭名月华。投此亭，由来杀人，中散心神萧散，了无惧意。至一更操琴，先作诸弄。雅声逸奏，空中称善。中散抚琴而呼之："君是何人？"答云："身是故人，幽没于此。闻君弹琴，音曲清和，昔所好，故来听耳。身不幸非理就终，形体残毁，不宜接见君子。然爱君之琴，要当相见，君勿怪恶之。君可更作数曲。"中散复为抚琴，击节，曰："夜已久，何不来也？形骸之间，复何足计？"乃手挈其头曰："闻君奏琴，不觉心开神悟，恍若暂生。"遂与共论音声之趣，辞甚清辩。谓中散曰："君试以琴见与。"乃弹《广陵散》。便从受之，果悉得。中散先所受引，殊不及。与中散誓，不得教人。天明，语中散："相与虽一遇于今夕，可以远同千载，于此长绝。"不胜怅然。出《灵鬼志》。

倪彦思

吴时，嘉兴倪彦思，居县西埏里。有鬼魅在其家，与人语，饮食如人，唯不见形。彦思奴婢，有窃骂大家者，云"今当以语"。彦思治之，无敢詈之者。彦思有小妻，魅从求之。彦思乃迎道士逐之。酒殽既设，鬼乃取厕中草粪，布著其上。道士便盛击鼓，召请诸神。魅乃取虎伏，于神座上吹作角声音。有顷，道士忽觉背上冷，惊起解衣，乃伏虎也。

嵇康

嵇康有一次在灯下弹琴,忽然出现了一个人,高一丈多,穿黑衣服,腰扎皮带。嵇康盯着他看了一会儿,吹灭了灯说:"和你这样的妖怪同在灯光下,我真感到羞耻!"还有一次,他出门远行,走到离洛阳几十里的地方,住在月华亭里。这亭里有鬼魅杀人。嵇康为人潇洒旷达,一点也不怕。一更时他在亭中弹琴,弹了好几个曲子。琴声悠扬动听,空中有人叫好。嵇康边弹边问:"您是谁呀?"回答说:"我是一个古时的人,死在这里。听您的琴弹得清新悠扬,我以前爱好琴,所以来欣赏。我不幸死于非命,形象损毁了,不应该现形和您见面。然而我十分喜欢您的琴艺,自当与您相见,您不要害怕讨厌。您再弹几只曲子吧。"嵇康就又为鬼魂弹琴,鬼魂就合着琴声打拍子。嵇康说:"夜已深了,您怎么还不现形见我,形骸之间,不值得计较。"鬼魂就现了形,用手提着自己的头说:"听您弹琴,不觉心开神悟,仿佛又复活了。"于是就和嵇康谈论音声之趣,谈得很有道理。他对嵇康说:"请您先把琴给我。"于是弹了《广陵散》。嵇康要求鬼魂把这首曲子教给他,鬼魂就教了。嵇康过去学过的,远远不如。鬼魂让嵇康发誓决不再教给别人。天亮时鬼魂告别说:"虽然我们只交往了一夜,但友情可以胜过千年,现在要永别了。"两人心里都十分悲伤。出自《灵鬼志》。

倪彦思

吴时嘉兴有个倪彦思,住在县城的西埏里。有个鬼住在他家,能吃能喝能跟人说话,只是不现形。倪彦思的仆人婢女,有骂主人的,鬼就说:"我要告诉你们的主人。"倪彦思知道后就处罚仆人,仆人再不敢偷骂了。倪彦思有一个小老婆,鬼要求得到她。倪彦思于是请了道士来驱鬼。道士刚摆好酒肉,鬼就弄来厕所的粪洒在酒肉上。道士就使劲敲鼓召请诸神,鬼就拿起一只虎伏跳到神座上吹出军中画角的声音。不一会儿,道士忽然觉得背上发凉,吃惊地起身脱了衣服查看,原来是那只虎伏。

于是道士罢去。彦思夜于被中,窃与妪语,共患此魅。魅即屋梁上谓彦思曰:"汝与妇道吾,吾今当截汝屋梁。"即隆隆有声。彦思惧梁断,取火照视,魅即灭火,截梁声愈急。彦思惧屋坏,大小悉遣出,更取火,视梁如故。魅大笑,问彦思:"复道吾不?"郡中典农闻之曰:"此神正当是狸物耳!"此魅即往谓典农曰:"汝取官若干百斛谷,藏著某处,为吏污秽,而敢论吾。今当白于官,将人取汝所盗谷。"典农大怖而谢之,自后无敢道。三年后去,不知所在。出《搜神记》。

沈 季

吴兴沈季,吴天纪二年,为豫章太守。白日,于厅上见一人,著黄巾练衣,自称汝南平舆许子将,求改葬,倏然不见。季求其丧,不知所在,遂招魂葬之。出《豫章记》。

糜 竺

糜竺用陶朱公计术,日益亿万之利,赀拟王侯,有宝库千间。竺性能振生死,家马厩屋侧有古冢,中有伏尸。竺夜寻其泣声,忽见一妇人,袒背而来,云:"昔汉末为赤眉所发,扣棺见剥,今袒肉在地,垂二百余年,就将军求更深埋,并乞弊衣自掩。"竺即令为石椁瓦棺。设祭既毕,以青布裙衫,置于冢上。经一年,行于路曲,忽见前妇人葬所,青气如龙蛇之形。或有人问竺曰:"将非龙怪耶?"竺乃疑此异,乃问其家童,云:"时见青芦杖,自然出入于门,疑其神也,不敢言。"竺为性多忌,信厌术之士,有言中忤,即加刑戮,

道士于是停止做法离去了。夜里倪彦思和老婆在被窝里窃窃私语，为鬼的事发愁，鬼就在屋梁上说："你敢和你老婆议论我，我现在就当截断你的房梁。"接着就听见隆隆的截梁声。倪彦思怕房梁断了，就点上灯看，鬼把灯吹灭，截梁声更急了。倪彦思怕屋子倒塌，就让家中老小都躲出去，再点上灯看，房梁却好好的。这时鬼大笑说："还敢不敢议论我了？"郡里的典农官听说后说："这个鬼一定是狸物。"鬼就跑去对典农官说："你偷了官仓里几百斛谷子藏在某地了，当官的贪污，还有脸议论我。我要把你的丑事告官，让人搜出你藏的粮食。"典农官吓坏了，忙向鬼道歉赔罪，以后再也不敢讲鬼的事了。三年后，这鬼就没了，也不知去了哪里。出自《搜神记》。

沈　季

吴兴人沈季在吴天纪二年当豫章的太守。大白天在厅上看见一个人，头戴黄巾身穿白绸衣，自称是汝南平舆的许子将，请求给他迁坟，说完就不见了。沈季找他的坟，找不到，只好招魂行了安葬礼。出自《豫章记》。

麋　竺

麋竺用陶朱公之术，日增亿万之利，资产比得上王侯，有上千间宝库。麋竺能救死扶伤。他家马圈旁边有一座古墓，里面有一具伏尸。有天夜里麋竺听见哭声就出去找，只见一个光着上身的女人向他走来说："汉代末年赤眉军挖了我的墓，砸了棺材剥去我的衣服，我光着身子躺在地下已二百多年了，请将军把我深葬，并给我件衣服遮身子。"麋竺就命人做了石椁瓦棺，设祭完毕后，在她墓上放了一套青布衫裙。过了一年后，麋竺走路时忽然见到那女人坟上缭绕着像龙蛇形的青气。有人问他："难道是龙怪？"麋竺感觉奇怪，就问他的家童，家童说："常常看见一根青芦杖，自己出入于门，我怀疑是神，没敢说。"麋竺为人好忌多疑，相信厌胜术士，有人言语犯了忌讳，就会加以刑戮，

故家童不言。竺赀货如丘山，不可算记，内以方诸为具，及大珠如卵，散满于庭，故谓之宝庭，而外人不得窥。

数日，忽见有青衣童子数人来云："糜竺家当有火厄，万不遗一。赖君能恻愍枯骨，天道不辜君德，故来禳却此火，当使君财物不尽。自今已后，亦宜自卫。"竺乃掘沟渠，周绕其库内。旬日，火从库内起，烧其珠玉，十分得一，皆是阳燧得旱烁，自能烧物也。火盛之时，见数十青衣童子来扑火，有青气如云，覆火上即灭。童子又云，多聚鹳鸟之类以禳灾，鹳能聚水巢上也。家人乃收集鸹鹳数千头，养于池渠之中，厌火也。竺叹曰："人生财运有限，不得盈溢。"竺惧为身之患，时三国交兵，军用万倍，乃输其珍宝车服，以助先主。黄金一亿斤，锦绮绣毡罽，积如丘山，髦马千匹。及蜀破后，无所有，饮恨而终。出《王子年拾遗记》。

王 弼

王弼注《易》，辄笑郑玄为儒，云："老奴无意。"于时夜分，忽闻外阁有著屐声，须臾便进，自云郑玄，责之曰："君年少，何以轻穿凿文句，而妄讥诋老子也。"极有忿色，言竟便退。弼恶之，后遇疠而卒。

陈 仙

吴时，陈仙以商贾为事。驱驴行，忽过一空宅，广厦朱门，都不见人。仙牵驴入宿，至夜，闻有语声："小人无畏，敢见行灾。"便有一人，径到仙前，叱之曰："汝敢辄入官舍。"时笼月暧昧，见其面上曆深，目无瞳子，唇褰齿露，手

所以家童不敢多说话。糜竺家里的财物堆积如山，无法计数。他的内室以大蚌壳为器具，像鸡蛋大小的珍珠散放了一院子，所以称之为宝庭，不许外人看。

几天后，忽然有几个青衣童子来说："糜竺家将发生火灾，一切都将烧尽。由于您能可怜枯骨，上天念您的功德，派我们来救火，使您的财物不至于全毁于大火。从现在起，您自己也要防卫。"糜竺就让人在库房周围挖了沟渠防火。十天后火从库房内部着起来，珠玉珍宝烧得只剩十分之一。这是因为库里的阳燧能聚火，自己把东西烧着了。大火旺时，看见几十个青衣童子前来救火，有像云似的青气盖在火上，火就灭了。童子又让糜竺多养些鹳鸟之类以消灾，因为鹳鸟能把水存在窝里。于是他的家人收集了几千只鸡鹳养在水池里以防火。糜竺感叹地说："看来人的财运是有限度的，不能超过。"糜竺担心招来杀身之祸，当时三国交战，军队用度很大，糜竺就向刘备献了珍宝车马衣物，黄金一亿斤，还有数不尽的绫罗绸缎锦绣毡毯，堆得像山，还献了一千匹骏马，以帮助刘备。后来蜀国亡了，糜竺变得一无所有，含恨而死。出自《王子年拾遗记》。

王 弼

王弼给《易经》作注，常嘲笑郑玄为儒生，说："那老东西没有意味。"一天夜里忽然听见外面有脚步声，片刻进来一个人，自称是郑玄，斥责他说："您这样年轻，做学问只不过是穿凿附会而已，怎么竟敢嘲笑挖苦老子呢？"说完就气呼呼地走了。王弼十分厌恶，后来得了疠病死了。

陈 仙

吴时陈仙以经商为业。他赶着驴经过一座空宅，这宅子高屋大院红门，但不见里面有人。陈仙牵着驴进去住下了，半夜听见有人说："这小子胆子真不小，不怕摊上灾祸。"只见一个人来到面前喝斥道："你怎么敢私闯我的官舍？"当时月色迷蒙，见那人脸上黑乎乎的，眼眶里没有眼珠子，豁嘴唇外露着牙齿，手里

执黄丝。仙既奔走后村，具说事状。父老云："旧有恶鬼。"明日，看所见屋宅处，并高坟深壑。出《幽明录》。

胡 熙

吴左中郎广陵相胡熙，字元光。女名中，许嫁当出，而欻有身，女亦不自觉。熙父信，严而有法，乃遣熙妻丁氏杀之，欻有鬼语腹中，音声啧啧曰："何故杀我母，我某月某日当出。"左右惊怪，以白信。信自往听，乃舍之。及产儿遗地，则不见形，止闻儿声，在于左右。及长大，言语亦如人，熙妻别为施帐。时自言，当见形，使姥见。熙妻视之，在丹帷裹，前后钉金钗，好手臂，善弹琴。时问姥及母所嗜欲，为得酒脯枣之属以还。母坐作衣，儿来抱膝缘背数戏，中不耐之，意窃怒曰："人家岂与鬼子相随！"即于旁怒曰："就母戏耳，乃骂作鬼子。今当从母指中，入于母腹，使母知之。"中指即直而痛，渐渐上入臂髀，若有贯刺之者，须臾欲死，熙妻乃设馔，祝请之，有顷而止。出《录异传》。

鲁 肃

孙权病，巫启云："有鬼著绢巾，似是故将相，呵叱初不顾，径进入宫。"其夜，权见鲁肃来，衣巾悉如其言。出《幽明录》。

拿着黄绳子。陈仙跑到后村,对村人说了这事。村里人说:"那里原来就有恶鬼。"第二天陈仙再去看昨晚住的地方,原来是一座高大的坟茔,和深深的墓道。出自《幽明录》。

胡　熙

　　吴时左中郎广陵相胡熙字元光。他有个女儿叫胡中,已经许给了人等待出嫁时,忽然有了身孕,连自己都不知道是怎么回事。胡熙的父亲胡信治家很严,就命令胡熙的妻子丁氏杀掉女儿。突然听见女儿肚子里有鬼在喷喷地叫着说:"为什么要杀我母亲?我某年某月某日就要出生了。"左右又惊又怪,就告诉了胡信。胡信来一听,果然如此,就没有杀。后来婴儿生下后,只能听到小孩的声音却不见形体。稍大以后,说话也和人一样。胡熙的妻子为这鬼孩另设了床帐。有一天鬼孩说将现一次形让姥姥看看。胡熙的妻子一看,鬼孩在一块红布里包着,前后缀着金钗,手臂长得很好,善于弹琴。鬼孩常问姥姥和母亲爱吃什么,就弄来些果脯酒枣之类孝敬。鬼孩的母亲坐着缝衣,鬼孩就来抱母亲的腿、攀爬母亲的后背玩耍了几次,胡中不耐烦了,暗自恼怒地说:"人岂能和鬼子在一起。"鬼孩就在旁边生气地说:"我不过和母亲玩玩,就骂我是鬼子。我现在要从母亲的手指进到肚里去,让母亲知道知道。"胡中立刻就觉得手指强直而且很痛,慢慢上到手臂、大腿里,像被刺穿一样,须臾之间,痛得要死。胡熙的妻子赶快摆上祭品求告,过了一会儿,痛终于止住了。出自《录异传》。

鲁　肃

　　孙权得了病,一个巫师报告说:"有个鬼戴着绢头巾,像是已经故去的将相。呵叱他他也不理,一直走进宫里来。"当夜,孙权果然看见已死的鲁肃来拜见,衣服头巾和巫师说的完全一样。出自《幽明录》。

卷第三百一十八

鬼三

陆　机

陆机初入洛，次河南入偃师。时阴晦，望道左，若有民居，因投宿。见一少年，神姿端远，置《易》投壶。与机言论，妙得玄微。机心伏其能，无以酬抗，既晓便去。税骖逆旅，逆旅妪曰："此东十数里无村落，有山阳王家冢耳。"机往视之，空野霾云，拱木蔽日。方知昨所遇者，信王弼也。出《异苑》。

赵伯伦

秣陵人赵伯伦，曾往襄阳。船人以猪豕为祷，及祭，但狥肩而已。尔夕，伦等梦见一翁一姥，鬐首苍素，皆著布衣，手持桡楫，怒之。明发，辄触沙冲石，皆非人力所禁。

陆　机

　　陆机第一次到洛阳去，进了河南，先到偃师。当时天色阴暗，看见道旁好像有民房，就进去投宿。见屋里一个少年，神姿端庄超脱，身旁放着一本《易经》，正在玩投壶游戏。少年和陆机谈起经学，谈得十分玄妙深奥。陆机心中十分赞佩，没法和少年对话辩论，第二天一早就上路了。到旅店去投宿，听旅店的老妇说："旅店以东十几里没有村落，只有山阳王家的一座坟墓。"陆机就跑去看，只见空旷的原野上乌云翻卷，高大的树木遮住了阳光，才知道昨天遇见的少年就是王弼。出自《异苑》。

赵伯伦

　　秣陵人赵伯伦到襄阳去，船夫用猪祭祷江神以保平安，然而到祭祷时，只用了猪腿。这天晚上赵伯伦等梦见一个老翁和一个老婆婆，鬓发苍白，都穿着布衣，手里拿着船桨，满面怒容。第二天船出发后，不是陷于沙滩就是撞上礁石，非人力能够克服。

更施厚馔，即获流通。出《幽明录》。

朱彦

永嘉朱彦，居永宁。披荒立舍，便闻弦管之声，及小儿啼呼之音。夜见一人，身甚壮大，吹杀其火。彦素胆勇，不以为惧，即不移居，亦无后患。出《异苑》。

桓回

并州祭酒桓回，以刘聪建元三年，于途遇一老父，问之云："有乐工成凭，今何职？我与其人有旧，为致清谈，得察孝廉。君若相见，令知消息。"回问姓字，曰："我吴郡麻子轩也。"言毕而失。回见凭，具宣其意。凭叹曰："昔有此人，计去世近五十年。"中郎荀彦舒闻之，为造祝文，令凭设酒饭，祀于通衢之上。出《异苑》。

周子长

周子长，居武昌五大浦东冈头。咸康三年，子长至寒溪中稆家，家去五大数里。合暮还五大，未达。先是空冈，忽见四匝瓦屋当道，门卒便捉子长头，子长曰："我佛弟子，何足捉我？"吏曰："若是佛弟子，能经呗不？"子长先能诵《四天王》及《庶子经》。诵之三四过，捉故不置，便骂之曰："武昌痴鬼，语汝，我是佛弟子，为汝诵经数偈，故不放人？"捉者便放，不复见屋。鬼故逐之，过家门前，鬼遮不得入，亦不得作声。而将鬼至寒溪寺中过，子长便擒鬼胸云："将

于是赶快摆上丰厚的食品祭告江神，船行才顺利起来。出自《幽明录》。

朱　彦

永嘉人朱彦住在永宁。他在野外开了块荒地盖房，就听到野地里有音乐声和小孩儿哭叫声。夜里来了个身材高大的人把他生的火给弄灭了。朱彦一向胆大，毫不害怕，就是不挪地方，结果后来也平安无事。出自《异苑》。

桓　回

在并州当祭酒的桓回，于刘聪建元三年，在道上遇见一个老人，向他打听说："有个乐师叫成凭，现在任什么职？我和他有过交往，为致清谈，使他得以举荐为孝廉。您如果见到他，请替我问候。"桓回问老人姓名，老人说："我是吴郡的麻子轩。"说完就不见了。桓回见到成凭就转达了老人的问候。成凭叹息说："过去有过这个人，但已经死了五十年了。"中郎荀彦舒听说了这件事，就写了一篇祭文，让成凭准备了祭品，在大路上祭奠了老人。出自《异苑》。

周子长

周子长住在武昌五大浦东冈头。咸康三年，他到寒溪中嵇家去串门，嵇家离五大浦不过几里地。周子长晚上回家去，还没到达。先到空冈上，四周突然出现了瓦房堵住了道，看门的人就抓住子长的头，子长说："我是佛门弟子，你凭什么抓我？"那看门人说："你要是佛门弟子，能诵经吗？"子长就诵《四天王》和《庶子经》。诵了好几遍，那看门人仍抓住他不放，子长就骂道："你这个武昌呆鬼，告诉你，我是佛门弟子，给你诵了好几遍经，凭什么还不放我？"捉他的人就松开了，屋子也顿时不见了。但鬼还是在后面追他，追到他家门口堵着门不让子长进，子长也说不出话来。他引着鬼往寒溪寺走去，抓住鬼的胸口说："我要把

汝至寺中和尚前。"鬼擒子长胸，相拖渡五丈塘，西行。后鬼谓捉者曰："放为，西将牵我入寺中。"捉者曰："已擒不放。"子长复为后者曰："寺中正有秃辈，乃未肯畏之?"后一鬼小语曰："汝近城东逢秃时，面何以败?"便共大笑。子长比达家，已三更尽矣。出《灵鬼志》。

荀 泽

颍川荀泽以太元中亡，恒形见还，与妇鲁国孔氏嬿婉绸缪，遂有娠焉。十月而产，产悉是水。别房作酱，泽曰："我知丧家不当作酱，而故为之。今上官责我数豆粒，致令劬不复堪。"经少时而绝。出《异苑》。

桓 轨

桓轨，太元中为巴东太守，留家江陵。妻乳母姓陈，儿道生随轨之郡，堕濑死。道生形见云："今获在河伯左右，蒙假二十日，得暂还。"母哀至，轨有一黑乌，以翅掩其口，舌上遂生一瘤，从此便不得复哭。出《异苑》。

朱子之

东阳郡朱子之，有一鬼恒来其家。子之儿病心痛，鬼语之："我为汝寻方。"云："烧虎丸饮即差。汝觅大戟与我，我为汝取也。"其家便持戟与鬼，鬼持戟去，须臾还。放戟中庭，掷虎丸著地，犹尚暖。出《齐谐记》。

杨 羡

孝武帝太元末，吴县杨羡有一物似猴，人面有发。羡

你抓到庙里去见和尚。"鬼也抓着子长的胸口,互相拖着蹚过五丈塘后往西走。后面一个鬼对拖子长的鬼说:"快放了他吧,不然再往西就把咱们弄到庙里去了。"这鬼说:"已经抓住了不能放。"子长又对后面的鬼说:"寺中正有秃和尚,你们就不怕吗?"后面的鬼小声说:"你在走近城东遇见和尚时怎么脸色都变了?"就都大笑起来。子长回到家,已经过三更了。出自《灵鬼志》。

荀 泽

颍川人荀泽太元年间死了,死后鬼魂经常现形,并和妻子鲁国女人孔氏同居,孔氏怀孕了。十个月后生下了一摊水。孔氏家别的房里正在做酱,荀泽说:"我知道死人的家里不该做酱,可是你偏偏做,如今阴间的上司责罚我数豆粒,使我疲劳不堪。"过了一段时间鬼魂就消失了。出自《异苑》。

桓 轪

桓轪在太元年间当巴东太守,把家留在江陵。妻子的奶妈姓陈,儿子道生随桓轪去巴东上任,掉在急流中淹死了。道生死后现形说:"我现在是河伯神的侍从,给了我二十天假暂时回来。"道生的母亲十分悲痛。桓轪养着一只黑乌,突然用翅膀掩住道生母亲的嘴,她舌上就长了个瘤,从此就再也不能哭了。出自《异苑》。

朱子之

东阳郡朱子之的家中,常有一个鬼光临。有一次朱子之的儿子得了心口疼的病,鬼说:"我替你找药方。"又说:"把虎丸烧了喝就能好。你给我找一把大戟,我去给你弄。"家里人就拿来一把戟,鬼拿着戟走了,不大工夫就回来了。他把戟放在院里,把虎丸扔在地上,还热乎乎的呢。出自《齐谐记》。

杨 羡

孝武帝太元末,吴县杨羡家有个东西像猴子,人面有发。杨

每食，鬼恒夺之。羡妇在机织，羡提刀杀鬼，鬼走向机，妇形变为鬼，羡因斫之。见鬼跳出，抚掌大笑。鬼去，羡始悟。视妇成十余段，妇妊身殆六月，腹内儿发已生，羡惋痛而死。出《广古今五行记》。

王肇宗

太原王肇宗病亡，亡后形见，于其母刘及妻韩共语。就母索酒，举杯与之，曰："好酒。"语妻曰："与卿三年别耳。"及服终妻疾，曰："同穴之义，古之所难。幸者如存，岂非至愿。"遂不服药而殁。出《述异记》。

张 禹

永嘉中，黄门将张禹曾行经大泽中。天阴晦，忽见一宅门大开，禹遂前至厅事。有一婢出问之，禹曰："行次遇雨，欲寄宿耳。"婢入报之，寻出，呼禹前。见一女子，年三十许，坐帐中，有侍婢二十余人，衣服皆灿丽。问禹所欲，禹曰："自有饭，唯须饮耳。"女敕取铛与之，因燃火作汤，虽闻沸声，探之尚冷。女曰："我亡人也。冢墓之间，无以相共，惭愧而已。"因歔欷告禹曰："我是任城县孙家女，父为中山太守。出适顿丘李氏，有一男一女，男年十一，女年七岁。亡后，李氏幸我旧使婢承贵者。今我儿每被捶楚，不避头面。常痛极心髓，欲杀此婢。然亡人气弱，须有所凭。托君助济此事，当厚报君。"禹曰："虽念夫人言，缘杀人事大，不敢承命。"妇人曰："何缘令君手刃？唯欲因君为我语

美每次吃饭,鬼都来抢着吃。一次,杨美妻子在织布时,杨美拿刀追杀鬼,鬼跑向织机,把杨妻变成了鬼,杨美猛砍下去。只见鬼从妻子身中跳出来拍手大笑。鬼离开了,杨美才醒悟过来。一看妻子已经碎成了十几段。妻子已怀孕六个月,胎儿已长出头发了,杨美惋惜悲痛而死。出自《广古今五行记》。

王肇宗

太原人王肇宗病死后现形,和他的母亲刘氏及妻子韩氏一起叙谈。他向母亲要酒喝,母亲给他倒了酒,他说:"好酒。"他对妻子说:"咱们也就是分别三年而已。"妻子穿了三年丧服,服满后就病了,她说:"自古以来夫妻死能同穴是很难办到的。有幸同穴,就与生存一样,岂不是我的最大愿望。"于是韩氏拒不服药而死。出自《述异记》。

张 禹

永嘉年间,黄门将张禹外出时路过一个大泽。当时天色阴暗,忽然看见一个府宅大开着门,就走进了厅里。有一个婢女出来询问,张禹说:"路上遇见了雨,想求宿。"婢女进去报告,不一会儿出来请张禹进去。看见一个三十多岁的女子坐在帐子里,有二十多个婢女,衣服都十分华丽。女子问张禹想要点什么,张禹说:"我自己带着饭,只想要点喝的。"女子叫人拿了个锅来给他,于是点火做汤,都听见汤沸腾的声音了,但一摸锅还是冷的。女子说:"我是已经死了的人。坟墓里没有什么能和您共享的东西,我很惭愧。"接着就哭泣着告诉张禹说:"我是任城县孙家的女孩,父亲是中山太守。我嫁给顿丘的李氏,生了一男一女,男孩十一,女孩七岁。我死后,李氏宠幸我的婢女叫承贵的。现在我儿子经常被承贵没头没脸地打。我十分悲痛怨恨,打算杀了承贵。然而我一个死去的人力量不足,必须有所凭借。我想托您帮助我,定会重谢。"张禹说:"我虽然同情你,但人命关天,我不敢干。"女子说:"我不是让您亲自杀她,只想请您为我告诉

李氏家,说我告君事状。李氏念惜承贵,必作禳除。君当语之,自言能为厌断之法。李氏闻此,必令承贵莅事,我因伺便杀之。"禹许诺。及明而出,遂语李氏,具以其言告之。李氏惊愕,以语承贵。大惧,遂求救于禹。既而禹见孙氏自外来,侍婢二十余人,悉持刀刺承贵,应手扑地而死。未几,禹复经过泽中,此人遣婢送五十匹杂彩以报禹。出《志怪》。

邵 公

邵公者,患疟,经年不差。后独在墅居,疟作之际,见有数小儿持公手足。公因阳瞑,忽起,捉得一小儿,化成黄鹡,其余皆走。仍缚以还家,悬于窗,将杀食之。及曙,失鹡所在,而疟遂愈。于时有患疟者,但呼邵公即差。出《录异传》。

吴士季

嘉兴令吴士季者,曾患疟。乘船经武昌庙过,遂遣人辞谢,乞断疟鬼焉。既而去庙二十余里,寝际,忽梦塘上有一骑追之,意甚疾速,见士季乃下,与一吏共入船后,缚一小儿将去,既而疟疾遂愈。出《录异传》。

周子文

元帝末,谯郡周子文,小字阿鼠,家在晋陵郡延陵县。少时猎射,常入山射猎,伴侣相失。忽山岫间见一人,长五尺许,捉弓箭。箭镝头广二尺许,白如霜雪。此人忽出唤曰:"阿鼠!"子文不觉应诺。此人牵弓满,向子文,便伏,不能复动,遂不见此人。猎伴寻求子文,都不能语,舆还家,

李氏,我跟您说过的事情。李氏念惜承贵,一定会做法事除灾。那时您就说您有办法让承贵消灾免难,那时李家一定会让承贵亲自参加祭事,我就可找机会杀了她。"张禹答应了。天明后张禹离开孙氏女的坟墓,找到李氏说了详情。李氏大惊,就告诉了承贵。承贵十分害怕,就向张禹求救。这时只见孙氏女带着二十多婢女涌进屋来用刀刺死了承贵。几天后,张禹又经过大泽,孙氏女派婢女送来五十匹彩绸报答张禹。出自《志怪》。

邵　公

邵公得了疟疾,好几年治不好。后来他独自在别墅里住,疟疾发作时,看见有几个小孩子抓着他的手脚。邵公假装瞑目,突然起来,抓住一个小孩,小孩变成黄鹂鸟,其余的都跑了。邵公就把鸟绑上带回家挂在窗上,打算杀了吃。到天亮,鸟没了,他的疟疾也好了。当时有得疟疾的,只要呼唤邵公就能痊愈。出自《录异传》。

吴士季

嘉兴县令吴士季,曾得了疟疾。他坐船经过武昌庙时,派人去庙里祈祷神赶走疟鬼。离开庙二十多里后,就入睡了,忽然梦见水塘上有人骑马追来,好像有急事,看见吴士季后下了马,和一个吏员一同进船,绑着一个小孩带走了,吴士季的病也就好了。出自《录异传》。

周子文

元帝末年,谯郡周子文,小名阿鼠,家在晋陵郡延陵县。他年轻时爱打猎,有一次进山打猎,和同伴走散。忽然在山间看见一个约五尺高的人,手持弓箭。箭头约有二尺宽,白如霜雪。那个人忽然喊了一声:"阿鼠!"周子文不觉就答应了一声。那人拉满了弓,对准了周子文。周子文吓得立刻趴下动弹不了,那人就消失不见了。伙伴找到周子文时,他已经不会说话了,用车拉回家去,

数日而卒。出《广古今五行记》。

王恭伯

晋世王恭伯，字子升，会稽人，美姿容，善鼓琴。为东宫舍人，求假休吴。到阊门邮亭，望月鼓琴。俄有一女子，从一女，谓恭伯曰："妾平生爱琴，愿共抚之。"其姿质甚丽，恭伯留之宿，向晓而别。以锦裆香囊为诀，恭伯以玉簪赠行。俄而天晓，闻邻船有吴县令刘惠基亡女，灵前失锦裆及香囊。斯须，有官吏遍搜邻船，至恭伯船，获之。恭伯惧，因述其言："我亦赠其玉簪。"惠基令检，果于亡女头上获之。惠基乃恸哭，因待恭伯以子婿之礼。其女名稚华，年十六而卒。出邢子才《山河别记》。

李 经

桂阳人李经与朱平角，平带戟逐焉。行百余步，忽见一鬼，长丈余，止之曰："李经有命，岂可杀之？无为，必伤汝手。"平乘醉，直往经家，鬼亦随之。平既见经，方欲奋刃，忽屹然不动，如被执缚，果伤左手指焉。遂立庭间，至暮，乃醒而去。鬼曰："我先语汝，云何不从？"言终而灭。出《幽明录》。

谢邈之

谢邈之为吴兴郡，帐下给使邹览，乘樵船在部伍后。至平望亭，夜风雨，前部伍顿住。览露船，无所庇宿，顾见塘下有人家灯火，便往投之。至有一茅屋，中有一男子，年可五十，夜织薄。别床有小儿，年十岁。览求寄宿，此人欣

不几天就死了。出自《广古今五行记》。

王恭伯

晋代的王恭伯,字子升,会稽人,长相俊美,擅长鼓琴。他是东宫舍人,请假回吴地休息。到阊门驿站后对月弹琴。忽然有个女子带着一个女子走来说:"我平生爱弹琴,希望能跟你一起弹。"女子十分美艳,恭伯就留她同住,拂晓分别。女子送了恭伯锦缎褡子和香荷包为纪念,恭伯也送了女子玉簪。天亮后,听说邻船上吴县令刘惠基死去女儿的棺前丢了锦褡和香荷包。不一会儿,就有官吏到邻船搜查,在恭伯船上搜到了。恭伯害怕了,说:"我也赠给她一个玉簪。"县令检验,果然在亡女的头上找到了玉簪。县令悲痛得大哭,以女婿之礼待王恭伯。他女儿名叫稚华,死时才十六岁。出自邢子才《山河别记》。

李 经

桂阳人李经和朱平角斗,被朱平拿着戟追杀。走了一百多步,忽然看见一个鬼有一丈多高,挡住朱平说:"李经还有阳寿,怎能杀他?如果不听话,你的手一定受伤。"朱平乘酒醉一直追到李经家,鬼也跟着来了。朱平看见李经,刚一举刀,忽然就站着不能动了,好像被绑住了似的,果然伤了左手指。朱平站在院里直到天黑才醒过来走了。鬼说,"我事先对你说了,你怎么不听呢?"说完就不见了。出自《幽明录》。

谢邈之

谢邈之去赴任当吴兴郡守,手下有个当给使的邹览乘坐装柴的船跟在大部队的后边。到了平望亭时天黑了,刮起风下起了雨,前面的大部队停下来。邹览乘的船是露天的,没有什么地方可以遮蔽风雨。他看见塘下有人家灯火,就前往投奔。他来到一座草房,屋里有个男人大约五十岁,在深夜里编织草帘。旁边另一个床上有个小孩,有十岁。邹览请求寄宿,那男人痛快地

然相许。小儿啼泣歔欷,此人喻止之不住,啼遂至晓。览问何意,曰:"是仆儿,其母当嫁,悲恋故啼耳。"将晓览去,顾视不见向屋,唯有两冢,草莽湛深。行逢一女子乘船,谓览曰:"此中非人所行,君何故从中出?"览具以昨夜所见事告之,女子曰:"此是我儿,实欲改适,故来辞墓。"因哽咽。至冢号咷,不复嫁。出《录异传》。

彭虎子

彭虎子,少壮有膂力,常谓无鬼神。母死,俗巫诫之云:"某日殃煞当还,重有所杀,宜出避之。"合家细弱悉出逃隐,虎子独留不去。夜中,有人排门入,至东西屋,觅人不得。次入屋,向庐室中,虎子遑遽无计,床头先有一瓮,便入其中,以板盖头。觉母在板上,有人问:"板下无人耶?"母云:"无。"相率而去。出《稽神录》。

司马恬

邓艾庙在京口,止有一草屋。晋安北将军司马恬,于病中梦见一老翁曰:"我邓公,屋舍倾坏,君为治之。"后访之,乃知艾庙,为立瓦屋。隆安中,有人与女子会于神座上,有一蛇来,绕之数四匝。女家追寻见之,以酒脯祷祠,然后得解。出《幽明录》。

阮德如

阮德如,尝于厕见一鬼,长丈余,色黑而眼大,著白单衣,平上帻,去之咫尺。德如心安气定,徐笑而谓之曰:"人言鬼可憎,果然。"鬼赧而退。出《幽明录》。

答应了。那小孩一直在哭，男人怎么哄也哄不住，一直哭到天亮。邹览问那男人孩子为什么这样哭，男人说："这是我的孩子，他娘要改嫁，他舍不得，所以才哭。"天亮后邹览上路，回头看根本没有草房，只有两座坟，埋在很深的野草中。走了一阵儿碰见个女人坐船来，对邹览说："这一带根本没有人走，您怎么从那里走出来？"邹览就把昨夜看见的事告诉了女人，女人说："那孩子就是我儿子，我打算改嫁，所以来墓上告别。"说完就抽泣起来。女人到了坟前就号啕大哭起来，不再改嫁了。出自《录异传》。

彭虎子

彭虎子年轻有力气，常说世上没有鬼神。母亲死后，巫师告诫他说："某天殃煞要回来，见人就杀，最好出去躲避一下。"全家老少都逃出去躲避，只有虎子不走。半夜，只见有人推门进来，到东屋西屋都没找到人。第二次又进屋，直接到虎子的住室。虎子惊惶没办法，看见床头有个大瓮，就跳进瓮里去，用块板子盖着头。他觉得母亲坐在板子上，有人问："板子下没有人吗？"母亲说："没有。"然后就相继走了。出自《稽神录》。

司马恬

邓艾庙在京口，只有一间草屋。晋安北将军司马恬在病中梦见一个老翁对他说："我是邓公，我的房子坍塌损坏，请您给修修。"后来一打听，才知道是邓艾庙，就给庙改成了瓦屋。隆安年间，有个人和一个女子在邓艾庙的神座上幽会，来了一条大蛇，把他们缠了好几圈。后来女家的人赶来，用酒肉祭祷，蛇才松开他俩。出自《幽明录》。

阮德如

阮德如曾在茅厕看见一个鬼，一丈多高，色黑眼睛大，穿着白单衣，头戴平上帻，离他很近。阮德如平心静气慢慢地笑道："都说鬼可憎，果然如此。"那鬼羞惭地走了。出自《幽明录》。

陈庆孙

颍川陈庆孙家后有神树，多就求福，遂起庙，名"天神庙"。庆孙有乌牛，神于空中言："我是天神，乐卿此牛，若不与我，来月二十日，当杀尔儿。"庆孙曰："人生有命，命不由汝。"至日，儿果死。复言："汝不与我，至五月杀汝妇。"又不与。至时，妇果死。又来言："汝不与我，秋当杀汝。"又不与。至秋，遂不死。鬼乃来谢曰："君为人心正，方受大福。愿莫道此事，天地闻之，我罪不细。实见小鬼得作司命度事干，见君妇儿终期，为此欺君索食耳，愿深恕亮。君录籍年八十三，家方如意，鬼神祐助。吾亦当奴仆相事。"遂闻稽颡声。出《幽明录》。

甄 冲

甄冲，字叔让，中山人，为云社令。未至惠怀县，忽有一人来通，云："社郎须臾便至。"年少，容貌美净，既坐寒温，云："大人见使，贪慕高援，欲以妹与君婚，故来宣此意。"甄愕然曰："仆长大，且已有家，何缘此议？"社郎复云："仆妹年少，且令色少双，必欲得佳对，云何见拒？"甄曰："仆老翁，见有妇，岂容违越？"相与反覆数过，甄殊无动意。社郎有恚色，云："大人当自来，恐不得违尔。"

既去，便见两岸上有人著帻，捉马鞭，罗列相随，行从甚多。社公寻至，卤簿导从如方伯，乘马辇，青幢赤络，覆车数乘。女郎乘四望车，锦步障数十张，婢子八人，夹车前，衣服文彩，所未尝见。便于甄傍边岸上，张幔屋，舒荐席。

陈庆孙

　　颖川陈庆孙家后面有一棵神树，来求福佑的人多了，就立了个庙，叫"天神庙"。陈庆孙有头黑牛，神在空中说："我是天神，很喜欢你的黑牛，你要不给我，下月二十日我就杀了你儿子。"陈庆孙说："人的寿命是天定的，你管不着。"到了下月二十日，他儿子真死了。天神又来说："再不给我牛，五月里杀你妻。"陈庆孙还是不给牛。到五月，妻子也死了。天神又来说："再不给我牛，秋天就杀了你。"陈庆孙还是不给。但到了秋天，陈庆孙并没死。鬼反倒跑来向他赔罪说："您为人心正，将来还会有大福。请您别对别人说这事，要让天地知道了，我罪过不小。我是看见阴司管人间寿命的小鬼，从他那里得知您儿子和您妻子的寿命期限，才来欺骗您好骗些吃食，请千万饶了我。您的阳寿簿子上写的是八十三，您家也正走好运，鬼神都在暗中佑护您。我也要当奴仆事奉您。"接着就听见了磕头声。出自《幽明录》。

甄　冲

　　甄冲字叔让，中山人，任云社县令。他出行还没走到惠怀县，忽然有个人来通报说："社郎一会儿就到。"社郎很年轻英俊，坐下问过寒暖以后说："我父亲派我来是因为对您十分敬慕，想高攀您，打算把我妹妹许配给您，先让我来表示一下这个意思。"甄冲惊讶地说："我这么大岁数，而且有妻室，这话从何说起？"社郎又说："我妹妹正值芳龄，容貌无双，一定要选一个好配偶，您何必拒绝呢？"甄冲说："我是个老翁，现在有夫人，这事怎么能胡来呢？"两个人反复争论了几次，甄冲毫不动摇。社郎脸上现出怒色，说："我父亲会亲自来，恐怕不能违背。"

　　社郎离去后，就见两岸有些戴头巾的人拿着马鞭，罗列相随，侍从很多。社公很快到了，仪仗侍卫之气派堪比地方大员。他坐着马车，青伞盖，红缨络，覆车数辆。一个女郎乘着四望车，车前后有几十张锦缎步幛，有八个婢女卫侍在车前，衣服的纹样色彩世所罕见。接着就在甄冲附近的河岸上搭起了帐屋，铺上座席。

社公下，隐膝几坐，白犹坐褥，玉唾壶，以玳瑁为手巾笼，捉白麈尾。女郎却在东岸，黄门白拂夹车立，婢子在前。社公引佐吏令前坐，当六十人，命作乐，器悉如琉璃。社公谓甄曰："仆有陋女，情所钟爱，以君体德令茂，贪结亲援。因遣小儿，已具宣此旨。"甄曰："仆既老悴，已有室家，儿子且大。虽贪贵聘，不敢闻命。"社公复云："仆女年始二十，姿色淑令，四德克备。今在岸上，勿复为烦，但当成礼耳。"甄拒之转苦，谓是邪魅，便拔刀横膝上，以死拒之，不复与语。社公大怒，便令呼三斑两虎来，张口正赤，号呼裂地，径跳上。如此者数十次，相守至天明，无如之何，便去。留一牵车，将从数十人，欲以迎甄。甄便移至惠怀上县中住，所迎车及人至门中。有一人著单衣帻，向之揖，于此便住，不得前。甄停十余日，方敢去。故见二人著帻捉马鞭，随至家。至家少日而染病，遂亡。出《幽明录》。

社公下了车,屈膝坐在一张桌前,坐的是白毡垫,旁边是玉痰盂,玳瑁做的手巾笼,手持白鹿尾的拂尘。女郎在东岸,黄门侍卫拿着白拂尘在车旁站立,婢女在前面。社公引左右的官员向前坐,官员有六十人。然后命奏乐,乐器都像琉璃。社公对甄冲说:"我有个女儿,我十分钟爱,因为您品德高洁,想和您结亲。刚才我派我的儿子已经说明了我的意思。"甄冲说:"我已经年迈,而且已有家室,儿子也大了。虽然承蒙看重,我也不敢从命。"社公又说:"我女儿年方二十岁,姿容颇佳,四德也具备。现在就在岸上,希望您不要再推辞,赶快行大礼成婚吧。"甄冲推辞得更坚决了,心想一定是妖魔,就拔出刀来放在膝上以死抗拒,不再跟社公说话。社公大怒,下令召来了两只斑纹虎,虎张开血盆大口,狂吼裂地,径直要扑上来。如此几十次,相守到天明。社公无计可施,便走了。留下一辆牵车和几十个侍从,打算接甄冲去。甄冲就转移到惠怀县县城去住,社公留的车和侍从也跟着进了大门。有一个穿单衣戴头巾的人向他作揖,让他就在这里住下,不能再往前了。甄冲停了十几天才敢走。但又看见两个社公派来的人戴着头巾,捉着马鞭,一直跟他到了家。甄冲到家没几天就得病死了。 出自《幽明录》。

卷第三百一十九
鬼四

张子长

晋时，武都太守李仲文，在郡丧女。年十八，权假葬郡城北。有张世之代为郡，世之男字子长，年二十，侍从在廨中。梦一女，年可十七八，颜色不常。自言前府君女，不幸早亡，会今当更生，心相爱乐，故来相见就。如此五六夕，忽然昼见，衣服薰香殊绝，遂为夫妻。寝息，衣皆有涝，如处女焉。后仲文遣婢视女墓，因过世之妇相问。入廨中，见此女一只履，在子长床下，取之啼泣，呼言发冢。持履归，以示仲文。仲文惊愕，遣问世之："君儿何由得亡女履耶？"世之呼问，儿具陈本末，李、张并谓可怪。发棺视之，女体已生肉，颜姿如故，唯右脚有履。子长梦女曰："我比得生，今为所发，自尔之后，遂死肉烂，不得生矣。万恨之心，当

张子长

晋朝时,武都太守李仲文在任上死去一个女儿。女儿十八岁,暂且葬在郡城北面。后来有个叫张世之的接任郡守的职务,张世之的儿子字子长,二十岁,在官署中服侍父亲。一天夜里子长梦见一个女子,有十七八岁,容貌美丽。她自称是前任长官的女儿,不幸早亡,如今快要复活了,因为喜欢子长,前来幽会。他俩这样幽会了五六夜,女子突然在白天出现,衣服上有奇异的香气,子长就和女子做了夫妻。每次交欢后女子的衣服上都有色污,和处女一样。后来李仲文派婢女去察看女儿的墓,顺便来拜访问候张世之的妻子。这个婢女进入官署中,看见这女子的一只鞋在张子长的床下,就一把抓在手里哭了起来,指责张家盗墓。她把女鞋拿回来给李仲文看。李仲文十分惊异,跑去质问张世之说:"您儿子怎么会有我死去女儿的鞋?"张世之把儿子叫出来问,儿子如实说了,李仲文和张世之都认为太奇怪。打开了棺材,一看女儿尸骨上已经长了肉,容貌和生前一样,只有右脚穿着鞋。后来张子长梦见女子来说:"我快要复生了,却被打开了棺材,从此以后只能肉烂人死,再也不能复活了。万恨之心,还有

复何言?"泣涕而别。 出《法苑珠林》。

桓道愍

晋桓道愍,谯人也,隆安四年丧妇,内顾其笃,缠痛无已。其年,夜始寝,视屏风上,见一人手。擎起秉炬,照屏风外,乃其妇也。形貌妆饰具如生,道愍了不畏惧,遂引共卧。言语往还,陈叙存亡,道愍曰:"卿亡来初无音影,今夕那得忽还?"答曰:"欲还何极。人神道殊,各有司属,自由自任耳。新妇生时,差无余罪,止恒疑君怜爱婢使,以此妒忌之心,受报地狱,始获免脱。今当受生为人,故来与君别也。"道愍曰:"当生何处?可得寻之不?"答曰:"但知当生,不测何处。一为世人,无容复知宿命,何由相寻求耶?"至晓辞去,涕泗而别。道愍送至步廊下而归,已而方大怖惧,恍惚时积。 出《法苑珠林》。

周临贺

晋义兴人姓周,永和年中,出郭乘马,从两人行。未至村,日暮。道边有一新小草屋,见一女子出门望,年可十六七,姿容端正,衣服鲜洁,见周过,谓曰:"日已暮,前村尚远,临贺讵得至?"周便求寄宿。此女为燃火作食。向一更,闻外有小儿唤阿香声,女应曰:"诺。"寻云:"官唤汝推雷车。"女乃辞行,云:"今有事当去。"夜遂大雷雨。向晓女还,周既上马,看昨所宿处,止见一新冢,冢口有马尿及余草。周甚惊惋。至后五年,果作临贺太守。 出《法苑珠林》。

什么可说的?"女子和张子长哭泣着诀别了。出自《法苑珠林》。

桓道愍

晋朝的桓道愍是谯人,隆安四年妻子去世,因为夫妻感情特别好,桓道愍十分悲痛想念。有一天,他夜里刚睡去,看见屏风上有一只人手。他起来点上蜡烛到屏风外看,竟是妻子,形貌、服饰都和活着时一样。道愍一点也不怕,领妻子一同上床躺下,细叙别离情和死生之间的事。道愍说:"你死后一直没有音信,今晚怎么突然就回来了?"妻子说:"我太想回来了。人和鬼不同道,各有自己的主管,不能自由。我生前没有什么别的罪过,只是常怀疑您喜欢婢女。我就因为这种嫉妒心,死后被下到地狱受惩罚,刚刚被放出来。最近我就要转世到人间去了,特来和您告别。"道愍说:"你转世在什么地方? 能不能找到你?"妻子说:"只知道我该转生了,但不知道是转生在哪里。一旦成为世人,就不会再知道宿命了,上哪里去找我呢?"天亮时妻子告辞,哭泣着走了。道愍送到步廊下回来,这才觉得十分害怕,恍惚了好久。出自《法苑珠林》。

周临贺

晋代义兴人周某,永和年间和两个人一同骑马出城。没到村庄天已经快黑了。道旁有座新小草房,一个十六七岁的姑娘走出门来张望。姑娘生得很美丽,衣服鲜洁。看见周某经过,姑娘说:"天已晚了,前面村子尚远,临贺你怎么能赶到呢?"周某就请求寄宿。姑娘为他点火做饭。将近一更时,听见外面有个小孩呼唤阿香,姑娘答应:"诺。"一会儿又说:"官家叫你去推雷车。"姑娘就向周某告辞说:"我出去有点事。"夜里雷雨大作。凌晨姑娘回来,周某上马后,回头看昨晚住宿的地方,只有一座新坟,坟口有马尿和剩下的草料。周某十分惊讶惋惜。五年后,周某果然当了临贺太守。出自《法苑珠林》。

胡茂回

晋淮南胡茂回能见鬼，虽不喜见，而不可止。后行至扬州，还历阳。城东有神祠，正值民将巫祝祀之。至须臾，有群鬼相叱曰："上官来。"各迸走出祠去。茂回顾，见二沙门来，入祠中。诸鬼两两三三相抱持，在祠边草中望伺，皆有怖惧。须臾沙门去后，诸鬼皆还祠中。茂回于是精诚奉佛。出《法苑珠林》。

阮 瞻

阮瞻素秉无鬼论。有一鬼通姓名，作客诣之，寒温，聊谈名理。客甚有才情，末及鬼神事，反覆甚苦。客遂屈之，仍作色曰："鬼神古今圣贤所共传，君何独言无？"即变为异形，须臾便灭。阮嘿然，意色大恶，年余病死。出《幽冥录》。

临湘令

隆安初，陈郡殷氏为临湘令。县中一鬼，长三丈余，跂上屋，犹垂脚至地。殷入，便来命之。每摇屏风，动窗户，病转甚。其弟观亦见，恒拔刀在侧，与言争。鬼语云："勿为骂我，当打汝口破。"鬼忽隐形，打口流血。后遂喎偏，成残废人。出《幽明录》。

顾 氏

吴中人姓顾，往田舍。昼行，去舍十余里，但闻西北隐隐。因举首，见四五百人，皆赤衣，长二丈，倏忽而至，三重围之。顾气奄奄不通，辗转不得，旦至晡，围不解。口不

胡茂回

晋朝时淮南人胡茂回能看见鬼,虽然他不愿意见,但也没办法。有一次他去扬州,回来时路过历阳。城东有一座神祠,当时巫师正领着人们祭神。他到了不一会儿,就有一群鬼大呼小叫地说:"上官来了。"然后就四散逃出祠门。茂回一看,原来是两个和尚来到庙祠。群鬼三三两两地抱在一起躲在草丛里窥探,都很害怕。过了片刻和尚走了,那群鬼才又回到庙祠。从此茂回就更加虔诚地拜佛了。出自《法苑珠林》。

阮 瞻

阮瞻向来秉持无鬼论。有个鬼来拜访他,通报姓名并寒暄后,两个人谈起了名理。鬼客很有才情,最后谈到鬼神之事,争论得很激烈。鬼客理屈,就变脸说:"古今的圣贤都承认有鬼神,怎么您就偏偏说没有?"说着就变为异形,一会儿就消失了。阮瞻默默地说不出话来,气色也十分坏,过了一年多就病死了。出自《幽明录》。

临湘令

隆安初年,陈郡人殷某当临湘县令。县里有个鬼,高三丈多,坐在房上脚还垂在地上。殷某一进县衙,这鬼就来找麻烦,不是摇屏风就是动窗户,而且越来越厉害。殷某的弟弟也看见了,常拔出刀来站在鬼身旁和鬼争吵。鬼说:"不要骂我,我要打破你的嘴。"鬼就突然隐了形把他的嘴打得直流血。后来他的嘴就向上歪着成了残疾。出自《幽明录》。

顾 氏

吴中人顾某回他乡村的家里去。白天上路,走到离家十几里时,听见西北天空隐隐有声。抬头看,有四五百个穿红衣两丈高的鬼,忽然来到面前,把他层层包围起来。顾某被憋得上不来气也转不了身。从早上到下午,一直围着他不让走。顾某说不

得语,心呼北斗。又食顷,鬼相谓曰:"彼正心在神,可舍去。"豁如雾除。顾归舍,疲极卧。其夕,户前一处火甚盛而不燃,鬼纷纭相就,或往或来,呼顾谈,或入去其被,或上头而轻于鸿毛,开晨失。出《幽明录》。

江州录事

晋桓豹奴为江州时,有甘录事著,家在临川郡治下。儿年十三,遇病死,埋著家东群冢之间。旬日,忽闻东路有打鼓倡乐声,可百许人,径到甘家,问:"录事在否?故来相诣。贤子亦在此。"止闻人声,亦不见其形也。乃出数罂酒与之,俄顷失去,两罂皆空。始闻有鼓声,临川太守谓是人戏,必来诣己。既而寂尔不到,闻甘说之,大惊。出《幽明录》。

陈 素

晋昇平元年,剡县陈素家富,娶妇十年无儿。夫欲娶妾,妇祷祠神明,忽然有身。邻家小人妇亦同有,因货邻妇云:"我生若男,天愿也;若是女,汝是男者,当交易之。"便共将许。邻人生男,此妇后三日生女,便交取之。素忻喜,养至十三。当祠祀,家有老婢,素见鬼,云:"见府君家先人,来至门首便住。但见一群小人,来座所食啖此祭。"父甚疑怪,便迎见鬼人至。祠时转令看,言语皆同。素便入

出话来,只是在心里默念北斗。又过了一顿饭工夫,鬼们互相说:"这个人正心在神,就放了他吧。"一下子像浓雾散了似的都消失了。顾某回到家,十分疲累,就躺下了。当天晚上,看见门前一个地方有一堆很旺的火,却不燃烧,那些鬼纷纷靠近,或往或来,还和顾某谈话,有的鬼跑进屋来揭开顾某的被子,有的还爬到他头上,顾某觉得鬼比鸿毛还轻。天亮时都不见了。出自《幽明录》。

江州录事

晋朝桓豹奴在江州做官时,手下有个叫甘著的录事,家在临川郡管辖的地方。甘录事有个十三岁的儿子病死了,埋在家东面的坟地里。十天后,突然听见大路东边有敲鼓奏乐声,听去像有一百多人,一直来到甘录事家,问:"甘录事在家没有?我们特地来拜访。你的儿子也在这里。"光听见人声不见人形。甘录事就搬出几坛子酒招待。不一会儿就都走了,再一看,两个坛子里的酒全空了。临川太守刚听见鼓乐声时,以为是艺人演戏,一定会来自己这里的。后来就寂尔不闻了,听甘录事一说,真吓了一跳。出自《幽明录》。

陈　素

晋昇平元年,剡县有个陈素,家里很富,娶妻十年了也没儿子。陈素想讨小老婆,妻子就到庙里祈祷得子,忽然就怀了孕。邻居家一个穷人的老婆也和她同时怀了孕,陈素妻就买通了邻人妻,说:"我要是生个男孩,那就是天遂我愿了;要是生个女孩,你生了男孩,咱俩就换。"两人就谈妥了。后来邻家女人果然生了男孩,陈妻三天后生了女孩,就偷偷做了交换。陈素很高兴,把这男孩养到十三岁。应该参加祭祖了,家里有个老婢女能看见鬼,她说:"我看见主人家的祖先,走到家庙门口就不进去了,只见一群穷人在神座上抢祭品吃。"陈素很奇怪,就找了见鬼人来。祭祀时让他再看。说的和老婢女完全一样。陈素就进去

问妇,妇惧,且说言此事。还男本家,唤女归。出《幽明录》。

胡 章

剡县胡章与上虞管双喜好干戈。双死后,章梦见之,跃刃戏其前,觉甚不乐。明日,以符贴壁。章欲近行,已泛舟理楫,忽见双来攀留之,云:"夫人相知,情贯千载,昨夜就卿戏,值眠,吾即去。今何故以符相厌,大丈夫不体天下之理,我畏符乎?"出《幽明录》。

苏 韶

苏韶,字孝先,安平人也,仕至中牟令,卒。韶伯父承,为南中郎军司而亡。诸子迎丧还,到襄城。第九子节,夜梦见卤簿,行列甚肃,见韶,使呼节曰:"卿犯卤簿,罪应髡刑。"节俯受剃,惊觉摸头,即得断发。明暮,与人共寝,梦见韶曰:"卿髡头未竟。"即复剃如前夕。其日暮,自备甚谨,明灯火,设符刻,复梦见韶。髡之如前夕者五。节素美发,五夕而尽。间六七日,不复梦见。

后节在车上,昼日,韶自外入。乘马,著黑介帻,黄练单衣,白袜幽履。凭节车辕,节谓其兄弟曰:"中牟在此。"兄弟皆愕视,无所见。问韶:"君何由来?"韶曰:"吾欲改葬,即求去。"曰:"吾当更来。"出门不见,数日又来。兄弟遂与韶坐,节曰:"若必改葬,别自救儿。"韶曰:"吾将为书。"节授笔,韶不肯,曰:"死者书与生者异。"为节作其字,像胡书也,乃笑,即唤节为书曰:"古昔魏武侯,浮于西河,

问老婆是怎么回事。陈妻害怕,就说了和邻家妻子换儿子的事。于是把男孩送还,把女儿接了回来。出自《幽明录》。

胡 章

剡县人胡章和上虞县的管双,喜欢在一块练武。管双死后,胡章梦见他在自己面前舞刀,心里很不痛快。第二天,画了一道符贴在墙上。胡章想出门到附近去,已经上了船拿起桨,忽然看见管双跑来挽留说:"人生相知,情贯千载,昨天夜里我去找你玩,赶上你睡觉,我就走了。今天你为何贴了符厌胜我?大丈夫不懂得天下之理,我能怕什么符咒吗?"出自《幽明录》。

苏 韶

苏韶字孝先,安平人,当中牟县令时死了。他的伯父苏承,当南中郎军司时也死了。家中子弟迎丧还乡,到襄城。苏承的九儿子苏节夜里梦见一支仪仗队,队列严整肃穆,见到苏韶叫人把苏节叫过来说:"你冲犯了仪仗队,应该受髡刑。"苏节低下头让剃,忽然惊醒,一摸头,果然有断发。第二天晚上苏节和别人在一个屋睡,梦见苏韶说:"你的头还没剃完。"又像昨晚那样被剃了一通。第三天晚上苏节防备得很严,点着灯睡,还贴了符咒,但又梦见苏韶来接着剃头。这样的鬼剃头持续了五天。苏节的一头美发被剃了个精光。间隔了六七天,再没有梦见苏韶。

后来苏节乘车,大白天看见苏韶从外面进来。他骑着马,戴黑头巾,穿黄粗布单衣,白袜黑鞋,用手扶着苏节的车辕。苏节对兄弟们说:"中牟县令在这里。"兄弟们都很吃惊,谁也看不见他。苏节问苏韶:"您来做什么?"苏韶说:"我想改葬到别处。"说:"我还会来的。"出门就不见了,几天后又来了。兄弟们于是和苏韶一同坐下,苏节说:"如果一定要改葬,应该指使您的儿子呀。"苏韶说:"我这就写封信。"苏节给他笔,他不要,说:"阴间的字和人世不一样。"给苏节写了些字,像胡人文字,于是笑了,就让苏节替他写信给儿子说:"古时魏武侯在西河上乘船漫游,

而下中流，顾谓吴起曰：'美哉河山之固，此魏国之宝也。'吾性爱好京洛，每往来出入，瞻视邙上，乐哉，万世之墓也。北背孟津，洋洋之河；南望天邑，济济之盛。此志虽未言，铭之于心矣，不图奄忽，所怀未果。前去十月，便速改葬。在军司墓次，买数亩地，便足矣。"节与韶语，徒见其口动，亮气高声，终不为傍人所闻。

延韶入室，设坐祀之，不肯坐，又无所飨，谓韶曰："中牟平生好酒鱼，可少饮。"韶手执杯饮尽，曰："佳酒也。"节视杯空，既去，杯酒乃如故。前后三十余来，兄弟狎玩。节问所疑，韶曰："言天上及地下事，亦不能悉知也。颜渊、卜商，今见在，为修文郎。修文郎凡有八人。鬼之圣者，今项梁、成贤者、吴季子。"节问死何如生，韶曰："无异，而死者虚，生者实，此其异也。"节曰："死者何不归尸体？"韶曰："譬如断卿一臂以投地，就剥削之，于卿有患不？死之去尸骸，如此也。"节曰："厚葬以坟垅，死者乐此否？"韶曰："无在也。"节曰："若无在，何故改葬？"韶曰："今我诚无所在，但欲述生时意耳。"弟曰："儿尚小，嫂少，门户坎轲，君顾念否？"韶曰："我无复情耳。"节曰："有寿命否？"韶曰："各有。"节曰："节等寿命，君知之否？"曰："知语卿也。"节曰："今年大疫病何？"韶曰："刘孔才为太山公，欲反，擅取人以为徒众。北帝知孔才如此，今已诛灭矣。"节曰："前梦君剪发，君之卤簿导谁也？"韶曰："济南王也。卿当死，

到了中游时对吴起说：'美哉河山之固，这是魏国的宝物呀！'我特别喜欢京洛一带，我在世时，每次往来出入那一带，放眼看邙山，就不由得高兴地想，真是万代之墓啊。那里北靠孟津的滔滔河水，南可以看见雄伟繁盛的京城。虽然我没对人说过，但心里一直有这个志向。然而没想到突然就死了，所向往的事也没办成。很快就是十月了，希望赶快给我改葬。在我伯父苏承的坟旁买几亩地，就行了。"苏节和苏韶说话，只见他嘴动，声音也很大，但旁边的人谁也听不见。

后来苏节请苏韶到屋里去要为他设座祭祀，苏韶不肯坐，也没什么可供馔的。苏节对苏韶说："哥哥生前好喝酒吃鱼，可以稍微喝一点。"苏韶就拿起酒杯一饮而尽，并说："好酒！"苏节看见酒杯空了，但等苏韶走后，酒杯还是满的。苏韶前后来了三十多次，兄弟之间很是亲热。苏节问哥哥一些不懂的问题，苏韶说："说起天上地下的事，我也不全知道。颜渊、卜商现在还在，当修文郎。修文郎一共有八个。鬼之圣者现在有项梁、成贤者、吴季子。"苏节问死和生有什么不同，苏韶说："没什么不同，只不过死者是虚的生者是实的罢了。"苏节问："死者为什么不归尸体？"苏韶说："假如把你的一只胳膊砍下来扔在地上，再砍削那只断臂，你还能感到疼吗？死者的尸体同样也不会有感觉的。"苏节又问："把死人厚葬在坟墓，死者本人高兴不？"苏韶说："不在乎。"苏节说："既然不在乎，您为什么还要求迁坟呢？"苏韶说："我的确不在乎，只不过是说我活着时的一种想法而已。"苏节又问："哥哥的儿子尚小，嫂嫂年轻，生活艰难，哥哥牵挂他们吗？"苏韶说："我死了就没有什么人间情了。"苏节问："鬼有寿命吗？"苏韶回答说："每个鬼都有自己的寿命。"苏节又问："我等的阳寿，您知道吗？"苏韶说："知道后会告知的。"又问："今年发生的瘟疫是怎么回事？"苏韶说："太山公刘孔才在阴间想造反，私自在人间抓人为他打仗。北帝知道刘孔才的阴谋，现在已经把他杀了。"苏节说："前些日子梦见您剪我的头发，你们那仪仗队是护送谁的？"苏韶说："那是济南王。你冲犯了仪仗罪应该死，

吾念护卿，故以刑论卿。"节曰："能益生人否？"韶曰："死者时自发意念生，则吾所益卿也。若此自无情，而生人祭祀以求福，无益也。"节曰："前梦见君，岂实相见否？"韶曰："夫生者梦见亡者，亡者见之也。"节曰："生时仇怨，复能害之否？"韶曰："鬼重杀，不得自从。"节下车，韶大笑节短，云："似赵麟舒。"赵麟舒短小，是韶妇兄弟也。

韶欲去，节留之，闭门下锁钥，韶为之少住。韶去，节见门故闭，韶已去矣。韶与节别曰："吾今见为修文郎，守职不得来也。"节执手，手软弱，捉觉之，乃别。自是遂绝。

出王隐《晋书》。

夏侯恺

夏侯恺，字万仁，病亡。恺家宗人儿狗奴，素见鬼，见恺数归，欲取马及其弟阮公将去。阮逃狗奴家，解喻，及冬得止。恺长子统，向其家说："昨梦人见缚，与力大争，尔乃得解。"语讫，阖门忽有光明如昼，见恺著平上帻单衣，入坐如生平。坐西壁大床，悲笑如生时，声讫，便切齿作声，言："人易我门户，诬统藏人。祖衫见缚，赖我遣人救之，得解。将数十人，大者在外，小行随恺。"阮牵床离壁，恺见语阮："何取床？"又说："家无主，不成居。"阮答何不娶妻。恺曰："卿与共居尔许年，而作此语也。诸鬼中当有一人达。"阮问谁，恺曰："儿辈意，不足悦也。"呼见孙儿，云："少者气弱，勿令近我。"又说："大女有相，勿辄嫁之。"恺

是我护着你,让你受了髡刑就保住了命。"苏节又问:"鬼能保佑活人吗?"苏韶回答说:"死者有时自己产生意念,所以我才会保护你。如果没有感情,活人就是再祭祀求福也没用。"苏节又问:"以前梦见您,是您真的来相见了吗?"苏韶回答说:"凡是活人梦见死人,都是死人现形。"苏节又问:"活着时有仇,死后能杀了仇人吗?"苏韶回答说:"鬼杀活人的事由不了鬼自己。"苏节下车时,苏韶笑话他个子太矮,说:"像赵麟舒。"赵舒麟个子很小,是苏韶妻子的兄弟。

苏韶要走了,苏节挽留他,关上门,上了锁,苏韶为此多留了一会儿。后来苏韶走了,苏节见门依旧关闭着,而苏韶已经不见了。苏韶跟苏节告辞说:"我现在已经当了修文郎了,要守职,不能再来了。"苏节握哥哥的手,手很软,只能感到是手而已,于是分别了。以后再也没有见过。出自王隐《晋书》。

夏侯恺

夏侯恺,字万仁,得病去世。有个同宗人的儿子叫狗奴,常见到鬼。狗奴曾看见夏侯恺几次回家想把马和他弟弟阮公带走。阮公逃到狗奴家,狗奴劝解夏侯恺,到冬天才罢休。夏侯恺的长子叫统,对家里人说:"昨天我梦见一个人要绑我,我和那人斗了半天才得解脱。"刚说完,阖门突然亮得像白天,只见夏侯恺穿着单衣戴着平上帻,进屋坐下,一如生前。他坐在靠西墙的大床上,谈笑悲欢像活着时一样,并咬牙切齿地说:"有人轻视我的门户,诬陷夏侯统窝藏人,致使他裸露着被擒,全凭我派人救他,才得以脱身。领来数十个人,大人在外边,小的跟随着我。"阮公把床拉离了西墙,夏侯恺就现出了身体说:"为什么拉床?"又说:"家里没有主人,就不成为家。"阮公问为什么不娶个妻子,夏侯恺说:"你我在一起生活了这么久,怎么能说出这样的话来。咱们家死的人中,有一个能有出息。"阮公问是谁,夏侯恺说:"是儿子辈的,不值得高兴。"他招呼要见孙子,说:"他太小,气弱,别让他靠近我。"又说:"大女儿命相好,不要随便嫁出去。"夏侯恺

问阮:"欲见亡女,可呼之。"阮曰:"女亡已久,不愿见也。"
恺曰:"数欲见父,而禁限未得见。"又说:"我本未应死,尚
有九年。官记室缺,总召十人,不识书,不中,皆得出。我
书中,遂逼留补缺。"出王隐《晋书》。

刘 他

刘他在下口居,忽有一鬼,来住刘家。初因暗,仿佛见
形如人,著白布裤。自尔后,数日一来,不复隐形,便不去。
喜偷食,不以为患,然且难之,初不敢呵骂。吉翼子者,强
梁不信鬼,至刘家,谓主人:"卿家鬼何在?唤来,今为卿
骂之。"即闻屋梁作声。时大有客,共仰视,便纷纭掷一物
下,正著翼子面。视之,乃主人家妇女亵衣,恶犹著焉。众
共大笑为乐,吉大惭,洗面而去。有人语刘,此鬼偷食乃食
尽,必有形之物,可以毒药中之。刘即于他家煮冶葛,取二
升汁,密赍还。向夜,令作糜,著于几上,以盆覆之。后闻
鬼外来,发盆取糜。既吃,掷破瓯出去。须臾,闻在屋头
吐,嗔怒非常,便棒打窗户。刘先以防备,与斗,亦不敢入
户,至四更中,然后遂绝。出《续搜神记》。

王 戎

安丰侯王戎,尝赴人家殡敛。主人治棺未竟,送者悉
在厅事上。安丰车中卧,忽见空中有一异物,如鸟,熟视转
大。渐近,见一乘赤马车,一人在中,著帻赤衣,手持一斧。
至地下车,径入王车中,回几容之。谓王曰:"君神明清照,

又对阮公说："如果想见死去的女儿，可以叫她来相见。"阮公说："女儿死了很久了，不想见她。"夏侯恺说："你女儿几次想见你，但阴间限制得太严，没能见上。"夏侯恺还说："我本来不应该死，还有九年阳寿，由于阴间缺记事官，一共召去了十个人，都不识字，都不中用，就都放回阳间了。我写的字被选中了，就硬逼着我在阴间补了官缺。"出自王隐《晋书》。

刘 他

刘他在下口住时，忽然来了一个鬼，住到他家。起初屋里暗，好像看见鬼现形和人一样，穿着白布裤。从那以后，几天就来一次，也不隐形，还不走。这鬼爱偷吃的，虽然不害人，但也很讨厌，起初不敢骂他。有个叫吉翼子的，为人倔强不信鬼，到刘家来问道："你家的鬼在哪里？把他叫来，我替你骂他。"这时就听见屋梁上有声音。当时有很多客人，一齐抬头看，鬼就扔下一个东西来，正好扔到吉翼子的脸上。拿下来一看，是刘妻的内衣，上面还有血污。众人都大笑起来，吉翼子很是羞惭，洗了脸跑了。有人对刘他说，这个鬼吃东西东西就没了，一定是个有形之物，可以下毒药药他。刘他就在别人家煮了二升冶葛汁，偷偷拿回来。这天晚上让家人做了肉粥，兑上毒药，放在桌上，用盆盖好。后来就听见鬼从外面来，揭开盆子取肉粥，吃了几口就把盆摔破跑出去了。不一会儿，听见鬼在房头呕吐，而且发怒发狂地用棍打窗户。刘他事先已有防备，就和鬼斗了起来。鬼也不敢进屋，到四更时分就消失不见了。出自《续搜神记》。

王 戎

安丰侯王戎有一次到某家参加葬礼。这家棺木还没做好，来送丧的人都在客厅里。王戎在车里躺着，忽然看见空中有一个怪物，像鸟，眼看着变大了。渐渐靠近，是一辆红马拉的车，车上一人穿红衣戴头巾，手里拿着一把斧子。车落地后下车径直钻进王戎的车里，挪动几案容下身，对王戎说："您神明清照，

物无隐情，亦有事，故来相从。然当赠君一言，凡人家殡殓葬送，苟非至亲，不可急往。良不获已，可乘青牛，令髯奴御之。及乘白马，则可禳之。"谓戎："君当致位三公。"语良久，主人内棺当殡，众客悉入，此鬼亦入。既入户，鬼便持斧，行棺墙上。有一亲趣棺，欲与亡人诀，鬼便以斧正打其额，即倒地，左右扶出。鬼于棺上视戎而笑，众悉见，鬼亦持斧而出。出《续搜神记》。

王仲文

王仲文为河南郡主簿，居缑氏县北。得休应归，道经水泽，见后有一白狗，仲文甚爱之。欲便取，忽变如人，长六尺，状似方相。目赤如火，磋齿嚼舌，甚有憎恶。欲击之，或却，或欲上车。仲文大怖，便使奴打，不能奈何。因下车，佐奴共又打，亦不禁。并力尽，不能复打，于是舍走。告人家，合十余人，持刀捉火，自来视之，便不知所在。月余日，仲文忽复见之，与奴并走，未到人家，伏地俱死。出《续搜神记》。

什么事情都逃不过您的眼睛，我也有事情，所以来找您。不过我要向您进一言：以后凡是谁家有了殡葬丧事，除非死者是自己的亲人，不要着急去。如果非去不可，您可以乘青牛，让大胡子仆人赶着。或乘白马，有灾也可免除。"又说："您今后能做到三公这样的大官。"两人谈了半天，那家棺材已做好准备将死人入殓了，吊唁的人们都进去了，这个鬼也跟过去了。一进屋鬼就持斧在棺材沿上来回走。有一个死者的亲属凑在棺材旁，想向死者诀别，鬼就用斧子向那人额头打去，那人立刻倒地，被人扶了出去。鬼站在棺材上看着王戎笑，人们都看见了，然后鬼就拿着斧头走了出去。出自《续搜神记》。

王仲文

王仲文是河南郡的主簿，家在缑氏县北。有一次他休假回家，路过一个湖塘，看见一只白狗在后面跟着，王仲文很是喜爱。他想去抱狗，那狗突然变成了人形，六尺高，像个驱鬼的方相。眼睛像火一样红，错着牙嚼着舌头，像是非常憎恶王仲文。王仲文想打它，它就往后退，还想上车去。王仲文吓坏了，就让仆人打。但仆人也奈何不得那鬼怪。王仲文就下车，和仆人一起打，仍然制不住鬼。两人打得筋疲力尽，不能再打，只好扔下鬼逃走。他求告人家，集合起十多个人持刀举着火把，再去找，那鬼已经不见了。过了一个多月，王仲文忽然又看见了那个鬼怪，就和仆人一起逃跑，没到人家就都倒地死了。出自《续搜神记》。

卷第三百二十

鬼五

蔡谟

蔡谟征为光禄大夫，在家，忽闻东南啼哭声，有若新死。便见一少年女，此人并离啼哭。不解所为，恐是人家忿争耳。忽闻呼魂声，便见此女从空中去上天。意甚恶之，少时疾患，遂薨。出《灵异志》。

又

一说，谟在厅事上坐，忽闻邻左复魄声。乃出庭前望，正见新死之家，有一老妪，上著黄罗半袖，下著缥裙，飘然升天。闻一唤声，辄回顾，三唤三顾。徘徊良久，声既绝，亦不复见。问丧家，云亡者衣服如此。出《幽明录》。

蔡谟

蔡谟被任命为光禄大夫，有一天在家里忽然听见东南方有啼哭声，好像新死了人。只见一个年轻女子，不跟众人在一起，单独啼哭。蔡谟弄不清是怎么回事，以为是家人在争吵。忽然又听到叫魂声，就见那女子腾空而起升上了天。蔡谟心里很讨厌，不久就得了病死去了。出《灵异志》。

又

又一种说法是：蔡谟在家中厅堂上坐着，忽然听见左边邻居家有叫魂的声音。他就走出庭院前去张望，正好看见新死了人的邻居家，有一个老太太，上身穿黄罗半袖衫，下身穿淡青色裙子，飘然升上天空。听见下面招魂声，她就回一次头，下面喊了三次，老太太回了三次头。在空中徘徊了好久，地上的喊魂声没了，老太太才消失。蔡谟问丧家，那家人说死者穿的衣服就是那样子的。出自《幽明录》。

姚元起

河内姚元起，居近山林，举家恒入野耕种，唯有七岁女守屋，而渐觉瘦。父母问女，女云："常有一人，长丈余而有四面，面皆有七孔。自号高天大将军，来辄见吞，径出下部。如此数过。云：'慎勿道我，道我，当长留腹中。'"阖门骇惋，遂移避。出《灵鬼志》。

闾勤

吴兴武唐闾勤，凌晨闻外拍手，自出看。见二乌帻吏，径将至渚，云："官使乘船送豆至。"乃令勤栧，二吏绲挽。至嘉兴郡，暂住逆旅。及平望亭，潜逃得归。十余日，外复有呼声，又见二吏云："汝何敢委叛？"将至船，犹多菽，又令捉栧船，二吏绲挽始前。至嘉乐故冢，谓勤曰："我须过一处，留汝在后，慎勿复走。若有饮食，自当相唤。"须臾，一吏呼勤上。见高门瓦屋，欢宴盈堂。仍令勤行酒，并赐炙啖。天将晓，二吏云："而见去，汝且停。"顷之，但见高坟森木。勤心迷乱，其家寻觅，经日方得。寻发大疮而死。出《灵鬼志》。

孙稚

晋孙稚，字法晖，齐般阳县人也。父祚，晋太中大夫。稚幼奉佛法，年十八，以咸康元年八月亡。

祚后移居武昌，至三年四月八日，沙门于法阶行尊像。

姚元起

河内人姚元起，居处靠近山林，全家人常到山野中种地，只留一个七岁的女儿看家。后来就发现女孩日渐消瘦，父母问是怎么回事，女孩说："家里经常有个人来，这人一丈多高，有四张脸，每张脸上都有七窍。他自称是高天大将军，每次来都把我吞下去，然后又拉出来。这样做了好几次。他说：'不许提起我，如果说了，就把你永远留在肚子里。'"全家一听十分害怕，赶快迁到别处去躲避。出自《灵鬼志》。

间　勤

吴兴县的武唐有个间勤，早晨听见外面有拍手声，就出去看。看见两个戴黑头巾的官吏，将他抓住径直带到洲渚上，说："官府让你驾船把豆子送去。"就让间勤划桨，两个官吏拉绳。到了嘉兴郡，暂时住进旅店。后来走到平望亭，间勤终于逃脱跑回家。十几天后，又听见外面有喊他的声音，又看见那两个官吏对他说："你怎么竟敢抗命脱逃？"二人又把他弄到船上，这次船上还是有很多豆子，还是让他划桨，两个官吏拉绳才继续前行。船到了嘉乐的一片老坟地时，他们对间勤说："我们须去一个地方，留你在后面，这回可不许再逃。如果有吃喝，我们会来叫你的。"不大工夫一个官来叫他上岸。进了一个高门的大瓦房，里面一屋子人正在吃酒席。他们让间勤喝酒，还给他肉吃。天快亮时，两个官吏说："我们现在走了，你先等一等。"一转眼间什么都没了，只见周围是高大的坟墓和阴森的树林。间勤心迷神乱，他家里找了很久才找到他。不久他就生大疮死去了。出自《灵鬼志》。

孙　稚

晋代孙稚，字法晖，齐般阳县人。父亲叫孙祚，是晋朝太中大夫。孙稚从小就信奉佛法，咸康元年八月，才十八岁就死了。

孙祚后来迁居武昌，到三年四月八日，和尚于法阶游行佛像。

经家门，夫妻大小出观，见稚亦在人众之中，随侍像行。见父母，见跪问讯，随共还家。祚先病，稚云："无他祸祟，不自将护所致耳。五月当差。"言毕辞去，其年七月十五日复归，跪拜问讯，悉如生时。说其外祖父为泰山府君，见稚，说母字曰："汝是某甲儿耶？未应便来，那得至此？"稚答伯父将来，欲以代谪，有教推问，欲鞭罚之，稚救解得原。

稚兄容，字思渊，时在其侧，稚谓曰："虽离故形，在优乐处。但读书，无他作，愿兄勿忧也，他但勤精进，福自随人矣。我二年学成，当生国王家。同辈有五百人，今在福堂，学成，皆当上生第六天上。我本亦应上生，但以解救先人，因缘缠缚，故独生王家耳。到五年七月七日复归。"说郗城当有寇难，事例甚多，悉皆如言。家人秘之，故无传者。又云："先人多有罪谪，宜为作福。我今受身人中，不须复营，但救先人也。愿父兄勤为功德。作福食时，务使鲜洁，一一如法者受上福，次者次福。若不能然，徒费设耳。当使平等，心无彼我，其福乃多。"祚时有婢，稚未还时，忽疾殆死，通身皆痛。稚云："此婢欲叛，我前与鞭，不复得去耳。"推问婢云，前实欲叛，与人为期，日垂至而便住云耳。出《法苑珠林》。

索　逊

昇平中，徐州刺史索逊，乘船往晋陵。会暗发，回河行数里，有人寄索载，云："我家在韩冢，脚痛不能行，寄君

经过孙祚家时全家都出来看,只见孙稚也在游行的人群中,守护着神像走。孙稚看见了父母,就跪下问安,并一起回到家里。孙祚此前已得病,孙稚说:"这病没祸祟,是由于父亲不注意护养才得的,到五月就会好的。"说完就走了。这年七月十五孙稚又回家来,跪拜问安和活着时一样。他说外祖父是泰山府君,见到孙稚,向他提到母亲的名字说:"你不是某某的儿子吗?你不该来,怎么就来了?"孙稚回答是伯父将他带来的,想让他代替受罪。外祖父命令审问孙稚的伯父,准备施以鞭罚,孙稚解救才得免罪。

孙稚的哥哥孙容,字思渊,当时正在旁边,孙稚对哥哥说:"我虽然离开人世了,却也身在优乐之中。每天只是读书,没有别的事情,哥哥不必为我担心,只要勤奋努力,福分也就随之而来了。我再学两年就期满,将投生到国王家。我们一同学习的有五百人,现在全在福堂,学成了,都会升到第六层天上去。我本来也可以升到六层天,但因为我解救伯父,人间的因缘纠缠不断,所以才让我投胎到人间的国王家去。到咸康五年七月七日还会回来。"他说邾城将会有寇难,还说了不少事,后来都应验了。他家人保密不说,所以没有传出去。孙稚还说:"先人多有罪过,应该多做功德。我现在已经快转世人间了,不必再为我做功德,只救先人就可以了。希望父亲兄弟勤做功德。做功德的食物一定要新鲜洁净,一一如法者能得到上等的福佑,次者受次福。如果不能这样,等于白费劲。对神灵要平等对待,不分你我,这样福才会多。"孙祚当时有个婢女在孙稚没回来时忽然病得要死了,全身疼痛。孙稚说:"咱家这个婢女打算逃跑,我前几天抽了她一顿鞭子,她再不能跑了。"后来审问这个婢女,果然前几天和一个人约好在某一天逃跑,到了那天婢女却没能跑成。

出自《法苑珠林》。

索　逊

　　昇平年间,徐州刺史索逊坐船去晋陵。赶上天黑出发,沿岸行了几里,有人要求搭船,说:"我家在韩冢,脚痛走不动了,让我

船去。"四更时，至韩家，此人便去。逊二人牵船，过一渡，施力殊不便。骂此人曰："我数里载汝来，径去，不与人牵船。"欲与痛手。此人便还，与牵，不觉用力而得渡，人便径入诸冢间。逊疑非人，使窃寻看，此人经冢间，便不复见。须臾复出，至一冢呼曰："载公。"有出者应。此人说："我向载人船来，不为共牵，奴便欲打我，今当往报之。欲暂借甘罗来。"载公曰："坏我甘罗，不可得。"此人曰："无所苦，我试之耳。"逊闻此，即还船。须臾，岸上有物来，赤如百斛篇，长二丈许，径来向船，逊便大呼："奴载我船，不与我牵。不得痛手！方便载公甘罗，今欲击我。今日要当打坏奴。"甘罗忽然失却，于是遂进。出《续搜神记》。

冯　述

　　上党冯述，晋元熙中，为相府将。假归虎牢，忽逢四人，各持绳及杖，来赴述。述策马避，马不肯进，四人各捉马一足，倏然便倒河上。问述："欲渡否？"述曰："水深不测，既无舟楫，何由得过？君正欲见杀耳？"四人云："不相杀，当持君赴官。"遂复捉马脚，涉河而北。述但闻波浪声，而不觉水。垂至岸，四人相谓曰："此人不净，那得将去。"时述有弟服，深恐鬼离之，便当溺水死，乃鞭马作势，径登岸。述辞谢曰："既蒙恩德，何敢复烦劳！"出《续搜神记》。

任怀仁

　　晋昇平元年，任怀仁年十三，为台书佐。乡里有王祖

搭您的船去吧。"四更时到了韩冢，那人就上岸走了。索逊他们有两个人拖船过一个渡口，难于使力，就骂那个人说："你坐我们船走了好几里，只管走了，也不来帮忙拉拉船。"就想揍他。那人就回来帮着拉船，船一点也不费力就过了渡口，那人随后径直走进坟地间。索逊怀疑那人是鬼，就派人跟在后面偷偷观察，那人走到坟墓中就不见了。过了一会儿那人又出来了，走到一个坟前喊道："载公。"坟里就钻出个人来答应。那人说："我刚才搭一个人的船回来，没帮他们拉船，他们就要打我，我要去报复他们。把你的甘罗借给我用用。"载公说："把甘罗弄坏了，我没处再弄到。"那人说："不会弄坏的，我不过试试。"索逊听到这里就跑回船上。不一会儿就见岸上来了个东西，赤色，像个能装一百斛粮食的大囤子，有两丈多高，径直而来，索逊就大叫道："这个家伙白坐我的船，不帮忙拉船。并没有打他。又借了载公的甘罗来撞我。今天非打烂这个东西。"甘罗忽然消失了，他们才接着上路了。<small>出自《续搜神记》。</small>

冯　述

上党人冯述，晋元熙年间当相府将。休假回虎牢，路上忽然遇到四个人，都拿着绳子和木杖，直奔冯述而来。冯述忙策马躲避，马不肯动。那四个人一人抓住一条马腿，冯述一下就落马摔倒在河边。四个人问冯述："想过河吗？"冯述说："河水深不可测，又没有渡船，怎么过得去？你们这是要杀了我吗？"四个人说："我们不是要杀您，而是要带您去官府。"于是他们又抓着马腿，蹚河而过。冯述只听得到波浪声一点没觉得有水。快上岸时，那四个人商量说："这个人不干净，带他去怎么行？"当时冯述正为死去的弟弟服丧，生怕鬼丢下他而被淹死，就打马跳上岸去。冯述辞谢说："已经领受了你们的恩德，不敢再麻烦你们了！"<small>出自《续搜神记》。</small>

任怀仁

晋昇平元年，任怀仁十三岁，在官府任书佐。乡里有个王祖

复为令史,恒宠之。怀仁已十五六矣,颇有异意,祖衔恨。至嘉兴,杀怀仁,以棺殡埋于徐祚家田头。祚后宿息田上,忽见有冢,至朝中暮三时食,辄分以祭之,呼云:"田头鬼,来就我食。"至瞑眠时,亦云:"来伴我宿。"如此积时。后夜忽见形云:"我家明当除服作祭,祭甚丰厚,君明随去。"祚云:"我是生人,不当相见。"鬼云:"我自隐君形。"祚便随鬼去。计行食顷,便到其家。家大有客,鬼将祚上灵座,大食灭,合家号泣,不能自胜,谓其儿还。见王祖来,便曰:"此是杀我人。"犹畏之,便走出。祚即形露,家中大惊,具问祚,因叙本末。遂随祚迎丧,既去,鬼便断绝。出《幽明录》。

王 明

东莱王明儿,居在江西,死经一年,忽形见还家。经日,命招亲好,叙平生,云:"天曹许以暂归。"言及将离,语便流涕。问讯乡里,备有情焉。敕儿曰:"吾去人间,便已一周,思睹桑梓。"命儿同观乡间。行经邓艾庙,令烧之,儿大惊曰:"艾生时为征东将军,没而有灵,百姓祠以祈福,奈何焚之?"怒曰:"艾今在尚方摩铠,十指垂掘,岂其有神?"因云:"王大将军亦作牛,驱驰殆毙。桓温为卒,同在地狱。此等并困剧理尽,安能为人损益?汝欲求多福者,正当恭慎,尽忠孝顺。无恚怒,便善流无极。"又令可录指爪甲,死后可以赎罪。又使高作户限,鬼来入人室内,记人罪过,越限拨脚,则忘事矣。出《幽明录》。

被起用当了令史，一直很宠着他。任怀仁到十五六岁时，很想离开他，王祖怀恨在心。二人一起去嘉兴时，王祖杀了任怀仁，装进棺材埋在徐祚家的地头上。徐祚后来种田休息时发现了新坟，每天早中晚三餐都分出些饭菜祭祀，招呼说："田头鬼，来我这儿吃饭吧。"晚上睡觉时也说："田头鬼，来伴我睡吧。"这样过了很久。后来有一天夜里任怀仁忽然现形说："我家明天要为我除服作祭，祭祀的食物十分丰盛，您明天随我去吧。"徐祚说："我是活人，不应该去的。"任怀仁说："我可以让您隐形。"徐祚就跟着任怀仁走了。一顿饭工夫就到了任家。家里有很多客人，鬼就带徐祚到灵座上，把祭坛上的酒肉一扫而光。全家号啕，不能自胜，说是儿子回来了。任怀仁看见王祖也来了，就说："他就是杀我的人。"还很畏惧，赶快跑了。徐祚即显形，任家人大惊，问徐祚是怎么回事，徐祚就如实说了。于是任家人就跟着徐祚到田头去接回任怀仁的棺材，从此鬼就没有了。出自《幽明录》。

王　明

　　东莱王明儿，住在江西，死了一年后突然现形回家了。一天后，他让招来亲朋好友，叙述平生，说："天曹允许我暂时还阳回家看看。"一说到很快又要分别，就涕泪交流。问候乡亲们的生活，十分重感情。他对儿子说："我离开人间已经一年，很想看看乡里。"他让儿子领他到家乡各处走走看看。经过邓艾庙时，让把庙烧掉，儿子大惊说："邓艾生前是征东将军，死后也有神灵，百姓都向他祈求保佑呢，为什么要烧？"王明儿生气地说："邓艾现今在尚方干的是擦摩铠甲的差事，十个手指都快磨坏了，哪有什么神？"并说："王大将军也做了牛，被人驱赶快要累死了。桓温当了小卒，同在地狱。这些人都在阴间受各种罪，能给人间带来什么福？你们想求福，只需恭敬谨慎，尽忠尽孝，不恼怒，就会福善无穷。"他还让把指甲剪下来以后积存起来，死后可以赎罪。还让把门坎建得高一些，鬼到家来记人的罪过，走时让高门坎一绊，就把记的罪过都忘了。出自《幽明录》。

王彪之

晋王彪之，年少未官。尝独坐斋中，前有竹。忽闻有叹声，彪之惕然，怪似其母，因往看之。见母衣服如昔，彪之跪拜歔欷。母曰："汝方有奇厄，自今以去，当日见白狗，若能东行出千里，三年，然后得免灾。"忽不复见。彪之悲怅达旦，既明，独见一白狗，恒随行止。便经营行装，将往会稽。及出千里外，所见便肃然都尽。过三年乃归，复还先斋住。忽闻前声，往见母如先，谓："从吾，故来庆汝。汝自今已后，年逾八十，位班台司。"皆如母言。出《幽明录》。

王凝之

晋左军琅邪王凝之，夫人谢氏，顿亡二男，痛惜过甚，衔泪六年。后忽见二儿俱还，并著械，慰其母曰："可自割，儿并有罪谪，宜为作福。"于是得止哀，而勤为求请。出《幽明录》。

姚牛

须县民姚牛，年十余，父为乡人所杀，牛尝卖衣服，市刀戟，图欲报仇。后在县门前相遇，手刃之于众中，吏擒得。官长深矜孝节，为推迁其事，会赦得免。又为州郡论救，遂得无他。令后出猎，逐鹿入草中，有古深井数处。马将趣之，忽见一翁，举杖击马。马惊避，不得及鹿。令奴引弓将射之，翁曰："此中有井，恐君堕耳。"令曰："汝为何

王彪之

　　晋人王彪之,年纪很轻,也没有做官。有一次,他一个人坐在书房里,忽然听见书房前的竹丛中有人叹息,声音像是他死去的母亲,王彪之惶恐而惊讶,就出去看。看见母亲穿着活着时的衣服站在那里,彪之哭着跪拜。母亲说:"你马上要有大祸临头。从今以后,你会每天看见白狗,如果能东行一千里,三年以后你就能免灾了。"说完母亲就突然不见了。彪之一夜悲痛至极。天亮后,只有他能看见一只白狗。这狗总随时随地跟着他。他便收拾行装,打算到会稽去。等走出千里以外后,那个跟他的白狗就不见了。三年后,王彪之才回来,还是住进原来的房子。忽然又听见他母亲的声音,出去又看见了母亲,母亲说:"你听了我的话,所以我来祝贺你。你以后可以活到八十以外,官可以做到台司。"后来一切都像他母亲说的一样。出自《幽明录》。

王凝之

　　晋时左军琅邪人王凝之的两个儿子突然死去,夫人谢氏悲痛欲绝,哭了六年。有一天两个儿子忽然一块儿回来了,都戴着枷锁。他俩劝母亲说:"请您节哀,我俩都有罪,应该为我们做功德。"谢氏得以止哀,转而勤为祈祷。出自《幽明录》。

姚　牛

　　须县百姓姚牛,才十多岁,父亲被乡人杀害了,姚牛卖了衣服买来刀枪,立志报仇。后来在县衙门前姚牛遇见了杀父仇人,当着众人的面亲手把他杀死了。衙吏把姚牛抓去。县令感念姚牛的孝心和胆量,就设法为他开脱,正好遇见大赦,得以免死。县令又给郡里州里写呈文营救姚牛,最后姚牛得以无罪释放。后来县令有一次出去打猎,追着一头鹿进入了草丛中。草丛里有几口古井。马要奔入时,忽然出来一个老人举起拐杖打马。马一惊就躲开了,结果没有追上鹿。县令命令随从拉起弓来要射那人,老人说:"草丛里有井,怕您陷入井中。"县令说:"你是

人?"翁长跽曰:"民姚牛父也,感君活牛,故来谢。"因灭不见。出《幽明录》。

桓恭

桓恭为桓石民参军,在丹徒,所住廨,床前一小陷穴,详视是古墓,棺已朽坏。桓食,常先以鲑饭投穴中,如此经年。后眠始觉,见一人在床前云:"吾终没以来,七百余年,后绝嗣灭,烝尝莫寄。君恒食见播及,感德无已。依君籍,当应为宁州刺史。"后果如言。出《幽明录》。

阮瑜之

晋太元十年,阮瑜之居在始兴佛图前。少孤贫不立,哭泣无时。忽见一鬼,书砖著前云:"父死归玄冥,何为久哭泣?即后三年中,君家可得立。仆当寄君家,不使有损失。勿畏我为凶,要为君作吉。"后鬼恒在家,家须用者,鬼与之。二三年,家小康,为鬼作食,共谈笑语议。阮问姓,答云:"姓李名留之,是君姊夫耳。"阮问:"君那得来?"鬼云:"仆受罪已毕,今暂生鬼道,权寄君家。后四五年当去。"曰:"复何处去?"答云:"当生世间。"至期,果别而去。出《幽明录》。

刘澄

晋义熙五年,彭城刘澄,常见鬼。及为左卫司马,与将军巢营廨宇相接。澄夜相就坐语,见一小儿赭衣,手把赤帜,团团似芙蓉花。数日,巢大遭火。出《幽明录》。

谁?"老人长跪说:"我是姚牛的父亲,感谢您救了他的命,我特来报答您。"说完就不见了。<small>出自《幽明录》。</small>

桓　恭

桓恭担任桓石民参军,住在丹徒,他的住所里,床前有一个塌下去的小洞,仔细看原来是个古墓,棺木已坏。从此桓恭每次吃饭时都要先夹些饭菜鱼肉扔到小洞里,这样持续了一年。后来有一天桓恭刚睡醒时看见一个人站在床前说:"我已经死了七百多年了,后嗣绝灭,没有人为我祭殓。现在您经常给我东西吃,使我万分感激。依您阴司的簿子,您应当官至宁州刺史。"后来果然应验。<small>出自《幽明录》。</small>

阮瑜之

晋太元十年,阮瑜之住在始兴佛塔前。他年少时失去父母,家中贫困不能自立,经常痛哭。忽然看见一个鬼,在砖上写了字放在他面前,上面写着:"父死归玄冥,何为久哭泣? 即后三年中,君家可得立。仆当寄君家,不使有损失。勿畏我为凶,要为君作吉。"从此鬼就在家里住下了,家里要用的东西鬼都能弄来。这样过了两三年,家境好了一些,阮瑜之就给鬼做饭,与鬼谈论十分融洽。阮瑜之问鬼的姓名,鬼说:"我姓李叫留之,是您的姐夫。"阮瑜之又问:"您从哪里来?"鬼说:"我的罪已经受完,现在暂生鬼道,到您家来小住。再过四五年就走了。"阮瑜之问:"还要去哪里?"鬼答:"转世到人间去。"过了四五年,鬼果然告别而去。<small>出自《幽明录》。</small>

刘　澄

晋义熙五年,彭城有个刘澄,常常看见鬼。后来刘澄当了左卫司马,他的公府和巢营将军的紧挨着。有一次刘澄夜里到他那里坐着闲聊,看见一个穿红衣的小孩,手里拿着红旗,团团转着像一朵芙蓉花。几天后,巢营的房子就遭了大火。<small>出自《幽明录》。</small>

刘道锡

刘道锡与从弟康祖，少不信有鬼。从兄兴伯，少来见鬼。但辞论，不能相屈。尝于京口长广桥宅东，云："有杀鬼，在东篱上。"道锡笑，便问其处，牵兴伯俱去，捉大刀欲斫之。兴伯在后唤云："鬼击汝。"道锡未及鬼处，便闻如有大杖声。道锡因倒地，经宿乃醒，一月日都差。兴伯复云："厅事东头桑树上有鬼，形尚孺，长必害人。"康祖不信，问在树高下，指处分明。经十余日，是月晦夕，道锡逃暗中，以戟刺鬼所住，便还，人无知者。明日，兴伯早来，忽惊曰："此鬼昨夜那得人刺之，殆死，都不能复动，死亦当不久。"康大笑。出《幽明录》。

赵 吉

郫县故尉赵吉，常在田陌间。昔日有一蹇人死，埋在陌边。后二十余年，有一远方人，过赵所门外。远方人行十余步，忽作蹇，赵怪问其故，远人笑曰："前有一蹇鬼，故效以戏耳。"出《幽明录》。

司马隆

东魏徐，忘名，还作本郡卒，墓在东安灵山。墓先为人所发，棺枢已毁。谢玄在彭城，将有齐郡司马隆、弟进及东安王箱等，共取坏棺，分以作车。少时三人悉见患，更相注连，凶祸不已。箱母灵语子孙云："箱昔与司马隆兄弟，取徐府君墓中棺为车，隆等死亡丧破，皆由此也。"出《幽明录》。

刘道锡

刘道锡和堂弟康祖从小就不相信有鬼。堂兄兴伯却从小就能看见鬼。双方一辩论起来，谁也说服不了谁。有一次在京口长广桥住宅的东面，兴伯说："有一个杀鬼，就在东面篱笆上。"刘道锡笑着问清了在哪里，就拉着兴伯一同奔鬼而去，拿着大刀想去砍鬼。兴伯在身后喊："鬼要打你了！"刘道锡还没走到鬼躲的地方，就听见好像有大棍的声音。接着就倒在地上昏过去，过了一夜才醒过来，一个多月才好。有一次兴伯又说："大厅东头桑树上有个鬼，样子还很小，长大后一定会害人。"康祖不信，问那小鬼在树的什么地方，兴伯很清楚地指出来。过了十几天，这个月月末的晚上，刘道锡藏在暗中，用长戟向鬼躲的地方刺去，刺完就回去了，没有人知道。第二天一早，兴伯来后忽然惊讶地说："那个鬼昨晚让谁给刺了？快死了，都不能动了，肯定活不了多久了。"康祖大笑起来。出自《幽明录》。

赵　吉

邺县原来的县尉赵吉常在田间小路里闲逛。过去曾有一个瘸腿人死后埋在路边。二十多年后，有一天有一个远方人路过赵吉门口。他走了十多步后，忽然瘸着走路。赵吉很奇怪，问是怎么回事，那人笑着说："前面有一个瘸鬼，我是在学他闹着玩呢。"出自《幽明录》。

司马隆

东魏有个徐某，忘了他的名字，回到本郡做太守时去世，墓在东安灵山上。墓先被人挖开了，里面的棺材已经损坏。谢玄在彭城时，齐郡的司马隆、司马隆的弟弟司马进、东安王箱等人，把墓中的坏棺木取来分了做车。不久三个人都遭了灾，后来祸事就一个接着一个。王箱的母亲被鬼附身，对子孙们说："王箱以前和司马隆兄弟取了徐府君墓中的棺木做车，所以他们的死亡以及家中的破败，都是因为那件事造成的。"出自《幽明录》。

卷第三百二十一
鬼六

郭　翻

　　晋郭翻，字长翔，武昌人，敬言之弟子也，征聘不起。亡数日，其少子忽如中恶状，不复识人，作灵语，音声如其父。多知阴世，所问皆答。而昔时庾亮欲取为上佐，不就，家问曰："君生有令德，没为神明，今岂有官职也？"答曰："我本无仕进之志，以庾公欲见取，不愿，放得脱。今复为羁絷，不得从初愿，故尔戚戚也。"问："庾今何官？"答云："为天所用，作抚军大将军。现居东海之东，统领神兵，取吾为司马。本欲取谢仁祖为之，选官以为资望未足，且蒋大侯先取为都尉，是以不能。"因问："陶太尉何官？"答云："陶辛苦不可言，方在罪谪之候。过此，大得叙用也。"又问："王丞相今何职？"答曰："王公为尚书郎，大屈事更万机。

郭 翻

晋人郭翻,字长翔,武昌人,是敬言的弟子,官府征聘他做官,他没有应征。他去世后几天,他的小儿子突然像中了邪,不再认识人,说起了鬼话,声音像他的父亲郭翻。而且知道很多阴间的事,问他什么他都回答。过去郭翻在世时,庾亮曾想请他做属官,他没干,家里人就问他:"您在世时为人节操高洁不愿出仕,现在死后成为神明,是不是在阴间做了官呢?"回答说:"根本就没有当官的想法,那时庾公想请我出仕,我不愿意,才得以脱身。然而现在还是庾公强使我在阴间任了职,违背了我过去的意愿,所以现在心里很难过。"问他:"庾公现在阴间做什么官?"回答说:"庾公为天所用,当抚军大将军。现在他住在东海的东面,统领着神兵,任命我做他的司马。他本来想任命谢仁祖,但选官觉得谢仁祖资历声望都不够,而且谢仁祖已经先被蒋大侯任命当了都尉,所以不能再用他。"又问:"陶太尉现在任什么官职?"回答说:"陶太尉现在苦不堪言,因为他还在服罪。过了这个阶段他就可以得到重用了。"又问:"王丞相现在任什么职?"回答说:"王公现在当了尚书郎,身受重任公务极忙。

位虽不及生时,而贵势无异也。"诸人曰:"亡后还思后人否?"长翔曰:"亡已久则不复念生人,如吾始死,私心未歇,犹自有念也。"灵语儿,求纸笔,欲作书与亲旧,捉笔以命儿书之。皆横行,似胡书,已成一纸,曰:"此是鬼书,人莫能识。"使人持纸,口授作书。书毕,诸人言,苏孝先多作此语。已而复作诗一首曰:"神散登旻苍,性躯忽以亡。追念畴昔志,精魂还逍遥。秉心不得令,不免时所要。薄言告所亲,恐谓所言妖。忘大没无识,在昔有苏韶。"于是绝响而去。

王瑗之

广汉王瑗之,为信安令。在县,忽有一鬼,自称姓蔡名伯喈。俄复谈议诗,搉知古今,靡所不谙。问是昔日蔡邕否,答云:"非也,与之同姓字耳。"问前伯喈今何在,云:"在天上作仙人,甚是受福,甚快乐。非复畴昔也。"出《齐谐记》。

牟 腾

牟腾,以咸和三年为沛郡太守。出行不节,梦乌衣人告云:"何数出不辍,唯当断马足。"腾后出行,马足自断。腾近行廓外,忽然而暗,有一人,长丈余,玄冠白衣,遥叱将车人,使避之。俄而长人至,以马鞭击御者,即倒。既明,从人视车空,觅腾所在,行六七十步,见在榛莽中,隐几而坐,云:"了不自知。"腾五十日被诛。出《幽明录》。

地位虽赶不上他在世时那么高,但权势和活着时没有不同。"大家问:"死后还想念后人吗?"他说:"死得时间久了就不会再想念活着的人。我刚死不久,私心未断,所以还是很想念。"说着就向儿子要纸和笔,要给亲友写信。郭翻的魂灵把着他儿子的手写信。字都是横着写的,像胡字,已经写完了一张,才说:"这是鬼文,人间不会认识的。"于是叫人拿来纸,他口授别人代写。写完后大家说,苏孝先曾多次说这样的话。此后又口授作了两首诗:"神散登旻苍,性躯忽以亡。追念畴昔志,精魂还逍遥。秉心不得令,不免时所要。薄言告所亲,恐谓所言妖。忘大没无识,在昔有苏韶。"然后就声音断绝离去了。

王瑗之

广汉人王瑗之是信安县令。有一天他在县衙里忽然看见一个鬼,鬼自称姓蔡名伯喈。于是就谈论诗艺,博古通今,无所不知。王瑗之问鬼是不是当年的蔡邕,鬼说:"不是,只是与他同姓同名而已。"问那位蔡伯喈如今在哪里,鬼说:"在天上当神仙呢,现在他可真有福,十分快活,可比他在人世时强太多啦!"出自《齐谐记》。

牵 腾

牵腾在咸和三年出任沛郡太守。他爱好出游,不知节制,梦见一个穿黑衣服的人警告他说:"你为什么不断地出游,我要截断你的马腿。"牵腾后来又出游,马腿果然自己就断了。牵腾到城外去,天空突然黑暗,有个一丈多高穿白衣戴黑帽的人,在远处大喊让牵腾的驾车人闪开。片刻间那大个子人奔到眼前,用马鞭打倒了驾车人。天又复亮后,随从们见牵腾的车是空的,就到处找,在六七十步外的榛树丛里找到了牵腾,见他正躲在桌子后坐着。问他刚才的事,他说:"什么也不知道。"五十天后,牵腾被诛杀。出自《幽明录》。

新 鬼

有新死鬼,形疲瘦顿。忽见生时友人,死及二十年,肥健,相问讯曰:"卿那尔?"曰:"吾饥饿,殆不自任。卿知诸方便,故当以法见教。"友鬼云:"此甚易耳,但为人作怪,人必大怖,当与卿食。"新鬼往入大墟东头,有一家奉佛精进,屋西厢有磨,鬼就推此磨,如人推法。此家主语子弟曰:"佛怜吾家贫,令鬼推磨。"乃辇麦与之。至夕,磨数斛,疲顿乃去,遂骂友鬼:"卿那诳我?"又曰:"但复去,自当得也。"复从墟西头入一家。家奉道,门傍有碓,此鬼便上碓,如人舂状。此人言:"昨日鬼助某甲,今复来助吾,可辇谷与之。"又给婢簸筛。至夕,力疲甚,不与鬼食。鬼暮归,大怒曰:"吾自与卿为婚姻,非他比,如何见欺?二日助人,不得一瓯饮食。"友鬼曰:"卿自不偶耳,此二家奉佛事道,情自难动。今去可觅百姓家作怪,则无不得。"鬼复去,得一家,门首有竹竿,从门入。见有一群女子,窗前共食。至庭中,有一白狗,便抱令空中行,其家见之大惊,言自来未有此怪。占云:"有客鬼索食,可杀狗,并甘果酒饭,于庭中祀之,可得无他。"其家如师言,鬼果大得食,自此后恒作怪,友鬼之教也。出《幽明录》。

刘青松

广陵刘青松,晨起,见一人著公服,赍板云:"召为鲁郡太守。"言讫便去,去后亦不复见。至来日复至,曰:"君便

新 鬼

有个新死的鬼,形容憔悴身体消瘦。他忽然遇见了生前的友人,已死了二十多年了,这个鬼又肥又壮,问新鬼说:"你怎么弄得这副样子啊?"新鬼说:"我饿得难以忍受。老兄大概知道不少窍门儿,教教我好吧?"友鬼说:"太简单啦,你只要到人们家里去作怪,他们一定会很害怕,就会给你吃的。"新鬼就去了大墟东头的一家,这家人十分信佛。西厢房里有一盘磨,新鬼就像人那样推起磨来。这家主人就向他的儿子们说:"佛可怜咱们家穷,派来一个鬼为咱家推磨了。"于是就用车拉来麦子往磨上续。干到天黑,新鬼磨了好几斛麦子,累得跑掉了,去骂友鬼说:"你这家伙怎么骗我?"友鬼又说:"你再去一家,保证能行。"新鬼又到墟西头的一家。这家信道教,门旁有个舂米的石碓,新鬼就上了碓,像人一样捣起谷来。这家主人说:"昨天鬼帮助某甲,今天来帮咱家啦,可用车拉谷子来给他。"又让婢女们跟着又簸又筛。新鬼一直干到天黑,累坏了,也没混上一口吃。晚上回去见到友鬼,大发脾气说:"咱俩在人世时还是姻亲呢,交情非同一般,你怎么总骗我?我白帮人干了两天活,连一盆吃喝也没混上。"友鬼说:"老兄运气不好,这两家不是信佛就是信道,情自难动。你再到平常百姓家去作怪,保你能成。"新鬼就又去了一家。这家门口有竹竿,新鬼进了门,看见一群女子在窗前吃东西。到了院子里看见一只白狗,新鬼就把狗举起来在空中走。那家人看见大惊,说从来没见过这样的怪事。请来巫师占卜,巫师说:"有个外来的鬼讨吃的,你们把狗杀掉,再备些酒饭果品,放在院子里祭祀,就什么事也不会有了。"这家人照着办了,新鬼饱餐了一顿,自此就常常作怪,这都是友鬼教会的。出自《幽明录》。

刘青松

广陵人刘青松,一天早上起来后,看见一个身穿官服的人,手拿一个上朝用的笏板对他说:"召您去做鲁郡太守。"说完就走,走后就不见了。第二天那个人又来了,对刘青松说:"您该

应到职。"青松知必死，入告妻子，处分家事。沐浴。至晡，见车马，吏侍左右，青松奄忽而绝。家人咸见其升车，南出百余步，渐高而没。出《幽明录》。

庾 亮

庾亮镇荆州，亮登厕，忽见厕中一物如方相，两眼尽赤，身有光耀，渐渐从土中出。庾乃攘臂，以拳击之，应手有声，缩入地。因而寝疾，遂亡。出《甄异录》。

司马义

金吾司马义妾碧玉，善弦歌。义以太元中病笃，谓碧玉曰："吾死，汝不得别嫁。当杀汝。"曰："谨奉命。"葬后，其邻家欲娶之，碧玉当去。见义乘马入门，引弓射之，正中其喉。喉便痛哑，姿态失常，奄忽便绝。十余日乃苏，不能语，四肢如被挝损。周岁始能言，犹不分明。碧玉色甚不美，本以声见取，既被患，遂不得嫁。出《甄异录》。

李元明

前唐李元明，尝在床上卧，时夜半，忽闻人呼云："元明，元明。"久乃出应，有二人便牵将去。入屋下，舍去，不知所在。至逾时，竟鲜所见。徐扪所坐床，是棺木，四壁皆是冢。恐怖不安，欲去，难如升天，不复能出。家人左右索，不知所往，因率领仆从乃共大呼其名，元明于冢中闻，遥应之，乃凿门出之。

到任了。"刘青松知道是非死不可了,就进入内室告诉了妻子儿女,处理妥当家务。沐浴。到晡时,看见车马随从已到,就突然死去。家中人都看见他上了车,车向南走出百余步就渐渐升起,越来越高,最后在空中消失了。出自《幽明录》。

庾 亮

庾亮坐镇荆州时,有一次上厕所,忽然看见厕所里有个东西,模样像方相,两眼通红,身上放光,渐渐从土里冒出来。庾亮挽起袖子伸手就给了它一拳,应手有声,就又缩回地里了。于是庾亮就病了,不久就死了。出自《甄异录》。

司马义

金吾司马义有个小老婆叫碧玉,擅长弹琴唱歌。太元年间司马义病死前对碧玉说:"我死后你不许再嫁,不然我就杀了你。"碧玉说:"我一定遵命。"司马义埋葬后,邻家打算娶碧玉,碧玉也愿意了。这天只见司马义骑着马进了家门,拉弓就向碧玉射了一箭,正射中咽喉。碧玉喉咙剧痛,姿态失常,突然就断了气。过了十几天才苏醒过来,不能说话,四肢有伤痕,像是曾被打过。过了一年才能说话,但仍说不清楚。碧玉模样并不太出色,只是歌唱得好。现在唱不了歌,也就再嫁不出去了。出自《甄异录》。

李元明

前唐的李元明,有一次在床上躺着,当时是半夜,忽然听到有人喊:"元明,元明。"过了半天他出去答应,立刻被两个人拽走。到了一个屋里,两个人扔下他走了,李元明不知道这是什么地方。过了一会儿,什么都看不见。他慢慢摸所坐的床,竟是棺木,四面墙都是墓室。他恐惧不安,想离去,却比升天还难,不能出去。家里的人到处找他,不知他到哪里去了,就带着很多仆人大声喊他的名字。李元明在坟墓里听见了,就远远地答应。家人听见了,凿开墓门才把他救出来。

张 阖

□城张阖，以建武二年，从野还宅，见一人卧道侧，问之，云："足病，不能复去，家在南楚，无所告诉。"阖悯之，有后车载物，弃以载之。既达家，此人了无感色，且语阖曰："向实不病，聊相试耳。"阖大怒曰："君是何人，而敢弄我也？"答曰："我是鬼耳，承北台使来相收录。见君长者，不忍相取，故佯为病卧道侧。向乃捐物见载，诚衔此意。然被命而来，不自由，奈何？"阖惊，请留鬼，以豚酒祀之，鬼相为酹享。于是流涕，固请求救，鬼曰："有与君同名字者否？"阖曰："有侨人黄阖。"鬼曰："君可诣之，我当自往。"阖到家，主人出见，鬼以赤摽摽其头，因回手，以小铍刺其心。主人觉，鬼便出，谓阖曰："君有贵相，某为惜之，故亏法以相济。然神道幽密，不可宣泄。"阖去后，主人暴心痛，夜半便死。阖年六十，位至光禄大夫。出《甄异录》。

庾绍之

晋新野庾绍之，小字道覆，湘东太守。与南阳宗协，中表昆弟，情好绸缪。绍元兴末病亡。义熙中，忽见形诣协。形貌衣服，具如平生，而两脚著械。既至，脱械置地而坐。协问何由得来顾，答云："暂蒙假归，与卿亲好，故相过也。"协问鬼神之事，言辄漫略，不甚谐对。唯云："宜勤精进，不可杀生，若不能都断，可勿宰牛。食肉之时，勿啮物心。"协云："五脏与肉，乃有异耶？"答曰："心者藏神之宅也，

张 阎

□城张阎，建武二年有一天从野外回家时，看见道旁躺着一个人，就去问他怎么了，那人说："脚痛，走不动了，家在南楚，也没办法给家里捎个信儿去。"张阎很可怜他，就把车上装的东西扔掉，让他搭车。到家后，那人一点感谢的意思都没有，还对张阎说："我刚才脚并没痛，是想试试您。"张阎大怒说："您是什么人，竟敢戏弄我！"那人说："我是个鬼，奉了北台使的命令来收您去阴间。看见您是位长者，不忍心抓您走，就装病躺在道旁。刚才您把自己的东西扔掉让我搭车，使我十分感动。然而我受命而来，公事不敢违抗，我也没有办法啊。"张阎大吃一惊，就留住鬼，安排了酒菜祭祀鬼，鬼就享用了祭品酒饭。张阎哭着苦苦哀求鬼救他一命，鬼就问道："有没有和您同名字的人？"张阎说："有个外乡人叫黄阎。"鬼说："您到黄阎家去一趟，我随后就到。"张阎来到黄阎家，黄阎出门迎接，鬼就用红标插上黄阎的头，并一回手用小刀刺了他心口一下。他刚一感觉到，鬼就跑了出来，对张阎说："您有贵相，我很同情您，所以才违法救了您。然而神道幽密，千万不能泄露出去。"张阎走后，那个黄阎突然发作心疼病，半夜就死了。张阎则活到六十岁，官做到光禄大夫。出自《甄异录》。

庾绍之

晋代新野的庾绍之，小字道覆，任湘东太守。他和南阳的宗协是表兄弟，两人处得很亲密。元兴末年庾绍之病死。义熙年间，忽然现形来看望宗协。衣服相貌都和活着时一样，但脚上戴着脚镣子。进屋后，庾绍之把镣子摘下放在地上坐下。宗协问他怎么能来看望，回答说："请了假暂时回来，因为和你生前处得好，所以特来看你。"宗协问他鬼神的事，庾绍之总是扯些别的，不直接回答，只是说："要勤于精进，不可杀生。如果不能完全做到不杀生，那就千万别杀牛。吃肉的时候，不要吃动物的心。"宗协问："五脏和肉，有什么不同吗？"回答说："心是神居住的地方，

其罪尤重。"具问亲戚,因谈世事。末复求酒,协时饵茱萸酒,因为设之。酒至,对杯不饮,云有茱萸气。协曰:"为恶耶?"答云:"下官皆畏之,非独我也。"绍之为人,语声高壮,此言论时,不异恒日。有顷,协儿邃之来。绍闻屐声,极有惧色,谓协曰:"生气见陵,不复得住,与卿三年别耳。"因贯械而起,出户便灭。协后为正员郎,果三年而卒。出《冥祥记》。

韦 氏

安定人姓韦,北伐姚泓之时归国,至都,住亲知家。时□□扰乱,齐有客来问之,韦云:"今虽免虑,而体气惙然,未有气力。思作一羹,尤莫能得,至凄苦。"夜中眠熟,忽有叩床而来告者云:"官与君钱。"便惊出户,见一千钱在外,又见一乌纱冠帻子执板背户而立。呼主人共视,比来已不复见,而取钱用之。出《幽明录》。

胡馥之

上郡胡馥之,娶妇李氏,十余年无子而妇卒。哭之恸:"汝竟无遗体,怨酷何深?"妇忽起坐曰:"感君痛悼,我不即朽。可人定后见就,依平生时,当为君生一男。"语毕还卧。馥之如言,不取灯烛,暗而就之。复曰:"亡人亦无生理,可侧作屋见置。须伺满十月然后殡。"尔后觉妇身微暖,如未亡。即十月后,生一男,男名灵产。出《幽明录》。

所以吃心获罪更重。"谈话中庚绍之不断打听亲友的情况,谈论些人间的事情。最后又向宗协要酒喝。宗协正好在喝茱萸酒,就给他斟上。酒斟进杯中,庚绍之不喝,说有茱萸气。宗协问:"你是讨厌这气味吗?"回答说:"不光是我,阴间的人都怕茱萸。"庚绍之活着时说话就声高气壮,现在说话谈论还和生时一样。一会儿,宗协的儿子突然回来了。庚绍之听到了脚步声,显得十分害怕,对宗协说:"生气太重了我受不了,不能再停留了,不过我们也就再分别三年而已。"说完自己戴上镣子站起来,出门就不见了。宗协后来当了正员郎,果然三年以后去世。出自《冥祥记》。

韦　氏

安定有个姓韦的,北伐姚泓的那年回国,到京都后住在亲友家。当时□□扰乱,有个从齐地来的人问他,韦某说:"现在虽然不再提心吊胆了,但身体困乏,没有力气。想做一碗羹吃都做不了,十分凄苦。"夜晚韦某正熟睡时,突然有人敲着床告诉他说:"官府给您送钱来了。"韦某惊醒到门外看,看见有一千钱放在那里,还有一人头戴乌纱帽拿着手板站在门后。韦某招呼主人来看时,那个来人已不见了。韦某就把钱拿来用了。出自《幽明录》。

胡馥之

上郡的胡馥之娶李氏为妻,过了十几年,还没生下孩子李氏就死了。胡馥之大哭着说:"你竟没有留下个孩子就去了,多么狠心啊!"李氏忽然坐起来说:"您这样悲痛地悼念我,使我很感动。我不会马上烂掉,您可以在夜深人静时和我交合,像我活着时一样,我会给您生个男孩的。"说完就又躺下了。胡馥之就照妻子的话,没有点灯,在黑暗中和妻子同房。李氏又说:"死人没有复活之理,您可以另外盖间屋子把我放在那里。等十个月以后再埋葬我。"以后就觉得李氏的身子微微地热了,就像没死一样。十个月以后,果然生了个男孩,起名叫灵产。出自《幽明录》。

贾 雍

豫章太守贾雍,有神术。出界讨贼,为贼所杀,失头。上马回营,胸中语曰:"战不利,为贼所伤。诸君视有头佳乎,无头佳乎?"吏涕泣曰:"有头佳。"雍曰:"不然,无头亦佳。"言毕遂死。

宋定伯

南阳宋定伯,年少时,夜行逢鬼。问之,鬼言:"我是鬼。"鬼问:"汝复谁?"定伯诳之,言:"我亦鬼。"鬼问:"欲至何所?"答曰:"欲至宛市。"鬼言:"我亦欲至宛市。"遂行数里。鬼言:"步行太迟,可共递相担,何如?"定伯曰:"大善。"鬼便先担定伯数里。鬼言:"卿太重,不是鬼也。"定伯言:"我新鬼,故身重耳。"定伯因复担鬼,鬼略无重。如是再三。定伯复言:"我新鬼,不知有何所恶忌?"鬼答言:"唯不喜人唾。"于是共行。道遇水,定伯令鬼渡,听之了然无水音。定伯自渡,漕漼作声。鬼复言:"何以有声?"定伯曰:"新死,不习渡水故尔,勿怪吾也。"行欲至宛市,定伯便担鬼著肩上,急执之。鬼大呼,声咋咋然,索下,不复听之。径至宛市中,下著地,化为一羊,便卖之。恐其变化,唾之。得钱千五百,乃去。当时有言:定伯卖鬼,得钱千五。出《列异传》。

吕 光

吕光承康元年,有鬼叫于都街曰:"兄弟相灭,百姓弊。"微吏寻视之,则无所见。其年光死,子绍代立。五日,绍庶兄纂,杀绍自立。出《述异记》。

贾雍

豫章太守贾雍有神奇的法术。一次出州讨伐贼寇时被杀死，头没了。他上马奔回营房，用胸腔说："战斗失利，被贼寇杀了。各位看有头好呢，还是没有头好呢？"部下哭着说："有头好。"贾雍说："不然，没头也很好。"说完就死了。

宋定伯

南阳人宋定伯，年轻时夜里走路遇到一个鬼。问他是谁，鬼说："我是鬼。"鬼问："你是谁？"定伯骗鬼说："我也是鬼。"鬼问："上哪儿去？"定伯说："要去宛市。"鬼说："我也要去宛市。"于是就一起走了好几里。鬼说："步行太慢了，咱俩轮流背着对方走，怎么样？"定伯说："太好了。"鬼就先背定伯走了几里地。鬼说："你这么沉，一定不是鬼。"定伯说："我是新鬼，所以就重。"定伯背鬼时，背上一点也不重。这样换着背了好几次。定伯又问："我是新鬼，不知道咱们鬼有什么忌怕的？"鬼说："鬼最不喜欢人吐唾沫。"于是又一起往前走。前面是条河，定伯让鬼先过河，鬼过去了，一点也听不见有水声。等定伯过时，河水哗啦啦响。鬼又问："你过河怎么还有声？"定伯说："我刚死不久，不熟悉渡河，所以有声，别怪我吧。"快到宛市时，定伯就把鬼背到肩上，猛地紧紧把鬼抓住。鬼大喊起来，咋咋叫个不停，让定伯把他放下来，定伯不听。定伯背着鬼一直进了宛市，把鬼放到地上，鬼变成了一只羊，定伯就把这只羊卖了。怕它变化，就向它唾了几口。卖羊得了一千五百钱，定伯拿着钱回家了。当时人们都传说：定伯卖鬼，得钱千五。出自《列异传》。

吕光

吕光承康元年，有个鬼在京都的街上喊道："兄弟相灭，百姓遭殃。"吕光命官员出去查找，没有找到。这年吕光死了，他的儿子吕绍代立。五天后，吕绍的庶出兄长篡位，杀死吕绍，自立为帝。出自《述异记》。

卷第三百二十二
鬼七

陶　侃

陶侃，字士行，曾如厕，见数十人，悉持大印。有一人单衣平上帻，自称后帝，云："君长者，故出见。三载勿言，富贵至极。"侃便起，旋失所在。有大印作公字，当其秽所。《杂五行书》曰："厕神曰后帝也。"出《异苑》。

谢　尚

夏侯弘自云见鬼，与其言语。镇西谢尚所乘马忽死，忧恼甚至，谢曰："卿若能令此马生者，卿真为见鬼也。"弘去良久，还曰："庙神乐君马，故取之。当活。"尚对死马坐，须臾，马忽自门外走还，至马尸间，便灭，应时能动起行。谢曰："我无嗣，是我一身之罚？"弘经时无所告，曰："顷所

陶　侃

陶侃字士行，一次上厕所，看见数十人，都持大印。其中一人穿单衣戴平上帻，自称是后帝，说："您是长者，所以来相见。三年不言，富贵至极。"陶侃站起来，那人就消失了。再看茅坑里有大印作"公"字。《杂五行书》记载："厕神叫后帝。"出自《异苑》。

谢　尚

夏侯弘说自己能看见鬼，并能和鬼谈话。镇西将军谢尚的马突然死了，谢尚十分恼火地来找夏侯弘说："你如果能让我的马起死回生，就证明你确实能看见鬼。"夏侯弘就出去了半天，回来后对谢尚说："是庙里的神喜欢您的马，把马弄去了。您这马还能活。"谢尚坐在死马跟前，不一会儿，看见自己的马从外面跑回来，跑到死马跟前就消失了，那死马立刻就能动能走了。谢尚又对夏侯弘说："我一直没有儿子，这是神鬼对我的惩罚吗？"夏侯弘很久没告诉他没有儿子是因为什么，他说："我过去所

见小鬼耳，必不能辨此源由。"后忽逢一鬼，乘新车，从十许人，着青丝布袍。弘前提牛鼻，车中人谓弘曰："何以见阻？"弘曰："欲有所问。镇西将军谢尚无儿，此君风流令望，不可使之绝祀。"车中人动容曰："君所道，正是仆儿。年少时，与家中婢通，誓约不再婚而违约。今此婢死，在天诉之，是故无儿。"弘具以告。尚曰："吾少时诚有此事。"弘于江陵，见一大鬼，提矛戟，有小鬼随从数人。弘畏惧，下路避之。大鬼过后，捉得一小鬼，问此何物，曰："杀人以此矛戟，若中心腹者，无不辄死。"弘曰："治此病有方否？"鬼曰："以乌鸡薄之，即差。"弘又曰："今欲何行也？"鬼曰："当至荆、扬二州。"尔时此日行心腹病，无有不死者，弘乃教人杀乌鸡以薄之，十不失八九。今有中恶，辄用乌鸡薄之，弘之由也。出《志怪录》。

襄阳军人

晋太元初，苻坚遣将杨安侵襄阳。其一人于军中亡，有同乡人扶丧归，明日应到家，死者夜与妇梦云："所送者非我尸，仓乐面下者是也。汝昔为吾作结发犹存，可解看便知。"迄明日，送丧者果至。妇语母如此，母不然之。妇自至南丰细检他家尸，发如先，分明是其手迹。出《幽明录》。

吕顺

吕顺丧妇，更娶妻之从妹，因作三墓。构累垂就，辄无成。一日顺昼卧，见其妇来就同寝，体冷如冰。顺以死生

见的都是小鬼,他们必不知道原因。"后来,夏侯弘忽然遇见一个鬼,乘新车,带着十多个随从,穿着青丝布袍。夏侯弘上前抓住牛鼻子,车里的鬼问:"为什么拦住我?"夏侯弘说:"想打听件事。镇西将军谢尚没有儿子,他风流潇洒有名望,可别让他断了香火。"车里的鬼很难过地说:"您说的谢尚正是我的儿子。他年轻时曾和一个婢女私通,发誓说绝不再结婚却违约。现在那婢女死了,在阴间告他,所以他没有儿子。"夏侯弘把这些话如实转告谢尚。谢尚说:"我年轻时确实有过这件事。"有一次夏侯弘在江陵看见一个大鬼提着矛戟,后面跟着几个小鬼。夏侯弘害怕,躲在路旁。大鬼过去后,他抓住一个小鬼,问拿的是什么,小鬼说:"我们用这矛戟杀人。如果用它刺中人的心腹,人们没有不死的。"又问那小鬼:"治这病有没有药方?"小鬼说:"用乌鸡敷在心腹上就能治好。"又问:"这是要上哪儿去?"鬼说:"我们到荆、扬二州去。"不久荆州、扬州心腹病流行起来,得病的没有不死。夏侯弘就教人杀乌鸡敷心腹而治,十有八九都好了。现在凡是中邪的都用乌鸡治,就是夏侯弘传下来的。出自《志怪录》。

襄阳军人

　　晋代太元初,符坚派大将杨安攻打襄阳。有个人在战斗中死了,他的同乡护送他的尸体回家乡,到家的前一天的夜晚,死者托梦给自己妻子说:"运回来的不是我的尸体,在仓乐脸朝下的才是我。你当初给我做的结发还在,你打开一看就知道了。"第二天送丧的果然到了家。妻子把做的梦告诉母亲,母亲不信。妻子就自己到南丰细细查看别的尸体,果然找到了丈夫的尸体,结发分明就是自己做的。出自《幽明录》。

吕　顺

　　吕顺死了妻子后,续娶了妻子的堂妹,并打算修三座墓,死后好葬在一起。然而墓每次将修好时就塌了。一天吕顺白天睡觉,看见死去的妻子来和他一同睡,身体冷似冰块。吕顺以死人活人

之隔,语使去。后妇又见其妹,怒曰:"天下男子复何限,汝乃与我共一婿,作冢不成,我使然也。"俄而夫妇俱殪。出《幽明录》。

桓恭

桓恭为桓石民参军,在丹阳所住廨,床前有一陷穴。详见古冢,视之果有坏棺。恭每食,常先以饭投穴中。如此经年,忽见一人在床前,云:"吾没已来七百余年,嗣息绝灭,烝尝莫及。常食见餐,感君之德,报君以宁州刺史也。"未几果迁。出《幽明录》。

庾崇

庾崇者,建元中,于江州溺死。尔日即还家见形,一如平生,多在妻乐氏室中。妻初恐惧,每呼诸从女作伴,于是鬼来渐疏。时或暂来,辄恚骂云:"贪与生者接耳!反致疑恶,岂副我归意耶?"从女在内纺绩,忽见纺绩之具在空中,有物拨乱,或投之于地。从女怖惧皆去,鬼即常见。有一男,才三岁,就母求食,母曰:"无钱,食那可得?"鬼乃凄怆,抚其儿头曰:"我不幸早世,令汝穷乏,愧汝念汝,情何极也。"忽见将二百钱置妻前,云:"可为儿买食。"如此经年,妻转贫苦不立,鬼云:"卿既守节,而贫苦若此,直当相迎耳。"未几,妻得疾亡,鬼乃寂然。出《幽明录》。

不能相通,就让亡妻走了。后来亡妻又来,看见了堂妹,怒骂道:"天下男人何其多,你怎么一定要和我共嫁一个丈夫?坟墓总造不成,就是我使它如此的。"不久吕顺和他的续妻都死了。出自《幽明录》。

桓 恭

桓恭当桓石民参军时,他在丹阳的住所里,床前有一个塌陷的小洞。桓恭仔细查看,才发现下面是个古墓,有坏棺木。桓恭每次吃饭前先往洞里扔些饭食。这样做了一年,有一天忽然有一个人来到床前对他说:"我已死七百多年,子孙断绝无人祭祀,吃不到任何东西。您经常分餐给我,我十分感激您的恩德,以宁州刺史的职务报答您。"过了不久桓恭果然升任宁州刺史。出自《幽明录》。

庾 崇

建元年间,有个叫庾崇的人在江州淹死。当天他的鬼魂就回家现了形,像活着时一样,经常待在妻子乐氏的屋里。乐氏起初很害怕,就找了几个侄女来做伴,于是庾崇就不常来了。有时来一次,就生气地责骂妻子说:"我喜欢和生人接近罢了!你却怀疑厌恶我,岂不辜负了我回家的一片心意了吗?"侄女们在屋里纺织,忽然看见纺织的工具腾空而起,有东西乱拨乱动,或者被扔下地来。侄女们都吓跑了,从此鬼就常常来。他们有一个男孩儿,才三岁,向母亲要吃的,母亲说:"没有钱,上哪儿去买吃的?"鬼就十分难过地抚摸着儿子的头说:"我不幸早死,让你受穷,我对你惭愧极了,想念极了。"有一次鬼突然把二百钱放在妻子面前说:"给孩子买些吃的吧。"这样过了一年,妻子越发贫穷无法过活,鬼说:"你为我守节,而如此贫苦,我还是把你接了去吧。"不久,妻子就得病死了,鬼也从此消失了。出自《幽明录》。

曹公船

濡须口有大船,船覆在水中,水小时便出见。长老云:"是曹公船。"常有渔人夜宿其旁,以船系之。但闻筝笛弦歌之音,又香气非常。渔人始得眠,梦人驱遣云:"勿近官妓。"传云,曹公载妓船覆于此,至今在焉。出《广古今五行记》。

王志都

马仲叔、王志都,并辽东人也,相知至厚。叔先亡,后年忽形见,谓曰:"吾不幸早亡,心恒相念。念卿无妇,当为卿得妇。期至十一月二十日,送诣卿家,但扫除设床席待之。"至日,都密扫除施设,天忽大风,白日昼昏,向暮风止。寝室中忽有红帐自施,发视其中,床上有一妇,花媚庄严,卧床上,才能气息。中表内外惊怖,无敢近者,唯都得往。须臾便苏,起坐。都问卿是谁,妇曰:"我河南人,父为清河太守。临当见嫁,不知何由,忽然在此。"都具语其意,妇曰:"天应令我为君妻。"遂成夫妇。往诣其家,大喜,亦以为天相与也,遂与之。生一男,后为南郡太守。出《幽明录》。

唐 邦

恒山唐邦,义熙中,闻扣门者,出视,见两朱衣吏,云:"官欲得汝。"遂将至县东岗殷安家中,家中有人语吏云:"本取唐福,何以滥取唐邦?"救鞭之,遣将出。唐福少时而死。出《异苑》。

曹公船

濡须口有条大船,沉在水里,水小时船就露出来了。年纪大的人说:"那是曹公的船。"经常有渔人晚上宿在曹公船附近,把自己的船拴在大船上。夜里只听得传来笙管笛箫的奏乐声,还不时飘来很重的香气。渔人刚睡着,就梦见有人来赶他说:"别靠近官妓。"传说当年曹公的载妓船在这里翻了,现在那船还在江底呢。出自《广古今五行记》。

王志都

马仲叔、王志都都是辽东人,是至交好友。马仲叔先死了,过了一年忽然现形来看王志都,说:"我不幸先死了,心中常常想念你。想到你还没结婚,应该给你找个妻子。十一月二十日,我会把她送到你家,你只需打扫房屋准备床褥就行。"到了那天,王志都偷偷打扫房屋准备床褥,忽然刮起了大风,大白天就天昏地暗,到傍晚时风停了。卧室里忽然自己挂起了红帐。揭开红帐一看,床上躺着个女子,容貌端庄秀丽,看样子昏迷不醒刚能喘气。一家人都十分惊恐,不敢接近那女子,只有王志都敢走近。不一会儿女子苏醒坐了起来。王志都问她是谁,女子说:"我是河南人,父亲是清河太守。我将要出嫁了,不知什么缘故,忽然到了这里。"王志都就把实情告诉了她。女子说:"这是上天让我做您的妻子啊。"于是二人结为夫妇。二人一起回到女子的家,家人也十分高兴,认为他们是天作之合,就答应了这门婚事。后来他们生了个男孩,后来做了南郡太守。出自《幽明录》。

唐 邦

恒山人唐邦,义熙年间有一天听见有人敲门,出去一看,见有两个穿红衣的官吏,说:"官府让你走一趟。"说罢就把他抓到县城东岗殷安的坟墓里。坟里有人对红衣官吏说:"叫你们抓唐福,怎么胡乱把唐邦给抓来了?"传令把两个官吏抽了顿鞭子,把唐邦送了出来。过了不久,唐福就死了。出自《异苑》。

王　矩

衡阳太守王矩，为广州。矩至长沙，见一人长丈余，着白布单衣。将奏在岸上，呼："矩奴子过我。"矩省奏，为杜灵之。入船共语，称叙希阔。矩问："君京兆人，何时发来？"答矩朝发。矩怪问之，杜曰："天上京兆，身是鬼，见使来诣君耳。"矩大惧。因求纸笔，曰："君必不解天上书，乃更作。"折卷之，从矩求一小箱盛之，封付矩曰："君今无开，比到广州，可视耳。"矩到数月，悁悒，乃开视，书云："令召王矩为左司命主簿。"矩意大恶，因疾卒。出《幽明录》。

周　义

汝南周义，取沛国刘旦孙女为妻。义豫章艾县令弟，路中得病，未至县十里，义语："弟必不济。"便留家人在后，先与弟至县。一宿死，妇至临尸，义举手别妇，妇为梳头，因复拔妇钗。殓讫，妇房宿，义乃上床，谓妇曰："与卿共事虽浅，然情相重，不幸至此。兄不仁，离隔人室家，终没不得执别，实为可恨。我向举手别，又拔卿钗，因欲起，人多气逼不果。"自此每夕来寝息，与平生无异。出《述异记》。

袁　乞

吴兴袁乞，妻临亡，把乞手云："我死，君再婚否？"乞曰："不忍。"后遂更娶。白日见其妇语云："君先结誓，何为

王　矩

衡阳太守王矩被任命为广州刺史。走到长沙时，看见一个一丈多高的人，穿着白布单衣，拿着文牒站在河岸上喊："王矩，你小子到我这儿来。"王矩细看文牒，原来是杜灵之。两人进船交谈，互道久别后的思念之情。王矩问道："您是京城人，什么时候出发的？"杜灵之说是早晨出发的。王矩非常奇怪，又问，杜灵之才说："我是从天上的京城来的，我是鬼，奉命特地来见您的。"王矩吓坏了。这时杜灵之让人拿来纸笔写了些字，又说："您一定不认识天上的字，重写吧。"写完后卷起来，向王矩要了个箱子装起来，把箱子封好交给王矩后说："您现在不要看，到了广州后就可以看了。"王矩到广州几个月，又忧愁又烦闷，就打开箱子拿出那张纸看，见上面写着："召王矩任左司命主簿。"王矩十分厌烦，就此得病死去。出自《幽明录》。

周　义

汝南人周义，娶沛国刘旦的孙女为妻。周义是豫章艾县县令的弟弟，跟哥哥去赴任，途中得了病。离县城十里，周义对他哥哥说："我不行了。"他哥哥便把家人留在后面，先和他到达县衙。过了一宿，周义死去。周义妻子到后哭吊，周义举手向妻子告别，其妻为他梳理头发，他又拔了她的头钗。入殓以后，其妻入房睡觉，周义跟着上了床，对妻子说："和你一起生活的时间虽然短暂，然而感情却很深，不幸我夭折了。兄长不仁义，把你我分开，最终不能作别，实在可恨。我之前举手道别，又拔你的头钗，是想站起来，可是人多阳气盛站不成。"从此每晚都来和妻子共寝，和生前一样。出自《述异记》。

袁　乞

吴兴人袁乞，妻子临死前握着他的手问："我死后，您会再娶妻子吗？"袁乞回答说："我不忍心再娶。"后来袁乞又娶了个妻子。大白天看见他的前妻来对他说："您已发过誓不再续娶，为什么

负言？”因以刀割阴，虽不致死，人理永废也。出《异苑》。

王恒之

沙门竺法师，会稽人，与北中郎王恒之周旋甚厚，共论死生罪福报应之事，茫昧难明，因便共要，若有先死，当相报语。后王于庙中，忽见法师来曰："贫道以某月日命过，罪福皆不虚，应若影响，檀越当勤修道德，以升跻神明耳。先与君要，先死者相报，故来相语。"言讫，不复见。出《续搜神记》。

刘遁

安帝义熙中，刘遁母忧在家。常有一鬼，来住遁家。搬徙床几，倾覆器物，歌哭骂詈。好道人之阴私，仆役不敢为罪。遁令弟守屋，遁见绳系弟头，悬著屋梁，狼狈下之，因失魂，逾月乃差。遁每爨欲熟，辄失之。遁密市野葛，煮作糜，鬼复窃之，于屋北乃闻吐声，从此寂灭。故世传刘遁药鬼。遁后为刘毅参军，为宋高祖所杀。出《广古今五行记》。

王思规

长沙王思规，为海盐令。忽见一吏，思规问是谁，吏云："命召君为主簿。"因出板置床前。吏又曰："期限长远，在十月。若不信我，到七月十五日日中时，视天上，当有所见。"思规敕家人，至期看天。闻有哭声，空中见人，垂旒罗

违背誓言?"说罢用刀割下了袁乞的阳物。袁乞虽然没死,但也算不上是个男人了。出自《异苑》。

王恒之

和尚竺法师是会稽人,和北中郎王恒之是非常好的朋友。两个人在一起议论生死、罪福、因果报应等等事情,常常弄不清楚,于是两人互相约定:如果谁先死了,要告诉没死的那一个。后来王恒之在庙里忽然看见竺法师来对他说:"我已经在某月某日去世了。我俩生前议论过的罪福、报应都是有的,就像影子和回声一样感应迅捷。只希望施主今后好好修身积德,这样死后就可以升到神仙界了。因为生前和您有约,先死的要向生者通告,所以特来告诉您。"说完就不见了。出自《续搜神记》。

刘遁

安帝义熙年间,刘遁在家为母亲守丧。有一个鬼来到刘遁家住下了。这鬼又搬桌椅又挪床,常把器具打翻损坏,有时又骂又叫又哭又闹,还好揭人隐私,家里的仆人都不敢得罪他。有一次刘遁让弟弟看家,回来一看弟弟的头被绳绑着吊在房梁上,慌忙跑去解下来。弟弟已丢了魂,一个多月后才好转。刘遁每次做饭,饭刚要熟就没了。于是刘遁就偷偷买来野葛,煮成粥。鬼又来偷吃,接着就听见屋子北面有呕吐声,从此鬼就没了。当时人们都传说刘遁药鬼的事。后来刘遁给刘毅当了参军,被宋高祖杀死。出自《广古今五行记》。

王思规

长沙人王思规,任海盐令。一天忽然看见一个官吏,思规问是什么人,官吏说:"我奉命召您任主簿。"说完拿出了笏板放在床前。又说:"您赴任的期限还很长,在十月。您要不信我的话,可以在七月十五中午看天上,当有所见。"思规就告诉家里人,到了那天看天。先是听见了哭声,又看见空中有人,招魂幡罗

列,状如送葬。出《甄异录》。

华　逸

　　广陵华逸,寓居江陵,亡后七年来还。初闻语声,不见其形。家人苦请,求得见之。答云:"我困瘁,未忍见汝。"问其所由,云:"我本命虽不长,犹应未尽。坐平生时罚挞失道,又杀卒反奴,以此减筭。"云:"受使到长沙,还当复过。"如期果至,教其二子云:"我既早亡,汝等当勤自勖励。门户沦没,岂是人子?"又责其兄不垂教诲,色甚不平,乃曰:"孟禺已名配死录,正余有日限耳。"尔时,禺气强力壮,后到所期,暴亡。出《甄异录》。

张君林

　　吴县张君林,居东乡杨里。隆安中,忽有鬼来助驱使。林原有旧藏器物中破甑,已无所用,鬼使撞瓮底穿为甑。比家人起,饭已熟。此鬼无他须,唯啖甘蔗,自称高褐。或云,此鬼为反语。高褐者葛号,丘垅累积,尤多古冢,疑此物是其鬼也。林每独见之,形如少女,年可十七八许,面青黑色,遍身青衣。乃令林家取白罂,盛水,覆头。明旦视之,有物在中。林家素贫,遂致富。尝语:"毋恶我,日月尽自去。"后果去。出《甄异记》。

列,和送葬一样。出自《甄异录》。

华　逸

广陵人华逸,寓居于江陵,死了七年后回家来了。家里人起初只能听见他的说话声,看不见他本人。家人苦苦哀求他现形见一面。华逸说:"我形貌十分难看,不忍心让你们看。"问他是什么原因,他说:"我的阳寿虽然不算长,但也没到该死的日期。都因为我生前毫无道义地惩罚别人,又杀害虐待下属和仆役,所以才减了寿命。"又说:"我这次是被派去长沙,回来时还会到家来。"到期华逸果然又回来了。这次他教导两个儿子说:"我既然这么早去世,你们就应该努力自强自勉。不然咱们家门户就会沦没,你们当儿子的对得起我吗?"又责备他的哥哥不管教两个侄子,说得很气忿。他还说:"孟禺的名字已编入死籍,寿命也不长了。"当时孟禺正身强力壮,然而后来到了日期,就突然死去了。出自《甄异录》。

张君林

吴县有个张君林,家住东乡的杨里。隆安年间,忽然有个鬼到他家来供他驱使。张君林家的旧藏器物中有一只破饭锅,已经不能用了,鬼就把一个瓮的瓮底敲下来做成了饭锅。常常是家里人刚起床,鬼就把饭做熟了。这个鬼不需要别的什么,只吃甘蔗,自称名叫高禠。有人说:这是鬼在说反话。高禠就是葛号,葛号那一带大多是丘陵,有很多古墓,这鬼可能就是从那里来的。张君林常常独自看见这个鬼,长相如同一个十七八岁的少女,青黑色的脸,穿一身黑衣服。这鬼让张君林家拿一个大白罐子来,里面装上水盖好。第二天早上看,里面就会有东西。张君林家一向很穷,有了这鬼后,就富了起来。鬼曾说:"别讨厌我,到日子我就会走的。"后来果然走了。出自《甄异记》。

蛮兵

南平国蛮兵,义熙初,随众来姑熟,便有鬼附之。声呦呦细长,或在檐宇之际,或在庭树上。若占吉凶,辄先索琵琶,随弹而言。于时郗俭为府长史,问当迁官,云:"不久持节也。"寻为南蛮校尉,予为国郎中,亲领此土。荆州俗语云,是老鼠所作,名曰"鬼侯"。出《灵鬼志》。

陈皋

平原陈皋,于义熙中,从广陵樊梁后乘船出。忽有一赤鬼,长可丈许,首戴绛冠,形如鹿角,就皋求载,倏尔上船。皋素能禁气,因歌俗家南地之曲,鬼乃吐舌张眼。以杖竿掷之,即四散成火,照于野。皋无几而死。出《灵鬼志》。

袁无忌

晋陈国袁无忌,寓居东平。永嘉初,得疫疠,家百余口,死亡垂尽。徙避大宅,权住田舍。有一小屋,兄弟共寝,板床荐席数重。夜眠及晓,床出在户外,宿昔如此。兄弟怪怖,不能得眠。后见一妇人,来在户前,知忌等不眠,前却户外。时未曙月明,共窥之,彩衣白妆,头上有花插及银钗象牙梳。无忌等共逐之。初绕屋走而倒,头髻及花插之属皆堕,无忌悉拾之。仍复出门南走。临道有井,遂入其中。无忌还眠,天晓,视花钗牙梳,并是真物。遂坏井,得

蛮 兵

义熙初年,南平国的一个蛮兵跟随众人来到姑熟,就有鬼附身了。这个鬼叫声又细又长,有时在房檐上待着,有时又趴在庭树上。如果有人向鬼求问吉凶,鬼就先要一个琵琶,边弹边讲。当时郗倚是府里的长史,就问鬼自己还能不能升官。鬼说:"你不久会持节的。"果然不久就被任命为南蛮校尉,予为国郎中,统领着那一方土地人民。当时荆州人说郗倚的官是老鼠给成全的,把郗倚称作"鬼侯"。出自《灵鬼志》。

陈 皋

义熙年间,平原人陈皋坐船从广陵的樊梁后面出门。突然有个红色的鬼,有一丈来高,头戴一顶像鹿角的绛色帽子,要求搭船,而且一下子就上了船。陈皋一向会禁气,就放声唱起了俗家南地的民谣,那鬼就又吐舌头又瞪眼睛。陈皋投掷棍子打鬼,鬼立刻散成一团团火,把周围都照亮了。陈皋不久就死了。出自《灵鬼志》。

袁无忌

晋时陈国的袁无忌,寓居在东平。永嘉初年得了瘟疫,一家一百多口人快死绝了。袁无忌就逃离原来住的大院子,暂且搬到乡下农舍去住。袁无忌和弟弟同住一个小屋,板床上铺着好几层席子。第二天早上,却发现床挪到屋外了。这样持续了好几天。他们又奇怪又害怕,不能入睡。后来看见一个女人来到门前,发现他们弟兄没睡着,就在门外停下了。当时天虽未亮却有月亮,弟兄俩偷偷看,见那女人彩衣白妆,头上有花插、银钗和象牙梳。无忌就和弟弟起来驱赶她。那女人起初绕着房子跑,后来摔倒了,头上的发髻和花插之类都掉在地上,无忌就都拾起来。那女人爬起后又出院门往南走。最后进了道旁的一个深井里。无忌就回来睡觉。天亮后看夜里拾来的花插、银钗和象牙梳子,都是人间的真东西。于是就挖开那个深井,发现了

一楸棺,俱已朽坏。乃易棺并服,迁于高燥处葬之,遂断。出《志怪录》。

新蔡王昭平

晋世新蔡王昭平,犊车在厅事上,夜无故自入斋室中,触壁而后出。又数闻呼噪攻击之声,四面而来。昭乃聚众,设弓弩战斗之备,指声弓弩俱发,而鬼应声接矢,数枚皆倒入土中。出《搜神记》。

远学诸生

有诸生远学,其父母夜作,儿忽至,叹息曰:"今我但魂魄耳,非复生人。"父母问之,儿曰:"此月初病,以今日某时亡,今在琅邪任子成家。明日当殓,来迎父母。"父母曰:"去此千里,虽复颠倒,那得及汝!"儿曰:"外有车乘,但乘之,自得至矣。"父母从之,上车忽若睡,比鸡鸣,已至所在,视其驾乘,但魂车木马。遂与主人相见,临儿悲哀,问其疾消息,如其言。出《续搜神记》。

一口楸木棺材，已经朽烂了。于是袁无忌买了新棺木，并给那女尸换了殓衣，迁葬在比较高的干燥地方，从此那女鬼再也没出现。出自《志怪录》。

新蔡王昭平

晋朝时，新蔡的王昭平家，有一天夜里，本来在厅堂里放着的牛车突然自己闯进了住室里，撞着墙后又自己出去了。又几次听到喊叫和格斗的声音从四面传来。王昭平就集合起很多人，拿起弓箭准备战斗，并向发出喊声的地方射箭，而鬼应声接箭，有好几支都倒插进土中。出自《搜神记》。

远学诸生

有位诸生到远方求学，他的父母夜里干活时，儿子突然回来了，叹息着说："我已不在人世，只是魂魄回来了。"父母问他，他说："这个月初我得了病，在今天某时已病死，现在停尸在琅邪的任子成家。明天我就要入殓，特来请父母去。"父母说："琅邪离这里上千里，我们怎样奔波也赶不及啊！"儿子说："外面已经备好了车，只要坐上车，很快就能到。"父母就听从了，一上车就像睡着了一样，到鸡叫时已到了琅邪。再看所乘的车，都是冥器。于是和那家主人相见，哭吊致哀，问起儿子得病和死亡的时间，都和儿子说的相符。出自《续搜神记》。

卷第三百二十三
鬼八

张　隆

宋永初三年，吴郡张隆家忽有一鬼，云："汝与我食，当相佑助。"后为作食，因以大刀斫其所食处。便闻数十人哭，哭亦甚悲，云："死何由得棺？"又闻云："主人家有破船，奴甚爱惜，当取为棺。"见取船至，有釜锯声。日既暝，闻呼唤举尸置船中。隆皆不见，惟闻处分。便见船渐升空，入云霄中。及灭后，复闻如有数十人大笑云："汝那能杀我也，但向以恶我憎汝，故隐没汝船耳。"隆便回意奉事此鬼，问吉凶及将来之计。语隆曰："汝可以大瓮著壁角中，我当为觅物也。"十日一倒，有钱及金银铜铁鱼腥之属。出《幽明录》。

张　隆

南朝宋代永初三年,吴郡张隆家里忽然来了个鬼,对张隆说:"你给我东西吃,我就保佑你帮助你。"张隆做好了饭给鬼吃,然后对着鬼吃饭的地方用大刀猛地砍下去,就听见几十个人都哭了起来,而且哭得很悲痛,说:"死了上哪儿弄棺材去啊?"又听鬼说:"主人家有条破船,奴才们很爱惜,可以拿来做棺材。"然后就看见鬼把船抬来了,并听见斧子锯子的声音。天黑后,只听得鬼们吵吵嚷嚷地把尸体放在船里。但张隆却看不见,只能听见他们在忙忙活活地干什么。过了一阵儿,就见那破船渐渐升起在空中,一直钻进云层里了。等到什么都消失以后,又听见好像有几十个人大笑着说:"你能杀得了我吗? 刚才是因为你讨厌我,我报复你才故意把你的船弄走了。"张隆就改了主意,开始敬奉这个鬼,并向鬼求问吉凶及将来之计。鬼对张隆说:"你可以在墙角放一个大坛子,我会给你找来东西放进去的。"后来张隆每十天倒一回坛子,里面就会有钱和金银铜铁以及鱼虾等一类东西。出自《幽明录》。

吉岩石

吉未翰从弟名岩石，先作檀道济参军。尝病，因见人著朱衣前来，揖云："特来相迎。"岩石厚为施设，求免。鬼曰："感君延接，当为少停。"乃不复见。岩石渐差。后丁艰，还寿阳，复见鬼曰："迎使寻至，君便可束妆。"岩石曰："君前已留怀，今复得见愍否？"鬼曰："前召欲相使役，故停耳。今泰山屈君为主簿，又使随至，不可辞也。"便见车马传教，油戟罗列于前，指示家人，人莫见也。岩石介书呼亲友告别，语笑之中，便奄然而尽。出《幽明录》。

富阳人

宋元嘉初，富阳人姓王，于穷渎中作蟹簖。旦往视，见一材头，长二尺许，在簖裂开，蟹出都尽，乃修治簖，出材岸上。明往看之，见材复在簖中，败如前。王又治簖，再往视，所见如初。王疑此材妖异，乃取纳蟹笼中，系担头归，云："至家当破燃之。"未之家三里，闻中倅倅动，转顾，见向材头变成一物，人面猴身，一手一足，语王曰："我性嗜蟹，此实入水破若蟹簖，相负已多，望君见恕。开笼出我，我是山神，当相佑助，使全簖大得蟹。"王曰："汝犯暴人，前后非一，罪自应死。"此物转顿，请乞放，又频问君姓名为何，王回顾不应答。去家转近，物曰："既不放我，又不告我

吉岩石

吉未翰的堂弟叫岩石，早先给檀道济做参军。有一次生了病，看见一个穿红衣服的人来到面前向他作揖说："我是专门来接您的。"岩石安排了丰盛的酒饭款待鬼，然后请求鬼免他一死。鬼说："感谢您对我的盛情款待，我可以给您缓一些日子。"说完鬼就不见了。岩石的病也渐渐好了。后来岩石的老人去世，他回到寿阳，又看见那个鬼来对他说："迎接您的专使一会儿就到，您快收拾一下吧。"岩石对鬼说："上次您已经放过了我，现在不能再可怜我一次吗？"鬼说："上一次是我想召您去替我出点力，所以我可以说了算，就暂时放了您。这次是泰山府君任命您当主簿，而且派来接您的专使是跟着我来的，没法再拖延了。"这时只见车马随从排着队来到跟前，传达命令。岩石指给家里人看，他们都看不见。岩石就派人送书信给亲友，叫他们来告别，谈笑之中就奄然而逝。出自《幽明录》。

富阳人

南朝宋元嘉初年时，有个姓王的富阳人在小河里插了栅栏抓蟹。第二天去看，发现一个二尺来长的棺材头把栅栏撞裂，螃蟹都跑了。王某就修好栅栏，把那个棺材头弄到了河岸上。第二天再去看，见那个棺材头又跑到栅栏里，栅栏又给撞坏了。他就又修好栅栏，再去看时，又是那样。王某就怀疑那个棺材头是什么妖物，就把它装进蟹笼里，绑在扁担头上带回家，说："到家我就把你劈开烧掉。"离家还有三里地时，听见蟹笼子里沙沙的有动静，回头一看，那棺材头变成了个怪物，人脸猴身，只有一只手一只脚。怪物对王某说："我生性爱吃螃蟹，你的栅栏确实是我弄坏的，实在太对不起您了，希望您能原谅我。把笼子打开放了我吧，我是山神，您放了我，我能帮助您，让您的栅栏保全，抓很多螃蟹。"王某说："你祸害我，前后不止一次，罪自当死。"那妖物变得委顿，请求放掉它，并再三询问王某的姓名，王某回过头不理它。离家越来越近了，那怪物说："既不放我，又不告诉我

姓名，当复何计，但应就死耳。"王至家，炽火焚之，后寂无复异。土俗谓之山魈，云：知人姓名，则能中伤人，所以勤问，正欲害人自免。出《述异记》。

给　使

近世有人得一小给使，频求还家未遂。后日久，此吏在南窗下眠。此人见门中有一妇人，年五六十，肥大，行步艰难。吏眠失覆，妇人至床边，取被以覆之。回复出门去，吏转侧衣落，妇人复如初。此人心怪，明问吏："以何事求归？"吏云："母病。"次问状貌及年，皆如所见，唯云形瘦不同。又问母何患，答云："病肿。"而即与吏假，使出。便得家信云："母丧。"追计所见之肥，乃是其肿状也。出《幽明录》。

甄法崇

宋甄法崇，永初中，为江陵令，在任严明。其时南平缪士为江安令，卒于官。后一年，崇在厅，忽见一人从门而入，云："缪士谨通。"法崇知其亡，因问卿貌何故瘦，答云："我生时所行，善不补恶，罹系苦，复勤剧理墨。"又云："卿县民某甲，负我米千余石，无券书，悍不还。今儿累穷弊，乞为严敕。"法崇曰："卿可作词。"士云："向不赍纸，且又不复书矣。"法崇令省事取笔，疏其语，士口授，其言历历。辞成，

您的姓名,我还有什么办法呢,只有等死了。"王某到家以后,立刻点起火把那棺材头烧了,从此再没有发生什么异常的事。原来那个怪物就是民间所说的山魈。据说:山魈如果知道了人的姓名,就会伤害那个人,所以那怪物再三问王某的姓名,正是想害了他以逃脱。出自《述异记》。

给 使

近代有个人雇了个小听差,他屡次请求回家,主人都没答应。过了很久,有一天小听差在南窗下睡觉。主人看见门中有一个女人,有五六十岁,特别胖,走路都很困难。小听差睡觉时被子掀开了,那女人就来到床边,取被子给他盖好。然后就出门走了。小听差翻身时衣服又掉了,那女人又进来把衣服给他盖好。主人心里很奇怪,第二天就问听差:"为什么要请假回家?"小听差说:"母亲病了。"主人又问他母亲的身材相貌和年龄,结果都和他看见的那个女人相同,只是说他母亲挺瘦,这一点和那女人不同。又问他母亲得了什么病,回答说:"得了浮肿病。"于是主人就准假让他回家。便有人送来了家信,说:"母亲已去世。"主人回想他所见的肥胖,正是她病肿的样子。出自《幽明录》。

甄法崇

宋时永初年间,甄法崇在江陵当县令,执政严明。当时南平人缪士是江安县令,死在任上。一年后,有一天甄法崇正在县衙大厅上,忽然看见一个人从门外进来说:"缪士特来拜访。"甄法崇知道缪士已经死了,就问他怎么这样消瘦,缪士说:"我活着的时候,所做的好事不如坏事多,受罪罚之苦,又加上不断地抄写,才这样消瘦。"又说:"贵县有个百姓某甲,欠我一千多石米,因为没写契约,现在他硬是赖账不还。现在我的儿子贫穷困苦,请您严肃处理这件事。"甄法崇说:"你可以写个状子。"缪士说:"我一向不带纸,而且也不再写字了。"甄法崇就叫手下人取来纸笔,由缪士口授,说得清清楚楚,为他代写了一张状子。写完后,

谢而去。法崇以事问缪家,云:"有此。"登时摄问,负米者畏怖,依实输还。出《渚宫旧事》。

谢　晦

谢晦在荆州,壁角间有一赤鬼,长可三尺,来至其前,手擎铜盘,满中是血。晦得乃纸盘,须臾而没。出《异苑》。

谢灵运

谢灵运以元嘉五年,忽见谢晦,手提其头,来坐别床,血流淋落,不可忍视。又所服貂裘,血淹满篋。及为临川郡,饭中欻有大虫。遂被诛。出《异苑》。

梁　清

宋文帝世,天水梁清,家在京师新亭。腊月将祀,使婢于爨室造食,忽觉空中有物,操杖打婢。婢走告清,清遂往,见瓯器自运,盛饮斟羹,罗列案上,闻哺馈之声。清曰:"何不形见?"乃见一人,著平上帻,乌皮裤褶,云:"我京兆人,亡没飘寄,闻卿好士,故来相从。"清便席地共坐,设肴酒。鬼云"卿有祀事"云云。清图某郡,先以访鬼,鬼云:"所规必谐。某月某日除出。"果然。鬼云:"郡甚优闲,吾愿周旋。"清答:"甚善。"后停舟石头,待之五日,鬼不来。于是引路,达彭城,方见至。同在郡数年,还都,亦相随而返。出《述异记》。

缪士拜谢后走了。甄法崇去缪士家询问此事，缪家人说："确有此事。"于是迅速把某甲抓来，一审问，某甲十分害怕，立刻如数把米还给了缪士家。出自《渚宫旧事》。

谢　晦

谢晦在荆州时，看见墙角有一个红色的鬼，有三尺来高。鬼来到他面前，手里拿着个铜盘子，里面满满一盘血。谢晦接过来，铜盘变成了纸盘，不一会儿鬼就不见了。出自《异苑》。

谢灵运

元嘉五年时，谢灵运忽然看见死去的谢晦手里提着自己的头，进屋坐在另一个床上，鲜血不停地流，惨不忍睹。后来他又发现自己装貂皮袍子的衣箱被血浸满了。后来谢灵运当临川郡守时，吃饭时饭里忽然有大虫子。不久他就被杀了。出自《异苑》。

梁　清

宋文帝时，天水人梁清，家住京城新亭。腊月祭神前，他让婢女在厨房做饭菜，忽然空中有个东西用棒子打婢女。婢女跑去告诉梁清，梁清到厨房看，只见盆盆罐罐自己在动，吃的喝的都盛在碗盘里摆在桌上，并听到吃喝的声音。梁清就说："何不现形来见？"鬼就现了形，戴着平上帻，穿着黑皮军裤。鬼说："我是京城人，死后到处游荡。听说你喜欢结交读书人，特地来拜访你。"梁清就和鬼一起坐在地上，摆上酒菜和鬼一起吃喝。鬼说："我知道你家有祭祀的事。"梁清正活动着要当某郡的郡守，就请教鬼。鬼说："你的谋划一定能成功。某月某日就会任命的。"到了鬼说的那个日子，梁清果然被任命了。鬼说："此郡很是轻闲自在，我也愿意与你同往。"梁清说："很好。"后来梁清坐船停在石头城，船停着等了五天，鬼没有来。于是就上路了，到了彭城，鬼才来。鬼和梁清一块儿在郡里待了好几年，后来梁清回到京城，鬼也跟他一同回京了。出自《述异记》。

徐道饶

徐道饶,以元嘉十年,忽见一鬼,自言是其先人。于时冬日,天气清朗,先积稻屋下,云:"汝明日可曝谷,天方大雨,未有晴时。"饶从其教,鬼亦助辇。后果霖雨。时有见者,形如猕猴。饶就道士请符,悬著窗户。鬼便大笑:"欲以此断我,我自能从狗窦中入。"虽则此语,而不复进。经数日,叹云:"徐叔宝来,吾不宜见之。"后日果至,于是遂绝。出《异苑》。

东莱陈氏

东莱有一家姓陈,家百余口。朝炊釜不沸,举甑看之,忽有一白头公,从釜中出。便诣师,师云:"此大怪,应灭门。便归大作械,械成,使置门壁下,坚闭门在内。有马骑麾盖来叩门者,慎勿应。"乃归,合手伐得百余械,置门屋下。果有人至,呼不应。主帅大怒,令缘门入。从人窥门内,见大小械百余,出门还说如此,帅大惶惋。语左右云:"教速来。不速来,遂无复一人当去,何以解罪也?从此北行,可八十里,有一百三口,取以当之。"后十日中,此家死亡都尽。此家亦姓陈。出《搜神记》。

徐道饶

元嘉十年,徐道饶忽然看见一个鬼,自称是他家的先辈。当时是冬天,天气晴朗,徐家库房里堆积着很多稻子,鬼就对徐道饶说:"明天你可把稻子运到场上晒一晒,天将下大雨,后头再没有晴的时候。"徐道饶听从了鬼的指教,把稻子运出来晒上,鬼也帮着他运。日后果然下起了连绵大雨。这鬼有时也现形,像只猴子。徐道饶就去请道士写了一道驱鬼的符挂在窗子上。鬼就大笑说:"你想用符挡住我吗? 我从狗洞子也能钻到你家来。"鬼虽然这样说了,但以后再也没进屋。过了几天,听见鬼叹息说:"徐叔宝要来,我可不能看见他。"两天后,徐叔宝果然到家来了,那鬼从此就再也不来了。出自《异苑》。

东莱陈氏

东莱有一家姓陈的,全家一百多口。有天早上做饭,怎么烧也不沸,揭开锅一看,一个白发老头从锅里跳了出来。陈某就跑去问巫师,巫师说:"这是个大妖怪,你家将遭到灭门之灾。你回去赶快多做一些武器,做好了就放在门壁下,然后把大门好好关严。如果有骑马带着麾盖的来敲门,千万不要应声开门。"陈某回来后,大家动手砍伐制作了一百多件武器,做好后放在屋门下。不久果然有人来叫门,叫了半天也没有应。领头的大怒,叫手下人从门上翻过去。这时有个手下人看见堆在门内的大大小小的一百多件武器,就出门告诉了领头的。领头的一听又害怕又懊恼。他对手下人说:"叫他们快点出来。他们不快点出来,就一个替死的都抓不回去,我们怎么赎罪呀? 从这儿往北走,再走八十里吧,那里有个人家全家有一百零三口,只好去抓他们顶数了。"以后十天以内,八十里外那家人果然都死尽了。那家也姓陈。出自《搜神记》。

谢道欣

会稽郡常有大鬼，长数丈，腰大数十围，高冠玄服。郡将吉凶，先于雷门示忧喜之兆。谢氏一族，忧喜必告。谢弘道未遭母艰数月，鬼晨夕来临。及后将转吏部尚书，拊掌三节舞，自大门至中庭，寻而迁问至。谢道欣遭重艰，至离塘行墓地。往向夜，见离塘有双炬。须臾，火忽入水中，仍舒长数十丈，色白如练。稍稍渐还赤，散成数百炬，追逐车从而行。悉见火中有鬼，甚长大，头如五石笃，其状如大醉者，左右小鬼共扶之。是年孙恩作乱，会稽大小，莫不翼戴。时以为欣之所见，乱之征也。禹会诸侯会稽，防风之鬼也。出《志怪录》。

沈寂之

吴兴沈寂之，以元嘉中，忽有鬼于空中语笑。或歌或哭，至夜偏盛。寂之有灵车，鬼共牵走，车为坏。寂之有长刀，乃以置瓮中。有大镜，亦摄以纳器中。出《异苑》。

王　胡

宋王胡者，长安人也。叔死数载，元嘉二十三年，忽形见还家。责胡以修谨有缺，家事不理，罚胡五杖。傍人及邻里，并闻其语及杖声，又见杖瘢，而不见其形。唯胡独得亲接。叔谓胡曰："吾不应死，神道须吾等诸鬼录。今大

谢道欣

会稽郡曾有过一个大鬼,好几丈高,腰有好几十围粗,戴着高帽子,穿着黑色衣服。郡里将要有什么吉凶福祸,这鬼会先在雷门上给出预兆。谢氏一族的忧喜,必会告知。谢弘道的母亲死前几个月,那鬼就早晚都来。后来他快提升当吏部尚书时,那鬼就又拍手又跳舞,从大门到院里来回地蹦。不久升迁喜讯就到了。谢道欣父母相继去世,他们到离塘去经过墓地。这时天已经快黑了,只见离塘里有两支火把。不一会儿,火把忽然进了水中,又延伸了好几十丈,火色像白绸。渐渐又变成红色,后来又散开变成了几百支火把,追逐着车队并行。在火光中可以看见一个很高大的鬼,头有能装五石米的大箩筐那么大,像喝醉了似的,两旁有小鬼们搀扶着。这一年孙恩造反,会稽的人都辅佐拥戴。所以当时的人都认为谢道欣看见的那些情景,就是天下大乱的预兆。这鬼就是古时大禹在会稽召集诸侯时的防风氏之鬼。出自《志怪录》。

沈寂之

元嘉年间,吴兴人沈寂之忽然听见鬼在空中说笑,有时唱歌有时号哭,到夜晚就闹得更厉害。沈寂之有台灵车,被这些鬼拉着跑,把车都搞坏了。沈寂之有把长刀,鬼把它塞进了瓮中。沈寂之有面大镜子,也让鬼装进了器皿中。出自《异苑》。

王 胡

宋代的王胡,是长安人。他的叔叔死了好几年后,突然在元嘉二十三年现形回家了。他责备王胡行为不检点,不好好管理家中的事,应该罚打五棍子。旁人和邻里都听到了打棍子声和王胡叔叔的说话声,又看见王胡身上被杖打后的印迹,但看不见叔叔本人,只有王胡才能看得见。叔叔对王胡说:"我本来不该去世,是由于阴间需要我登记鬼的簿录。我这次来带了不少

从吏兵,恐惊损邻里,故不将进耳。"胡亦大见众鬼纷闹于村外。俄而辞去曰:"吾来年七月七日,当复暂还。欲将汝行,游历幽途,使知罪福之报也。不须费设,若意不已,止可茶食耳。"至期果还,语胡家人云:"吾今将胡游观,观毕当还,不足忧也。"胡即顿卧床上,泯然如尽。

叔于是将胡遍观群山,备观鬼怪。末至嵩高山,诸鬼道胡,并有馔设,其品味不异世中,唯姜甚脆美。胡怀之将还,左右人笑云:"止可此食,不得将远也。"胡又见一处,屋宇华旷,帐筵精美,有二少僧居焉。胡造之,二僧为设杂果槟榔等。胡游历久之,备见罪福苦乐之报,及辞归,叔谓曰:"汝既已知善之当修,返家寻白足阿练。此人戒行精高,可师事也。"长安道人足白,故时人谓为白足阿练也。甚为魏虏所敬,虏王事为师。胡既奉此训,遂与嵩山上年少僧者游学。众中忽见二僧,胡大惊,与叙乖阔,问何时来此。二僧云:"贫道本住此寺,往日不意与君相识。"胡复说嵩高之遇,众僧云:"君谬耳,岂有此耶?"至明日,二僧不辞而去。胡乃具告诸沙门,叙说往日嵩山所见,众咸惊怪,即追求二僧,不知所在。

鬼吏和鬼卒,怕他们惊动乡亲们,所以没让他们进来。"王胡也真看见村外有不少鬼在吵吵闹闹。叔叔待了一会儿就走了,临走时说:"我明年七月七日还会回来一趟。那时我打算领你一起走,让你游一游阴曹地府,好知道罪福和因果报应的事。到时候你也不用拿更多的东西供祀我。如果你觉得过意不去,只需供一点饭食茶水就可以了。"第二年七月初七,王胡的叔叔果然又回来了。叔叔对家里人说:"我现在要带王胡到阴间看一看,看完就让他回来,你们不必担心。"只见王胡随即倒在床上,就像死了一样无声无息。

叔叔就领着王胡游遍了阴曹地府的山,看了所有的鬼怪。最后来到嵩高山,鬼怪们都来和王胡交谈,并摆下吃食招待王胡。王胡吃那些东西和人间的食品没有什么不同,只有姜吃起来又脆又香。王胡就揣了几块姜打算带回人世,鬼怪们笑着说:"只能在这儿吃,不能带远啊。"王胡又来到一个地方,见房舍高大华丽,陈设十分精美,里面住着两个年轻的和尚。王胡就拜访了他们。两个和尚为王胡拿来些杂果和槟榔请他吃。王胡在阴间游历了很久,把罪福苦乐因果报应的事都看全了,临回阳间前,叔叔对他说:"你现在既然知道在人世应该积德行善,那你回去后就去找白足阿练。这个人修行的境界很高,你可以拜他为师。"长安道人足白,所以当时人叫他白足阿练。魏国那些敌人们很敬重他,连魏王都拜他为师。王胡记住了叔叔的教导,回来后,就和嵩山上的年轻和尚一起游学。有一天,忽然在和尚群里看见了在阴间认识的那两个和尚,王胡大吃一惊,连忙上前问候,问他们什么时候到阳间的嵩山来的。两个和尚说:"我们本来就是这个寺里的,过去我们从来没见过你呀!"王胡就说起在嵩高山上相识的事,旁边的和尚都说:"您弄错了吧,哪有这种怪事?"第二天,那两个和尚却不辞而别了。王胡就把他游历阴间遇见两位和尚的事告诉了众僧,大家都很吃惊,就去找那两个和尚,但没找到。

陶继之

陶继之,元嘉末为秣陵令,尝枉杀乐伎。夜梦伎来云:"昔枉见杀,诉天得理,今故取君。"遂跳入陶口,仍落腹中。须臾复出,乃相谓曰:"今直取陶秣陵,亦无所用,更议上丹阳耳。"言讫并没。陶未几而卒,王丹阳果亡。出《述异记》。

朱泰

朱泰家在江陵。宋元徽中,病亡未殡,忽形见,还坐尸侧,慰勉其母,众皆见之,指挥送终之具,务从俭约,谓母曰:"家比贫,泰又亡殁,永违侍养,殡殓何可广费?"出《述异记》。

戴承伯

宋戴承伯,元徽中,买荆州治下枇杷寺,其额乃误东空地为宅。日暮,忽闻恚骂之声。起视,有人形状可怪,承伯问之,答曰:"我姓龚,本居此宅。君为何强夺?"承伯曰:"戴瑾卖地,不应见咎。"鬼曰:"利身妨物,何预瑾乎?不速去,当令君知。"言讫而没。承伯性刚,不为之动。旬日,暴疾卒。出《渚宫旧事》。

章授

丹阳郡吏章授,使到吴郡,经毗陵。有一人,年三十余,黄色单衣,从授寄载笥。行数日,略不食,所过乡甲,辄周旋。里中即闻有呼魄者,良久还船。授疑之,伺行后,发

陶继之

元嘉末年,陶继之当秣陵令时,错杀过乐伎。夜里陶继之梦见乐伎来对他说:"过去你错杀了我们,我们告到阴司,阴司已经受理了,现在就来抓您去。"说罢就跳进陶继之的嘴里,又落进他肚子里。不一会又钻出来,互相说:"我们今天直接把他抓去也没什么用,还是商量一下去丹阳吧。"说完就不见了。陶继之不久就死了,丹阳尹王某果然也死了。出自《述异记》。

朱　泰

朱泰家在江陵。宋元徽年间,朱泰病死,还没有入殓,他的鬼魂突然现形,就坐在自己的尸体旁,劝慰他的母亲,并告诉料理丧事的人,一切用品都要节俭,这情形当时在场的人都看见了。朱泰的鬼魂还对母亲说:"咱家这么穷,我又死了,永远也不能侍奉赡养您老人家了,丧事怎么可以多花钱呢?"出自《述异记》。

戴承伯

宋元徽年间,戴承伯买下荆州治下的枇杷寺。由于买价牵涉,在寺东空地上建了住宅。天黑时,忽然听见有谩骂的声音。起来看,有一个形状奇怪的人。戴承伯问他,他说:"我姓龚,本来住在这里。您为什么强夺我的住宅?"承伯说:"是戴瑾卖给我的,不应该责备我。"鬼说:"您利己而妨害别人,和戴瑾有什么关系?不快快搬走,我让您知道厉害!"说完就消失了。承伯为人刚强,没理那一套。十多天后,就得了暴病死了。出自《渚宫旧事》。

章　授

丹阳郡有个官吏叫章授,奉派到吴郡出差,经过毗陵。有一个三十多岁的人,穿着黄色单衣,请求往章授的船上寄存一个箱子。这人和章授一块走了好几天,却不吃东西,所经过的村镇,那人都要去转一转。然后就会听见村镇里传出来哭丧招魂声,过很久那人才回到船上来。章授起了疑心,就趁那人走后打开

其笥,有文书数卷,皆是吴郡诸人名。又有针数百枚,去或将一管。后还,得升余酒,数片脯,谓授曰:"君知我是鬼也,附载相烦,求得少酒,相与别。所以多持针者,当病者,以针针其神焉。今所至皆此郡人,丹阳别有使往。今年多病,君勿至病者家。"授从乞药,答言:"我但能行病杀人,不主药治病也。"元嘉末,有长安僧什昙爽,来游江南,具说如此也。出《法苑珠林》。

施续门生

吴兴施续有门生,常秉无鬼论。忽有一单衣白袷客,与共语,遂及鬼神。移日,客辞屈,乃曰:"君辞巧,理不足。仆即是鬼,何以云无?"问鬼何以来,答曰:"受使来取君,期尽明日食时。"门生请乞酸苦,鬼问:"有人似君者否?"云:"施续帐下都督,与仆相似。"便与俱往。与都督对坐,鬼手中出一铁凿,可尺余,安著都督头,便举椎打之。都督云:"头觉微痛。"向来转剧,食顷便亡。出《搜神记》。

张道虚

吴郡张道虚、张顺,知名士也,居在阊门。遭母丧中,买新宅。日暮,闻人扣门云:"君是佳人,何为危人自安也?"答云:"仆自买宅,得君棺器,为市龑作冢相移,有何负?"鬼曰:"移身著吴将军冢,吾是小人,日夜斗,不可堪忍。不信,君可随我视之。"于是二张恍惚,便至阊门外。

他的箱子,见里面有几卷文书,上面都是吴郡的一些人名。箱子里还有几百根针。每次那人上村镇里去时都拿一管针。后来他回来了,拿了一升酒、几片肉,对章授说:"您知道我是鬼了,劳烦您让我搭乘,我要来了一点儿酒,来和您告别。我每次拿一些针走,都是去找那些应该得病的人,用针扎他们的魂灵。现在我去找的都是本郡人,丹阳郡另外有人去。今年得病的多,您千万别到病人家。"章授向他求药,他说:"我只能传病杀人,不会治病救人。"元嘉末年,有个法名叫什昙爽的长安和尚到江南游历,说了这件事。出自《法苑珠林》。

施续门生

吴兴的施续有个门生,常常坚持无鬼论。有一天,忽然来了个穿单白袍子的人和他谈话,谈及鬼神。谈了一天,白袍人说不过门生了,就说:"您很能说,但道理不能服我。我就是个鬼,您怎么说没有鬼呢?"门生问鬼来做什么,鬼说:"我奉命来抓您,明天吃饭的时候就是您的死期。"门生就苦苦哀求别抓他,鬼就问:"有没有和您相似的人呢?"门生说:"施续帐下的都督和我相似。"鬼就和门生一同到都督那儿去。他们和都督相对而坐,鬼拿出一个铁凿子,有一尺多长,对准都督的头,就举起铁锤打凿子。都督说:"我觉得头有点儿痛。"不一会儿头就疼得十分厉害,一顿饭工夫就死了。出自《搜神记》。

张道虚

吴郡的张道虚、张顺,是知名的学士,住在阊门。在为母亲守丧期间买了新府宅。一天晚上,听见有人敲门说:"您是有教养的名人,怎么干出这种利己害人的事呢?"他们回答说:"我们买下这住宅时,发现了您的棺木,为您买了砖把坟迁移了,有什么对不起您的呢?"鬼说:"您把我移到吴将军的坟地,我是个小小老百姓,他们日夜欺负我,我实在忍受不了。不信,您可以跟我去看看。"于是张道虚、张顺两个人就恍恍惚惚地到了阊门外。

二张听之,但闻冢中淘淘打拍。鬼便语云:"当令君知。"少时兄弟俱亡。出《神鬼录》。

一听，果然坟墓里传出噼噼啪啪的拍打声。鬼说："我让您知道我的厉害。"不久，二张兄弟就都死了。出自《神鬼录》。

卷第三百二十四
鬼九

秦　树

沛郡人秦树者,家在曲阿小辛村。尝自京归,未至二十里许,天暗失道。遥望火光,往投之。见一女子,秉烛出云:"女弱独居,不得宿客。"树曰:"欲进路,碍夜不可前去,乞寄外住。"女然之。树既进坐,竟以此女独处一室,虑其夫至,不敢安眠。女曰:"何以过嫌,保无虑,不相误也。"为树设食,食物悉是陈久。树曰:"承未出适,我亦未婚。欲结大义,能相顾否?"女笑曰:"自顾鄙薄,岂足伉俪?"遂与寝止。向晨树去,乃俱起执别,女泣曰:"与君一睹,后面莫期。"以指环一双赠之,结置衣带,相送出门。树低头急去数十步,顾其宿处,乃是冢墓。居数日,亡其指环,结带如故。出《甄异录》。

秦　树

　　沛郡人秦树，家住曲阿小辛村。有一次他从京城回来，离家二十多里时，天黑得看不见道了。看见远处有灯光，就直奔而去。看见一个女子端着蜡烛走出来说："我一个弱女子独自住着，没法留客人住宿。"秦树说："我想往前走，但晚上实在没法再赶路了，请允许我在外屋借住一下吧。"女子答应了。秦树进屋以后，因与这女子独处一室，怕她丈夫回来，就不敢安眠。女子说："你何必这么拘束，就放心在这儿住吧，不会有什么事的。"女子为秦树摆下了饭菜，但饭菜看样子都是搁了很久的了。秦树说："你还没有出嫁，我也没有结婚，我想和你结为夫妻，不知你能不能同意？"女子笑着说："我这样鄙陋微贱的女子，怎么配做你的终身伴侣呢？"后来他们就同床共枕。到天亮后，秦树要上路了，二人起床告别，女子哭着说："和您只有这一面之缘，以后就永别了。"女子送给秦树一对指环，结在秦树的衣带上后，一直送出门外。秦树低头急忙离去，走了几十步后，回头看昨晚住的地方，乃是一座坟墓。过了几天，指环丢失了，但衣带上那个结还在。出自《甄异录》。

竺惠炽

沙门竺惠炽，住江陵四层佛寺，以永初二年卒。葬后，弟子七日会，举寺悉出，唯僧明道先患病，独停。忽见惠炽，谓明曰："我生不能断肉，今落饿狗地狱，令知有报。"出《异苑》。

郭 铨

郭铨，字仲衡，义熙初，以党附桓玄被杀。乃元嘉八年，忽乘舆导从，显形谓女婿刘凝之曰："仆有谪事，可四十僧会，得免脱也。"又女梦云："吾有谪罚，令汝夫作福。何以至今，设会不能见矜耶？"女问当何处设斋，答曰："可归吾舍。"倏然复没。办会毕，有人称铨信，与凝之言："感君厚惠，事始获宥。"出《冥祥记》。

贺思令

会稽贺思令善弹琴，尝夜在月中坐，临风抚奏。忽有一人，形器甚伟，著械有惨色，至其中庭。称善，便与共语。自云是嵇中散，谓贺云："卿下手极快，但于古法未合。"因授以《广陵散》。贺因得之，于今不绝。出《幽明录》。

山 都

山都，形如昆仑人，通身生毛，见人辄闭眼张口如笑。好居深树中，翻石觅蟹啖之。《述异记》曰，南康有神，名曰

竺惠炽

有位和尚叫竺惠炽,住在江陵的四层佛寺,于永初二年去世。埋葬以后,弟子们办七日会,全寺的和尚都参加了,只有一个名叫明道的和尚因为生病,独自留下了。忽然看见竺惠炽来了,对明道说:"我生前因为不能戒掉吃肉,如今已被投入饿狗地狱了。这是报应,特地来提醒你知道。"_{出自《异苑》。}

郭　铨

郭铨字仲衡,义熙初年时,因为和桓玄是同党被杀。到了元嘉八年时,忽然现了形,乘着车带着侍从,对他的女婿刘凝之说:"我将要获罪受处罚,请你为我设一个四十名和尚参加的法会,我就能得以免罪。"后来郭铨的女儿也梦见父亲说:"我将要获罪受罚,让你丈夫为我作福,怎么到现在还不能可怜可怜我抓紧办呢?"女儿问应该在哪里设斋,郭铨说:"在我家里办就行。"说完就突然消失了。刘凝之给郭铨办了斋会后,有人给刘凝之传来郭铨的话说:"感谢您的厚恩,我的罪已经得到宽恕赦免了。"_{出自《冥祥记》。}

贺思令

会稽人贺思令琴弹得很好。有一天夜里,贺思令在月下坐着,临风抚琴。忽然有一个身材魁伟戴着刑具的人来到院中,看脸色十分凄惨。这人夸赞贺思令的琴艺,贺思令就和他交谈起来。这人自称是晋代的中散大夫嵇康,对贺思令说:"你弹琴下手极快,但这不合乎古代的弹奏技法。"然后就把《广陵散》传给了贺思令。贺思令学会了,使《广陵散》得以流传下来。_{出自《幽明录》。}

山　都

山都形状像昆仑人,全身长毛,见人就闭眼张嘴好像在笑。它们喜欢住在深林中,翻石头找螃蟹吃。《述异记》说,南康有神叫

山都，形如人，长二尺余，黑色赤目，发黄披身。于深山树中作窠，窠形如卵而坚，长三尺许，内甚泽，五色鲜明。二枚沓之，中央相连。土人云，上者雄舍，下者雌室。旁悉开口如规，体质虚轻，颇似木筒，中央以鸟毛为褥。此神能变化隐形，猝睹其状，盖木客、山燥之类也。赣县西北十五里，有古塘，名余公塘。上有大梓树，可二十围，老树空中，有山都窠。宋元嘉元年，县治民有道训、道灵兄弟二人，伐倒此树，取窠还家。山都见形，骂二人曰："我居荒野，何预汝事？山木可用，岂可胜数？树有我窠，故伐倒之。今当焚汝宇，以报汝之无道。"至二更中，内外屋上，一时起火，合宅荡尽矣。木客，邓德明《南康记》曰，木客头面语声，亦不全异人，但手脚爪如钩利。高岩绝岭，然后居之。能斫榜，索著树上聚之。昔有人欲就其买榜，先置物树下，随置多少取之。若合其意，便将榜与人，不取亦不横犯也，但终不与人面对与交作市井。死皆加殡殓之。曾有人往看其葬，以酒及鱼生肉遗宾，自作饮食，终不令人见其形也。葬棺法，每在高岸树杪，或藏石窠之中。南康三营伐船兵说，往亲睹葬所，舞唱之节，虽异于人，听如风林泛响，声类歌吹之和。义熙中，徐道覆南出，遣人伐榜，以装舟槛，木客乃献其榜而不得见。出《南广记》。

区敬之

南康县营民区敬之，宋元嘉元年，与息共乘舫，自县溯流。深入小溪，幽荒险绝，人迹所未尝至。夕登岸，停止舍

山都，形状像人，有二尺多高，黑色红眼，黄头发披在身上。在深山的树里筑窝巢。山都的巢是蛋形但很坚硬，三尺来长，里面很有光泽，五色鲜明。两个巢摆在一起，中间连着。当地人说，上面那个是雄性山都住，下面那个是雌性山都住。巢旁都开圆形的口，整个巢非常轻，很像个木筒，里面用鸟的毛做褥子。山都神能变化隐身，乍一看，很像是木客、山㺦之类。赣县西北十五里有个古塘，叫余公塘。上面有一棵二十围的大梓树，这棵树中心空了，山都在里面做了巢。宋元嘉元年，县城里有道训、道灵兄弟二人砍倒了大梓树，把山都的巢带回了家。山都于是现了形，骂两兄弟说："我在荒山野岭里住着，碍你们什么事了？能用的山木数不胜数，可这棵树有我的巢，你们却偏偏给砍了。为了报复你们的胡作非为，我现在要烧掉你们的房子。"到二更时分，弟兄俩的家中里外屋都着起了大火，烧得片瓦无存。至于木客，邓德明著的《南康记》里说，木客的形貌和说话的声音，和人并不是完全不同，只是木客的手脚爪子锐利得像钩子。他们专门在高岩峻岭上住。他们也能砍木柱，用绳索绑聚在树上。过去曾有人想买他们的木柱，就先把要给木客的物品放在树下，买多少木柱就放多少东西。如果木客觉得满意，就把木柱给人，不取物品也不侵犯人，但始终不跟人面对面做交易。木客死后也是装进棺木埋葬。曾有人看见过木客的殡葬，也是用酒、鱼和生肉招待宾客，自己吃喝，始终不让人看见他们。他们常常把棺木葬在高岸或树枝上，或者藏在石窟里。南康三营的伐船兵说，曾亲眼去看木客的葬所，听他们在丧礼上跳舞唱歌，虽然不同于人类，听起来像风吹过树林，好像是唱歌和音乐演奏都融合在一起了。义熙年间，徐道覆到南方去，派人砍木头用来做船帮，木客就献出了木头，但仍然不露面。出自《南广记》。

区敬之

南康县的营民区敬之，宋元嘉元年时和自己的孩子一同乘船，从县里逆流而上，深入了一条小河，幽深荒僻，地势十分险峻，是个人迹不到的地方。晚上他们上了岸，在一个屋子里歇息

中，敬之中恶猝死，其子燃火守尸。忽闻远哭声，呼阿舅。孝子惊疑，俯仰间，哭者已至。如人长大，被发至足，发多蔽面，不见七窍。因呼孝子姓名，慰唁之。孝子恐惧，遂聚薪以燃火。此物言："故来相慰，当何所畏？"将须燃火，此物坐亡人头边哭。孝子于火光中窃窥之，见此物以面掩亡人面，亡人面须臾裂剥露骨。孝子惧，欲击之，无兵仗。须臾，其父尸见白骨连续，而皮肉都尽。竟不测此物是何鬼神。出《述异记》。

刘隽

元嘉初，散骑常侍刘隽，家在丹阳。后尝遇骤雨，见门前有三小儿，皆可六七岁，相率狡狯，而并不沾濡。俄见共争一匏壶子，隽引弹弹之，正中壶，霍然不见。隽得壶，因挂阁边。明日，有一妇人入门，执壶而泣，隽问之，对曰："此是吾儿物，不知何由在此？"隽具语所以，妇持壶埋儿墓前。间一日，又见向小儿持来门侧，举之，笑语隽曰："阿侬已复得壶矣。"言终而隐。出《幽明录》。

檀道济

檀道济居清溪，第二儿夜忽见人来缚己，欲呼不得，至晓乃解，犹见绳痕在。此宅先是吴将步阐所居，谚云："扬州青，是鬼营。"青溪青扬是也。自步及檀，皆被诛。出《异苑》。

时,区敬之中了邪突然死去,他儿子点上火守在尸体旁。忽然听见远处传来哭声,哭的人喊阿舅。区敬之的儿子十分奇怪,转眼间那个哭丧的已经来到面前。他个子和人一样高,长头发一直垂到脚上。由于头发太密盖住了脸,看不见这人的七窍。这人叫着孝子的名字,并说了些安慰吊唁的话。孝子非常害怕,就聚拢柴禾点火。那怪物说:"我是专门来慰问你的,你怕什么呢?"刚要点火,见那怪物坐在死尸的头旁哭起来。孝子借火光偷偷看,见那怪物把自己的脸盖在死尸的脸上,片刻间死尸脸上的肉就被撕裂剥掉,露出骨头。孝子吓坏了,想打那怪物,但手边没有家伙。不大工夫,他父亲的尸体就只剩下了一架白骨,皮和肉都没了。到底也不知道那怪物是什么鬼神。出自《述异记》。

刘　隽

　　元嘉初年,散骑常侍刘隽家住在丹阳。有一天下起暴雨,他看见门前有三个六七岁的小孩儿,正一起玩游戏,没被雨水打湿。不一会儿就见三个小孩儿在抢一个葫芦做的小壶,刘隽用弹弓打那壶,一下子打中了,小孩们就突然不见了。刘隽把壶拿来,挂在房子边上。第二天,一个女人进门来,抓住那只壶哭了起来,刘隽问她怎么回事,回答说:"这是我儿子的东西,为什么会在这里呢?"刘隽就把情况说了,那女人就把壶拿走埋在她儿子的墓前。过了一天,刘隽又看见那些小孩儿来到门边,手里举着那个壶,笑着对刘隽说:"我又得到我的壶喽!"说完就不见了。出自《幽明录》。

檀道济

　　檀道济住在青溪。他的二儿子夜里忽然梦见有人来把他绑上了,想喊也喊不出来,到天亮才解开。一看,被绑过的绳印子还在身上。檀道济住的是吴国的将领步阐的旧居,当地人传说:"扬州青,是鬼营。"是说青溪和青扬都是鬼营。从步阐到檀道济,都是被诛杀的。出自《异苑》。

石秀之

丹阳石秀之，宋元嘉中，堂上忽有一人，著平巾帻，乌布裤褶，擎一板及门，授之曰："闻巧侔班、垂，刻杭尤妙。太山府君故使相召。"秀之自陈："止能造车，制杭不及高平刘儒。"忽持板而没。刘儒时为朝请，除历阳郡丞，数旬而殁。出《广古今五行记》。

夏侯祖观

元嘉中，夏侯祖观为兖州刺史，镇瑕丘，卒于官。沈僧荣代之。经年，夏侯来谒僧荣，语如平生，每论幽冥事。僧荣床上有一织成宝饰络带，夏侯曰："岂能见与，必以为施，可命焚之。"僧荣令对烧之，烟焰未灭，已见夏侯带在腰上。僧荣明年在镇，夜设女乐，忽有一女人在户外，沈问之，答："本是杜青州弹筝妓采芝，杜以致夏侯兖州为宠妾，唯愿座上一妓为伴戏。"指下坐琵琶。妓啼云："官何忽以赐鬼？"鬼曰："汝无多言，必不相放。"入与同房别，饮酌未终，心痛而死。死气方绝，魂神已复人形，在采芝侧。出《广古今五行记》。

张承吉

魏郡张承吉息元庆，年十二。元嘉中，见一鬼，长三尺，一足而鸟爪，背有鳞甲。来招元庆，恍惚如狂，游走非所，父母挞之。俄闻空中云："是我所教，幸勿与罚。"张有

石秀之

　　宋代元嘉年间，丹阳人石秀之家忽然来了一个人，头戴平巾帻，穿黑布军裤，手持文牒进了门，交给石秀之，说："听说你手艺精巧可以比得上鲁班、工倕，尤其善于造船，所以太山府君召你前往。"石秀之忙陈诉说："我只会造车，造船比不上高平人刘儒。"那人拿着文牒忽然就消失了。刘儒当时被宫廷请去，被任命为历阳郡丞，几十天后就死了。出自《广古今五行记》。

夏侯祖观

　　元嘉年间，夏侯祖观当兖州的刺史，坐镇瑕丘，后来死在任上。沈僧荣代替了他的职务。一年后，夏侯突然来拜访僧荣，谈吐像他活着时一样，谈话中常常说到阴间的事。僧荣床上有一条刚织好的镶有宝石装饰物的腰带，夏侯说："把它送给我好吗？如果愿意，你可以把带子烧掉。"僧荣就当着夏侯的面命人把那带子烧了，烟火还没灭，就见夏侯的腰上已系着那条带子了。第二年，僧荣在他的驻所，夜间找来些歌妓一起奏乐玩乐，忽然有一个女子来到门外。僧荣问她，她说："我原来是青州杜大人的弹筝妓女，名叫采芝。杜大人把我送给夏侯大人，我成了他宠爱的妾，现在我希望能在你的乐妓里找一位和我做伴玩耍。"说着女子就指了指正在乐队里弹琵琶的女子。弹琵琶的女子立刻哭了起来说："长官怎么就把我送给鬼了呢？"采芝说："你少废话，我不会放过你的。"弹琵琶的女子只好回屋和同伴们告别。宴会还没散，琵琶女就突发心痛病死了。她刚断气，魂魄就复成人形，站在采芝身旁。出自《广古今五行记》。

张承吉

　　魏郡人张承吉的儿子元庆十二岁。元嘉年间，元庆看见一个鬼，有三尺高，只有一只脚，脚是鸟爪，背上有鳞甲。这鬼来招元庆，元庆就神情恍惚，像发了狂，到处乱跑，父母就打他。就听见空中那鬼说："是我让元庆这样的，请不要责罚他。"张承吉有

二卷羊中敬书，忽失所在。鬼于梁上掷还，一卷少裂坏，乃为补治。王家嫁女，就张借□，鬼求纸笔代答。张素工巧，尝造一弹弓，鬼借之，明日送还，而皆折坏。出《异苑》。

梁清

宋安定梁清，字道脩，居扬州右尚方间桓徐州故宅。元嘉十四年二月，数有异光，又闻擗篛声，令婢子松罗往看。见二人，问，云："姓华名芙蓉，为六甲至尊所使。从太微紫室仙人，来过旧居。"仍留不去。或鸟首人身，举面是毛。松罗惊，以箭射之，应弦而灭，并有绛污染箭。又睹一物，仿佛如人，行树摽。令人刺中其髀，堕地淹没。经日，又从屋上跛行，就婢乞食，团饭授之，顿造二升。数日，众鬼群至，丑恶不可称论。拉捋床障，尘石飞扬，累晨不息。婢采菊，路逢一鬼，著衣帻，乘马。卫从数十，谓采菊曰："我是天上仙人，勿名作鬼。"问何以恒掷秽污，答曰："粪污者，钱财之像也；投掷者，速迁之征也。"顷之，清果为扬武将军、北鲁郡太守。清厌毒既久，乃呼外国道人波罗叠诵咒，见诸鬼怖惧，逾垣穴壁而走，皆作鸟声，如此都绝。在郡少时，夜中，松罗复见威仪器械，从众数十人，戴帻。送书粗纸，七十许字，笔迹婉媚，远拟羲、献。又歌云："坐依

两卷羊中敬的书。忽然丢失了。那鬼从房梁上扔还了书。原来其中的一卷有些损坏了,鬼还回来时已给修补好了。有个姓王的,女儿要出嫁,向张承吉借□,鬼就要了纸笔替张承吉写答书。张承吉一向手巧,曾做了个弹弓,鬼借去了,第二天送还时,把弹弓给折坏了。出自《异苑》。

梁　清

　　宋代安定人梁清,字道脩,住在扬州右尚方的桓徐州的旧宅院。元嘉十四年二月,宅院中几次发出奇怪的亮光,又听见劈掰竹箩的声音,梁清让一个叫松罗的婢女去看。松罗看见了两个人,问他们是谁,回答说:"姓华名芙蓉,是六甲至尊派来的。跟着太微紫室仙人来重访过去的居所。"他们就留下来没有离去。他们鸟头人身,满脸都是毛。松罗大吃一惊,用箭射,他们随着射出的箭消失了,看看箭头,上面沾着深红色的脏东西。又看见一个怪物,好像是人,行走在树间。梁清让人刺中了它的大腿,掉下地来不见了。过了一天,这怪物又在房上瘸着腿走,并向婢女要吃的。婢女做了饭团给它吃,一顿竟吃了二升米的饭。几天后,来了一群鬼,个个奇模怪样无法描述。他们拉扯床障,搞得尘土飞扬,折腾了好几个早晨也没个完。有个婢女叫采药,在路上碰到个鬼,穿着衣服戴着头巾,骑着马,带着几十个随从,对采菊说:"我是天上的神仙,不要叫我鬼。"采菊问他为什么常常到处乱扔肮脏的东西,回答说,"粪便一类的脏东西,是钱财的象征。扔这些东西,是很快要升官的预兆。"果然过了不久,梁清就升任了扬武将军、北鲁郡太守。梁清憎恨那些在他院子里胡闹的鬼怪很久了,就请来一个叫波罗叠的外国道人念咒驱鬼。只见那群鬼一听咒语就吓得翻墙钻洞地逃掉了,一面逃一面发出像鸟叫似的声音。从此这院子的鬼才彻底消失了。梁清刚到北鲁郡上任时,半夜里,婢女松罗又看见一队鬼怪,仪仗威严,有几十个随从,戴着头巾。他们送给梁清一张粗纸写的信,有七十多个字,笔迹柔美秀丽,很像王羲之、王献之的风格。鬼唱道:"坐侬

孔雀楼,遥闻凤凰鼓。下我邹山头,仿佛见梁鲁。"鬼有叙吊,不异世人。鬼传教曾乞松罗一函书,题云:"故孔修之死罪白笺。"以吊其叔丧。叙致哀情,甚有铨次。复云,近往西方,见一沙门,自名大摩杀,问君消息,寄五丸香以相与。清先本使燉煌,曾见此僧。清家有婢产,于是而绝。

原缺出处,今见《异苑》卷六。

崔茂伯

崔茂伯女,结婚裴祖儿。婚家相去五百余里,数岁不通。八月中,崔女暴亡,裴未知也。日将暮,女诣裴门,拊掌求前。提金罂,受二升许。到床前而立,裴令坐,问所由。女曰:"我是清河崔府君女,少闻大人以我配君,不幸丧亡。大义不遂,虽同牢未显,然断金已著,所以故来报君耳。"便别以金罂赠裴。女去后,裴以事启父,父欲遣信参之。裴曰:"少结崔氏姻,而今感应如此,必当自往也。"父许焉。裴至,女果丧,因相吊唁。裴具述情事,出罂示茂伯,先以此罂送女入瘗,既见罂,遂与裴俱造女墓。未至十余里,裴复见女在墓言语,傍人悉闻声,不见其形。裴怀内结,遂发病死,因以合葬。

孔雀楼,遥闻凤凰鼓。下我邹山头,仿佛见梁鲁。"原来鬼界也有吊唁的礼节,和人世没什么不同。鬼还通过松罗向梁清要了一函书,给书上题着:"故孔修之死罪白笺。"以哀悼他死去的叔叔。吊文中叙述悲痛的心情,非常合乎祭悼的文体。鬼又说,最近到西方去时,遇见一个和尚,自称叫大摩杀,向梁清问候,并让他捎来五丸香交给梁清。原来梁清过去曾出使过燉煌,在那里曾见过大摩杀和尚。梁清家中有个婢女生产,从此鬼再也不来了。

原缺出处,今见《异苑》卷六。

崔茂伯

崔茂伯的女儿许配给了裴祖的儿子。两家相距五百多里地,好几年不通音信。八月间,崔女突然死亡,这消息裴家并不知道。有一天黄昏时分,崔女突然来到裴家门前,拍着手掌请求向前。她拿着一个能装约二升东西的金坛子。崔女来到裴家公子的床前站住,裴公子请她坐,问她来做什么。崔女说:"我是清河崔府君的女儿,小时候听我父母说把我许配给您了,但我不幸去世了。不能和您成婚,虽然没能共同生活,但婚约已经确定,所以我特地来告诉您。"崔女告别时,把那金坛子送给了裴公子。崔女走后,裴公子把这事告诉了父亲,父亲打算写信去向崔家询问。裴公子说:"我和崔氏女小时就定了亲,现在有这样的感应,我应该亲自去一趟才是。"父亲答应了。裴公子到了崔家,崔女的确已经死了,于是就吊唁。裴公子说了崔氏女显灵的事,还拿出了崔氏女赠给他的金坛子。崔家本来是把金坛子给女儿随殓的,现在见裴公子拿着来了,就和他一起到崔氏女的墓地去。离墓地还有十几里时,裴公子又听见崔氏女在墓地里说话的声音,旁边的人也听到了,只是看不见崔氏女的形象。裴公子由于悲痛郁结在心中而得病死去。后来就把他和崔氏女合葬在一起了。

巢氏

元嘉中,太山巢氏,先为湘县令,居晋陵。家婢采薪,忽有一人追之,如相问讯,遂共通情。随婢还家,仍住不复去。巢恐为祸,夜辄出婢。闻与婢讴歌言语,大小悉闻,不使人见,见者唯婢而已。恒得钱物酒食,日以充足。每与饮,吹笛而歌,歌云:"闲夜寂已清,长笛亮且鸣。若欲知我者,姓郭字长生。"出《幽明录》。

胡庇之

宋豫章胡庇之,尝为武昌郡丞,元嘉二十六年入廨,便有鬼在焉。中宵胧月,户牖小开,有人倚立户外,状似小儿。户闭,便闻人行,如著木屐声。看则无所见,如此甚数。二十八年二月,举家悉得时病,空中投掷瓦石,或是干土。夏中病者皆差,而投掷之势更猛。乃请道人斋戒转经,竟从倍来如雨,唯不著道人及经卷而已。秋冬渐有音声,瓦石掷人,肉皆青黯,而亦甚痛。有一老奶,好骂詈,鬼在边大吓。庇之迎祭酒上章,施符驱逐,渐复歇绝。至二十九年,鬼复来,剧于前。明年,丞廨火频四发,狼狈浇沃并息。鬼每有声如犬,家人每呼吃嗑,后忽语音似吴。三更叩户,庇之问:"谁也?"答曰:"程邵陵。"把火出看,了无所见。

数日,三更中,复外户叩掌,便复骂之。答云:"君勿骂

巢 氏

元嘉年间，太山人巢氏，曾当过湘县的县令，现在住在晋陵。他家的一个婢女出去打柴时，忽然有个人追上来，和她问候攀谈，两人之间产生了感情。那人跟着婢女回到巢氏家，而且住下不走了。巢氏怕招来祸事，晚上就把婢女赶出家门。全家老小都能听见婢女和那个外来的人谈笑唱歌，但看不见那个人，只能看见婢女一个人。那人常常能得到些钱财和酒饭，日子过得很富足。每次他喝酒，就吹起笛子唱歌，唱的是："闲夜寂已清，长笛亮且鸣。若欲知我者，姓郭字长生。"出自《幽明录》。

胡庇之

宋代豫章人胡庇之，曾当过武昌郡的郡丞，元嘉二十六年他一到任时，就发现他的府宅已经有鬼了。每当半夜，月色迷蒙，门窗微开着，就能看见有人靠在门外站着，看样子像个小孩儿。如果关上门，就能听见穿着木制拖鞋走路的声音，却什么也看不见，像这样的事有过不少次。元嘉二十八年二月，胡庇之全家得了传染病。这时空中不时扔下来瓦片石块，或是干土。到夏天过了一半时，家人的病都好了，但空中往下扔石头瓦片更厉害了。胡庇之只好请来道士持斋念经，可是鬼怪扔东西加倍凶猛起来，像下雨似的，只是不往道士和经书上扔而已。到秋冬以后，渐渐能听见鬼的声音，而且瓦片石块砸到人身上，把人的皮肉打得青一块紫一块的，很痛。胡家有个老太太，好骂人，鬼就在她旁边大喊大叫地吓唬人。胡庇之又请来道士，以酒祭祀，上表请神，又施了符咒驱鬼，慢慢鬼才不再来骚扰了。到元嘉二十九年，鬼又来了，而且闹得比以前更凶。第二年，胡家的府宅好几次起火，拼命扑救才把火浇灭。鬼有时发出像狗叫的声音，家人们就大声呵斥一通。后来鬼忽然说话，口音像吴人。三更时分来敲门，胡庇之问："是谁？"鬼说："程邵陵。"等端着灯出来看时，又什么都看不见。

几天后三更，鬼又在门外拍掌，胡庇之又骂。鬼说："您别骂

我，我是善神，非前后来者。陶御史见遣报君。"庾之云：
"我不识陶御史。"鬼云："陶敬玄，君昔与之周旋。"庾之云：
"吾与之在京日，服事衡阳，又不常作御史。"云："陶今处福
地，作天上御史。前后相侵，是沈公所为。此廨本是沈宅，
来看宅，聊复投掷狡狯。忿戾襄却太过，乃至骂詈。命婢
使无礼向之，复令祭酒上章，告罪状，事彻天曹。沈今为天
然君，是佛三归弟子，那不从佛家请福，乃使祭酒上章。自
今唯愿专意奉法，不须与恶鬼相当。"庾之因请诸僧诵经斋
戒讫。经一宿后，复闻户外御史相闻："白胡丞，今沈相讼
甚苦。如其所言，君颇无理。若能归诚正觉，习经持戒，则
群邪屏绝。依依曩情，故相白也。"出《法苑珠林》。

索　颐

宋襄城索颐，其父为人，不信妖邪。有一宅凶，居者辄
死，父便买居之，多年安吉，子孙昌盛，为二千石。当徙家
之官，临去，请会内外亲戚。酒食既行，父乃言曰："天下竟
有吉凶否？此向来言凶，自吾居之，多年安吉，又得迁官，
鬼为何在？自今以后，便为吉宅，居无嫌也。"语讫如厕，须
臾，见壁中有一物，为卷席大，高五尺许。颐父便还取刀斫
之，中断，便化为两人。复横斫之，又成四人。便夺取刀，

我，我是个好神，不是以前的那个鬼。是陶御史派我来见您的。"胡庇之说："我不认识什么陶御史。"鬼说："陶敬玄御史，您过去和他很有交情的嘛。"胡庇之说："我和陶敬玄在京城时，服事衡阳王，他根本没当过御史。"鬼说："陶敬玄现在可到了福地了，他是在天上做御史。过去到您的府宅来捣乱的是沈公。您现在住的府宅本来是他的，他来看他的旧宅，扔石头瓦片只是恶作剧开玩笑而已。可是您却十分恼怒，又请道士又画符的，太过分了，还破口大骂。又让仆婢无礼地对待他，尤其是您请来道士祭酒，上表请神，这事已经弄得天曹都知道了。沈公现在是天界的天然君，是佛门的三归弟子，您不去佛门上供求福，反而让道士祭酒，上表请神。所以希望您今后要诚心诚意地遵奉佛门的法规，千万不要再把沈公当成恶鬼来对待。"胡庇之就请来一些和尚念经持斋，向神求得福佑。经过一夜之后，又听鬼在窗外说："御史让我告诉胡丞，沈公现在对您控告得很厉害。如果依他所说，您并不太有理。如果您能皈依佛门，学经文，坚守戒律，就能使一切邪祟都绝迹了。我依依于过去的友情，所以相告。"出自《法苑珠林》。

索　颐

宋代襄城人索颐，他父亲不信妖魔鬼怪。有一个凶宅，凡住进去的人都会死掉，索颐的父亲就买下搬进去了。住了不少年都是太太平平，子孙后代也很昌盛，当了一个年俸二千石的官。他们准备搬家去赴任。临走前，请来了亲戚族人，聚餐告别。酒宴开始，索颐的父亲说："天下哪有什么吉凶。这所宅子过去都说是凶宅，从我住进来以后，多年来太平无事，而且我还升了官。可见根本就没有什么鬼怪存在。从今以后，这个府宅就是吉宅，就放心地住吧。"说完后，他起身去厕所，不一会儿就看见墙里有一个东西，像卷起来的席子那么大，五尺来高。他就跑回去拿来一把刀去砍它，一刀把席子从中间砍断后，席子就变成了两个人。他又横着去砍，又变成了四个人。他们夺下刀，

反斫索,杀之。持刀至座上,斫杀其子弟。凡姓索必死,唯异姓无他。颐尚幼,乳母抱出后门,藏他家,止其一身获免。颐字景真,位至湘东太守。出《法苑珠林》。

反把他杀掉了。然后鬼怪们持刀冲上座位，对索家的子弟乱杀乱砍。凡是姓索的都被杀死了，只有外姓人没遭此横祸。当时索颐还很小，奶妈抱着他从后门逃出去藏在别人家，结果索家只有他一个人幸免于难。索颐字景真，后来官至湘东太守。出自《法苑珠林》。

卷第三百二十五
鬼十

王骋之

瑯邪王骋之妻，陈郡谢氏，生一男，小字奴子。经年后，王以妇婢招利为妾，谢元嘉八年病终。王之墓在会稽，假瘗建康东冈，既窆反虞，舆灵入屋，凭几忽于空中掷地。便有嗔声曰："何不作挽歌，令我寂寂而行耶？"骋之云："非为永葬，故不具仪耳。"出《法苑珠林》。

孟 襄

孟襄，字宝称，元嘉十一年为吴宁令。其妻蔡氏，在县亡。未几，忽有推窗打户，长啸歌吟，撒掷燥土。复于空中挥运刀矛，状欲加人。数数起火，或发箱箧之内，衣物焦而外不觉。因假作蔡氏言语，一如平生。襄因问曰："卿何以短寿？"答曰："是天命耳。然有一罪，为女时曾宰一鸡，

王骋之

　　琅邪王骋之的妻子是陈郡的谢氏，生了个男孩小名叫奴子。一年后，王骋之娶了谢氏的婢女招利为妾，谢氏于元嘉八年病逝。王家的祖坟在会稽，暂时把谢氏埋在了建康东冈。落葬后举行虞祭，灵牌入室，凭几忽从空中摔到地上。就听见谢氏恼怒地责怪说："为什么不作挽歌？让我冷清地上路？"王骋之说："这里不是你永久的坟地，所以就没有举行仪式。"出自《法苑珠林》。

孟　襄

　　孟襄，字宝称，于元嘉十一年当了吴宁县令。他的妻子蔡氏在县里死了。没过多久，忽然有鬼怪来推门敲窗户，又叫又唱，还从空中往下撒干土，并在空中挥舞刀枪，看样子是要伤害人。家里还失了好几次火，有时打开衣箱，见箱内的衣物都烧焦了，外面却一点也看不出来。有时鬼还模仿蔡氏说话，就像她活着时一样。孟襄就问鬼："你为什么这么短命？"鬼说："这是我命中注定了的。不过我曾犯过一个罪过，在做姑娘时曾杀过一只鸡。

被录到地狱三日。闻人说,铸铜像者可免,因脱金指环一双以助之,故获解免。"时县有巫觋者,襄令召而看之,鬼即震惧。良久,巫觋者云:"见二物,其一如豕,一似雄鸡,两目直竖。作亡人言是鸡形者。"时又有慧兰道人,善于咒术,即召之,令诵经咒。鬼初犹学之,有顷,失所在。出《法苑珠林》。

司马文宣

司马文宣,河内人也,颇信佛。元嘉元年,丁母艰,弟丧数月,望旦,见其弟在灵座上,不异平日,回遑叹咤,讽求饮食。文宣试与言曰:"汝平生勤修行善,若如经言,应得生天,或在人道,何故乃坠此鬼中?"即沉吟俯仰,默然无对。文宣即夕梦见其弟云:"生所修善,蒙报生天。灵床之鬼,是魔魅耳,非某身也。恐兄疑怪,故以白兄。"

文宣明旦请僧转《首楞严经》,令人扑击之,鬼乃逃入床下。又走户外,形稍丑恶,举家骇惧,詈叱遣之。鬼云:"饥乞食耳。"经日乃去。顷之,母灵床头有一鬼。肤体赤色,身甚长壮。文宣长子孝祖与言,往反答对周悉。初虽恐惧,久稍安习之。鬼亦转相附狎,居处出入,殆同家人。于京师转相报告,往来观者,门限迭迹。

时南林寺有僧,与灵珠寺僧舍沙门,与鬼言论,亦甚

为这罪我被罚,该到地狱里待三天。听人说铸铜像可以免罪,就把一双金指环捐助了,所以才免了下地狱的罪。"当时县里有个巫师,孟襄就派人把他找来让他看看是怎么回事。鬼一见他就很害怕。过了半天,巫师说:"看见了两个怪物,一个像猪,另一个像公鸡,两眼直瞪瞪的。学死去的蔡氏说话的,是那个像鸡的怪物。"当时还有个慧兰道人,善于咒术。孟襄就把道人请来,让他诵经咒。鬼一开始还学道人,不一会儿就消失不见了。出自《法苑珠林》。

司马文宣

河内人司马文宣,虔诚地信佛。元嘉元年,他为母亲守丧期间,他的弟弟去世了。几个月后的一个早上,司马文宣看见弟弟在灵座上,和活着时一模一样。弟弟徘徊哀叹,要求给点吃喝。文宣尝试着和鬼对话,就问他:"你活着时那样积德行善,如果按佛经上说的,应该升天当神仙,或者转世为人,怎么你竟落到当鬼的份上呢?"鬼就沉吟俯仰,默默无对。这天夜里,文宣梦见他弟弟说:"我生前行善积德,已经得到了升天的好因果。在灵床上的那个鬼,是个妖怪,并不是我。我怕哥哥你疑怪,特地来告诉你。"

第二天早上,文宣请来和尚念《首楞严经》,并叫人打鬼,鬼就躲在了床底下。又逃到门外,形象非常丑恶,把全家人都吓坏了,大家又喊又骂地赶他。鬼说:"我不过是因为饿了来要些吃的罢了。"过了一天这个鬼才离去。可是这个鬼刚走,文宣母亲的灵床头上又来了一个鬼。这个鬼身材粗壮高大,全身都是红色。文宣的大儿子孝祖和这个鬼谈话,向鬼提出些问题鬼都回答得很详细。起初家里人都挺怕这个鬼的,后来时间长了,大家渐渐有点习惯了。鬼也变得和大家十分亲近,日常生活出出入入,简直成了家里的成员了。京城里渐渐传开了这件事,来文宣家里看这个鬼的人络绎不绝。

当时南林寺有个和尚和灵珠寺的舍和尚,与鬼谈话,也十分

款曲。鬼云："昔世尝为尊贵,以犯众恶,受报未竟,果此鬼身。"云："寅年有四百部鬼,大行疾疬。所应罹灾者,不悟道人耳,而犯横极众,多滥福善,故使我来监察之也。"僧以食与之,鬼曰："我自有粮,不得进此食也。"舍曰："鬼多知,我生来何因作道人?"答曰:"人中来,出家因缘,本誓愿也。"问诸存亡生死所趣,略皆答对,具有灵验,条次繁多,故不曲载。舍曰:"人鬼道殊,汝既不求食,何为久留?"鬼曰:"此间有一女子,应在收捕,而奉戒精勤,故难可得。比日稽留,因此故也。藉乱主人,有愧不少。"自此已后,不甚见形。复往视者,但闻语耳。时元嘉十年也。

至三月二十八日,语文宣云:"暂来寄住,而汝倾家营福,见畏如此,那得久留。"孝祖云:"听汝寄住,何故据人先亡灵筵耶?"答曰:"汝家亡者,各有所属,此座空设,故权寄耳。"于是辞去。出《冥报记》。

虞德 严猛

武陵龙阳虞德,流寓益阳,止主人夏蛮舍中。见有白纸一幅,长尺余,标蛮女头,乃起扳取。俄顷,有虎到户而退。寻见何老母摽如初,德又取之,如斯三返。乃具以语蛮,于是相与执杖伺候。须臾虎至,即共格之。同县黄期,具说如此。

融洽。鬼说:"我前世曾身份高贵,因犯众恶,受报应还没有结束,所以仍然是鬼身。"又说:"寅年有四百部鬼到人世间大肆散播瘟疫。凡是不信神拜佛的人都遭到瘟灾。瘟疫会传播得非常广,不少积德行善的人也被误伤,所以派我来监督察问这件事。"和尚给鬼东西吃,鬼说:"我有我自己的粮食,不能吃这儿的东西。"舍和尚说:"鬼知道的事情多,能不能告诉我,我这辈子怎么成了出家人呢?"鬼回答说:"出家人本来就是人世间的人,因为你自己的誓愿,你自然就出家修行了。"又问了一些生死存亡的趋向,鬼都简单扼要地回答了,全有灵验,这些事情很多,就不一一记载了。舍和尚说:"人鬼殊途,你到人间既然不是找吃的,怎么待了这么久呢?"鬼说:"这里有一个女子,应该抓到阴间去。但这女子行善积德非常诚心,所以难于收捕。我长时间在人间停留,就是因为这件事。我在这里给主人家添了不少麻烦,真是太抱歉了。"从此以后,这个鬼就不常现形了。一些到文宣家看鬼的人,只是能听见鬼说话而已。当时是元嘉十年。

到了三月二十八那天,鬼对文宣说:"我只是暂时在你家住,而你全家营福,对我这样敬畏,我怎么能长住下去呢?"孝祖说:"你尽可以住,但为什么非要占据我先人的灵座呢?"鬼回答说:"你家死去的人,都有了自己的归属,这个灵座只是空设在那里的,所以我就暂且住下了。"于是这个鬼就走了。出自《冥报记》。

虞德 严猛

武陵龙阳人虞德,旅居于益阳,住在主人夏蛮的家中。他看见有张一尺多长的白纸,插在夏蛮女儿的头上,就把它取了下来。不一会儿,有一只老虎来到门口又退回去了。不久看见何老母把那张纸又如前插上,虞德就又把纸拿下来,这样重复了好几次。虞德就告诉了夏蛮,夏蛮就和虞德一块儿拿着棍子等着。不一会儿老虎又来了,两个人就一起和老虎格斗起来。同县的黄期细述如此。

又会稽严猛，妇出采薪，为虎所害。后一年，猛行至蒿中，忽见妻云："君今日行，必遭不善，我当相免也。"既而俱前，忽逢一虎，跳梁向猛。妇举手指执，状如遮护。须臾，有二胡人前过，妇因指之，虎即击胡，婿得无他。出《异苑》。

郭庆之

黄州治下有黄父鬼，出则为祟。所著衣袴皆黄，至人家张口而笑，必得疫疬。长短无定，随篱高下。自不出已十余年，土俗畏怖。庐陵人郭庆之有家生婢，名采薇，年少有色。宋孝建中，忽有一人，自称山灵，如人裸身，长丈余，臂脑皆有黄色，肤貌端洁，言音周正，土俗呼为黄父鬼，来通此婢，婢云意事如人。鬼遂数来，常隐其身，时或露形，形变无常，乍大乍小。或似烟气，或为石，或作小儿，或妇人，或如鸟如兽。足迹如人，长二尺许，或似鹅迹，掌大如盘。开户闭牖，其入如神，与婢戏笑如人。出《述异记》。

薄绍之

薄绍之尝为臧质参军，元嘉二十四年寄居东府之西宾别宅中，与祖法开邻舍。开母刘寝疾弥旬，以二十二年五月一日夜半亡。二日，绍之见群鼠，大者如豚，鲜泽五色，或纯或驳，或著平上帻，或著笼头，大小百数，弥日累夜。

还有一件事是，会稽人严猛的妻子出去打柴，被老虎残害了。第二年，严猛在草丛中走路时，他的妻子突然出现了，对他说："您今天出门一定会遇到祸事，不过我可以帮您免祸消灾。"说罢两人一起往前走，忽然遇到一只老虎，窜跳着向严猛扑过来。他妻子举起手来指画，作出遮护的样子。不一会儿，有两个胡人从面前走过，妻子就指他们，虎立刻扑向两个胡人，严猛得以平安无事。出自《异苑》。

郭庆之

黄州所辖地区有个黄父鬼，一出现就会作祟。黄父鬼穿一身黄衣服，进了谁家以后就张开嘴笑，这家人就一定会得瘟疫。这鬼高矮不定，随着住家的篱笆或高或矮。这鬼已有十多年没出现了，当地人都非常畏惧。庐陵人郭庆之家有一个家生婢女，名叫采薇，年轻，长得也俊俏。宋孝建年间，忽然有一个人，自称是山灵，像人一样但全身赤裸，一丈多高，手臂和脑门上都有黄色，但皮肤洁净，相貌也很端正，说话也很标准。这就是当地人称的黄父鬼。这鬼来和采薇私通，据采薇说，这鬼的一切都和人一样。这个鬼经常来，但经常隐身，有时候也现形，但变化无常，时大时小。有时像一股烟，有时又变成一块石头，有时变成小孩、女子，有时又变成鸟或兽。黄父鬼的脚印像人，但有二尺长。有时脚印又像鹅掌，有盘子那么大。这鬼来时，开门关窗，出入如神，和采薇说笑戏闹，也和人一样。出自《述异记》。

薄绍之

薄绍之曾当过臧质的参军。元嘉二十四年，他借住在丞相家的幕僚宅子里，与祖法开是邻居。祖法开的母亲刘氏卧病在床十多天，在元嘉二十二年五月一日半夜时去世。五月二日，薄绍之看见一群老鼠，大的像小猪，毛皮光亮，各种颜色都有，有的鼠是一种颜色，有的鼠是杂色的，有的鼠戴着平上帻，有的鼠套着笼头，大大小小有近百只，从白天到晚上，这些老鼠不断地出现。

至十九日黄昏，内屋四檐上有一白鼠，长二尺许，走入壁下，入处起火，以水灌之，火不灭，良久自灭。其夜见人，修壮赤色，身光如火，从烧壁中出，径入床下，又出壁外。虽隔一壁，当时光明洞彻，了不觉又隔障。四更，复有四人，或与绍之言相佑，或瞑目吐舌。自暮迄旦，后夕复烧屋。有二人，长九尺许，骑马挟弓矢，宾从数十人，呼为将军。绍之问："汝行何向？"答云："被使往东边病人还。"二十一日，群党又至。家先有一白狗，自有鬼怪，暮常失之，至晓辄还。尔夕试系之，须臾，有一女子来云："勿系此狗，愿以见乞。"答便以相与，投绳竟不敢解，倏然走出。狗于是呻唤垂死，经日不能动。有一人披锦袍，弯弧注镞，直向绍之。谓："汝是妖邪，敢干恐人！我不畏汝，汝若不速去，令大道神寻收治汝。"鬼弛弦纵矢，策马而去。出《述异记》。

索万兴

燉煌索万兴，昼坐厅事东间斋中，一奴子忽见一人著帻，牵一骢马，直从门入。负一物，状如乌皮隐囊，置砌下，便牵马出门。囊自轮转，径入斋中，缘床脚而上，止于兴膝前。皮即四处卷开，见其中周匝是眼，动瞬甚可憎恶。良久，又还更舒合，仍轮转下床，落砌西去。兴令奴子逐至厅

到了十九日黄昏,里屋四檐上有一只白老鼠,长约二尺,爬到墙下面。它钻进墙里的地方立刻起了火,用水灌进去,火也不灭,过了半天,火才自己熄灭。这天夜里看见一个人,又高又壮,全身红色,发出像火似的光芒。这人从起过火的墙里走出来一直钻到床底下,又钻出墙外。虽然隔着一道墙,但当时通明透亮,一点儿也不觉得隔着什么。到了四更,又来了四个人,他们有的和薄绍之说可以保佑他,有的对他瞪眼睛吐舌头。从晚上一直折腾到第二天早上。到了晚上,屋子又起了火。有两个人,高约九尺,骑着马挟着弓箭,带着几十个侍卫,侍卫们称他们是将军。薄绍之问:"去哪里了?"他们回答说:"被派到东面去散布瘟疫使人生病,刚刚回来。"二十一日,那帮家伙又来了。家里原来有一只白狗,自从家里闹鬼,这只白狗一到晚上就消失了,到第二天早上就又回来了。这天晚上试着把狗拴上,不一会儿,有一个女人来说:"别拴这狗,把它送给我吧。"答应把狗送给她,把绳子递给她,那女人竟不敢解开,很快就走出去了。那狗就开始号叫呻吟,整天躺在地上不能动,快要死了。又有一个人穿着锦缎袍子,拉弓搭箭对准了薄绍之。绍之说:"你是妖怪吗?你少吓唬人,我不怕你。你要不快快滚蛋,我马上让有至高法力的大神把你抓去,狠狠整治你!"鬼一听,立刻放松弓箭,打马跑掉了。出自《述异记》。

索万兴

　　燉煌人索万兴,白天坐在厅堂东边的斋子中,他的仆人忽然看见一个戴头巾的人,牵着一匹青白杂色马进了大门。马身上驮着一件东西,看上去像一个黑色的皮包。那人把皮包扔在台阶下就牵着马出门走了。这时,只见那黑皮包自己转动起来,径直转进了斋子,顺着床腿滚上来,停在索万兴的膝前。接着,那黑皮包就自动从四边打开,只见里边全都是眼睛,每个眼睛都眨动着,十分可怕。过了半天,黑皮包又自动合上,仍然像车轮般骨碌下了床,转到台阶下又往西转去。索万兴叫仆人追到厅堂

事东头灭,恶之,因得疾亡。出《述异记》。

郭秀之

郭秀之,寓居海陵。宋元嘉二十九年,年七十三,病止堂屋。北有大枣树,高四丈许。小婢晨起,开户扫地,见枣树上有一人,修壮黑色,著皂襆帽,乌韦裤褶,手操弧矢,正立南面。举家出看,见了了。秀之扶杖视之,此人谓秀之曰:"仆来召君,君宜速装。"日出便不复见,积五十三日如此,秀之亡后便绝。出《述异记》。

庾季随

庾季随,有节概,膂力绝人。宋元嘉中,得疾昼卧。有白气如云,出于室内,高五尺许。有顷,化为雄鸡,飞集别床。季随斫之,应手有声,形即灭,地血滂流。仍闻蛮妪哭声,但呼阿子,自远而来,径至血处。季随复斫,有物类猴,走出户外,瞋目顾视季随,忽然不见。至晡,有二青衣小儿,直从门入,唱云:"庾季随杀官!"俄而有百余人,或黑衣,或朱衣,达屋,齐唤云:"庾季随杀官!"季随挥刀大呼,鬼皆走出灭形,还步忽投寺中。子忽失父所在,至寺,见父有鬼逐后,以皮囊收其气。数日遂亡。出《述异记》。

的东头，那怪物就消失了。索万兴越想越憎恶，接着就得了病，很快就死了。出自《述异记》。

郭秀之

郭秀之寄住在海陵。宋代元嘉二十九年，郭秀之已七十三岁了，生病住在堂屋里。堂屋北面有棵大枣树，约四丈高。一天早晨，小婢女起来开门扫院子，看见枣树上有个人，又高又壮，全身黑色，头戴黑布帽，穿黑色军裤，手里拿着弓箭，面朝南直直地站着。全家听说后都出来看，都看得很清楚。后来郭秀之扶着拐杖也出来看，树上那人就对郭秀之说："我是来召您的，您还是快准备行装上路吧。"太阳出来后，那个鬼就不见了，这样过了五十三天，天天如此，直到郭秀之去世，那鬼才不再来了。出自《述异记》。

庾季随

庾季随是个很有气魄的大丈夫，有过人的力气。宋元嘉年间，他得了病，白天躺在屋里。忽然有一股像云似的白气从屋里冒出来，约有五尺高。不大会儿，白气变成了一只公鸡，飞到另外一个床上。庾季随抄起刀向鸡砍去，应手有声，那公鸡不见了，地下顿时鲜血横流。接着就听见一个蛮子老妇的哭声，一边哭一边呼叫阿子，哭喊声由远而近，一直来到地上有血的地方。庾季随挥刀又砍，有东西像猴一样，走出户外，还不时回头用眼睛瞪庾季随，突然就不见了。到下午三四点钟时，有两个青衣小儿从大门外一直走进屋来，大叫说："庾季随杀了官人！"接着来了一百多人，有的穿黑衣，有的穿红衣，涌进屋后一齐大喊："庾季随杀死了官人！"庾季随挥舞着刀也大喊大叫，鬼们都逃走不见了，很快又都跑进寺庙里了。庾季随的儿子突然发现父亲没了，急忙赶到庙里去，看见有鬼紧追在他父亲身后，用皮袋子收他父亲的气。没过几天，庾季随就死了。出自《述异记》。

申翼之

广陵盛道儿,元嘉十四年亡,托孤女于妇弟申翼之。服阕,翼之以其女嫁北卿严齐息,寒门也,丰其礼赂始成。道儿忽室中怒曰:"吾喘唾乏气,举门户以相托,如何昧利忘义,结婚微族!"翼大惶愧。出《搜神记》。

王怀之

王怀之,元嘉二十年,丁母忧。葬毕,忽见□树上有妪,头戴大发,身服白裈裙,足不践柯,亭然虚立。还家叙述,其女遂得暴疾,面仍变作向树杪鬼状。乃与麝香服之,寻如常。世云,麝香辟恶,此其验也。出《异苑》。

柳叔伦

宋孝武大明初,太尉柳叔伦,住故衡阳王故第。大明五年,忽见一脚迹,长二寸。伦有婢细辛,使取水浣衣,空中有物,倾器倒水。伦拔刀唤婢,在侧闻有物行声,以刀斫之,觉有所中。以火照之,流血覆地。后二十日,婢病死。伦即移尸出外,明日觅尸,不知所在。出《广古今五行记》。

刘 廓

宋沈攸之在镇,朱道珍尝为屠陵令,刘廓为荆州户曹,

申翼之

广陵人盛道儿,元嘉十四年去世,临死前把唯一的女儿托付给自己的小舅子申翼之。办完丧事服孝期满后,申翼之把盛道儿的女儿嫁给了北卿严齐息。严家是寒门,花了大量的财礼贿赂申翼之,这门亲事才成。这天,盛道儿忽然在屋里大发脾气嚷道:"我临死前只剩一口气的时候,把门户托付给了你,你怎么竟昧着良心,见利忘义,为我女儿结了这么个贫家小户的亲呢?"申翼之听了又害怕又惭愧。出自《搜神记》。

王怀之

元嘉二十年,王怀之的母亲去世了。埋葬以后,忽然看见□树上有一个老太婆,头戴大假发,身穿白罗裙,双脚并没有踩在树枝上,而是凌空站着。王怀之回家后向家人说了这件事后,他的女儿突然就得了急病,面孔变成了刚才树上那个老太婆的样子。王怀之就拿来一点麝香让女儿吃下去,女儿的面孔才恢复了原来的模样。世间都说麝香能避邪恶,这就是一个很灵验的例证。出自《异苑》。

柳叔伦

宋代孝武帝大明初年,太尉柳叔伦住在已去世的衡阳王的旧府宅。大明五年时,有一天柳叔伦忽然在地上看到一个脚印,有两寸长。柳叔伦有个婢女叫细辛,当她去打水洗衣服时,空中有个怪物把器皿倾翻倒掉了水。柳叔伦抽出刀来招呼婢女,就听得身旁有怪物走路的声音,用刀猛砍下去,觉得砍中了。拿灯来一照,地上全是血。过了二十天,婢女细辛得病死了。柳叔伦就把细辛的尸体挪到外面去。第二天再去看,尸体却不知哪里去了。出自《广古今五行记》。

刘 廓

宋时沈攸之镇守江陵,朱道珍曾当屏陵令,刘廓当荆州户曹,

各相并居江陵，皆好围棋，日夜相就。道珍元徽三年六日亡，至数月，廓坐斋中，忽见一人，以书授廓云："朱屏陵书。"题云："每思棋聚，非意致阔。方有来缘，想能近顾。"廓读毕，失信所在，寝疾寻卒。出《渚宫旧事》。

王　瑶

王瑶，宋大明三年，在都病亡。瑶亡后，有一鬼，细长黑色，袒著犊鼻裈，恒来其家，或歌啸，或学人语，常以粪秽投入食中。又于东邻庾家犯触人，不异王家时。庾语鬼："以土石投我，了非所畏，若以钱见掷，此真见困。"鬼便以新钱数十，正掷庾额。庾复言："新钱不能令痛，唯畏乌钱耳。"鬼以乌钱掷之，前后六七过，合得百余钱。出《述异记》。

王文明

王文明，宋太始末江安令。妻久病，女于外为母作粥，将熟，变而为血。弃之更作，复如初。母寻亡。其后儿女在灵前哭，忽见其母卧灵床上，如平生，诸儿号戚，奄然而灭。文明先爱其妻所使婢，妊身将产。葬其妻日，使婢守屋，余人悉诣墓所。部伍始发，妻便入户打婢。其后诸女为父办食，杀鸡，割洗已竟，鸡忽跳起，轩首长鸣。文明寻

他们都住在江陵，都喜欢下围棋，常常不分昼夜地聚在一起下棋。朱道珍在元徽三年某月六日去世。过了几个月，有一天刘廓在屋里坐着，忽然来了一个人，拿着一封信交给刘廓说："这是朱道珍给你的信。"刘廓打开信，见信上写道："经常想起咱们在一起下棋的美好往事，想不到如今相隔遥远。但我俩有缘相会，我想最近就能见到你了。"刘廓读完了信，信就消失了，不久刘廓就病死了。出自《渚宫旧事》。

王　瑶

宋朝大明三年，王瑶在京城病故。王瑶死后，有一个鬼，细高个儿，浑身黑色，上身光着，下身穿一条犊鼻裤。这个鬼常常到王瑶家来，有时唱歌，有时大叫，有时学人说话，还常常把粪便等脏东西扔进食物里。后来这鬼又跑到王瑶家的东面邻居庾家去祸害人，和在王家一模一样。庾某就对鬼说："你拿泥土石块打我，我才不怕呢。你要是拿钱打我，那我可真受不了。"鬼就拿了几十个新钱打下来，正打在庾某的额头上。庾某又说："新钱打不痛我，我只怕乌钱。"鬼就拿乌钱打庾某，前后打了六七次，庾某一共得了一百余钱。出自《述异记》。

王文明

王文明，宋代太始末年任江安县县令。他的妻子得病已经很久了，他的女儿在外面给母亲煮粥，粥快熟的时候，忽然变成了血。女儿把血倒掉又重新煮粥，粥又变成了血。她母亲很快就死去了。后来，儿女们在母亲的灵前哭丧，忽然看见母亲躺在灵床上，像活着的时候一样，儿女们哭得更悲痛了，但母亲又突然消失了。王文明过去曾宠爱他妻子的婢女，婢女已怀了孕将要临产。妻子出殡那天，让婢女看家，其他人都一块到墓地去了。送殡的人们刚刚走出去，王文明已死的妻子就跑进屋里痛打那婢女。后来，王文明的女儿们为他做饭，杀了鸡之后把鸡都褪净切好了，那鸡竟突然跳起来，昂首打起鸣来。王文明很快就

卒，诸男相续丧亡。出《述异记》。

夏侯文规

夏侯文规居京，亡后一年，见形还家。乘犊车，宾从数十人，自云北海太守。家设馔，见所饮食，当时皆尽，去后器满如故。家人号泣，文规曰："勿哭，寻便来。"或一月或四五十日辄来，或停半日。其所将赤衣骑导，形皆短小，坐息篱间及厢屋中。不知文规当去时，家人每呼令起，玩习不为异物。文规有数岁孙，念之抱来，其左右鬼神抱取以进。此儿不堪鬼气，便绝，不复识人，文规索水噀之，乃醒。见庭中桃树，乃曰："此桃我所种，子甚美好。"其妇曰："人言亡者畏桃，君何为不畏？"答曰："桃东南枝长二尺八寸，向日者憎之，或亦不畏。"见地有蒜壳，令拾去之，观其意，似憎蒜而畏桃也。出《甄异记》。

死了,他的儿子们也都陆续死去。出自《述异记》。

夏侯文规

住在京城的夏侯文规,死后一年现形回家。他坐着牛车,带着几十个随从,自己说已当上了北海太守。家里人为他设下了祭祀的酒饭,摆好后不一会儿饭食就光了,等他走后,碗碟里的食物又是满满的了。当时家里的人都悲痛地哭号着,夏侯文规说:"别哭,我很快还会再来的。"从此以后,每隔一个月或四五十天,夏侯文规就回家一次,有时来家后能停留半天。他带来的穿红衣服的开道骑卒个子都十分矮小,坐在篱笆间或厢房里休息。家里人不知道夏侯文规什么时候走,就招呼他们,跟他们在一起游戏玩耍,一点也没把他们当成鬼怪。夏侯文规有一个才几岁的孙子,非常想念,让人抱来看看,他左右的鬼神就把小孙子抱来交给他。小孙子由于太小受不了鬼的阴气,一下子就断了气,不认得人了,文规就要来水喷了下去,那孩子才苏醒过来。夏侯文规看见院子里的桃树就说:"这棵桃树是我种的,结的桃子很好吃。"他的妻子就问他:"都说鬼最怕桃树,您怎么不怕呢?"夏侯文规说:"桃树上东南朝着太阳的树枝长二尺八寸的,我很讨厌,但不一定害怕。"夏侯文规看见地上有蒜皮,就让家里人拾起来扔出去。看他的意思,好像是讨厌蒜,也害怕桃树。出自《甄异记》。

卷第三百二十六
鬼十一

袁　炳

宋袁炳，字叔焕，陈郡人。泰始末，为临湘令。亡后积年，友人司马逊，于将晓间如梦，见炳来，陈叙阔别，讯问安否。既而谓逊曰："吾等平生立意著论，常言生为驰役，死为休息。今日始知，定不然矣。恒患在世为人，务驰求金币，共相赠遗。幽途此事，亦复如之。"逊问罪福应报，定实何如。炳曰："如我旧见，与经教所说，不尽符同，将是圣人抑引之谈耳。如今所见，善恶大科，略不异也。然杀生故最为重禁，慎不可犯也。"逊曰："卿此征相示，良不可言，当以语白尚书也。"炳曰："甚善，亦请卿敬诣尚书。"时司空王僧虔为吏部，炳、逊世为其游宾，故及之。往返可数百语，辞去。逊曰："阔别之久，恒思少集。相值甚难，何不且住？"炳曰："止暂来耳，不可得久留。且此辈语，不容得委悉。"揖别而去。初炳来暗夜，逊亦了不觉所以，天明得睹见。

袁　炳

　　宋人袁炳，字叔焕，陈郡人。泰始末年任临湘县令。在他死去多年之后，他的朋友司马逊，在天快亮的时候做了一个梦，梦见袁炳来了，叙说别后衷肠，询问他近况怎样。然后对司马逊说：“我们这辈子立意著论，常说活着就是奔波劳累，死了才是休息。今天我才明白，绝不是这么回事。经常忧虑的是，人活在世上，总要为求财而奔波，为互赠而忙碌。其实，在阴曹地府，这种事也是一样。”司马逊又向袁炳问起祸福报应的事究竟如何。袁炳说：“正如我过去的观点，而和佛经所说不全相同，也许是圣人有所掩饰或发挥。现在我认为善恶两大类，一点没有不一样的。但是杀生是大禁，切不可犯。”司马逊说：“您这样明确地告诉我，真是妙不可言，应该将这话告诉尚书。”袁炳说：“太好了，也请您将此话敬告尚书大人。”当时，司空王僧虔任吏部尚书，袁炳和司马逊做过他的幕僚，所以谈到了他。他们说了几百句话，袁炳要辞别而去。司马逊说：“分别了这么久，经常想稍稍聚一下，再相见也很难，为什么不暂住呢？”袁炳说：“这只是暂时来一下，不能够久留。而且我刚才说这些话，也不能说太详细。”然后拜别而去。起初袁炳来的时候是黑夜，司马逊也不觉得黑暗，都看得很清楚。

炳既去，逊下床送之，始蹑履而还暗，见炳脚间有光，可尺许，亦得照其两足，余地犹皆暗云。出《冥祥记》。

费庆伯

宋费庆伯者，孝建中，仕为州治中。假归至家，忽见三驺，皆赤帻，同来云："官唤。"庆伯云："才谒归，那得见召？且汝常黑帻，今何得皆赤帻也？"驺答云："非此间官也。"庆后方知非生人，遂叩头祈之，三驺同词，因许回换，言："却后四日，当更诣君。可办少酒食见待，慎勿泄也。"如期果至，云："已得为力矣。"庆伯欣喜拜谢，躬设酒食，见鬼饮啖不异生人。临去曰："哀君故尔，乞秘隐也。"庆伯妻性猜妒，谓伯云："此必妖魅所罔也。"庆伯不得已，因具告其状。俄见向三驺，楚挞流血，怒而立于前曰："君何相误也？"言讫，失所在。庆伯遂得暴疾，未旦而卒。出《述异记》。

刘朗之

梁安成王在镇，以罗舍故宅，借录事刘朗之。尝见丈夫衣冠甚伟，敛衿而立，朗之惊问，忽然失之。未久，而朗之以罪见黜，时人谓君章有神。出《述异记》。

长孙绍祖

长孙绍祖，常行陈蔡间。日暮，路侧有一人家，呼宿，

袁炳离开后，司马逊下床送他，刚穿上鞋子，就暗了下来，看到袁炳两脚之间有光亮，约一尺长，也能够照到他的两脚，周围其他地方还是很暗。出自《冥祥记》。

费庆伯

南朝宋时，有个名叫费庆伯的人，在孝建年间，任州治中。他请假回到家里，忽然看见三个官卒，都戴着红色的头巾，一起来到说："长官叫您去。"费庆伯说："刚刚我才拜见他回来，怎么会还要召见我呢？而且你们经常戴黑头巾，今天为什么戴起红的了？"官卒答道："我们可不是阳间的官。"费庆伯才知道这些人不是活人，忙跪拜祈求活命。三个官卒商量后，答应换个人捉了交差，对他说："四天后当再来拜访。可置办些酒饭招待，千万不可泄露天机。"到了那日子果然又来了，说："我们已经为您出力了。"费庆伯高兴极了，忙拜谢他们，亲自摆设了宴席款待，看见这三个鬼吃喝的样子和活人没有什么不同。他们临走时说："我们可怜您才这样做，希望您千万保密。"费庆伯的妻子生性十分多疑，对费庆伯说："这一定是妖怪所变来骗你的。"费庆伯不得已便把前因后果全都告诉了妻子。时间不长，就看见那三个官卒全身被鞭打流血，愤怒地站在他面前，说："您为什么要害我们？"说完就不见了。费庆伯马上就得了暴病，不到天亮就死了。出自《述异记》。

刘朗之

南朝梁安成王在镇所时，把罗舍以前的住宅，借给了录事刘朗之。刘朗之曾经看见过一个男子穿戴很华贵，整肃着衣服站在那里，刘朗之吃惊地询问，那男子突然就不见了。不久，刘朗之犯罪被贬黜，当时的人们传说那是君章显灵了。出自《述异记》。

长孙绍祖

长孙绍祖曾行路陈蔡间。天黑了，路边有户人家，招呼求宿，

房内闻弹筝篌声。窃于窗中窥之,见一少女,容态闲婉,明烛独处。绍祖微调之,女抚弦不辍,笑而歌曰:"宿昔相思苦,今宵良会稀。欲持留客被,一愿拂君衣。"绍祖悦怿,直前抚慰,女亦欣然曰:"何处公子,横来相干?"因与会合,又谓绍祖曰:"昨夜好梦,今果有征。"屏风衾枕,率皆华整。左右有婢,仍命馔,颇有珍羞,而悉无味。又饮白醪酒,女曰:"猝值上客,不暇更营佳味。"才饮数杯,女复歌,歌曰:"星汉纵复斜,风霜凄已切。薄陈君不御,谁知思欲绝。"因前拥绍祖,呼婢彻烛共寝,仍以小婢配其苍头。将曙,女挥泪与别,赠以金缕小合子:"无复后期,时可相念。"绍祖乘马出门百余步,顾视,乃一小坟也。怆然而去,其所赠合子,尘埃积中,非生人所用物也。出《志怪录》。

刘　导

刘导,字仁成,沛国人,梁真简先生璱三从侄。父謇,梁左卫率。导好学笃志,专勤经籍。慕晋关康曾隐京口,与同志李士炯同宴,于时秦江初霁,共叹金陵,皆伤兴废。

俄闻松间数女子笑声,乃见一青衣女童,立导之前曰:"馆娃宫归路经此,闻君志道高闲,欲冀少留,愿垂顾眄。"语讫,二女已至。容质甚异,皆如仙者,衣红紫绢縠,馨香袭人,俱年二十余。导与士炯,不觉起拜,谓曰:"人间下俗,何降神仙?"二女相视而笑曰:"住尔轻言,愿从容以陈

听见屋里有弹箜篌的声音。他偷偷从窗口看了一下，看见一个少女，容貌美好仪态闲雅，亮着蜡烛独自在内。绍祖稍稍挑逗她，少女弹着箜篌不停下，微笑着唱道："宿昔相思苦，今宵良会稀。欲持留客被，一愿拂君衣。"绍祖很高兴，上前爱抚她，少女也高兴地说："你是哪里的公子，突然来这儿干什么？"于是便与其欢会。少女又对绍祖说："昨晚我做了一个好梦，今天果然应验了。"她家的屏风被枕都十分华丽整齐。周围还有婢女。少女派人备好酒席，还真有一些珍贵佳肴，只是都没有味道。又喝了几杯白醪酒。少女说："突遇贵客，没有时间再置办好的酒席。"刚喝了几杯，少女又唱歌，歌词是："星汉纵复斜，风霜凄已切。薄陈君不御，谁知思欲绝。"便上前拥抱绍祖，叫婢女撤去灯烛，二人共寝，又把她的婢女匹配给绍祖带的仆夫。天快亮时，少女挥泪和他告别，把金缕小盒子赠给他，说："不会有见面的日子了，它可让你想念着我。"绍祖骑马出门走了一百多步，回头一看，竟是一座小坟。他悲怆地离去，女子所赠送的盒子，里面积满灰尘，不是活人所用的东西。出自《志怪录》。

刘导

刘导，字仁成，沛国人，是梁朝真简先生刘瓛的三从侄。他的父亲是刘寒，任梁朝的左卫率。刘导好学专一，钻研经史典籍。他仰慕晋朝的关康曾经隐居在京口，和志同道合的朋友李士炯一同欢宴，当时秦江江面刚刚放晴，便共叹金陵，感慨兴亡。

他们突然听见松林之间有几个女子的笑声传来，便看见一个穿青衣的女童，站在刘导的面前对他说："我们从馆娃宫回来经过此地，听到您二位志向高雅，想在此稍留一段时间，请予以垂顾。"她刚说完，另外两位女子就已经到了。她们容颜很特别，都像仙女一样美丽，穿着红色和紫色的绢绸衣服，香气袭人，年龄都在二十多岁。刘导和杨士炯不自觉地起身行礼，对她们说："人间下俗，怎么能降下你们这样的仙女来？"两个女子互相看了看，笑着说："快停下你们这轻薄的话吧，希望你们能从容地说出

幽抱。"导揖就席谓曰："尘浊酒不可以进。"二女笑曰："既来叙会，敢不同觞。"衣红绢者，西施也，谓导曰："适自广陵渡江而至，殆不可堪，深愿思饮焉。"衣紫绢者，夷光也，谓导曰："同官三妹，久旷深幽，与妾此行，盖谓君子。"导语夷光曰："夫人之姊，固为导匹。"乃指士炯曰："此夫人之偶也。"夷光大笑而熟视之。西施曰："李郎风仪，亦足相匹。"夷光曰："阿妍夫容貌，岂得动人？"合座喧笑，俱起就寝。

临晓请去，尚未天明。西施谓导曰："妾本浣纱之女，吴王之姬，君固知之矣。为越所迁，妾落他人之手。吴王殁后，复居故国。今吴王已薨，不任妾等。夷光是越王之女，越昔贡吴王者。妾与夷光相爱，坐则同席，出则同车。今者之行，亦因缘会。"言讫惘然。导与士炯深感恨，闻京口晓钟，各执手曰："后会无期。"西施以宝钿一只，留与导。夷光拆裙珠一双，亦赠士炯。言讫，共乘宝车，去如风雨，音犹在耳，顷刻无见。时梁武帝天监十一年七月也。出《穷怪录》。

刘 氏

梁武帝末年，有人姓刘，而不知名。于堂屋脊，见一物，面如狮子，两颊垂白毛，长尺许，手足如人，徐徐举一足。须臾不见，少时刘死。出《广古今五行记》。

崔罗什

长白山西有夫人墓。魏孝昭之世，搜扬天下，清河崔罗什弱冠有令望，被征诣州，道经于此。忽见朱门粉壁，

你们深远的抱负。"刘导揖请两位女子就席说:"尘世浑浊的酒,不敢进呈。"两位女子笑着说:"既然来和二位相叙,怎么能不一起饮酒呢?"穿红衣的女子是西施,她对刘导说:"我们刚才从广陵渡江而来,疲劳得受不了,很想喝一杯酒。"穿紫衣的是夷光,对刘导说:"同官三妹,在幽邃的地方隐居很久了,和我一同出来,为的就是君子。"刘导对夷光说:"您的姐姐是我的良配。"又指着李士炯说:"这是您的佳偶呀。"夷光大笑,仔细看着李士炯。西施说:"李郎的仪表风采,足以匹配。"夷光说:"我这个丈夫的容貌又怎能动人呢?"席上的人都哈哈大笑,离席就寝。

快到清晨时,两个女子请求离去,天还没大亮。西施对刘导说:"我原本是浣纱的女子,吴王夫差的姬妾,您本来知道这些情况。吴国被越国所灭,我落入别人手中。吴王死后,又回到故国。而今吴王已经年老,不能再照应我们了。夷光是越王的女儿,就是越国过去进贡给吴王的那个。我和夷光相互友爱,坐便同席,出门便同坐一车。今日之行,也是缘分。"说完,显出精神恍惚的样子。刘导和李士炯深感遗憾,听到京口清早鸣钟声,各自执手说:"后会无期。"西施把一只宝钿赠给刘导。夷光拆了裙上的一对玉珠也给了李士炯。说完,两个女子乘着宝车像细雨轻风一样离开了,她们的声音还像在耳边,顷刻就不见了。那时是梁武帝天监十一年七月。出自《穷怪录》。

刘　氏

梁武帝末年,有个姓刘的人,不知道叫什么名字。有一天突然看见堂屋屋脊上有一个东西,脸像狮子一样,两边面颊上垂着白毛,长约一尺,手和脚都像人,缓缓地抬起一只脚。那怪物一会儿便不见了,很快刘氏就死了。出自《广古今五行记》。

崔罗什

长白山西有夫人墓。魏孝昭王时,搜罗天下英才,清河崔罗什年轻有很名望,被征赴州,路经此地。他忽然看见红门白墙,

楼阁相接。俄有一青衣出,语什曰:"女郎须见崔郎。"什恍然下马,两重门内,有一青衣,通问引前。什曰:"行李之中,忽重蒙厚命,素既不叙,无宜深入。"青衣曰:"女郎平陵刘府君之妻,侍中吴质之女,府君先行,故欲相见。"什遂前。什就床坐,其女在户东坐,与什叙温凉。室内二婢秉烛,女呼一婢,令以玉夹膝置什前。

什素有才藻,颇善讽咏,虽疑其非人,亦惬心好也。女曰:"比见崔郎息驾,庭树皆若吟啸,故入一叙玉颜。"什遂问曰:"魏帝与尊公书,称尊公为元城令,然否也?"女曰:"家君元城之日,妾生之岁。"什仍与论汉魏时事,悉与魏史符合,言多不能备载。什曰:"贵夫刘氏,愿告其名。"女曰:"狂夫刘孔才之第二子,名瑶,字仲璋。比有罪被摄,乃去不返。"什下床辞出,女曰:"从此十年,当更奉面。"什遂以玭瑁簪留之,女以指上玉环赠什。什上马行数步,回顾,乃见一大冢。什届历下,以为不祥,遂躬设斋,以环布施。

天统末,什为王事所牵,筑河堤于桓家冢。遂于幕下,话斯事于济南奚叔布,因下泣曰:"今岁乃是十年,如何?"什在园中食杏,忽见一人云:"报女郎信。"俄即去,食一杏未尽而卒。十二为郡功曹,为州里推重,及死,无不伤叹。出《酉阳杂俎》。

沈 警

沈警,字玄机,吴兴武康人也。美风调,善吟咏,为梁

楼阁相接。不久,有一个婢女从楼阁里出来,对崔罗什说:"我家女主人要见您。"崔罗什恍惚下马,过了两重门,又有一个婢女通报引路。崔罗什说:"行路途中,忽然被厚爱,一向没什么来往,不宜深入。"婢女说:"我家女主人是平陵刘府君的妻子,侍中吴质的女儿,刘府君先走了,所以她想要见您。"崔罗什便跟着进去了。崔罗什在床上坐下,那女子在户东坐着,和崔罗什互相寒暄。房中有两个婢女手拿蜡烛,那女子叫一个婢女,让她把玉夹膝放在崔罗什的前面。

崔罗什平常很有文采,很善于讽喻吟诗,他虽疑心这些都不是活人,却也满心欢喜。女子说:"刚刚见您在这里停留,院子里的树木都好似在吟啸,所以请您进来见您一面。"崔罗什便问:"魏帝给您父亲一封信,尊您父亲为元城令,是不是呢?"那女子说:"我父亲做元城令时,是母亲生我的那一年。"崔罗什便和她谈论汉魏时事,全都和魏史记载一一符合,说的话很多,不能都记载。崔罗什又说:"您的丈夫姓刘,希望您能告诉我他的名字。"那女子说:"狂夫是刘孔才的第二个儿子,名叫瑶,字是仲璋。因为犯罪被捉去,竟一去不回来。"崔罗什下床辞别,那女子说:"再过十年,会再见面的。"崔罗什便拿头上的玳瑁簪给了那女子,女子也把手指上的玉环赠给了崔罗什。崔罗什上马走了几十步,回头便看到一个大坟。崔罗什走到历下,认为这事很不吉利,便亲自设斋,广为布施。

天统末年,崔罗什被王事所牵累,在桓家冢修筑河堤。崔罗什便在幕僚中,把这些事告诉了济南人奚叔布,还哭着说:"今年就是十年了,会怎么样呢?"崔罗什在园中吃杏,忽然看见一个人说:"我来报告女郎的口信。"不久就离去了,崔罗什一个杏还没吃完就死了。崔罗什十二岁就做了郡功曹,被州里所推重,等到死了,没有不感伤的。出自《酉阳杂俎》。

沈警

沈警,字玄机,是吴兴武康人。他有风韵,善吟咏,做过梁

东宫常侍，名著当时。每公卿宴集，必致骑邀之。语曰："玄机在席，颠倒宾客。"其推重如此。后荆楚陷没，入周为上柱国，奉使秦陇，途过张女郎庙。旅行多以酒肴祈祷，謇独酌水具祝词曰："酌彼寒泉水，红芳掇岩谷。虽致之非遥，而荐之随俗。丹诚在此，神其感录。"既暮，宿传舍。凭轩望月，作《凤将雏含娇曲》。其词曰："命啸无人啸，含娇何处娇。徘徊花上月，空度可怜宵。"又续为歌曰："靡靡春风至，微微春露轻。可惜关山月，还成无用明。"

吟毕，闻帘外叹赏之声，复云："闲宵岂虚掷，朗月岂无明？"音旨清婉，颇异于常。忽见一女子褰帘而入，拜云："张女郎姊妹见使致意。"謇异之，乃具衣冠，未离坐而二女已入，谓謇曰："跋涉山川，因劳动止。"謇曰："行役在途，春宵多感，聊因吟咏，稍遣旅愁。岂意女郎，猥降仙驾。愿知伯仲。"二女郎相顾而微笑，大女郎谓謇曰："妾是女郎妹，适庐山夫人长男。"指小女郎云："适衡山府君小子，并以生日，同觐大姊。属大姊今朝层城未旋，山中幽寂，良夜多怀，辄欲奉屈，无惮劳也。"遂携手出门，共登一辎軿车，驾六马，驰空而行。

俄至一处，朱楼飞阁，备极焕丽。令謇止一水阁，香气自外入内，帘幌多金缕翠羽，间以珠玑，光照满室。须臾，二女郎自阁后，冉冉而至。揖謇就坐，又具酒殽。于是大女郎弹箜篌，小女郎援琴，为数弄，皆非人世所闻。謇嗟赏良久，愿请琴写之。小女郎笑而谓謇曰："此是秦穆公、周灵王太子、神仙所制，不可传于人间。"謇粗记数弄，不复

代的东宫常侍,在当时很有名。每当有王公贵族摆宴请客,一定要派人用马去接他参加。当时流传说:"只要有沈警在宴席上,就一定能够使宾客倾倒。"人们推崇他到这样的程度。后来荆楚陷没,沈警就来到北周做上柱国一职。一次他奉命出使秦陇,途中经过张女郎庙。旅行的人多用酒菜祈祷,沈警单单酌水祝祷,词曰:"酌彼寒泉水,红芳撷于岩谷。虽然不是取于远方,而随俗献上祭品。诚意在此,望神能感知。"日落后,住宿在旅馆。他靠在窗边望月,作了《凤将雏含娇曲》。歌词是:"命啸无人啸,含娇何处娇。徘徊花上月,空度可怜宵。"又继续作歌道:"靡靡春风至,微微春露轻。可惜关山月,还成无用明。"

吟咏完毕,听到帘外有赞叹欣赏的声音,又说道:"闲宵岂虚掷,朗月岂无明?"声音清越婉转,与常人不一样。忽然看见一个女子挑帘进来,行礼说:"张姑娘姊妹派我来向您问候。"沈警感到奇怪,就整理衣帽,还没等他离开座位,两位女郎已经进来,对沈警说:"您翻山越岭辛苦了。"沈警说:"旅行在路途,春夜多感触,聊以几句诗,略消愁苦。哪想到你们二位仙驾屈尊来临,想知道你们谁大谁小。"两位女子相视微笑,大女郎对沈警说:"我是张女郎的妹妹,嫁给了庐山夫人的长子。"指着小女郎说:"她嫁给衡山府君的小儿子,我们都因为生日,一同去看大姐。我们大姐今天朝见层城还没回来,山里幽寂,夜色这么好,我们又多有感怀,特意诚挚地请您前去赴会,同欢共乐,怕是委屈您了,请您别怕劳累。"于是携手出门,一同登上辎軿车子,车驾六马,凌空而去。

不久就到了一个地方,那里红楼飞阁,非常华丽。两位女郎让沈警停在一个水阁里,香气从外面飘进来,帘幌多为金缕翠羽所制,夹有珠玑,光照满屋。不一会儿,两个女郎从阁后飘然而来。她们拜过沈警请他就座,又准备了酒菜。于是大女郎弹箜篌,小女郎抚琴,弹了几曲,都不是人间所能听到的。沈警叹赏很久,希望借琴谱写。小女郎笑着对沈警说:"这是秦穆公、周灵王太子、神仙所创制的,不能传给人间。"沈警粗略记下几弄,不敢

敢访。及酒酣，大女郎歌曰："人神相合兮后会难，邂逅相遇兮暂为欢。星汉移兮夜将阑，心未极兮且盘桓。"小女郎歌曰："洞箫响兮风生流，清夜阑兮管弦遒。长相思兮衡山曲，心断绝兮秦陇头。"又题曰："陇上云车不复居，湘川斑竹泪沾余。谁念衡山烟雾里，空看雁足不传书。"警歌曰："义熙曾历许多年，张硕凡得几时怜。何意今人不及昔，暂来相见更无缘。"二女郎相顾流涕，警亦下泪。小女郎谓警曰："兰香姨、智琼姊，亦常怀此恨矣。"警见二郎歌咏极欢，而未知密契所在，警顾小女郎曰："润玉，此人可念也。"

良久，大女郎命履，与小女郎同出。及门，谓小女郎曰："润玉可使伴沈郎寝。"警欣喜如不自得，遂携手入门，已见小婢前施卧具。小女郎执警手曰："昔从二妃游湘川，见君于舜帝庙读相王碑，此时想念颇切，不意今宵得谐宿愿。"警亦备记此事，执手款叙，不能自已。小婢丽质，前致词曰："人神路隔，别促会赊。况姮娥妒人，不肯留照。织女无赖，已复斜河。寸阴几时，何劳烦琐。"遂掩户就寝，备极欢昵。

将晓，小女郎起，谓警曰："人神事异，无宜卜昼，大姊已在门首。"警于是抱持置于膝，共叙衷款。须臾，大女郎即复至前，相对流涕，不能自胜。复置酒，警又歌曰："直恁行人心不平，那宜万里阻关情。只今陇上分流水，更泛从来呜咽声。"警乃赠小女郎指环，小女郎赠警金合欢结。歌曰："结心缠万缕，结缕几千回。结怨无穷极，结心终不开。"大女郎赠警瑶镜子，歌曰："忆昔窥瑶镜，相望看明月。彼此俱照人，莫令光彩灭。"赠答极多，不能备记，粗忆数首而已。遂相与出门，复驾辎軿车，送至下庙，乃执手呜咽而别。

再问。等到酒酣，大女郎唱道："人神相合兮后会难，邂逅相遇兮暂为欢。星汉移兮夜将阑，心未极兮且盘桓。"小女郎唱道："洞箫响兮风生流，清夜阑兮管弦遒。长相思兮衡山曲，心断绝兮秦陇头。"又写道："陇上云车不复居，湘川斑竹泪沾余。谁念衡山烟雾里，空看雁足不传书。"沈警唱道："义熙曾历许多年，张硕凡得几时怜。何意今人不及昔，暂来相见更无缘。"两个女郎相视流泪，沈警也流下了眼泪。小女郎对沈警说："兰香姨和智琼姐也常怀这种遗憾啊。"沈警看见两个女郎歌咏极为欢畅，却想不起来什么时候有过交往，沈警回头看小女郎说："润玉，这个人实在让人想念。"

过了很久，大女郎穿上鞋，和小女郎一同出去。到了门口，对小女郎说："润玉可陪伴沈郎睡觉。"沈警欣喜得不得了，就携手入门，已看见小婢女铺好了被褥。小女郎拉着沈警的手说："过去跟两位妃子游玩湘川，看见您在舜帝庙读相王碑，当时非常想念您，没想到今夜能遂了盼望已久的愿望。"沈警也记得此事，二人执手叙谈，不能自己。小婢女美丽端庄，上前致词道："人神路隔，别时仓促，相会难得。况姮娥妒人，不肯留照。织女无赖，银河已斜。寸阴几时，何劳烦琐。"于是他们关上门睡觉了，非常欢爱。

快天亮时，小女郎起床，对沈警说："人神情况不一样，不能等到天亮，大姐已在门口了。"沈警于是抱她放在膝上，共叙衷肠。不一会儿，大女郎就又来到面前，相对流泪，不能控制自己。又摆上酒，沈警又唱道："直恁行人心不平，那宜万里阻关情。只今陇上分流水，更泛从来呜咽声。"沈警就赠给小女郎指环，小女郎赠给沈警金合欢结，唱道："结心缠万缕，结缕几千回。结怨无穷极，结心终不开。"大女郎赠给沈警瑶镜子，唱道："忆昔窥瑶镜，相望看明月。彼此俱照人，莫令光彩灭。"赠答很多，不能全都记下，略记几首罢了。于是她们和沈警走出门，又驾上那辆辎軿车，送到下庙，就执手呜咽而别。

及至馆，怀中探得瑶镜、金缕结。良久，乃言于主人，夜而失所在。时同侣咸怪警夜有异香。警后使回，至庙中，于神座后得一碧笺，乃是小女郎与警书。备叙离恨，书末有篇云："飞书报沈郎，寻已到衡阳。若存金石契，风月两相望。"从此遂绝矣。出《异闻录》。

沈警回到旅馆后，从怀中拿出瑶镜、金缕结。过了很久，沈警才告诉主人，夜里就不知道去向了。当时同伴都奇怪沈警夜里有种特别的香味。沈警后来出使回来，到庙里，在神座后面找到一个绿笺，竟是小女郎给沈警的信，详尽叙说离别之恨，信尾写道："飞书报沈郎，寻已到衡阳。若存金石契，风月两相望。"沈警和小女郎从此就断绝了一切音信往来。出自《异闻录》。

卷第三百二十七
鬼十二

崔子武

齐崔子武幼时,宿于外祖扬州刺史赵郡李宪家。夜梦一女子,姿色甚丽,自谓云龙王女,愿与崔郎私好。子武悦之,牵其衣裾,微有裂绽。未晓告辞,结带而别。至明,往山祠中观之,傍有画女,容状即梦中见者,裂裾结带犹在。子武自是通梦,恍惚成疾。后逢医禁之,乃绝。出《三国典略》。

马道猷

南齐马道猷为尚书令史。永明元年,坐省中,忽见鬼满前,而傍人不见。须臾两鬼入其耳中,推出魂,魂落屐上。指以示人:"诸君见否?"傍人并不见。问魂形状云何,道猷曰:"魂正似虾蟆。"云:"必无活理,鬼今犹在耳中。"视其耳皆肿,明日便死。出《述异记》。

崔子武

南齐崔子武小时候住在外祖父扬州刺史赵郡人李宪家。夜里梦见一个女子，姿色很美丽，自称是龙王的女儿，愿意同崔子武私下交好。子武很高兴，牵着她的衣襟，微微拉出一条裂缝。天没亮她就告辞，子武给她衣带打上一个结就分别了。到了白天，子武去山祠中参观。旁边的墙上挂有一个女子的画像，容貌体态就是梦中见到的那个女子，裂缝的衣襟和打着结的带子还在。子武自此在梦中常见那女子，恍恍惚惚得了病。后来遇到医生禁止他的梦昧，就断绝了。出自《三国典略》。

马道猷

南齐马道猷为尚书令史。永明元年，在尚书省坐着，忽然看见眼前全是鬼，而旁人都看不见。一会儿，两个鬼进入他耳中，推出他的魂，落在鞋上。马道猷指着魂示意旁人："诸位看到了吗？"旁人并没有看见。问魂的形状什么样，道猷说："魂正像虾蟆。"他说："我一定活不成了，鬼现在还在我的耳中。"看他的耳朵，都肿了，第二天就死了。出自《述异记》。

顾　总

梁天监元年，武昌小吏顾总，性昏懜，不任事，数为县令鞭朴。尝郁郁怀愤，因逃墟墓之间，彷徨惆怅，不知所适。忽有二黄衣，见顾总曰："刘君颇忆畴日周旋耶？"总曰："弊宗乃顾氏，先未曾面清颜，何有周旋之问？"二人曰："仆王粲、徐幹也，足下前生是刘桢，为坤明侍中，以纳赂金谪为小吏。公当自知矣。然公言辞历历，犹见记事音旨。"因出袖中轴书示之曰："此君集也，当谛视之。"总试省览，乃了然明悟，便觉文思坌涌。

其集人多有本，唯卒后数篇记得。诗一章，题云《从驾游幽丽宫，却忆平生西园文会，因寄地文府正郎蔡伯喈》。诗曰："在汉绳纲绪，溟涨多腾湍。煌煌魏英祖，拯溺静波澜。天纪已垂定，邦人亦保完。大开相公府，掇拾尽幽兰。始从众君子，日侍贤王欢。文皇在春宫，蒸孝逾问安。监抚多余暇，园圃恣游观。末臣戴簪笔，翊圣从和銮。月出行殿凉，珍木清露团。天文信辉丽，铿锵振琅玕。被命仰为和，顾已试所难。弱质不自持，危脆朽萎残。岂意十余年，陵寝梧楸寒。今来坤明国，再顾簪蝉冠。侍游于离宫，足蹑浮云端。却想西园时，生死暂悲酸。君昔汉公卿，未央冠群贤。倘若念平生，览此同怆然。"其余七篇，传者失本。

王粲谓总曰："吾本短小，无何娶乐进女。女似其父，短小尤甚。自别君后，改娶刘荆州女，寻生一子。荆州与字翁奴，今年十八，长七尺三寸。所恨未得参丈人也。当渠年十一，与予同览镜，予谓之曰：'汝首魁梧于予。'渠立应予曰：'防风骨节专车，不如白起头小而锐。'予又谓曰：'汝长大当为将。'又应予曰：'仲尼三尺童子，羞言霸道。况承大人严训，敢措意于斫刺乎？'予知其了了过人矣。不知足下生来，有郎娘否？"

顾　总

　　梁天监元年，武昌小吏顾总性情愚鲁而刚直，不能担事，曾多次被县令鞭打。他有一天心情抑郁，满怀愤怒，因而逃避到坟地里，彷徨惆怅，不知去哪里。忽然有两个黄衣人拜见顾总，说："刘君还记得我们昔日的来往吧？"顾总说："我姓顾，以前未曾见过面，怎么会这么问？"二人说："我们是王粲、徐幹，您前生是刘桢，是坤明侍中，因收受贿金而贬为小吏。您应该自己知道。您言辞清楚明白，依然如见当年做记室时的言谈。"于是从袖中拿出一轴书给他看，说："这是您的文集，应该仔细看看它。"顾总试着翻阅，才了然明悟，就觉文思喷涌。

　　那本集子人们多有传本，只记刘桢死后几篇。有诗一章，题目是：《从驾游幽丽宫，却忆平生西园文会，因寄地文府正郎蔡伯喈》。诗曰："在汉绳纲绪，溟渎多腾湍。煌煌魏英祖，拯溺静波澜。天纪已垂定，邦人亦保完。大开相公府，掇拾尽幽兰。始从众君子，日侍贤王欢。文皇在春宫，蒸孝逾问安。监抚多余暇，园囿恣游观。末臣戴簪笔，翊圣从和鸾。月出行殿凉，珍木清露团。天文信辉丽，铿锵振琅玕。被命仰为和，顾已试所难。弱质不自持，危脆朽葑残。岂意十余岁，陵寝梧楸寒。今来坤明国，再顾簪蝉冠。侍游于离宫，足蹑浮云端。却想西园时，生死暂悲酸。君昔汉公卿，未央冠群贤。倘若念平生，览此同怆然。"剩余七篇，被传写者丢失。

　　王粲对顾总说："我生来矮小，没想到娶了乐进的女儿。女儿像她父亲，更加矮小。自与您分别以后，改娶刘荆州的女儿，不久就生了一个儿子。刘荆州给他起名叫翁奴，今年十八岁，身高七尺三寸。遗憾的是未能参拜您。当他十一岁的时候，和我一起照镜子，我对他说：'你的脑袋比我大。'他立刻回答我说：'防风氏一个骨节就要用一辆车来装，不如白起的头小而精明。'我又对他说：'你长大应该当将军。'他又回答我说：'仲尼是三尺孩童的时候，就耻于谈及霸道。况且我承蒙大人严训，怎敢执意于砍砍杀杀呢？'我知道他聪明过人。不知您生来，有没有儿女？"

良久沉思，稍如相识，因曰："二君既是总友人，何计可脱小吏之厄？"徐幹曰："君但执前集，诉于县宰则脱矣。"总又问："坤明是何国？"幹曰："魏武开国邺地也。公昔为其国侍中，遽忘耶？公在坤明家累，悉无恙。贤小娇羞娘，有一篇《奉忆》，昨者已诵似丈人矣。诗曰：'忆爷爷，抛女不归家。不作侍中为小吏，就他辛苦弃荣华。愿爷相念早相见，与儿买李市甘瓜。'"诵讫，总不觉涕泗交下，因为一章《寄娇羞娘》云："忆儿貌，念儿心，望儿不见泪沾襟。时移世异难相见，弃谢此生当重寻。"

既而王粲、徐幹与总殷勤叙别，乃遗《刘桢集》五卷。见县令，具陈其事。令见桢集后诗，惊曰："不可使刘公幹为小吏。"既解遣，以宾礼待之。后不知总所在，集亦寻失。时人勖子弟，皆曰："死刘桢犹庇得生顾总，可不修进哉！"出《玄怪录》。

邢峦

后魏洛阳永和里，汉太师董卓之宅也。里南北皆有池，卓之所造，水冬夏不竭。里中太傅录尚书长孙稚、尚书右仆射郭祚、吏部尚书邢峦、廷尉卿元洪超、卫尉卿许伯桃、凉州刺史尉成兴等六宅，皆高门华屋，斋馆敞丽，楸槐荫途，桐杨夹植。当世名为贵里。掘此地，辄得金玉宝玩之物。时邢峦家，常掘得丹砂及钱数十万，铭云："董太师之物。"后卓夜中随峦索此物，峦不与之，终年而峦卒。出《洛阳伽蓝记》。

萧摩侯

后魏胡太后末年，泽州田参军萧摩侯家人，浣一黄衫，

顾总沉思了很久,好像稍稍认出了他们,就问:"二位先生既然是顾总的朋友,有什么办法可以解脱我当小吏的厄运呢?"徐干说:"您只要拿着以前的文集向县宰说明,就解脱了。"顾总又问:"坤明是什么国家?"徐干说:"是魏武帝开国时的邺地。您以前是其国侍中,竟然忘了吗?您在坤明的家小都没有祸患。您的小娇羞娘,有一篇《奉忆》之作,写得跟您一样好了。诗曰:'忆爷爷,抛女不归家。不作侍中为小吏,就他辛苦弃荣华。愿爷相念早相见,与儿买李市甘瓜。'"诵完,顾总不觉涕泪交流,就写了一首《寄娇羞娘》,诗云:"忆儿貌,念儿心,望儿不见泪沾襟。时移世异难相见,弃谢此生当重寻。"

接着王粲、徐干与顾总殷勤话别,赠送他《刘桢集》五卷。顾总面见县令,详细陈述了这件事。县令见到刘桢文集后面的诗,惊叹道:"不能让刘公幹为小吏。"马上解除了差遣,以宾客的礼节对待他。后来不知道顾总在什么地方,文集不久也消失了。当时人们勉励后辈都说:"死去的刘桢还能庇护活着的顾总,难道可以不求上进吗?"出自《玄怪录》。

邢峦

后魏洛阳永和里,是汉太师董卓的宅子。永和里的南北都有水池,是董卓建造的,水冬夏不干。里中有太傅录尚书长孙稚、尚书右仆射郭祚、吏部尚书邢峦、廷尉卿元洪超、卫尉卿许伯桃、凉州刺史尉成兴等六所住宅,都有高高的门楼,华丽的房子,斋馆宽敞明丽,楸树、槐树遮阴道路,桐树、杨树夹道种植。当时是著名的富贵的里弄。挖掘此地,常会得到金玉宝玩等物。当时邢峦家曾挖到丹砂及铜钱几十万枚,钱铭为:"董太师之物。"后来董卓夜间跟邢峦索要这些东西,邢峦不给他,一年后邢峦就死了。出自《洛阳伽蓝记》。

萧摩侯

后魏胡太后末年,泽州田参军萧摩侯的家人,洗一件黄衫,

晒之庭树,日暮忘收。夜半,摩侯家起出,见此衣为风所动,仿佛类人。谓是窃盗,持刀往击,就视乃是衣。自此之后,内外恐惧。更数日,忽有二十骑,尽为戎服,直造其家,扬旗举杖,往来掩袭,前后六七处。家人惶惧,不知何方御之。有一人云:"按药方,烧杀羊角,妖自绝。"即于屠肆得之,遂烧此等。后来至,掩鼻云:"此家不知烧何物,臭秽如此!"翻然回,自此便绝。出《五行记》。

道人法力

广州显明寺道人法力,向晨诣厕,于户中见一鬼,状如昆仑,两目尽黄,裸身无衣。法力素有膂力,便缚着堂柱,以杖鞭之,终无声。乃以铁锁缚之,观其能变去否。日已昏暗,失鬼所在。出《述异记》。

萧思遇

萧思遇,梁武帝从侄孙。父恧,为侯景所杀。思遇以父遭害,不乐仕进。常慕道,有冀神人,故名思遇而字望明,言望遇神明也。居虎丘东山,性简静,爱琴书。每松风之夜,罢琴长啸,一山楼宇皆惊。常雨中坐石酬歌。忽闻扣柴门者,思遇心疑有异,令侍者遥问。乃应曰:"不须问。"但言雨中从浣溪来。及侍童开户,见一美女,二青衣女奴从之,并神仙之容。思遇加山人之服,以礼见之,曰:"适闻夫人云,从浣溪来。雨中道远,不知所乘何车耶?"女曰:"闻先生心怀异道,以简洁为心,不用车舆,乘风而至。"

晾在庭院的树上，晚上忘了收回来。半夜，摩侯家人起身出来，看见这件衣服被风吹动，像人一样。他以为是盗贼，持刀朝它打去，走近一看是件衣服。从此以后，摩侯家内外都很恐惧。过了几天，忽有二十个骑马的人，都穿着军服，径直来到他家。扬着旗帜，高举木棍，来来往往掩杀奔袭，前后六七拨。摩侯家里人惶惧不安，不知用什么方法抵御它们。有人告诉他说："按药方烧羖羊角，妖孽自然就没了。"摩侯就从肉市场买来羖羊角烧了。那些人过后又来到他家，捂着鼻子说："这家不知烧什么东西了，如此臭秽。"转身就走，从此不再来了。出自《五行记》。

道人法力

广州显明寺道人法力，快到早晨的时候去厕所，在门口遇见一鬼，模样像昆仑人，两眼都是黄色的，裸露着身体没穿衣服。法力一向力气大，把鬼绑在柱子上，用木棍打它，鬼始终不出声。法力又用铁锁锁住它，看鬼能不能变走。天色昏暗后，就失去了鬼的踪影。出自《述异记》。

萧思遇

萧思遇是梁武帝的堂侄孙。他的父亲萧悫，被侯景所杀。思遇因为父亲被害，不喜欢仕途进取。他常仰慕道家，寄希望于神人，故起名叫思遇，字望明，意即希望遇见神明。他居住在虎丘东山，性情闲静，爱好琴书。每当松风之夜，他弹罢琴一声长啸，满山的楼堂殿宇都为之而惊。他常常在雨中坐在石头上尽情歌唱。一天夜里，他忽然听到扣柴门的声音，心里想着是否有异人出现，就叫侍人远远地问一问。那人回答说："不用问。"只说是雨中从浣溪来的。等侍童打开门，就看见了一个美女，后面有两个穿青色衣服的侍女跟从，都像神仙一样美貌。思遇穿上山人的衣服，以礼节会见了这个女子，说："刚才听夫人说从浣溪来，下着大雨，道路又远，不知夫人所乘的是什么车？"女子说："听说先生心怀神异之道，心境简洁，我不用车子，乘风而来。"

思遇曰："若浣溪来,得非西施乎?"女回顾二童而笑,复问:"先生何以知之?"思遇曰:"不必虑怀,应就寝耳。"及天晓将别,女以金钏子一只留诀。思遇称:"无物叙情。"又曰:"但有此心不忘。"夫人曰:"此最珍奇。"思遇曰:"夫人此去,何时来?"女乃掩涕曰:"未敢有期,空劳情意。"思遇亦怆然。言讫,遂乘风而去。须臾不见,唯闻香气犹在寝室。时陈文帝天嘉元年二月二日也。出《博物志》。

任胄

东魏丞相司马任胄,谋杀高欢,事泄伏诛,其家未之知。家内忽见其头在饭甑上,相召看之。少顷,失所在。俄知被戮。出《三国典略》。

董寿之

北齐董寿之被诛,其家尚未之知。其妻夜坐,忽见寿之居其侧,叹息不已。妻问夜间何得而归,寿都不应答。有顷出门,绕鸡笼而行,笼中鸡惊叫。其妻疑有异,持火出户视之,见其血数斗,而寿失所在。遂以告姑,因与大小号哭,知有变。及晨,果得死闻。出《续搜神记》。

樊孝谦

北齐樊孝谦,少有才名。年二十二,答秀才策,累迁至员外散骑侍郎。尝于其门首观贵人葬车,揖方相而别。是后周年,至此葬日,有人扣门。孝谦出视,乃见所揖方相门首立云:"君去年此日共我语否?"孝谦惊倒,须臾便卒。贞观初,崔信明为洋州,与县丞向瑾无二说。出《五行记》。

思遇说:"若从浣溪来,莫非是西施?"那女子回头看着两个侍女笑了笑,又问:"先生怎么知道?"思遇说:"不要心怀疑虑,应该睡觉休息了。"到天亮,那女子就要告别了,她留给思遇一只金钏子作为告别之物。思遇说:"我没有什么东西来表示情意。"又说:"只有此心不忘。"夫人说:"这是最珍贵的。"思遇又说:"夫人这一去,什么时候再来?"夫人就抹着眼泪说:"不敢商定日期,空劳您挂念。"思遇也感到悲伤。夫人说完,就乘风而去,一会儿就不见了,只闻得香气还在房内。这是陈文帝天嘉元年二月二日的事情。出自《博物志》。

任 胄

东魏丞相司马任胄,谋杀高欢,事情败露被杀,他的家人还不知道。家里人忽然看见他的头在饭锅上,互相召呼着来看。一会儿,头不见了。不久知道他被杀了。出自《三国典略》。

董寿之

北齐董寿之被杀了,他家人还不知道。他的妻子夜里坐着,忽然看见寿之在她身旁叹息不停。妻子问他晚上怎么回来了,寿之都不回答。一会儿,寿之出门绕着鸡笼行走,笼中鸡惊叫起来。他的妻子怀疑有异常,拿着灯火出门观看,见有好几斗血,而寿之却不见了。她就告诉了婆婆,于是家里大小一同号哭,知道大事不好了。到了早晨,果然得到寿之的死讯。出自《续搜神记》。

樊孝谦

北齐樊孝谦,少年时代就有才名。二十二岁那年,应秀才策试,累迁至员外散骑侍郎。他曾在门口看贵人的葬车,向方相作揖就回来了。这之后一年,到了这个葬日,有人敲门。孝谦出来一看,就看见了他去年拜揖的方相站在门口说:"您去年的今天和我说话了吗?"孝谦惊倒在地,一会儿就死了。贞观初年,崔信明任洋州刺史,和县丞向璀说的一样。出自《五行记》。

李文府

隋文帝开皇初,安定李文府,住邺都石桥坊。曾夜置酒瓶于床下,半夜觉,忽闻瓶倒漏酒声,使婢看之,酒瓶不倒,盖塞如旧。须臾,复闻有物嗒水声,索火照看,屋内静无所见。灭烛下关,未睡,似有以手指斫其膝。至三,文府起扪之,又无所得。乃拔刀四面挥之,即闻有声如飞蝉曳响,冲而出。文府后仕兖州须昌县丞。至开皇八年,见州故录事孔瓒,即须昌人,先亡。忽白日至文府厅前再拜,文府惊问何为,云:"太山府君选好人,瓒以公明干,辄相荐举。"文府忧惶叩头。瓒良久云:"今更为方便,慎勿漏言。"至十年,自说之,说讫,便觉不快,须臾而死。出《五行记》。

史万岁

长安待贤坊,隋北领军大将军史万岁宅。其宅初常有鬼怪,居者辄死,万岁不信,因即居之。夜见人衣冠甚伟,来就万岁。万岁问其由,鬼曰:"我汉将军樊哙,墓近君居厕,常苦秽恶。幸移他所,必当厚报。"万岁许诺。因责杀生人所由,鬼曰:"各自怖而死,非我杀也。"及掘得骸枢,因为改葬。后夜又来谢曰:"君当为将,吾必助君。"后万岁为隋将,每遇贼,便觉鬼兵助己,战必大捷。出《两京记》。

房玄龄

房玄龄、杜如晦微时,尝自周偕之秦,宿敷水店。适有酒肉,夜深对食。忽见两黑毛手出于灯下,若有所请,乃各以一炙置手中。有顷复出,若掬,又各斟酒与之,遂

李文府

隋文帝开皇初年，安定人李文府，住在邺都石桥坊。他曾在晚上把酒瓶放在床下，半夜醒来，忽然听到酒瓶倒了酒洒了的声音。让婢女看看，酒瓶没倒，盖塞依旧。一会儿，又听到有东西喝水的声音，拿火照看，屋内静悄悄的没看到什么。灭烛躺下没睡着，好像有手指砍他膝部。到第三次，文府起身去按，又没有什么。他就拔刀向四面挥砍，随即听到好像飞蝉的声响冲出门去。文府后来官至兖州须昌县丞。到开皇八年，看见了兖州以前的录事孔瓒。孔瓒是须昌人，已经死了。忽然白天到文府厅前拜见，文府惊讶地问来干什么，孔瓒说："太山府君选贤，我因您有才干，就举荐了您。"文府仓皇叩头。孔瓒过了半天说："我再想办法吧，千万不要说出去。"到了开皇十年，文府自己说出了这件事，说完就觉得不舒服，不久就死了。出自《五行记》。

史万岁

长安待贤坊，是隋北领军大将军史万岁的住宅。这个宅子开始常闹鬼，住的人都死了，万岁不信，就住进了这个宅子。夜里见一个人衣冠高大华美，来见万岁。万岁问他来的事由，鬼说："我是汉将军樊哙，墓地靠近您住宅的厕所，常常苦于秽恶之气。如果有幸移葬他处，必当厚报。"万岁答应了。进而责问他杀人的缘由，鬼说："他们各自因害怕而死，不是我杀的。"后来挖出棺木，改葬他处。鬼夜里又来道谢，说："您能成为将军，我一定帮助您。"后来万岁为隋朝将军，每每遇到贼军，就觉得有鬼相助，每战必定大胜。出自《两京记》。

房玄龄

房玄龄、杜如晦未显贵时，曾一起从周地去秦地，宿于敷水店。正好有酒肉，深夜对坐而食。忽然看见两只黑毛手出现在灯下，好像有什么请求，就各自拿一块烤肉放在手中。一会儿，又出现了，像捧着东西的样子，房、杜又各自斟酒给他，就

不复见。食讫，背灯就寝。至二更，闻街中有连呼王文昂者，忽闻一人应于灯下。呼者乃曰："正东二十里，村人有筵神者，酒食甚丰，汝能去否？"对曰："吾已醉饱于酒肉，有公事，去不得。劳君相召。"呼者曰："汝终日饥困，何有酒肉？本非吏人，安得公事？何妄语也？"对曰："吾被界吏差直二相，蒙赐酒肉，故不得去。若常时闻命，即子行吾走矣。"呼者谢而去。出《续玄怪录》。

魏　徵

郑国公魏徵，少时好道学，不信鬼神。尝访道至恒山，将及山下，忽大风雪，天地昏暗，不能进。忽有道士，策青竹杖，悬《黄庭经》，亦至路次。谓徵曰："何之？"徵曰："访道来此，为风雪所阻。"道士曰："去此一二里，予家也，可一宿会语乎？"徵许之，遂同行，至一宅，外甚荒凉，内即雕刻。延徵于深阁，对炉火而坐，进以美酒嘉殽。从容论道，词理博辨，徵不能屈。临曙，道士言及鬼神之事，徵切言不能侵正直也。道士曰："子之所奉者仙道也，何全诬鬼神乎？有天地来有鬼神，夫道高则鬼神妖怪必伏之；若奉道自未高，则鬼神妖怪反可致之也。何轻之哉？"徵不答。及平旦，道士复命酒以送徵，仍附一简，达恒山中隐士。徵既行，寻山路，回顾宿处，乃一大冢耳。探其简，题云："寄上恒山神佐。"徵恶之，投于地，其简化一鼠而走，徵自此稍信鬼神。出《潇湘录》。

没再出现。吃完饭,两人背对着灯就睡觉了。到了二更时,听到街中有人连声呼唤王文昂,忽然听见一个人在灯下答应。喊的人就说:"正东二十里,有村人祭神的筵席,酒菜很丰盛,你能不能去?"回答说:"我已酒足饭饱,还有公事,去不了。劳烦您召呼我。"喊的人说:"你整天被饥饿所困,哪来的酒肉?你本来不是官吏,怎么会有公差?为什么要说谎呢?"回答说:"我受阴界官吏差遣来给二位丞相值班,承蒙二相赐我酒肉,所以不能去。若平时听到招呼,立刻就随您去了。"喊的人辞别而去。出自《续玄怪录》。

魏　徵

　　郑国公魏徵年轻时喜好道学,不信鬼神。他曾到恒山去访道,快到山下时,忽然刮起了大风雪,天地昏暗,不能前进。忽然有个道士拿着青竹杖,上面挂着《黄庭经》,也到了路边。他对魏徵说:"去什么地方?"魏徵说:"访道来此,被风雪阻隔。"道士说:"离这儿一二里路就是我家,愿意去聊上一宿吗?"魏徵同意了,于是二人就一起走到一个宅院,外面很是荒凉,内里却是雕梁画栋。道士请魏徵到里间,对着炉火而坐,端上美酒佳肴。他从容论道,词理雄辩,魏徵不能把他说服。临近天亮的时候,道士谈及鬼神之事,魏徵直言鬼神不能侵犯正直之人。道士说:"您所尊奉的是仙道,为什么要完全否定鬼神呢?有天地的时候就有了鬼神。道行高,则鬼神妖怪必然降伏;若自身道行不高,反而可能被鬼神控制。怎么能轻视它呢?"魏徵没有回答。到了早晨,道士又设酒来送别魏徵,还让他捎上一封信,送给恒山中的隐士。魏徵就走了,找到了山路,回头看昨夜住的地方,乃是一个大坟墓。拿出那封书信一看,上面写着:"寄上恒山神佐。"魏徵讨厌它,就扔在地上,那封信变成一只老鼠跑了。魏徵自此稍信有鬼神。出自《潇湘录》。

唐 俭

唐俭少时,乘驴将适吴楚。过洛城,渴甚,见路傍一小室,有妇人年二十余,向明缝衣,投之乞浆,则缝袜也。遂问别室取浆:"郎渴甚,为求之。"逡巡,持一盂至。俭视其室内,无厨灶,及还而问曰:"夫人之居,何不置火?"曰:"贫无以炊,侧近求食耳。"言既,复缝袜,意绪甚忙。又问何故急速也,曰:"妾之夫薛良,贫贩者也,事之十余年矣,未尝一归侍舅姑,明早郎来迎,故忙耳。"俭微挑之,拒不答,俭愧谢之,遗饼两轴而去。

行十余里,忽记所要书有忘之者,归洛取之。明晨复至此,将出都,为涂刍之阻。问何人,对曰:"货师薛良之枢也。"骇其姓名,乃昨妇人之夫也,遂问所在,曰:"良婚五年而妻死,葬故城中。又五年而良死,良兄发其枢,将祔先茔耳。"俭随观焉,至其殡所,是求水之处。俄而启殡,棺上有饼两轴,新袜一双。俭悲而异之,遂东去。

舟次扬州禅智寺东南,有士子二人,各领徒,相去百余步,发故殡者。一人惊叹久之,其徒往往聚笑。一人执锸,碎其枢而骂之。俭遂造之,叹者曰:"璋姓韦,前太湖令,此发者,璋之亡子。窆十年矣,适开易其棺,棺中丧其履,而有妇人履一只。彼乃裴冀,前江都尉,其发者爱姬也。平生宠之,裴到任二年而卒,葬于此一年。今秩满将归,不忍弃去,将还于洛。既开棺,丧其一履,而有丈夫履一只。

唐俭

唐俭年轻时,有一次骑驴要去吴楚。经过洛城的时候,渴得很厉害,看见路旁有个小屋,有个妇人,年纪有二十多,对着光亮缝衣服。唐俭到她这里讨要水浆,近前一看她在缝袜子。她就到别的屋子去取,说:"郎君渴得厉害,我为他求水浆。"很快拿着一个盆子回来了。唐俭看她屋里,没有厨灶,等她回来就问:"夫人的住处,怎么不生火?"回答说:"贫穷没有东西做饭,向附近人家求食。"说完又继续缝袜子,看样子很匆忙。唐俭又问她为什么缝得这么着忙,回答说:"我的丈夫薛良,是个贫穷的小商贩,我嫁给他十多年了,不曾回家服侍过公婆,明天早晨我丈夫来接我,所以很忙。"唐俭微微引诱她,妇人拒而不答。唐俭羞愧地道歉,留下两轴饼离去了。

走了十多里,唐俭忽然想起所看的书有忘带的,就回洛阳去取。第二天早晨又到了这个地方,正要出城,被送葬的仪仗拦住了。唐俭问是什么人出殡,回答说:"是商人薛良的灵柩。"唐俭吃惊于这个名字是昨天那个妇人的丈夫的,就问葬在哪里,回答说:"薛良结婚五年妻子就死了,葬在故城中。又过了五年薛良死了,薛良的哥哥挖出薛良妻子的棺材,想要合葬于祖坟。"唐俭跟着观看,到了墓地,正是唐俭要水的地方。一会儿打开棺材,棺材上有饼两轴,新袜子一双。唐俭伤感而且很惊异这件事,就继续东行。

他乘船行至扬州禅智寺东南,见有两个男子,各领一些人,相距百余步,在挖掘旧坟。一人叹息良久,他领的那伙人在一起笑。一个人拿着铁锹打碎棺材骂着。唐俭就去造访,叹息的人说:"我姓韦名璋,是前任太湖令。这个挖开的坟,是我死去的儿子的。已经埋了十年了,刚才打开想换个新棺材,棺材里失去了一只鞋,却有妇人的鞋一只。他叫裴冀,是前任江都尉。他开掘的是他爱姬的墓。平生宠爱她,裴冀到任二年她死了,葬在这儿一年了。现在裴冀任期已满将要回家,不忍心弃她而去,想迁还洛城。等打开棺材,见丢失了一只鞋,却有男人的鞋一只。

两处互惊，取合之，彼此成对。盖吾不肖子淫于彼，往复无常，遂遗之耳。"俭闻言，登舟静思之曰："货师之妻死五年，犹有事舅姑之心。逾宠之姬，死尚如此，生复何望哉。士君子可溺于此辈而薄其妻也？"出《续玄怪录》。

双方都很惊异,拿来一配,彼此正好是一对。这是因为我的不肖之子和她淫乱,往复无常,把鞋留在这里了。"唐俭闻言,登船想道:"商人的妻子死了五年,还有照顾公婆之心。受到特别宠爱的姬妾,死了尚且如此,活着的时候还能希望她怎么样呢? 那么,君子还应该沉溺在这种人身上而轻视自己的妻子吗?"出自《续玄怪录》。

卷第三百二十八
鬼十三

慕容垂

唐太宗征辽，行至定州，路侧有一鬼，衣黄衣，立高冢上，神彩特异。太宗遣使问之，答曰："我昔胜君昔，君今胜我今。荣华各异代，何用苦追寻。"言讫不见，问之，乃慕容垂墓。出《灵怪集》。

李勣女

贞观元年，李勣爱女卒，葬北邙，使家僮庐于墓侧。一日，女子忽诣家僮曰："我本不死，被大树之神窃我。今值其神出朝西岳，故得便奔出。知尔在此，是以来。我已离父母，复有此辱耻，不可归。幸尔匿我，我能以致富报尔。"家僮骇愕，良久乃许，遂别置一室。其女或朝出暮至，或夜出晓来，行步如风。一月后，忽携黄金十斤以赐，家僮受之。出卖数两，乃民家所失，主者执家僮以告。洛阳令推穷其由，家僮具述此事，及追取，此女已失，其余金尽化为黄石焉。出《潇湘录》。

慕容垂

唐太宗征辽的时候，走到定州，路旁有一鬼，穿着黄色的衣服，站在高高的坟墓上面，神采特异。太宗派人问他，鬼回答说："我昔胜君昔，君今胜我今。荣华各异代，何用苦追寻。"说完不见了。太宗一打听，才知道这是慕容垂的墓。出自《灵怪集》。

李勣女

贞观元年，李勣心爱的女儿死了，葬在北邙，让家僮住在坟墓的旁边。一天，女子忽然告诉家僮说："我本来不应该死，是被大树之神偷去的。现在趁着那个大树之神去朝拜西岳，我得便跑出来了。我知道你在这里，就来了。我已经离开了父母，又受到这样的羞辱，不能回去了。希望你把我藏起来，我能用致富来报答你。"家僮惊愕了半天才答应，于是把她安置在别的屋子里。那女子或朝出暮至，或夜出晨归，行走如风。一个月以后，忽然带来黄金十斤送给他，家僮收下了。拿出去卖了几两，才知道是百姓家丢的，失主抓住家僮来告官。洛阳令盘问原委，家僮详述此事，等到追取的时候，那女子已经不见了，剩下的金子都变成了黄色的石头。出自《潇湘录》。

解襥人

江南有数人行船,见岸上两人,与船并行数里。岸上人云:"暂寄歇息。"船人许之。怪其跳踯上船,其疾如风。须臾,两人云:"暂至村,各有小襥,且寄船上,慎勿开也。"殷勤戒之。两人去后,船中一人解襥共看。每襥有五百帖子,似纸,非篆隶,并不可识。共惊,还结如故。俄顷二人回,云:"开讫,何因讳?"乃捉解襥人云:"是此人解。"遂掷解襥上岸,如掷婴儿。又于村中取人,拥之而去。经数日,一人欲放解襥者,一人不许,曰:"会遣一二年受辛苦。"乃将至富人家。其人家有好马,恒于庭中置槽,自看饮饲。此时已夜,堂门闭,欲取富人无由。一人云:"此人爱马,解马放,即应开门出。"如言,富人果出。一人担之,应手即死。取得富人,遂弃解襥人而去。此家忙惧,唯见此人在,即共殴。缚之送县,以解襥等事为辞。州县不信,遂断死,此人自雪无由,久禁乃出。出《异闻录》。

漕店人

贞观中,长安城西漕店人,葬父母,凶具甚华。一二年后,忽见亡弟来,容貌憔悴。言为兄厚葬父母之故,被差为林皋驿马,祗承困苦不堪,故来请兄代。兄大惊惧,更多与纸钱,遣努力且作。其后数月,又见弟来云,祗承不济,兄遂不免去。其兄应时而卒。出《异闻录》。

张 琮

永徽初,张琮为南阳令。寝阁中,闻阶前竹下有呻吟

解襆人

江南有几个人行船,看见岸上有两个人与船并行了好几里。岸上人说:"暂且到船上歇息一下。"船上人同意了。岸上人跳上船来,其快如风,船上人觉得奇怪。一会儿,两人说:"我们要到村里去一下,我们各有个小包袱,先放在船上,千万不要打开。"再三告诫。两人离开后,船上一个人解开包袱,大伙一齐看。每个包袱有五百帖子,好像是纸,字不是篆隶,都不认识。大伙都很惊讶,照原样系上。一会儿两人回来了,说:"解开包袱了,为什么隐瞒?"就抓住解包袱人说:"是这人解开的。"就把解包袱人扔到岸上,像扔婴儿一样。又从村中找来人,簇拥而去。过了几天,一人想放走解包袱人,一人不同意,说:"应该让他受一二年的辛苦。"就把他带到一个富人家。这户人家有好马,总在院中置槽,自己看管马的饮食。这时已经半夜了,堂门紧闭,想抓获富人没有机会。一人说:"这人爱马,解开马放了,他就会开门出来。"照此办理,富人果然出来了。一人上前打他,触手就死了。抓获了富人,就丢开解包袱人走了。这家慌乱惊恐,只看见这个人在,就一块打他。绑上他送到县衙,解包袱人就将解开包袱等事讲了,为自己开脱。州县不信,就判他死罪。这人无法自雪冤屈,被关了很久才放出来。出自《异闻录》。

漕店人

贞观年间,长安城西漕店人安葬他的父母,祭具非常豪华。一二年之后,忽然看见他死去的弟弟来了,容貌憔悴。说因为哥哥厚葬父母的缘故,他被差为林皋驿马。因不堪忍受困苦,所以来请哥哥代替他。哥哥大为惊恐,给了他更多的纸钱,让他努力去干。过了几个月,又见弟弟来了,说承受不了,哥哥不能不去。他哥哥马上就死了。出自《异闻录》。

张 琮

张琮永徽初为南阳令。在阁中睡觉时,听到阶前竹下有呻吟

之声，就视则无所见。如此数夜，怪之，乃祝曰："有神灵者，当相语。"其夜，忽有一人从竹中出，形甚弊陋，前自陈曰："朱粲之乱，某在兵中，为粲所杀。尸骸正在明府阃前，一目为竹根所损，不堪楚痛。以明府仁明，故辄投告。幸见移葬，敢忘厚恩。"令谓曰："如是何不早相闻。"乃许之。明日，为具棺椁，使掘之，果得一尸，竹根贯其左目。仍加时服，改葬城外。其后令笞杀一乡老，其家将复仇，谋须令夜出，乃要杀之。俄而城中失火，延烧十余家。令将出按行之，乃见前鬼遮令马曰："明府深夜何所之？将有异谋。"令问为谁，曰："前时得罪于明府者。"令乃复入。明日，掩捕其家，问之皆验，遂穷治之。夜更祭其墓，刻石铭于前曰："身狥国难，死不忘忠。烈烈贞魂，实为鬼雄。"出《广异记》。

刘门奴

高宗营大明宫，宣政殿始成，每夜，闻数十骑行殿左右，殿中宿卫者皆见焉，衣马甚洁。如此十余日，高宗乃使术者刘门奴问其故，对曰："我汉楚王戊之太子也。"门奴诘问之："案《汉书》，楚王与七国谋反，汉兵诛之，夷宗覆族，安有遗嗣乎？"答曰："王起兵时，留吾在长安。及王诛后，天子念我，置而不杀，养于宫中。后以病死，葬于此。天子怜我，殓以玉鱼一双，今在正殿东北角。史臣遗略，是以不见于书。"门奴曰："今皇帝在此，汝何敢庭中扰扰乎？"对曰："此是我故宅，今既在天子宫中，动出颇见拘限，甚不乐。乞改葬我于高敞美地，诚所望也。慎无夺我玉鱼。"门

之声,靠近一看也没发现什么。这样过了几晚,张琮很奇怪,就祈祝说:"有神灵降临,应该和我说话。"这天晚上,忽然有一人从竹林中走出,相貌很丑陋,上前自我介绍说:"朱粲叛乱时,我在军中,被朱粲所杀。尸体正好在您家楼前。一只眼睛被竹根伤了,不能忍受痛苦。因您仁义贤明,所以来相告。如有幸被移葬他处,不敢忘了您的大恩。"张琮对他说:"如果这样,为什么不早告诉我!"就答应了。第二天,为他准备了棺材,命人挖掘竹林,果然见到一具尸体,竹根穿过他的左眼睛。为他穿上时新衣服,改葬在城外。后来,张琮用笞刑打死了一个乡下老人,他的家属想要复仇,谋划着只要张琮晚上出来,就要杀他。不久,城中失火,漫延烧了十几家。张琮正要出去巡视火情,就见前几天那个鬼拦住马说:"您深夜去什么地方?有人要图谋您。"张琮问是谁,鬼说:"前些时得罪您的人。"张琮就又回去了。第二天就缉捕了他的家属,经过审问都验证了鬼说的事,便穷究惩治。晚上又祭拜鬼的墓,刻石碑立在墓前。铭文说:"身殉国难,死不忘忠。烈烈贞魂,实为鬼雄。"出自《广异记》。

刘门奴

高宗建造大明宫,宣政殿刚刚完成的时候,每到晚上都听见数十名骑马的人行驰在殿的左右,殿中守夜的卫兵都看见了,衣服马匹非常整洁。如此十多天,高宗让术士刘门奴去问是怎么回事,对方回答说:"我是汉代楚王戊的太子。"门奴质问他:"按《汉书》的说法,楚王和七国串通谋反,汉军杀了他,覆灭了宗族,怎么能有遗留的后代呢?"回答说:"楚王起兵时,留我在长安。楚王被诛后,天子顾念我,没杀我,养在宫中。后来因病而死,埋在这个地方。天子可怜我,用玉鱼一双殉葬,现在放在正殿的东北角。史官漏掉了这些事,所以不见于史书。"门奴说:"现在皇帝在此,你怎敢在庭中骚扰?"回答说:"这是我过去住的地方,现在既然在天子宫中,行动很受拘束,很不痛快。请把我改葬在高敞的美地,这是我真诚希望的。千万不要拿走我的玉鱼。"门

奴奏之,帝令改葬。发其处,果得古坟,棺已朽腐,傍有玉鱼一双,制甚精巧。乃敕易棺椁,以礼葬之于苑外,并以玉鱼随之。于此遂绝。出《广异记》。

阎庚

张仁亶,幼时贫乏,恒在东都北市寓居。有阎庚者,马牙荀子之子也。好善自喜,慕仁亶之德,恒窃父资,以给其衣食,亦累年矣。荀子每怒庚云:"汝商贩之流,彼才学之士,于汝何有,而破产以奉?"仁亶闻其辞,谓庚曰:"坐我累君,今将适诣白鹿山。所劳相资,不敢忘也。"庚久为仁亶胥附之友,心不忍别,谓仁亶曰:"方愿志学,今欲皆行。"仁亶奇有志,许焉。庚乃私备驴马粮食同去。

六日至陈留,宿逆旅。仁亶舍其内房,房外有床。久之,一客后至,坐于床所。仁亶见其视瞻非凡,谓庚自外持壶酒至。仁亶以酒先属客,客不敢受,固属之,因与合饮。酒酣欢甚,乃同房而宿。中夕,相问行李,客答曰:"吾非人,乃地曹耳。地府令主河北婚姻,绊男女脚。"仁亶开视其衣装,见袋中细绳,方信焉。因求问己荣位年寿,鬼言:"亶年八十余,位极人臣。"复问庚,鬼云:"庚命贫,无位禄。"仁亶问何以致之,鬼云:"或绊得佳女,配之有相,当能得耳。今河北去白鹿山百余里,有一村中王老女,相极贵。顷已绊与人讫,当相为解彼绊此,以成阎侯也。第速行,欲至其村,当有大雨濡湿,以此为信。"因诀去。

仁亶与庚行六七日,至村,遇大雨,衣装湿污。乃至村西,求王氏舍焉。款门,久之方出,谢客云:"家有小不得

奴向皇帝上奏了这件事,皇帝命令改葬。挖开这个地方,果然有一座古墓,棺木已经腐朽了,旁边有玉鱼一双,制造很精巧。皇帝下令换了棺材,以礼节把他移葬在宫外,并把玉鱼随葬。此后就没有鬼出现了。出自《广异记》。

阎 庚

张仁亶小时贫穷,常在东都北市寄居。有个叫阎庚的人,是马牙阎荀子的儿子。阎庚以好善自喜,仰慕仁亶的品德,常常偷他父亲的钱财来接济仁亶的吃穿,持续了好几年。阎荀子总是怒骂阎庚说:"你是商贩之流,他是才学之士,对你来说有什么理由破费钱财来奉养他呢?"仁亶听到这话,对阎庚说:"因为我而连累了您,现在我正要去白鹿山。劳烦您相送财物,不敢忘记。"阎庚早已是仁亶形影不离的朋友,心中不忍分别,对仁亶说:"我也正有志于学,现在想和您一同去。"仁亶惊叹他有此志向,同意了。阎庚就私下准备好了驴马粮食一同走了。

六天后,到了陈留,住在客店。仁亶住在内房,房外面也有床。过了很久,来了一个客人,坐在床上。仁亶看他气质非凡,让阎庚到外面拿壶酒来。仁亶先请客人喝,客人不敢接受,仁亶坚持请他,于是一起喝酒。酒喝得很高兴,就一同回房休息。半夜,仁亶问他要到哪里去,他回答说:"我不是人,是地下的官吏。地府令我主持河北一带婚姻事宜,为男女作合。"仁亶解开他的衣装看,看见了袋中的细绳,才相信。仁亶就问他自己的官位年寿,鬼说:"你能活到八十多岁,位极人臣。"又问阎庚的情况,鬼说:"阎庚命苦,不能做官。"仁亶问用什么办法能得来位禄,鬼说:"如果能找到好女子,与他配得合适,当能得到。现在河北离白鹿山一百余里的村中王老的女儿,面相极贵。已经跟别人拴在一起了,我当解开那边拴上这边来成全阎侯。只是需要马上走,将到村子的时候,会有场大雨,以此为凭信。"说完就告别而去。

仁亶和阎庚走了六七天,到村边遇大雨,衣装都污湿了。就来到村西,到王家求宿。敲门半天,才有人出来道歉:"家里有不顺

意，所以迟迟，无讶也。"仁亶问其故，云："己唯一女，先许适西村张家。今日纳财，非意单寡，此乃相轻之义。已决罢婚矣。"仁亶等相顾微哂。留数日，主人极欢，仁亶乃云："阎侯是己外弟，盛年志学，未结婚姻。"主人辞以田舍家，然有喜色。仁亶固求，方许焉。以马驴及他赍为赘。数日成亲毕，留阎侯止王氏，仁亶独往，主人赠送之。其后数年，仁亶迁侍御史、并州长史、御史大夫知政事。后庚累遇提掣，竟至一州。出《广异记》。

明崇俨

　　唐正谏大夫明崇俨，少时，父为县令。县之门卒有道术，俨求教。教以见鬼方，兼役使之法。遗书两卷，俨阅之，书人名也。俨于野外独处，按而呼之，皆应曰："唯。"见数百人。于是每须役使，则呼其名，无不立至者。俨尝行，见名流将合祔二亲者，辒车已出郊，俨随而行，召其家人谓曰："汝主君合葬二亲乎？"曰："然。"曰："汝取灵枢，得无误发他人冢乎？"曰："无。"俨曰："吾前见紫车，后有夫人，年五十余，长大名家妇也。而后有一鬼，年甚壮，寡发弊衣，距跃大喜，而随夫人。夫人泣而怒曰：'合葬何谓也？'汝试以吾言白汝主君，云明正谏有言如此。"祔亲者闻之，大惊，泣而谓俨曰："吾幼失父，昨迁葬，决老竖取之，不知乃误如此。"崇俨乃与至发墓所，命开近西境，按铭记，果得之。乃弃他人之骨，而祔其先人。俨在内言事，及人间厌胜至多，备述人口，故不繁述。出《纪闻》。

心的事,所以开门迟了,不要见怪。"仁亶问起缘由,他说:"我只有一个女儿,先前许配西村张家。今天过嫁妆,想不到很单薄,这是轻视的意思,已经决定解除婚约了。"仁亶、阎庚相视微笑。住了几天,主人很高兴。仁亶就说:"阎庚是我外弟,正当盛年,有志于学,没有婚配。"主人以田舍之家推辞,但面露喜色。仁亶执意相求,主人就同意了。阎庚用驴马及其他携带的东西当作聘礼。几天后成亲完毕,仁亶留阎庚在王家,独自走了,主人馈赠送行。这之后几年,仁亶官至侍御史、并州长史、御史大夫知政事。后来阎庚屡蒙提携,最后官至一州刺史。出自《广异记》。

明崇俨

　　唐正谏大夫明崇俨,年轻时,父亲是县令。有个门卒会道术,崇俨向他求教,他教给崇俨见鬼和驱使鬼的方法。还送给崇俨书两卷,崇俨一看,书上写着人名。崇俨在野外独处时,就按书上的人名召呼他们,都回答说:"唯。"见了几百人。于是每当需要驱使他们,就召呼名字,没有不立刻就到的。崇俨有次出行,看到名流之家想合葬双亲,丧车已出了郊外,崇俨随之而行,召呼他的家人说:"你家主人想合葬双亲吗?"回答说:"是这样。"崇俨说:"你们挖取棺材会不会误挖了别人的坟呢?"回答说:"不会。"崇俨说:"我刚才看见紫车后面有个夫人,年纪有五十多岁,是个名家妇女。后面有一个鬼,年纪正当壮年,头发稀少,衣服破旧,跳跃着很惊喜地跟随着夫人。夫人哭泣着怒斥他说:'干什么合葬啊?'你试着把我说的话告诉你家主人,就说是明正谏这样说的。"合葬双亲的人听到这话,非常惊讶,哭着对崇俨说:"我很小的时候父亲就去世了,昨天迁坟,是由老仆办理的,不知道会错到这种程度。"崇俨就和他们一起来到挖掘墓地的地方,让挖开靠近西侧的地方,按照铭文,果然找到了。于是抛开别人的尸骨而将亲人合葬在一起。明崇俨在朝内言事,以及在民间厌胜,事例很多,传诵人口,所以就不多说了。出自《纪闻》。

王怀智

唐坊州人上柱国王怀智，显庆初卒，其母孙氏及弟怀善、怀表并存。至四年六月，雍州高陵有一人失其姓名，死经七日，背上已烂而苏，云在地下见怀智，见任太山录事。遣此人执笔，口授为书，谓之曰："汝虽合死，今方便放汝归家，宜为我持此书至坊州。访我家，白我母曰：'怀智今为太山录事，幸蒙安太。但家中曾贷寺家木作门，此既功德物，早偿之。怀善将死，不合久住。速作经像救助，不然，恐无济理。'"此人既苏，即赍书特送其舍。所谓家事，无不暗合。至三日，怀善暴死。合州道俗闻者，莫不增修功德。鄜州人勋卫侯智纯说之。出《法苑珠林》。

沙门英禅师

唐法海寺沙门英禅师，具言每见鬼，寺主沙门慧兰，怪而问焉。英曰："向秦庄襄王遣人传语饥虚甚，以师大慈，又自有所见，从者二百许人，勿辞劳费也。吾已报云后日晓食书来，专相候待。"慧兰便备酒脯之类。至时秦王果来，侍从甚众，贵贱罗列，坐食甚急，谓英曰："弟子不食八十年矣。"英问其故，答曰："吾生时未有佛法，地下见责功德，吾但以放生矜恤茕孤应之。以福薄，受罪未了。受此一餐，更四十年，方便得食。"因指坐上人云："是陈轸，多为虚诈。"又指二人云："是白起、王翦，为杀人多，受罪亦未了。"英曰："王何不从人索食，而自受饥窘也？"答曰："慈心少，且余人又不相见。吾贵人，不可妄作祸祟，所以然也。"因指酒脯曰："寺主将来耶？深耽愧。"临去时，谓英曰：

王怀智

唐朝坊州人上柱国王怀智,显庆初年死了,他的母亲孙氏和弟弟怀善、怀表还都活着。到了显庆四年六月,雍州高陵有一个人,不知道他叫什么名字,死了七天了,背上已经腐烂了,又苏醒过来,说他在地下见到了怀智,现任太山录事。怀智让他执笔口授了一封信,对他说:"你虽然应该死,现在我行方便放你回家,应该替我拿这封信到坊州。找到我家,告诉我母亲说:'怀智现在是太山录事,幸蒙安泰。只是家中曾借寺庙的木头做门,这既然是功德之物,就应该早早还给寺庙。怀善快要死了,不应久住。快点造经像救助,不然恐怕没有机会了。'"这人死而复生后,就带着书信特意送到他家。所说的家事,无不暗合。到了第三天,怀善暴死。全州道家、俗家听说了这件事,无不增修功德。这是鄜州人勋卫侯智纯说的。出自《法苑珠林》。

沙门英禅师

唐时法海寺僧人英禅师,说他常常见到鬼,寺主僧慧兰就觉得奇怪而询问他。英禅师说:"方才秦庄襄王派人传话,说他饿得厉害,以太师的慈悲心肠,又自有所见,跟随他的二百多人,请不辞劳费。我已经告诉他了,后天早晨吃饭的时候来,专门等候招待。"慧兰就准备了酒肉之类的东西。到时秦王果然来了,侍从很多,贵贱罗列而坐,吃得很急。秦王对英禅师说:"我已经八十年没吃饭了。"英禅师询问原因,秦王回答说:"我活着的时候还没有佛法,在地下被责问到功德之事,我只以放生、抚恤孤寡来应付。因为欠缺福德,受罪没完。今天吃这一顿饭,要过四十年才能再吃。"于是秦王又指着座上人说:"这是陈轸,太虚伪奸诈。"又指着二人说:"这是白起、王翦,因为杀人太多,受罪也没完。"英禅师说:"怎么不朝人索要食物,而自己忍受饥饿呢?"回答说:"好心人太少了,况且其他人也看不见我。我是富贵之人,不能轻易去人间做坏事,所以就到了现在这种地步。"又指着酒肉说:"这是寺主带来的吧?非常惭愧。"临走时对英禅师说:

"甚愧禅师，弟子有物在，当相送。城东门通化外尖冢，是弟子墓。时人不知，妄云吕不韦冢耳。"英曰："往赤眉贼发掘，何得更有物在？"鬼曰："贼将粗物去，细者深，贼取不得，见在。"英曰："贫道出家，无用物处，必莫将来。"言讫谢去。出《两京记》。

陈　导

唐陈导者，豫章人也，以商贾为业。龙朔中，乃泛舟之楚，夜泊江浦，见一舟溯流而来，亦宿于此。导乃移舟近之，见一人，庞眉大鼻如吏，在舟检勘文书，从者三五人。导以同旅相值，因问之曰："君子何往？幸喜同宿此浦。"庞眉人曰："某以公事到楚，幸此相遇。"导乃邀过船中，庞眉亦随之。导备酒馔，饮经数巡，导乃问以姓氏，庞眉人曰："某姓司徒，名卞。被差至楚，已来充使。"导又问曰："所主何公事也？"卞曰："公不宜见问。君子此行，慎勿以楚为意，愿适他土耳。"导曰："何也？"卞曰："吾非人也，冥司使者。"导惊曰："何故不得之楚？"卞曰："吾往楚行灾，君亦其人也。感君之惠，故相报耳。然君须以钱物计会，方免斯难。"导恳苦求之，卞曰："但俟我从楚回，君可备缗钱一二万相贶，当免君家。"导许诺，告谢而别。是岁果荆楚大火，延烧数万家，荡无孑遗。导自别卞后，以忧虑系怀，及移舟而返，既至豫章，卞亦至矣。导以悭鄙为性，托以他事，未办所许钱，使者怒，乃令从者持书一缄与导。导开读未终，而宅内掀然火起，凡所财物悉尽。是夕无损他室，惟烧导家。卞亦不见，盖以导悭啬，负前约而致之也。出《集异记》。

"很对不起禅师,我有东西在,应该送给您。城东门通化外尖尖的坟,是我的墓。人们都不知道,胡说是吕不韦墓。"英禅师说:"以前赤眉贼兵挖掘过了,怎么还能有东西在呢?"鬼说:"贼兵将粗糙的东西拿去了,细软在里面,贼兵拿不走,还在。"英禅师说:"我是出家人,没有用东西的地方,千万不要拿来。"英禅师说完,秦王告别走了。出自《两京记》。

陈 导

　　唐朝陈导是豫章人,以经商为业。龙朔年间,他乘船去楚地,夜晚船停在江边,看见一只船逆流而来,也停在这个地方。陈导就移身靠近它,看见一个人,浓眉大鼻好像官吏,在船上检查文书,有三五个随从。陈导因为是旅途相遇,就问他说:"您去哪儿?有幸同住这里。"浓眉人说:"因公事到楚地,有幸在此相遇。"陈导就邀请他到自己的船中,浓眉人就随他过来了。陈导准备了酒菜,酒过数巡,陈导就问他姓名,浓眉人说:"我姓司徒,名弁。被差往楚地,充当使者。"陈导又问:"办什么公事呢?"司徒弁说:"您不该问。您这次出行,千万不要去楚地,去别的地方吧。"陈导问:"为什么?"司徒弁说:"我不是人,是阴间使者。"陈导惊讶地说:"什么原因不能去楚地呢?"司徒弁说:"我去楚地行布灾难,您也是应得灾的。感谢您的恩惠,所以才告诉您。但您必须用钱财物品打点,方能免除这场灾难。"陈导恳切地苦求他,司徒弁说:"只等我从楚地回来,您可准备纸钱一二万相送,就能免去您家的灾祸。"陈导答应,告谢分别了。这年荆楚之地果然起了大火,接连烧了几万家,没有幸存的。陈导自从和司徒弁分别后,因忧虑在心,就乘船回去了,等到了豫章,司徒弁也来了。陈导悭吝成性,假托有别的事,没有置办他许下的钱财,使者生气了,就让一个随从送给陈导一封信。陈导拆开没有读完,而家中立刻起了大火,财物全都烧光了。这晚没有损害别人家,只烧了陈导家。司徒弁也不见了。这都是因为陈导悭吝,违背了以前的诺言造成的。出自《集异记》。

王　志

唐显庆三年,岐州人王志任益州县令,考满还乡。有女美,未嫁道亡,停县州寺中累月。寺中先有学生,停一房,夜初见此女来,妆饰华丽,欲伸缱绻,学生纳之。相知经月,此女赠生一铜镜,巾栉各一。令欲上道,女与生密共辞别。家人求此物不得,令遣巡房求索,于生房得之。令遣左右缚此生,以为私盗。学生诉其事,非唯得此物,兼留上下二衣。令遣人开棺检之,果无此衣。既见此征,于是释之。问其乡里,乃岐州人,因从父南任,父母俱亡,游诸州学问,不久当还。令给衣马装束同归,以为女夫,怜爱甚重。出《法苑珠林》。

巴峡人

调露年中,有人行于巴峡。夜泊舟,忽闻有人朗咏诗曰:"秋径填黄叶,寒摧露草根。猿声一叫断,客泪数重痕。"其音甚厉,激昂而悲。如是通宵,凡吟数十遍。初闻,以为舟行者未之寝也,晓访之而更无舟船,但空山石泉,溪谷幽绝,咏诗处有人骨一具。出《纪闻》。

陆余庆

陆余庆,吴郡人,进士擢第。累授长城尉,拜员外监察。久视中,迁凤阁舍人,历陕州刺史、洛州长史、大理卿、少府监。主睿宗辒车不精,出授沂州刺史。余庆少时,尝冬日于徐、亳间夜行,左右以囊橐前行,余庆缓辔蹑之。寒甚,会群鬼环火而坐,庆以为人,驰而遽下就火。讶火焰炽而不暖,庆谓之曰:"火何冷,为我脱靴。"群鬼但俯而笑,不

王　志

　　唐显庆三年,岐州人王志任益州县令,任期已满要还乡。他有个女儿很美,未出嫁就死在了回乡路上,停在县州寺庙中几个月了。寺中先就有个学生住在一间屋里。这夜天刚黑,看见这个女子来了,妆饰华丽,想和他欢好,学生接纳了她。相好了一个月,这个女子赠给学生一面铜镜,毛巾、梳子各一个。县令王志打算上路,女子与学生暗里辞别。女子家人找不到这些东西,县令让按屋查找,在学生房中找到了。县令让随从绑上学生,以为他是盗贼。学生讲述了他们的事,还说不但有这些东西,还留下了上下两件衣服。县令派人打开棺材检查,果然没了这些衣服。既然有了这些证据,就把学生放了。问他原籍,乃是岐州人,因跟从父亲去南方任职,父母都死了,他就游历各地、增长见识,不久就该回乡了。县令给了他衣服马匹,一起还乡,把他当成女婿,非常怜爱。出自《法苑珠林》。

巴峡人

　　调露年间,有人行经巴峡。晚上停船,忽然听见有人诵诗:"秋径填黄叶,寒摧露草根。猿声一叫断,客泪数重痕。"声音非常凄厉,激昂悲越。这样朗诵了一宿,有几十遍。刚开始听到,还以为是行船的人没有睡觉,早晨访求才知道没有其他船停泊,只有空山石泉,溪谷幽绝,诵诗之处有一具死人尸骨。出自《纪闻》。

陆余庆

　　陆余庆,吴郡人,进士及第。先后任长城尉、员外监察。武则天久视年间,任凤阁舍人,又历任陕州刺史、洛州长史、大理卿、少府监。主管睿宗辒车不胜任,出任沂州刺史。余庆年轻的时候,曾于冬天在徐、亳州之间夜晚赶路,仆人带着行李在前面走,余庆放松马缰跟着。非常冷,遇到一群鬼围火而坐,余庆以为是人,就打马过去下来烤火。惊讶火焰炽烈而不暖,余庆就问他们:"火为什么不暖和呢?给我脱靴子。"群鬼只是低头而笑,不

应。庆顾视之，郡鬼悉有面衣。庆惊，策马避之，竟无患。其傍居人谓庆曰："此处有鬼为祟，遭之者多毙。郎君竟无所惊惧，必福助也，当富贵矣！"出《御史台记》。

回答。余庆仔细一看,他们都戴着遮面布。他十分吃惊,打马而走躲避他们,竟然没有后患。附近住户对余庆说:"这地方有鬼作祟,遇到的人大多死了。您竟然没被吓倒,一定是有福佑,必定富贵!"出自《御史台记》。

卷第三百二十九
鬼十四

夏文荣

周长安年初，前遂州长江县丞夏文荣，时人以为判冥事。张鷟时为御史，出为处州司仓，替归，往问焉。荣以杖画地作柳字，曰："君当为此州。"至后果除柳州司户，后改德州平昌令。荣克时日，晷漏无差。又苏州嘉兴令杨廷玉，则天之表侄也，贪猥无厌，著词曰："回波尔时廷玉，打獠取钱未足。阿姑婆见作天子，傍人不得抵触。"差摄御史康訾推，奏断死。时母在都，见夏文荣。荣索一千张白纸，一千张黄纸，为廷玉祷。后十日来，母如其言。荣曰："且免死矣，后十日内有进止。"果六日有敕："杨廷玉奉养老母残年。"又天官令史柳无忌造荣，荣书卫、汉、郴字曰："卫多不成，汉、郴二州，交加不定。"后果唱卫州录事，关重，即唱汉州录事。时鸾台凤阁令史进状，诉天官注拟不平。则天责侍郎崔玄暐，暐奏："臣注官极平。"则天曰："若尔，吏部

夏文荣

武周长安初年，前遂州长江县丞夏文荣，当时的人认为他兼判阴冥间事。张鹫当时是御史，出任处州司仓，被替任而归，去求问夏文荣。夏文荣用木棍在地上画了个柳字，说："您应该出任这个州。"到后来张鹫果然任柳州司户，后来改任德州平昌令。夏文荣预算时间，和晷漏一样没有差错。又苏州嘉兴县令杨廷玉，是武则天的表侄，贪得无厌，有人写词说："回波尔时廷玉，打獠取钱未足。阿姑婆见作天子，傍人不得抵触。"皇帝让代理御史康訔调查，上奏判了他死罪。当时他的母亲在京城，求见夏文荣。文荣要一千张白纸，一千张黄纸，为廷玉祈祷。让她过十天再来，杨母听从了文荣的话。文荣说："已免掉死罪了，十天内当有消息。"果然到了第六天有了敕令："杨廷玉奉养老母残年。"又天官令史柳无忌造访文荣，文荣写了卫、汉、郴字，说："卫州多半不行，汉、郴二州，交替不稳定。"后来，果然宣布柳无忌任卫州录事，因任命重复，又改任汉州录事。当时，鸾台凤阁令史上书朝廷，控告天官选拔官员不公平。武则天责备侍郎崔玄暐，玄暐上奏说："臣选拔官员很公平。"武则天说："若是那样，让吏部

令史官共鸾台凤阁交换。"遂以无忌为郴州平阳主簿,鸾台令史为汉州录事焉。出《朝野佥载》。

张希望

周司礼卿张希望,移旧居改造。见鬼人冯毅见之曰:"当新厩下,有一伏尸,极怒,公可避之。"望笑曰:"吾少长已来,未曾信如事,公勿言。"后月余,毅入,见鬼持弓矢,随希望后。适及阶,鬼引弓射中肩膊,希望觉背痛,以手抚之,其日卒。出《志怪》。

郑从简

周左司员外郎郑从简,所居厅事常不宁,令巫者视之,曰:"有伏尸,姓宗,妻姓寇,在厅基之下。"使问之曰:"君坐我门上,我出入常值君,君自不嘉,非我之为也。"掘地三尺,果得旧骸,有铭如其言。移出改葬,于是遂绝。出《朝野佥载》。

房颖叔

周地官郎中房颖叔,除天官侍郎,明日欲上。其夜有厨子王老夜半起,忽闻外有人唤云:"王老不须起,房侍郎不上。后三日,李侍郎上。"王老却卧至晓,房果病,两日而卒。所司奏状下,即除李迥秀为侍郎,其日谢,即上。王老以其言问诸人,皆云不知,方悟是神明所告也。出《朝野佥载》。

令史官和鸾台凤阁交换一下。"就让柳无忌做了郴州平阳主簿，鸾台令史为汉州录事。<small>出自《朝野佥载》。</small>

张希望

武周司礼卿张希望，迁到一处旧房子，稍做改造后住下。有个能看到鬼的人叫冯毅，一天见到张希望，告诉他说："在您新盖的马厩下面，有一个伏尸，他很恼怒，您应该回避他。"张希望笑着说："我从小到大，从不相信这类事，您不要多说了。"一个多月后，冯毅来了，看见鬼拿着弓箭，跟随在张希望后面。张希望刚走到台阶，鬼就发箭射中了他的肩膀，张希望觉得背痛，用手抚摸，当天就死了。<small>出自《志怪》。</small>

郑从简

武周左司员外郎郑从简，他的住处大厅经常不安宁。他请巫师到家检视，巫师说："这里有伏尸，姓宗，妻子姓寇，在大厅的地基下面。"郑从简让巫师问鬼，鬼说："您坐在我门上，我出入常碰到您，您自然就感到不好了，不是我故意的。"郑从简命人挖地三尺，果然有陈旧的尸骨，有铭文和鬼说的一样。郑从简把尸骨移出改葬别处，从此就清静了。<small>出自《朝野佥载》。</small>

房颖叔

武周地官郎中房颖叔，官拜天官侍郎，第二天要去上任。这天晚上，有个厨子王老，半夜起来，忽然听到外面有人说："王老不必起来，房侍郎上不了任。三天后，李侍郎才能上任。"王老就一觉睡到天亮。房颖叔果然病了，两天后死去。主管部门上报了情况，就任命了李迥秀任侍郎，李迥秀当天去拜谢，就去上任了。王老拿这些话去问大伙儿，都说不知道，王老才明白这是神明的预告。<small>出自《朝野佥载》。</small>

刘 讽

文明年，竟陵掾刘讽，夜投夷陵空馆。月明不寝，忽有一女郎西轩至，仪质温丽，缓歌闲步，徐徐至中轩。回命青衣曰："紫绥取西堂花茵来，兼屈刘家六姨姨、十四舅母、南邻翘翘小娘子，并将溢奴来。传语道：此间好风月，足得游乐。弹琴咏诗，大是好事。虽有竟陵判司，此人已睡，明月下不足回避也。"

未几而三女郎至，一孩儿，色皆绝国。紫绥铺花茵于庭中，揖让班坐。坐中设犀角酒樽，象牙杓，绿罽花觯，白琉璃盏。醪醴馨香，远闻空际。女郎谈谑歌咏，音词清婉。一女郎为录，一女郎为明府，举觞酹酒曰："惟愿三姨婆寿等祁山，六姨姨与三姨婆等，刘姨夫得太山府纠成判官，翘翘小娘子嫁得朱余国太子，溢奴便作朱余国宰相。某三四女伴，总嫁得地府司文舍人。不然，嫁得平等王郎君六郎子、七郎子，则平生望足矣。"一时皆笑曰："须与蔡家娘子赏口。"翘翘时为录事，独下一筹，罚蔡家娘子曰："刘姨夫才貌温茂，何故不与他五道主使，空称纠成判官，怕六姨姨不欢。请吃一盏。"蔡家娘子即持杯曰："诚知被罚，直缘姨夫大年老昏暗，恐看五道黄纸文书不得，误大神伯公事。饮亦何伤。"于是众女郎皆笑倒。又一女郎起，传口令，仍抽一翠簪。急说，传翠簪过令，不通即罚。令曰："鸾老头脑好，好头脑鸾老。"传说数巡，因令紫绥下坐，使说令。紫绥素吃讷，令至，但称"鸾老鸾老"。女郎皆大笑曰："昔贺若弼弄长孙鸾侍郎，以其年老口吃，又无发，故造此令。"

三更后，皆弹琴击筑，更唱迭和。歌曰："明月秋风，良宵会同。星河易翻，欢娱不终。绿樽翠杓，为君斟酌。今夕不饮，何时欢乐。"又歌曰："杨柳杨柳，袅袅随风急。西楼美人春梦长，绣帘斜卷千条人。"又歌曰："玉口金缸，愿陪君王。邯郸宫中，金石丝簧。卫女秦娥，左右成行。纨缟缤纷，

刘讽

唐文明年间，竟陵官吏刘讽，晚上投宿在夷陵空馆。月光很亮睡不着，忽然有一个女郎从西轩来，仪态温和、美丽，轻歌慢步，徐徐而至中轩。她回头告诉婢女说："紫绥取西堂花垫来，顺便邀请刘家六姨姨、十四舅母、南邻翘翘小娘子，并将溢奴带来。传我的话：这地方好风月，很可游乐。弹琴咏诗，非常好。虽然有竟陵判司在，此人已睡着了，明月下不用回避。"

不一会儿，三个女郎来了，还有一个小孩儿，都容貌倾国。紫绥在院中铺好花垫，她们互相施礼列坐。座中设有犀角酒杯，象牙杓，绿罽花镟，白琉璃盏。酒气馨香，弥漫远空。女郎们谈笑歌咏，声音清脆、婉转。一个女郎为录事，一个女郎为明府，举杯祝酒说："祝愿三姨婆寿比祁山，六姨姨和三姨婆齐寿，刘姨夫得到太山府纠成判官，翘翘小娘子嫁给朱余国太子，溢奴便做朱余国宰相。我们三四个女伴，都嫁给地府司文舍人，不然嫁给平等王郎君六郎子、七郎子，那平生的心愿就满足了。"一时都笑着说："要给蔡家娘子赏酒。"翘翘这时是录事，独下一筹，罚蔡娘子酒，说："刘姨夫才貌温和美善，为什么不让他做五道主使，空称纠成判官，怕六姨姨不高兴。请喝一杯。"蔡家娘子立刻拿着酒杯说："知道该被罚，只是因为姨夫年纪大糊涂，恐怕看不了五道黄纸文书，误了大神伯公事。喝一杯又何妨。"于是众女郎都笑倒了。又一个女郎站起来，行酒令，仍抽出一个翠簪。急说，传翠簪行酒令，行不通就罚。令辞是："鸢老头脑好，好头脑鸢老。"行过数巡，因令翠绥坐在末席，让她说酒令。翠绥一向木讷，酒令到了，她只说"鸢老鸢老"。众女郎都大笑说："以前贺若弼作弄长孙鸢侍郎，因其年老口吃，又没有头发，所以制作了这个酒令。"

三更以后，女郎们都弹琴击筑，轮流唱歌互相唱和，歌曰："明月秋风，良宵会同。星河易翻，欢娱不终。绿樽翠杓，为君斟酌。今夕不饮，何时欢乐。"她们又唱道："杨柳杨柳，袅袅随风急。西楼美人春梦长，绣帘斜卷千条入。"又唱道："玉口金缸，愿陪君王。邯郸宫中，金石丝簧。卫女秦娥，左右成行。纨缟缤纷，

翠眉红妆。王欢顾昕，为王歌舞。愿得君欢，常无灾苦。"

歌竟，已是四更，即有一黄衫人，头有角，仪貌甚伟，走入拜曰："婆提王命娘子速来。"女郎等皆起而受命，即传语曰："不知王见召，适相与望月至此，敢不奔赴！"因命青衣收拾盘筵。讽因大声嚏咳，视庭中无复一物。明旦，拾得翠钗数只，将以示人，不知是何物也。出《玄怪录》。

相州刺史

唐王道坚为相州刺史，州人造板籍，毕则失之。后于州室梁间散得之，籍皆中截为短卷，遂不用矣，弃之。又有李使君在州，明早将祀社，夜洁斋，卧于厅事。梦其父母尽来迎己，觉而恶之，具告其妻。因疾，数日卒。朱希玉为刺史，宅西院恒闭之，希玉退衙，忽一人紫服，戴高髻，乘马直入，二苍头亦乘导之，至阁乃下。直吏以为亲姻家通信也，从而视之。其人正服徐行，直入中院，院门为之开，入已复闭。乃索苍头及马，皆无之。走白希玉，希玉命开中院，但见四周除扫甚洁，帐幄围匝，施设粲然，华筵广座，殽馔穷极水陆，数十人食具器物，尽金银也。希玉见之大惊，乃酌酒酹之以祈福。遂出，闭其门。明日更开，则如旧矣。室宇封闭，草蔓荒凉。二年而希玉卒。出《纪闻》。

王 湛

王湛判冥事，初叔玄式，任荆州富阳令，取部内人吴实钱一百贯。后诬以他事，决杀之以灭口。式带别优，并有上下考，五选不得官，以问，湛自为叔检之。经宿曰："叔前

翠眉红妆。王欢顾眄，为王歌舞。愿得君欢，常无灾苦。"

唱完已四更了，便有一个黄衫人，头上有角，相貌很雄伟，走入行礼说："婆提王让娘子速来。"女郎们都起身受命，说："不知王召见，刚才我们一起到这里赏月，怎敢不去。"就让婢女收拾筵席。刘讽就大声咳嗽，看院中已无一物。第二天早晨，刘讽拣到几个翠钗，拿给别人看，谁也不知道是何物。出自《玄怪录》。

相州刺史

唐朝王道坚任相州刺史，州中人编造户籍册，完成后就丢失了。后来在州府屋中的房梁上零散地找到了，户籍都从中间裁断，成了短卷，就不用了，丢弃了它。有个李使君在本州，第二天早上将要祭祀社神，夜里沐浴斋戒，睡在大厅。夜里梦见他的父母都来迎接自己，醒了之后很讨厌这个梦，便告诉了他妻子。他就病了，几天后就死了。朱希玉是刺史，家宅的西院总是关闭的。朱希玉从衙门回来，忽然有一个人穿着紫色的衣服，梳着高高的发髻，骑马直入，两个随从也骑马前导，到了阁前才下马。值班的属吏以为是替亲家送信的，跟随着看。那人端正衣冠慢慢行走，直接进入中院，院门为他而开，进去后又关上了。再看随从和马匹，都没有了。他们跑去告诉希玉，希玉就让打开中院，只见四周打扫得非常干净，帐幄围匝，设施粲然，筵席豪华，席位宽敞，美酒佳肴都是水中陆地最好的，几十个人的食具器物，都是全银的。希玉看见这些很吃惊，就洒酒在地上来祈福。做完这些就退出来，关上了门。第二天再打开看，就像以前一样了。屋子都是关闭的，野草荒凉。两年后希玉死了。出自《纪闻》。

王　湛

王湛判理阴间的事，当初他的叔叔王玄式任荆州富阳令，拿了治下百姓吴实一百贯钱。后来以别的事诬陷他，杀了他灭口。王玄式得了别优的考语，考察定位上等下，五次选官都没有选上，就问王湛，王湛说为叔叔检看一下。过了一宿说："叔叔以前

任富阳令日,合有负心事。其案见在,冥司判云:'杀人之罪,身后科罚。取钱一百贯,当折四年禄。'"叔曰:"诚有此事,吾之罪也。"出《朝野佥载》。

狄仁杰

则天时,狄仁杰为宁州刺史。其宅素凶,先时刺史死者十余辈。杰初至,吏白官舍久凶,先后无敢居者。且榛荒棘毁,已不可居,请舍他所。杰曰:"刺史不舍本宅,何别舍乎?"命去封锁葺治,居之不疑。数夕,诡怪奇异,不可胜纪。杰怒谓曰:"吾是刺史,此即吾宅。汝曲吾直,何为不识分理,反乃以邪忤正。汝若是神,速听明教;若是鬼魅,何敢相干!吾无惧汝之心,徒为千变万化耳。必理要相见,何不以礼出耶?"斯须,有一人具衣冠而前曰:"某是某朝官,葬堂阶西树下,体魄为树根所穿,楚痛不堪忍。顷前数公,多欲自陈,其人辄死。幽途不达,以至于今。使君诚能改葬,何敢迁延于此!"言讫不见。明日,杰令发之,果如其言,乃为改葬,自此绝也。原缺出处,陈校本作出《广异记》。

李 暠

唐兵部尚书李暠,时之正人也。开元初,有妇人诣暠,容貌风流,言语学识,为时第一,暠不敢受。会太常卿姜皎至,暠以妇人与之。皎大会公卿,妇人自云善相,见张说曰:"宰臣之相。"遂相诸公卿,言无不中。谓皎曰:"君虽有相,然不得寿终。"酒阑,皎狎之于别室。媚言遍至,将及

当富阳令时，做了亏心事。案底现在还有，冥司判决说：'杀人之罪，身后按律惩罚。取钱一百贯，当折四年禄。'"叔叔说："真有此事，是我的罪过。"_{出自《朝野金载》}。

狄仁杰

武则天当政时，狄仁杰任宁州刺史。他那所住宅一向很凶，先前在那儿住过的刺史死了十多个了。狄仁杰刚到，差吏说官舍久凶，先后没有人敢住。再说草木荒凉，已经不能住了，请改住在别的地方吧。狄仁杰说："刺史不住在本宅，怎么能住别的地方呢?"就让人们打开锁头，修理整治，居之不疑。接连几个晚上，发生的奇异怪诡的事，多不胜记。狄仁杰愤怒地说："我是刺史，这是我的宅子。你没理我有理，为什么不讲道理，反而以阴邪冒犯正直。你如果是神，就尽快听从我的教诲；你如果是鬼魅，怎么胆敢来冒犯我! 我绝没有惧怕你的意思，你白白地费心思变化吓人。你一定要相见的话，为什么不礼貌地出来呢?"不一会儿，有一个人穿戴着衣帽走上前来说："我是某朝代的官员，葬在堂阶西边树下，尸体被树根穿过，疼痛难忍。我想告诉前任的几位刺史，哪知道刚想要说，那些人就一个个地死了。幽途不通，以至于到了今天这地步。您若能够改葬，怎么敢迁延于此。"说完不见了。第二天，狄仁杰让人挖地，果然像他说的那样，就为他改葬，从此后就再也没有闹鬼了。_{原缺出处，陈校本作出自《广异记》。}

李暠

唐朝兵部尚书李暠是当时的正人君子。开元初年，有个妇人来见李暠，她容貌风度、言语学识，都为当时第一，李暠不敢接纳。恰好太常卿姜皎到来，李暠把妇人给了他。姜皎大会公卿，妇人自称会看相，看见张说说："宰臣之相。"于是为诸公卿相面，言无不中。妇人对姜皎说："您虽有好相，但不能寿终。"酒席将散的时候，姜皎与妇人在别的屋子亲昵。把媚语都说尽了，就要

其私。公卿迭往窥睹，时嵩在座，最后往视。妇人于是呦然有声，皎惊堕地。取火照之，见床下有白骨。当时议者，以嵩贞正，故鬼神惧焉。出《广异记》。

张守珪

幽州节度张守珪，少时为河西主将，守玉门关。其军校皆勤勇善斗，每探候深入，颇以劫掠为事。西域胡僧者，自西京造袈裟二十余驮，还天竺国，其徒二十余人。探骑意是罗锦等物，乃劫掠之，杀其众尽。至胡僧，刀棒乱下而不能伤，探者异焉。既而索驮，唯得袈裟，意甚悔恨。因于僧前追悔，擗踊悲涕久之，僧乃曰："此辈前身，皆负守将命，唯趁僧鬼是枉死耳。然汝守将禄位重，后当为节度、大夫等官。此辈亦如君，何不白守将，为修福耳。然后数年，守将合有小厄，亦有所以免之。"骑还白守珪，珪留僧供养，累年去。后守珪与其徒二十五人，至伊兰山探贼。胡骑数千猝至，守珪力不能抗，下马脱鞍，示以闲暇。骑来渐逼，守珪谓左右："为之奈何？若不获已，事理须战。"忽见山下红旗数百骑，突前出战，守珪随之，穿其一角，寻俱得出。虏不敢逐。红旗下将谓守珪曰："吾是汉之李广，知君有难，故此相救。后富贵，毋相忘也。"言讫不见。守珪竟至幽州节度、御史大夫。出《广异记》。

杨　玚

开元中，洛阳令杨玚常因出行，见槐阴下有卜者，令过，端坐自若。伍伯诃使起避，不动。玚令散手拘至厅事，将捶之，

交合了。公卿们纷纷前去偷看，当时李嵩在场，最后一个去看。妇人突然呦地叫起来，姜皎惊吓得掉在地上。取来烛光一照，见床下有一堆白骨。当时议论的人都说，那是因为李嵩坚贞刚正，所以鬼才惧怕他。出自《广异记》。

张守珪

幽州节度使张守珪，年轻时是河西主将，驻守玉门关。他的军兵都勤奋、勇敢、善战，每次出去侦察，总以抢劫为事。有个西域胡僧，从西京制了二十多驮袈裟，回还天竺国，徒众有二十多人。探兵以为是锦缎等物品，就抢劫了，杀了众人。到了杀胡僧的时候，刀棒胡乱打下而不能伤着他，探兵很是惊异。随即拿来行驮，只得到袈裟，探兵非常后悔。他们在胡僧面前追悔，捶胸顿足哭了好一会儿，胡僧才说："这些人的前身都违背了守将的命令，只有那个趁僧鬼是冤死的。但你们的守将禄位很重，以后应该成为节度使、大夫等官。这些人跟你们一样，何不告诉守将，多修点福。而后几年，守将当有小灾，也有免除的办法。"探兵骑马回报守珪，守珪收留胡僧供养起来，几年后走了。后来守珪和兵丁二十五人，到伊兰山打探敌情。胡人骑兵几千人突然到来，守珪力不能抗，就下马脱鞍，以闲暇示敌。敌兵渐渐逼近，守珪对左右的兵丁说："怎么办？实在没办法，只能力战。"忽然看见山下有打着红旗的几百名骑兵，冲到前边作战，守珪跟随他们，冲破敌兵一角，不久大家都突围了。敌兵不敢追。红旗下的将领对守珪说："我是汉朝的李广，知道您有难，特意来相救。以后富贵，不要忘了我。"说完就不见了。张守珪后来果然官至幽州节度使、御史大夫。出自《广异记》。

杨玚

开元年间，洛阳令杨玚有一次出行，看见槐树树阴下有一个占卜的人，杨玚经过时，他端坐自若。差役训斥他，让他起来回避，他不动。杨玚让衙吏把他抓到府衙，想要打他，

躬自责问。术者举首曰："君是两日县令,何以责人?"场问其事,曰:"两日后,君当命终。"场甚愕,问何以知之,术者具告所见,举家惊惧,谓术者曰:"子能知之,必能禳之,若之何而免也?"场再拜求解,术者曰:"当以君之闻见,以卫执事。免之与否,未可知也。"乃引场入东院亭中。令场被发跣足,墙面而立,已则据案而书符。中夕之后,喜谓场曰:"今夕且幸免其即来。明日,可以三十张纸作钱,及多造饼馂,与壶酒,出定罪门外,桑林之间,俟人过者则饮之。皂裘右祖,即召君之使也。若留而饮馂,君其无忧。不然,实难以济。君亦宜易衣服,处小室以伺之,善为辞谢,问以所欲。予之策尽于是矣。"

场如其言,洎日西景,酒馂将罄,而皂裘不至,场深以为忧。须臾遂至,使人邀屈,皂裘欣然,累有所进,场乃拜谒。人云:"君昨何之,数至所居,遂不复见。疑于东院安处,善神监护,故不敢犯。今地府相招未已,奈何?"场再拜求救者千数,兼烧纸钱,资其行用。鬼云:"感施大惠,明日,当与府中诸吏同来谋之,宜盛馔相待。"言讫不见。

明日,场设供帐,极诸海陆。候之日晚,使者与其徒数十人同至,宴乐殊常浩畅,相语曰:"杨长官事,焉得不尽心耶?"久之,谓场:"君对坊杨锡,亦有才干,今揩王作金以取彼。君至五更,鼓声动,宜于锡门相候。若闻哭声,君则免矣。"场如其言往,见鬼便在树头,欲往锡舍,为狗所咋,未能得前。俄从缺墙中入,迟回闻哭声,场遂获免。出《广异记》。

亲自审问。那术士抬头说："您只不过是两天的县官,为什么要责打我?"杨场询问情由,术士说:"两天后,您就死了。"杨场非常惊讶,问术士怎么知道的,术士详细地告诉了他所看到的一切,杨场全家惊恐不安,对术士说:"先生既然能知道这件事,一定能禳解,怎么样才能免除呢?"杨场拜了又拜求解,术士说:"应该以您的所见所闻来防护。能否免除,我现在还不能知道。"说完就引导杨场到了东院亭中。他让杨场散开头发赤着脚,面对墙壁站着,自己就依靠桌案画符。半夜之后,高兴地对杨场说:"今天晚上有幸让他暂且不来了。明天,可以用三十张纸当钱,多做些饼,准备一壶酒,出定罪门外,到桑林中间,等人过来就请他喝酒。穿着黑色的皮衣服,袒露右臂的人,就是召您的使者。如果能留他吃喝,就没有忧患了。不这样的话,实在难以济事。您也应该换件衣服,在小屋里伺候他,多说感谢的话,问他需要些什么。我的办法就是这些了。"

杨场照他说的,等到日影西斜时,酒饭眼看就要没了,黑衣人也没来,杨场非常着急。又过了一会儿,黑衣人来了,杨场派人邀请他,黑衣人欣然前往,接连上了几道酒菜之后,杨场才来拜见他。鬼说:"您昨天去了哪里?我几次到您的住所,都没能见到。我怀疑您在东院安处,有善神保护,所以不敢侵犯。现在地府还在相招,怎么办?"杨场不停地拜求,并烧纸钱,来资助他出行的费用。鬼说:"感谢您施舍恩惠,明天,我和地府中各位差使同来商量,您可要准备好丰盛的酒菜来招待。"说完就不见了。

第二天,杨场摆设供桌酒席,全是些山珍海味。等到天黑,黑衣使者和他的同伴几十人一起来了,宴会非同寻常地盛大、欢畅,大伙儿说:"杨长官的事,怎么能不尽心呢?"过了很久,对杨场说:"您家对坊的人杨锡,也有才干,现在把王字旁改成金字旁去取他。您到五更,听鼓声一响,就在杨锡门前等候。若是听到哭声,您就得救了。"杨场照他的话去做了,看见鬼在树枝上,想去杨锡家,被狗所吠,不能近前。随后又从断墙中跳进去,过了一会儿听到了哭声,杨场得免一死。出自《广异记》。

卷第三百三十
鬼十五

张果女

开元中,易州司马张果女,年十五,病死。不忍远弃,权瘗于东院阁下。后转郑州长史,以路远须复送丧,遂留。俄有刘乙代之。其子常止阁中,日暮仍行门外,见一女子,容貌丰丽,自外而来。刘疑有相奔者,即前诣之,欣然款浃。同留共宿,情态缠绵,举止闲婉。刘爱惜甚至,后暮辄来,达曙方去。经数月,忽谓刘曰:"我前张司马女,不幸夭没,近殡此阁。命当重活,与君好合。后三日,君可见发,徐候气息,慎无横见惊伤也。"指其所瘗处而去。刘至期甚喜,独与左右一奴夜发,深四五尺,得一漆棺。徐开视之,女颜色鲜发,肢体温软,衣服妆梳,无污坏者。举置床上,细细有鼻气。少顷,口中有气,灌以薄糜,少少能咽,

张果女

开元年间,易州司马张果的女儿,十五岁那年,得病死了。张果不忍把女儿葬在远处,就暂时埋在东院阁子下。张果后来转任郑州长史,因为路远需要再次送丧不方便,就留在了这里。时间不长就有刘乙接替他。刘乙的儿子常到这阁子里来,有一天太阳落山了还在门外走动,看见一个女子,容貌很美丽,从外面进来。刘子以为她是私自来投奔的,就上前相见,双方都非常高兴,情投意合。他们留在阁中共住,女子感情缠绵,举止闲静温顺。刘子非常怜爱她,以后每天日落就来,到天亮才离去。过了几个月,女子忽然对刘子说:"我是前任张司马的女儿,不幸早死,就近殡葬在这个阁子下。命里注定应当复活,与您结成夫妻。过三天,您可以挖掘棺木,慢慢地等待我恢复气息,您千万不要横加惊扰。"她指明自己的葬地就离去了。刘子等到约定的日子非常高兴,独自与身边的一个奴仆在夜里挖掘墓地,挖了四五尺,找到一个漆棺。慢慢地打开看,见女子面容非常鲜丽焕发,四肢温软,衣服妆梳都没有损坏。抬起她放在床上,微微有鼻气。不一会儿,嘴里有了气,用稀粥喂她,稍稍能下咽,

至明复活,渐能言语坐起。数日,始恐父母之知也,因辞以习书,不便出阁,常使赍饮食诣阁中。乙疑子有异,因其在外送客,窃视其房,见女存焉。问其所由,悉具白,棺木尚在床下,乙与妻歔欷曰:"此既冥期至感,何不早相闻?"遂匿于堂中。儿不见女,甚惊。父乃谓曰:"此既神契殊会,千载所无,白我何伤乎?而过为隐蔽。"因遣使诣郑州,具以报果,因请结婚。父母哀感惊喜,则克日赴婚,遂成嘉偶,后产数子。原缺出处,明抄本、陈校本俱作出《广异记》。

华 妃

开元初,华妃有宠,生庆王琮,薨葬长安。至二十八年,有盗欲发妃冢,遂于茔外百余步,伪筑大坟,若将葬者。乃于其内潜通地道,直达冢中。剖棺,妃面如生,四肢皆可屈伸,盗等恣行凌辱。仍截腕取金钏,兼去其舌。恐通梦也,侧立其尸,而于阴中置烛。悉取藏内珍宝,不可胜数,皆徙置伪冢。乃于城中,以辎车载空棺会。日暮,便宿墓中,取诸物置魂车及送葬车中,方掩而归。其未葬之前,庆王梦妃被发裸形,悲泣而来曰:"盗发吾冢,又加截辱,孤魂幽枉,如何可言?然吾必伺其败于春明门也。"因备说其状而去。王素至孝,忽惊起涕泣。明旦入奏,帝乃召京兆尹、万年令,以物色备盗甚急。及盗载物归也,欲入春明门,门吏诃止之,乃搜车中,皆诸宝物,尽收群盗。拷掠即服,逮

等到天亮就复活了,渐渐能坐起来说话。几天后,刘子才担心父母知道这件事,于是用温书不方便出阁子作借口,常派人把饭菜送到阁中。刘乙疑心儿子有些怪异,便趁儿子到阁外送客,偷偷地看他的房屋,看见一个女子在那里。问她从哪里来,她全都告诉了刘乙。此时棺材还在床下。刘乙和妻子叹息着说:"这既然是生命中的至诚感通,为什么不尽早使我们知道?"于是将女子藏在堂屋中。刘乙的儿子不见了女子,很是吃惊。父亲便对儿子说:"这既然是神交殊会,千载所无,告诉我又有什么,却如此遮掩。"于是刘乙派人到郑州,把这件事全都报告给张果,并请求结姻。女子的父母由悲哀转为惊喜,便约定了日子结婚,于是刘乙的儿子和张果的女儿结成好夫妻,以后生了几个孩子。原缺出处,明抄本、陈校本俱作出自《广异记》。

华　妃

开元初年,华妃得宠,生下庆王琮,死后葬在长安。到开元二十八年,有盗贼想挖华妃墓,于是在坟墓旁一百多步的地方,假造大坟,像要埋葬人。又在坟内暗挖地道,直通华妃的墓中。剖开棺木,只见华妃面容如活人,四肢都可以弯曲伸直,盗贼等恣行凌辱。他们截断她的手腕拿下金钏,还又割掉她的舌头。他们又害怕她托梦,把尸体侧立起来,而且在阴部放上蜡烛。把棺内的珍宝全都取走了,不可胜数,都放在假坟中。又从城中用丧车装上空棺材回来。日落后,便住在墓中,取出各种东西放在魂车和送葬的车中,才遮掩着回来。在他们没去送葬之前,庆王梦见华妃披发裸体,悲伤哭泣而来说:"盗贼挖了我的坟墓,又加以凌辱,孤魂冤屈,如何可言?但是我一定要等他在春明门毁败。"于是详尽地说了他们的形貌后离去。庆王一向非常孝顺,忽然惊起流泪哭泣。第二天早晨入朝奏明情况,皇帝便召集京兆尹、万年令,让他们紧急去侦察捕捉盗贼。这些盗贼载着赃物回来正要进入春明门,门吏呵止他们,搜查车中,全是各种宝物,于是逮捕了全部盗贼。一经拷打,他们立即就招服了。逮捕

捕数十人，皆贵戚子弟无行检者。王乃请其魁帅五人，得亲报仇，帝许之。皆探取五脏，烹而祭之，其余尽榜杀于京兆门外。改葬贵妃，王心丧三年。出《广异记》。

郭知运

开元中，凉州节度郭知运出巡，去州百里，于驿中暴卒。其魂遂出，令驿长锁房勿开，因而却回府，徒从不知也。至舍四十余日，处置公私事毕，遂使人往驿，迎己丧。既至，自看其殓。殓讫，因与家人辞诀，投身入棺，遂不复见。出《广异记》。

王光本

王光本，开元时为洛州别驾。春月，刺史使光本行县。去数日，其妻李氏暴卒。及还，追以不亲医药，意是枉死。居恒恸哭，哀感傍邻。后十余日，属诸子尽哭。光本因复恸哭百余声，忽见李氏自帏而出，靓妆炫服，有逾平素。光本辍哭，问其死事，李氏云："妾尚未得去，犹在此堂。闻君哀哭恸之甚，某在泉途，倍益凄感。语云：'生人过悲，使幽壤不安。'信斯言也。自兹以往，不欲主君如是，以累幽冥耳。"因付嘱家人，度女为尼，放婢为平人，事事有理。留一食许，谓光本曰："人鬼道殊，不宜久住，此益深恨。"言讫，入堂中遂灭。男女及他人，但闻李氏言，唯光本见耳。出《广异记》。

了几十个人，都是些无品行的豪门亲戚子弟。庆王请求用为首的五个人亲自为母亲报仇，皇帝答应了他。他把这五个人的五脏都拿出来，烹饪后祭祀华妃，其余的盗贼都在京兆门外杖杀。庆王改葬了贵妃，服心丧三年。出自《广异记》。

郭知运

开元年间，凉州节度使郭知运出去巡察，离开州城百里地，在驿站暴死。郭知运的魂魄离开了身体，让驿长锁住房门不要打开，而自己又返回府衙中，他的随从都不知道。郭知运的魂魄回到家里四十多天，处理安排公私事结束后，才派人去驿站迎回自己的尸体。运回来以后，郭知运亲自看着自己的尸体入殓。装殓完毕，郭知运就和家人辞别，投身入棺，再也没有出现过。出自《广异记》。

王光本

王光本，开元年间任洛州别驾。春季，刺史让王光本去巡行各县。他离家几天，妻子李氏突然死去。王光本返回家中，追想没能亲自请医购药，认为妻子是枉死。他在那儿总是痛哭，哀痛感动了四邻。过了十多天，他和孩子们一起痛哭完毕。王光本因为太痛苦又放声痛哭了一阵儿，忽然看见李氏从帏帐中走出来，穿着漂亮的衣服，超过平常。王光本停止了痛哭，问她死的事，李氏说："我还没有离开这里，还在这个大堂。听到您哭得很哀痛，我在黄泉路上，倍感凄凉。听人说：'活人过于悲痛，使幽魂不安。'这话的确不假。从此以后，不想让您这样难过，而牵累阴间。"于是李氏嘱咐家人，把女儿度为尼姑，散放婢女为平民，件件事都有条理。过了一顿饭左右时间，李氏对王光本说："人与鬼道路不同，不适合长久待在这里，这实在令人遗憾。"说完，进入堂中就不见了。儿女与其他人，只听见李氏说话，只有王光本看见了她。出自《广异记》。

幽州衙将

开元中，有幽州衙将姓张者，妻孔氏，生五子而卒。后娶妻李氏，悍妒狼戾，虐遇五子，日鞭捶之。五子不堪其苦，哭于其母墓前，母忽于冢中出，抚其子，悲恸久之。因以白布巾题诗赠张曰："不忿成故人，掩涕每盈巾。死生今有隔，相见永无因。匣里残妆粉，留将与后人。黄泉无用处，恨作冢中尘。有意怀男女，无情亦任君。欲知肠断处，明月照孤坟。"五子得诗，以呈其父。其父恸哭，诉于连帅，帅上闻，敕李氏决一百，流岭南，张停所职。出《本事诗》。

韦氏女

洛阳韦氏，有女殊色。少孤，与兄居。邻有崔氏子，窥见悦之。厚赂其婢，遂令通意，并有赠遗。女亦素知崔有风调，乃许之，期于竹间红亭之中。忽有曳履声，疑崔将至，遂前赴之。乃见一人，身长七尺，张口哆唇，目如电光，直来擒女。女奔走惊叫，家人持火视之，但见白骨委积，血流满地。兄乃诘婢得实，杀其婢而剪其竹也。出《惊听录》。

崔　尚

开元时，有崔尚者，著《无鬼论》，词甚有理。既成，将进之。忽有道士诣门，求见其论。读竟，谓尚曰："词理甚工，然天地之间，若云无鬼，此谬矣。"尚谓："何以言之？"道士曰："我则鬼也，岂可谓无？君若进本，当为诸鬼神所杀。

幽州衙将

开元年间，有个幽州衙将姓张的，他的妻子孔氏，生了五个孩子，后来死了。张某后来又娶了个妻子李氏，她凶妒蛮横，虐待五个孩子，每天用鞭子打他们。五个孩子不堪其苦，就去他们母亲的坟墓前哭泣，母亲忽然从坟墓里出来，抚摸她的孩子，悲痛哭泣了很久。她于是在白布巾上写诗赠给张某说："不忿成故人，掩涕每盈巾。死生今有隔，相见永无因。匣里残妆粉，留将与后人。黄泉无用处，恨作冢中尘。有意怀男女，无情亦任君。欲知肠断处，明月照孤坟。"五个孩子得到诗，拿给他们的父亲。他们的父亲痛哭，向连帅诉说这事，连帅听到这件事，又上报给皇帝。皇帝下诏，判决李氏受刑一百杖，流放岭南，张某停职。出自《本事诗》。

韦氏女

洛阳韦氏有个女儿容貌出众。韦氏女自小就失去了父母，和哥哥同住。邻居有个崔氏子，窥见了她，很是喜欢。他用厚礼贿赂韦氏女的婢女，让她为他传情达意，并赠送了礼品。韦氏女也一向知道崔氏子有风情，便答应了他，约定在竹林间红亭之中见面。韦氏女等候时忽然听到有脚步声，猜想是崔氏子要到了，就迎上前。就看见一个人，身长七尺，张着大嘴，目如电光，直奔来抓她。韦氏女奔跑惊叫，家人拿火把来看，只看见一堆白骨，血流满地。她哥哥便拷问婢女，得知了实情，杀了婢女，伐去了竹子。出自《惊听录》。

崔　尚

开元年间，有个崔尚，著有《无鬼论》，论述很有道理。写成之后，准备向上进献。忽然有个道士到他家拜访，请求看看那本书。道士读完后，对崔尚说："说理很严密，但是天地之间，如果说没有鬼，这是错误的。"崔尚问他说："凭什么这么说？"道士说："我就是鬼，怎么能说没有？您若进献此书，当被诸鬼神杀害。

不如焚之。"因尔不见,竟失其本。出《玄怪录》。

河湄人

开元六年,有人泊舟于河湄者,见岸边枯骨,因投食而与之。俄闻空中愧谢之声,及诗曰:"我本邯郸士,祗役死河湄。不得家人哭,劳君行路悲。"出《灵怪录》。

中　官

有中官行,宿于官坡馆,脱绛裳,覆锦衣,灯下寝。忽见一童子,捧一樽酒,冲扉而入。续有三人至焉,皆古衣冠,相谓云:"崔常侍来何迟?"俄复有一人续至,凄凄然有离别之意,盖崔常侍也。及至举酒,赋诗联句,末即崔常侍之词也。中官将起,四人相顾,哀啸而去,如风雨之声。及视其户,扃闭如旧,但见酒樽及诗在。中官异之。旦,馆吏云:"里人有会者,失其酒樽。"中官出示之,乃里人所失者。联句歌曰:"床头锦衾斑复斑,架上朱衣殷复殷。空庭朗月闲复闲,夜长路远山复山。"出《灵怪集》。

王　鉴

兖州王鉴,性刚鸷,无所惮畏,常陵侮鬼神。开元中,乘醉往庄,去郭三十里。鉴不涉此路,已五六年矣。行十里已来,会日暮,长林下见一妇人,问鉴所往。请寄一襆,而忽不见。乃开襆视之,皆纸钱枯骨之类。鉴笑曰:"愚鬼弄尔公。"策马前去,忽遇十余人聚向火。时天寒,日已

不如烧了它。"道士说完就不见了，同时那本书也消失了。出自《玄怪录》。

河湄人

唐开元六年，有个人把船停泊在河岸边，看见岸边有枯骨，于是扔了些吃的东西给它。不一会儿，听到空中有愧谢之声，还念诗道："我本邯郸士，祗役死河湄。不得家人哭，劳君行路悲。"出自《灵怪录》。

中 官

有个宦官出行，在官坡馆住宿，他脱去红外衣，盖着锦缎衣，在灯下睡觉。忽然看见一个童子捧着一杯酒，冲门而进。接着有三个人也都来到这里，都穿戴古代的衣服、帽子，互相说着话："崔常侍来得怎么这样迟？"不一会儿，又有一个人跟着进来，凄凄然有离别的情态，大概是崔常侍。及至举杯，赋诗联句，最后一句就是崔常侍的词句。宦官将要起来，四个人互相看了看，哀叹长啸而去，像风雨之声。等到再看那个门，像原来那样关着，只见酒杯和诗还在。宦官很奇怪。天亮时馆吏说："乡里人有举办宴会的，丢了酒杯。"宦官拿出酒杯给他看，就是乡里人丢失的。联句歌是："床头锦衾斑复斑，架上朱衣殷复殷。空庭朗月闲复闲，夜长路远山复山。"出自《灵怪集》。

王 鉴

兖州人王鉴，性格凶猛，无所惧怕，经常凌辱鬼神。开元年间，有一次他喝醉了骑马去了村庄，离城里三十里地。王鉴已有五六年不走这条路了。他走了十里路，正赶上日落黄昏，高高的树林下出现了一个妇人，问王鉴要去哪里。妇人请他寄送一个包裹，就忽然不见了。王鉴便打开包裹看，里面都是纸钱和白骨之类的东西。王鉴笑着说："蠢鬼戏弄我。"他骑着马继续向前走，忽然遇到十多个人围聚在一堆火旁。当时天气很冷，天色已

昏，鉴下马诣之。话适所见，皆无应者。鉴视之，向火之人半无头，有头者皆有面衣。鉴惊惧，上马驰去。夜艾，方至庄，庄门已闭。频打无人出，遂大叫骂。俄有一奴开门，鉴问曰："奴婢辈今并在何处？"令取灯而火色青暗，鉴怒，欲挞奴，奴云："十日来，一庄七人疾病，相次死尽。"鉴问："汝且如何？"答曰："亦已死矣。向者闻郎君呼叫，起尸来耳。"因忽颠仆，即无气矣。鉴大惧，走投别村而宿。周岁，发疾而卒。出《灵异集》。

李令问

李令问，开元中为秘书监，左迁集州长史。令问好服玩饮馔，以奢闻于天下。其炙驴罂鹅之属，惨毒取味。天下言服馔者，莫不祖述李监，以为美谈。令问至集州，染疾，久之渐笃。刺史以其名士，兼是同宗，恒令夜开城门，纵令问家人出入。刺史之子，尝夜与奴私出游。至城门，遥见甲仗数百人，随一火车，当街而行。惊曰："不闻有兵，何得此辈？"意欲驰告父，且复伺其所之。寻而已至城濠，火车从水上过，曾不溃灭，方知是鬼。走投其门，门已闭。不得归，遂奔令问门中处之。既入，火车亦至令问中门外。其子虽恐惧，仍窃窥之。忽闻堂中十余人诵经，甲仗等迟回良久。有一朱衣鬼，径三踢关，声如霆震，经声未绝。火车移上堂阶，遥见堂中灯火清静，尚有十余人侍疾。朱衣鬼又抉窗棂，其声如前，令问左右者皆走散。鬼自门

晚，王鉴下马走过去。他说了刚才见到的情况，却没有一个人回应。王鉴看着他们，烤火的人一半儿没有头，有头的人都戴着面纱。王鉴惊恐，上马飞奔离去。夜深了才到庄子，可是庄门已关上了。他不断地敲门也没人出来，于是大叫大骂。不一会儿，有一个奴仆来开门，王鉴问道："奴婢们现在都在什么地方？"王鉴让那奴仆取来灯，可是火光黯淡。王鉴大怒，想要鞭打奴仆，奴仆说："十天来，一个庄子七个人患病，一个接一个都死光了。"王鉴问道："那你怎么样？"奴仆回答道："我也已经死了。刚才听到郎君您呼叫，就站起来了。"说完便忽然颠倒下去，就没有气了。王鉴非常恐惧，跑到别的村庄投宿。一年以后，他就发病死了。出自《灵异集》。

李令问

李令问，开元年间做秘书监，降职为集州长史。李令问讲究服玩饮食，以奢侈闻名天下。他烧烤驴肉、腌制鹅肉之类，用惨毒法取其美味。天下讲究美服美食的人，没有不效法李监的，当作美谈。李令问到集州后，染上了疾病，后来渐渐严重。刺史因为他是名士，同时又是同宗，经常让人夜间打开城门，放李令问家人出入。刺史之子曾在夜间和奴仆偷偷地出去游玩。到了城门，很远便看见几百名卫士，跟着一辆火车，正当街行进。他便惊讶地问道："没听说有兵事，为什么来这些人？"他想要奔回告诉父亲，又想探察他们要到哪里。不久就到了护城河，火车从水上经过，不曾被浸灭，才知道是鬼。他跑向城门，城门已经关闭。他不能回家，于是逃奔到李令问屋里停留。进去以后，火车也到了李令问中门外。刺史的儿子虽然恐惧，仍然偷偷看外面。忽然听到屋里十多人念诵经书，那些卫士在那里逗留了很久。有一个穿红衣服的鬼，一直连踢那个门，声如雷霆，读经书的声音也不停。火车移上堂前的台阶，很远地看见屋中点着灯火，非常清静，还有十多个人侍候病人。穿红衣服的鬼又戳坏了窗棂，那声音像刚才的一样，李令问左右的人都走散了。鬼从门

持令问出，遂掷于火车中，群鬼拥之而去。其子还舍，述其事。刺史明日令人问疾，令问家中余口，无敢起者。使者叫呼方出，云："昨夜被惊，至今战惧未已。令问尸为鬼所掷，在堂西北陈重床之下。"家人乃集而哭焉。出《灵怪录》。

僧韬光

青龙寺僧和众、韬光，相与友善。韬光富平人，将归，谓和众曰："吾三数月不离家，师若行，必访我。"和众许之。逾两月余，和众往中都，道出富平，因寻韬光。和众日暮至，离居尚远，而韬光来迎之曰："劳师相寻，故来迎候。"与行里余，将到家。谓和众曰："北去即是吾家，师但入须我，我有少务，要至村东，少选当还。"言已东去。和众怪之，窃言曰："彼来迎候，何预知也？欲到家舍吾，何无情也？"至其家扣门，韬光父哭而出曰："韬光师不幸，亡来十日，殡在村东北。常言师欲来，恨不奉见。"和众吊唁毕，父引入，于韬光常所居房舍之。和众谓韬光父曰："吾适至村，而韬光师自迎吾来，相与谈话里余。欲到，指示吾家而东去。云要至村东，少间当返。吾都不知是鬼，适见父，方知之。"韬光父母惊谓和众曰："彼既许来，来当执之，吾欲见也。"于是夜久，韬光复来，入房谓和众曰："贫居客来，无以供给。"和众请同坐，因执之叫呼。其父与家人并至，秉烛照之，形言皆韬光也。纳之瓮中，以盆覆之。瓮中忽哀诉曰："吾非韬光师，乃守墓人也。知师与韬光师善，故假为之。如不

那儿抓着李令问出来,把他扔到火车中,群鬼簇拥着离去了。刺史的儿子回到家里,陈述刚才的事。刺史第二天派人去探问李令问的病情,李令问家里剩下的人,没有敢站起来的。刺史派去的人呼叫,他们才出来,说:"昨夜受到惊吓,至今害怕不已。李令问的尸体被鬼扔掉,在堂屋西北角的重床下。"家人于是聚在一起痛哭。出自《灵怪录》。

僧韬光

青龙寺僧和众、韬光,两人很要好。韬光是富平人,将要回家,对和众说:"我几个月不离开家,师傅如果去,一定要来看看我。"和众答应了他。过了两个多月,和众去中都,路过富平,就去找韬光。和众日落时到了,离韬光居住的地方还很远,可韬光却亲自来迎接和众说:"烦劳师傅找我,所以就来迎候您。"两人走了一里多地,就要到家了。韬光对和众说:"向北去就是我家,师傅只管进去等我,我有一点儿事情,要到村东,一会儿就当回来。"说完已向东走去。和众对此感到奇怪,自言自语道:"他来迎候我,他是怎么知道我要来的? 快要到家他却扔下我,为什么这样无情?"到了他家敲门,韬光父亲哭着出来说:"韬光师傅不幸,过世十多天了,葬在村东北边。他常说您要来,遗憾不能见面。"和众吊唁完毕,韬光父亲带他进入室内,让他住在韬光常住的屋子里。和众对韬光父亲说:"我刚才到村子里时,韬光师傅亲自来迎接我,一起说着话走了一里多地。就要到您府上了,他指明哪个是您家就向东去了。说要到村东,稍稍过一会儿就当回来。我不知道是鬼,刚才见了您,才知道。"韬光父母吃惊地对和众说:"他既然答应回来,回来就当拦住他,我想见他。"于是深夜,韬光又来了,进入房内对和众说:"贫居来了客人,没有什么招待的。"和众请求同坐,于是拉着他喊人。他的父亲和家里人一同来了,拿着蜡烛照他,相貌、说话都是韬光。把他放到大瓮里,用盆盖上他。瓮里忽然有哀痛诉说声:"我不是韬光师傅,是守墓的人。知道师傅您和韬光师傅很好,所以假装是韬光。如果不

相烦,可恕造次,放吾还也。"其家不开之,瓮中密祈请转苦。日出后却覆,如惊飚飞去,而和众亦还。后不复见焉。出《纪闻》。

僧仪光

青龙寺禅师仪光,行业至高。开元十五年,有朝士妻丧,请之至家修福。师住其家数日,居于庑前,大申供养。俗每人死谒巫,即言其杀出日,必有妨害,死家多出避之。其夜,朝士家皆出北门潜去,不告师。师但于堂明灯诵经,忽见有二人侍之。夜将半,忽闻堂中人起,取衣开门声,有一妇人出堂,便往厨中营食,汲水吹火。师以为家人,不之怪也。及将曙,妇人进食,捧盘来前,独带面衣,徒跣。再拜言曰:"劳师降临,今家人总出,恐斋粥失时,弟子故起,为师造之。"师知是亡人,乃受其献。方祝,祝未毕,闻开堂北户声。妇人惶遽曰:"儿子来矣。"因奔赴堂内,则闻哭。哭毕,家人谒师,问安否。见盘中粥,问师曰:"弟子等夜来实避殃祸,不令师知,家中无人,此粥谁所造?"师笑不答,堂内青衣惊曰:"亡者夜来尸忽横卧,手有面污,足又染泥。何谓也?"师乃指所造粥以示之,其家惊异焉。出《纪闻》。

尼员智

广敬寺尼员智,尝与同侣于终南山中结夏。夏夜月明下,有哭而来者,其声雄大,甚悲。既至,乃一人,长八尺余,立于庐前。声不辍,遂至夜半,声甚呜咽,涕泪横流。尼等执心正念不惧,而哭者竟不言而去。出《纪闻》。

麻烦,请您原谅我的鲁莽,放我回去吧。"韬光家里人不打开盖子,瓮里的鬼就苦苦请求。日出后拿开盖子,像急风吹走一样,鬼消失不见了,和众也回去了。以后没再见到他。出自《纪闻》。

僧仪光

青龙寺禅师仪光,修持极其高深。开元十五年,有个朝士的妻子死了,请仪光到他家修福。仪光师傅住在他家几天,住在廊庑之前,大加供养。那时的风俗是有人死了都要拜问巫师,巫师说出死煞出现的时日,必有妨害,死人家大多出去躲避。那天夜里,这家人都从北门偷偷出去了,没有告诉禅师。禅师只管在正屋里点灯念经,忽然看见有两个人侍奉他。快到半夜时,忽然听到堂屋有人起来,拿衣服开门,有一个妇人走出堂屋,就到厨房里做吃的,打水吹火。师傅以为是家人,没有感到奇怪。天快亮了,妇人送来食物,端着盘子上前来,只戴着面纱,光着脚。她拜了拜说:"烦劳师傅来到,现在家人都出去了,恐怕斋粥不能及时供奉,所以弟子起来给师傅做饭。"师傅知道这是亡人,就接受她的进献。正祷告,还没结束,听到堂屋北门打开的声响。妇人害怕地说:"儿子来了。"于是跑到堂屋内,就听到有哭声。哭声停止,家里人拜见师傅,问他安否。看见盘里的粥,问师傅说:"弟子们夜晚离开这里躲避灾祸,没让师傅知道,家里没有人,这粥是谁做的呢?"师傅笑着不回答,屋内婢女惊讶地说:"死了的人夜间忽然尸体横卧,手上有面迹,脚上沾有泥土,是为什么呢?"师傅就指着粥给他们看,那家人非常惊讶。出自《纪闻》。

尼员智

广敬寺有个尼姑叫员智,曾经和同伴儿在终南山中静居。夏夜明月下,忽然有人哭着走来,声音很大,非常悲凉。等到了跟前,是一个人,高八尺多,站在屋前。他不停地哭,一直哭到半夜,声音呜咽,涕泪横流。尼姑们执心正念,毫不畏惧,于是哭着的人什么也没有说就消失了。出自《纪闻》。

杨元英

杨元英，则天时为太常卿，开元中，亡已二十载。其子因至冶成坊削家，识其父圹中剑。心异之，问削师："何得此剑？"云："有贵人形状衣服，将令修理，期明日午时来取。"子意是父授，复疑父冢为人所开。至日，与弟同往削师家室中，伺之。至时取剑，乃其父也，骑白马，衣服如生时，从者五六人。兄弟出拜道左，悲涕久之。元英取剑下马，引诸子于僻处，分处家事。末问："汝母在家否？"云："合葬已十五年。"元英言："我初不知。"再三叹息，谓子曰："我有公事，不获久住。明日，汝等可再至此，当取少资，助汝辛苦。"子如期至，元英亦至，得三百千，诚之云："数日须用尽。"言讫诀去，子等随行涕泣。元英又谓子曰："汝等不了此事，人鬼路殊，宁有百年父子耶？"言讫诀去。子随骋出上东门，遥望入邙山中，数十步忽隐不见。数日，市具都尽。三日后，市人皆得纸钱。出《广异记》。

杨元英

杨元英，武则天时做太常卿，到开元年间，过世已有二十年了。他的儿子因为到冶成坊削家，认出了他父亲坟墓中的剑，心里感到奇怪，问削师："怎么得到这把剑的？"答道："有个贵人，长某某样，穿某某衣服，拿来让我修理，约定明天中午来取。"杨元英的儿子料想是父亲给的，又怀疑父亲的坟墓被人挖开了。到了第二天，他和弟弟一同去削师家里，等候那人。到了取剑时间，竟然是他的父亲，骑着白马，穿的衣服像活着时穿的一样，有五六个随从。兄弟俩在道旁出来拜见父亲，悲泣了很久。杨元英拿剑下马，引领两个儿子到偏僻的地方，交代了家里的事。最后问："你们的母亲在家没有？"他们说："合葬已十五年了。"杨元英说："我完全不知道。"再三叹息，对儿子说："我有公事，不能久住。明天，你们可以再到这儿，我要拿来一些钱财，资助你们的艰辛生活。"儿子按期来到了，元英也到了，儿子拿到三百千钱，父亲告诫他们说："几天内一定要用完。"说完要诀别离去，儿子们就跟随哭泣。元英又对儿子说："你们不懂这事，人鬼道路不一样，哪里有百年父子？"说完就诀别离去。儿子跟着骑上马一直走到东门，遥望父亲进入邙山中，走了几十步忽然隐藏不见了。过了几天，他们买东西把钱用光了。三天后，商人所得都变成了纸钱。出自《广异记》。

卷第三百三十一
鬼十六

薛矜　　朱七娘　　李光远　　李霸　　洛阳鬼兵
道德里书生　安宜坊书生　裴盛　杨溥　薛直
刘洪

薛　矜

薛矜者,开元中为长安尉,主知宫市,迭日于东西二市。一日于东市市前,见一坐车,车中妇人,手如白雪。矜慕之,使左右持银镂小合,立于车侧。妇人使侍婢问价,云:"此是长安薛少府物,处分令车中若问,便宜饷之。"妇人甚喜谢,矜微挑之,遂欣然,便谓矜曰:"我在金光门外,君宜相访也。"矜使左右随至宅。翌日往来过,见妇人门外骑甚众,踟蹰未通。客各引去,矜令白己在门,使左右送刺。乃邀至外厅,令矜坐,云:"待妆束。"矜觉火冷,心窃疑怪。须臾,引入堂中。其幔是青布,遥见一灯,火色微暗,将近又远,疑非人也。然业已求见,见毕当去,心中恒诵《千手观音咒》。至内,见坐帐中,以罗巾蒙首,矜苦牵曳,久之方落。见妇人面长尺余,正青色,有声如狗,矜遂绝倒。

薛矜

开元年间,薛矜任长安尉,掌管宫市,按日轮换往来于东西两市。一天,在东市市前,看见一辆坐车,车中有一妇人,手白如雪。薛矜心生爱慕,于是派手下人拿一只银镂小盒,站在车旁。妇人让侍婢去问价钱,手下人说:"这是长安薛少府的东西,吩咐说如果车中人问,就便宜卖给她。"妇人很高兴地道了谢,薛矜稍稍挑逗,妇人竟很高兴,对薛矜说:"我住在金光门外,您应该去看看我呀!"薛矜派手下人跟着去了她住的地方。第二天,薛矜来到妇人的住处,看到门外有很多坐骑,犹豫着没有通报。渐渐客人们都散去了,薛矜叫通禀说自己在门外,并让手下人呈上自己的名片。于是薛矜被邀请到外厅落座,说:"请等打扮完毕。"薛矜觉得很冷,心中暗暗生疑。不一会儿,薛矜被领入堂中。堂上的帐幔是黑布的,远远地看见一盏灯,灯光有点儿暗淡,将近又远,薛矜怀疑这女子不是人。可是已经要求见面,只好见面后再离去,心中一直默诵《千手观音咒》。走到内室,见那妇人坐在帷帐中,用罗巾蒙着脸。薛矜用力拉,好一会儿才拉下来。只见妇人的脸有一尺多长,纯黑色,发声如狗,薛矜被吓得昏倒在地。

从者至其室宇,但见殡宫,矜在其内,绝无间隙。遽推壁倒,见矜已死,微心上暖。移就店将息,经月余方苏矣。出《广异记》。

朱七娘

东都思恭坊朱七娘者,倡妪也,有王将军,素与交通。开元中,王遇疾卒,已半岁,朱不知也。其年七月,王忽来朱处。谈坐久之,日暮,曰:"能随至温柔坊宅否?"朱欲许焉,其女弹唱有名,不欲母往。乃曰:"将军止此故佳,将还有所惮耶?"不获已,王以后骑载去。入院,欢洽如故。明旦,王氏使婢收灵床被,见一妇人在被中,遽走还白。王氏诸子,惊而来视。问其故,知亡父所引。哀恸久之,遂送还家焉。出《广异记》。

李光远

李光远,开元中,为馆陶令。时大旱,光远大为旱书,书就暴卒。卒后,县申州,州司马覆破其旱。百姓胥怨,有恸哭者,皆曰:"长官不死,宁有是耶?"其夜,光远忽乘白马,来诣旱坊,谓百姓曰:"我虽死,旱不虑不成。司马何人,敢沮斯议。"遂与百姓诣司马宅,通云:"李明府欲见。"司马大惧,使人致谢。光远责云:"公非人,旱是百姓事,何以生死为准?宜速成之,不然,当为厉矣。"言讫,与百姓

他的手下人来到内室,只见是一座坟墓,薛矜正在里面,里面一点空隙都没有。手下人立即推倒墙壁,看见薛矜已经昏死过去,只有心房上还有点儿热气。手下人把他抬到店中歇息,过了一个多月才醒过来。出自《广异记》。

朱七娘

东都洛阳思恭坊的朱七娘是个妓女,当时有位王将军,一向和朱七娘有交往。唐朝开元年间,王将军患病死去,已经过了半年了,朱七娘还不知道。那年七月,王将军忽然来到朱七娘的住处。他们坐着交谈了很长时间,天色已经很晚了,王将军说:"能跟我到温柔坊我的住处吗?"朱七娘想跟他去,但朱七娘那位歌舞弹唱很有名气的女儿,不愿让母亲去,就说:"将军留在这里本来挺好的,还有什么顾忌吗?"女儿没有阻止住母亲,王将军把朱七娘放在坐骑后面载着她一起去了。进入院内,就像过去一样与朱七娘欢爱。第二天早上,王将军的妻子让婢女收拾灵柩的床被,看见被中有个妇人,立即跑回去报告。王将军的几个儿子,感到很惊奇,个个都跑来看。寻问缘故,才知道是亡父领来的。大家哀痛了很久,后来就把朱七娘送回家去了。出自《广异记》。

李光远

开元年间,李光远做馆陶令。当时天大旱,李光远认真书写了申报旱情的奏书,写完就突然死去了。他死后,县里报告州里,州司马复查,说旱情不实。百姓都很怨恨,有人痛哭,都说:"长官要是不死,哪有这样的事?"那天夜里,李光远忽然乘着白马,来到旱灾地区,对百姓说:"我虽然死了,旱情不考虑不行。司马是什么人,竟敢阻止我的申报!"于是和百姓到司马宅府去,通告说:"李明府求见。"司马非常惊惧,派人表示歉意。李光远责骂道:"您不是人,旱灾是百姓的事,怎么能以我的生死作判断?应该尽快解决这事,不然,必当成为祸害了。"说完,和百姓

辞诀方去。其年旱成，百姓赖焉。出《广异记》。

李　霸

　　岐阳令李霸者，严酷刚鸷，所遇无恩。自丞尉已下，典吏皆被其毒。然性清婷_{音胫。恨也。}自喜，妻子不免饥寒。一考后暴亡。既敛，庭绝吊客。其妻每抚棺恸哭，呼曰："李霸在生云何？令妻子受此寂寞。"数日后，棺中忽语曰："夫人无苦，当自办归。"其日晚衙，令家人于厅事设案几，霸见形，令传呼召诸吏等。吏人素所畏惧，闻命奔走，见霸莫不战惧股栗。又使召丞及簿尉。既至，霸诃怒云："君等无情，何至于此！为我不能杀君等耶？"言讫，悉颠仆无气。家人皆来拜庭中祈祷，霸云："但通物数，无忧不活。"卒以五束绢为准，绢至便生。各谢讫去后，谓两衙典："吾素厚于汝，何故亦同众人？唯杀汝一身，亦复何益？当令两家马死为验。"须臾，数百匹一时皆倒欲死。遂人通两匹细马，马复如故，因谓诸吏曰："我虽素清，今已死，谢诸君，可能不惠涓滴乎？"又率以五匹绢毕。指令某官出车，某出骑，某吏等修，违者必死。一更后方散。

　　后日，处分悉了，家人便引道，每至祭所，留下歆飨，飨毕，又上马去。凡十余里，已及郊外，遂不见。至夜，停车骑，妻子欲哭，棺中语云："吾在此，汝等困弊，无用哭

告辞诀别才离去。那年是大旱年被认定了，百姓多亏了李光远。

出自《广异记》。

李　霸

　　岐阳县令李霸，残酷凶猛，从没有给别人施过恩惠。从丞尉以下到典吏都遭到过他的毒害。他秉性以清婞 音胫。恨也。自喜，他的妻子儿女不免跟他受饥寒。李霸当了一任县令后突然死去了。他入殓以后，灵堂没有来给他吊唁的。他的妻子每次抚棺痛哭，都要哭诉："李霸在世时怎么样？让妻子儿女忍受这样的寂寞。"过了几天，棺材里忽然传出话语，道："夫人不要痛苦，我会自己办理后事的。"就在这天该上晚衙的时候，李霸让家人在厅堂摆设案几，之后他现出身形，让传呼小吏们。小吏们平时就很惧怕他，听到传呼，急忙跑来，见到李霸个个都吓得浑身发抖，腿打哆嗦。李霸又派人召来县丞及主簿、县尉。他们到了以后，李霸怒喝道："你们无情无义，怎么竟到了这种地步？以为我不能杀了你们吗？"说完，这些人全都倒下断了气。他们的家人都来到庭院中祈祷，李霸说："只要送上礼物，就不愁不能使他们复活。"最后以五匹绢为准，绢送到，他们就复活了。众人各自谢过后离去，李霸对两个衙典说："我一向厚待你们，为什么你们也同其他人一样？只杀了你们一条命，也没有什么好处，应该让你们两家的马死，作为验证。"过了不久，两家的几百匹马一下都倒下，眼看就要死了。于是两人各送来两匹好马，其他的马又都复苏如平常了。于是李霸对小吏们说："我虽然一直很清廉，可现在我已经死了，与诸君永别，你们不能不给我一些好处吧？"又以五匹绢为准才作罢。李霸指令某官出车，某某出马，某吏等修治祭品，违者必死。一更后众人才散去。

　　到第三天，全都处理停当了，家人便上路了。每到一个祭祀的地方，就留下祭献的物品，祭献完毕，又上马离去。约走了十多里，已到了郊外，李霸就不见了。到了夜晚，停下车马，妻子想要哭，棺材里传出话来，说："我在这里，你们很疲劳，不要哭

也。"霸家在都,去岐阳千余里,每至宿处,皆不令哭。行数百里,忽谓子曰:"今夜可无寐,有人欲盗好马,宜预为防也。"家人远涉困弊,不依约束,尔夕竟失马。及明启白,霸云:"吾令防盗,何故贪寐?虽然,马终不失也。近店东有路向南,可遵此行十余里,有丛林,马系在林下,往取。"如言得之。

及至都,亲族闻其异,竞来吊慰,朝夕谒请,霸棺中皆酬对,莫不踖踧。观听聚喧,家人不堪其烦。霸忽谓子云:"客等往来,不过欲见我耳。汝可设厅事,我欲一见诸亲。"其子如言,众人于庭伺候。久之曰:"我来矣!"命卷帏,忽见霸,头大如瓮,眼赤睛突,瞪视诸客等。客莫不颠仆,稍稍引去。霸谓子曰:"人神道殊,屋中非我久居之所,速殡野外。"言讫不见,其语遂绝。出《广异记》。

洛阳鬼兵

开元二十三年夏六月,帝在东京。百姓相惊以鬼兵,皆奔走不知所在,或自冲击破伤。其鬼兵初过于洛水之南,坊市喧喧,渐至水北。闻其过时,空中如数千万骑甲兵,人马嘈嘈有声,俄而过尽。每夜过,至于再,至于三。帝恶之,使巫祝禳厌,每夜于洛水滨设饮食。尝读《北齐书》,亦有此事。天宝中,晋阳云有鬼兵,百姓竞击铜铁以畏之,皆不久丧也。出《纪闻》。

了。"李霸家在都城，离岐阳一千多里，每次到了住宿的地方，都不让他们哭。这样走了几百里，李霸忽然对儿子说："今夜不要睡觉，有人要来偷好马，应该防备！"家里人长途跋涉，都很疲惫，没有依照李霸说的做，这天夜里，竟真的丢了马。天亮时告诉了李霸，李霸说："我让你们防备盗贼，为什么贪睡？虽然如此，马还是没有丢。靠近店东面有一条向南的路，走十多里，有片丛林，马就拴在丛林下，去把它牵回来。"家人照他说的去做，找到了马。

到了都城，亲戚们听说了李霸这奇异的事，争着来吊唁他。早晚拜见，李霸在棺材中都应对，客人们都恭恭敬敬地，却又局促不安。很多人来观听，聚在一起议论，人声喧闹，家人不堪其烦。李霸忽然对儿子说："客人们来来往往，不过是想见见我罢了。你可以把厅事布置一下，我想见一下各位亲朋。"他的儿子照他说的做了，大家在厅堂等候。过了很久，李霸说："我来了。"命令卷起帏帐，忽然看见李霸，头大如瓮，眼睛红红的，眼珠凸出来，瞪着眼睛看各位宾客。客人没有不吓得跌倒的，渐渐相引离去。李霸对儿子说："人神的道路不一样，屋里不是我长久居住的地方，快把我葬到郊外。"说完就不见了，从此也听不见他说话了。出自《广异记》。

洛阳鬼兵

唐开元二十三年夏六月，皇帝在东都洛阳。百姓因传说有鬼兵而相互惊吓，都不知逃到哪里去了，有的自相冲撞受伤。那些鬼兵刚从洛水之南经过，街市喧闹，渐渐到了洛水以北。听说鬼兵经过的时候，天空中像有几千万穿着铠甲的骑兵，人马嘈嘈声不断，不久全都过去了。每夜鬼兵都要过，一而再，再而三。皇帝非常厌恶这件事，派巫师祝祷禳消，每夜在洛水边摆设饮食。我曾经读过《北齐书》，书上也记有这样的事。天宝年间，晋阳说有鬼兵，百姓争着击打铜铁来吓唬他们，都是不久前丧命的士兵。出自《纪闻》。

道德里书生

唐东都道德里有一书生,日晚行至中桥,遇贵人部从,车马甚盛。见书生,呼与语,令从后。有贵主,年二十余,丰姿绝世,与书生语不辍。因而南去长夏门,遂至龙门,入一甲第,华堂兰室。召书生赐珍馔,因与寝。夜过半,书生觉,见所卧处,乃石窟。前有一死妇人,身王洪涨,月光照之,秽不可闻。书生乃履危攀石,仅能出焉。晓至香山寺,为僧说之,僧送还家,数日而死。出《纪闻》。

安宜坊书生

开元末,东京安宜坊有书生,夜中闭门理书。门隙中,忽见一人出头。呵问何辈,答云:"我是鬼,暂欲相就。"因邀书生出门。书生随至门外,画地作十字,因尔前行。出坊,至寺门铺,书生云:"寺观见,必不得度。"鬼言:"但随我行,无苦也。"俄至定鼎门内,鬼负书生从门隙中出,前至五桥,道傍一家,天窗中有火光。鬼复负书生上天窗侧,俯见一妇人,对病小儿啼哭,其夫在傍假寐。鬼遂透下,以手掩灯,妇人惧,呵其夫云:"儿今垂死,何忍贪卧!适有恶物掩火,可强起明灯。"夫起添烛,鬼回避妇人。忽取布袋盛儿,儿犹能动于布袋中。鬼遂负出,至天窗上,兼负书生下地。送入定鼎门,至书生宅,谢曰:"吾奉地下处分,取小儿,事须生人作伴,所以有此烦君。当可恕之。"言讫乃去。其人初随鬼行,所止之处,辄书十字。翌日,引其兄弟覆之,十字皆验。因至失儿家问之,亦同也。出《广异记》。

道德里书生

唐代东都洛阳道德里有一个书生,有天晚上走到中桥,遇到显贵人及部下随从,车马很多。他们看见书生,招呼他让他跟在后面。其中有位公主,二十多岁,容貌超群,她和书生不停地说着话。因而向南走离开长夏门,到了龙门,进入一座豪华的住宅,有华丽的厅堂幽静的屋子。公主召呼书生,赐予他美酒佳肴,又与他同床共枕。过了半夜,书生醒来,看见所躺的地方,竟是石窟。前面有一个死了的妇人,身体肿胀,月光照着她,污秽不堪,臭不可闻。书生便踩着危险的地方攀缘石头,勉强走出来。天亮时到了香山寺,对寺僧说了这件事。寺僧送他到家,没几天就死了。出自《纪闻》。

安宜坊书生

开元末年,东京安宜坊有位书生,夜里关门温书。忽然看见一个人从门缝中露出头来。书生呵问是什么人,回答说:"我是鬼,想暂来相就。"于是邀请书生出门。书生随他到门外,在地上画了个十字,便向前走。走出安宜坊,到了寺门铺,书生说:"寺观出现,一定不能通过。"鬼说:"只管随我走,不用担心。"不久,到了定鼎门内,鬼背着书生从门隙中出来,向前走到五桥,道旁有一户人家,天窗中有火光。鬼又背着书生上到天窗南侧,低下头看见一个妇人,对着有病的小孩儿啼哭,她的丈夫在旁边假寐。鬼就穿窗而下,用手遮挡灯光,妇人害怕,呵呼丈夫说:"儿子现在快要死了,你怎么忍心贪睡?刚才有个恶物遮掩灯光,起来把灯弄亮些吧。"丈夫起来添灯油,鬼回避妇人。忽然拿出布袋包小孩,小孩还能在布袋里动。鬼就背出来,到天窗上,又背着书生下到地上。送他进了定鼎门,回到书生的住宅,道谢说:"我奉地府之命,来取小孩,这事须活人做伴,所以这次麻烦您了。应该可以宽恕我吧。"说完就离开了。那书生当初随鬼去时,在停的地方都画了十字。第二天,书生领他的兄弟察看,果然见到了那些十字。又到丢孩子的人家里询问,也都相同。出自《广异记》。

裴　盛

　　董士元云，义兴尉裴盛昼寝，忽为鬼引，形神随去。云："奉一儿。"至儿家，父母夹儿卧，前有佛事。鬼云："以其佛。"生人既至，鬼手一挥，父母皆寐。鬼令盛抱儿出床，抱儿喉有声，父母惊起。鬼乃引盛出，盛苦邀其至舍，推入形中乃悟。出《广异记》。

杨　溥

　　豫章诸县尽出良材，求利者采之，将至广陵，利则数倍。天宝五载，有杨溥者，与数人入林求木。冬夕雪飞，山深寄宿无处。有大木横卧，其中空焉，可容数人，乃入中同宿。而导者未眠时，向山林再拜咒曰："土田公，今夜寄眠，愿见护助。"如是三请而后寝。夜深雪甚，近南树下，忽有人呼曰："张礼。"树头有人应曰："诺。""今夜北村嫁女，大有酒食，相与去来。"树头人曰："有客在此，须守至明。若去，黑狗子无知，恐伤不宥。"树下又曰："雪寒若是，且求饮食，理须同去。"树上又曰："雪寒虽甚，已受其请，理不可行，须防黑狗子。"呼者乃去，及明装毕，撤所卧毡，有黑虺在下，其大若瓶，长三尺而蛰不动，方惊骇焉。出《纪闻》。

薛　直

　　胜州都督薛直，丞相纳之子也，好杀伐，不知鬼神。直在州，行县还归，去州二驿，逢友人自京来谒。直延入驿

裴 盛

董士元说,义兴尉裴盛白天睡觉,忽然被鬼牵引,魂魄离开形体随着离去。鬼说:"要取一个孩子。"到了那家,父母夹着儿子躺着,前面有佛事。鬼说:"因为那种佛事,所以请你来。"生人来了,鬼手一挥,那孩子的父母就都睡去了。鬼让裴盛抱孩子出床,抱孩子时那孩子喉咙发出声响,父母惊醒起床。鬼就领裴盛出来,裴盛苦苦邀鬼到他的房舍,将自己的魂推入形体中他才醒过来。出自《广异记》。

杨 溥

豫章各县都出产好木材,谋利的人去采伐木材,运到广陵,利润有几倍。天宝五载,有个叫杨溥的人,和几个人到树林中找好木材。冬天的傍晚,满天飞雪,深山中没有住处。有个粗大的木头横卧在那里,它里面是空的,可容纳几个人,他们就进入里面同住。向导没睡的时候,对着山林拜了两拜祈祷说:"士田公,今夜寄宿在这里,希望得到您的护助。"这样祈祷了几次之后才睡觉。深夜,雪更大了,靠南边树下,忽然有人喊道:"张礼。"树上有人答应道:"诺。""今夜北村有一家嫁女,有丰盛的酒饭,我们一起去吧。"树上人说:"有客人在这里,要守候到天亮。如果离开,黑狗子无知,我担心伤害到他们,就不可宽恕了。"树下的人又说:"大雪天这么冷,姑且找点吃喝,理当同去。"树上的人又说:"下雪天虽然冷得厉害,已经接受他的请求,按理不应该去,应防备黑狗子。"喊他的人就离去了。到了天亮,杨溥他们收拾完毕,撤掉铺的毡子,有条黑蛇在下面,其大若瓶,长三尺而冬眠不动,大家方才惊骇不已。出自《纪闻》。

薛 直

胜州都督薛直,是丞相薛纳的儿子,生性好杀伐,不相信有鬼神。薛直在胜州时,去所属之县巡视,结束后返回州城。距离州城还有两个驿站,遇见朋友从京城来拜见他。薛直请他进入驿站

厅，命食，友人未食先祭，直曰："出此食谓何？"友人曰："佛经云，有旷野鬼，食人血肉，佛往化之，令其不杀，故制此戒。又俗所传，每食先施，得寿长命。"直曰："公大妄诞，何处有佛？何者是鬼？俗人相诳，愚者雷同，智者不惑。公盖俗人耳！"言未久，空中有声云："薛直，汝大狂愚！宁知无佛！宁知无鬼！来祸于君，命终必不见妻子。当死于此，何言妄耶？"直闻之大惊，趋下再拜，谢曰："鄙人蒙固，不知有神，神其诲之。"空中又言曰："汝命尽午时，当急返，得与妻孥相见。不尔，殡殁于此矣！"直大恐，与友人驰赴郡，行一驿，直入厅休偃。从者皆休，忽见直去，从者百余人，皆左右从人。驿吏入户，已死矣。于是驿报其家。直已先至家，呼妻与别曰："吾已死北驿，身在今是鬼，恐不得面诀，故此暂来。"执妻子之手，但言努力，复乘马出门，奄然而殁。出《记闻》。

刘　洪

　　沛国刘洪，性刚直，父为折冲都尉，薛楚玉之在范阳，召为行军。洪随之蓟，因得给事楚玉，楚玉悦之。楚玉补屯官，洪请行。檀州有屯曰太和，任者辄死，屯遂荒废，洪乃请为之。楚玉以凶难之，洪曰："妖由人兴，妖不自作。洪且不惧，公何惜焉？"楚玉遂以为太和屯官。

　　洪将人吏到屯。屯有故墟落，洪依之架屋。匠人方运斧而度，木自折举，击匠人立死。洪怒，叱吏卒，扶匠人起而

厅里,命令上饭,朋友没吃饭先祭祀,薛直说:"拿出这些饭食干什么?"朋友说:"佛经上说,有旷野鬼,吃人的血肉,佛能去感化他,让他不杀人,所以制定了这样的戒律。又有俗间流传,每次吃饭前先施舍,能够长寿。"薛直说:"您太荒诞不经了,什么地方有佛?谁是鬼?俗人互相迷惑,愚蠢的人跟着人云亦云,聪明的人不会被迷惑的。您大概也是俗人吧。"刚说完不久,空中传来话语声,说:"薛直,你太狂妄愚蠢了!怎么知道没有佛?怎么知道没有鬼?就要来祸害你了,到死一定见不到妻子儿女。你应当死在这里!为什么口出狂言呢?"薛直听到这些大吃一惊,急忙走下来拜了又拜,道歉说:"我愚昧固执,不知道有神,请神教诲我吧。"空中又说道:"你会在午时死去,应当赶紧回家,能够和妻子儿女见上一面。不然就要死在这里了。"薛直非常恐惧,和朋友骑马急奔回州郡,走到一个驿站,进入厅里休息。随从都休息了,忽然看见薛直离去,跟着他的一百多人,都是左右随从。驿站小吏进门一看,薛直已经死了。驿站的人于是去报告薛直家人。薛直已经回到家里,招呼妻子和她诀别说:"我已经死在北边驿站,现在成了鬼,害怕不能当面诀别,因此暂且前来。"他握着妻子的手,只是勉励她,后又骑马出门,奋然而逝。出自《记闻》。

刘　洪

　　沛国人刘洪,性情刚直。他父亲任折冲都尉,薛楚玉在范阳时,被征召为行军。刘洪跟着到了蓟地,因此得以在薛楚玉处供职,薛楚玉很喜欢他。薛楚玉要补任一位屯官,刘洪要求担任。檀州有个屯子叫太和屯,谁担任屯官谁就死,屯子就荒废了,刘洪请求到这里任职。薛楚玉以那里太凶而阻止他,刘洪说:"妖怪是由人兴起的,不能自己作怪。我都不怕,您有什么顾惜的?"薛楚玉就把他补为太和屯官。

　　刘洪带着人马来到了太和屯。屯子有处废墟,刘洪依傍着废墟盖起了房屋。匠人正举斧掂量着如何砍下去时,木头自己就断了,把匠人砸死了。刘洪大怒,训斥吏卒,扶着匠人站起来就

答之。询曰:"汝是何鬼,吾方治屯,汝则干之,罪死不赦!"答数发,匠人言说:"愿见宽恕,吾非前后杀屯官者也。杀屯官者,自是辅国将军。所居去此不远,吾乃守佛殿基鬼耳。此故墟者,旧佛殿也。以其净所,故守之。吾因为人有罪,配守此基。基与地平,吾方得去。今者来,故诉于公。公为平之,吾乃去为人矣。"洪曰:"汝言辅国不远,可即擒来。"鬼曰:"诺。"须臾,匠人言曰:"刘洪,吾辅国将军也。汝为人强直,兼有才干,吾甚重之,将任汝以职。今当辟汝,即大富贵矣。勉之。"因索纸,作诗二章。其匠人兵卒也,素不知诗。及其下笔,书迹特妙,可方王右军。薛楚玉取而珍之。其诗曰:"乌鸟在虚飞,玄驹遂野依。名今编户籍,翠过叶生稀。"其二章曰:"个树枝条朽,三花五面啼。移家朝度日,谁觉□□□。"诗成而去。

匠人乃屯属役。数日疾甚,舁至范阳。其父谒名医薛,亦会疾。洪言语如常,而二冷密冷气侵□□□□□。洪初得鬼诗,思不可解。及卒,皆黑,遂以载棺。"名今编户籍",盖洪名。"生希"者,言洪死像也。其二章"个树枝条朽",故条枝朽也。"三花五面啼"者,洪家有八口,洪又二人亡,所谓"三花"也。五人哭之,所谓"五面啼"。

洪死后二十日,故吏野外见洪紫衣,从二百骑,神色甚壮。告吏曰:"吾已为辅国将军所用,大富贵矣。今将骑从向都迎母。"母先在都。初洪舅有女,养于刘氏,年与洪齿,尝与洪言曰:"吾闻死者有知,吾二人,先死必扰乱存者,使知之。"是日,女在洪母前行,忽有引其衣者,令不得前,女怪之。须臾得前,又引其巾,取其梳,如相狎者。洪母

鞭打。询问说："你是什么鬼,我刚刚管理屯子,你就冒犯我,罪该当死不可饶恕。"鞭打了很多下,匠人说："愿您宽恕我,我不是先后杀屯官的人。杀屯官的人是辅国将军。他住的地方离这儿不远。我是看守佛殿地基的鬼。这废墟是旧佛殿。因为是清净之地,所以守着它。我因做人时有罪过,安排我守护这个殿基。殿基和地齐平,我才能离去。现在来,就是为了向您诉说。您给我平了,我就去做人了。"刘洪说:"你说辅国将军离这里不远,可以立刻把他捉来。"鬼说:"诺。"不一会儿,匠人说:"刘洪,我是辅国将军。你做人刚强正直,又有才干,我很器重你,我要委任你职务。现在就要征召你,你立即就大富大贵了。努力吧。"于是要来纸张,写了两首诗。那个匠人只是个小卒,一向不懂诗。等到他下笔,字迹很漂亮,可以与王羲之相比。薛楚玉要过来珍藏起来。那诗是:"乌鸟在虚飞,玄驹逐野依。名今编户籍,翠过叶生稀。"第二首是:"个树枝条朽,三花五面啼。移家朝度日,谁觉□□□。"诗写成就离去了。

匠人就给屯官役使。几天后,刘洪得了重病,被抬到了范阳。他的父亲拜见薛名医,也病了。刘洪说话像平常一样,而二冷密冷气侵□□□□□。刘洪刚刚得到鬼诗时,想不明白其意。等到他死了,都黑了,就装在了棺材里。"名今编户籍",是刘洪的名字。"生希",是说刘洪死的模样。第二首诗的"个树枝条朽",是旧枝条朽。"三花五面啼",是刘洪家有八口人,刘洪和两个人死了,是所说的"三花";五人哭,是所说的"五面啼"。

刘洪死后二十天,过去的屯吏在野外看见刘洪穿着紫色衣服,跟着二百个骑兵,表情很庄重。他告诉小吏说:"我已经被辅国将军所用,大富大贵了。现在率领骑兵到都城去迎接母亲。"刘母先前在都城。最初,刘洪舅舅有个女儿,是刘母养大的,与刘洪同龄,曾经和刘洪说:"我听说死的人有意识,我们两个人,先死的一定扰乱活着的人,让他知道。"这天,舅舅的女儿在刘母前面走,忽然有人拽她衣服,让她不能向前,她很奇怪。一会儿能向前走了,又有人拽她头巾,拿她的梳子,像和她狎戏。刘母

惊曰:"洪存日尝有言,须来在军,久绝书问。今见死乎?何与平生言协也?"母言未毕,洪即形见庭中,衣紫金章,仆从多至。母问曰:"汝何缘来?""洪已富贵,身亦非人。福乐难言,故迎母供养。"于是车舆皆进,母则升舆,洪乃侍从,遂去。去后而母殂,其见故吏时,亦母殂之日也。出《记闻》。

吃惊地说:"刘洪活着时曾经有相扰的话,他近来在军中,很久没有书信来了。现在死了吗?为什么和以前所说的这样相合呢?"她没说完,刘洪就在庭院中现出身形,穿着紫衣服,佩戴金印,仆从很多。母亲问他说:"你为什么而来?"刘洪说:"我已富贵,现在已不是活人。福乐难言,所以来迎接母亲供养。"于是车马都进来了,刘母上车,刘洪侍候着,离去了。离开后刘母就死了。刘洪看见过去的小吏的时候,就是刘母死的那天。出自《记闻》。

卷第三百三十二
鬼十七

唐 晅

唐晅者，晋昌人也。其姑适张恭，即安定张轨之后。隐居滑州卫南，人多重之。有子三人，进士擢第。女三人，长适辛氏，次适梁氏，小女姑钟念，习以诗礼，颇有令德。开元中，父亡，哀毁过礼，晅常慕之。及终制，乃娶焉，而留之卫南庄。开元十八年，晅以故入洛，累月不得归。夜宿主人，梦其妻隔花泣，俄而窥井笑，及觉，心恶之。明日，就日者问之，曰："隔花泣者，颜随风谢；窥井笑者，喜于泉路也。"居数日，果有凶信。晅悲恸倍常。

后数岁，方得归卫南，追其陈迹，感而赋诗曰："寝室悲长簟，妆楼泣镜台。独悲桃李节，不共夜泉开。魂兮若有感，仿佛梦中来。"又曰："常时华堂静，笑语度更筹。恍惚人事改，冥寞委荒丘。阳原歌薤露，阴壑悼藏舟。清夜庄台月，空想画眉愁。"是夕风露清虚，晅耿耿不寐。更深，悲

唐 暄

　　唐暄是晋昌人。他姑姑嫁给张恭，就是安定人张轶的后人。张恭隐居在滑州的卫南，人们都很推崇看重他。他有三个儿子，都考取了进士。有三个女儿，长女嫁到辛家，次女嫁到梁家，小女儿深得母亲钟爱，让她学习诗、礼，所以女儿很有美德。开元年间，她父亲死了，她由于哀伤过度损害了身体，唐暄对她十分爱慕。等到她守完孝，就娶了她，而且把她留在卫南庄。开元十八年，唐暄因有事到洛阳，几个月不能回家。夜里住宿在主人家，梦见他的妻子隔着花哭泣，后来又看着井发笑，等到睡醒，心里就充满了厌烦。第二天，他就找人问卜。回答说："隔花哭泣，是容颜随风而谢，窥井而笑，是喜欢黄泉路。"过了几天，果真传来了妻子亡故的凶信。唐暄悲痛异常。

　　唐暄在此居住了好几年之后，才得以回到卫南。回想当年，看见过去和妻子共同生活的地方，唐暄感慨地作诗道："寝室悲长簟，妆楼泣镜台。独悲桃李节，不共夜泉开。魂兮若有感，仿佛梦中来。"又吟道："常时华堂静，笑语度更筹。恍惚人事改，冥寞委荒丘。阳原歌薤露，阴壑悼藏舟。清夜庄台月，空想画眉愁。"这天晚上风清露凉，唐暄心里有事，难以入眠。夜深了，他悲

吟前悼亡诗。忽闻暗中若泣声，初远，渐近。暅惊恻，觉有异，乃祝之曰："傥是十娘子之灵，何惜一相见叙也？勿以幽冥，隔碍宿昔之爱。"须臾，闻言曰："儿郎张氏也，闻君悲吟相念，虽处阴冥，实所恻怆。愧君诚心，不以沉魂可弃，每所记念，是以此夕与君相闻。"暅惊叹，流涕呜咽曰："在心之事，卒难申叙。然须得一见颜色，死不恨矣。"答曰："隐显道隔，相见殊难。亦虑君亦有疑心，妾非不欲尽也。"暅词益恳，誓无疑贰。

俄而闻唤罗敷取镜，又闻暗中飒飒然人行声，罗敷先出前拜，言："娘子欲叙夙昔，正期与七郎相见。"暅问罗敷曰："我开元八年，典汝与仙州康家。闻汝已于康家死矣，今何得在此？"答曰："被娘子赎来，今看阿美。"阿美即暅之亡女也。暅又恻然。须臾命灯烛，立于阼阶之北。暅趋前，泣而拜，妻答拜，暅乃执手，叙以平生。妻亦流涕谓暅曰："阴阳道隔，与君久别，虽冥寞无据，至于相思，尝不去心。今六合之日，冥官感君诚恳，放儿暂来。千年一遇，悲喜兼集。又美娘又小，嘱付无人。今夕何夕，再遂申款。"暅乃命家人列拜起居。徙灯入室，施布帏帐。不肯先坐，乃曰："阴阳尊卑，以生人为贵，君可先坐。"暅即如言。笑谓暅曰："君情既不易平生，然闻已再婚，新故有间乎？"暅甚怍。妻曰："论业君合再婚。君新人在淮南，吾亦知其平善。"因语："人生修短，固有定乎？"答曰："必定矣。"又问：

吟那几首悼亡诗。忽然听到黑暗中有像是哭泣的声音,开始很遥远,渐渐近了。唐晅又惊恐又悲伤,觉得有些奇怪,就祈祷说:"如果是十娘子的魂灵,就不要顾虑,和我见一面叙叙旧吧?不要因为你在阴曹地府,就阻隔了我们过去的恩爱吧。"过了一会儿,听到有人说:"我就是您的妻子张氏,听到您悲吟相念,虽然我身在阴间,也实在是悲伤怆然。感激您的诚意,不因我成了鬼魂而背弃我,还时常思念我,所以今天晚上我特地来和您相见。"唐晅惊叹,流着泪呜咽着说:"在心底的事,仓促间难说清楚。我要能看一看你的容颜,就死也无憾了。"回答说:"阴间与阳间道路相隔,相见极难。也怕您真看见我以后会增添疑虑,我并不是不想满足您的心愿。"唐晅言词更加诚恳,发誓不会猜忌离心。

不久听到张氏召唤罗敷让她拿来镜子,又听到暗中飒飒地有人走路的声音,罗敷先现形走出来上前拜见唐晅,说:"娘子想和您叙旧,正期望和您见面。"唐晅问罗敷说:"我在开元八年,把你卖给了仙州康家。听说你已经在康家死了,现在怎么能在这里呢?"罗敷回答说:"我是被娘子赎来的,现在我看护阿美。"阿美就是唐晅已经死去的女儿。唐晅又很悲伤。过了一会儿,张氏命令点上蜡烛,站在台阶的北面。唐晅赶紧上前,哭泣下拜,妻子回拜,唐晅就握着她的手,叙说过去的事。妻子也流泪对唐晅说:"阴阳道路相隔,和您久别,虽然说死去没有依凭,但我日夜思念您,从来没有一天忘怀过您。今天是六合之日,阴官被您的诚意感动,放我暂时回来。这样的机遇千年才能遇见一次,真使我悲喜交加。再加上美娘又小,托付无人。今夕何夕,能再次表达情意。"唐晅就让家里的亲人列拜问候。然后就端起蜡烛进入室内,安排好床帐。妻子不肯先坐,就说:"阴阳尊卑,以活人为贵,您应该先坐。"唐晅就听她的话坐下。张氏又笑着对唐晅说:"您对我的情意虽然和从前没什么两样,然而听说您已再婚,新旧妻子有什么不一样吗?"唐晅非常惭愧。妻子说:"照理说您应该再婚。您的新妻子在淮南,我也知道她很朴实和善。"唐晅问:"人生长短,本来就有定数吗?"她答道:"有定数。"又问:

"佛称宿因,不谬乎?"答曰:"理端可鉴,何谬之有?"又问:"佛与道孰是非?"答曰:"同源异派耳。别有太极仙品,总灵之司,出有入无之化,其道大哉。其余悉如人间所说。今不合具言,彼此为累。"晅惧,不敢复问。

因问欲何膳,答曰:"冥中珍羞亦备,唯无浆水粥,不可致耳。"晅即令备之。既至,索别器,摊之而食,向口如尽。及撤之,粥宛然。晅悉饭其从者,有老姥,不肯同坐。妻曰:"伊是旧人,不同群小。"谓晅曰:"此是紫菊奶,岂不识耶?"晅方记念。别席饭。其余侍者,晅多不识,闻呼名字,乃是晅从京回日,多剪纸人奴婢,所题之名。问妻,妻曰:"皆君所与者。"乃知钱财奴婢,无不得也。妻曰:"往日常弄一金镂合子,藏于堂屋西北斗栱中,无有人知处。"晅取果得。又曰:"岂不欲见美娘乎?今已长成。"晅曰:"美娘亡时褓褓,地下岂受岁乎?"答曰:"无异也。"须臾,美娘至,可五六岁。晅抚之而泣,妻曰:"莫抱惊儿。"罗敷却抱,忽不见。晅令下帘帷,申缱绻,宛如平生。晅觉手足呼吸冷耳。又问:"冥中居何处?"答曰:"在舅姑左右。"晅曰:"娘子神灵如此,何不还返生?"答曰:"人死之后,魂魄异处,皆有所录,杳不关形骸也。君何不验梦中,安能记其身也?儿亡之后,都不记死时,亦不知殡葬之处。钱财奴婢,君与则知。至如形骸,实总不管。"

既而绸缪夜深,晅曰:"同穴不远矣。"妻曰:"曾闻合葬

"佛家说的前世因缘,是对的吗?"答道:"道理正确可鉴,怎么会是错的?"又问:"佛和道哪个对哪个错?"答道:"同一源流不是一个派别罢了。另有太极仙品,是总管灵魂的官,出有入无之化,其道极深。其余的都跟人间听说的一样。如今不宜详谈,彼此都受牵累。"唐暄心里有些恐惧,不敢再问。

唐暄又问她想吃什么饭菜,回答说:"阴间美味也全都有,只是没有浆水粥,因为浆水粥送不到阴间。"唐暄就命家人准备浆水粥。送到以后,张氏另外要了一份餐具,摆好了就吃,全都吃光了。等到撤下后,粥还像刚才的样子一点也没动。唐暄让张氏带来的随从一起来吃,有位老太太,不肯一同坐下。妻子说:"她是老人,与那些晚辈不一样。"对唐暄说:"她是紫菊奶,您难道不认识吗?"唐暄这才想起来。就给她另设一桌吃饭。其余侍从,唐暄大多数不认识,听到召呼名字,竟是唐暄从京城回来时,用纸剪的那些奴婢,所题的名字。问妻子,妻子说:"都是您给的。"才知道祭悼时烧化的那些钱财奴婢,阴间没有收不到的。妻子又说:"往日我总是爱摆弄一个金刻的盒子,把它藏在堂屋西北的斗棋里,那是个没有人知道的地方。"唐暄去拿,果然找到了。又说:"难道您不想见到美娘吗?现在已经长成大姑娘了。"唐暄说:"美娘死时还在襁褓中,在地下也增长岁数吗?"回答说:"阴间和阳间没什么不同。"过了一会儿,美娘到了,约五六岁。唐暄抚摸着她就哭了。妻子说:"不要抱,别吓着她。"罗敷就抱过去,忽然就不见了。唐暄就叫仆人放下帘帷,夫妻二人情意缠绵,就像张氏活着时一样。唐暄觉得张氏的手脚和呼吸都是冰冷的。又问:"在阴间住什么地方?"回答说:"在公婆旁边。"唐暄说:"娘子如此神灵,为什么不返生呢?"回答说:"人死之后,魂魄都在别处,都有所记录,和形骸毫不相干。就像您在梦中一样,哪能记下自己身处何地?我死了之后,都不记得死时的事,也不知道殡葬的地方。纸钱和奴婢,您给我就知道,至于形骸,确实没有理会。"

恩爱到深夜,唐暄说:"离合葬不远了。"妻子说:"曾听闻合葬

之礼，盖同形骸。至精神，实都不见，何烦此言也？”晅曰：“妇人没地，不亦有再适乎？”答曰：“死生同流，贞邪各异。且儿亡，堂上欲夺儿志，嫁与北庭都护郑乾观侄明远。儿誓志确然，上下矜闵，得免。”晅闻抚然，感怀而赠诗曰：“峄阳桐半死，延津剑一沉。如何宿昔内，空负百年心。”妻曰：“方见君情，辄欲留答，可乎？”晅曰：“曩日不属文，何以为词？”妻曰：“文词素慕，虑君嫌猜而不为。言志之事，今夕何爽？”遂裂带题诗曰：“不分殊幽显，那堪异古今。阴阳途自隔，聚散两难心。”又曰：“兰阶兔月斜，银烛半含花。自怜长夜客，泉路以为家。”晅含涕言叙，悲喜之间，不觉天明。

须臾，闻扣门声。翁婆使丹参传语：“令催新妇，恐天明冥司督责。”妻泣而起，与晅诀别，晅修启状以附之，整衣，闻香郁然，不与世同，“此香何方得？”答言：“韩寿余香，儿来，堂上见赐。”晅执手曰：“何时再一见？”答曰：“四十年耳。”留一罗帛子，与晅为念。晅答一金钿合子。即曰：“前途日限，不可久留。自非四十年内，若于墓祭祀，都无益。必有相飨，但于月尽日、黄昏时，于野田中，或于河畔，呼名字，儿尽得也。匆匆不果久语，愿自爱。”讫，登车而去，扬袂，久之方灭。举家皆见，事见《唐晅手记》。出《通幽记》。

萧正人

琅邪太守许诚言，尝言幼时，与中外兄弟夜中言及鬼神。其中雄猛者，或言：“吾不信邪，何处有鬼？”言未终，

的礼仪,只是把两人的尸体埋葬在一起。至于灵魂,其实都看不见,何必这样!"唐晅说:"女人死了,在阴间也有再婚的吗?"回答说:"死生同样,贞节和淫邪每个人都不同。我死了以后,父母想让我改嫁给北庭都护郑乾观的侄子明远。我发誓不嫁,上上下下的人都很怜悯我,才得以脱免。"唐晅听后感伤,感而赋诗道:"峄阳桐半死,延津剑一沉。如何宿昔内,空负百年心。"妻子说:"看见您情义如此深重,也想作一首诗来酬答,可以吗?"唐晅说:"从前你从不写文章,怎么现在能作诗了呢?"妻子说:"我一向喜欢诗文,怕您猜嫌才不作诗。以诗言志,今夜是多么合适啊!"于是撕下腰带在上面写诗道:"不分殊幽显,那堪异古今。阴阳途自隔,聚散两难心。"又写道:"兰阶兔月斜,银烛半含花。自怜长夜客,泉路以为家。"唐晅含泪和张氏叙说深情,悲喜之间,不觉天已亮了。

不一会儿,听到敲门声。是阴间的公婆让丹参来传话:"催促新妇人,担心天亮冥官督责。"妻子哭泣着起来,和唐晅诀别,唐晅写了封书信交给妻子带上。张氏整理衣服,香气浓郁,和世间不同。唐晅问:"这种香是从哪儿得到的?"张氏回答说:"是韩寿剩下的,我来时,父母赏赐的。"唐晅握着妻子的手说:"什么时候再能见面?"妻子回答说:"四十年后吧。"妻子留下一条罗巾作纪念,唐晅回赠她一个金钿盒子。张氏说:"回去的日期有限制,不能久留了。在这四十年内,若在我墓地上祭祀,都没有用处。如一定要祭缟,只在每月的最后一天,黄昏的时候,在田野中,或者在河畔,叫我的名字,我就全能得到。匆匆一面,不能再多说话了,希望您多多珍重。"说完,她就上车离去,挥动着衣袖,很久才消逝。全家都看见了,此事见于《唐晅手记》。出自《通幽记》。

萧正人

琅邪太守许诚言,曾说他小时候,和堂表兄弟在夜里说到鬼神。他们中有勇敢的,就说:"我不信邪,哪里有鬼?"没等说完,

前檐头鬼忽垂下二胫，胫甚壮大，黑毛且长，足履于地。言者走匿。内弟萧正人，沉静少言，独不惧，直抱鬼胫，以解衣束之甚急。鬼举胫至檐，正人束之，不得升，复下，如此数四。既无救者，正人放之，鬼遂灭。而正人无他。出《记闻》。

韦镒

监察御史韦镒，自贬降量移虢州司户参军。镒与守有故，请开虢州西郭道。镒主之，凡开数里，平夷丘墓数百。既而守念镒，至湖按覆。有人至湖，告镒妻死。镒妻亡七日，召寺僧斋。镒神伤丧志，诸僧慰勉。斋罢，镒送僧出门，言未毕，若有所见，则揖僧退，且言曰："弟子亡妻形见。"则若揖让酬答，至堂仆地，遂卒。人以为平夷丘墓之祸焉。出《记闻》。

赵夏日

宁王文学赵夏日，文章知名，以文学卒官。终后，每处理家事如平生，家内大小，不敢为非。常于灵帐中言，其声甚厉。第二子常见之，率常在宅。及三岁，令其子传语，遍别人，因绝去。出《记闻》。

茹子颜

吴人茹子颜，以明经为双流尉，颇有才识，善医方，由是朝贤多识之。子颜好京兆府博士，及选，请为之。既拜，

前面房檐头有个鬼忽然垂下两条腿,腿很粗大,生着很长的黑毛,脚踩在地上。刚才说话的人吓得逃掉躲藏起来。许诚言的内弟萧正人,沉静寡语,单单不怕鬼,径直抱住鬼的腿,快速脱下衣服把鬼捆上。鬼想抬起腿到屋檐上,因为腿被萧正人捆住了,上不去。只好又下来,像这样折腾了几次。当时没有相救的人,萧正人就放了他,鬼就逃脱消失了,而萧正人也没受什么灾祸。出自《记闻》。

韦 镒

监察御史韦镒,从贬降之职量移为虢州司户参军。韦镒和太守有老交情,请求修筑虢州西的道路。韦镒主持修路,修筑了几里,夷平几百处坟墓。不久太守让韦镒到湖县审查核实刑狱。这时有人到湖县,报告说韦镒的妻子死了。韦妻死了七天以后,韦镒请来了寺庙的和尚作斋。韦镒十分悲伤,寺僧们都安慰劝勉他。作斋结束,韦镒送僧人出门,话没说完,像看见了什么东西,就向寺僧作揖告退,又说道:"弟子的亡妻现形了。"于是作出揖让酬答的样子,走到厅堂就倒在地上死了。人们认为他的猝死是因为他主持修路时夷平了坟墓的缘故。出自《记闻》。

赵夏日

宁王的文学官赵夏日,文章很有名,后来死在任上。他死后,常常处理家事,就像活着时一样。家里老老少少,不敢做任何错事。赵夏日常常在灵帐里说话,话语声很严厉。他家的二儿子经常看见他,总在屋子里。过了三年,赵夏日让他儿子传话,告别所有的家人,然后就再也没来。出自《记闻》。

茹子颜

吴地人茹子颜,以明经及第当上了双流县的县尉。他很有才识,善于治病,因此朝中大臣很多都认识他。茹子颜喜欢京兆府博士的职位,等到选官的时候,请求担任。授给他官职以后,

常在朝贵家。及归学，车马不绝。子颜之娅张虚仪，选授梓州通泉尉。家贫，不能与其妻行。仍有债数万，请子颜保。虚仪去后两月余，子颜夜坐，忽檐间语曰："吾通泉尉张虚仪也，到县数日亡。今吾枢还，已发县矣。吾平生与君特善，赴任日，又债负累君。吾今亡，家又贫匮，进退相扰，深觉厚颜。"子颜问曰："君何日当至京？吾使人迎候。"鬼乃具言发时日，且求食。子颜命食，于坐谈笑如故。至期，丧果至。子颜为之召债家，而归其负。鬼又旦夕来谢恩，其言甚恳，月余而绝。子颜亦不以介意。数旬，子颜亦死。出《纪闻》。

刘子贡

京兆人刘子贡，五月二十二日，因病热卒。明日乃苏，自言被录至冥司，同过者十九人。官召二人出，木括其头，加钉镎焉，命击之，曰："此二人罪重，留，余者且释去。"又引子贡历观诸狱，但空墙垣为数十院，不见人。子贡问曰："此为何处？"人曰："此皆地狱也。缘同光王生，故休罪人七日，此中受罪者暂停。若遇其鼓作，罪人受苦，可惊骇耳目。"子贡娶于难江县令苏元宗，见元宗于途，问之曰："丈人在生好善，何得在此？"元宗曰："吾前生有过，故留。然事已办，今将生天，不久矣。"又问："二子先死者何在？""长者愿而信，死便生天；少儿贼而杀，见在地狱。"又遇邻人季昕，昕曰："君为传语吾儿，吾坐前坐罪，大被拘留。为吾造观世音菩萨像一，写《妙法莲花经》一部，则生天矣。"又遇

他经常出入于朝廷中的显贵人家。每次他回学校，来拜见他的车马不断。子颜的连襟张虚仪，被选官授为梓州通泉尉。他家境贫寒，不能带妻子一起去。还有几万银两的外债，请子颜做的保人。虚仪离开后两个多月，子颜夜里正坐着，忽然听到屋檐间有说话声："我是通泉尉张虚仪，到县里几天就死了。现在我的灵柩返还，已经从县里出发了。我平生和您特别友好，我赴任的时候，又负债连累您。我现在已经死了，家境又贫困，进退相扰，很觉惭愧。"子颜问道："您什么时候能到京城？我派人迎候您。"鬼就说了出发的时间，又请求给些饭吃。子颜命令上饭，鬼就坐着谈笑如同活着的时候一样。到了张虚仪说的期限，他的灵柩果然到了。子颜把张虚仪的债主们叫来，替他还了债。鬼又天天早晚来谢恩，言辞恳切，一个多月后就不再来了。子颜也并不介意。几十天后，子颜也死了。出自《纪闻》。

刘子贡

　　京兆人刘子贡，五月二十二日，得了热病死过去。第二天才苏醒，自言被拘捕到阴间，一同过堂的有十九人。冥官召呼其中的两个人出来，用木枷夹他们的头，又加钉铁叶子，命令把他们关押起来，说："这二人罪恶深重，留下来，其余的放掉。"又领着子贡去看各个地狱，只看见几十处空空的墙院，看不见人。子贡就问："这是什么地方？"那人说："这都是地狱。由于同光王降生，所以让罪人们休息七天，在此受罪的也暂停。如果遇到他们受苦，那可是触目惊心。"子贡娶了难江县令苏元宗的女儿，看见元宗在阴间道上，就问他说："岳父在世时常爱做善事，怎么在这里呢？"元宗说："我生前有过失，所以留下来。但是事情已经处理完，现在将要升天，没多久了。"子贡又问："已死的两个儿子在哪里？"便告诉他说："大儿子诚实讲信义，一死就升天了；小儿子奸诈好杀，现在在地狱里。"又遇到邻居季晖，季晖说："请您给我儿子捎个话，我因为以前所犯的罪过，将被拘押很久。给我造一个观世音菩萨像，写一部《妙法莲华经》，我就能升天了。"又遇

其父慎,慎曰:"吾以同光王生,故得假在外。不然,每日受罪,苦不可言。坐吾弹杀鸟兽故,每日被牛头狱卒烧铁弹数千,其色如火,破吾身皮数百道,纳热弹其中,痛苦不可忍。"又见身存者多为鬼。子贡以二十三日生,生七日,至二十九日又殂,遂不活矣。出《记闻》。

刘　平

唐咸通中,有五经博士卢罃,得神仙补养之道。自言生于隋代,宿旧朝士皆云童幼时见,奕世奉之,不卜其寿。安史之乱,隐于终南山中。其后或出或处。令狐绹喻以柱下、漆园之事,稍从宦于京师。常言与处士刘平善。天宝中平居于齐鲁,尤善吐纳之术,能夜中视物,不假灯烛。安禄山在范阳,厚币致于门下。平见禄山左右,常有鬼物数十,殊形诡状,持炉执盖,以为导从。平心异之,谓禄山必为人杰。及禄山朝觐,与平俱至华阴县。值叶法善投龙西岳,平旋见二青衣童子,乘虚而至。所谓禄山鬼物,皆弃炉投盖,狼狈而走。平因知禄山为邪物所辅,必不以正道克终。及禄山归范阳,遂逃入华山而隐。出《剧谈录》。

萧颖士

兰陵萧颖士,为扬州功曹,秩满南游。济瓜洲渡,船中有二少年,熟视颖,相顾曰:"此人甚似鄱阳忠烈王也。"颖士即鄱阳曾孙,乃自款陈。二子曰:"吾识尔祖久矣。"颖士以广众中,未敢询访。俟及岸,方将问之,二子忽遽负担

到他的父亲刘慎，刘慎说："我因为同光王降生，所以能够假释在外面。不然的话，每天受罪，苦不可言。我犯了弹杀鸟兽的罪，牛头狱卒每天烧几千个铁弹，颜色如火，把我身上的皮肉打烂几百处，热弹陷进皮肉，痛苦得不堪忍受。"子贡又看见不少活着的人大多是鬼。子贡在二十三日复活了，活了七天，到二十九日又死了，从此没再复活。出自《记闻》。

刘　平

唐代咸通年间，有个五经博士卢罕，得到了神仙补养的方法。他自己说生在隋代，当朝元老都说小时候见过他，几代人都供奉他，不知道他的年纪有多大。安史之乱时，他隐居在终南山里。以后有时出现有时隐退。令狐绹给他讲了老子、庄子曾做过柱下史、漆园令的事，他才开始到京城做官。他曾自言和隐士刘平友善。天宝年间，刘平住在齐鲁一代，尤其善于道家吐纳之术，在夜里能看东西，不用灯光。安禄山在范阳，用厚礼把他请到门下。刘平看见安禄山左右，总有几十个鬼，奇形怪状，拿着香炉举着华盖，给安禄山做向导。刘平很是奇怪，说安禄山一定是豪杰。等到安禄山朝见皇帝，和刘平一起来到华阴县。正遇上叶法善乘龙降落在西岳华山，刘平就看见两个青衣童子，乘云而至。安禄山手下的鬼怪，都丢掉香炉华盖，狼狈而逃。刘平于是知道安禄山被妖邪鬼怪所辅佐，一定不会得到好下场。到安禄山回归范阳，刘平也逃到华山隐居起来，怕受到安禄山的牵连。出自《剧谈录》。

萧颖士

兰陵人萧颖士，任扬州功曹，任职期满南游。他从瓜洲渡江，船上有两个少年，紧盯着萧颖士，相互说："此人很像鄱阳忠烈王。"萧颖士就是鄱阳忠烈王的曾孙，就做了自我介绍。两个少年说："我们很早就认识你的祖先了。"萧颖士因为在众人面前，没敢细问。等到了岸上，正要询问，两个少年匆忙挑着担子

而去。颖士必谓非神即仙,虔心向嘱而已。明年,颖士比归,至于盱眙,方与邑长下帘昼坐,吏白云:"擒获发冢盗六人。"登令召入,束缚甚固,旅之于庭,二人者亦在其中,颖士大惊,因具述曩事。邑长即令先穷二子,须臾款伏,左验明著,皆云发墓有年。尝开鄱阳公冢,大获金玉。当门有贵人,颜色如生,年方五十许,须鬓斑白,僵卧于石塌,姿状正与颖士相类,无少差异。昔舟中相遇,又知萧氏,固是鄱阳裔也,岂有他术哉! 出《集异记》。

离去了。萧颖士以为这两个人,不是神就是仙,于是虔诚地向他们祈祷。第二年,待到萧颖士回家时,到了盱眙,白天正和邑长在帘下坐着,小吏来禀报说:"擒获挖掘坟墓的盗贼六名。"邑长立刻命令把他们带上来。他们被捆绑得很牢固,排列于庭院里,两个少年也在其中,萧颖士非常惊讶,于是细说了从前的事。邑长就让先追究两个少年,不一会儿他们就服罪招认,证据确凿,都说挖掘坟墓有几年了。曾经打开鄱阳公坟墓,获得很多金银玉器。正当墓门有位贵人,面容像活人,年龄大概有五十岁,鬓发斑白,僵卧于石塌上,容貌和萧颖士很像,没有一点儿差异。过去在船上相遇,又知道姓萧,断定是鄱阳忠烈王的后裔,哪里有其他法术啊! 出自《集异记》。

卷第三百三十三
鬼十八

黎阳客

开元中,有士人家贫,投丐河朔,所抵无应者。转至黎阳,日已暮,而前程尚遥。忽见路傍一门,宅宇甚壮,夜将投宿,乃前扣门。良久,奴方出。客曰:"日暮,前路不可及,辄寄外舍,可乎?"奴曰:"请白郎君。"乃入。

须臾闻曳履声,及出,乃衣冠美丈夫,姿度闲远,昂然秀异。命延客,与相拜谒,曰:"行李得无苦辛,有弊庐,不足辱长者。"客窃怪其异,且欲审察之,乃俱就馆,颇能清论,说齐、周已来,了了皆如目见。客问名,曰:"我颍川荀季和,先人因官,遂居此焉。"命设酒殽,皆精洁,而不甚有味。有顷,命具榻舍中。邀客入,仍敕一婢侍宿。客候婢款狎,乃问曰:"郎君今为何官?"曰:"见为河公主簿,慎勿

黎阳客

开元年间,有一位读书人家境贫寒,就到河朔一带找人求助,所到之处没有肯帮忙的。他又转奔黎阳,天色已晚,可是前程还很遥远。忽然看见路旁有一个门,宅院房子很壮观。夜里他要投宿,就上前敲门。过了很久,奴仆才出来。客人说:"天晚了,赶不到前面的住处,想寄居在外舍,可以吗?"奴仆说:"需要报告郎君。"就进去了。

不一会儿,听到走路声,等到出来一看,竟是一位衣冠楚楚的美男子,姿态闲远,潇洒秀美。美男子吩咐请客人进来,和客人相互拜见,说:"旅行辛苦了,有个破屋子,实在委屈长者了。"黎阳客暗自感到怪异,就想要观察一下,于是和他一起到了馆舍。那男子很能高谈阔论,说起齐、周以来的事,清清楚楚都如亲眼所见。黎阳客询问那男子的名字,他说:"我是颍川荀季和,父辈因做官到此,于是住在这里。"又命令摆设酒菜,都很精洁,可是不太有味。过了一会儿,那男子让人在舍中准备被褥,邀请客人进来,又让一个婢女侍候睡觉。客人等候婢女变亲近了,就问她:"郎君现在做什么官?"婢女说:"现在做河公主簿,千万不要

说也。"俄闻外有叫呼受痛之声,乃窃于窗中窥之。见主人据胡床,列灯烛,前有一人,被发裸形,左右呼群鸟啄其目,流血至地。主人色甚怒曰:"更敢暴我乎?"客谓曰:"何人也?"曰:"何须强知他事。"固问之,曰:"黎阳令也,好射猎,数逐兽,犯吾垣墙,以此受治也。"客窃记之。明旦顾视,乃大冢也。前问,人云是苟使君墓。

至黎阳,令果辞以目疾。客曰:"能疗之。"令喜,乃召入,具为说之。令曰:"信有之。"乃暗令乡正,具薪数万束,积于垣侧。一日,令率群吏,纵火焚之,遂易其墓,目即愈。厚以谢客而不告也。后客还至其处,见一人头面焦烂,身衣败絮,蹲于榛棘中,直前诣,客不识也。曰:"君颇忆前寄宿否?"客乃惊曰:"何至此耶?"曰:"前为令所苦,然亦知非君本意,吾自运穷耳。"客甚愧悔之,为设薄酹,焚其故衣以赠之。鬼忻受遂去。出《广异记》。

李迥秀

尚书李迥秀,素与清禅寺僧灵贞厚善。迥秀卒数年,灵贞忽见两吏,赍符追之,遂逼促就路,奄然而卒。前至一处,若官曹中。须臾延谒,一人朱衣银章,灵贞自疑命当未死。朱衣曰:"弟子误相追,阇梨当还。"命敕前吏送去。欲取旧路,吏曰:"此乃不可往,当别取北路耳。"乃别北行,路甚荒塞,灵颇不怿。可行数十里,又至一府城,府甚丽。门吏前呵云:"可方便见将军。"即引入,见一人紫衣,据厅

说出去。"不久听到外面有人叫呼遭受痛苦的声音,就悄悄到窗户那偷看。看见主人坐在胡床上,摆着灯烛,前面有一个人,披发裸体,左右的人呼叫群鸟啄他的眼睛,血流到地上。主人很生气,说:"还敢欺凌我吗?"客人问:"是什么人?"回答说:"何必硬要打听别的事。"客人坚持问,回答说:"是黎阳令,喜好射猎,几次追赶野兽,冲撞了我家的围墙,因此受惩治。"客人偷偷记下了。第二天回去一看,竟是一座大坟墓。向前打听,别人说是荀使君坟墓。

到了黎阳,黎阳令果然因为眼病推辞不见。客人说:"我能治疗。"县令很高兴,就召呼客人进来,客人全都跟他说了。县令说:"确实有这样的事。"就暗暗让乡正准备柴禾几万捆,堆在墙旁边。一天,县令率领群吏放火烧了荀使君墓,还迁走了坟墓,县令的眼睛就好了。县令用厚礼谢客却不告诉他真相。后来客人回到他的住处,看见一个人头面焦烂,身穿破衣,蹲在荆棘中,径直上前拜见,客人不认识他。他说:"您还记得以前寄宿的事吗?"客人就惊奇地说:"怎么落到这地步了?"那人回答说:"不久前被县令所害,但是也知道不是您的本意,我自己运气不好罢了。"客人很惭愧后悔,为他摆设薄酒,烧了自己的旧衣服赠给他。鬼愉快地接受就离开了。出自《广异记》。

李迥秀

尚书李迥秀,一向和清禅寺和尚灵贞很友好。迥秀死了几年,灵贞忽然看见两个小吏,持符追来,就逼迫他上路,灵贞奋然死去。到前面一个地方,很像官府。不一会儿就让灵贞进去拜见,看见一个人穿着红衣服,佩戴银章,灵贞自己疑心命不该死。穿红衣的人说:"弟子错追了,高僧该回去。"命令原来的小吏送他回去。灵贞想从旧路回去,小吏说:"这条路回不去,应当另走北路。"就另往北走,路很荒塞,灵贞很不高兴。大约走了几十里,又到了一个府城,府衙很华丽。门吏上前大声说:"可以就便去见将军。"就引领灵贞进去,看见一个穿紫衣的人,坐在厅堂

事,年貌与李公相类,谓曰:"贞公那得远来?"灵贞乃知正是。因延升阶,叙及平旧。临别握手曰:"欲与阇梨论及家事,所不忍言。"遂忽见泪下。灵贞固请之,乃曰:"弟子血祀将绝,无复奈何。可报季友等,四时享奠,勤致丰洁。兼为写《法华经》一部,是所望也。"即挥涕诀。灵贞遂苏,具以所见告。诸子及季友,素有至性焉,为设斋及写经。唯斋损独怒曰:"妖僧妄诞,欲诬玷先灵耳!"其后竟与权梁山等谋反伏诛,兄弟流窜,竟无种嗣矣。出《广异记》。

琅邪人

琅邪有人行过任城,暮宿郭外。主人相见甚欢,为设杂果。客探取怀中犀靶小刀子,将以割梨,主人色变,遂奄然而逝。所见乃家中物也。客甚惧,然亦以此刀自护。且视冢傍有一穴,日照其中颇明,见棺椁已腐败,果盘乃树叶贮焉。客匍匐得出,问左右人,无识此冢者。出《广异记》。

崔　咸

博陵崔咸,少习静,家于相州,居常葺理园林。独在斋中,夜雷雨后,忽有一女子,年十六七,逾垣而入。拥之入室,问其所从来,而终无言。咸疑其遁者,乃深藏之。将旦而毙,咸惊惧,未敢发。乃出于里内,觇其失女家。须臾,有奴婢六七人,丧服行语,若有寻求者。相与语曰:"死尚逸,况生乎?"咸从而问之,对曰:"郎君何用问?"固问之,乃曰:"吾舍小娘子,亡来三日。昨夜方敛,被雷震,尸起出,

上，年龄相貌跟李公很相似，对灵贞说："贞公怎会远道而来？"灵贞才知道正是李公。李公便延请灵贞登阶上堂，叙说平素旧事。临别握手说："想要和高僧谈家事，又不忍说出。"说着就流下泪来。灵贞坚持请他说，李公就说："弟子的儿孙将要断绝了，无可奈何。可告诉季友等人，四季享奠要丰富洁净。同时给我写一部《法华经》，这是我所希望的。"随即挥泪诀别。灵贞就苏醒了，把看见的事全都相告。迥秀的儿子们和季友，他们一向诚挚纯厚，就给李迥秀设斋、写经书。只有斋损发怒说："妖僧荒诞，想要诬玷先父之灵吧。"以后竟然和权梁山等人谋反，被杀，他的兄弟也逃跑了，最终李迥秀没有后代了。出自《广异记》。

琅邪人

琅邪有个人路过任城，夜晚住宿在城郭外。主人见着他很高兴，给他摆设杂果。客人取出怀中犀牛角柄的小刀子，想要用刀割梨。主人一见变了脸色，于是突然死去。客人所见的都是坟中的东西。客人很恐惧，就用这把刀自卫。他看到坟旁边有一个洞穴，太阳照着里面很明亮，棺材已经腐烂，果盘里装的是树叶。客人爬出来，问附近的人，没人知道这座坟墓是谁的。出自《广异记》。

崔　咸

博陵崔咸，自少好静，家住相州，平时常修理园林。这天独自在书斋中，夜里雷雨过后，忽然看见一个女子，年龄十六七岁，越墙而入。崔咸抱着她进入屋内，问她从哪里来，她始终没说。崔咸怀疑她是逃跑的人，就把她深藏起来。天快亮时她死了，崔咸很恐惧，不敢声张。他就出门来到街上，想偷偷打探哪家丢了女子。过了一会儿，有六七个奴婢，穿着孝服边走边说，像在找人。互相说："死人还能逃跑，何况活人？"崔咸跟着问她们，她们回答说："郎君何必问！"崔咸坚持问，她们才说："我们家的小娘子，死了已三天。昨夜才装殓，遭到雷震，尸体从棺中出来，

忽不知所向。"咸问其形容衣服，皆是宵遁者，乃具昨夜之状。引至家验之，果是其尸，衣裳足履皆泥污。其家大异之。归将葬，其尸重不可致，咸乃奠酒祝语之，乃去。时天宝元年六月。出《通幽记》。

季 攸

天宝初，会稽主簿季攸，有女二人，及携外甥孤女之官。有求之者，则嫁己女，己女尽而不及甥。甥恨之，因结怨而死，殡之东郊。经数月，所给主簿市胥吏姓杨，大族子也，家甚富，貌且美。其家忽有失胥，推寻不得。意其为魅所惑也，则于墟墓访之。时大雪，而女殡室有衣裾出。胥家人引之，则闻屋内胥叫声，而殡宫中甚完，不知从何入。遽告主簿，主簿使发其棺，女在棺中，与胥同寝，女貌如生。其家乃出胥，复修殡屋。胥既出如愚，数日方愈。女则下言于主簿曰："吾恨舅不嫁，惟怜己女，不知有吾，故气结死。今神道使吾嫁与市吏，故辄引与之同衾。既此邑已知，理须见嫁。后月一日，可合婚姻。惟舅不以胥吏见期，而违神道。请即知闻，受其所聘，仍待以女婿礼。至月一日，当具饮食，吾迎杨郎。望伏所请焉。"主簿惊叹，乃召胥一问，谓之为婿。杨胥于是纳钱数万，其父母皆会焉。攸乃为外生女造作衣裳帷帐，至月一日，又造馔大会。杨氏鬼又言曰："蒙恩许嫁，不胜其喜，今日故此亲迎杨郎。"言毕，胥暴卒，乃设冥婚礼，厚加棺敛，合葬于东郊。出《纪闻》。

不知到哪里去了。"崔咸问她的容貌穿着是什么样子，正是夜里跑来的那个人，就把昨夜的情况全都说了。领她们到家里验证，果然是那个人的尸体，衣裳鞋子上都沾了污泥。那家的人感到非常奇怪。要抬回去入葬，那尸体沉重得抬不起来，崔咸就祭酒祈祷，才抬回去了。当时是天宝元年六月。出自《通幽记》。

季 攸

天宝初年，会稽主簿季攸，有两个女儿，上任时还带着父母双亡的外甥女。有来求婚的，就把自己的女儿嫁出去，自己的女儿都嫁完了还不让外甥女出嫁。外甥女很忌恨，因此结怨而死，葬在东郊。过了几个月，季主簿手下一个姓杨的市胥吏，是个大家族的儿子，家里很有钱，相貌又美。这个胥吏忽然就丢了，他家到处找也找不到。料想被鬼迷惑了，就在废墟坟墓中寻找。当时下大雪，而季攸外甥女的殡室内竟露出来一截衣裙。胥吏家人一扯，就听到棺内有胥吏的叫声，可是棺材很完好，不知道是从哪里进去的。杨家人立刻报告主簿，主簿让人打开那棺材，外甥女在棺材里，和胥吏睡在一起，外甥女的容貌像活着时一样。他家就抬出胥吏，又修整殡室。胥吏出来以后像傻了，几天才缓过来。外甥女显灵对主簿说："我恨舅舅不嫁我，只怜爱自己的女儿，不知道有我，所以气绝而死。现在神道让我嫁给市吏，所以我就领引他，和他同床。既然这个城邑已经知道，按理应当出嫁。后月一日，可结为婚姻。只怕舅舅看不上胥吏，而违背神道。请马上听着，接受他的聘礼，以对待女婿的礼节对待他。到了那月一日，应当准备饭菜，我迎接杨郎。希望按我说的去做。"主簿惊叹，就召来胥吏一问，认作女婿。杨胥吏家纳了几万钱彩礼，他的父母也都来会见了。主簿季攸就给外甥女做衣裳帷帐，到了那月一日，又做好饭菜大会宾客。杨氏鬼又说："蒙恩许嫁，不胜欣喜，今天因此亲自迎接杨郎。"说完，胥吏暴死，就办了阴间婚礼，厚加棺殓，合葬在东郊。出自《纪闻》。

武德县田叟

武德县酒封村田叟，日晚，将往河内府南，视女家礼事。出村，有二人随之。与叟言，谓叟曰："吾往河南府北，喜翁相随。"及至路而二人不肯去。叟视之非凡，乃下驴谓之曰："吾与汝非旧相识，在途相逢，吾观汝指顾，非吉人也。汝姑行，吾从此南出。汝若随吾，吾有返而已，不能偕矣。"二人曰："慕老父德，故此陪随。如不愿俱，请从此逝，翁何怒也？"方酬答，适会田叟邻舍子，自东来，问叟何为，叟具以告。邻舍子告二人："老父不愿与君俱，可东去，从老父南行，君何须相绊也？"二人曰："诺。"因东去，叟遂南。邻舍子亦西还，到家未几，闻父老家惊叫。邻舍子问之，叟男曰："父往女家，计今适到。而所乘驴乃却来，何谓也？"邻舍子乃告以田叟逢二人状，因与叟男寻之。至与二人言处，叟死沟中，而衣服甚完，无损伤。乃知二人取叟之鬼也。出《记闻》。

裴徽

河东裴徽，河南令回之兄子也。天宝中，曾独步行庄侧，途中见一妇人，容色殊丽，瞻靓艳洗。久之，徽问："何以独行？"答云："适婢等有少交易，迟迟不来，故出伺之。"徽有才思，以艳词相调，妇人初不易色，亦献酬数四。前至其家，邀徽相过。室宇宏丽。入门后，闻老婢怒云："女子何故令他人来？名教中宁有此事！"女辞门有贤客，家人问者

武德县田叟

武德县酒封村田叟,天晚时,将要去河内府南面,参加女儿家的礼事。他走出村子,有两个人跟着他。他们和田叟说话,对田叟说:"我们去河南府北面,很高兴一道走。"等到上大道时,那两个人不肯离去。田叟看他们不同寻常,就从驴上下来对他们说:"我和你们不是老相识,只在路上相遇,我看你们指点观望的样子,不是吉祥的人。你们姑且走吧,我从这儿往南走。你们如果跟着我,我就返回,不能一起走。"那两个人说:"美慕您的功德,所以这样陪伴着您。如果不愿意一起走,我们就离开,您何必发怒呢!"就在他们对话之时,田叟邻居的儿子从东面来了,问田叟做什么,田叟把刚才的事全都告诉了他。邻居的儿子跟那两个人说:"老人不愿意和你们一起走,你们可以向东去,却跟着老人往南行,你们为啥偏要纠缠他呢?"那两个人说:"诺。"于是他们向东去,田叟就向南走。邻居的儿子也向西返回,他到家不久,就听到老人家里有惊叫声。邻居的儿子前去询问,田叟的儿子说:"父亲去女儿家,盘算时间现在正好在那儿。可是所骑的驴却回来了,这是怎么回事?"邻居的儿子就把田叟碰见两个人的情况都告诉了他,还和他去找田叟。到了和那两个人说话的地方,看见田叟已经死在沟里,而衣服很完好,没有损伤。才知道那两个人是要田叟命的鬼。出自《记闻》。

裴　徽

河东人裴徽,是河南令裴回兄长的儿子。天宝年间,他曾独自一人步行在村庄边,在路上看见一个妇人,容貌特别漂亮,光艳照人。过了一会儿,裴徽问她:"为什么一个人走?"妇人回答说:"刚才婢女们有点东西要买,迟迟没来,所以出来等候她们。"裴徽很有才思,用艳词挑逗她,妇人脸色毫不改变,也应酬几句。往前走到了她的家,妇人请他进去。她家室宇宏伟壮丽。进了大门以后,听到老婢女发怒说:"你为什么让别人进来? 名教中哪有这样的事?"女子解释说门外的客人很贤德。家人过来询问的

甚众。有顷老婢出，见徽辞谢，举动深有士风。须臾，张灯施幕，邀徽入坐。侍数人，各美色，香气芬馥，进止甚闲。寻令小娘子出，云："裴郎何须相避？"妇人出，不复入。徽窃见室中甚嚣，设绮帐锦茵，如欲嫁者，独心喜欲留。会腹胀，起如厕，所持古剑，可以辟恶。厕毕，取剑坏纸，忽见剑光粲然，执之欲回，不复见室宇人物。顾视在孤墓上丛棘中，因大号叫。家人识徽，持烛寻之，去庄百余步，瞪视不能言，久之方悟尔。出《广异记》。

李　陶

天宝中，陇西李陶寓居新郑。常寝其室，睡中有人摇之，陶惊起，见一婢袍裤，容色甚美。陶问："那忽得至此？"婢云："郑女郎欲相诣。"顷之，异香芬馥，有美女从西北隅壁中出，至床所再拜。陶知是鬼，初不交语，妇人惭怍却退。婢慢骂数四云："田舍郎，待人故如是耶？令我女郎愧耻无量。"陶悦其美色，亦心讶之，因绐云："女郎何在？吾本未见，可更呼之。"婢云："来。"又云："女郎重君旧缘，且将复至，切勿如初，可以殷勤也。"及至，陶下床致敬，延止偶坐，须臾相近。女郎貌既绝代，陶深悦之，留连十余日。陶母躬自窥觇，累使左右呼陶，陶恐阻己志，亦终不出。妇云："大家召君，何以不往？得无坐罪于我？"陶乃诣母，母流涕谓陶曰："汝承人昭穆，乃有鬼妇乎？"陶云改之。自尔留连，半岁不去。其后陶参选，之上都，留妇在房。陶后遇疾笃，鬼妇在房，谓其婢云："李郎今疾亟，为之奈何？当相与

有很多。过了一会儿老婢女出来,看见裴徽表示歉意,一举一动很有大家风度。很快,他们点灯施幕邀请裴徽进来坐。几个侍女各有美色,香气浓郁,举止很闲雅。不久让妇人出来,说:"裴郎何须相避?"妇人出来,不再进去。裴徽暗自觉得屋里很喧闹,摆设着绮帐锦绣垫子,像要嫁人似的,独自欣喜想要留下。正好他觉得腹胀,就起身到厕所,所拿的古剑,可以避邪。上完厕所,他拿剑削纸,忽然看见剑光璀璨,他拿剑要回去,却没再看见屋里的人和物。环顾周围发现自己在孤墓上的丛棘中,于是大声号叫。家人听出是裴徽,拿蜡烛寻找他,见他离村庄一百多步,瞪着眼说不出话,很久才明白过来。出自《广异记》。

李 陶

天宝年间,陇西人李陶寄居于新郑。有一天他睡在屋中,觉得有人摇晃自己,李陶吃惊地起来,看见一个婢女穿着袍裤,容貌很美丽。李陶问她:"怎么忽然能来此?"婢女说:"郑女郎想要来拜访。"顷刻之间,异香芬芳,有个美女从西北角的板壁里出来,到床那儿拜了两拜。李陶知道她是鬼,一句话也不和她说,美女惭愧地退去。婢女连连谩骂:"田舍郎,能这样待人吗? 让我们女郎羞愧得无地自容。"李陶喜欢她的美色,心里也非常惊讶,于是哄骗说:"女郎在哪里? 我根本没有看见,可以再召呼她来。"婢女说:"来吧。"又说:"女郎看重您的前缘,还将再来,不要再像当初那样,应该热情对待。"等她到了,李陶下床表示敬意,邀请她并坐,不一会儿又靠近点儿。女郎相貌绝代,李陶非常喜欢,留连了十多天。李陶的母亲亲自窥视,多次让左右的人召呼李陶,李陶担心母亲反对自己,就始终不出来。妇人说:"老太太召呼您,为什么不出去? 该不会怪罪我吧?"李陶去见母亲,母亲哭着对李陶说:"你要承继李家宗嗣,该有鬼妇吗?"李陶说要改正。可是她还留连不舍,半年也不离去。后来李陶参加选职,到了上都,留妇人在房里。李陶后来得了重病,鬼妇在房里,对她的婢女说:"李郎现在病急,该怎么办? 应当和我

往省问。"至潼关,为鬼关司所遏,不得过者数日。会陶堂兄亦赴选入关,鬼得随过。其夕,至陶所,相见忻悦。陶问:"何得至此?"云:"见卿疾甚,故此相视。"素所持药,因和以饮陶,陶疾寻愈。其年选得临津尉,与妇同众至舍。数日,当之官。鬼辞不行,问其故,云:"相与缘尽,不得复去。"言别凄怆,自此遂绝。出《广异记》。

长洲陆氏女

长洲县丞陆某,家素贫。三月三日,家人悉游虎丘寺,女年十五六,以无衣不得往,独与一婢守舍。父母既行,慨叹投井而死。父母以是为感,悲泣数日,乃权殡长洲县。后一岁许,有陆某者,曾省其姑。姑家与女殡相近,经殡宫过,有小婢随后,云:"女郎欲暂相见。"某不得已,随至其家。家门卑小,女郎靓妆,容色婉丽。问云:"君得非长洲百姓耶?我是陆丞女,非人,鬼耳。欲请君传语与赞府。今临顿李十八求婚,吾是室女,义难自嫁。可与白大人,若许为婚,当传语至此。"其人尚留殡宫中。少时,当州坊正,从殡宫边过,见有衣带出外,视之,见妇人,以白丞。丞自往,使开壁取某,置之厅上,数日能言。问焉得至彼,某以女言对,丞叹息。寻令人问临顿李十八,果有之,而无恙自若。初不为信,后数日乃病,病数日卒。举家叹恨,竟将女与李子为冥婚。出《广异记》。

刁缅

宣城太守刁缅,本以武进。初为玉门军使,有厕神形

去探问。"到了潼关，被鬼关司阻拦，好几天也不能通过。正好李陶堂兄也去赴选，进潼关，鬼得以跟着过关。那天晚上，到了李陶住的地方，相见很高兴。李陶问她："怎么会到这里？"回答说："看见您病得厉害，所以来探视。"她把平时带的药调好了给李陶喝，李陶不久就好了。李陶那年当选为临津尉，和妇人一同回到家。过了几天，李陶要去上任了。鬼告辞不去，问她原因，就说："和您的缘分已尽，不能再去。"凄怆言别，从此就销声匿迹了。出自《广异记》。

长洲陆氏女

长洲县丞陆某，家境一向贫寒。三月三日，家人全去游览虎丘寺，女儿年龄十五六岁，因为没有衣服不能去，独自和一个婢女看家。父母走了以后，她慨叹投井而死。父母因此很悲伤，悲泣了几天，就把她暂且殡葬在长洲县。以后一年左右，有个姓陆的，曾经探望他的姑姑。姑姑家和那个女子殡葬的地方很近，经过殡宫，有个小婢女跟在后面，说："女郎想要见一面。"陆某不得已，跟着到她的家。家门很窄小，女郎打扮出众，容貌婉丽。问道："您不是长洲百姓吗？我是陆丞的女儿，不是人，是鬼。想请您传话给我家。现在临顿李十八求婚，我是未嫁的女儿，从道义上说难以自己出嫁。可以告诉大人，如果答应成婚，应当传话到这里。"那人还留在殡宫里。不多会儿，州里坊正从殡宫边经过，看见有衣带露出来，仔细一看，见是妇人，告诉了陆丞。陆丞亲自去，让人打开殡宫墙壁取出陆某，放在厅里，几天才能说话。陆丞问陆某怎么能到那儿，陆某把女子的话告诉了他，陆丞叹息。派人寻问临顿李十八，果然有这个人，却没有病很正常。最初不相信，过几天就病了，几天后就死了。全家叹息悔恨，最终让女儿和李十八结为阴间婚姻。出自《广异记》。

刁缅

宣城太守刁缅原以武功进身。最初做玉门军使，有厕神现形

见外厕，形如大猪，遍体皆有眼，出入溷中，游行院内。缅时不在，官吏兵卒见者千余人。如是数日。缅归，祭以祈福，厕神乃灭。缅旬日迁伊州刺史，又改左卫率、右骁卫将军、左羽林将军，遂贵矣。出《纪闻》。

王无有

楚丘主簿王无有，新娶，妻美而妒。无有疾，将如厕，而难独行，欲与侍婢俱，妻不可。无有至厕，于垣穴中，见人背坐，色黑且壮。无有以为役夫，不之怪也。顷之，此人回顾，深目巨鼻，虎口乌爪，谓无有曰："盍与我鞋？"无有惊，未及应，怪自穴引手，直取其鞋，口咀之。鞋中血见，如食肉状，遂尽之。无有恐，先告其妻，且尤之曰："仆有疾如厕，虽一婢相送，君适固拒。果遇妖怪，奈何？"妇犹不信，乃同观之。无有坐厕，怪又见，夺余一鞋，咀之。妻恐，扶无有还。他日，无有至后院，怪又见，语无有曰："吾归汝鞋。"因投其傍，鞋并无伤。无有请巫解奏，鬼复谓巫："王主簿禄尽，余百日寿。不速归，死于此。"无有遂归乡，如期而卒。出《纪闻》。

王　昇

吴郡陆望寄居河内。表弟王昇，与望居相近。晨谒望，行至庄南故村人杨侃宅篱间，忽见物两手据厕，大耳深目，虎鼻猪牙，面色紫而犏斓，直视于昇，惧而走。见望言之，望曰："吾闻见厕神无不立死，汝其勉之。"昇意大恶，及还即死。出《纪闻》。

在外面的马圈里,模样像大猪,全身都有眼睛,出入厕中,游荡在院内。刁缅当时不在家,官吏兵卒看见的有一千多人。这样过了好几天。刁缅回来,祭祀以求福,厕神才消失。刁缅十天后升到伊州做刺史,又改任左卫率、右骁卫将军、左羽林将军,从此富贵了。出自《纪闻》。

王无有

　　楚丘主簿王无有新娶了个妻子,长得漂亮却好妒。王无有病了,要到厕所,却难以自己去,想和侍女一起去,妻子不答应。王无有到厕所,在墙洞里,看见有人背坐着,肤色黑又很健壮。王无有以为是役夫,没有感到奇怪。过了一会儿,这个人回头看,只见他长着深眼窝,大鼻子,虎口乌爪,对王无有说:"为什么不给我鞋?"王无有大惊。没等回答,妖怪从洞穴中伸出手,径直来拿他的鞋,放嘴里嚼。鞋里出现血,像吃肉的样子,就吃光了。王无有惊恐,先告诉他的妻子,又责怪她说:"我有病到厕所,仅仅让一个婢女送我,你就坚决阻拦。果真遇到妖怪了,怎么办?"妻子还不信,就一同去看。王无有到了厕所,妖怪又出现了,夺他剩下的那只鞋,嚼着。妻子惊恐,搀扶王无有回屋。另一天,王无有到后院,妖怪又出现了,对王无有说:"我还给你鞋。"于是将鞋扔在王无有旁边,鞋并没有损坏。王无有请巫师禳解,鬼又对巫师说:"王主簿禄命已尽,还有一百多天活头。不快回家,就死在这儿了。"王无有于是回家,到日子就死了。出自《纪闻》。

王　昇

　　吴郡人陆望寄住在河内。表弟王昇,和陆望住得很近。王昇早晨去拜见陆望,走到村庄南边已经死去的村人杨侃家的篱笆间,忽然看见个怪物,两手趴在厕上,大耳朵、深眼窝,虎鼻猪牙,面容呈紫色而且斑斑点点,直看着王昇。王昇惊恐地逃跑了。他见了陆望说了这事,陆望说:"我听说看见厕神的没有不立刻死的,你要小心呀。"王昇心里很是厌恶,回家就死了。出自《纪闻》。

高　生

天宝中，有渤海高生者，亡其名。病热而瘠，其臆痛不可忍。召医视之，医曰："有鬼在臆中，药可以及。"于是煮药而饮之，忽觉臆中动摇。有顷，吐涎斗余，其中凝固不可解，以刀剖之，有一人涎中起。初甚么麼，俄长数尺。高生欲苦之，其人趋出，降阶遽不见。自是疾间。出《宣室志》。

高　生

天宝年间,有个渤海的高生,忘了他的名字,得了热病身体瘦弱,胸中痛不可忍。找来医生看病,医生说:"有鬼在你的胸中,药可以治到。"于是煮药喝了,忽觉胸中摇动。过了一会儿,吐出口水有一斗多,其中有个不可解化的固体。用刀剖开它,有一个人从口水中立起。开始很小,很快长到几尺。高生想要让他吃点儿苦头,那个人赶紧出来,跑下台阶立刻不见了。从此病就好了。出自《宣室志》。

卷第三百三十四
鬼十九

杨　准

唐杨准者，宋城人，士流名族。因出郊野，见一妇人，容色殊丽。准见挑之，与野合。经月余日，每来斋中，复求引准去。准不肯从，忽尔心痛不可忍，乃云："必不得已，当随君去，何至苦相料理。"其疾遂愈，更随妇人行十余里，至舍，院宇分明，而门户卑小。妇人为准设食，每一举尽碗。心怪之，然亦未知是鬼。其后方知。每准去之时，闭房门，尸卧床上，积六七日方活。如是经二三年。准兄谓准曰："汝为人子，当应绍续。奈何忍与鬼为匹乎？"准惭惧，出家被缁服，鬼遂不至。其后准反初服。选为县尉，别婚家人子。一年后，在厅事理文案，忽见妇人从门而入，容色甚怒。准惶惧，下阶乞命，妇人云："是度无放君理。"极辞搏之，准遇疾而卒。出《广异记》。

杨　准

　　唐代杨准是宋城人,士流名族。他有事到荒野郊外,看到一位妇人,容貌特别漂亮。杨准引诱她,与她野合。过了一个多月,那妇人经常来书斋中,反复请求杨准跟她走。杨准不肯听从,忽然心痛不能忍受,就说:"一定没办法了,该随你去,何至于这样对我?"他的病马上就好了,于是跟随妇人走了十多里,到了一座房舍,院宇分明,可是门很窄小。妇人给杨准摆上饭菜,每次他一拿起碗,饭就没了。杨准心里感到奇怪,但是也不知道是鬼。以后才知道。每次杨准离去后,妇人都关闭房门,像尸体那样躺在床上,需六七天才能活过来。这样过了两三年。杨准的哥哥对杨准说:"你是人的后代,应当传宗接代。怎忍心和鬼结为配偶呢?"杨准惭愧惧怕,出家当了和尚,鬼才不来了。后来杨准又还了俗。他被选为县尉,另娶了某人家的女儿。一年后,杨准在厅堂办理文案,忽然看见妇人从前门进来,脸色很气恼。杨准恐惧,下了台阶乞求饶命。妇人说:"这次没有放您的道理。"杨准极力辩解,还是得病死了。出自《广异记》。

王 乙

临汝郡有官渠店,店北半里许李氏庄王乙者,因赴集,从庄门过。遥见一女年可十五六,相待欣悦,使侍婢传语。乙徘徊槐阴,便至日暮,因诣庄求宿。主人相见甚欢,供设亦厚。二更后,侍婢来云:"夜尚未深,宜留烛相待。"女不久至,便叙绸缪。事毕,女悄然忽病,乙云:"本不相识,幸相见招。今叙平生,义即至重,有何不畅耶?"女云:"非不尽心,但适出门闭,逾垣而来。墙角下有铁爬,爬齿刺脚,贯彻心痛,痛不可忍。"便出足视之。言讫辞还,云:"已应必死。君若有情,回日过访,以慰幽魂耳。"后乙得官东归,涂次李氏庄所,闻其女已亡。私与侍婢持酒馔至殡宫外祭之,因而痛哭。须臾,见女从殡宫中出,乙乃伏地而卒,侍婢见乙魂魄与女同入殡宫,二家为冥婚焉。出《广异记》。

韦 栗

韦栗者,天宝时为新淦丞,有少女十余岁。将之官,行上扬州,女向栗,欲市一漆背金花镜。栗曰:"我上官艰辛,焉得此物? 待至官与汝求之。"岁余女死,栗亦不记宿事。秩满,载丧北归,至扬州,泊河次。女将一婢持钱市镜,行人见其色甚艳,状如贵人家子,争欲求卖。有一少年年二十余,白皙可喜,女以黄钱五千余之,少年与漆背金花镜,径尺余。别一人云:"有镜胜此,只取三千。"少年复减两千。女因留连,色授神与,须臾辞去。少年有意淫之,令人随去,至其所居。须臾至铺,但得黄纸三贯,少年持至栗船

王 乙

临汝郡有个官渠店,距离店北半里路左右的李家庄有个王乙,因赶集从庄门经过。他远远看见一个女子,年龄约十五六岁,高兴地等他,并派婢女传话。王乙徘徊在槐树树阴下,到了黄昏的时候,就到庄上一户人家求宿。主人见着他很欢喜,招待得很优厚。二更后,婢女来说:"夜还没深,应该留下蜡烛相待。"女子不久到了,二人缠绵起来。事后,女子悄然不快起来。王乙说:"本来不相识,有幸蒙招相见。现在叙说平生事,情义已经这样深重,为什么不畅快呢?"女子说:"不是没诚意,只是我出来时门关闭了,我是越墙而来。墙角有个铁爬,爬齿扎了脚,痛彻肺腑,不可忍受。"便伸出脚来让王乙看。说完告辞回去,说:"已应必死。您如果有情,回来的时候来看看我,以慰幽魂吧。"后来王乙做官东归,途经李家庄,听说那个女子已经死了。他私下和婢女拿酒菜到殡宫外祭祀她,并且痛哭起来。不一会儿,看见那女子从殡宫里出来,王乙就趴在地上死了,婢女看见王乙的魂魄和那女子一同进入殡宫,两家为他们结成了冥婚。出自《广异记》。

韦 栗

韦栗,天宝年间做新涂丞,有个女儿十多岁。韦栗前去上任,走到扬州,女儿向父亲要求,想买一面漆背金花镜。韦栗说:"我上任艰辛,哪能得到这样的东西?等到了官府再给你寻求。"一年多后,女儿死了,韦栗也不记得过去的事了。任满之后,韦栗带丧回家,乘船到了扬州,停在河岸。有个女子让一个婢女拿钱买镜子,店铺的人看她容貌很美丽,模样像富贵人家的女儿,都争着想卖给她。有一个少年年龄二十多,皮肤白皙可爱,女子用黄钱五千多买他的镜子,少年给她一个漆背金花镜,直径一尺多。另一个人说:"有面镜子比这面镜子好,只要三千。"少年又减两千。女子留连,眉目传情,过了一会儿才告辞离开。那少年有意调戏她,派人跟着,到她住的地方。少年过了一会儿进了店铺,却只得到黄纸三贯。少年拿着它到了韦栗所乘的船

所,云:"适有女郎持钱市镜,入此船中。今成纸钱。"栗云:"唯有一女,死数年矣。君所见者,其状如何?"少年具言服色容貌,栗夫妻哭之。女正复如此。因领少年入船搜检,初无所得。其母剪黄纸九贯,置在椂边案上,检失三贯,众颇异之,乃复开棺,见镜在焉,莫不悲叹。少年云:"钱已不论。"具言本意,复赠十千,为女设斋。出《广异记》。

河间刘别驾

河间刘别驾者,常云:"世间无妇人,何以适意?"后至西京通化门,见车中妇人有美色,心喜爱悦,因随至其舍,在资圣寺后曲。妇人留连数宵,彼此兼畅。刘侯不觉有异,但中宵寒甚,茵衾累重,然犹肉不暖,心窃怪之。后一日将曙,忽失妇人并屋宇所在,其身卧荒园中数重乱叶下,因此遇痼病。出《广异记》。

王玄之

高密王玄之,少美风彩,为蕲春丞,秩满归乡里,家在郭西。尝日晚徙倚门外,见一妇人从西来,将入郭,姿色殊绝,可年十八九。明日出门又见,如此数四,日暮辄来。王戏问之曰:"家在何处?向暮来此?"女笑曰:"儿家近在南冈,有事须至郭耳。"王试挑之,女遂欣然,因留宿,甚相亲昵,明旦辞去。数夜辄一来,后乃夜夜来宿。王情爱甚至,试谓曰:"家既近,许相过否?"答曰:"家甚狭陋,不堪延客,且与亡兄遗女同居,不能无嫌疑耳。"王遂信之,宠念转密。

上，说：“刚才有个女郎拿钱买镜子，进入这只船中。现在这钱变成纸钱了。”韦粟说：“我只有一个女儿，死了几年了。您所看见的女子，相貌怎样？”少年把她的服饰容貌详细说了，韦粟夫妇痛哭起来。他们的女儿正是这个样子。于是领着少年进入船中搜寻，最初毫无所得。她的母亲剪了纸钱九贯，放到棺材旁边的桌子上，再翻检查看时，少了三贯，大家很奇怪，就又打开那棺材，看见镜子在那里，没有不悲叹的。少年说：“钱就算了吧。”把他的本意全说了，又赠钱十千，给那女子设斋。出自《广异记》。

河间刘别驾

河间刘别驾常常说：“世间没有好妇人，怎能满足心愿？”后来到西京通化门，看见车里有位妇人很有美色，心里喜欢爱恋，就跟随到了她的房舍，在资圣寺后面的小巷里。妇人和他留连几夜，两个人都很欢畅。刘侯不觉有异，只是半夜特别寒冷，盖几重锦被，身体还是不暖和，暗自奇怪。后来有一天，天要亮时，妇人和房舍忽然都不见了，刘侯躺在荒园中几重乱叶下，因此患了痼病。出自《广异记》。

王玄之

高密人王玄之，年少俊美有风采，做蕲春丞，任满回到乡里，家在城西。曾经有一天黄昏时，王玄之从屋里出来斜靠在门外，看见一个妇人从西面走来，将要进入城中。她姿色艳丽绝世，年龄约十八九岁。第二天王玄之出门又看见她，如此数次，天色晚了就来。王玄之戏谑地问她：“你在哪里？为什么一到天黑就来这里？”妇人笑着说：“我家近在南冈，有事必须要到城里。”王玄之试着挑逗她，妇人就很快活，于是留下来住宿，两人很亲热，第二天早上才告辞离去。妇人隔几夜就来一次，后来就夜夜来住。王玄之情爱至深，试着对她说：“你家既然很近，我过去看看行不？”回答说：“家很狭窄简陋，不便请客人去，况且我和亡兄的女儿同住，得避嫌。”王玄之就相信了她的话，更为宠爱惦念她。

于女工特妙，王之衣服，皆其裁制，见者莫不叹赏之。左右一婢，亦有美色，常随其后。虽在昼日，亦不复去。王问曰："兄女得无相望乎？"答曰："何须强预他家事？"

如此积一年。后一夜忽来，色甚不悦，啼泣而已。王问之，曰："过蒙爱接，乃复离去，奈何？"因呜咽不能止，王惊问故，女曰："得无相难乎？儿本前高密令女，嫁为任氏妻，任无行见薄，父母怜念，呼令归。后乃遇疾卒，殡于此。今家迎丧，明日当去。"王既爱念，不复嫌忌，乃便悲惋，问明日得至何时，曰："日暮耳。"一夜叙别不眠，明日临别，女以金缕玉杯及玉环一双留赠，王以绣衣答之，握手挥涕而别。

明日至期，王于南冈视之，果有家人迎丧。发椁，女颜色不变，粉黛如故。见绣衣一箱在棺中，而失其所送金杯及玉环。家人方觉有异。王乃前见陈之，兼示之玉杯与环，皆捧之而悲泣。因问曰："兄女是谁？"曰："家中二郎女，十岁病死，亦殡其旁。"婢亦帐中木人也，其貌正与从者相似。王乃临枢悲泣而别，左右皆感伤。后念之，遂恍惚成病，数日方愈。然每思辄忘寝食也。出《广异记》。

郑德懋

荥阳郑德懋，常独乘马，逢一婢，姿色甚美，马前拜云："崔夫人奉迎郑郎。"鄂然曰："素不识崔夫人，我又未婚，何故相迎？"婢曰："夫人小女颇有容质，且以清门令族，宜相匹敌。"郑知非人，欲拒之，即有黄衣苍头十余人至曰："夫人

她的针线活特别好，王玄之穿的衣服，都是她裁制的，看见的人没有不叹赏的。妇人身边有个婢女也很漂亮，总是跟在她后面。虽然在白天，也不离去。王玄之问道："亡兄的女儿难道不盼着你回去吗?"妇人回答道："何必强行干预别人的家事呢?"

就这样过了一年。后来有一夜她忽然来了，很不高兴，一个劲儿地哭。王玄之问她，她说："蒙你爱怜接纳，就要离开了，怎么办?"于是呜咽不停。王玄之惊问缘故，妇人说："这不是难为我吗? 我本是前任高密令的女儿，嫁给任氏为妻。任氏无行慢怠我，父母可怜我，召我回去。后来得病死去，殡葬在这里。现在家里要来接我回去，明天就该走了。"王玄之既然已经爱恋她，不再猜忌，就悲伤起来，问她明天什么时候启坟，回答说："日暮。"他们一夜叙别没有睡觉，第二天要分别时，妇人把金镂玉杯和一双玉环留赠王玄之，王玄之用绣衣赠答，两人握手挥泪而别。

第二天到了迎丧时刻，王玄之在南冈观望，果然有她家里的人前来迎丧。打开棺材，那女尸的容颜未变，装束如故。看见一箱绣衣在棺材中，却丢失了所送的金杯和玉环。家人才察觉有些特别。王玄之就上前述说了这件事，同时给他们看玉杯和玉环，家人都捧着它们悲伤哭泣。又问她的家人："兄弟的女儿是谁?"回答说："是家中二儿子的女儿，十岁就病死了，也殡葬在她旁边。"她的婢女就是殡帐中的木头人，它的容貌和那女子身边的婢女相似。王玄之到灵柩前悲泣而别，左右的人都很悲伤。王玄之后来常想念她，于是恍惚成病，几天才好。然而每每想起她就忘了吃饭睡觉。出自《广异记》。

郑德懋

荥阳郑德懋，曾经独自骑马，遇到一个婢女，非常漂亮，来到马前拜见说："崔夫人奉迎郑郎。"郑郎惊讶地说："从来不认识崔夫人，我又没结婚，为什么迎我?"婢女说："夫人的小女儿很有姿色，况且都是清门令族，许配给你是很合适的。"郑郎知道她不是人，想要拒绝她，立即有穿黄衣服的十多个男仆到来，说："夫人

趣郎进。"辄控马。其行甚疾,耳中但闻风鸣。

奄至一处,崇垣高门,外皆列植楸桐。郑立于门外,婢先白。须臾,命引郑郎入。进历数门,馆宇甚盛,夫人著梅绿罗裙,可年四十许,姿容可爱,立于东阶下。侍婢八九,皆鲜整。郑趋谒再拜。夫人曰:"无怪相屈耶?以郑郎清族美才,愿托姻好。小女无堪,幸能垂意。"郑见逼,不知所对,但唯而已。夫人乃堂上命引郑郎自西阶升。堂上悉以花罽荐地,左右施局脚床、七宝屏风、黄金屈膝,门垂碧箔,银钩珠络。长筵列馔,皆极丰洁。乃命坐。夫人善清谈,叙置轻重,世难以比。食毕命酒,以银贮之,可三斗余,琥珀色,酌以镂杯。侍婢行酒,味极甘香。

向暮,一婢前白:"女郎已严妆讫。"乃命引郑郎出就外间,浴以百味香汤,左右进衣冠履佩。美婢十人扶入,恣为调谑。自堂及门,步致花烛,乃延就帐。女年十四五,姿色甚艳,目所未见。被服粲丽,冠绝当时,郑遂欣然,其后遂成礼。明日,夫人命女与就东堂,堂中置红罗绣帐,衾褥茵席,皆悉精绝。女善弹箜篌,曲词新异。郑问:"所迎婚前乘来马,今何在许?"曰:"今已反矣。"

如此百余日。郑虽情爱颇重,而心稍嫌忌,因谓女曰:"可得同归乎?"女惨然曰:"幸托契会,得侍巾栉。然幽冥理隔,不遂如何?"因涕泣交下。郑审其怪异,乃白夫人曰:"家中相失,颇有疑怪,乞赐还也。"夫人曰:"适蒙见顾,良深感慕。然幽冥殊涂,理当暂隔。分离之际,能不泫然。"

催郑郎进去。"上前就拉住他的马。他们跑得很快,耳边只听到风响。

不久来到一个地方,高墙高门,外面栽植着一排排的楸桐。郑郎站在门外,婢女先去报告。不一会儿,命令领郑郎进去。经过几道门,馆楼很壮观。夫人穿着梅绿罗裙,年龄约四十左右,姿容可爱,站在东阶下。婢女八九个,都穿着鲜艳整齐。郑郎上前施礼拜见。夫人说:"别怪我委屈你。因为郑郎出身名门有才华,愿意跟你联姻。小女不堪,望能垂意。"郑郎被她逼迫,不知道怎样答对,只好唯唯而已。夫人就在厅堂上让人领郑郎从西阶上来。堂上全都是用花毯铺地,左右的人布置局脚床、七宝屏风、黄金屈膝,门上垂有竹帘,银钩珠络。长筵列馔,都极其丰盛洁净。夫人就让郑郎坐下。夫人善于清谈,讲话很有分寸,世人难以相比。吃罢命令上酒,用银器盛着,约三斗多,琥珀色,用镂杯斟酒。婢女行酒,味道非常甜香。

到了晚上,一个婢女上前报告说:"女郎已打扮好了。"夫人就让人带领郑郎来到外间,用百味香汤沐浴,左右的人送来衣帽鞋佩。十个漂亮的婢女扶着郑郎进入新房,尽情戏谑。从厅堂到新房门,步步设置花烛,于是请郑郎进入帐内。那女子年龄十四五岁,非常漂亮,前所未见。她穿着艳丽,在当时再没有比这更好的了。郑郎于是非常高兴,而后就成了夫妇之礼。第二天,夫人让女子与郑郎到东堂。堂中设置着红罗绣帐,被褥垫席都极其精美。女子善弹箜篌,曲调歌词都新颖特别。郑郎问:"迎婚以前我骑来的马,现在在哪里?"回答说:"现在已经返回家里去了。"

这样过了一百多天。郑郎虽然情爱很深,可心里却稍有嫌忌,于是对女子说:"能和我一起回去吗?"女子悲哀地说:"有幸相遇,结成夫妻。阴曹与世间本来是相隔的,不能跟你回去该怎么办?"于是涕泣交下。郑郎明白了她的怪异,就对夫人说:"家里丢了我,很是疑怪,请让我回去吧。"夫人说:"承蒙看重,深感钦慕。然而阴阳殊途,理当暂时分离。分离之际,能不悲痛吗?"

郑亦泣下。乃大宴会,与别曰:"后三年,当相迎也。"郑因拜辞,妇出门,挥泪握手曰:"虽有后期,尚延年岁。欢会尚浅,乖离苦长。努力自爱。"郑亦悲恸。妇以衬体红衫及金钗一双赠别,曰:"若未相忘,以此为念。"乃分袂而去。夫人敕送郑郎,乃前青骢,被带甚精。

郑乘马出门,倏忽复至其家。奴遂云:"家中失已一年矣。"视其所赠,皆真物也。其家语云:"郎君出行后,其马自归,不见有人送来。"郑始寻其故处,唯见大坟,旁有小冢,茔前列树,皆已枯矣。而前所见,悉华茂成阴。其左右人传崔夫人及小郎墓也。郑尤异之,自度三年之期,必当死矣。后至期,果见前所使婢乘车来迎。郑曰:"生死固有定命,苟得乐处,吾复何忧?"乃悉分判家事,预为终期,明日乃卒。出《宣室志》。

朱 敖

杭州别驾朱敖旧隐河南之少室山。天宝初,阳翟县尉李舒在岳寺,使骑招敖。乘马便骋,从者在后,稍行至少姨庙下。时盛暑,见绿袍女子,年十五六,姿色甚丽。敖意是人家臧获,亦讶其暑月挟纩。驰马问之,女子笑而不言,走入庙中。敖亦下马,不见有人。遂壁上观画,见绿袍女子,乃途中睹者也,叹息久之。至寺具说其事,舒等尤所叹异。尔夕既寐,梦女子至,把被欣悦,精气越泄,累夕如此。嵩岳道士吴筠为书一符辟之,不可。又吴以道术制之,亦不可。他日,宿程道士房。程于法清净,神乃不至。敖后于

郑郎也流泪了。于是安排盛大宴会，与郑郎告别说："三年后，必当迎接你。"郑郎就拜谢告别。妇人出门，挥泪握着郑郎的手说："虽然后会有期，还需延以年月。欢会尚浅，而分离苦长，请努力自爱。"郑郎也很悲凄。妇人把贴身的红衬衫和一双金钗赠给郑郎作别，说："若未相忘，以此为念。"于是分手离去。夫人命人送郑郎，便有人牵上一匹青骢马，马的披带很精美。

郑郎骑马出门，很快就回到了自己的家。奴仆就说："家里丢你已有一年了。"看妇人赠送的东西，都是真的。他家人告诉他说："郎君出门后，你的马自己回来了，没见有人送来。"郑郎开始寻找他住过的地方，只看见一座大坟墓，旁边有座小坟墓，坟前有一排树，都已经枯死了。可是以前所看见的，都是茂密成荫的树林。附近的人告诉说这是崔夫人和她小儿子的坟墓。郑郎很是奇怪，自己认为过了三年的期限，一定该死了。后来到了日期，果然看见从前所使的婢女乘车来迎接他。郑郎说："生死本来自有定命，只要能够安乐，我又有何忧虑？"就全都吩咐了家事，预测了终期，第二天就死了。出自《宣室志》。

朱敖

杭州别驾朱敖过去隐居在河南的少室山。天宝初年，阳翟县尉李舒在岳寺，派骑兵招朱敖来。朱敖便骑马驰骋而去，跟从的人在后面，不久就到了少姨庙下。当时正值盛夏，朱敖看见一个穿绿袍的女子，年龄十五六岁，容貌特别漂亮。朱敖料想是别人家的奴婢，也惊讶她暑天还穿着棉衣。朱敖就骑马上前问她，女子笑着却不说话，走进庙中。朱敖也下马，没看见有人。他就欣赏壁画，看见上面的绿袍女子，就是道上遇到的那个，叹息了很久。到了寺庙，朱敖把刚才的事都说了，李舒等人尤其惊叹诧异。那天晚上睡着了，朱敖梦见女子来到，入被交合，朱敖只觉得精气涣散，几天晚上都是这样。嵩岳道士吴筠给他写了一张符箓避邪，不管用。吴筠又用道术制止，也不行。有一天，朱敖住在程道士房里。程道士修行清净，那神才没再来。朱敖后来在

河南府应举,与渭南县令陈察微往诣道士程谷神。为设薯药,不托莲花,鲜胡麻馔。留连笑语,日暮方回。去少室五里所,忽嵩黑云腾踊,中掣火电。须臾晻昧,骤雨如泻。敖与察微从者一人伏枥林下,旁抵巨壑。久之,有异光,与日月殊状。忽于光中遍是松林,见天女数人,持一舞筵,周竟数里,施为松林上。有天女数十人,状如天仙,对舞筵上。兼有诸神若观世音。终其两舞,如半日许。曲终,有数人状如俳优,卷筵回去,便天地昧黑,复不见人。敖等夤缘夜半,方至舍耳。 出《广异记》。

裴虬

苏州山人陆去奢亭子者,即宋散骑戴颙宅也。天宝末,河东裴虬常旅寄此亭,暴亡,久之方悟。说云:"初一人来云:'戴君见召。'虬问戴为谁,人曰:'君知宋散骑常侍戴颙乎?'虬曰:'知之。'曰:'今呼君者,即是人也。'虬至见颙,颙求以己女妻虬,虬云:'先以结婚,不当再娶。'颙曰:'人神殊道,何苦也?'虬言:'已适有禄位,不合为君女婿。'久之,言相往来。颙知虬不可屈,乃释之,遂活也。"出《广异记》。

赵佐

赵佐者,天宝末补国子四门生。常寝疾,恍惚有二黄衣吏拘行至温泉宫观风楼西,别有府署,吏引入,始见一人如王者。佐前拜谒,王谓佐曰:"君识我否?"佐辞不识。王曰:"君闻秦始皇乎?我即是也。君人主于我家侧造诸宫殿,每奏妓乐,备极奢侈,诚美王也。故我亦如此起楼以观乐。"因访问人间事甚众。又问佐曰:"人间不久大乱,宜自

河南府应举，与渭南县令陈察微去拜访道士程谷神。程道士给他们配了薯蓣，不托莲花，鲜胡麻馔。他们留连笑语，日落才回去。离开少室山五里左右，忽然嵩岳黑云腾涌，空中雷电闪闪。不久天昏地暗，骤雨如泻。朱敖和陈察微的一个随从趴在枥树林中，旁边邻着深沟。过了很久，出现一种奇异的光，与日月不一样。忽然光内全是松林，看见几个天女，拿着一张舞席，方圆竟达数里，放在松林上。有几十个天女，状如天仙，对舞在席上。同时有各种神，像观世音。跳完两支舞大约用了半天左右。曲子结束，有几个人形态像歌舞艺人，卷起舞席回去，天地随之昏暗，又不见人了。朱敖等人迁延到半夜，才回到住处。出自《广异记》。

裴 虬

苏州山人陆去奢的亭园，就是宋时散骑戴颙的房子。天宝末年，河东人裴虬曾旅居此亭，突然死去，很久才苏醒过来。他说："刚才一个人来说：'戴君要召见。'我问戴君是谁，那人说：'您知道宋散骑常侍戴颙吗？'我说：'知道。'那人说：'现在召呼您的就是这个人。'我前去见了戴颙，戴颙请求把自己的女儿嫁给我，我说：'我已经结婚，不能再娶。'戴颙说：'人与神不同道，何必担忧？'我说：'已经有禄位了，不该做您的女婿。'这样言语问答了很久。戴颙明白我不会屈从，就放了我，于是我就活了。"出自《广异记》。

赵 佐

赵佐，天宝末年补为国子四门的太学生。有一次生病了，恍惚间有两个黄衣小吏拘捕他走到温泉宫观风楼西面。旁边另有个官府，小吏领他进去，看见一个像王的人。赵佐上前拜见，那王对赵佐说："您认识我不？"赵佐说不认识。王说："您听说过秦始皇吗？我就是。您的君主在我家旁边建造诸宫殿，每奏妓乐，极尽奢侈，实在是美王。所以我也这样建筑楼阁来观乐。"王问了许多人间的事。又告诉赵佐："人世间不久要大乱，应该自己

谋免难,无久住京城也。"言讫,使人送还。出《广异记》。

岐州佐史

岐州佐史尝因事至京,停兴道里。忽见二人及一无头人来云王令追己。佐史知其鬼,因问:"君在地下,并何职掌?"云:"是捉事。"佐史谓曰:"幸与诸君臭味颇同,能相救否? 事了,当奉万张纸钱。"三人许诺:"期后五日,若不复来者,即是事了。其钱可至天门街烧之。"至五日不来,吏乃烧钱毕,因移居崇仁里。后京中事了,西还岐州,至杏树店,复逢二人,问:"何所来? 顷于旧处相访不是,所处分事已得免。劳致钱,贱地所由已给永年优复牒讫。非大期至,更无疾病耳。"出《广异记》。

设法免除灾难，不要长久住在京城。"说完，派人把他送回来了。

出自《广异记》。

岐州佐史

岐州佐史曾经因事到京城，停留在兴道里。他忽然看见两个人和一个无头人来说，王命令追捕你。佐史知道他们是鬼，就问："你们在阴间做什么官？"回答说："是捉事。"佐史对他们说："有幸和你们做同样的事，能救救我吗？事后，必当送给你们万张纸钱。"那三人答应说："五天后，如果不再来，就是事成了。那纸钱可送到天门街烧掉。"到了第五天没来，佐史就烧完纸钱，移居到崇仁里。后来京中事了，西回岐州，到了杏树店，佐史又碰见那两个人，问他："从哪儿来？前不久在老地方找你没找到，所安排的事已经办妥。烦劳你送钱给我们。阴间的吏卒已给永年县发了优免公文。不到死期，再不会有疾病了。"出自《广异记》。

卷第三百三十五
鬼二十

浚仪王氏

浚仪王氏，士人也。其母葬，女婿裴郎饮酒醉，入冢卧棺后，家人不知，遂掩圹。后经数日不见裴郎，家诬为王氏所杀，遂相讼。王氏实无此，举家思虑，葬日恐在圹中，遂开圹得之，气息奄奄，以粥灌之，数日平复。说云，初葬之夕，酒向醒，无由得出。举目窃视，见人无数，文柏为堂，宅宇甚丽。王氏先亡长幼皆集，众鬼见裴郎甚惊，其间一鬼曰："何不杀之？"妻母云："小女幼稚仰此，奈何欲杀？"苦争得免。既见长筵美馔，歌乐欢洽。俄闻云："唤裴郎。"某惧不敢起。又闻群婢连臂踏歌，词曰："柏堂新成乐未央，回来回去绕裴郎。"有一婢名秋华，以纸烛烧其鼻准成疮，痛不可忍，遂起遍拜，诸鬼等频令裴郎歌舞。饥请食，妻母云："鬼食不堪。"令取瓶中食与之，如此数夜。奴婢皆是明器，不复有本形像。出《广异记》。

浚仪王氏

浚仪王氏是个读书人。他母亲下葬的时候,女婿裴郎喝醉了,进入坟墓躺在棺材后面,家里人不知道,就掩埋了坟墓。过了几天不见裴郎,裴家诬告被王氏杀了,就打起了官司。王氏实在没干这事,全家思虑,担心下葬那天裴郎可能在墓穴里,就打开坟墓找到了裴郎。裴郎气息奄奄,用粥灌他,几天后康复了。他说,刚埋上那晚,酒就醒了,没办法出来。抬起眼睛偷看,见人无数。文柏木造的厅堂,屋子非常美丽。王家先死之人,老幼都聚集在一起。众鬼看见裴郎非常吃惊,其中一个鬼说:"怎么不杀了他?"丈母娘说:"小女还小,要仰仗他,怎么能杀了他呢?"苦苦相争,得免一死。裴郎又看见了丰盛的筵席,美酒佳肴,歌舞欢乐,十分融洽。一会儿又听到有人说:"召呼裴郎。"他害怕不敢起身。又看见群婢连臂跳踏歌舞,歌词是:"柏堂新成乐未央,回来回去绕裴郎。"有一婢女名叫秾华,用纸烛烧他鼻子成了疮,他痛不可忍,就起身向群鬼遍拜,群鬼频频让裴郎歌舞。裴郎饿了要吃东西,丈母娘说:"鬼的食物不能吃。"叫人拿瓶中的食物给裴郎,这样过了几夜。奴婢们其实都是纸木所扎的随葬品,但现在已经不是本来形象了。出自《广异记》。

章仇兼琼

唐天宝中，章仇兼琼为剑南节度，数载入朝。蜀川有张夜叉者，状如狂人，而言事多中。兼琼将行，呼而问之，夜叉云："大使若住蜀，有无涯之寿。若必入朝，不见其吉。"兼琼初甚惶惧，久之曰："安有是耶？"遂行。至汉州，入驿，堕马身死，独心上微暖。彭州刺史李先令濛阳尉马某送药酒罨药兼起居。濛阳去汉州五十里，奉命便行。至汉州入驿，到兼琼所，忽然颠倒而卒。后兼琼乃苏，云地下所由，以马尉见免。马氏亦死，便至其家，家人惊异，云："适尔奉命，还何遽也？"不言，视天太息。其妻再问："傔从何在？又不把笏，何也？"马殊不言。遽挥使去，因流涕言："已代章仇大使死。适于地下苦论，地下所由并为他，无如之何。自念到官日浅，远客孤弱，故还取别。"举家悲号。又谓其妻曰："无苦，我代其死，彼亦当有深恤，无忧不得还乡。但便尔仓卒，死生永隔，以此为恨耳！"言讫不见。子等初犹恍然疑之，寻见床舁尸还。兼琼翌日还成都，赙马氏钱五百万，又敕彭州赙五百万，兼还四年秩禄云。出《广异记》。

李林甫

唐李林甫为相既久，自以阴祸且多，天下颇怨望，有鬼灾，乃致方术士以禳去之。后得一术士曰："相国豪贵久矣，积怨者亦多矣。为祸之基，非一朝一夕之故。虽然，庶可免者，朝夕之祸也。"林甫曰："若之何？"术士曰："可于长安市求一善射者以备之。"林甫乃于西市召募之，得焉。自云尝厕军伍间，以善射称，近为病贫，他无所知。林甫即资

章仇兼琼

　　唐天宝年间,章仇兼琼为剑南节度使,几年后入朝。蜀川有个叫张夜叉的,状如狂人,预言事情多被说中。兼琼将要起程,召来他询问,夜叉说:"大使若住在蜀地,有无涯之寿。若一定入朝,不见吉祥。"兼琼开始很害怕,时间长了就说:"怎么一定会有这样的事呢?"就出发了。兼琼到了汉州进入驿站,从马上掉下来死了,只是心口还有一点热气。彭州刺史李先让濛阳县尉马某送去药酒、鞬药,兼问生活起居。濛阳离汉州五十里,马某接到命令就走。到了汉州驿站兼琼的房前,忽然倒地死了。后来,兼琼苏醒过来,说阴间的差吏让马某替他死了。马某死后,回到他家,家人很惊奇,说:"刚刚奉命而行,为什么这么快就回来了?"马某不说话,仰天长叹。他妻子又问:"随从在哪儿? 又不拿着笏版,为什么?"马某还是不说话。妻子就挥手让他走,马某流着眼泪说:"我已经代替章仇大使死了。刚才在阴间苦争了一番,可是地下差吏都向着他,没有什么办法啊! 自己想到做官时间短,远离家乡,没有依靠,所以回来告别。"全家悲痛哭号。他又对妻子说:"不要愁苦。我代他死,他也能有丰厚的抚恤,不必忧虑不能还乡。只是我突然就死了,生死永隔,以此为恨。"说完就不见了。孩子们开始还恍然惊疑,不久就见用床把尸体抬回来了。兼琼第二天返回成都,给马家治丧费五百万,又下文让彭州给五百万,并且支付了四年的俸禄。出自《广异记》。

李林甫

　　唐朝李林甫当宰相已经很久了,自己知道阴祸积了太多,天下颇为怨恨,有鬼为祟,就找术士来禳除。后来他找到一个术士,术士说:"相国豪贵这么久了,积怨者也实在太多。灾祸的原因,不是一期一夕造成的。虽然这样,也可以免除眼前的灾祸。"李林甫说:"怎么办?"术士说:"可在长安市中找一个善于射箭的人准备着。"李林甫就从西市招募来一个。他自己说曾经当过兵,以善射著称。近来困于贫穷,其他没什么了。李林甫就资助

其衣食,月计以给。后一夕,林甫会宴于庭,燕赵翼侍。度曲未终,忽然中绝。善射者异而听之,无闻矣。乃默筹曰:"夜未阑,忽如是,非有他耶?抑术士之言耶?"乃执弓矢,逾垣以入伺之。忽见垣之南,有一物堕而下,又一人逾来,善射者一发中之,乃惊去。因至林甫长乐之地,见歌者舞者,嗫而不能唪其喉,屹而不得翻其袖,寂寂然若木偶状者。因视垣南堕下之物,即一囊而结者。解其中,有数百签,皆林甫及家僮名氏也。于是以名呼,一一而应,遂宴饮如初。其明日,术士来,且贺:"以赖此人,不然几为所祸。乃负冤而死者也。明公久专机要,积庋万状。自兹十稔,乃非吾之所知。"其后林甫籍没,果期十年也。出《宣室志》。

陈希烈

陈希烈为相,家有鬼焉。或咏诗,或歌呼,声甚微细激切,而历历可听。家人问之曰:"汝何人而在此?"鬼曰:"吾此中戏游,游毕当去。"或索衣服,或求饮食,得之即去,不得即骂。如此数朝,后忽谈经史,鬼甚博览。家人呼希烈侄婿司直季履济,令与鬼谈,谓履济曰:"吾因行,故于此戏,闻君特谕,今日豁然。有事当去,君好住。"因去。出《纪闻》。

杨国忠

唐天宝中,杨国忠权势薰灼,朝廷无比。忽有一妇人,诣宅请见,阍人拒之,妇人大叫曰:"我有大事,要见杨公,尔何阻我!若不见我,当令火发,尽焚杨公之宅!"阍人惧,告国忠。国忠见之,妇人谓国忠曰:"公为相国,何不知否泰之道?耻公位极人臣,又联国戚,名动区宇,亦已久矣。

他吃穿，按月付给。后来有天晚上，李林甫在庭院宴请宾客，美人们在旁侍奉。一曲未了，忽然中途停止。善射的人感觉异常就静听动静，没听到什么。他暗思道："夜未深，忽然这样，莫非有事？果然如术士说的那样吗？"就拿着弓箭跳墙进来等待。忽然看见墙的南边有一个东西掉下来，又有一个人跳墙进来。善射的人一箭射中了他，才惊慌逃走了。善射的人来到李林甫玩乐之地，见唱歌跳舞的都闭着嘴不能出声，站立着不能动弹，无声无息，像木偶似的。看南墙掉下来的东西，是个系着的口袋。解开口袋，里面有几百个竹签，写的都是李林甫和家僮的姓名。他于是按名呼叫，一一答应，这才宴饮如初。第二天，术士来贺，说："全仗善射的人，不然，几乎造成灾祸。那是含冤而死的鬼魂。明公久掌机要，积罪万状。此后十年，就不是我所能知道的了。"后来李林甫被抄家，果然距此时整十年。出自《宣室志》。

陈希烈

陈希烈是宰相，家里有鬼，有时吟诗，有时唱歌，声音非常细微激切，却历历可听。家人问他："你是什么人？怎么在这里？"鬼说："我在这里游玩，玩完就走。"有时索要衣服，有时索要饮食，得到就走，得不到就骂。如此几天，后来鬼忽然谈起经史，知识非常渊博。家人召出陈希烈的侄婿司直季履济，让他和鬼谈。鬼对履济说："我因为出来行走，到这儿游戏。听到您的教诲，今天豁然明白。有事该离开了，您保重。"就离开了。出自《纪闻》。

杨国忠

唐朝天宝年间，杨国忠权势熏天，朝中没人能和他相比。忽然有一个妇人，来到杨宅请见杨国忠，门人拦住她，妇人大叫说："我有大事，要见杨公，你为什么阻拦我！若不见我，我就让这儿起大火，烧掉杨公的住宅。"门人害怕了，告诉了杨国忠。杨国忠会见了她，妇人对杨国忠说："您是相国，不知否泰之道吗？我耻于您位极人臣，又做上了皇亲国戚，名震宇内，也已经很久了。

奢纵不节,德义不修,而壅塞贤路,谄媚君上,又亦久矣。略不能效前朝房、杜之踪迹,不以社稷为意,贤与愚不能别。但纳贿于门者,爵而禄之。大才大德之士伏于林泉,曾不一顾。以恩付兵柄,以爱使牧民。噫!欲社稷安而保家族,必不可也!"国忠大怒,问妇人曰:"自何来?何造次触犯宰相,不惧死罪也?"妇人曰:"公自不知死罪,翻以我为死罪。"国忠怒,命左右欲斩之,妇人忽不见。国忠惊未已,又复立于前。国忠乃问曰:"是何妖耶?"妇人曰:"我实惜高祖、太宗之社稷,被一匹夫倾覆。公不解为宰相,虽处佐辅之位,而无佐辅之功。公一死小事耳,可痛者,国朝自此弱,几不保其宗庙。胡怒之耶?我来白于公,胡多事也?今我却退,胡有功也?公胡死耶?民胡哭也?"言讫,笑而出,令人逐之,不见。后至禄山起兵,方悟"胡"字。原缺出处,明抄本作出《宣室志》,今见《说郛》三三《潇湘录》。

李叔霁

唐天宝末,禄山作乱。赵郡李叔霁与其妻自武关南奔襄阳。妻与二子死于路,叔霁游荆楚。久之,禄山既据东京。妻之姑寡居,不能自免,尚住城中,辛苦甚至。役使婢洛女出城采樵,遥见犊车走甚急,有紫衣人骑马在后。车中妇人频呼洛女,既近,问:"识我否?"婢惊喜曰:"李郎何往?娘子乃尔独行。"妻乃悲泣云:"行至襄阳,叔霁及两儿并死于贼。我缘饥馁,携小儿女嫁此车后人。"遂与洛女见姑。哭毕,问姊娣何在,姑言近在外。曰:"此行忽速,不可复待。"留停半日许,时民饥,姑乃设食,粗粝无味。妻子

奢侈放纵不加节制，不修道义，而堵塞纳贤的道路，谄媚皇上，也已经很久了。一点儿不能效仿前朝房、杜的踪迹，不以国家大事为重，贤和愚不能区别。只要谁肯贿赂，就予以封官晋爵。大才大德之人埋没于林泉之下，也不曾一顾。因为有恩惠就交给兵权，因为喜爱就让他役使百姓。噫！想要国家安定，想要保住家族，一定不能这样了！"杨国忠大怒，问妇人说："你从哪儿来？为什么轻易冒犯宰相，不怕死罪吗？"妇人说："您自己不知死罪，反而认为我有死罪。"杨国忠大怒，命令卫兵杀她，妇人忽然不见了。杨国忠惊讶未已，妇人又站在他面前。杨国忠问道："你是何方妖怪？"妇人说："我实在可惜高祖、太宗的江山，被一个匹夫葬送。您不懂怎样当宰相，虽然处在辅佐的位子上，却没有辅佐的功劳。您死是小事，可悲的是，国朝从此衰弱，几乎不能保住宗庙。胡怒之耶？我来告诉您，胡多事也？现在我退回去，胡有功也？公胡死邪？民胡哭也？"说完笑着走了。杨国忠让人追她，不见了。后来安禄山起兵，才知道"胡"字的意思。原缺出处，明抄本作出自《宣室志》，今见《说郛》三三《潇湘录》。

李叔霁

唐朝天宝末年，安禄山作乱。赵郡人李叔霁和他的妻子从武关南逃往襄阳。妻子和两个儿子死于途中，李叔霁则游历在荆楚一带。过了很久，安禄山已经占据了东京洛阳。李妻的姑姑寡居在家不能逃难，还住在城里，非常辛苦。她让婢女洛女出城砍柴，远远地看见一个牛车走得很快，有个穿紫衣服的人骑马跟在后面。车中有个妇人连声召呼洛女，等走近了，问婢女："你认识我吗？"婢女惊喜地说："李郎去哪儿了？娘子怎么独行？"李妻就悲痛地哭着说："走到襄阳，叔霁和两个儿子都死在贼兵手里。我因为饥饿，就带着小儿女嫁给了车后面的那个人。"她就和洛女一起去见姑姑。哭完问姐妹们在哪里，姑姑说最近在外面。李妻说："这次出来很急，不能过多停留。"他们在姑姑家待了半天，当时百姓饥荒，姑姑就准备了饭菜，粗劣没有味道。李妻

于车中取粳米饭及他美馔,呼其夫与姑餐,餐毕便发。临别之际,谓曰:"此间辛苦,亦合少物相留,为囊赍已前行。今车中唯有一匹半绢,且留充衣服,深以少为恨也。"乾元中,肃宗克复二京,其姑与子同下扬州。月余,叔霁亦至,相见悲泣,再叹其妻于客中因产殁故,兼小儿女相次夭逝。言讫又悲泣。姑初惭怍,为其侄女为贼所掠。及见叔霁情至,因说其事。云所著裙,即此留绢也。叔霁咨嗟而已。吴郡朱敖,尝于陈留贼中识一军将,自言索得李霁妇云。出《广异记》。

新繁县令

新繁县令妻亡,命女工作凶服。中有妇人,婉丽殊绝,县令悦而留之,甚见宠爱。后数月,一旦惨悴,言辞顿咽。令怪而问之,曰:"本夫将至,身方远适,所以悲耳。"令曰:"我在此,谁如我何?第自饮食,无苦也。"后数日求去,止之不可,留银酒杯一枚为别。谓令曰:"幸甚相思,以此为念。"令赠罗十匹。去后恒思之,持银杯不舍手,每至公廨,即放案上。县尉已罢职还乡里,其妻神柩尚在新繁,故远来移转。投刺谒令,令待甚厚。尉见银杯,数窃视之。令问其故,对云:"此是亡妻棺中物,不知何得至此?"令叹良久,因具言始末,兼论妇人形状音旨,及留杯赠罗之事。尉愤怒终日。后方开棺,见妇人抱罗而卧,尉怒甚,积薪焚之。出《广异记》。

姚萧品

姚萧品者,杭州钱塘人。其家会客,因在酒座死。经

就从车中拿出粳米饭及其他好吃的东西，召呼她丈夫和姑姑来吃，吃完就走了。分别之际，李妻对姑姑说："这里艰苦，我该以一点东西相赠，只是行李盘缠走在前面。现在车中只有一匹半绢，先留下来做点衣服，太少了，非常遗憾。"乾元年间，肃宗收复二京，她姑姑和儿子一起去扬州。一个月后，叔霁也来了，见面悲泣，再三叹惜他妻子在途中因生产而死，小儿女也相继夭亡。说完又哭了。姑姑开始因侄女被贼兵掳掠而惭愧，等见到叔霁情真意切，就说了那件事。说身上穿的裙子就是她留下的绢做的。叔霁叹息不已。吴郡人朱敫，曾在陈留的贼兵中认识一个军将，他自己说过抢到了李叔霁的妻子的话。出自《广异记》。

新繁县令

　　新繁县令的妻子死了，让女工做丧服。有个妇人，相貌极其美丽，县令喜欢就留下她，很是宠爱。几个月之后，一天她忽然忧伤憔悴，言语哽咽。县令感到奇怪就问她，她说："我丈夫要来了，我将要远行，所以悲痛。"县令说："我在这里，谁奈我何？只管吃饭，不必苦恼。"过了几天，妇人请求离开，县令阻止不了，她留下一枚银酒杯作告别礼物，对县令说："幸蒙相思，把这个当作纪念吧！"县令赠给她锦罗十匹。她离开后，县令总是想念她，拿着银杯不离手，每到公衙，就放在桌案上。有个县尉已经停职回了家乡，他妻子的灵柩还在新繁，所以远来移灵。投书拜见县令，县令待他非常热情。县尉看见银杯，几次偷偷地观看。县令问他缘由，回答说："这是我死去的妻子棺材中的东西，不知什么原因到了这里？"县令叹息良久，就详细地告诉了他前后的事情，还描述了妇人的音容笑貌及留杯赠罗的事。县尉气了很久。后来打开棺材，看见妇人怀抱锦罗躺着，县尉非常愤怒，堆些柴草烧掉了棺材。出自《广异记》。

姚萧品

　　姚萧品是杭州钱塘人。家里宴请客人，他死在座位上。过了

食顷乃活,云初见一人来唤,意是县家所由。出门看之,便被捉去。至北郭门,有数吏在船中。捉者令品牵船,品云:"吞是绪余,未尝引挽。"遂被捶击,辞不获已,力为牵之。至驿亭桥,已八九里,其鬼不复防御,因尔绝走得脱也。出《广异记》。

梁守威

唐肃宗时,安史之党方乱。邢州正在贼境,刺史颇有安时之志。长安梁守威者,以文武才辨自负,自长安潜行,因往邢州,欲说州牧。

至州西南界,方夜息于路傍古墓间,忽有一少年手携一剑亦至,呵问守威曰:"是何人?"守威曰:"我游说之士,欲入邢州说州牧,令立功报君。"少年曰:"我亦游说之士也。"守威喜而揖,共坐草中,论以世乱。少年曰:"君见邢牧,何辞以说?"守威曰:"方今天子承祧,上皇又存,佐国大臣,足得戮力同心,以尽灭丑类。故不假多辞,邢牧其应声而奉我教也,可谓乘势因时也。"少年曰:"君知其一,不知其二。今太子传位,上皇犹在。君以为天下有主耶?有归耶?然太子至灵武,六军大臣推戴,欲以为天下主。其如自立不孝也,徒欲使天下怒,又焉得为天下主也?设若太子但奉行上皇,而征兵四海,力剪群盗,收复京城,唯抚而辑之,爵赏军功,亦行后而闻之,则不期而大定也。今日之大事已失,卒不可平天下。我未闻自负不孝之名,而欲诛不忠之辈者也。欲安天下,宁群盗,必待仁主得位。君无说邢牧,我若可说,早已说之。"守威知少年有才略,因长叹曰:"我何之?昔刘琨闻天下乱而喜,我今遇天下乱而忧。"

一顿饭的工夫又活过来，说开始时见一个人来召呼他，以为是县衙的差人。出门一看，就被捉去了。到了北郭门，有几个衙役在船中。抓他的人让他拉纤，姚萧品说："我是世家子弟，不曾拉过纤。"就被捶打，没有办法，就拼力为他们拉船。到了驿亭桥，已牵了八九里，那鬼不再防备，他就快跑才得以脱身。出自《广异记》。

梁守威

唐肃宗时，安史之党作乱。邢州正处在贼兵境内，刺史大有安时之志。长安人梁守威，以文武才辩自负，从长安偷偷出来去邢州，想游说州牧。

到了邢州的西南界，这天晚上在路旁古墓间休息。忽然有一个少年手提宝剑也来到这里，斥问守威说："你是什么人？"守威说："我是游说之士，想去邢州游说州牧，让他立功报答皇上。"少年说："我也是游说之士。"守威高兴地向他行礼。两个人一起坐在草中，谈论当世的乱事。少年说："您见到州牧，用什么话来说服他呢？"守威说："现今天子登基，太上皇还在，辅佐国家的大臣，足可戮力同心来消灭丑类。所以无须多说，邢州牧就能马上听从我的劝告，可以说是乘势因时啊！"少年说："您知其一，不知其二。现在太子登基，太上皇还在。您以为天下有主了吗？有归宿了吗？但太子到灵武，六军大臣都拥戴他，想把他当成天下之主。奈何他自立为帝是不孝，只能激起天下的愤怒，又怎能成为天下之主呢？假如太子只尊奉太上皇，四海征兵，拼力剪除群匪，收复京城，安抚贼兵，犒赏军功，实施之后，天下知晓，这样不久天下就安定了。现在大势已去，终不能平定天下了。我不曾听说谁身负不孝之名，却想杀不忠之辈。想安定天下，平息群盗，一定要等到仁主继位。您不必游说邢州牧，我若能说，早已经说服他了。"守威知道少年有雄才大略，就长叹一声，说："我去哪儿呢？昔日刘琨听说天下大乱而高兴，我现在遇到天下大乱而忧虑。"

　　少年乃命行，诣一大林。及达曙，至林下，见百余人，皆擐甲执兵，乃少年之从者。少年索酒馔，同欢话而别。谓守威曰："我授君之一言，君当听之。但回长安，必可取爵禄也。太子新授位，自贱而贵者多矣。关内乱之极也，人皆思治愿安，君但以治平之术教关内诸侯，因依而进，何虑不自立功耶？"守威拜谢而回，才行十步已来，顾之不见。乃却诣林下访之，唯见坏墓甚多。出《潇湘录》。

少年于是请他同行,去一处大树林。天亮时到了林中,看见了一百多人,都身披战甲,手执兵器,是少年的随从。少年要来酒菜,和守威畅谈而别。他对守威说:"我赠您一句话,您应该听从。只管回长安去,一定能得到官做。太子刚继位,从贫贱升到权贵的人很多。关内纷乱之极,人们盼着太平安宁,您只以整治平定天下之术教关内诸侯,依靠他们进身,何愁不能立功呢?"守威辞谢而返,才走十几步,回头一看什么都没有了。他返回刚才去的林中寻找,只看见很多毁坏的坟墓。出自《潇湘录》。

卷第三百三十六
鬼二十一

常　夷

　　唐建康常夷,字叔通,博览经典,雅有文艺。性耿正清直,以世业自尚。家近清溪,常昼日独坐。有黄衫小儿赍书直至阁前曰:"朱秀才相闻。"夷未尝识也,甚怪之。始发其书,云:"吴郡秀才朱均白常高士。"书中悉非生人语,大抵家近在西冈,幸为善邻,思奉颜色。末有一诗云:"具陈□□□,□□□□□。平生游城郭,殂没委荒榛。自我辞人世,不知秋与春。牛羊久来牧,松柏几成薪。分绝车马好,甘随狐兔群。何处清风至,君子幸为邻。烈烈盛名德,依依仁良宾。千年何旦暮,一室动人神。乔木如在望,通衢良易遵。高门傥无隔,向与折龙津。"其纸墨皆故弊。常夷以感契殊深,叹异久之,乃为答书,殷勤切至。仍直克期,请与相见。既去,令随视之,至舍西一里许,入古坟中。

　　至期,夷为具酒果。须臾,闻扣门,见前小儿云:"朱秀才来谒。"夷束带出迎。秀才著角巾葛单衣曳履,可年五十许,风度闲和,雅有清致。与相劳苦,秀才曰:"仆梁朝时,本州举秀才高第。属四方多难,遂无宦情,屏居求志。

常 夷

　　唐朝建康人常夷，字叔通，博览经典，高雅善文。他性情清正耿直，操持着祖辈留下的产业。家近清溪，经常白日里独自坐着。有个穿黄衫的小孩儿，拿着书信直奔他家，说："朱秀才向您问候。"常夷不曾认识，觉得奇怪。他拆开书信，上面写着："吴郡秀才朱均致敬常高士。"信中都不是活人说的话，大致说他家在西冈附近，有幸成为邻居，想见上一面。最后有一首诗写道："具陈□□□，□□□□□。平生游城郭，殂没委荒榛。自我辞人世，不知秋与春。牛羊久来牧，松柏几成薪。分绝车马好，甘随狐兔群。何处清风至，君子幸为邻。烈烈盛名德，依依伫良宾。千年何旦暮，一室动人神。乔木如在望，通衢良易遵。高门傥无隔，向与折龙津。"纸墨都很破旧。常夷感慨颇深，叹息良久，就写了封回信，殷勤邀请，约定日期，和他见面。小孩儿走了，常夷让人跟随，只见他到住宅西约一里路的地方，进入古墓中了。

　　到了约定之期，常夷准备了酒菜水果。一会儿听到敲门声，看见前次来的小孩说："朱秀才来拜见。"常夷整饰服装出来迎接。秀才戴着角巾，穿着葛布单衣，拖拉着鞋，年纪约五十岁，风度闲和，雅有清致。两人互相问候，秀才说："我在梁朝时，考中了本州秀才。时值四方多难，就无心做官，隐居起来修身养性。

陈永定末终此地，久处泉壤，常钦风味，幽明路绝，遂废将迎。幸因良会，大君子不见嫌弃，得申郁积，何乐如之。"夷答曰："仆以暗劣，不意冥灵所在咫尺，久阙承禀，幸蒙殊顾，欣感实多。"

　　因就坐，啖果饮酒，问其梁、陈间事，历历分明。自云朱异从子。说异事武帝，恩幸无匹。帝有织成金缕屏风、珊瑚钿、玉柄麈尾，林邑所献七宝澡瓶、沉香镂枕，皆帝所秘惜。常于承云殿讲竟，悉将以赐异。昭明太子薨时，有白雾四塞。葬时，玄鹄四双，翔绕陵上，徘徊悲鸣，葬毕乃去。元帝一目失明，深忌讳之。为湘东镇荆州，王尝使博士讲《论语》。至于"见瞽者必变色语"，不为隐，帝大怒，乃鸩杀之。又尝破北虏，手斩一裨将。于谨破江陵，帝见害，时行刀者乃其子也。沈约母拜建昌太夫人时，帝使散骑侍郎就家读策受印绶，自仆射何敬容已下数百人就门拜贺，宋、梁已来命妇，未有其荣。庾肩吾少事陶先生，颇多艺术。尝盛夏会客，向空大嘘气，尽成雪，又禁诸器物悉住空中。简文帝诏襄阳造凤林寺，少刹柱木未至，津吏于江中获一樟木，正与诸柱相符。帝性至孝，居丁贵嫔枢，涕泣不绝，卧痛溃烂，面尽生疮。侯景陷台城，城中水米隔绝，武帝既救进粥，宫中无米，于黄门布囊中赍得四升，食尽遂绝，所求不给而崩。景所得梁人，为长枷，悉纳其头，命军士以三投矢乱射杀之，虽衣冠贵人，亦无异也。陈武帝既杀王僧辩，天下大雨百余日。又说陈武微时，家甚贫，为人庸保以自给。常盗取长城豪富包氏池中鱼，擒得，以担竿系，甚困。即祚后，灭包氏。此皆史所脱遗。事类甚多，不可悉载。

南陈永定末年死在这里，长期处于黄泉，总是仰慕高士风范，阴阳路绝，阻碍了我们的交往。幸亏有了这次很好的机会，您不嫌弃，得以倾诉心中的抑郁，有什么快乐能像这样呢？"常夷说："我愚昧，不曾想冥灵近在眼前，一直没有拜见。幸蒙光顾，非常高兴。"

　　两人就座，吃果饮酒，问他陈、梁间的事，讲得历历分明。他自称是朱异的侄子。说朱异为武帝做事，受到的恩宠无人能比。武帝有用金缕织成的屏风，珊瑚钿、玉柄麈尾拂尘，林邑所献七宝澡瓶、沉香镂枕，都是武帝珍爱之物。曾在承云殿说，要把这些东西都赐给朱异。昭明太子死的时候，有白雾四下涌来。下葬时有玄鹄四双，绕着陵墓飞翔，徘徊悲鸣，下葬完毕才飞走。元帝一只眼睛失明，非常忌讳。在湘东镇守荆州时，曾让博士给他讲《论语》。讲到"见盲人必变色"时，博士言语不隐讳，元帝大怒，就毒死了他。又曾在攻破北虏时，亲手杀掉一名副将。于谨攻破江陵，元帝被害时，持刀的人是他儿子。沈约的母亲封为建昌太夫人时，皇帝让散骑侍郎到其家宣读策书，授予她绶印，从仆射何敬容以下几百人登门拜贺，宋、梁以来的命妇没有这样的荣耀。庾肩吾小时从陶先生，颇多艺术。曾经在盛夏时会宴宾客，向天空大口吹气，都成了雪，又让各种器物全停留在空中。简文亲下诏在襄阳建造凤林寺庙宇，做柱子的木头没到，掌管渡口的官吏在江中得到一根樟木，正好和那些柱子一样。简文帝极孝顺，在丁贵妃的灵柩前哭泣不绝，俯卧着地的部位溃烂了，脸上都生了疮。侯景包围台城，城中断了水米，武帝下令进粥，宫中没米，从太监的布袋中找到四升米，吃完就再也找不到粮食，就死了。侯景捕获梁人，全部用长枷把他们的头锁在一起，让军士三次胡乱射箭，杀了他们，虽是衣冠贵人，也不能幸免。陈武帝杀了王僧辩，下了一百多天大雨。又说陈武帝未显达时家里很穷，给别人当雇工生活。曾偷长城富豪包氏池塘中的鱼，被抓获后绑在了扁担上，很是困苦。他当了皇帝后，就灭了包家。这都是史书中遗漏的事。故事很多，不能一一记录。

后数相来往，谈宴赋诗，才甚清举，甚成密交。夷家有吉凶，皆预报之。后夷病甚，秀才谓曰："司命追君为长史，吾亦预巡察，此职甚重，尤难其选，冥中贵盛无比。生人会当有死，纵复强延数年，何似居此地？君当勿辞也。"夷遂欣然，不加药疗，数日而卒。出《广异记》。

张守一

乾元有张守一，为大理少卿。性仁恕，以平反折狱，死囚出免者甚多。后当早朝，有白头老人，伛偻策杖，诣马前拜谢。守一问故，请避从者，曰："非生人，明公所出死囚之父也。幽明卑贱，无以报德。明公傥有切身之求，或能致耳。请受教。"守一曰："贤子无罪，非我屈法伸恩，不敢当此。忝列九卿，颇得自给，幸无劳苦。"再三慰遣之，鬼曰："当尔且去，傥有求不致者，幸相念。"遂不见。俄尔有诏赐酺，城中纵观，守一于会中窥见士人家女，姿色艳绝，相悦之，而防闲甚急，计无从出，试呼前鬼："颇能为我致否？"言讫即至，曰："此易事耳，然不得多时，才可七日。"曰："足矣，得非变化相惑耶？"鬼曰："明公何疑之深，仆以他物代取其身。"遂营寂静之处，设帷帐。有顷，奄然而至。良久窹惊曰："此何处？"唯守一及鬼在傍，绐云："此是天上天使。"因与款昵，情爱甚切。至七日，谓女曰："天上人间当隔异，欢会尚浅，便尔乖离如何？"因流涕取别。鬼复掩其目送还。守一后私觇女家，云："家女卒中恶，不识人，七日

两人以后多次来往，谈宴赋诗，才华甚是清俊超逸，成了密友。常夷家有什么吉凶之事，朱秀才都预报给他。后来常夷病得厉害，秀才对他说："司命任命您为长史，我也要做巡察，这个职务很重要，很难得到，在阴界中尊贵无比。活着的人都会死的，纵然勉强多活几年，怎么比得上在阴间做官呢？您不应该推辞。"常夷于是欣然同意，不用药物治疗，几天后就死了。出自《广异记》。

张守一

乾元年间有个张守一是大理寺少卿。他性情宽仁，平反冤案，死囚获免出狱的很多。后来一天，当张守一上早朝时，有个白发老翁，伛偻着身体，拄着拐杖到马前拜谢。张守一问原因，老翁请求回避随从，说："我不是活人，是明公放出的死囚的父亲。我在阴间身份卑微，没有机会报答恩德。倘若明公有切身之求，或许能用到我，请告诉我。"张守一说："贤子无罪，不是我枉法施恩，不敢接受你的谢意。我身为九卿，生活能得到保障，没有什么需要劳苦你的。"再三安慰送走他。鬼说："那就先走了，如果有所求而不可得时，请想起我。"说完就不见了。不久皇帝下诏举行宴会，城里尽情观赏。张守一在酒会中，看见一个士人家的女儿，长得美丽绝伦。张守一喜欢她但那人家防范很严，没有办法，试着召呼以前那个鬼："能为我把她弄来吗？"说完，鬼就到了，说："这是容易的事，但时间不能长，只可七天。"张守一说："足矣，该不会是用变化来迷惑我吧？"鬼说："明公怎么这样怀疑我？我用别的东西来代替她的身体。"就在寂静的地方建了一个帷帐。不一会儿，女子突然来了，老半天才惊醒过来，说："这是什么地方？"只有张守一和鬼在旁边，骗她说："这是天上的天使。"于是和她亲昵，情爱非常深切。到了第七天，张守一对女子说："天上人间相隔不同，欢会尚浅，就要分离了。"就流泪告别。鬼又蒙住她的眼睛送回去了。后来张守一偷偷打听女子家的动静，她家人说："家中女儿突然中了邪，不认识人了，七天

而醒。"后经十年，又逢此鬼，曰："天曹相召，便当承诀。今奉药一丸，此能点化杂骨为骨骺，刀把之良者。愿公宝之，有急当用。"因歔欷而去。药如鸡卵许大。至武太后时，守一以持法宽平，为酷吏所构，流徙岭表，资用窘竭，乃以药点骨，信然。因取给，药尽遂卒。出《广异记》。

郑 望

乾元中，有郑望者，自都入京，夜投野狐泉店宿，未至五六里而昏黑。忽于道侧见人家，试问门者，云是王将军，与其亡父有旧。望甚喜，乃通名参谒，将军出，与望相见，叙悲泣，人事备之，因尔留宿，为设馔饮。中夜酒酣，令呼蘧蒢三娘唱歌送酒。少间，三娘至，容色甚丽，尤工唱《阿鹊盐》，及晓别去。将军夫人传语，令买锦裤及头髻花红朱粉等。后数月，东归过，送所求物。将军相见欢洽，留宿如初。望问："何以不见蘧蒢三娘？"将军云："已随其夫还京。"以明日辞去，出门不复见宅，但余丘陇。望怃然却回，至野狐泉，问居人，曰："是王将军冢。冢边，伶人至店，其妻暴疾亡，以苇席裹尸，葬将军坟侧。故呼曰'蘧蒢三娘'云。旬日前，伶官亦移其尸，归葬长安讫。"出《玄怪录》。

宇文觌

韩彻者，以乾元中任陇州吴山令。素与进士宇文觌、辛稷等相善，并随彻至吴山读书，兼许秋赋之给。吴山县令号凶阙，前任多死。令厅有大槐树，觌、稷等意是精魅所

才醒过来。"后来过了十年,张守一又遇到这个鬼,鬼说:"天曹召唤,就要永别了。现在送您一丸药,这药能点化杂骨为骨骼,效果很好。您应该珍惜它,有急事再用。"说完就叹息着走了。药像鸡蛋般大小。到武太后时,张守一因执法公平,被酷吏诬陷,流放到岭外,费用没了,生活窘迫,就用药点骨,果然像鬼说的那样。靠着这药周济生活,药用尽就死了。出自《广异记》。

郑　望

　　乾元年间有个叫郑望的人,自东都入京,晚上去野狐泉店投宿,还离着五六里路天就黑了。忽然在道旁看见一户人家,试问守门人,说是王将军家,和他死去的父亲有旧交。郑望非常高兴,就通报姓名请求拜见。将军出来与郑望相见,悲泣着叙说往事,留他住了一宿,为他设置酒菜。半夜喝得兴起,让人叫蓬蒢三娘来唱歌助酒兴。一会儿三娘到了,非常美丽,尤其精于演唱《阿鹊盐》,天亮就告别走了。将军夫人传话说让郑望捎带着给买锦裤及头髻、花红、朱粉等东西。过了几个月,郑望从京城回来,送来夫人让买的东西。与将军再次相见,非常高兴,和当初一样留住了一宿。郑望问:"怎么不见蓬蒢三娘?"将军说:"她已经跟随自己的丈夫回京城了。"第二天郑望告辞,出门后没再看到房子,只剩下荒丘。郑望怅然而归,走到野狐泉,问当地的居民,居民说:"是王将军坟。坟旁边,是有个唱戏的住在客店,他的妻子暴病而死,用苇席裹尸葬在将军坟侧。所以称她为'蓬蒢三娘'。十天前唱戏的已经迁移她的尸体归葬在长安了。"出自《玄怪录》。

宇文觌

　　韩彻这个人,乾元年间任陇州吴山县令。他一向与进士宇文觌、辛稷等友善,他们一起跟随韩彻到吴山读书,韩彻还付给他们秋天赶考的费用。吴山县令这个职位号称凶阙,前几任都死了。县令宅子的大厅内有棵槐树,宇文觌、辛稷等认为是精魅盘

凭，私与典正欲彻不在，砍伐去之。期有一日矣，更白彻。彻谓二子曰："命在于天，责不在树，子等无然。"其谋遂止。后数日，觋、稷行树，得一孔，旁甚润泽，中有青气，上升为云。伺彻还寝，乃命县人掘之。深数尺，得一冢，冢中有棺木，而已烂坏，有少齿发及胫骨胯骨犹在。遥望西北陬有一物，众谓是怪异，乃以五千雇二人取之。初缒，然画烛一束，二人衔刀缘索往视，是食瓶，瓶中有水，水上有林檎缒夹等物，泻出地上，悉如烟销。

彻至，命佐史收骨发，以新棺敛葬诸野。佐史偷钱，用小书函，折骨埋之。既至舍，仓卒欲死，家人白彻，彻令巫视之。巫于彻前灵语，云："己是晋将军契苾锷，身以战死，受葬于此县。立冢近马坊，恒苦粪秽，欲求迁改。前后累有所白，多遇合死人，遂令冥苦无可上达。今明府恩及幽壤，俸钱市椟，甚惠厚。胥吏酷恶，乃以书函见贮骨发，骨长函短，断我胯胫，不胜楚痛，故复仇之耳。"彻辞谢数四，自陈："为主不明，令吏人等有此伪欺。当令市椟，以衣被相送。而可小赦其罪，诚幸也。"又灵语云："寻当释之，然创造此谋，是宇文七及辛四。幽魂佩戴，岂敢忘之？辛侯不久自当擢禄，足光其身。但宇文生命薄无位，虽获一第，终不及禄，且多厄难。无当救其三死，若忽为官，虽我亦不能救。"言毕乃去。佐史见释，方获礼葬。

觋家在岐山，久之，锷忽空中语云："七郎夫人在庄疾亟，适已往彼营救，今亦小痊。寻有庄人来报，无可惧也。

踞的地方,私下与典正商量,想趁韩彻不在的时候,砍去这棵槐树。过了一天,就告诉了韩彻。韩彻对二位先生说:"命在于天,责任不在于树,先生们不必这样。"他们就停止了这个计划。几天后,宇文觌、辛稷走到树前看到一个洞,旁边非常湿润,中间有青气冒出,上升成了云彩。等韩彻回去休息了,他们就让县人挖掘这个洞。几尺深的地方有一个坟,坟中有棺木,已经腐烂了。有少许的牙齿和头发,胫骨、胯骨还在。远看西北角有个东西,大家都说怪异,就用五千钱雇了两个人去取。开始用绳子送他们下去时,点燃了一束画烛,二人衔刀顺着绳索下去看,是食瓶,瓶中有水,水上有林檎缒夹等物,倒在地上,都像烟一样消散了。

韩彻来了,让佐史收拾骨头和头发,用新棺材葬在野外。佐史贪污钱财,折断骨头用小书套装起来埋葬了。等回到家,突然快要死了,他家人告诉韩彻,韩彻让巫师去看看。巫师在韩彻面前传灵语说:"我是晋代将军契苾锷,因为战斗而死,被葬在此县。坟墓靠近马厩,常常苦于臭粪的污秽,想请求迁坟。前后多次诉说,都遇上该当死亡之人,使我在阴间受的苦无处上达。现在明府施恩于我,拿钱买棺材恩惠极厚。骨吏可恶,用书套装我的骨头、头发。骨头长,书套短,他就折断我的胫骨和胯骨,使我痛楚难忍,所以我报复了他。"韩彻多次拜谢,自陈:"我为官不明,让吏人有这样欺诈的事。我应当派人买棺材,再送些衣被给您。如能赦免他的罪过,那就万幸了。"巫师又传灵语说:"马上就放过他。但促成这件事的,是宇文七和辛四。我铭感于心,怎敢忘记呢?辛侯不久就能升官,足以光耀其身。宇文生命薄无位,虽然进士擢第,最终不能做官,而且多灾多难。我能救他三次死难,假如他做了官,我也不能救助了。"说完就走了。佐史被释,就以礼安葬了他。

宇文觌的家在岐山,过了很长时间,契苾锷忽然在空中对他说:"七郎夫人在庄中病得很厉害,刚才我已经去那里营救过了,现在已经快好了。一会儿会有庄人前来报告,您可不必担心。

若还，妻可之后，慎无食马肉。"须臾使至，具如所白。觊入门，其妻亦愈。会庄客马驹死，以熟肠及肉馈觊。觊忘其言而食之，遇乾霍乱，闷而绝气者数矣。忽闻锷言云："令君勿食马，何故违约？马是前世冤家，我若不在，君无活理；我在，亦无苦也。"遂令左右执笔疏方，药至服之，乃愈。

后觊还吴山，会岐州土贼欲僭伪号，署置百官，觊有名，被署中书舍人。贼寻被官兵所杀，觊等七十余人，系州狱待旨。锷复至觊妻所，语云："七郎犯事，我在地中大为求请，然要三千贯钱。"妻辞贫家，实不能办。锷曰："地府所用，是人间纸钱。"妻云："纸钱当力办之。"焚毕，复至狱中谓觊曰："我适于夫人所得三千贯，为君属请，事亦解矣。有刘使君至者，即当得放，饱食无忧也。"寻而诏用刘晏为陇州刺史，辞日奏曰："点污名贤，曾未相见，所由但以为逆所引，悉皆系狱。臣至州日，请一切释免。"上可其奏。晏至州，上毕，悉召狱囚，宣出放之。

觊既以为贼所署，耻而还家。半岁余，吕崇贲为河东节度，求书记之士。在朝多言觊者，崇贲奏觊左卫兵曹河东书记，敕赐衣一袭，崇贲送绢百匹。敕至，觊甚喜。受敕，衣绿裳西向拜蹈。奴忽倒地，锷灵语叹息久之，谓觊："勿令作官，何故受之？此度不能相救矣。"觊云："今却还之，如何？"答云："已受官毕，何谓复还？千万珍重，不复来矣。"后四日，觊遇疾卒。初，女巫见锷衣冠甚伟，鬓发洞赤，状若今之库莫奚云。出《广异记》。

若还家,妻子病愈之后,千万不要吃马肉。"一会儿,报信的人到了,说的跟契苾锷告诉的一样。宇文觌进了家门,他的妻子病也好了。正赶上庄客的马驹死了,把一些熟肠及马肉送给宇文觌。宇文觌忘了契苾锷的话就吃了,染上霍乱,呼吸困难昏死过去好几次。忽然听到契苾锷的话语:"让您不要吃马肉,为什么不听呢? 马是前世冤家,我若不在,您没有活的可能;我在,就不用担心了。"就让身边的人拿笔开药方,药服下就好了。

后来宇文觌回吴山,碰上岐山土贼另立朝廷,设置百官,宇文觌有名,被任命为中书舍人。贼兵不久被官军擒杀,宇文觌等七十余人被关在州中监狱等候发落。契苾锷又到宇文觌妻子的住所说:"七郎犯事了。我在地下为他大力求情,但需要三千贯钱。"妻子推辞说贫穷之家,实在不能办到。契苾锷说:"地下所用的是人间的纸钱。"妻子说:"纸钱应该极力办到。"烧完纸钱,契苾锷又到狱中对宇文觌说:"我刚才从夫人那里拿了三千贯钱为您求情,事情也解决了。有个刘使君到来,您就能得以释放,饱食无忧。"不久朝廷下令任命刘晏为陇州刺史,他在离朝赴任那天上书言道:"玷污名贤,不曾有根据,差吏因为他们被逆贼所引,全都关押在牢狱。臣到州上的时候,请求将他们全部赦免。"皇帝批准了他的奏请。刘晏到州赴任后,召来全部狱中囚犯,宣布释放。

宇文觌因为被贼兵封官,耻于还乡。半年后,吕崇贲为河东节度使,想找一个可任书记的人。朝中很多人推荐宇文觌。吕崇贲奏请任命宇文觌为左卫兵曹河东书记,皇帝下诏赐衣一袭,崇贲送绢百匹。诏书到了,宇文觌非常高兴。接过圣旨,穿上绿衣服向西拜谢。一个奴仆忽然倒在地上,契苾锷附在他身上,叹息良久,对宇文觌说:"我不让您做官,为什么要接受任命呢? 这次不能相救了。"宇文觌说:"现在拒绝怎么样?"回答说:"已经接受了,怎么能说再退回去呢? 千万珍重,我不再来了。"四天后,宇文觌因病而死。当初,女巫见到契苾锷的时候,说他衣冠楚楚,鬓发全是红色的,很像现在的库莫奚。出自《广异记》。

李 莹

寿昌令赵郡李莹，同堂妹第十三未嫁。至德初，随诸兄南渡，卒，葬于吴之海盐。其亲兄岷，庄在济源，有妹寡居，去庄十余里。禄山之乱，不获南出。上元中，忽见妹还，问其由来，云为贼所掠，言对有理，家人不之诘。姊以乱故，恐不相全，仓卒将嫁近庄张氏。积四五年，有子一人，性甚明惠，靡所不了，恒于岷家独镖一房，来去安堵。岷家田地，多为人所影占，皆公讼收复之。永泰中，国步既清，岷及诸弟自江东入京参选。事毕还庄，欲至数百里。妹在庄，忽谓婢云："诸兄弟等数日当至，我须暂住张家。"又过娣别，娣问其故，曰："频梦云尔。"婢送至中路，遣婢还。行十余步，回顾不复见，婢颇怪之。后二日，张氏报云已死，姨及外甥等悲泣适已，而诸兄弟遂至。因发张氏妹丧。岷言："渠上元中死，殡在海盐，何得至此？恐其鬼魅。"因往张家临视，举被不复见尸。验其衣镜，皆入棺时物。子亦寻死。出《广异记》。

裴 晠

河东裴晠，幼好弹筝。时有弹筝师善为新曲，晠妹欲就学，难其亲受。于是晠就学，转受其妹，遂有能名。久之，晠客江湘，卒于南楚。母妹在家，晠忽轻身独还。家惊喜，问其故，云："囊赍并奴等在后，日暮方至。"欢庆之后，因求筝弹，复令其妹理曲。有所误错，悉皆正之。累正十余曲，因不复见。须臾，丧舆乃至云。出《广异记》。

李　莹

寿昌县令赵郡人李莹，有个堂妹，排行第十三，没有出嫁。至德初年，和她的哥哥们一起南渡，死了，葬在吴地的海盐。她的亲哥哥李岷，庄子在济源，有个妹妹寡居在外，离庄子有十几里路。安禄山作乱的时候，她没能南行。上元年间，忽然看见妹妹回来了，问她从哪儿来，她说被贼兵掳掠了，言辞答对有根有据，家人不再对她盘问。姐姐因为战乱的缘故，害怕不能照顾她，仓促间将她嫁给了附近村子的张家。过了四五年，有了一个儿子，非常聪明，没有不知道的，常在岷家独占一个房间，来去在此休息。岷家田地，很多被别人冒认占有，都打官司收了回来。永泰年间，国家清靖，李岷和各位兄弟从江东入京参加选官。完事返回庄子，还有几百里就要到了。妹妹在庄子，忽然对婢女说："各位兄弟几天内就会回来，我须暂时住到张家。"又过去与姐姐告别，姐姐问她原因，她说："总做梦。"婢女送到途中，她让婢女回去了。婢女走了十几步回头一看，她不见了，婢女感觉非常奇怪。两天后，张家来报说她已经死了，姐姐和外甥刚刚哭完，各位兄弟就到了。于是发送妹妹的丧事。李岷说："她上元年间就死了，葬在海盐，怎么能到这里？恐怕是她的鬼魅。"就到张家去看，掀开被子不见尸体。验看她的衣物、镜子，都是当时入殓时的东西。儿子不久也死了。出自《广异记》。

裴　瓝

河东人裴瓝，小时爱好弹筝。当时有个弹筝的师傅善于弹奏新曲，裴瓝的妹妹想跟他学，难于亲自教授。于是裴瓝就学完再转授给他妹妹，于是有了名声。过了很长时间，裴瓝客居江湘，死在南楚。母亲和妹妹在家，裴瓝忽然轻装独自还家。家人惊喜地问他原因，裴瓝说："行李和仆人在后面，晚上才能到。"欢庆之后，就要来筝弹，又让他妹妹整理曲子。有错误的地方，他都纠正过来。共纠正了十多支曲子，就不见了。一会儿，丧车就到了。出自《广异记》。

李　氏

上都来庭里妇人李氏者，昼坐家堂，忽见其夫亡娣，身衣白服，戴布幞巾，径来逐己。李氏绕床避走，追逐不止，乃出门绝骋。崎岖之中，莫敢支吾救援之者。有北门万骑卒，以马鞭击之，随手而消，止有幞头布，掩然至地，其下得一髑髅骨焉。出《广异记》。

李　氏

　　上都来庭里妇人李氏,白天坐在家中,忽然看见她丈夫死去的妹妹,身穿白色衣服,戴着布头巾,径直来追李氏。李氏绕床躲避着跑,她追逐不止,李氏就出门狂奔。困厄之中,没人敢帮她。在北门遇见姓万的骑兵,用马鞭打那追逐的女人。她随手消失了,只有布头巾悄然坠地,在它下面看到一具骷髅。出自《广异记》。

卷第三百三十七
鬼二十二

韦　璜　　薛万石　　范　俶　　李　澣　　张　勣
牛　爽　　李　咸　　李　昼　　元　载　　萧　审

韦　璜

　　潞城县令周混妻者，姓韦名璜，容色妍丽，性多黠惠。恒与其嫂妹期曰：“若有先死，幽冥之事，期以相报。”

　　后适周氏，生二女，乾元中卒。月余，忽至其家，空间灵语，谓家人曰：“本期相报，故以是来。我已见阎罗王兼亲属。”家人问见镬汤剑树否，答云：“我是何人，得见是事？”后复附婢灵语云：“太山府君嫁女，知我能妆梳，所以见召。明日事了，当复来耳。”明日，婢又灵语云：“我至太山，府君嫁女，理极荣贵。令我为女作妆，今得胭脂及粉，来与诸女。”因而开手，有胭脂极赤，与粉，并不异人间物。又云：“府君家撒帐钱甚大，四十鬼不能举一枚，我亦致之。”因空中落钱，钱大如盏。复谓：“府君知我善染红，乃令我染。我辞己虽染，亲不下手，平素是家婢所以，但承己指挥耳。府君令我取婢，今不得已，暂将婢去，明日当遣之还。”女云：“一家唯仰此婢，奈何夺之？”韦云：“但借两日耳。若过两日，汝宜击磬呼之。夫磬声一振，鬼神毕闻。”

韦 璜

潞城县令周混的妻子,姓韦名璜,容貌妍丽,生来狡黠聪明。曾与她嫂妹定约说:"若有先死的,幽冥的事,希望能来相报。"

她后来嫁给周混,生了两个女儿,于乾元年间死了。过了一个多月,忽然回了家,在空中显灵传语,对家人说:"原来约好相报,所以就来了。我已见到阎罗王和亲人。"家人问她是否见过汤锅和剑树,她回答说:"我是什么人,能见到这些?"后来又附在婢女身上显灵说:"太山府君嫁女儿,知道我会梳妆,所以被召去。明天事一完,还会再来。"第二天,婢女又传灵语说:"我到了太山,府君嫁女儿,极其豪华。让我为他女儿梳妆,现得到胭脂和粉,来送给女儿们。"就摊开手,有极红的胭脂和粉,并不异于人间的东西。又说:"府君家撒帐钱很大,四十个鬼不能举动一枚,我也得了。"空中于是撒下钱,大如杯子。又说:"府君知道我会染红,就让我染。我说自己虽然会染,不亲自动手,平时是家中的婢女所做,只是听从我的指挥罢了。府君让我来取婢女,现在不得已,暂将婢女借去,明天就能送她回来。"女儿说:"一家人都只靠这个婢女,怎么能夺走她?"韦璜说:"只借两天。要是过了两天,你们就击磬石召呼她。磬石一响,鬼神都能听到。"

婢忽气尽，经二日不返，女等鸣磬。少选，复空中语云："我朝染毕，已遣婢还，何以不至？当是迷路耳。"须臾婢至，乃活，两手忽变作深红色。

又制五言诗，与姊嫂夫数首，其寄诗云："修短各有分，浮华亦非真。断肠泉壤下，幽忧难具陈。凄凄白杨风，日暮堪愁人。"又二章寄夫，题云"泉台客人韦璜"。诗云："不得长相守，青春夭舜华。旧游今永已，泉路却为家。"其一："早知别离切人心，悔作从来恩爱深。黄泉冥寞虽长逝，白日屏帷还重寻。"赠嫂一章，序云："阿嫂相疑留。"诗曰："赤心用尽为相知，虑后防前只定疑。案牍可申生节目，桃符虽圣欲何为。"见其亲说云尔。出《广异记》。

薛万石

薛万石，河东人。广德初，浙东观察薛兼训用万石为永嘉令。数月，忽谓其妻曰："后十日家内食尽，食尽时，我亦当死。米谷荒贵，为之奈何？"妇曰："君身康强，何为自作不祥之语？"万石云："死甚可恶，有言者，不得已耳。"至期果暴卒，殓毕，棺中忽令呼录事、佐史等。既至，谓曰："万石不幸身死，言之凄怆。然自此未尝扰君，今妻子饥穷，远归无路。所相召者，欲以亲爱累君。"尔时永嘉米贵，斗至万钱，万石于录事已下求米有差。吏人凶惧，罔不依送。迨至丞、尉亦有赠。后数日，谓家人曰："我暂往越州谒见薛公。汝辈既有粮食，吾不忧矣。"自尔十余日无言，妇悲泣疲顿，昼寝，忽闻其语，惊起曰："君何所来？"答云："吾从越还，中丞已知吾亡，见令张卿来迎，又为见两女择得两婿。兄弟之情，可为厚矣。宜速装饰，张卿到来，即可

婢女忽然气绝,过了两天没有回来,女人们敲响磬石。一会儿,韦璜又在空中说:"我早上染完,已经让婢女回去了,怎么没到?可能是迷路了。"一会儿,婢女到了,就活了过来,两手忽然变成了深红色。

韦璜又写了五言诗,赠给姊妹、嫂子和丈夫几首,赠诗云:"修短各有分,浮华亦非真。断肠泉壤下,幽忧难具陈。凄凄白杨风,日暮堪愁人。"又有两首赠给丈夫,落款云"泉台客人韦璜"。诗云:"不得长相守,青春天舜华。旧游今永已,泉路却为家。"另一首是:"早知别离切人心,悔作从来恩爱深。黄泉冥寞虽长逝,白日屏帷还重寻。"赠嫂一首,序说:"阿嫂相疑,留诗一首。"诗曰:"赤心用尽为相知,虑后防前只定疑。案牍可中生节目,桃符虽圣欲何为。"这事是她的亲属讲的。出自《广异记》。

薛万石

薛万石,河东人。广德初年,浙东观察使薛兼训任薛万石为永嘉令。几个月后,万石忽然对他妻子说:"十天后家中吃的东西就没了,那时,我也就会死了。粮食稀少昂贵,怎么办?"妻子说:"你的身体健康强壮,怎么能说不吉利的话呢?"万石说:"死很可恶,但就像人们说的,不得已啊!"到时万石果然暴死,入殓完毕,棺中忽然命令招呼录事、佐史等人。他们到了后,万石对他们说:"我不幸身死,说起来凄怆。但从前不曾打扰过你们,现在妻子孩子贫穷饥饿,回老家又路途遥远。所以招呼你们,就是想把亲人托付给你们。"那时永嘉米贵,一斗达到一万钱,万石就向录事以下官吏每人讨了些米,数量不等。官吏非常害怕,无不依言相送,就连县丞、县尉也都有赠送。几天后,万石对家人说:"我暂且去越州拜见薛公。你们既然有了粮食,我就不担心了。"从此十多天没有消息,妻子悲泣疲困,大白天睡着了,忽然听到他说话,惊醒说:"您从什么地方来?"回答说:"我从越州回来,中丞已经知道我死了,现让张卿来迎接,又为两个女儿选择了两个女婿。兄弟之情,可谓深厚。快些整治行装,张卿到来,就立即

便发。不尔,当罹山贼之劫,第宜速去也。"家人因是装束。会卿至,即日首途,去永嘉二百里,温州为贼所破。家人在道危急,即焚香谘白,必有所言。不问即否。亲见家人白之。出《广异记》。

范 僧

范僧者,广德初,于苏州开酒肆。日晚,有妇人从门过,色态甚异。僧留宿,妇人初不辞让,乃秉烛,以发覆面,向暗而坐。其夜与申宴私之好,未明求去,云失梳子,觅不得。临别之际,啮僧臂而去。及晓,于床前得一纸梳,心甚恶之。因而体痛红肿,六七日死矣。出《广异记》。

李 瀚

河中少尹李瀚,以广德二年薨。初七日,家人设斋毕,忽于中门见瀚独骑从门而入。奴等再拜,持瀚下马,入座于西廊。诸子拜谒泣,瀚云:"生死是命,何用悲耶?只搅亡者心耳。"判嘱家事久之。瀚先娶项妃妹,生子四人。项卒,再娶河南窦滔女,有美色,特为瀚所爱。尔时窦惧不出,瀚使呼之。逆谓之曰:"生死虽殊,至于恩情,所未尝替,何惧而不出耶?每在地下闻君哭声,辄令凄断。悲卿亦寿命不永,于我相去不出二年。夫妻义重,如今同行,岂不乐乎?人生会当有死,不必一二年在人间为胜。卿意如何?"窦初不言,瀚云:"卿欲不从,亦不及矣。后日,当使车骑至此相迎,幸无辞也。"遂呼诸婢,谓四人曰:"汝等素事娘子,亦宜从行。"复取其妻衣服,手自别之,分为数袋,以付四婢,曰:"后日可持此随娘子来。"又谓诸子曰:"吾虽先婚汝

出发。不然就会遇到山贼，应该快点离开。"家人于是收拾行装。等张卿到了，当天就出发了，离永嘉二百里时温州被贼攻破。家人在途中危急，就焚香告诉他，一定会回复。不问就不说话。有人亲眼看见他家人和他说话。出自《广异记》。

范　傲

范傲这个人，广德初年，在苏州开酒馆。有天晚上，有个妇人从门口经过，面色神态非同一般。范傲留她住宿，妇人并没有推辞，手拿蜡烛，用头发盖住脸面，对着暗处坐着。这天晚上和范傲偷偷交好，天不亮请求离开，说丢失了梳子，找不到。临别之际，咬了范傲臂膀而去。待到天亮，范傲在床前找到了一个纸梳子，心里很讨厌它。于是身体红肿疼痛，过了六七天死了。出自《广异记》。

李　澣

河中少尹李澣，在广德二年死了。初七日，家人设祭完毕，忽然从中门看见李澣独自骑马从门外进来。仆人等拜了两拜，扶李澣下马，进西廊坐下来。孩子们哭着拜见，李澣说："生死是命，何必悲伤？只能搅扰死者的心。"安排嘱咐家事很长时间。李澣先娶项妃的妹妹，生了四个孩子。项氏死后，又娶河南窦滔的女儿，有美色，特别被李澣宠爱。窦氏害怕不敢出来，李澣让人招呼她，迎着她对她说："生死虽然不一样，但恩情是不会改变的，何必害怕不出来？我每在地下听到你的哭声，就悲痛到极点。伤心你也寿命不长，和我相隔不过二年。夫妻情深义重，如今同行，岂不快乐？人生都会有死，不必在乎一二年在人间的乐趣。你意如何？"窦氏开始没有说话，李澣说："你不听从也来不及了。后天就让车马到这儿相迎，不要推辞。"就召唤几个婢女，对她们四个人说："你们一向侍奉娘子，也应跟着一起走。"又拿来妻子的衣服，亲自分开，分为几袋，把它们交给四个婢女，说："后天可拿这东西跟随娘子来。"又对孩子们说："我虽然先娶了你们的

母,然在地下殊不相见,不宜以汝母与吾合葬,可以窦氏同穴。若违吾言,神道是殛。"言毕便出。奴等送至门外,见瀚驶骑走,而从东转西不复见。后日车骑至门,他人不之见,唯四婢者见之。便装束窦,取所选衣服,与家人诀,遂各倒地死亡。出《广异记》。

张　勍

代宗时,河朔未宁,寇贼劫掠。张勍者,恒阳人也,因出游被掠。其后亦自聚众,因杀害行旅,而誓不伤恒阳人。一日引众千人至恒阳东界。夜半月明,方息大林下,忽逢百余人,列花烛,奏歌乐,与数妇人同行。见勍,遥叱之曰:"官军耶?贼党耶?"勍左右曰:"张将军也。"行人曰:"张将军是绿林将军耶?又何军容之整,士卒之整也?"左右怒,白勍,请杀之,因领小将百人与战。行人持戈甲者不过三二十人,合战多伤士卒。勍怒,自领兵直前,又数战不利。

内一人自称幽地王,得恒阳王女为妻,今来亲迎。比夜静月下涉原野,欲避繁杂,不谓偶逢将军。候从无礼,不及避之。因而犯将军之怒。然素闻将军誓言,不害恒阳人。将军幸不违言。以恒阳之故,勍许舍之,乃曰:"君辈皆舍,妇人即留。"对曰:"留妇人即不可,欲斗即可。"勍又入战,复不利,勍欲退。左右皆愤怒,愿死格。遂尽出其兵,分三队更斗,又数战不利。见幽地王挥剑出入如风,勍惧,乃力止左右。勍独退而问曰:"君兵士是人也?非人也?何不见伤?"幽地王笑言曰:"君为短贼之长,行不平之事,而复欲与我阴军竞力也。"勍方下马再拜。又谓勍

母亲,但在地下没有相见,不宜把你们母亲和我合葬,可以把窦氏与我合葬。如果违背了我的话,神鬼就会杀了你们。"说完就出去了。仆人们送到门外,看见李瀚骑马跑了,从东转西就看不见了。后天车马到了门口,其他的人都没看见,只有四个婢女看见了。她们就为窦氏准备,拿着所选的衣服,同家人告别,随后各自倒地死了。出自《广异记》。

张 勋

代宗时,河朔一带不安宁,寇贼劫掠。张勋是恒阳人,曾经因出游被掳掠。后来张勋自己也聚众抢劫,杀害行旅之人,但发誓不伤害恒阳人。一天,张勋率一千人到了恒阳东界。夜半月明,正歇息在林中,忽然遇到一百多人,列举花烛,高奏歌乐,和几个妇人一起走。看到张勋,远远地喝问:"是官军,还是贼寇?"张勋左右的人说:"是张将军。"行人说:"张将军是绿林将军吧?怎么军容如此整齐,士卒威武呢?"张勋左右的人很生气,就报告了张勋,请求杀了他们,于是率领士卒百余人出战。那一队人拿兵器的不过二三十人,交战起来张勋的士卒却多有损伤。张勋大怒,亲自领兵上前,又数战不利。

对方有一人自称幽地王,娶恒阳王的女儿为妻,现在亲自来迎娶。在夜深人静之时走过原野,想要躲避繁杂,不料偶遇张将军。随从无礼,不及避让,因而惹怒了将军。但一向听说将军发誓不伤害恒阳人,希望将军不要违背誓言。因恒阳人的原因,张勋便准许放他们走,就说:"你们这些人都可以走,妇人要留下。"对方回答说:"留下妇人不行,想再打还可以。"张勋再次跟对方打起来,又未取胜,想退却。左右的人很生气,愿意以死相拼。于是就出动了全部兵力,分三队又战,又数战不利。只见幽地王挥剑像风一样出入战阵,张勋害怕了,就尽力制止了左右的人。张勋独自退却问道:"您的兵士是人,还是非人?怎么不受伤?"幽地王笑着说:"您是毛贼的首领,干不正当的事,还想和我们阴曹地府的士兵较量。"张勋才下马拜了两拜。幽地王又对张勋

曰:"安禄山父子死,史氏僭命,君为盗,奚不以众归之,自当富贵?"勣又拜曰:"我无战术,偶然贼众推我为长,我何可佐人?"幽地王乃出兵书一卷,以授之而去。勣得此书,颇达兵术。寻以兵归史思明,果用之为将。数年而卒。出《潇湘录》。

牛 爽

永泰中,牛爽授庐州别驾。将之任,有乳母乘驴,为镫研破股。岁余,疮不差。一旦苦疮痒,抑搔之,若虫行状。忽有数蝉从疮中飞出,集庭树,悲鸣竟夕。家人命巫卜之,有女巫颇通神鬼。巫至,向树呵之,咄咄语。诘之,答:"见一鬼,黑衣冠,据枝间,以手指蝉以导,其词曰:'东堂下,余所处。享我致福,欺我致祸及三女。'"巫又言:"黑衣者灶神耳。"爽不信之,网蝉杀之,逐巫者。后岁余,无异变。爽有三女,在闺房。夏月夜寨闱,爽忽觉前床有一长大尸,白衾覆而僵卧。爽大怖,私语其妻,妻见甚慑。爽尝畜宝剑,潜取击之,划然而内惊叫。及烛,失其鬼,而闺中长女腰断矣,流血满地,爽惊怵失据。大小乱哭,莫知其由。既后半年,夜晦冥,爽列灯于室,方寝心动,惊觉。又见前鬼在床,爽神迷,仓卒复刿之,断首。闺中乱喧,次女又断腰矣。举家惶振,议者令爽徙居,明鬼神不可与竞,爽终不改。明年又见,卒杀三女。而亲友强徙之他第。爽抱疾亦卒,果如蝉言。

说:"安禄山父子已经死了,现在史思明僭越主事,您是盗贼,怎么不率众归顺他? 自然就富贵了。"张勋又拜谢说:"我不懂兵法,偶然被贼众推为首领,我怎么能辅佐别人呢?"幽地王就拿出一卷兵书,给了他之后就走了。张勋得到这部书之后,颇精通兵法。不久率部归顺史思明,史思明果然任用他当将军。几年后死了。出自《潇湘录》。

牛 爽

永泰年间,牛爽被任命为庐州别驾。就在上任途中,牛爽有个乳母骑驴被脚镫磨破了大腿。一年多了,伤口也没愈合。一天,乳母苦于腿疮的瘙痒,就抓挠了几下,像有虫子在爬。忽然有几只蝉从疮中飞出来,停在庭院中的树上,哀叫了一晚。家中让巫师卜算这事。有个女巫,很精通神鬼之道。巫师来后,对着树咄咄训斥。人们问她,她回答说:"看见一个鬼,穿戴着黑色衣帽,站在树枝上,用手指着蝉传过话来:'东堂下面,是我居住的地方。供奉我就能得到福报,欺骗我就会有祸降临到三个女儿身上。'"女巫又说:"黑衣人是灶神。"牛爽不信,用网捉住蝉杀死了它,赶走了巫师。后来过了一年多没有发生变故。牛爽有三个女儿在闺房中。在一个夏天的夜里,房门开了,牛爽忽然发觉前床有一具很大的尸体,白衣覆盖僵卧。牛爽非常害怕,偷偷告诉了他的妻子,妻子见了也很害怕。牛爽曾保存有一把宝剑,偷偷拿出来击打,划地一下里面发出惊叫声。等点亮灯火,鬼就消失了,可是闺中长女的腰已经断了,血流满地,牛爽惊讶悲痛,不知所措。一家大小乱哭,不知道其中的原因。这以后半年的一天,夜里昏暗,牛爽在屋里点了灯,刚刚就寝,心中一动有了警觉。又看见以前的鬼在床上。牛爽神志迷糊,又挥剑刺杀,斩断了那鬼的头。闺阁中混乱喧哗,次女的腰也断了。全家惊惶失措,人们劝说牛爽搬家,说不能跟鬼神争胜,牛爽始终不改。第二年鬼又出现了,杀死了三女儿。亲友们强行让牛爽搬了家。牛爽也染病死了,果然像蝉说的那样。

后有华岳道士褚乘霞,善驱除,素与爽善,闻之而来。郡以是宅凶,废之。霞至独入,结坛守。其日暮,内闻雷霆搜索及明,发屋拔木。道士告郡,命锹锸,发堂下丈余,得古坟,铭曰"卓女坟"。道士说,宵中,初有甲兵与霞战,鬼败而溃散。须臾,有一女子,年二十许,叩头谢,言是卓女郎。霞让之,答曰:"非某过也,宿命有素。值爽及女命尽,且不修德,而强梁诬欺,自当尔。"乘霞遂徙其坟,宅后不复凶矣。出《通幽录》。

李咸

太原王容与姨弟赵郡李咸,居相、卫间。永泰中,有故之荆襄,假公行乘传。次邓州,夜宿邮之厅。时夏月,二人各据一床于东西间,仆隶息外舍。二人相与言论,将夕各罢息,而王生窃不得寐。

三更后,云月朦胧,而王卧视庭木。荫宇萧萧然,忽见厨屏间有一妇人窥觇,去而复还者再三。须臾出半身,绿裙红衫,素颜夺目。时又窃见李生起坐,招手以挑之。王生谓李昔日有契,又必谓妇人是驿吏之妻,王生乃佯寐以窥其变。俄而李子起就妇人,相执于屏间,语切切然。久之,遂携手大门外。王生潜行阴处,遥觇之。二人俱坐,言笑殊狎。须臾,见李独归,行甚急,妇人在外屏立以待。李入厨取烛,开出书笥,颜色惨凄。取纸笔作书,又取衣物等,皆缄题之。王生窃见之,直谓封衣以遗妇人,辄不忍惊,伺其睡,乃拟掩执。封衣毕,置床上却出。顾王生且睡,遂出屏,与妇人语。久之,把被俱入下厅偏院。院中有堂,堂有床帐,供树森森然。既入食顷,王生自度曰:"我往

后来有个华山道士褚乘霞善于驱鬼，一向同牛爽友好，听说了这事就来了。这个郡的人以为这个宅子不吉利，荒废了它。褚乘霞到了这里独自进去，设坛守着。那天晚上，听到里边雷霆大作，搜索交战，直到天亮，废掉了屋子，拔掉了树木。道士报告了郡里，让人用铁锹挖开堂下一丈多深，找到一座古坟，墓铭写着"卓女墓"。道士说，半夜时，有甲兵和他战斗，鬼败而溃散。一会儿有个女子，年龄约二十左右，叩谢说她是卓女。乘霞责怪她，她回答说："不是我的过错，命运如此。恰好牛爽和女儿命到头了，并且不修德行而蛮横欺诈，自然该这样。"乘霞就迁走了她的坟，宅子后来就没有凶事了。出自《通幽录》。

李 咸

太原人王容和姨弟赵郡人李咸，住在相州、卫州之间。永泰年间，有事去荆襄，借口出公差乘坐驿车。到了邓州，晚上住在邮驿的大厅。当时是夏天，两人各自睡在屋里的东西床上，仆隶在外屋休息。两人说着话，很晚了才各自休息，而王容睡不着。

三更后，云月朦胧，王容躺着看庭院中的树。荫宇萧萧，忽然看见厨屏间有一个妇人偷看，往返了好几次。不久现出半身，绿裙红衫，素颜夺目。又看见李咸起身坐起来，抬手来挑逗她。王容以为李咸以前和她有私情，又认定妇人是驿站差吏的妻子，就假装睡觉静观其变。一会儿李咸起身走近妇人，手挽手在屏风后，言语切切的样子。过了很久，两人携手出了大门。王容偷偷地走到暗处，远远地偷看。两人都坐着，说笑着互相调情。一会儿，看见李咸独自回来，走得很快，妇人在外面站着等待。李咸到厨房取出蜡烛，打开书箱，面色凄惨。拿出纸笔写字，又拿出衣物，都署上名字。王容偷偷看到，以为要把衣服送给妇人，就不忍心惊动他，想等他睡着后再偷偷抓住。李咸包裹完衣服，放在床上就出去了。他看见王容已经睡了，就出屏和妇人说话。过了很久，两人拿着被子一起去了下厅偏院。院中有堂屋，堂屋有床帐，树木森森的样子。进去一顿饭的工夫，王容想："我去

袭之，必同私狎。"乃持所卧枕往，潜欲惊之。比至入帏，正见李生卧于床，而妇人以披帛绞李之颈，咯咯然垂死。妇人白面，长三尺余，不见面目，下按悉力以勒之。王生仓卒惊叫，因以枕投之，不中，妇人遂走。王生乘势奔逐，直入西北隅厨屋中。据床坐，头及屋梁，久之方灭。童隶闻呼声悉起，见李生毙，七窍流血，犹心稍暖耳。方为招魂将养，及明而苏。王生取所封书开视之，乃是寄书与家人，叙以辞诀，衣物为信念。不陈所往，但词句郑重，读书恻怆。

及李生能言，问之，都不省记。但言仿佛梦一丽人，相诱去耳，诸不记焉。驿之故吏云，旧传厕有神，先天中，已曾杀一客使。此事王容逢人则说，劝人夜不令独寐。出《通幽录》。

李　昼

李昼为许州吏，庄在扶沟。永泰二年春，因清明归，欲至伯梁河。先是路傍有冢，去路约二十步，其上无草，牧童所戏。其夜，李昼忽见冢上有穴，大如盘，兼有火光。昼异之，下马跻冢焉。见五女子，衣华服，依五方，坐而纫针。俱低头就烛，矻矻不歇。昼叱之一声，五烛皆灭，五女亦失所在。昼恐，上马而走。未上大路，五炬火从冢出，逐昼。昼走不能脱，以鞭挥拂，为火所爇。近行十里，方达伯梁河，有犬至，方灭。明日，看马尾被烧尽，及股胫亦烧损。自后遂目此为五女冢，今存焉。出《博异志》。

元　载

大历九年春，中书侍郎、平章事元载，早入朝，有献文

偷袭他们，他们一定睡在一起。"就拿着枕头去了，偷偷地走想去惊吓他们。等到了帘内，正看见李咸躺在床上，妇人用披着的绸带绞李咸的脖子，发出咯咯的声音，就快死了。妇人白脸，三尺多长，不见面目，下按用尽力气来勒他。王容仓促间惊叫起来，就用枕头打她，没打着，妇人就跑了。王容趁势追逐，妇人径直进入西北角的厨房中。她在床上坐着，脑袋触到了房梁，很久才消失。仆童听到叫声都起来了，看见李咸死了，七窍流血，只是心口还热着。就为他招魂抢救，到天亮才苏醒过来。王容拿来他写的书信打开一看，竟是寄信给家人，叙述告别，留下衣物作念想，没说去什么地方，但词句郑重，读来令人伤感。

等到李咸能说话了，问他，他都记不住了。只说仿佛梦见一个丽人，引诱他离开，其他的事都不记得了。驿站的老吏说，以前传说厕所有鬼神，先天年间，曾经杀死一个客使。此事王容逢人就说，告诫别人夜晚不能独自睡觉。出自《通幽录》。

李　昼

李昼是许州官吏，庄子在扶沟。永泰二年的春天，清明回家，想到伯梁河。路旁有座坟墓，离大道约二十步，那上面没草，是牧童游戏的场所。这天晚上，李昼忽然看见坟上有洞穴，大如盘，还有火光。李昼诧异，下马登上坟墓。看见五个女子，身穿华丽的衣服，按五个方位坐着缝补。她们都低着头凑近灯光，孜孜不停。李昼呵叱了一声，五个烛光都灭了，五个女子也消失了。李昼害怕，上马就逃。还没走上大道，五炬火光从坟里出来追赶李昼。李昼跑不掉，用马鞭挥打，被火烧着了。走了十里，才到伯梁河。有犬来了，火才灭。第二天看，马尾巴被烧没了，大腿和小腿也烧伤了。从此后就把这个坟叫作五女坟，现在还在。出自《博异志》。

元　载

大历九年春天，中书侍郎、平章事元载早起上朝，有人献文

章者,令左右收之。此人若欲载读,载云:"候至中书,当为看。"人言:"若不能读,请自诵一首。"诵毕不见,方知非人耳。诗曰:"城东城西旧居处,城里飞花乱如絮。海燕衔泥欲下来,屋里无人却飞去。"载后竟破家,妻子被杀云。出《玄怪录》。

萧　审

萧审者,工部尚书旻之子。永泰中为长洲令,性贪暴,然有理迹,邑人惧惮焉。审居长洲三年,前后取受无纪极。四年五月,守门者见紫衣人三十余骑,从外入门。迎问所以,骑初不言,直至堂院。厅内治书者皆见。门者走入,白审曰:"适有紫衣将军三十骑直入,不待通。"审问:"其人安在?焉得不见?"门者出至厅。须臾,见骑从内出,以白衫蒙审,步行。门者又白奇事,审顾不言。诸吏送至门,不复见。俄闻内哭,方委审卒。后七日,其弟宇复墓,忽倒地作审灵语,责宇不了家事,数十百言。又云:"安胡者,将吾米二百石,绢八十匹,经纪求利。今幸我死,此胡幸恩,已走矣。明日食时,为物色捉之。"宇还至舍,记事白嫂,婢尔日亦灵语云然。宇具以白刺史常元甫,元甫令押衙候捉,果得安胡。米绢具在,初又云:"米是己钱,绢是枉法物,可施之。"宇竟施绢。出《广异记》。

章,元载让随从收下来。这人想让元载读,元载说:"等回到中书省,再为你看。"那人说:"若不能读,让我自诵一首。"诵完就不见了,才知道不是人。诗曰:"城东城西旧居处,城里飞花乱如絮。海燕衔泥欲下来,屋里无人却飞去。"元载后来家道败落,妻子和孩子都被杀了。_{出自《玄怪录》。}

萧 审

萧审是工部尚书萧旻的儿子。永泰年间为长洲令,性情贪婪暴戾,但有政绩,邑人非常惧怕他。萧审在长洲三年,前前后后收取贿赂不计其数。永泰四年五月,看门人看见三十多个紫衣人骑马从外边进入门内。看门人迎上去问干什么,骑马的人根本不说话,径直来到堂院。厅内的文书都看见了。看门人走进去报告萧审,说:"刚才有三十个紫衣将军径直闯进来,来不及通报。"萧审问:"那些人在哪儿?怎么不见?"看门人出来到厅堂。一会儿,看见骑马的人从里边出来,用白衣服蒙住萧审步行出来。看门人又说真是奇事,萧审看着他不说话。几位官吏送到门口,就不见了。过了一会儿,听到里面有哭声,才知道萧审死了。七天后,他弟弟萧宇去扫墓,忽然倒地,被萧审附灵传语,责怪萧宇不会治家,说了几百句话。又说:"安胡这个人,将我的米二百石、绢八十匹,拿去经营挣钱。现在安胡庆幸我死了,辜负我的恩情跑掉了。明天吃饭的时候,要想办法抓住他。"萧宇回家,将他所记得的这些事情说给嫂子听,婢女这天也传灵语这样说。萧宇就详细地告诉了刺史常元甫,元甫命令衙役等候捉拿,果然捉住了安胡。米和绢都在,当初显灵时还说:"米是自己的钱买的,绢是贪赃枉法之物,可以施舍给别人。"萧宇就把绢施舍了。_{出自《广异记》。}

卷第三百三十八
鬼二十三

卢仲海

大历四年，处士卢仲海与从叔缵客于吴。夜就主人饮，欢甚，大醉。郡属皆散，而缵大吐，甚困。更深无救者，独仲海侍之。仲海性孝友，悉箧中之物药以护之。半夜缵亡，仲海悲惶，伺其心尚暖，计无所出。忽思礼有招魂望反诸幽之旨，又先是有方士说招魂之验，乃大呼缵名，连声不息，数万计。忽苏而能言曰："赖尔呼救我。"

即问其状，答曰："我向被数吏引，言郎中令邀迎。问其名，乃称尹。逡巡至宅，门阀甚峻，车马极盛。引入，尹迎劳曰：'饮道如何，常思曩日破酒纵思，忽承戾止。浣濯难申，故奉迎耳。'乃遥入，诣竹亭坐。客人皆朱紫，相揖而坐。左右进酒，杯盘炳曜，妓乐云集，吾意且洽，都忘行李之事。中宴之际，忽闻尔唤声。众乐齐奏，心神已眩，爵行无数，吾始忘之。俄顷，又闻尔唤声且悲，我心恻然。如是

卢仲海

大历四年,处士卢仲海和堂叔卢缵客居在吴地。晚上和主人喝酒,非常高兴,大醉。其他人都走了,而卢缵大吐,很不舒服。夜深没有救助的人,只有卢仲海服侍他。卢仲海孝顺友爱,拿出盒中的所有药品来救护他。半夜卢缵死了,卢仲海非常悲痛惶恐,一看他心口还热,却也不知道该怎么办。忽然想到祭礼上有招反死人之魂的说法,以前又有术士说过招魂灵验的事例,就大喊卢缵的名字,连声不停,有几万次。卢缵忽然苏醒过来说:"全靠你呼喊救了我。"

卢仲海忙问他怎么回事,回答说:"我刚才被几名差吏引导,说是郎中令请我。问他名字,说是姓尹。顷刻之间就到了一处宅子,大门非常高大,车马很多。进去后,尹迎接出来说:'酒量如何?我常常怀念从前豪情喝酒的日子,后来因出错就戒了。难以洗雪,所以请您前来。'远远进来,到了竹亭坐下。客人都穿官服,互相行礼坐下。左右进酒,杯盘闪耀,妓乐云集,我很开心,都忘了旅行之事了。宴会中途,忽然听到你的召唤声。各种乐器一齐演奏,我的心神已经迷乱,饮酒无数,我就忘了。过了一会儿,又听到你的召唤声,非常悲痛,我的心情也很悲痛。就这样

数四,且心不便,请辞,主人苦留,吾告以家中有急,主人暂放我来,当或继请。授吾职事,吾向以虚诺。及到此,方知是死,若不呼我,都忘身在此。吾始去也,宛然如梦。今但畏再命,为之奈何?"仲海曰:"情之至隐,复无可行。前事既验,当复执用耳。"因焚香诵咒以备之。

言语之际,忽然又没,仲海又呼之,声且哀厉激切,直至欲明方苏。曰:"还赖尔呼我,我向复饮,至于酣畅。坐寮径醉,主人方敕文牒,授我职。闻尔唤声哀厉,依前恻怛。主人讶我不怡,又暂乞放归再三。主人笑曰:'大奇。'遂放我来。今去留未决。鸡鸣兴,阴物向息,又闻鬼神不越疆。吾与尔逃之,可乎?"仲海曰:"上计也。"即具舟,倍道并行而愈。出《通幽录》。

王　垂

太原王垂与范阳卢收友善。唐大历初,尝乘舟于淮、浙往来。至石门驿旁,见一妇人于树下,容色殊丽,衣服甚华,负一锦囊。王、卢相谓曰:"妇人独息,妇囊可图耳。"乃弥棹伺之,妇人果问曰:"船何适? 可容寄载否? 妾夫病在嘉兴,今欲省之,足痛不能去。"二人曰:"虚舟且便,可寄尔。"妇人携囊而上,居船之首。又徐挑之,妇人正容曰:"暂附,何得不正耶?"二人色怍。垂善鼓琴,以琴悦之。妇人美艳粲然,二人振荡,乃曰:"娘子固善琴耶?"妇人曰:"少所习。"王生拱琴以授,乃抚轸泛弄泠然。王生曰:"未尝闻之,有以见文君之诚心矣。"妇人笑曰:"委相如之深也。"

一连几次，我的心中不得安宁，请求告辞，主人苦苦挽留，我告诉他家中有急事，主人就暂时放我回来，还要再次邀请我。他授予我官职，我假意答应了。等到了这里，才知道是死了。若不召唤我，我都忘掉自己的身体在这里了。先前去的时候，宛然如梦。现在只是害怕再来请我，该怎么办呢？"卢仲海说："事情到了这个地步，再没有别的办法可行。上次既然应验了，就应该再使用。"卢缵就焚香吟诵咒语以防不测。

　　正说着话呢，卢缵忽然又死了，卢仲海又呼唤他，声音哀厉激切，直到天快亮的时候，才苏醒过来。他说："还是靠你呼唤我，我又去饮酒，喝到酣畅。坐在小路上醉了，主人正下文书，授我官职。听到你召唤我的声音哀厉，像先前那样悲痛。主人惊讶我心情不悦，我又再三请求他暂时放我回去。主人笑着说：'太奇怪了。'就放我回来了。现在去留没有决断。鸡叫之后，阴间的东西就消失了，又听说鬼神不越过这个界线。我和你逃走，行吗？"卢仲海说："这是上策。"就准备了船，加快速度逃走了。

出自《通幽录》。

王　垂

　　太原人王垂和范阳人卢收是好朋友。唐朝大历初年，他们曾乘船在淮、浙间行走。到石门驿旁，看见一个妇人在树下，容貌非常美丽，衣服非常华美，背着一个锦囊。王垂、卢收商量说："妇人独自一人，她的包裹可以图谋。"于是就停桨等她。妇人果然问："船往什么地方去？能否捎上我？我丈夫生病在嘉兴，现在想去探望他，脚疼不能走。"二人说："空船方便，可以捎上你。"妇人带着包裹上船，坐在船头。二人慢慢挑逗她，妇人正色道："暂时求助你们，怎么能不正经呢？"二人露出惭愧的表情。王垂善于弹琴，用琴声取悦她。妇人露出美丽的笑容，二人极其振奋，就说："娘子本来也会弹琴吗？"妇人说："小时学过。"王垂拱手把琴给她，妇人弹奏起来，清脆悦耳。王垂说："不曾听过，好像见到了卓文君的真情。"妇人笑着说："凝聚着对司马相如的深情。"

遂稍亲合，其谈谐慧辩不可言，相视感悦，是夕与垂偶会船前。收稍被隔碍，而深叹慕。夜深，收窃探囊中物，视之，满囊髑髅耳。收大骇，知是鬼矣，而无因达于垂。听其私狎，甚缱绻。既而天明，妇人有故暂下。收告垂，垂大愦曰："计将安出？"收曰："宜伏篙下。"如其言。须臾，妇人来，问："王生安在？"收绐之曰："适上岸矣。"妇人甚剧，委收而追垂。望之稍远，乃弃囊于岸，并棹倍行数十里外。不见来，夜藏船闹处。半夜后，妇人至，直入船，拽垂头。妇人四面有眼，腥秽甚，啮咬垂，垂困。二人大呼，众船皆助，遂失妇人。明日，得纸梳于席上，垂数月而卒。出《通幽记》。

武丘寺

苏州武丘寺，山嵚崟，石林玲珑，楼雉叠起，绿云窈窕，入者忘归。大历初，寺僧夜见二白衣上楼，竟不下，寻之无所见。明日，峻高上见题三首，信鬼语也。其词曰："幽明虽异路，平昔忝工文。欲知潜寐处，山北两孤坟。"其二示幽独居。"高松多悲风，萧萧清且哀。南山接幽陇，幽陇空崔嵬。白日徒煦煦，不照长夜台。虽知生者乐，魂魄安能回。况复念所亲，恸哭心肝摧。恸哭更何言，哀哉复哀哉。"其三答处幽子。"神仙不可学，形化空游魂。白日非我朝，青松围我门。虽复隔生死，犹知念子孙。何以遣悲悂，万物归其根。寄语世上人，莫厌临芳樽。"庄上有墓林，古冢累累，其文尚存焉。出《通幽记》。

于是就稍稍亲热了一些。妇人谈吐机智风趣而又能言善辩,妙不可言,与王生眉目传情,这天晚上就与他在船前苟合。卢收稍被隔开,非常美慕。夜深时,卢收偷偷拿妇人包裹中的东西看,满包全是骷髅。卢收非常害怕,知道妇人是鬼,但没有机会告诉王垂。听他们调情,非常缠绵。天亮后,妇人因故暂时下船。卢收告诉了王垂,王垂非常害怕,说:"有什么办法?"卢收说:"你该藏在床席下。"王垂照他的话做了。一会儿,妇人回来了,问:"王垂在哪儿?"卢收骗她说:"刚才上岸去了。"妇人反应很快,抛开卢收去追王垂。看她走远了一点儿,就把那个布囊丢到岸上,加快速度行船,走到了几十里开外。没见妇人来,晚上把船藏在热闹的地方。半夜后,妇人来了,直奔船上,去拽王垂的头。妇人四面都有眼睛,腥秽之气强烈,咬着王垂,王垂被困。二人大声呼救,各船上的人都过来帮助,妇人就逃走了。第二天,在席上得到一个纸梳子,王垂几个月后死了。<small>出自《通幽记》。</small>

武丘寺

　　苏州的武丘寺,在山间高耸着,石林精巧,楼台和城墙叠起,绿云环绕着,进来的人都流连忘返。大历初年,寺里的僧人在夜里看见两个穿白衣服的人上了楼,竟然没有下来,找他们没找到。第二天,峻高处有题诗三首,都是鬼的语言。其词曰:"幽明虽异路,平昔忝工文。欲知潜寐处,山北两孤坟。"<small>其二是写给幽独君的。</small>"高松多悲风,萧萧清且哀。南山接幽陇,幽陇空崔嵬。白日徒煦煦,不照长夜台。虽知生者乐,魂魄安能回。况复念所亲,恸哭心肝摧。恸哭更何言,哀哉复哀哉。"<small>其三是答处幽子的。</small>"神仙不可学,形化空游魂。白日非我朝,青松围我门。虽复隔生死,犹知念子孙。何以遣悲惋,万物归其根。寄语世上人,莫厌临芳樽。"庄上有个墓地,古墓累累,那几首诗还在那里。<small>出自《通幽记》。</small>

李佐公

李佐公，大历中在庐州。有书吏王庚请假归，夜行郭外，忽值引驺呵避，书吏映大树窥之，且怪此无尊官也。导骑后，一人紫衣，仪卫如大使。后有车一乘，方渡水，御者前白："车轴索断。"紫衣曰："检簿。"遂见数吏检之，曰："合取庐州某里张道妻脊筋修之。"乃书吏之姨也。顷刻吏回，持两条白物，各长数尺，乃渡水而去。至姨家，尚无恙。经宿患背痛，半日而卒。出《酉阳杂俎》。

窦　裕

大历中，有进士窦裕者，家寄淮海。下第将之成都，至洋州，无疾卒。常与淮阴令吴兴沈生善，别有年矣，声尘两绝，莫知其适。沈生自淮海调补金堂令，至洋州，舍于馆亭中。是夕，风月晴朗，夜将半，生独若有所亡，而不得其寝。俄见一白衣丈夫，自门步来，且吟且嗟，似有恨而不舒者。久之，吟曰："家依楚水岸，身寄洋州馆。望月独相思，尘襟泪痕满。"生见之，甚觉类窦裕，特起与语，未及，遂无见矣。乃叹曰："吾与窦君别久矣，岂为鬼耶？"明日驾而去，行未数里，有殡其路前。有识者曰："进士窦裕殡宫。"生惊，即驰至馆，问馆吏，曰："有进士窦裕，自京游蜀，至此暴亡。太守命殡于馆南二里外，道左殡宫是也。"即致奠拜泣而去。出《宣室志》。

李佐公

李佐公，大历年间在庐州。有个书吏叫王庾，请假回家。晚上在郊外行走，忽然遇到骑马的导引侍从大声呵避。书吏躲在大树后偷看，并且奇怪这里并没有高官。在导引侍从的后面，有一个身穿紫衣的人，仪仗排场好像节度使。后面有一辆车，正在渡河，驾车的人上前报告说："拉车的绳子断了。"紫衣人说："查看簿子。"就看见几名差吏查看簿子，说："应该取来庐州某里张道妻子的脊筋修理。"他们说的那个人是书吏的姨。差吏很快就回来了，手里拿着两条白色的东西，各长几尺，就渡水走了。书吏来到他姨家，姨还没有生病。过了一宿，发觉背痛，半天就死了。出自《西阳杂俎》。

窦　裕

大历年间，有个进士叫窦裕，寄居在淮海。他落榜后要去成都，走到洋州无疾而卒。窦裕和淮阴县令吴兴人沈生关系好，分别有一年了，互相断绝了消息，不知道他去了什么地方。沈生从淮海调补为金堂县令，到了洋州，住在馆亭中。这天晚上，风清月朗，快到半夜时，沈生独自一人若有所失，睡不着觉。一会儿，见一白衣男子，从门外走进来，一边吟诵一边叹息，似有遗憾不能消解的样子。过了很长时间，他吟诵着："家依楚水岸，身寄洋州馆。望月独相思，尘襟泪痕满。"沈生看见他，觉得很像窦裕，特意起来和他交谈，没等起身，他就不见了。沈生就叹息着说："我和窦君分别很久了，难道碰见鬼了？"第二天驾车离去，没走几里路，看见前面有坟墓。有认识的人说："这是进士窦裕的下葬之处。"沈生大惊，就奔回馆亭问馆吏，馆吏说："有个进士窦裕，从京城到蜀地游玩，走到这里暴死。太守命令葬在馆南边二里之外，大道左边的墓地就是。"沈生就到坟前哭祭一番离去了。出自《宣室志》。

商　顺

　　丹阳商顺娶吴郡张昶女。昶为京兆少尹,卒葬浐水东,去其别业十里。顺选集在长安,久之,张氏使奴入城迎商郎。顺日暮与俱往,奴盗饮极醉,与顺相失。不觉其城门已闭,无如之何,乃独前行。天渐昏黑,雨雪交下,且所驴甚蹇,迷路不知所之,但信驴所诣。计行十数里,而不得见村墅,转入深草,苦寒甚战。少顷,至一涧,涧南望见灯火,顺甚喜。行至,乃柴篱茅屋数间,扣门数百下方应。顺问曰:"远客迷路,苦寒,暂欲寄宿。"应曰:"夜暗,雨雪如此,知君是何人?且所居狭陋,不堪止宿。"固拒之,商郎乃问张尹庄去此几许,曰:"近西南四五里。"顺以路近可到,乃出涧,西南行十余里,不至庄。雨雪转甚,顺自审必死,既不可至,行欲何之,乃系驴于桑下,倚树而坐。须臾,见一物,状若烛笼,光照数丈,直诣顺前,尺余而止。顺初甚惧,寻而问曰:"得非张公神灵导引余乎?"乃前拜曰:"若是丈人,当示归路。"视光中有小道,顺乃乘驴随之,稍近火移,恒在前尺余。行六七里,望见持火来迎,笼光遂灭。及火至,乃张氏守茔奴也。顺问何以知己来,奴云:"适闻郎君大呼某,言商郎从东来,急往迎。如此再三,是以知之。"遂宿奴庐中,明旦方去。出《广异记》。

李　载

　　大历七年,转运使吏部刘晏在部为尚书,大理评事李载摄监察御史,知福建留后。载于建州浦城置使院,浦城至建州七百里,犹为清凉。载心惧瘴疠,不乐职事,经半载

商　顺

丹阳人商顺娶了吴郡人张昶的女儿。张昶是京兆少尹，死后葬在浐水之东，离他家的别业有十里。商顺因选官而赴长安，时间长了，张氏让仆人进城迎接。商顺在傍晚和仆人一起回来，仆人偷偷喝酒，大醉，和商顺失散了。不知不觉城门已经关闭，商顺不知道往什么地方走，就独自前行。天渐渐黑了，雨雪交加，并且所骑之驴行动迟缓，又迷了路不知去哪儿，只能听任驴子自己走。大约走了十几里，看不到村庄，走到深草之处，冷得发抖。一会儿，到了一个山涧，看见涧南有灯火，商顺非常高兴。他走到那里，有几间茅草屋，敲了几百下门才有人答应。商顺说："我是客人，迷了路，非常冷，想借住一宿。"回答说："夜深了，雨雪这么大，谁知您是什么人？而且居处狭小简陋，不能借宿。"坚决拒绝了。商顺就问张尹庄离这儿多远，对方说："在此西南方四五里。"商顺以为路近可以赶到，就出了山涧，往西南方走了十几里，也没到庄子。雨雪转大，商顺自认为必死无疑，既然不能赶去那里，还走什么呢，就把驴拴在桑树下，倚树而坐。一会儿，看见一个东西，形状像灯笼，光照几丈远，直接走到商顺面前一尺多远的地方停住了。商顺最初非常害怕，过了一会儿才问："莫非是张公神灵来引导我吗？"就上前拜谢说："若是丈人，请指示回家的路。"见灯光下有条小道，商顺就骑驴跟随，稍稍靠近，灯光就移开，总在他前面一尺多远。走了六七里，看见有人拿着灯火来迎接，那笼光就灭了。等灯火到了一看，是张家看坟的仆人。商顺问他怎么知道自己来，仆人说："刚才听见郎君大声召呼我，说商郎从东边来，快去迎接。如此几次，因此知道了。"商顺就住在仆人的草房中，第二天早晨才离开。出自《广异记》。

李　载

大历七年，转运使吏部刘晏在吏部任尚书，大理评事李载兼任监察御史，任福建留后。李载在建州浦城设置使衙，浦城距建州七百里，非常荒凉。李载心里害怕瘴疫，不愿意任职，过半年

卒。后一日,复生如故。家人进食,载如平常食之。谓家人曰:"已死,今暂还者,了使事耳。"乃追其下未了者,使知一切,交割付之。后修状与尚书别,兼作遗书,处分家事。妻崔氏先亡,左右唯一小妻,因谓之曰:"我死,地下见先妻,我言有汝,其人甚怒,将欲有所不相利益,为之奈何?今日欲至,不宜久留也。"言讫,分财与之,使行官送还北。小妻便尔下船,行官少事未即就路。载亦知之,召行官至,杖五下,使骤去。事毕食讫,遂卒。出《广异记》。

高 励

高励者,崔士光之丈人也。夏日,在其庄前桑下,看人家打麦。见一人从东走马来,至励再拜,云:"请治马足。"励云:"我非马医,焉得疗马?"其人笑云:"但为胶黏即得。"励初不解其言,其人乃告曰:"我非人,是鬼耳。此马是木马,君但洋胶黏之,便济行程。"励乃取胶煮烂,出至马所,以见变是木马。病在前足,因为黏之。送胶还舍,及出,见人已在马边。马甚骏。还谢励讫,便上马而去。出《广异记》。

萧 遇

信州刺史萧遇少孤,不知母墓数十年。将改葬,旧茔在都。既至,启,乃误开卢会昌墓。既而知其非,号恸而归。闻河阳方士道华者,善召鬼,乃厚币以迎。既至,具以情诉,华曰:"试可耳。"乃置坛洁诚,立召卢会昌至,一丈夫也,衣冠甚伟,呵之曰:"萧郎中太夫人茔,被尔墓侵杂,使

就死了。过了一天，又复活了，同往常一样。家人端来饭，李载像平常一样吃饭。他对家人说："我已经死了，现在暂时回来，是要了结公事。"就追问属下没办完的事，让他们知道一切，分别交付给人。后来又写了封信与尚书告别，同时算作遗书，处理家事。他的妻子崔氏先死了，身边只有一个小妾，就对她说："我死后，在地下见到了先前的妻子，我说有了你，她非常生气，将要有不利你的事，怎么办？今天她快来了，不宜久留。"说完，分了一些财物给她，让行官送她回北边。小妾到了船上，行官有点小事，未能即刻上路。李载也知道了，召来行官，打了五杖，让他快去。事情处理完，吃完饭，他就死了。出自《广异记》。

高 励

高励是崔士光的丈人。这年夏天某日，他在庄子前面的桑树下，看人家打麦。看见一个人从东边骑马过来，到高励面前拜了两拜，说："请治疗马脚。"高励说："我不是马医，怎么能治马？"那人笑着说："只用胶粘上就行了。"高励开始不明白他的话，那人就告诉他说："我不是人，是鬼。这匹马是木马，您只多用一些胶粘上它，它就可以行走了。"高励就取出胶煮烂，出来到马前，看见那匹马已经变成了木马。病在前脚，就给它粘上。高励送胶回屋，等到出来，看见那人已在马旁边。马非常骏伟。那人谢过高励，就上马而去。出自《广异记》。

萧 遇

信州刺史萧遇小时候就成了孤儿，几十年都不知道母亲的墓在哪里。准备改葬，旧墓地在京都。到了那儿，打开坟墓，却错开了卢会昌的墓。萧遇不久知道弄错了，就伤心地回去了。他听说河阳有个方士叫道华，善召鬼，就重金聘来。方士来了之后，萧遇就把详情告诉了他，道华说："可以试试。"就设置法坛，诚恳祈祷，很快就把卢会昌召来了，是一个男子，衣冠非常气派。道华呵叱他说："萧郎中太夫人的墓，被你的墓侵犯搅扰，使

其迷误。忽急寻求，不尔，当旦夕加罪。"会昌再拜曰："某贱役者，所管地累土三尺，方十里，力可及。周外则不知矣。但管内无萧郎中太夫人墓，当为索之。以旦日为期。"及朝，华与遇俱往。行里余，遥见会昌奔来曰："吾缘寻索，颇扰鬼神，今使按责甚急，二人可疾去。"言讫而灭。二人去之数百步，顾视，见青黑气覆地，竟日乃散。既而会昌来曰："吾为君寻求，大受阴司谴罚，今计穷矣。"请辞去。

华归河阳，遇号哭。自是端居一室。夜忽如梦中，闻户外有声，呼遇小名曰："吾是尔母。"遇惊走，出户拜迎。见其母，母从暗中出。遇与相见如平生，谓遇曰："汝至孝动天，诚达星神，祇灵降鉴，今我与汝相见，悲怆盈怀。"遇号恸久之，又叹曰："吾家孝子，有闻于天，虽在泉壤，甚为众流所仰。然孝子之感天达神，非惟毁形灭性，所尚由哀耳。"因与遇论幽冥报应之旨，性命变通之道。乃曰："祸福由人，但可累德。上天下临，实如影响。其有树善不感者，皆是心不同耳。"言叙久之，遇悲慰感激曰："不意更闻过奖之言，庶万分不恨矣。"乃述迷误茔域之恨，乃曰："吾来亦为此。年岁浸远，汝小，何由而知？吾墓上已有李五娘墓，亦已平坦，何可辨也？汝明日但见乌鹊群集，其下是也。"又曰："若护我西行，当以二魂舆入关。"问其故，答曰："为叔母在此，亦须归乡。"遇曰："叔母为谁耶？"母曰："叔母则是汝外婆，吾亦自呼作叔母，怜吾孤独，尝从咸阳来此伴吾。后因神祇隔绝，不得去，故要二魂舆耳。"言讫而去，倏忽不见。遇哀号待晓，即于乌鹊所集平地掘之。信是李五娘墓，更于下得母墓，方得合葬。出《通幽记》。

萧郎中迷惑搞错。赶快寻找，不然，马上就会惩治你。"卢会昌拜了两拜说："我是卑贱的仆役，所管地盘共深三尺，方圆十里，只管这么大。这个范围外的就不知道了。只是我的地盘内没有萧郎中太夫人墓，我应为他寻找。以明天为期限。"到了早晨，道华和萧遇都去了。走了一里多地，远远地看见卢会昌跑过来说："我因为寻找，颇多打扰鬼神，现在他们派人来抓我了，很紧急，你们两个应该快点离开。"说完就没了。两人走了几百步，回头一看，见青黑气盖地，一天才散。不久卢会昌来说："我给您寻找，大受阴司责罚，现在我一点儿办法没有了。"请求辞去。

道华回到河阳，萧遇号哭。从此安居一室。一天晚上，忽然如在梦中，听到门外有声音，叫着萧遇的小名说："我是你的母亲。"萧遇惊讶地跑出，到门外拜迎。看见他的母亲从黑暗中走出。萧遇和她相见像母亲在世时一样。母亲对萧遇说："你的至孝感动了上天，精诚传达到星神，地神垂怜，现在我和你相见，悲怆满怀。"萧遇号哭悲恸了很久。母亲又说："我家的孝子，闻名于天，我虽在黄泉，很被众人仰慕。但孝子感动天地之神，不只是因为损害身体，还在于真心哀念。"就和萧遇谈论幽冥报应、性命变通的道理。她说："祸福由人，但可积德。上天报应，就像影子和回声一样感应迅捷。也有做了善事没有报答的，是因为心不诚。"谈了很久，萧遇的悲痛得以宽慰，感慨地说："没想到母亲如此夸奖，小子实在没有遗憾了。"就说了迷误墓地的遗憾。母亲说："我来也是为了这事。年代久远，你那时还小，怎么能知道？我的坟上已经有了李五娘墓，也已经平坦了，怎么能辨别呢？你明天只要看见乌鹊聚集处，那下面就是。"又说："若送我西行，应该用两个灵车进关。"问她原因，回答说："因为叔母在这儿，也要还乡。"萧遇说："叔母是谁？"母亲说："叔母就是你的外婆，我称她为叔母，她可怜我孤独，曾从咸阳到这儿陪伴我。后因地神隔绝，不能离开，所以要两个灵车。"说完就离去，很快不见了。萧遇悲伤地哭到天亮，就在乌鹊聚集的平地挖掘。果真是李五娘的墓，又在下面挖到母亲的墓，才得以合葬。出自《通幽记》。

朱自劝

吴县朱自劝以宝应年亡。大历三年，其女寺尼某乙，令婢往市买胡饼，充斋馔物。于河西见自劝与数骑宾从二十人，状如为官。见婢歔欷，问："汝和尚好在，将安之？"婢云："命市胡饼作斋。"劝云："吾此正复有饼。"回命从者，以三十饼遗之，兼传问讯。婢至寺白尼，尼悲涕不食，饼为众人所食。后十余日，婢往市，路又见自劝，慰问如初。复谓婢曰："汝和尚不了，死生常理，何可悲涕，故寄饼亦复不食。今可将三十饼往，宜令食也。"婢还，终不食。后十日，婢于市复见自劝。问讯毕，谓婢曰："方冬严寒，闻汝和尚未挟纩。今附绢二匹，与和尚作寒具。"婢承命持还，以绢授尼。尼以一匹制裤，一留贮之。后十余日，婢复遇自劝，谓曰："有客数十人，可持二绢，令和尚于房中作馔，为午食。明日午时，吾当来彼。"婢还，尼卖绢，市诸珍膳。翌日待之，至午，婢忽冥昧久之，灵语因言客至。婢起祗供食，食方毕，又言曰："和尚好住，吾与诸客饮食致饱，今往已。"婢送自劝出门，久之方悟，自尔不见。出《广异记》。

朱自劝

吴县人朱自劝在宝应年间死亡。大历三年,他的女儿,寺里某尼姑,让婢女去买胡饼,充当斋饭。婢女在河西看见朱自劝和骑马的随从二十人,像做了官的样子。他看见婢女就叹息起来,问:"你家和尚好吗?你要去哪儿?"婢女说:"让我买胡饼当斋饭。"朱自劝说:"我这儿正好还有饼。"回头命令跟从的人给了她三十个饼,并让她向女儿传达问候。婢女回到寺院向尼姑说了这件事,尼姑悲泣不吃,饼被众人吃了。过了十几天,婢女去买东西,路上又见到了朱自劝,又像上次一样慰问她。朱自劝又对婢女说:"你家和尚不明白,死生是正常的道理,怎么可以悲伤落泪呢?以前给她的饼也不吃。现在可把三十个饼带去,应该让她吃。"婢女回来,尼姑始终不吃。又过了十天,婢女在市上又看到朱自劝。问候完毕,对婢女说:"正是冬天严寒,听说你家和尚没有棉衣。现在给你两匹绢,给和尚做御寒的衣服。"婢女奉命拿回来,把绢给了尼姑。尼姑用一匹绢做了裤子,一匹绢留下存放起来。十多天后,婢女又遇到朱自劝,朱自劝对她说:"有几十个客人,可以拿两匹绢,让和尚在房中做饭,当午餐。明天午时,我当去那里。"婢女回去,尼姑卖绢,买了各种珍奇美食。第二天等待他们,到了午时,婢女忽然很久不省人事,显灵传语说客人到了。婢女起来恭奉饭食,刚吃完,又说道:"和尚保重,我和各位客人吃饱了,现在走了。"婢女送朱自劝出门,很久才醒过来,从此再没看见朱自劝。出自《广异记》。

卷第三百三十九
鬼二十四

罗元则　　李元平　　刘　参　　阎敬立　　崔书生
李　则　　陆　凭　　浔阳李生

罗元则

历阳罗元则，尝乘舟往广陵，道遇雨，有一人求寄载，元则引船载之。察其似长者，供待甚厚。无他装囊，但有书函一枚，元则窃异之。夜与同卧，旦至一村，乃求："暂下岸，少顷当还。君可驻船见待，慎无发我函中书也。"许之，乃下去。须臾，闻村中哭声，则知有异，乃窃其书视之，曰："某日至某村，当取某乙。"某村名良是。元则名次在某下，元则甚惧而鬼还，责曰："君何视我书函？"元则乃前自陈伏，因乞哀甚苦。鬼愍然，谓："君尝负人否？"元则熟思之曰："平生唯有夺同县张明通十亩田，遂至失业，其人身已死矣。"鬼曰："此人诉君耳。"元则泣曰："父母年老，惟恃元则一身，幸见恩贷。"良久曰："念君厚恩相载，今舍去，君当趋归。三年无出门，此后可延十年耳。"即下船去。元则归家中，岁余，其父使至田中收稻，即固辞之。父怒曰："田

罗元则

历阳的罗元则,曾经乘船到广陵去,途中遇雨,有一人请求搭乘,罗元则将船靠岸让他上船。看他像个长者,待他特别好。他没有什么行装,只有一封书信,元则暗自觉得奇怪。夜间一起睡觉,第二天早晨到达一个村庄,那人请求说:"暂时下船上岸,一会儿就回来。您可停船等一下,千万不要打开我的书信。"罗元则答应了,那人就下船离去。一会儿,听到村中有哭声,元则明白有异常情况,就私自打开他的信看,上面写道:"某日到某村,应该取某人。"那村名正是这个村。元则的名字排在某人的下面。元则非常恐惧而那鬼回来了,责备道:"您为什么看我的书信?"元则上前陈诉认错,苦苦哀求。鬼露出怜悯的样子,问他:"您曾做过对不起别人的事吗?"元则细细想后说:"一生只抢夺过同县张明通十亩田地,于是造成他失去生计,那人已经死了。"鬼说:"那人告您了。"元则哭着说:"父母年老,只靠我一人,希望您发发慈悲。"鬼过了很久才说:"念您厚恩让我乘船,现在放您离去,您应该赶紧回家。三年内不要出家门,此后可延长十年寿命。"鬼就下船离去。元则回到家中,过了一年多,他的父亲让他到田里去收割稻谷,元则坚决推辞。父亲生气地说:"种田

家当自力,乃欲偷安甘寝,妄为妖辞耶?"将杖之,元则不得已,乃出门,即见前鬼,髡头裸体,背尽疮烂,前持曰:"吾为君至此,又不能自保惜。今既相逢,不能相置。"元则曰:"舍我辞二亲。"鬼许,具以白父。言讫,奄然遂绝。其父方痛恨之,月余亦卒。出《广异记》。

李元平

李元平者,睦州刺史伯成之子,以大历五年客于东阳精舍读书。岁余暮际,忽有一美女服红罗裙襦,容色甚丽,有青衣婢随来,入元平所居院他僧房中。平悦而趋之,问以所适,及其姓氏。青衣怒云:"素未相识,遽尔见逼,非所望王孙也。"元平初不酬对,但求拜见。须臾,女从中出,相见忻悦,有如旧识,欢言者久之,谓元平曰:"所以来者,亦欲见君,论宿昔事,我已非人,君无惧乎?"元平心既相悦,略无疑阻,谓女曰:"任当言之,仆亦何惧?"女云:"己大人昔任江州刺史,君前生是江州门夫,恒在使君家长直,虽生于贫贱,而容止可悦。我以因缘之故,私与交,通君才百日,患霍乱没。故我不敢哭,哀倍常情。素持《千手千眼菩萨咒》,所愿后身各生贵家,重为婚姻。以朱笔涂君左股为志,君试看之。若有朱者,我言验矣。"元平自视如其言,益信,因留之宿。久之,情契既洽,欢惬亦甚。欲曙,忽谓元平曰:"托生时至,不得久留,意甚恨恨。"言讫悲涕,云:"后身父今为县令,及我年十六,当得方伯。此时方合为婚姻,未间,幸无婚也。然天命已定,君虽欲婚,亦不可得。"言讫诀去。出《广异记》。

人家应当亲自出力,你只想偷安做美梦,妄说什么鬼话!"要用杖打他。元则没有办法,于是出了门,就看见以前的那个鬼,光头裸体,背上都是烂疮,上前抓住他说:"我为您落到这种地步,又不能保护自己。今既相遇,不能放过。"元则说:"放我辞别二老双亲。"鬼答应了,他就把全部情况告诉了父亲。说完就断了气。他的父亲才痛苦悔恨,过了一个多月也死了。出自《广异记》。

李元平

李元平是睦州刺史伯成的儿子,于大历五年客居在东阳精舍读书。一年后的一个傍晚,忽然有一个美女穿着红罗衣裙,容貌姿色甚美,有青衣婢女跟随,进入元平所住院子其他僧房中。元平高兴地跑去,问她们要到哪里去,以及她的姓名。青衣婢女怒道:"素不相识,就来逼问,真不是所盼望的贵家子弟啊。"元平根本不答对,只求拜见。一会儿,那女人从屋里出来,相见很高兴,好像是旧相识,欢快地谈了好久,她对元平说:"我之所以来,就是要见您,谈谈往昔的事。我已经不是人,您不害怕吗?"元平内心喜悦,没有一点疑虑,对女人说:"任凭你说,我有什么害怕的。"女人说:"我父亲从前做江州刺史,您前生是江州门夫,长期在刺史家当差,您虽然生长在贫贱人家,可是容貌举止令人喜欢。我以因缘之故,私自与您交往,仅仅才百日,您就患霍乱死亡。但我不敢哭,倍感哀伤。我平素奉持《千手千眼菩萨咒》,但愿来世各自投生到高贵人家,重新结为婚姻。我用红笔涂您左大腿作为记号,您看看。如有红的,我说的就验证了。"元平自己看了,果然如此,更加相信,于是留她住下。过了很久,二人情投意合,非常欢愉。天快亮了,她忽然对元平说:"投生时辰已到,不能久留,感到非常遗憾。"说完悲伤痛哭,又说:"投生后的父亲现在做县令,到我十六岁时,能做地方长官。那时才能完婚,不到时候,希望不要结婚。天命已定,即使您想结婚,也是办不到的。"说完告别离去。出自《广异记》。

刘 参

唐建中二年，江淮讹言有厉鬼自湖南来，或曰毛鬼，或曰毛人，或曰枨，不恒其称，而鬼变化无方。人言鬼好食人心，少女稚男，全取之。民恐惧，多聚居，夜烈火不敢寐，持弓刀以备。每鬼入一家，万家击板及铜器为声，声振天地。人有狂慑而死者。所在如此，官禁不能息。前兖州功曹刘参者，旧业淮泗，因家广陵。有男六人，皆好勇，刘氏率其子，操弓矢夜守。有数女闭堂内，诸郎巡外。夜半后，天色暝晦，忽闻堂中惊叫，言鬼已在堂中，诸郎骇。既闭户，无因入救，乃守窥之。见一物方如床，毛鬑如猬，高三四尺，四面有足，转走堂内。旁又有鬼，玄毛披体，爪牙如剑，把小女置毛床上，更擒次女。事且迫矣，诸郎坏壁而入，以射毛床，毛床走，其鬼亦走。须臾，失鬼所在，而毛床东奔，中镞百数，且不能走。一人擒得，抱其毛，力扞之。食顷，俱堕河梁，大呼曰："我今抱得鬼。"鬼困。急以火相救，及以火照之，但见抱桥柱耳。刘子尽爪损，小女遗于路。居数日，营中一卒夜见毛鬼飞驰屋上，射之不可，叫呼颇动众。明日伏罪，以令百姓，因而有盗窃，托以妖妄。既而自弥，亦不知其然。出《通幽记》。

阎敬立

兴元元年，朱泚乱长安。有阎敬立为段秀实告密使，潜途出凤翔山，夜欲抵太平馆。其馆移十里，旧馆无人已久，敬立误入之，但讶莱芜鲠涩。即有二皂衫人迎门而拜，控辔至厅，即问此馆何以寂寞如是，皂衫人对曰："亦可

刘　参

唐朝建中二年，江淮一带谣传有厉鬼从湖南来，有的说是毛鬼，有的说是毛人，有的说是木柱子，说法不一，而鬼变化无常。人们传说鬼喜欢吃人的心脏，遇害的少女少男的心脏全都被挖走了。老百姓害怕，大多数都聚集起来居住，夜间点燃烈火不敢睡觉，拿着弓箭大刀以备不测。每当鬼进入一户人家，万家都击打木板和铜器发出声响，响声震天动地。有人因惊吓而死。到处都是如此，官府禁止也不能平息。前任兖州功曹刘参，籍贯在淮泗，家迁广陵。他有六个儿子，都好斗，刘参率领他们，操持弓箭守夜。有几个女儿关在屋内，儿子们在外巡视。半夜后，天色昏暗，忽然听到屋内惊叫，说鬼已在屋里，儿子们惊惧。门已关闭，无法进入救人，就守在外面往里看。看见一物，方形，像床，刚毛像刺猬，高有三四尺，四面有脚，在屋内转着跑。旁边又有一鬼，黑毛披散在身体上，爪和牙像利剑，把小女儿放在毛床上，接着去抓次女。情况紧急，儿子们破墙而入，用箭射毛床，毛床跑，那鬼也跑。一会儿，失去鬼的踪影，毛床向东奔跑，中箭数百，不能跑了。一个儿子捉到它，抱住它的毛，用力拽它。一顿饭的工夫后，一起掉到河里，儿子大叫道："我现在抱住鬼了！"鬼被困住。赶紧用火相救，等到用火照时，只见他抱着的是桥柱。刘参的儿子身上都是抓伤，小女儿被扔在路上。过了几天，军营中有一个士兵，夜间看见一个毛鬼飞奔到屋上，射它没有射着，叫喊惊动了很多人。第二天受到惩处，用以使百姓明白，这是有盗贼盗窃，借故推托是妖怪。以后自行消失，也不知那是怎么回事。出自《通幽记》。

阎敬立

兴元元年，朱泚作乱长安。阎敬立是段秀实的告密使，偷出凤翔山，夜晚要到太平馆去。那馆已迁移了十里，旧馆久已无人。敬立误入旧馆，只是惊奇荒芜阻滞。有两个黑衣人迎门而拜，拉着马辔到大厅，敬立问此馆为何如此荒凉，黑衣人说："也可

住。"既坐，亦如当馆驿之礼。须臾，皂衫人通曰："知馆官前凤州河池县尉刘俶。"敬立见之，问曰："此馆甚荒芜，何也？"对曰："今天下榛莽，非独此馆，宫阙尚生荆棘矣。"敬立奇其言，语论皆出人右。俶乃云："此馆所由并散逃。"因指二皂衫人曰："此皆某家昆仑奴，一名道奴，一名知远，权且应奉尔。"敬立因于烛下，细目其奴。皂衫下皆衣紫白衣，面皆昆仑，兼以白字印面分明，信是俶家人也。令觇厨中，有三数婢供馔具，甚忙，信是无所由。

良久，盘筵至，食精。敬立与俶同餐，甚饱。畜仆等皆如法，乃寝。敬立问俶曰："缘倍程行，马瘦甚，可别假一马耶？"答曰："小事耳。"至四更，敬立命驾欲发，俶又具馔，亦如法。俶处分知远，取西槽马，送大使至前馆。兼令道奴被东槽马："我饯送大使至上路。"须臾马至，敬立乃乘西槽马而行，俶亦行。可二里，俶即却回执别，异于常馆官。

别后数里，敬立觉所借马，有人粪之秽，俄而渐盛，乃换己马被驮。而行四五里，东方似明。前馆方有吏迎拜，敬立惊曰："吾才发馆耳。"曰："前馆无人，大使何以宿？"大讶。及问所送仆马，俱已不见，其所驮辎重，已却回百余步置路侧。至前馆，馆吏曰："昔有前官凤州河池县尉刘少府殡宫，在彼馆后园，久已颓毁。"敬立却回验之，废馆更无物，唯墙后有古殡宫，东厂前有搭鞍木马，西侧中有高脚木马，门前废堠子二，殡宫前有冥器数人。渐觉喉中有生食气，须臾吐昨夜所食，皆作朽烂气，如黄衣曲尘之色。斯乃樑中送亡人之食也。童仆皆大吐，三日方复旧。出《博异记》。

以住。"坐下后，一切都遵照馆驿的礼数进行着。过了一会儿，黑衣人通报说："知馆官前凤州河池县尉刘傲到。"阎敬立接见他，问道："这馆很荒芜，为什么？"回答说："现在天下都是一片草莽，不单单这个驿馆，宫殿还生荆棘呢。"敬立觉得他的话奇怪，谈论比一般人高明。刘傲说："此馆所用的人都已逃走。"指着两个黑衣人说："这都是我家的昆仑奴，一个叫道奴，一个叫知远，暂且来侍奉。"阎敬立于是在灯烛下，细看那奴仆。黑衫下都穿着紫白衣服，面容都是昆仑奴的样子，再加上脸上有白色印字很分明，确实是刘傲家的人。让去看看厨房，说是有几个女仆在陈设食具，很忙，确实没有其他的人。

过了很久，筵席摆上，食物精美。阎敬立和刘傲一起进餐，吃得很饱。马匹和仆人等也都吃饱了，才睡觉。阎敬立问刘傲道："一路兼程，马累得很瘦，能另外借一匹马吗？"回答说："小事罢了。"到了四更天，阎敬立命令整理车马准备出发，刘傲又像昨天一样准备了饭菜。刘傲安排知远取西槽的马，送大使到前边的驿馆。并让道奴备好东槽的马，说："我亲自送大使上路。"一会儿马到了，阎敬立骑西槽马前行，刘傲也跟着走。走了约二里地，刘傲就执手告别返回，和平常的馆官不同。

分别后走了几里，阎敬立感觉所借的马，有人粪的秽气，一会儿渐渐味大，于是换自己的马骑。走了四五里，天像要亮了。前边驿馆正好有馆吏迎拜，阎敬立吃惊地说："我才出驿馆呀。"那馆吏说："前馆没有人，大使是怎么住宿的？"大惊。再找所送的仆从、马匹，全都不见了，那所驮的辎重，已退回百余步放到路边。到了前馆，馆吏说："从前有原做凤州河池县尉的刘少府的墓地，在那驿馆的后园，早已废毁。"阎敬立回去验证，废馆再无什么东西，只是墙后有个古墓，东厂前有个搭鞍的木马，西侧中有个高脚木马，门前有废土堡两座，墓前有冥器数人。阎敬立渐渐感觉嗓子眼有生食味，一会儿，吐出昨夜所吃的食物，都有腐烂味，像酒曲发了霉的颜色。这是棺材里送给死人的食物。童仆等人都大吐，三日后才复旧。出自《博异记》。

崔书生

博陵崔书生，住长安永乐里。先有旧业在渭南。贞元中，尝因清明节归渭南，行至昭应北墟垅之间，日已晚，歇马于古道左。比百余步，见一女人，靓妆华服，穿越榛莽，似失路于松柏间。崔闲步劚逼渐近，乃以袂掩面，而足趾跌蹶，屡欲仆地。崔使小童逼而觇之，乃二八绝代之姝也。遂令小童诘之曰："日暮何无俦侣，而怆惶于墟间耶？"默不对。又令一童，将所乘马逐之，更以仆马奉送。美人回顾，意似微纳，崔乃偻而缓逐之，以观其近远耳。美人上马，一仆控之而前。才数百步，忽见女奴三数人，哆口坌息，跟跄而谓女郎曰："何处来？数处求之不得。"拥马行十余步，则长年青衣驻立以俟。崔渐近，乃拜谢崔曰："郎君愍小娘失路，脱骖仆以济之，今日色已暮，邀郎君至庄可矣？"崔曰："小娘子何忽独步凄惶如此？"青衣曰："因被酒兴酣至此。"

取北行一二里，复到一树林，室屋甚盛，桃李甚芳。又有青衣七八人，迎女郎而入。少顷，一青衣出，传主母命曰："小外生因避醉逃席失路，赖遇君子，恤以仆马。不然日暮，或值恶狼狐媚，何所不加。阖室戴佩。且憩，即当奉邀。"青衣数人更出候问，如亲戚之密。顷之，邀崔入宅。既见，乃命食。食毕酒至，从容叙言："某王氏外生女，丽艳精巧，人间无双，欲待君子巾栉，何如？"崔放逸者，因酒拜谢于座侧。俄命生出，实神仙也。一住三日，宴游欢洽，无不酣畅。王氏常呼其姨曰玉姨。玉姨好与崔生长行，爱崔口脂合子。玉姨输，则有玉环相酬。崔输且多，先于长安买得合子六七枚，半已输玉姨，崔亦赢玉指环二枚。

崔书生

博陵姓崔的书生，住在长安永乐里。祖先有旧业在渭南。贞元年间，曾经在清明节回渭南，走到昭应北的荒坟之间，天色已晚，在古道旁歇马。百余步外，看见一女子，浓妆华服，穿越在芜杂丛生的草木中，好像在松柏间迷了路。崔生漫步前行渐渐走近，那女子用衣袖遮脸，而脚下跌跌撞撞，几次险些摔倒。崔生让小童走近看她，是个年方二八的绝代美人。于是让小童问她："天已晚，为什么没有伴侣，凄怆惊慌地在荒坟之中行走呢？"女子沉默不回答。又让另一童骑马追她，又把仆人和马匹送她使用。美人回头看看，意思像同意接受，崔生就弯着身子慢慢地追她，看她到何处去。美人上马，一仆人牵马在前。才走了几百步，忽然看见几个女奴，张口喘息，踉跄而来对女郎说："从何处来？到处找你找不到。"簇拥着马走了十余步，一个年长的婢女站立等待。崔生渐渐走近，婢女拜谢崔生说："郎君怜悯小娘子迷路，让出马匹和仆人帮助她，现在天色已晚，邀请郎君到庄上可以吗？"崔生曰："小娘子为什么独自行走凄怆惊慌到如此程度？"婢女说："因喝酒喝尽兴了才这样的。"

取道向北走了一二里，又到一树林，林中房屋很美，桃李香气很浓。又有七八个婢女，迎接女郎进去。片刻，一婢女出来，传达女主人的命令说："小外甥女因避醉，逃离宴席迷了路，幸亏遇着您，周济了仆人和马匹。不然的话，天晚了，如果遇上恶狼狐狸精，怎么能不遇害。我们全家都很感激。您暂且休息一下，马上邀您进去。"几个婢女连续出来问候，像亲戚那样亲密。一会儿，邀请崔生进屋。见面后，命令上饭。吃完又上酒，女主人缓缓说："王氏是我的外甥女，姿色艳丽精巧，人间无二，想要嫁给您，怎么样？"崔生是个豪放的人，乘着酒兴在座侧拜谢。女主人一会儿命外甥女出来，确实是神仙。崔生一住就是三天，饮宴游玩欢乐融洽，无比畅快。王氏常叫她姨为玉姨。玉姨喜欢与崔生赌长行，喜爱崔生的口脂合子。玉姨输了，就给玉环酬对。崔生输得多，先前在长安买的六七个合子，一半输给了玉姨，崔生也赢了两个玉指环。

忽一日，一家大惊曰："有贼至。"其妻推崔生于后门出。才出，妻已不见，但自于一穴中。唯见芫花半落，松风晚清，黄萼紫英，草露沾衣而已。其嬴玉指环犹在衣带。却省初见美人之路而行，见童仆以锹锸发掘一墓穴，已至椁中，见铭记曰："后周赵王女玉姨之墓。平生怜重王氏外生，外生先殁，后令与生同葬。"棺枢俨然，开椁，中有一合，合内有玉环六七枚。崔比其赌者，略无异矣。又一合，中有口脂合子数枚，乃崔生输者也。崔生问仆人，仆曰："但见郎君入柏林，寻觅不得，方寻掘此穴，果不正也。"玉姨呼崔生奴仆为贼耳。崔生感之，急为掩瘗仍旧矣。出《博物志》。

李　则

贞元初，河南少尹李则卒，未敛，有一朱衣人来，投刺申吊，自称苏郎中。既入，哀恸尤甚。俄顷尸起，与之相搏。家人子惊走出堂，二人闭门殴击，及暮方息，孝子乃敢入。见二尸共卧在床，长短形状，姿貌须髯衣服，一无差异。于是聚族不能识，遂同棺葬之。出《独异志》。

陆　凭

吴郡陆凭少有志行，神彩秀澈，笃信谦让。家于湖州长城，性悦山水，一闻奇丽，千里而往，其纵逸未尝宁居。贞元乙丑岁三月，游永嘉，遘疾而殁。凭素与吴兴沈苌友善，苌梦凭颜色憔悴，曰："我游至永嘉，苦疾将困。君为知我者，愿托家事。"苌悲之。又叙旧欢，宴语久之。因述文章，话虚无之事，乃谓苌曰："赠君《浮云诗》一篇，以寄其怀。诗曰：'虚虚复空空，瞬息天地中。假合成此像，吾

忽然一天，全家大惊说："来贼了。"崔生的妻子推他从后门出去。才出去，妻子已经不见了，只有自己在一个洞穴中。只见芜花半落，松间夜晚的清风，黄蓂紫英，草上的露水沾湿了衣服罢了。那赢的玉指环还在衣带上。沿着当初见美人的路走去，看见童仆用锹挖掘一个墓穴，已挖到棺材，发现那上面刻记着："后周赵王女玉姨之墓。平生爱怜王氏这个外甥女，外甥女先死，后让与外甥女同葬。"棺枢整齐完好。打开棺材，里面有一个合子，合子里有玉环六七个。崔生和他赌赢的比较，没有一点差异。另有一合，里面有口脂合子数个，是崔生输的。崔生问仆人，仆人说："只见您进入柏林，寻找不着，才追寻挖掘这个墓穴，果然不错。"原来玉姨惊呼的贼是崔生的奴仆。崔生感慨，立刻掩埋如旧。出自《博物志》。

李 则

贞元初年，河南少尹李则死了，未下葬，有一个红衣人来，投上名片想要吊唁，自称是苏郎中。进去后，哀伤恸哭特别厉害。一会儿尸体起来，与他搏斗。全家人吓得跑出屋，二人关门殴打，到晚上才平息，孝子才敢进去。见两具尸体一起躺在床上，长短形状，姿态容貌胡须衣服，没有一点儿差别。于是全族的人都不能辨别，就同棺埋葬了他们。出自《独异志》。

陆 凭

吴郡人陆凭年少就有志向和品行，神采秀美，诚信谦让。他家在湖州长城，天性喜欢山水，一听到有奇丽的景观，不远千里而往，他恣纵豪放未曾安稳住过。贞元乙丑年三月，游览永嘉，得病而死。陆凭平时与吴兴人沈苌友好，沈苌梦见陆凭脸色憔悴，说："我游览到永嘉，病得要死了。您是我的知己，想把家事托付于您。"沈苌很悲痛。又叙说过去的欢乐，闲谈了很久。又谈论文章，说些虚无的事，对沈苌说："赠您《浮云诗》一篇，以寄托我的情怀。诗为：'虚虚复空空，瞬息天地中。假合成此像，吾

亦非吾躬。’”悲吟数四。临去曰：“凭船已发来，明日午时到此。”执手而去。及觉，所记甚分明，乃书而录之。如期而凭丧船至。丧抚孤而恸，赗助倍礼。词人杨丹为之志，具旌神感，铭曰：“笃生府君，美秀而文。没而不起，寄音浮云。”出《通幽记》。

浔阳李生

李生者，贞元中，举进士，下第归浔阳，途次商洛。会汉南节使入觐，为道骑所迫，四顾唯苍山万重，不知所适。时日暮马劣，无仆徒，见荆棘之深，有殡宫在焉，生遂投匿其中。使既过，方将前去，又不知道途之几何，乃叹曰：“吾之寄是，岂非命哉？”于是止于殡宫中，先拜而祝曰：“某家庐山，下第南归，至此为府公前驱所迫，既不得进，又不得退，是以来。魂如有知，愿容一夕之安。”既而闲望，时风月澄霁，虽郊原数里，皆可洞见。又有殡宫，在百步外，仿佛见一人，渐近，乃一女子，妆饰严丽，短不尽尺，至殡宫南，入穴中。生且听之，闻其言曰：“金华夫人奉白崔女郎，今夕风月好，可以肆目，时难再得，愿稍留念。”穴中应曰：“属有贵客，寄吾之舍，吾不忍去，乖一夕之欢，不足甚矣。”其人乃去，归殡宫下。生明日至逆旅问之，有知者，是博陵崔氏女也。随父为尉江南，至此而殁，遂藁葬焉。生感之，乃以酒膳致奠而去。出《宣室志》。

亦非吾躬。'"悲吟多遍。临去时说："我的船已开来，明天午时到这里。"握手离去。沈苌睡醒后，记忆特别清楚，就写了下来。陆凭的丧船如期到了。沈苌抚摸着遗孤而痛哭，拿出很多丧仪资助办丧事。词人杨丹为他写墓志，很是旌扬他的神感，墓志铭写道："先生生而得天独厚，美秀而有文才。虽然去世了，却留下浮云诗寄托情怀。"出自《通幽记》。

浔阳李生

　　李生，贞元年间考进士，落榜回浔阳，途经商洛。适逢汉南节使入京会见天子，被道骑所逼迫，四外望去只有苍山万重，不知道应到哪里去。当时天晚马累，没有仆人，只看见深深的荆棘，有殡宫在那里，李生于是藏匿在里面。节使过后，李生继续向前走，又不知道前路有多远，就叹息说："我寄住在这里，难道是命吗？"于是就留在了殡宫中，先拜谢而祷告说："我家在庐山，落第向南回家，到这里被府公前驱所逼迫，既不能前进，又不能后退，这才来到这里。鬼魂如果有知，希望能容我安睡一晚。"接着四下闲看，当时风清月朗，即使郊野几里，都可以看见。又有一座殡宫，在百步以外，仿佛看见一个人，渐渐走近。是一个女子，妆饰端整美丽，身高不足一尺，走到殡宫南面，进入墓穴中。李生姑且听着，听到她说："金华夫人奉告崔女郎，今晚风月美好，可以观望，时机再难得到，希望您能赏脸。"穴中应答说："适值有贵客，住在我的馆舍，我不忍心离去，耽误一夕的欢乐，不是特别可惜的。"那人于是离去，回到了殡宫。李生第二天到客舍打听，有了解的，说这是博陵崔氏女，跟随父亲赴江南尉任，到这儿死了，于是埋葬在那里。李生感激她，用酒食祭奠后离去。出自《宣室志》。

卷第三百四十
鬼二十五

韩弇　　卢顼　　李章武

韩　弇

河中节度使、侍中浑瑊与西蕃会盟,蕃戎背信,掌书记韩弇遇害。弇素与栎阳尉李绩友,因昼寝,忽梦弇被发披衣,面目尽血。绩初不识,乃称姓名,相劳勉如平生。谓曰:"今从秃发大使填漳河,憔悴困辱不可言,间来奉诣耳。别后有一诗奉呈。"悲吟曰:"我有敌国仇,无人可为雪。每至秦陇头,游魂自呜咽。"临别,谓绩曰:"吾久饥渴,君至明日午时,于宅西南,为置酒馔钱物,亦平生之分尽矣。"绩许之,及觉,悲怆待旦。至午时,如言祭之。忽有黑风自西来,旋转筵上,飘卷纸钱及酒食皆飞去。举邑人观之,时贞元四年。出《河东记》。

卢　顼

贞元六年十月,范阳卢顼家于钱塘,妻弘农杨氏。其姑王氏,早岁出家,隶邑之安养寺。顼宅于寺之北里,有家婢曰小金,年可十五六。顼家贫,假食于郡内郭西堰。堰去其宅数十步,每令小金于堰主事。常有一妇人不知何

韩弈

河中节度使、侍中浑瑊同西蕃结盟，西蕃背信弃义，掌书记韩弈被害。韩弈平素同栎阳尉李绩友好，李绩在白天睡觉，忽然梦见韩弈头发散乱披着衣服，脸上都是血。李绩开始没认出来，韩弈于是自报姓名，像平常那样慰问勉励。韩弈对李绩说："我现在跟随秃发大使填漳河，憔悴窘困受辱不可言状，我是找了个机会来见您的。分别后有一诗相赠。"他悲伤地吟道："我有敌国仇，无人可为雪。每至秦陇头，游魂自鸣咽。"临别时，对李绩说："我又饿又渴很久了，您到明天午时，在屋子的西南方，给置办些酒食钱物，也算尽了我们平生的情分。"李绩答应了，等睡醒了，悲伤凄怆直到早晨。到了午时，按他吩咐的祭奠了。忽然有黑风从西边来，旋转在宴席上，把纸钱和酒食都卷走了。全城的人都看见了，时间是贞元四年。出自《河东记》。

卢顼

贞元六年十月，范阳卢顼家住钱塘，妻子是弘农杨氏。她的婆婆王氏，早年出家于县城的安养寺。卢顼住在寺之北里，有个家奴叫小金，年龄十五六岁。卢顼家贫，在郡内郭西堰乞食。江堰离他家几十步远，常让小金在江堰主事。曾有一妇人不知从何

来,年可四十余,著瑟瑟裙,蓬发曳漆履,直诣小金坐。自言姓朱,第十二,久之而去。如是数日。时天寒,小金爇火以燎。须臾,妇人至,顾见床下炭,怒谓小金曰:"有炭而焚烟薰我,何也?"举足踏火,火即灭。以手批小金,小金绝倒于地。小金有弟年可四五岁,在傍大骇,驰报于家。家人至,已失妇人,而小金瞑然如睡,其身僵强如束。命巫人祀之,释然。如是具陈其事。居数日,妇人至,抱一物如狸状,而尖觜卷尾,尾类犬,身斑似虎。谓小金曰:"何不食我猫儿?"小金曰:"素无为之,奈何?"复批之,小金又倒,火亦扑灭。童子奔归以报,家人至,小金复瞑然。又祝之,随而愈。自此不令之堰。

后数日,令小金引船于寺迎外姑。船至寺门外,寺殿后有一塔,小金忽见塔下有车马,朱紫甚盛。伫立而观之,即觉身不自制。须臾,车马出,左右辟易,小金遂倒。见一紫衣人策马,问小金是何人,旁有一人对答。二人举扶阶上,不令损。紫衣者驻马,促后骑曰:"可速行,冷落他筵馔。"小金问傍人曰:"行何适?"人曰:"过大云寺寺主家耳。"须臾,车马过尽。其院中人来,方见小金倒于阶上,复惊异载归,祀酹之而醒。

是夕冬至除夜,卢家方备粢盛之具,其妇人鬼倏闪于牖户之间。以其闹,不得入。卢生以二虎目系小金左右臂。夜久,家人怠寝,妇人忽曳,小金惊叫,妇人怒曰:"作饼子,何不啖我?"家人惊起,小金乃醒,而左臂失一虎目。忽窗外即言"还你",遂掷窗有声,烛之果得。后数日视之,帛裹干茄子,不复虎目矣。冬至方旦,有女巫来坐,话其事未毕,而妇人来,小金即瞑然。其女巫甚惧,方食,遂策一

处来，年龄约四十岁，穿着青绿色的衣裙，蓬松头发拖着漆鞋，径直走到小金前坐下。她自称姓朱，排行十二，坐了很久才离去。如此多日。当时天气寒冷，小金点火取暖。一会儿，妇人来了，看见床下的木炭，生气地对小金说："有木炭而烧烟薰我，为什么？"抬脚踏火，火就灭了。用手打小金，小金气绝倒在地上。小金有个弟弟年约四五岁，在旁大惊，跑回家报信。家人赶到，妇人已失去踪影，而小金闭着眼睛像在睡觉，身体僵硬像被捆住了。让巫人祭祀祷告，才恢复原样。她如此这般述说那些事情。过了几天，妇人来了，抱着一个东西像狸，可是尖嘴卷尾巴，尾巴像狗，身上的斑纹像虎。她对小金说："为啥不喂我猫？"小金说："从来没有做过，怎么办？"妇人又用手打她，小金又倒地，火也扑灭了。童子跑回家报信，家人来到，小金又闭眼像睡着的样子。又祷告，随后又复原。从此不让她到堰上去。

又过了几天，让小金引船到寺庙迎接岳母。船到了寺门外边，寺殿后有座塔，小金忽然看见塔下有车马，朱紫颜色非常气派。小金站立观看，就觉得自己不能控制自己。一会儿，车马出来，左右退避，小金于是倒在地上。看见一个紫衣人策马，问小金是什么人，旁边有一人回答。二人把她抬扶到台阶上，以免她受伤。紫衣人停马，督促后边骑马的人说："快点走，别耽误了宴会。"小金问旁边的人："到哪里去？"那人说："到大云寺寺主家。"一会儿，车马过完了。那院中人过来，才看见小金倒在台阶上，又很惊异，用车把她拉回家，祭奠后才苏醒。

这天晚上是冬至除夜，卢家正在准备祭祀供品，那女鬼突然闪到门窗之间。因为吵闹，也不能进去。卢生把二虎目系在小金的左右臂。夜深了，家人疲乏睡觉，妇人忽又飘然而来，小金惊叫，妇人怒道："做饼子，为何不让我吃？"家人惊起，小金才醒，而左臂失去一虎目。忽听窗外说"还你"，接着有掷到窗上的声音，用烛照果然是虎目。过后几天看它，是用帛裹着的干茄子，不是虎目了。冬至才亮天，有女巫来坐，事还没说完，妇人又来了，小金又昏睡过去。那女巫非常害怕，正在吃饭，于是夹起一

枚馄饨，置户限上，祝之。于时小金笑曰："笑朱十二吃馄饨，以两手拒地，合面于馄饨上吸之。"卢生以古镜照之，小金遂泣。言："朱十二母在盐官县，若得一顿馄饨，及雇船钱，则不复来。"卢生如言，遂诀别而去。方欲焚钱财之时，已见妇人背上负钱。焚毕而去，小金遂释然。

居间者，小金母先患风疾，不能言，忽于厨中应诺，便入房，切切然语。出大门，良久，抠衣阔步而入，若人骑马状，直至堂而拜曰："花容起居。"其家大惊，花容即杨氏家旧婢，死来十余年，语声行动酷似之，乃问花容："何得来？"答曰："杨郎遣来，传语娘子，别久好在。"杨郎，卢生舅也，要小金母子，故遣取来。卢生具传，恳辞以留，受语而出门。久之，复命曰："杨郎见传语，切令不用也，急作纸人代之。"依言剪人，题其名字，焚之。又言："杨郎在安养寺塔上，与杨二郎双陆。"又问："杨二郎是何人？"答曰："神人耳。又有木下三郎，亦在其中。"又问："小金前见车马何人？"曰："此是精魅耳。本是东邻吴家阿嫂朱氏，平生苦毒，罚作蛇身。今在天竺寺楮树中有穴，久而能变化通灵，故化作妇人。"又问："既是蛇身，如何得衣裳著？"答曰："向某家家中偷来。"又问："前抱来者何物？"言："野狸。"遂辞去。即酌一杯令饮，饮讫，更请一杯与门前镬八。问："镬八是何人？"云："是杨二郎下行官。"又问："杨二郎出入如此，人遇之皆祸否？"答曰："如他杨二郎等神物，出入如风如雨。在虚中，下视人如蝼蚁然，命衰者则自祸耳，他亦无意焉。"言讫而去。至门方醒，醒后问之，皆不知也。

后小金夜梦一老人，骑大狮子。狮子如文殊所乘，毛彩奋迅，不可视。旁有二昆仑奴操辔。老人谓小金曰："吾闻尔被鬼物缠绕，故万里来救。汝是衰厄之年，故鬼点尔

个馄饨，放到门槛上祷祝。这时小金笑着说："笑朱十二吃馄饨，用两手抓地，俯脸对着馄饨用嘴吸。"卢生用古镜照，小金于是哭泣，说："朱十二母在盐官县，若能得到一顿馄饨，和雇船钱，就不再来了。"卢生遵从她的话，于是告别离去。正要烧钱财之时，已看见妇人背上了钱。焚化完就走了，小金也恢复了原样。

这期间，小金母亲以前患过中风病，不能说话了，忽然在厨房中应答，又进了屋，说得清楚明白。她出了大门，过了很久，提起衣襟大步进来，像人骑马的样子，直到堂前施礼说："花容请安。"全家大惊，花容是杨家的旧婢女，死了十多年，话语行动很像她，于是问花容："从哪里来？"答道："杨郎派来，传话给娘子，问久别可安好。"杨郎是卢生的妻舅，要小金母子，所以派人来取。卢生言辞恳切地要求将她们留下，花容听了就出门了。过了许久，来复命说："杨郎听了您的话，就令不用了，赶紧做纸人代替她们。"按她说的剪纸人，写上她们的名字，烧掉了。又说："杨郎在养安寺塔上，与杨二郎玩双陆。"又问："杨二郎是什么人？"回答说："是神人。还有木下三郎，也在那里。"又问："小金之前看见的车马里是什么人？"回答说："是精灵。原本是东邻吴家阿嫂朱氏，平生狠毒，被罚作蛇身。现在在天竺寺楮树中有洞穴，时间久了能变化通灵气，所以能变作妇人。"又问："既然是蛇身，怎么能有衣裳穿？"回答说："从某家坟里偷来的。"又问："先前抱来的是什么东西？"回答说："是野狸。"于是告辞要离去了。酌了一杯酒让她喝，喝完，又要一杯给门前的镬八。问："镬八是什么人？"回答说："是杨二郎的下行官。"又问："杨二郎如此出入，人遇上他会有祸患吧？"答曰："像杨二郎等神物，出入如风如雨。在虚幻中，向下看人像蝼蚁一样，生命力衰弱则有祸，其他的没什么。"说完离去。到门口才醒，醒后问她，什么都不知道。

后来小金在夜间梦见一位老人，骑着一头大狮子。狮子像文殊天尊的坐骑，毛色光彩夺目，行动迅速，令人不能直视。旁边有两个昆仑奴，抓着缰绳。老人对小金说："我听说你被鬼纠缠，特意不远万里前来救你。今年你命里多灾多难，所以鬼点你

作客。"云："以取钱应点而已,渠亦自得钱。汝若不值我来,至四月,当被作土户,汝则不免死矣。汝于某日拾得绣佛子否?"小金曰："然。""汝看此样,绣取七躯佛子,七口幡子。"言讫,又曰："作八口,吾误言耳。八口,一伴四口,又截头发少许,赎香以供养之,其厄则除矣。"小金曰："受教矣。今苦腰背痛,不可忍,慈悲为除之。"老人曰："易耳。"即令昆仑奴向前,令展手,便于手掌摩指,则如黑漆,染指上。便背上点二灸处。小金方醒,具说其事,即造佛及幡。视背上,信有二点处,遂灸之,背痛立愈。

卢顼秉志刚直,不信其事,又骂之曰："焉有圣贤来救一婢? 此必是鬼耳。"其夜又梦老人曰："吾哀尔疾危,是以来救。汝愚郎主,却唤我作鬼魅也,吾亦不计此事。汝至四月,必作土户。然至三月末,当须出杭州界以避之矣。夫鬼神所部,州县各异,亦犹人有逃户。"小金曰："于余杭可乎?"老人曰："余杭亦杭州耳,何益也?"又曰："嘉兴可乎?"曰："可。"老人曰："汝于嘉兴投谁家?"答曰："某家有亲,欲投之。"老人曰："某家是孝,汝今避鬼,还投鬼家,何益也? 凡孝有灵筵,神道交通,他则知汝所在。汝投吉人家,则可矣。又临发时,脱汝所爱惜衣一事,剪去身,留领缝襟带,余处尽去之。缚一草人衣之,著宅之阴暗处,汝则易衣而潜去也。"小金曰："诺。圣贤前度灸背,当时获愈,今尚苦腰痛。"老人曰："吾前不除尔腰者,令尔知有我耳。汝今欲除之耶?"复于昆仑手掌中研黑,点腰间一处而去。悟而验之,信有点迹,便灸之,又差。其后妇人亦不来矣。至三月尽,如言潜之嘉兴,自后无事。出《通幽录》。

做客。"又说:"取钱是点你做客的借口罢了,她虽然得了钱,但你如果不遇上我来,到四月份,你就要成为土户了,就免不了一死了。你在某天拾到绣佛子了吗?"小金说:"是的。""你照这个样子,绣七个佛子,七口幡子。"说完,又说:"做八口,我说错了。八口,四口一对,再剪下头发少许,烧香供奉它,那苦难就解除了。"小金说:"接受教诲了。现在我苦于腰背疼痛,不可忍受,请发发慈悲给除掉吧。"老人说:"容易呀。"就让昆仑奴上前,让展开手,便在手掌上磨手指,就像黑漆,染在指上,在小金背上点了两处穴位。小金醒了,全部述说了这些事情,马上制作佛与幡。看背上,确实有两个点处,于是针灸,背痛立刻消失了。

卢顼秉性刚直,不信这些事,又骂道:"哪有圣贤来救一个婢女? 这一定是鬼。"那夜又梦见老人说:"我可怜你危险,这才来救你。你那愚蠢的主人,却说我是鬼魅,我也不计较这事。你到四月必死。然而到三月末,应离开杭州地界以避之。那鬼神所管辖的,州县各不相同,就好像人有逃户的。"小金说:"到余杭可以吗?"老人说:"余杭也属杭州,有什么用?"又说:"嘉兴可以吗?"说:"可以。"老人问:"你到嘉兴投奔谁家?"回答说:"某家有亲属关系,想投奔他。"老人说:"某家有孝,你现在避鬼,还投奔有鬼人家,有什么用? 凡是守孝的有灵筵,神道交往,他就知道你的所在。你投奔吉祥人家,才可以。临出发时,脱掉一件你爱惜的衣服,剪去衣身,留着领缝襟带,其余部分都去掉。扎一个草人让它穿上,放到屋子的阴暗处,你换上衣服偷偷地离去。"小金说:"诺。圣贤前次给针灸背部,当时就好了,现在还苦于腰痛。"老人说:"我以前不根除你的腰痛病,是让你知道有我。你现在要根除吗?"又在昆仑奴手掌中研出黑色,点腰一处而离去。醒后验证,确实有点的痕迹,于是针灸,又好了。那以后妇人也不来了。到了三月末,小金依言偷偷地到了嘉兴,从那以后就平安无事了。出自《通幽录》。

李章武

李章武，字飞卿，其先中山人。生而敏博，遇事便了。工文学，皆得极至。虽弘道自高，恶为洁饰，而容貌闲美，即之温然。与清河崔信友善，信亦雅士，多聚古物，以章武精敏，每访辨论，皆洞达玄微，研究原本。时人比之张华。

贞元三年，崔信任华州别驾，章武自长安诣之。数日，出行，于市北街见一妇人甚美，因绐信云："须州外与亲故知闻。"遂赁舍于美人之家。主人姓王，此则其子妇也，乃悦而私焉。居月余日，所计用直三万余，子妇所供费倍之。既而两心克谐，情好弥切。无何，章武系事，告归长安，殷勤叙别。章武留交颈鸳鸯绮一端，仍赠诗曰："鸳鸯绮，知结几千丝。别后寻交颈，应伤未别时。"子妇答白玉指环一，又赠诗曰："捻指环相思，见环重相忆。愿君永持玩，循环无终极。"章有仆杨果者，子妇赏钱一千以奖其敬事之勤。

既别，积八九年。章武家长安，亦无从与之相闻。至贞元十一年，因友人张元宗寓居下邽县，章武又自京师与元会。忽思曩好，乃回车涉渭而访之。日暝达华州，将舍于王氏之室，至其门，则阒无行迹，但外有宾榻而已。章武以为下里或废业即农，暂居郊野，或亲宾邀聚，未始归复。但休止其门，将别适他舍。见东邻之妇，就而访之，乃云："王氏之长老，皆舍业而出游，其子妇殁已再周矣。"又详与之谈，即云："某姓杨，第六，为东邻妻。"复访郎何姓，章武具语之。又云："曩曾有傔姓杨名果乎？"曰："有之。"因泣告曰："某为里中妇五年，与王氏相善。尝云：'我夫

李章武

李章武,字飞卿,他的祖先是中山人。他生来聪敏博学,遇事就能明白。工于文章学问,都达到极高造诣。虽然志大清高,可是不愿整洁修饰,而容貌文雅俊美,又很温和。他与清河人崔信友好,崔信也是个高雅的人,收集了很多古物,因为章武精明敏慧,每次拜访谈论,都能透彻地说明其玄妙,研究其根本。当时人把他比作张华。

贞元三年,崔信任华州别驾,李章武从长安来拜访他。住了几天,李章武外出旅游,在市北街上看见一个妇人,很美,就欺骗崔信说:"需要去城外看望亲朋故友。"于是租住在了妇人家。主人姓王,那妇人是他儿媳妇,李章武喜欢她并和她私通。住了一个多月,花费三万多,而妇人所花费的还要加倍。不久两人心心相印,情深意切。不久,李章武有事要回长安,二人殷勤叙别。李章武留给那妇人交颈鸳鸯绮一端,又赠诗道:"鸳鸯绮,知结几千丝。别后寻交颈,应伤未别时。"妇人答谢李章武白玉指环一个,又赠诗道:"捻指环相思,见环重重忆。愿君永持玩,循环无终极。"李章武有个仆人叫杨果,妇人送给他一千钱,用来奖励他做事勤奋。

这样一别就是八九年。李章武家住长安,也没有办法与她通信息。到了贞元十一年,因为友人张元宗寄住在下邽县,李章武又从京城去与张元宗会面。忽然想起从前的相好的,就回转车渡过渭水去拜访。天黑到华州,要住在王氏家,到了她家门前,寂静没有行迹,只是在外面有客人睡过的床罢了。李章武以为他们去乡里或者停业务农去了,暂时住在郊外,或者亲朋好友邀请聚会,还没回来。他只好在她门前停下,准备到别处去投宿。看见了东邻的妇人,就走近询问她,东邻妇人说:"王氏的长者,都抛弃家业出游了,他的儿媳妇死去已两年了。"又详细和她谈,她说:"我姓杨,排行第六,是东邻的妻子。"又问他姓啥,李章武告诉了她。又问:"从前曾有仆人姓杨名果的吗?"答:"有。"于是哭诉道:"我做里中的媳妇五年,与王氏友好。她曾说:'我夫

室犹如传舍,阅人多矣。其于往来见调者,皆殚财穷产,甘辞厚誓,未尝动心。顷岁有李十八郎,曾舍于我家。我初见之,不觉自失,后遂私侍枕席。实蒙欢爱,今与之别累年矣。思慕之心,或竟日不食,终夜无寝。我家人故不可托,复被彼夫东西,不时会遇。脱有至者,愿以物色名氏求之。如不参差,相托祗奉,并语深意。但有仆夫杨果即是。'不二三年,子妇寝疾。临死,复见托曰:'我本寒微,曾辱君子厚顾。心常感念,久以成疾,自料不治。曩所奉托,万一至此,愿申九泉衔恨,千古暌离之叹。仍乞留止此,冀神会于仿佛之中。'"

章武乃求邻妇为开门,命从者市薪刍食物。方将具细席,忽有一妇人持帚出房扫地,邻妇亦不之识。章武因访所从者,云是舍中人。又逼而诘之,即徐曰:"王家亡妇,感郎恩情深,将见会。恐生怪怖,故使相闻。"章武许诺,云:"章武所由来者,正为此也。虽显晦殊途,人皆忌惮,而思念情至,实所不疑。"言毕,执帚人欣然而去。逡巡映门,即不复见。乃具饮馔,呼祭。自食饮毕,安寝。至二更许,灯在床之东南,忽尔稍暗,如此再三。章武心知有变,因命移烛背墙,置室东南隅。旋闻室北角悉窣有声,如有人形,冉冉而至。五六步,即可辨其状。视衣服,乃主人子妇也。与昔见不异,但举止浮急,音调轻清耳。章武下床,迎拥携手,款若平生之欢。自云:"在冥录以来,都忘亲戚,但思君子之心,如平昔耳。"章武倍与狎昵,亦无他异,但数请令人视明星,若出,当须还,不可久住。每交欢之暇,即恳托在邻妇杨氏,云:"非此人,谁达幽恨。"

家犹如旅舍,看到的人很多。其中有来调戏的人,都用尽了钱财,甜言厚誓,未曾动心。不久,有个李十八郎,曾经住在我家。初次相见,我就迷上了他,于是与他私通。他对我情深义重,现在和他分别多年了。我太想念他了,有时全天不吃饭,整夜睡不着。我家人本不可托付,又苦于李郎非东即西地四处奔波,也就无相见之望了。倘或他来了,希望靠形貌姓名认出他。如无差错,拜托好好照顾他,并说明深意。只要是有仆夫叫杨果的就是。'没过两三年,王氏患病了。临死,又托付我说:'我本出身寒微,曾蒙君子厚爱。心常感激想念,久而成疾,自己料想治不好了。不要忘了从前所托付的,万一他到这儿了,请告诉他我九泉含恨、千古离别的嗟叹。请让他留在这里,希望在冥冥之中能够神会。'"

李章武求邻妇给开了门,让跟从的人买柴草食品。正要整理床席,忽然有一个妇人拿着笤帚出房扫地,邻妇也不认识她。李章武于是问跟从的人,说是屋里的人。又走近问她,于是慢慢地说:"我是王家死去的媳妇,感谢您的恩重情深,才来与您相会。担心您会怪异害怕,特意让您知道。"李章武答应说:"章武来此的原因,正是为此。虽然是阴阳殊途,人都顾忌和畏惧,可我思念情深,肯定不会疑虑。"说完,拿笤帚人高兴地去了。很快到了门前,立即不见了。李章武就准备了酒食,呼唤祭祀。他自己吃喝完,安息就寝。到二更左右,灯在床的东南处,忽然稍暗,如此多次。李章武心知有变故,于是让挪移灯烛背墙,放到屋子的东南角。很快就听到屋子的北角有窸窣的声响,好像有人影,慢慢来到。距五六步远,就可分辨她的样貌了。看她的衣服,是主人的儿媳。与从前相见没有两样,只是举止浮躁,音调轻清罢了。李章武下床,迎接拥抱拉手,像以前那样欢会。她说:"在冥府以来,都忘掉了亲戚,只是思念您的心,跟从前一样。"李章武加倍与她亲热,她也没有其他异样,只是多次让人看启明星,如果出来,就必须回去,不可久住。每次交欢的空闲,就恳切拜托感谢邻妇杨氏,说:"不是这个人,谁能替我表白心意。"

　　至五更，有人告可还，子妇泣下床，与章武连臂出门。仰望天汉，遂呜咽悲怨。却入室，自于裙带上解锦囊，囊中取一物以赠之。其色绀碧，质又坚密，似玉而冷，状如小叶，章武不之识也。子妇曰："此所谓靺鞨宝，出昆仑玄圃中，彼亦不可得。妾近于西岳与玉京夫人戏，见此物在众宝珰上，爱而访之，夫人遂假以相授，云：'洞天群仙每得此一宝，皆为光荣。'以郎奉玄道，有精识，故以投献，常愿宝之，此非人间之有。"遂赠诗曰："河汉已倾斜，神魂欲超越。愿郎更回抱，终天从此诀。"章武取白玉宝簪一以酬之，并答诗曰："分从幽显隔，岂谓有佳期。宁辞重重别，所叹去何之。"因相持泣。良久，子妇又赠诗曰："昔辞怀后会，今别便终天。新悲与旧恨，千古闭穷泉。"章武答曰："后期杳无约，前恨已相寻。别路无行信，何因得寄心？"款曲叙别讫，遂却赴西北隅。行数步，犹回顾拭泪，云："李郎无舍念此泉下人。"复哽咽伫立，视天欲明，急趋至角，即不复见。但空室窅然，寒灯半灭而已。

　　章武乃促装，却自下邽归长安武定堡。下邽郡官与张元宗携酒宴饮。既酣，章武怀念，因即事赋诗曰："水不西归月暂圆，令人惆怅古城边。萧条明早分歧路，知更相逢何岁年？"吟毕，与郡官别。独行数里，又自讽诵。忽闻空中有叹赏，音调凄恻，更审听之，乃王氏子妇也。自云："冥中各有地分，今于此别，无日交会。知郎思眷，故冒阴司之责，远来奉送。千万自爱。"章武愈感之。及至长安，与道友陇西李助话，亦感其诚而赋曰："石沉辽海阔，剑别楚天长。会合知无日，离心满夕阳。"

　　章武既事东平丞相府，因闲召玉工视所得靺鞨宝。工不知，不敢雕刻。后奉使大梁，又召玉工，粗能辨。乃因其形，雕作槲叶象。奉使上京，每以此物贮怀中。至市东街，偶见一胡僧，忽近马叩头云："君有宝玉在怀，乞一见尔。"

到了五更，有人告诉应该回去了，妇人哭泣下床，与李章武挽臂出门。她仰望天空，于是呜咽悲怨。又退回屋，自己从裙带上解下锦囊，从囊中取出一物赠给他。那东西颜色绀碧，质坚紧密，像玉而冷，状如小叶，李章武不认识。妇人说："这就是所说的靺鞨宝，出自昆仑玄圃中，那里也不易得。我最近在西岳与玉京夫人玩，看见此物在众宝珰上，喜爱问她，夫人就把它送给我。说：'洞天群仙得到这个宝贝，都认为是光荣。'因为您信奉玄道，卓有见识，所以献给您，希望能珍惜，这不是人间有的。"又赠诗道："河汉已倾斜，神魂欲超越。愿郎更回抱，终天从此诀。"李章武取出白玉宝簪一个酬谢，并答诗道："分从幽显隔，岂谓有佳期。宁辞重重别，所叹去何之。"于是相持哭泣。过了好久，妇人又赠诗道："昔辞怀后会，今别便终天。新悲与旧恨，千古闭穷泉。"李章武答："后期杳无约，前恨已相寻。别路无行信，何因得寄心。"深情话别后，她就向西北角走去。走了几步，还回看拭泪，说："李郎不要忘记我这泉下人。"又哽咽伫立，看天要亮了，急忙奔到角落，便不见了。只有空屋幽暗，寒灯半灭罢了。

李章武整顿行装，从下邽回长安武定堡。下邽郡官和张元宗携酒宴请他。喝到尽兴时，李章武怀念妇人，于是即事赋诗道："水不西归月暂圆，令人惆怅古城边。萧条明早分歧路，知更相逢何岁年？"吟罢，与郡官告别。他独自行走了几里，又自己吟诵。忽然听到空中有人赞赏，音调凄恻，再仔细听，是王氏儿媳。她说："冥府各有地界，现在在此分别，再无相见之期了。知道您思念我，因此甘冒阴司责罚，远来送行。千万珍重。"李章武越发感念。等到了长安，与道友陇西人李助交谈，也感其诚而赋诗道："石沉辽海阔，剑别楚天长。会合知无日，离心满夕阳。"

李章武后来在东平丞相府做事，空闲时让玉工看他所得的靺鞨宝。玉工不懂，不敢雕刻。后来他奉命到大梁去，又找来玉工，粗略能辨识。于是根据它的形状，雕成檞叶象。又奉命到京城去，每每把这一宝物放在怀里。到了市东街上，偶然遇见一个胡僧，忽然靠近马叩头说："您有宝玉在怀里，请让我看一看。"

乃引于静处开视。僧捧玩移时，云："此天上至物，非人间有也。"章武后往来华州，访遗杨六娘，至今不绝。出李景亮为作传。

就领他到安静的地方拿出让他看。胡僧捧着欣赏了好一会儿，说："这是天上极好的宝物，不是人间有的。"李章武后来经常去华州，探望杨六娘，至今不绝。出自李景亮给作的传记。